PATIO

Drehbuch einer Heimkehr

in drei Akten

Alexander Jeanmaire

ars momentum

Impressum:
Patio
Drehbuch einer Heimkehr in drei Akten

ISBN 978-3-938193-89-1

Text, Titelfoto, Zeichnungen und künstlerische Gestaltung: Alexander Jeanmaire
Grafische Gestaltung: Britta Baumann, Dortmund, www.britta-baumann.de
Lektorat: Ute Schmidt & Norbert Knyhala, Castrop-Rauxel, www.die-schreibweisen.com
Druck: B.O.S.S Medien GmbH, Goch

Bibliografische Informationen der Deutschen Nationalbibliothek:
Die Deutsche Nationalbibliothek verzeichnet diese Publikation in der Deutschen Nationalbibliografie; detaillierte bibliografische Daten sind im Internet über http://dnb.d-nb.de abrufbar.

Ich widme dieses bescheidene Werk Christian Maiwald,
der versuchte, das Unmögliche möglich zu machen.

Inhaltsverzeichnis

2. Akt: Niemand sein

3. Akt: Einfach sein

Figuren dieses Romans

Hauptrollen

CHRISTIAN MAIWALD (Ch.):	Protagonist, Maler, Musiker, Autor und Lehrer. Fische, Aszendent Stier.
MARISA SCHAAD, später TAMARA MAIWALD:	Ch.s zweite Ehefrau. Atemtherapeutin, Autorin. Wassermann, Aszendent Löwe.
LOUIS MAIWALD:	Vater von Ch.
MARIANNE MAIWALD:	Mutter von Ch.
LUIZA ROMERO AGUILAR:	Geliebte von Ch.
OSHO alias BHAGWAN, SHREE RAJNEESH:	Spiritueller Meister. www.oshoonline.com, www.oshoworld.com
ALAN GREENE:	Regisseur, Abenteurer, Besitzer der Finca Azul und spiritueller Lehrer von Ch. Pseudonym für den spirituellen Lehrer Michael Barnett. www.wildgoose.net
SAMARPAN:	Spiritueller Lehrer. www.samarpan.de
PASCAL SCHÖNHERR:	Freund von Ch., Geschäftsmann, Aquarellist, Lebemann und passionierter Mundharmonikaspieler, Geschäftsführer der Hamburger LAMPERT&KLEEKAMP-Niederlassung.
DR. ADOLF SCHAER-RIS:	Großvater von Ch. mütterlicherseits.
MATHILDE SCHAER-RIS:	Ehefrau von Adolf. Großmutter von Ch.
PETER ROSINSKI (Ro genannt):	Freund der Familie Maiwald. Roman- und Drehbuchautor, Regisseur, Lebemann und genialer Komödiant mit Berliner Schnauze.
PROF. GÉRARD MUSY:	Sculpteur und Klassenlehrer von Ch. an der Ecole des Beaux-Arts in Genf.

Nebenrollen

ERNST MAIWALD:	Ch.s Großvater väterlicherseits.
GROSSMUTTER MAIWALD	
EDUARD MAIWALD:	Ch.s Urgroßvater väterlicherseits, Maler und Kupferstecher.
BEA MAIWALD:	Ch.s erste Ehefrau.

FELIX MAIWALD:	Bruder von Ch.
FRITZ BRÄUNINGER:	Architekt und späterer Besitzer der Finca „Cortijo del Viento“.
PAUL und TRUDI AMSTUTZ:	Onkel und Tante von Ch. in Saubraz, VD.
HANS, BENI, JAKOB und SÄMI AMSTUTZ:	Deren Söhne.
ELISABETH:	Ch.s erste heimliche Liebe.
GIGI:	Die kleine Kinderfreundin von Ch. in Saubraz.
ERWIN und MARIE LOUISE SCHAER:	Onkel und Tante auf dem Gutshof „Le Chable“ oberhalb Mont-sur-Rolle am Genfer See, VD.
DANIEL, RALF und VALÉRIE SCHAER:	Deren Kinder.
REGULA ZELLER:	Tante von Ch.
KURT ZELLER:	Mann der Tante.
ROBERT SEILER:	Heimleiter vom Schlössli Ins, BE.
BERETTA:	Liegenschaftenhändler.
DANIEL und VERENA KIELHOLZ:	Hauptgaleristen von Ch.
VALÉRIE und STEVE PAILLARD:	Galeristen in Bern.
RALF KLEEKAMP:	Inhaber und Gründer der LAMPERT&KLEEKAMP GmbH, Künstlermaterial-Großhandel.
SIMON LAROIT:	Geschäftsführer der Schweizer LAMPERT&KLEEKAMP-Niederlassung.
SARA:	Geliebte von Ch.
AMRIT:	Freund und Geliebter von Tamara.
DIMITRIOS „DIMIS“ YANNAKOPOULOS:	Grieche. Trauzeuge und Jugendfreund von Ch.
WANDA:	Trauzeugin.
EDUARDO FALU:	Argentinischer Gitarrist und Sänger.
ARNO RINDERKNECHT:	Weltenbummler und Herbalife-Millionär.
PAUL MC. HARSEN:	Amerikanischer Anwalt des Medora-Joint-Ventures.
LAURA MC. HARSEN:	Seine Tochter.
HERR und FRAU KRAMER:	Modehaus Kramer Zürich.
MICHEL DELONET:	Atelierchef im Hause Kramer.
STEFF:	Trompeter. Musiker der Saratoga Jazzband.
RENÉ:	Zeitungsausträger-Kollege.

HERR WALDER:	Primarschullehrer.
HERR WEBER:	Lehrmeister in der Grafikerlehre.
HERR NAUER:	Pfarrer.
JOSÉ ALVAREZ:	Spanischer Gastarbeiter auf dem Flug von Almería nach Zürich.
SAMODA:	Bekannter aus der „Spiri“-Szene.
EDUARD und MATTHIAS NEUENSCHWANDER:	Architekten.
EHEPAAR BERTANI:	Kunstsammler.
ERDMANN:	Der erste Lektor von Maiwald.

Montevideo

OSWALD „OSWALDO“ ROMANG:	Onkel von Ch.
SUSANNE „SUSI“ ROMANG:	Ehefrau von Oswald. Tante von Ch.
STEPHAN, ADRIAN und THOMAS ROMANG:	Deren Söhne.
MARIA:	Haushälterin bei den Romangs.
IGNACIO ROMERO:	Gitarrenlehrer von Ch.
CARLOS MUHM:	Deutscher Freund von Ch.
MIRANDA:	Seine Freundin.
OLIVIA und LARISSA:	Nobelprostituierte.

Bama international

DON GABRIEL:	Stellvertretender Geschäftsführer.
RAMON BELTRAN CARCELES:	Vorarbeiter.
CASPAR CABALLERO NAVARRO:	Sänger und Mitarbeiter.
JOSÉ MIGUEL FERNANDEZ:	Mitarbeiter.

Paraguay

DR. WAGNER:	Dubioser Großgrundbesitzer.
RAMON:	Der Gutsverwalter von Wagners Ranch.

Madrid

ERNA DOLORES AGUILAR:	Luizas Mutter.
ALFONZO ROMERO AGUILAR:	Luizas Vater. Anwalt.
PASCUAL FERRERA ALARCON:	Luizas Onkel. Makler.

Leute auf der Finca Azul, später Habib-Meditationscenter

DON IGLESIAS:	Der Verwalter der Finca.
ANNA:	Die kleine Tochter von Alan Greene.
AMIDA:	Verwalterin und Hausvorsteherin des Habibs.
TOSHO:	Freund von Alan.
BUSHIDO:	Tai-Chi-Lehrer.
CHAITANYA:	Meisterschüler und Assistent von Alan.
LILIT:	Seine Freundin.
BODHISATTVA:	Ein österreichischer Intellektueller.
ANATALA:	Dessen Freundin.
UMON:	Ein wortkarger Zürcher.
MAHADEVI:	Attraktive Frau.
CHANDRIKA:	Bekannte Therapeutin aus Poona.
JANI, MIUSHIN, DAVENDRA	

Leute von Carboneras

PEDRO:	Maurer, dem Christian die Finca „Cortijo del Viento" abkauft.
ALTE GREISIN:	Namenlos.
MATEO HERNANDEZ:	Gemeindeschreiber und Widersacher.
MIGUEL:	Ein Fischer und Nachbar.

KursteilnehmerInnen an der Kunstakademie Bad Reichenhall

UTE, FRIDA, TOBIAS, GUDRUN,	
LINDA, MIRIAM.	
BRUNO „SORBAS"	
ZIMMERMANN:	Bau- und Abbruchunternehmer.
SABINE:	Ärztin.
ANTON:	85, Schweizer.
MARTA PERINGER-ROSENTAL:	Bayrische Unternehmergattin.
ADELHEID:	Bibliothekarin.
LEANDRA LASKARI:	Griechin.
PROF. JAN NOWAK:	Leiter der Kunstakademie Bad Reichenhall

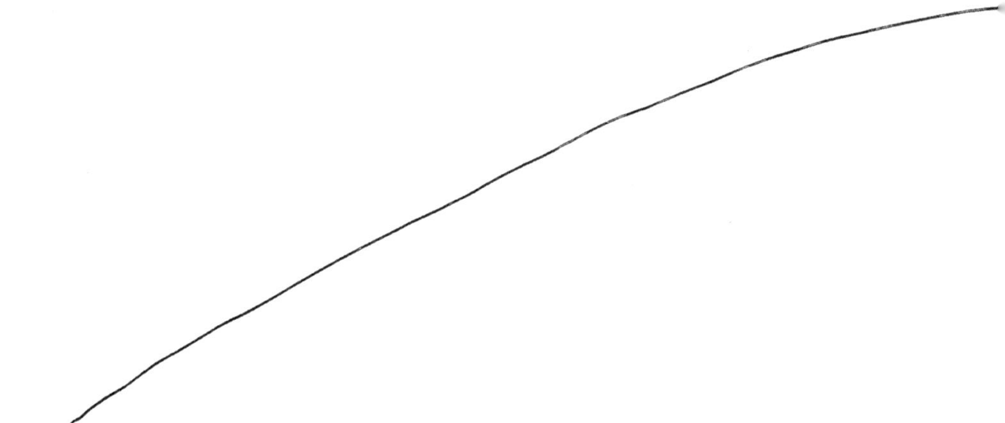

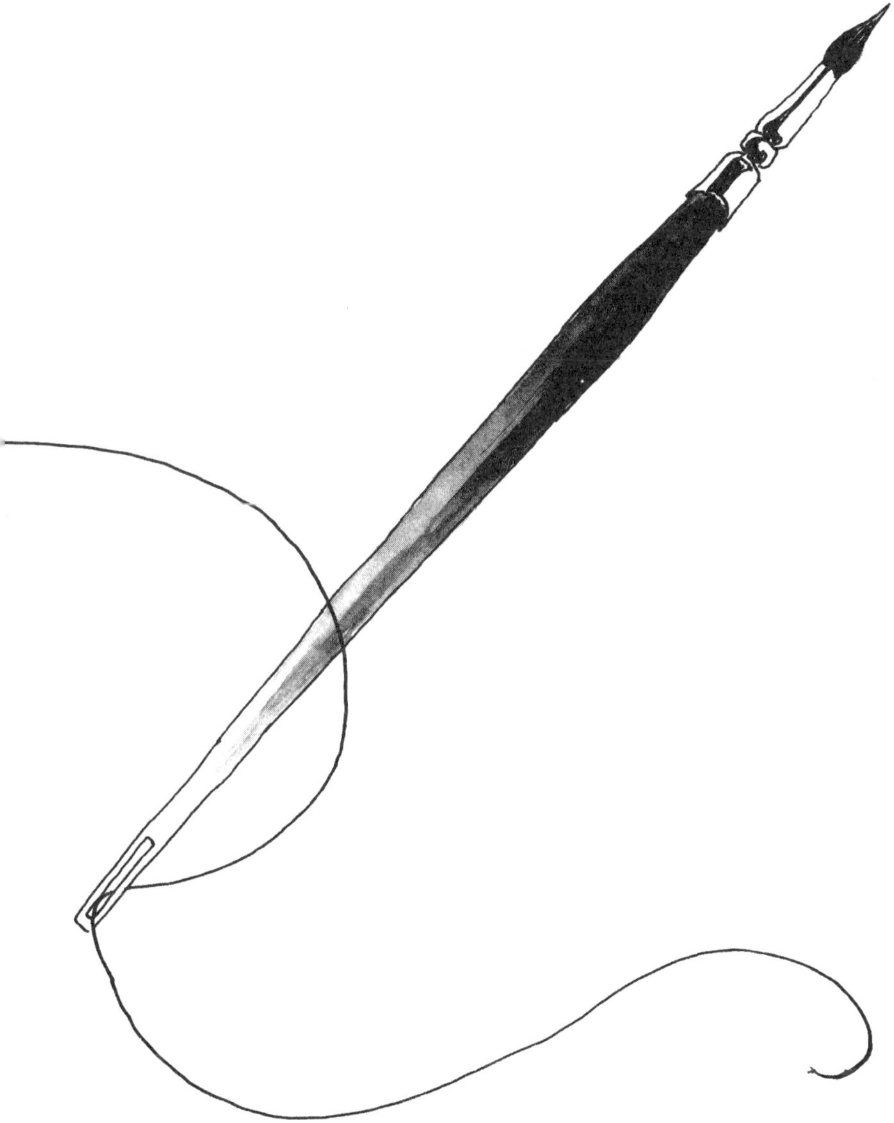

Vorspann

Ich kenne jemanden, der wollte einen Roman schreiben: ein Goldgräber und Künstler, Mönch und Bonvivant in einem. Im Grunde ist er alles und nichts. Meistens grundlos inspiriert, einem Spürhund gleich: die Nase im Wind, der Wahrheit auf der Spur. Etwas Kostbares in ihm ist von dem heiligen Fluch beseelt, diese allem innewohnende Schöpferkraft aufzuspüren und ihr auf irgendeine Art und Weise Ausdruck zu verleihen, um im Erschaffen zum Schöpfer selbst zu werden. Vielleicht ist er ein bisschen verrückt, manchmal sogar ein bisschen abgehoben. Doch das Leben holte ihn immer wieder ganz schnell auf den Boden zurück.
Das stört mich nicht, ich meine, dass er ein bisschen verrückt ist, denn er hat, wie Paul McCartney, erkannt, dass in unserer Gesellschaft die Angepassten und „Gerechten" die wirklich Verrückten und jene absolut gesund sind, welche sich nicht nach der Mode, sondern nach der Stimme ihres Herzens richten. Deshalb wollte er es schon immer anders, besser machen oder wenigstens auf seine Weise tun.
Gott hat ihm dabei zugeschaut und manchmal den Kopf geschüttelt, aber meistens ein Auge zugedrückt und ihm mit dem andern zugezwinkert.
Er hatte es getan und am Ende Gold gefunden. Doch in Wahrheit hatte er nichts getan und nichts gefunden.
ES[0] war schon immer da, denn ES ist ein Geschenk des Lebens.

Nachdem man ihn im Zeichen der Fische in Windeln eingehüllt irgendwo auf dieser verrückten Welt aussetzte, um ihn kurz danach von seltsam befremdlichen Eltern, Onkeln, Tanten, Großeltern und Lehrern finden zu lassen, schaute er sich ein wenig in seinem Leben um und sagte schon bald einmal verwundert zu sich selbst:
„Das kann doch wohl nicht alles sein!"

Eigentlich wusste er von seinem ersten Atemzug an, dass das Leben mehr zu bieten hat als diese Hausmannskost, die auf dem Speiseplan seiner Erzieher stand.
Er war felsenfest davon überzeugt, dass in diesem kurzen, vergänglichen Leben doch irgendwo etwas Unsterbliches oder doch wenigstens so etwas wie ein Sinn existieren sollte. Der verlorene Schatz, von dem er zu Beginn seiner Suche noch nicht einmal ahnte, um was für einen Schatz es sich dabei eigentlich handelte.
Dieses Buch ist die Geschichte einer Sehnsucht. Das Drehbuch einer Suche und Heimkehr. Sie ist nur äußerlich, formal, seine Geschichte, doch inhaltlich könnte sie die Geschichte eines jeden Menschen sein.

Denn wer kennt ihn nicht, den Traum ...
... von einem Platz an der Sonne?
... vom fetten Lottogewinn?
... von der Insel?
... vom Fliegen?
... von der großen Liebe?
... von Frieden, Freiheit und Glück?
Den Traum vom verlorenen Paradies.

Den Stoff zu dieser Story lieferte ihm das hundsgewöhnliche, verrückte Leben selbst und sein sehnlichster Wunsch, daraus etwas Schönes und Lebenswertes zu machen. Diese ihm auferlegte, karmische Hassliebe zu Spanien, diese beinahe zwanghafte Suche nach der großen Liebe und einem Haus mit Innenhof. Bis er erkannte, dass das wahre Zuhause nicht da draußen zu finden ist, sondern nur im eigenen Innern, und auch das nur im Hier und Jetzt.

Die Idee verfolgte ihn schon seit Jahren, immer dicht auf den Fersen. Zuerst wollte er den Stoff in einem Drehbuch für einen Spielfilm verarbeiten, er hatte sogar schon mit einem Schauspieler in Berlin telefoniert, den er für die Hauptrolle für sehr geeignet hielt. Dieser war von der Story begeistert. Doch wie könnte es anders sein, er scheiterte an all den gigantischen Hindernissen, die das Filmgeschäft nun einmal mit sich bringt. Er reichte das Manuskript zur Förderpreisverleihung für Drehbücher in Berlin ein, sprach mit Filmschaffenden und Produzenten, bis er erschöpft das Handtuch warf und sich für das vermeintlich Leichtere entschied: die Buchform. Er hatte genug vom Warten und nahm die Sache selbst in die Hand. Wie so oft in seinem Leben machte er den ersten Schritt ins unbekannte Land, setzte sich an seinen Computer und tippte den ersten Satz, mit Schweiß auf der Stirn und einer Idee im Herzen. All die hämisch grinsenden Stimmen in seinem Kopf fielen über ihn her, um ihm einzureden, dass dieses Projekt nun doch vielleicht eine Nummer zu groß für ihn sei. Auch hier bewährte sich einer seiner Leitsätze aus der Lebenskunstwerkstatt: „Learning by Doing".

Und so war es auch. Mit jeder überwundenen Schreibblockade lernte er dazu, und jeder Tag wurde spannender, aufregender. Er entwickelte einen ungeheuren Biss und ließ nicht mehr los. Das meiste war für den Papierkorb, einiges brauchbar. Immer mal wieder gab es ein paar gute Sätze. Manchmal, meistens wenn er sich vor lauter Erschöpfung keine Mühe mehr gab, geschah das Nicht-Machbare, was er von der Malerei her kannte, dass ES schrieb und er „drin"[1] war.

Das Wunderbare an dieser Erfahrung war, dass das Schreiben selbst für ihn zur Selbsterfahrung wurde und die Wahrheit und Selbsterkenntnis, um die es ihm in diesem Buch geht, nicht nur als Text, sondern gleichzeitig auch in ihm selbst reifte und schließlich erblühte.

Immer wieder bekniete er sich weiterzumachen, motivierte sich, sagte sich immer wieder: „Vielleicht kannst Du ja nicht schreiben, dafür hast Du aber etwas zu sagen. Besser als umgekehrt."

Vor einem Jahr dachte er, dass er die Figuren, die Schauplätze und die Geschichte erfinden könnte, so wie er es in seinem Drehbuch tat. Er erkannte jedoch schnell, dass das wirkliche Leben spannend und erfinderisch genug ist und er es niemals besser machen könnte als Gott, der Meisterdramaturg selbst. Es sind also „Geschichten, die sein Leben schrieb".

Aus Rücksichtnahme auf reale Personen und Institutionen hat er einige Namen und Plätze umbenannt, geografisch verschoben und aufgrund dramaturgischer Kriterien zusammengefasst. Jede Übereinstimmung von Namen oder Sachverhalten ist rein zufällig und nicht beabsichtigt. Da er ein Mann ist, hat er der Einfachheit halber in seinem Buch auch dort die männliche Form gewählt, wo selbstverständlich die Frau in gleicher Weise gemeint ist. Daraus entstand ein autobiografischer Roman, in dem er versuchte, dieses allem Leben innewohnende Wunder sichtbar zu machen.

Seine Geschichte kann jedoch auch andere inspirieren und anregen, selbst mit sich und dem Leben zu experimentieren. Sie kann Mut machen, auf die Sehnsucht im eigenen Herzen zu achten und alles aus dem Weg zu räumen, was dem schöpferischen Selbstausdruck, der Selbstverwirklichung und Selbsterkenntnis im Wege steht. Dies kann sie jedoch nur, wenn er sie weitererzählt. „Vivir para contarla“, „Leben um es zu erzählen“ heißt ein Roman von Gabriel García Márquez. In diesem Sinne möchte er sein Leben ehren, indem er Sie, liebe Leserin, lieber Leser, teilhaben lässt an seinem Abenteuer, an dieser Weisheit, die in allem wirkt, an dieser alles durchdringenden Liebe, die er am Ende seiner Suche in all dem Schmerz und Leid entdeckte. Dieser Konfrontation mit dem eigenen, wahren Selbst[4] kann sich letztendlich niemand entziehen. Wir sind alle Pilger auf dem Weg, um eines Tages aufzuwachen und heimzukehren und den tiefen Sinn im scheinbaren Unsinn zu erkennen. Aber lesen Sie selbst:

Ostern

INNEN/ATELIERHAUS AM ADLISBERG/EIN FRÜHLINGSTAG

Die metallene Ostfassade des etwas höher gelegenen Nachbarhauses spiegelt bereits das rosarote Licht der Morgensonne. Die frechen Spatzen sitzen jubilierend auf der Mauer des Innenhofs. Der Brunnen plätschert das Lied des unaufhörlichen Kreislaufs des Werdens und Vergehens.

Ein Duft von Zuversicht und die Verheißung eines neuen Tages liegt in der Luft. Wie passend scheint mir da die zeitliche Kulisse von Ostern zu sein, wie durch Zauberhand perfekt inszeniert, das Symbol der Wiederkehr allen Lebens.

Ich bin Christian Maiwald. Es ist Frühling. Alles in meinem Leben ist auf wundersame Weise einfach geworden. Es scheint, als hätte sich dieser lang ersehnte Friede heimlich durch die Hintertür meines Hauses hereingeschlichen, um sich bei mir gemütlich einzunisten.

Das Erstaunliche an diesem Frieden ist: Er weicht nicht mehr von meiner Seite und ist zur absolut verlässlichen inneren Achse meines Lebensrades geworden. Auch inmitten größter Turbulenzen, Emotionen und Konflikten ist sie da, diese kompakte, kraftvolle Stille, die alles zusammenhält.

Von dort aus bin ich nur beobachtender Zeuge. Dieses Zeuge-Sein ist der goldene Schlüssel zum Glück.

AUSSEN/ADLISBERG/FRÜHLINGSTAG

Auf meinem Rundgang, vom Haus zur Waldhütte über den Adlisberg zum Tobelhof und zurück, schmecke und atme ich die köstlich frische Luft. Die Erhabenheit und Schönheit der Natur nährt mein Auge und meine Seele. Ich genieße es, lebendig zu sein. Ich treibe meinen Körper mit zügigem Schritt voran und flirte mit dem Wind, der mit meinen Haaren spielt.

Beim Gehen habe ich meistens die besten Ideen, Bilder und Assoziationen – für alles, was auch immer gerade auf meinem Gestaltungsplan steht.

Überall entdeckt mein wachsames Auge die ersten ungeduldigen Frühlingsboten. Zarte Keime sprießen am Kirsch- und Apfelbaum. Die weißen Blüten des Schlehdorns werden in ihrer Pracht höchstens noch von vereinzelten Magnolienbäumen übertroffen, deren üppige Knospen schon in voller Blüte stehen. Nur langsam erobert sich der junge Frühling seine Vorrangstellung. Vereinzelte, hartnäckige Windböen buhlen mit jungen übermütigen Kumuluswolken, welche unnachgiebig die Sonnenstrahlen verdecken, um sie dann für kurze Zeit wieder freizugeben. Das ganze neckische Lichtspiel hat etwas Bewegtes, Lebendiges und atmet Zuversicht, Aufbruch und Neubeginn.
Wie oft habe ich diesen Rundgang durch den Wald schon gemacht, und dennoch ist er nie derselbe. Ich habe es schon lange aufgegeben, dem Geheimnis der Kunst in Büchern nachzugehen. Ich schaue dem Herrgott auf die Finger und sehe: Die Natur ist immer vollkommen, originell, denn sie wiederholt sich nie. Erstaunlich. Mein ganzes Leben ist voller Neuentdeckungen, ein einziges Abenteuer. Daran erkenne ich, dass ich mit anderen Augen sehe.
Es kommt nicht darauf an, was man tut, sondern mit welchem Bewusstsein man es tut. Wenn alles als eine Manifestation eines weisen, göttlichen Ganzen erfahren wird, hat die Langeweile und Routine ausgedient. Unterhalb des Tobelhofes, nach der Überquerung der Hauptstraße, biegt der Weg bei einer alten, verwunschenen Gärtnerei, die ich schon aus meiner Kindheit kenne, nach rechts ab. An einem der Sonne zugewandten Waldrand vorbei, überrascht mich dieser Wegabschnitt immer wieder je nach Jahreszeit mit neuen Farben in neuem Licht. Was diesen Ort besonders schön macht, ist der Blick über ein unendlich großes Ackerfeld, das sich sanft abfallend über den ganzen Hügel bis hin zum Dorf erstreckt. Hier oben stelle ich mich oftmals hin, bleibe einen Moment lang aufrecht und regungslos stehen und schließe die Augen. Dann atme ich diese Weite tief in mich hinein, breite die Arme aus und warte auf diesen magischen Moment, den ich nicht selbst erzeugen kann. Diesen Bruchteil einer Sekunde, in dem ich mich fallen lasse und in den Armen einer größeren Macht losrenne, querfeldein und schwe-

relos, mitten über den unendlichen Acker, an der großen, mütterlichen Stieleiche vorbei nach Hause.
Von oben sieht unser Haus aus wie die Talstation einer Bergbahn. Sein begrüntes, struppiges Pultdach hat etwas Witziges und erinnert ein wenig an den Bürstenschnitt eines Boxers im Ruhestand.
Die aus einigen Häusern bestehende Neubau-Siedlung liegt am Nordhang vom Adlisberg bei Zürich, geborgen in einer leicht ansteigenden Waldlichtung. Obschon alle Häuser im gleichen Stil erbaut wurden, ist es dem Architekten gelungen, seine Grundidee von Beton, Mauerwerk, Holz, Wellblech und begrünten Pultdächern so abwechslungsreich zu variieren, dass jedes Haus einen völlig eigenständigen und individuellen Charakter hat.
Das unverwechselbare Kennzeichen unseres Hauses jedoch ist der Innenhof, aus dem zwei Fächerpalmen und ein weißes arabisches Zeltdach hervorlugen. Die moderne Variante dieses Patios besteht aus einer U-förmigen, vorgelagerten Betonmauer, welche die 8 Meter hohe Glasfront nach Süden von der Straße trennt. Kaum tritt man durch die weiße Türe unter der Rebenpergola in das Innere des Hofes, ist man in einer anderen Welt.
Sein Geheimnis gibt sich preis. Ein Hauch von Mittelmeer kommt einem entgegen. Pflanzen aller Art, die meisten aus praktischen Überlegungen heraus winterfest: Buchs, Rhododendren, Hortensien, die japanische Kirschblüte, Scheinzypresse, das meiste in Töpfen. Im westlichen Hofteil befindet sich unter der Schatten spendenden Pergola die weiße Sitzgruppe. Daneben habe ich ein Großmuttergärtchen angelegt, welches ich im Kontrast zu den Steinplatten mit grobem Kies ausgelegt habe. Ein lauschiges Umfeld für meinen Brunnen, der gemächlich und verträumt vor sich hin plätschert.
Hier wohne ich nun seit mehr als 15 Jahren zusammen mit meiner Lebenspartnerin Tamara. Sie ist sieben Jahre jünger als ich. Nach einer Ausbildung zur Apothekenhelferin hatte sie sich mit ihrem eigenen Kindergarten selbstständig gemacht. Heute ist sie Autorin, Journalistin und eine gefragte Therapeutin. Manche sagen, sie hätte ein gewisses Strah-

len von innen. Ich kann dem nur lächelnd zustimmen. Gewiss sind wir nach außen hin verheiratet – auf dem Papier. Doch viel entscheidender ist die Tatsache, dass unsere Ehe im Laufe unserer gemeinsamen Suche eine grundlegende, segensreiche Öffnung erfahren durfte. In Wirklichkeit sind wir einfach gute Freunde, deren Beziehungsform sich in der Architektur unseres Hauses niederschlägt. Wir leben getrennt und dennoch zusammen. Das heißt in zwei eigenständigen Hausteilen, die durch eine „heimliche" Türe verbunden sind. Ein Idealzustand, der schon viele Besucher zum Nachdenken angeregt hat.

Unser „Hightech-Kloster", wie wir unser Zuhause oft liebevoll nennen, hat einen Grundriss von 8 x 16 Metern und besteht aus zwei symmetrischen, seitenverkehrten Hausteilen mit drei Ebenen: Untergeschoss, Erdgeschoss und der offenen Galerie. Wir nennen meinen Hausteil mit der roten Türe im Westen das „Männerhaus" und Tamaras Hausteil mit der gelben Türe im Osten das „Frauenhaus"; in der Mitte führt eine blaue Türe ins Untergeschoss, in mein Atelier und den Raum, in dem unsere Meditationen und Klärungsgespräche stattfinden.

Es ist nicht unbedingt unser „Traumhaus". Es bietet zum Beispiel keine Aussicht. Die habe ich in fotorealistischer Trompe-l'Œil-Manier[38] kurzerhand auf die Mauer gemalt. Der Blick durch das gemalte Fenster aufs Meer ist so wirklich, dass man tatsächlich der Täuschung unterliegt. So ist das mit den Illusionen, aber ich lebe von ihnen. Ich mache Träume und Illusionen wahr und man bezahlt mich auch noch dafür. Mit sechzig Jahren keine schlechte Bilanz für einen, den man in der Kindheit als Träumer belächelt hat.
Über allem liegt die trunkene Stille und der Frieden dieses herrlichen Frühlingstages, den es so noch nie gegeben hat und den es auch nie mehr geben wird. Alles ist hier und jetzt. Ewige Gegenwart. Von dem anfangs lauten Spatzengeschrei ist jetzt nur noch ein leises vereinzeltes Zwitschern zu hören. Im Hintergrund spielt das Radio „We have a dream", eine zugegebenermaßen leicht kitschige, aber schöne und vor

allem passende Melodie. Ist es nicht erstaunlich? Wenn man eines Tages das Leben als Trompe-l'Œil-Malerei wahrnimmt und der Täuschung nicht mehr unterliegt, dann scheint alles einen tieferen Zusammenhang zu haben und sich gegenseitig zu ergänzen und zu unterstützen. Das Leben wird ein Lila, ein kosmisches Spiel, wie die Inder sagen. Wie sonst könnte es sein, dass ausgerechnet an dieser Stelle, wo ich über die Verwirklichung unserer Träume schreibe, diese Melodie gespielt wird? Einfach nur Zufall? Oder hängt am Ende alles auf geheimnisvolle Weise zusammen?

Ja, jeder sollte sich seine Freiheit und seine Träume bewahren. Denn die Träume sind die Sprache unserer Seele. Paradoxerweise führen uns gerade unsere Träume und Illusionen zur Wirklichkeit. So gesehen sind eigentlich Träumer die echten Realisten. Denn unsere Träume und Visionen regen uns in hohem Maße dazu an, in Bewegung zu kommen, schöpferisch, selbstbestimmt zu handeln und so über uns selbst hinauszuwachsen.

Plötzlich zerreißt die drohende Durchsage des Radiosprechers die Idylle: „Autobahn A3 in Richtung Basel, fünf Kilometer Stau."

Die Tore öffnen sich, die Massen werden freigelassen. Nun schwärmt er wieder aus, der Hordenmensch, in alle Richtungen, reiht sich freiwillig ein in Autokolonnen, steht am Zoll und wartet auf Flugplätzen. Worauf? Was ist uns verloren gegangen? Was suchen wir da draußen, hinter dem Berg, im fernen sonnigen Süden?

„Urlaub" nennen wir diese fluchtartigen Aufbrüche.

Dieses Wort wird meistens mit einem mimischen Gemisch von Begeisterung und einem erleichterten Stöhnen begleitet. Wie es das Wort schon sagt, kommt „Urlaub" von „erlauben". Als ich mir der tiefstinnersten Bedeutung dieses Wortes zum ersten Mal so richtig bewusst wurde, zuckte ich zusammen. So ist es in der Tat: Die meisten von uns warten auf die Erlaubnis „von oben", „von außen", um wegfahren zu dürfen. Um frei zu sein.

Warum geben wir uns nicht selbst die Erlaubnis?

Für mich stand schon immer eines fest: Ich wollte mein Leben nicht auf das Wochenende verschieben und warten, bis mir irgendjemand da draußen endlich die Erlaubnis gäbe zu leben. „Ferien für immer“, las ich einmal auf dem Plakat einer Lottogesellschaft, und ich dachte hinter einem heimlichen Schmunzeln: Genau das ist es, was ich will, und das kann ich auch umsonst haben. So ging ich denn schon mit 20 in Rente. Die Erlaubnis hab ich mir selbst gegeben. Den Preis für die Konsequenzen selbst bezahlt.

Bühnenbilder einer Erinnerung

Irgendwann kurz vor Beginn des zweiten Jahrtausends ziehe ich mich mit meinem Computer, einem Stapel Bücher und den neu gekauften Duden bewaffnet in die Berge meiner Vergangenheit zurück. Denn ich habe mir vorgenommen, in Klausur zu gehen und nicht eher zurückzukehren, bis der erste Akt dieses Buches, der meiner Kindheit und Jugend gewidmet ist, geschrieben sein würde. Es ist wieder einmal dieser magische Schritt ins Unbekannte, mit dem jeder schöpferische Akt beginnt.
Wo könnte das besser gelingen als in dem Dorf, in dem meine verstorbene Mutter aufgewachsen ist, dort, wohin meine Eltern im Alter wieder zurückkehrten, dort, wo alles begann und mich alles rundherum an meine Kindheit erinnert: in Sigriswil. Einem mit hübschen Holzchalets bestückten Bergdorf, fünfhundert Meter über dem Meer, am Südhang des Thuner Sees.
Ich krame in diesem alten Marmeladenglas nach dem Wohnungsschlüssel meiner Eltern. Ein leiser, beklemmender Schmerz der Vergänglichkeit huscht durch mein Herz. Ich habe meine Eltern nicht so oft besucht, wie sie es sich vielleicht gewünscht hätten, und meine Mutter oft alleine gelassen. Jetzt sind sie beide tot. Heute weiß ich: Ich musste meine Eltern loslassen, bevor ich sie erneut gewinnen konnte.

INNEN/WAGEN/TAG

Ich genieße die Fahrt. Mein Handy regt sich. Blind tastet meine Hand auf den Nebensitz, um es auszuschalten. Um mich von den Ablenkungen der Gegenwart ungestört meiner Vergangenheit zuzuwenden und den Szenenbildern meiner Kindheit nachzuspüren, um sie in diesem Buch zu neuem Leben zu erwecken.

So war das immer auf dieser Reise von Dübendorf, wo ich aufgewachsen bin, über Bern nach Thun, in die Gegend am Südhang des linken Thuner-See-Ufers. Dieses mulmige Gefühl im Bauch, ein Gemisch von Wehmut und leiser Abscheu, das mich noch heute befällt, wenn ich das Wahrzeichen von Thun, die alte Burg mit den vier Türmen, vor mir sehe. Denn einerseits ist Sigriswil am Thuner See der Wohnort meiner Großeltern, das Bauerndorf, wo meine Mutter bei ihrem Vater, der Lehrer war, in die Schule ging, und die Szenerie meiner Kindheit. Andererseits aber auch das Ballungszentrum von Biederkeit, Moral und bäuerlichem Brauchtum. In dem Maße, wie ich mich Sigriswil nähere, häufen sich auch die von Erinnerungen triefenden Kulissen. Ja, eigentlich weiß ich nicht, warum ich mir das überhaupt antue. Ich will da gar nicht mehr hin zurück, in all diese alten Geschichten!

Diesen Christian von damals gibt es nicht mehr. Doch das wissen die wenigen, die da noch leben und die ich zwecks Recherche für dieses Buch zu besuchen beabsichtige, leider nicht. Für diese Onkel und Tanten, Cousins und Cousinen bin ich eben immer noch der Christian von damals. Und so ist der Umgang mit ihnen nicht gerade einfach.

Sie alle wissen, dass ich nach so vielen Jahren familiärer Abstinenz nicht mehr dazugehöre und dass ich mein eigenes Leben lebe. Nur was das für ein Leben ist und wer ich eigentlich bin, ist ihnen nicht geheuer. Ich glaube, das will auch keiner so genau wissen. In deren Augen bin ich wohl einfach ein Spinner, und man weiß ja, wie Künstler ticken.

Auf der Anhöhe nehme ich die Linkskurve, die wir mit meinen Eltern schon Dutzende von Malen genommen haben; im alten Volkswagen, dem mit dem Entenschwanz und den Klappzeigern. Felix, mein jüngerer

Bruder, und ich, quengelnd auf dem Rücksitz. Die Linkskurve, die heute noch hinunter führt, in die Thuner Altstadt, zum Lauitor, dem Platz, wo das noble, alte Patrizierhaus, das Geburtshaus meiner Großmutter Mathilde Ris steht. Ihr Vater, Dr. med. Friedrich Ris, ein Arzt, war wohl, wie man mir erzählte, ein wichtiger und angesehener Edelmann, der jener Generation angehörte, die noch über eine perfekte humanistische Bildung verfügte und auf einem Schimmel in die abgelegensten Bauerndörfer des Berner Oberlandes ritt, um Patienten zu besuchen. Eine Geschichte wie im Märchen.
Die Fahrt geht weiter von Thun über Hilterfingen und Oberhofen nach Gunten. Häuser, Straßen, Bäume und Plätze: Alles ist mir wohl bekannt, aber nicht so, als würde das alles zu meinem wirklichen Leben heute gehören, sondern so, als würde ich über eine Theaterbühne schreiten, die mich an eine Aufführung erinnert, in der ich vor vielen, vielen Jahren eine Nebenrolle spielte.
Von Gunten führt eine Serpentine steil hinauf nach Sigriswil mit all den heimeligen Chalets. Die Dorfstraße entlang, vorbei an der Post, einem modernen Chaletbau eines bekannten Berneroberländer Architekten, endet die Fahrt beim Rudolf-Zingg-Platz, dem eigentlichen Hauptplatz des Dorfes, der zum Verweilen einlädt. Im Schatten einer Föhre steht ein altes Schindelhaus mit zierlichen Erkern und einer kunstvoll geschnitzten Bogengaube. Rechts daneben ein uraltes, von der Sonne schwarz gebleichtes, mit zahlreichen Geweihen, Wurzeln und diversen Fundstücken dekoriertes Holzchalet aus dem Jahre 1647. In der Mitte auf einer Insel wacht seit Urzeiten die gute alte Linde, die mich wohl schon als Kind geduldig von oben betrachtet hat.

AUSSEN/BÄRENPLATZ/TAG

Hier lasse ich den Wagen stehen und gehe zu Fuß in Richtung Hotel Bären. Im Hintergrund ruht die zierliche weiße Kirche mit dem spitzen Turm, dem großen Zifferblatt und der dahinter liegenden Trauerhalle. Wie viele Verwandte haben wir auf diesem Friedhof schon zu Grabe getragen. Alle wurden sie hier bestattet – meine Großeltern, Tanten, On-

kel, meine Mutter und kürzlich auch mein Vater. Wer wird der Nächste sein? Die Kinder von damals rücken nach, bis zu jenem Tage, an dem auch ich zuvorderst in der Warteschlange stehen werde.
Ich liebe diese Kirche. Weiß und rein hebt sie sich, wie auf einer Postkarte, von dem strahlend blauen Himmel ab. Anscheinend unberührt vom Tod strahlt sie Zuversicht und Gelassenheit aus. Immer wenn ich vom Bärenplatz her die romantische Zierbirkenallee entlang zum Pfarrhaus gelange, dort wo das Plätschern des Dorfbrunnens im kühlen Schatten einer Kastanie zur gebotenen Stille einlädt, dehnt sich die Zeit aus. Volkstümliche Szenerien, die an Bilder von Albert Anker erinnern, bevölkern meine Fantasie. Eine der fruchtbaren Mutter Erde und dem bäuerlichen Brauchtum verbundene Liebe erfüllt mein Herz. Diese Anhöhe, wo die Kirche steht, umgeben von drei uralten, weisen Ahornbäumen und einer Platane, hat für mich eine ganz besondere Kraft.

INNEN/WAGEN/TAG

Zurück in meinem Wagen, fahre ich die Dorfstraße weiter hinauf zum Adolf-Schaer-Spycher, einem kleinen Ortsmuseum, welches meinem Großvater zu Ehren, dem Heimatschriftsteller und Lehrer, nach seinem Namen benannt wurde. Über die Feldenstraße nähere ich mich, vorbei an uralten, von der Sonne dunkelbraun gebrannten Speichern und neuen Chalets, dem Geburtshaus meiner Mutter, welches leider bei einer wenig einfühlsamen Restaurierung durch den neuen Besitzer seine alte Patina eingebüßt hat. Von dieser Stelle aus kann ich bereits die Wohnung meiner Eltern sehen. Das behäbige, dunkelbraune Chalet mit der großen Terrasse unter dem Giebel des Satteldachs ruht zuoberst über dem Dorf, von saftigen grünen Wiesen umgeben, auf denen hochprämierte, zufriedene Kühe mit prallem Euter im Rhythmus ihrer Glocken grasen. Als ich mich über die gefährlich steile Zufahrtstraße der Wohnung nähere, sehe ich vor meinem geistigen Auge, wie meine Mutter auf der Terrasse auf mich wartet und winkt.

INNEN/CHALET/ABEND

Zwei Dinge kennzeichnen die Attikawohnung meiner verstorbenen Eltern und machen sie zu etwas Besonderem: das großartige Panorama und ein gigantischer Natursteinkamin, den mein Vater nach seinen Vorstellungen entwerfen und mit einem schönen Jurakalkstein bauen ließ. Der Anblick der Berge ist atemberaubend. Über dem Stockhorn geht die Sonne unter, während der majestätische Gipfel der Jungfrau zu glühen beginnt. In der Mitte wacht stolz die Pyramide des Berner Oberlandes – der Niesen. Das Erste, was ich hier jedes Mal nach meiner Ankunft mache, ist ein großes Feuer. Dieses Ritual muss sein. Nun sitze ich hier auf dieser alten Eckbank, die ich schon aus meiner Kindheit kenne, irgendwie verloren in einer Umgebung, die mir inzwischen fremd geworden ist. Ich kann mich noch gut an jenen Tag erinnern, als ich im zarten Knabenalter von meinem Vater und seinem verrückten Freund Ro (die Abkürzung von Rosinski) an diesem Tisch die erste Sexualkunde erhielt. Überall umgibt mich Schnickschnack jeder Art: Bilder, Erinnerungsstücke, Relikte und Symbole familiärer Identität und Tradition. Hinter mir hängen an einer zwei Meter langen Schnur mit bunten Wäscheklammern befestigt lauter rührende Aufnahmen von Familienmitgliedern, welche inzwischen auch nicht mehr so jung aussehen wie auf den vergilbten Fotos. Der uralte, ausgefranste Teppich unter meinen Füßen ist teilweise schon derart abgenutzt, dass man kaum noch sein Muster erkennen kann.

Alles riecht nach Festhalten, Vergangenheit und Tod.

Draußen ist es dunkel geworden. Tausend glitzernde Lichter, wie von magischen Händen über das ganze Bergpanorama verstreut, zeugen von Häusern, Familien und Schicksalen hinter Fenstern. Für meine Mutter war dieses Bild immer ein Symbol für die Einsamkeit des Menschen. Man konnte viel mit ihr lachen, aber sie hatte auch eine sehr sentimentale Seite und sehr schnell Tränen in den Augen.

Inzwischen lodert das Feuer im großen, bodentiefen Kamin. In den Flammen erkenne ich die Kraft, die Leben erschafft und Leben zerstört. Bilder und Erinnerungen steigen in den Flammen auf, um gleich darauf erneut in sich zusammenzubrechen. Vor meinen Augen sehe ich unseren Dorfpfarrer, der schon so viele von uns beerdigt hat. Ich höre seine Worte: „Asche zu Asche, Staub zu Staub", sehe, wie er mit einem Schäufelchen etwas Erde ins frische Grab streut, während ich nach und nach, nicht ohne schlechtes Gewissen, alles Brennbare wie Bücher, Fotoalben, uralte Ordner, Schachteln und vieles mehr dem Feuer übergebe. Dieses Ritual bringt sehr deutlich zum Ausdruck, was ich geradezu körperlich erlebe: Wir kehren alle wieder dorthin zurück, woher wir gekommen sind. Das Feuer wird zum Symbol der natürlichen Rückverwandlung allen irdischen Lebens.

Am andern Tag, als ich vor dem Kamin aufwache, ist von all den Dingen, die ich verbrannt habe, nichts übrig geblieben als eine silbergraue, kalte Glut. Einmal werde auch ich zu Asche, wie all diejenigen, die vor mir schon gegangen sind. Wie alles, das kommt und geht. Aber ich habe mir schon sehr früh geschworen, dass ich noch in diesem Leben DAS[0] finden werde, was über den Tod hinausgeht und niemals stirbt. Dieser Entschluss und die Gewissheit, dass es sich lohnt, für DAS zu leben, ist der Beginn meiner Suche nach Heilung und Erlösung, die mein ganzes Leben bestimmt.

1. Akt: Jemand sein

Der Fall aus dem Paradies

INNEN/CHALET SIGRISWIL/TAG

Im Geiste gehe ich zurück auf meiner biografischen Reise in den Zeitraum meiner Geburt, als ich die Bühne dieses Lebens betrat oder, besser gesagt, auf sie niederfiel. Ich könnte mir durchaus vorstellen, noch weiter zurückzugehen, in die Zeit vor meiner Geburt. Aber bleiben wir am Boden, in diesem Leben. Das ist mehr als genug.

In einem Bild, an das ich mich sehr deutlich erinnern kann, beobachte ich mich von außen, wie ich als noch Ungeborenes gemütlich im Bauch meiner Mutter liege und warte, bis man mich da endlich rausholt. Einbildung? Jedenfalls, am 4. März 1948 um 9.00 Uhr im Betanienheim von Zürich war es dann so weit. Offenbar war ich eine leichte Geburt. Ja, ich glaube auch, dass ich mich auf dieses Leben gefreut hatte. Heute weiß ich auch warum, denn auf dem Regal neben meinem Bett, auf dem ich mir einen kleinen Altar eingerichtet habe, steht eine gefaltete, rosarote Karte von meiner Mutter Marianne. Das, was sie darin zu meinem 50sten Geburtstag, kurz vor ihrem Tod, schrieb, hat mich immer sehr berührt und mit tiefer Dankbarkeit erfüllt:

„Lieber Christian,
Du warst einmal mein Wunschkind. Das kommt mir nun wieder ganz deutlich in Erinnerung. Du warst immer der einzige Mensch, der mir auf der weiten Welt am nächsten stand. Deshalb sind auch meine Wünsche zu Deinem Geburtstag so persönlich, dass ich sie kaum auszusprechen imstande bin. Aber ich rechne damit, dass Du verstehst, wie ich es meine. Alles, alles Schöne wünsche ich Dir – und alles Liebe!
Deine Mamma“

Auf die Vorderseite klebte sie ein Foto mit einer wunderschönen, offenen Lotusblüte.

Ich bin also ein Wunschkind: Gibt es etwas Schöneres, das eine Mutter ihrem Sohn sagen könnte? Ich war also willkommen! Alles stand unter einem guten Stern – astrologisch betrachtet im Sternzeichen der Fische[52].
Gewiss, all das kümmerte mich natürlich noch lange nicht. Denn dieses Neugeborene, das ich damals war, ruhte noch in göttlichem Frieden.

Warum wir allerdings dieses Paradies verlassen, diese Unschuld verlieren und dann ein Leben lang damit beschäftigt sind, diesen paradiesischen Zustand wieder zurückzuerobern, blieb mir lange Zeit ein Rätsel. Aber das war mir damals bestimmt egal. Solche Fragen stellen wohl nur diejenigen, die sich eben bereits nicht mehr in dieser kindlichen Unschuld befinden. Die sogenannten Erwachsenen, die so viel denken und grübeln über den Sinn und Unsinn dieses Lebens, was mir erst noch bevorstand.

Über mir baumelt ein weißer, mit farbigen runden Plastikmedaillons bestückter Ring.
Ein Spielzeug, das ich anfassen kann, wenn ich meine kurzen Ärmchen ausstrecke. In weiche, flauschig-wohlige, weiße Kissen gebettet, betrachte ich meine kleine Welt aus der Horizontalen. Diese kleine Baby-Welt ist auf ein geflochtenes Korbbettchen und mein beschränktes Gesichtsfeld reduziert. Alles ist durchdrungen von wohliger Geborgenheit und Frieden. Noch fehlt so etwas wie ein denkender Geist. Es gibt kein Ich. Keine Trennung. Keine Vergangenheit. Keine Zukunft. Alles ist Hier und Jetzt. Es sollte Jahre dauern, bis ich diesen Zustand des Einsseins wieder erleben durfte.
Erstaunlicherweise sehe ich dieses Bild, noch bevor ich meine Mutter oder noch weniger meinen Vater zum ersten Mal wahrgenommen habe. Meine Mutter war für mich zuerst einmal nur so etwas wie eine warme, lichte, beschützende Präsenz. So etwas wie Liebe oder Licht. Als Menschen wahrgenommen habe ich sie zuerst nur über ihre große, pralle Brust, an der ich genüsslich nippelte, währenddessen ich in hol-

der Wonne einmal mit dem linken und dann mit dem rechten Ärmchen gegen diese stieß, um den Nachschub an Milch zu sichern. Eine starke Erfahrung, die einen tiefen Eindruck in meiner Seele hinterlassen haben muss, war das Lied „Guten Abend, gute Nacht“ von Brahms, das sie oft an meinem Bette sang. Jedes Mal, wenn ich dieses Lied höre, schnürt es mir die Kehle zu und ich spüre, wie sich in der Tiefe meiner Bauchgrube ein haltloses Schluchzen zusammenbraut und versucht, sich Luft zu verschaffen. Ich weiß nicht, was mich da so bis ins Mark erschüttert; und ich bin gerade dabei, dies herauszufinden, indem ich mir das Lied auf YouTube anhöre und dabei die Tränen abwische.

„Guten Abend, gut' Nacht
Mit Rosen bedacht
Mit Näglein besteckt
Schlupf unter die Deck'
Morgen früh, wenn Gott will
Wirst du wieder geweckt.“

Der stärkste Beweggrund meiner Betroffenheit ist wohl der endgültige Verlust dieser mütterlichen Liebe und Geborgenheit. Der Fall aus dem Paradies und die Sehnsucht, wieder in diesen Zustand zurückzukehren. Andererseits birgt die Melodie auch einen wunderbaren Schatz; die Gewissheit und der Trost, dass uns vergeben wird und letztlich diese Liebe der Mutter nur Sinnbild für die Liebe Gottes ist: „Morgen früh, wenn Gott will, wirst du wieder geweckt.“ Mag sein, dass mir bewusst wird, wie oft ich mich immer wieder diesem Willen Gottes verweigere und dabei mir und anderen unnötiges Leid aufbürde.

Irgendwo links von meinem Kinderbettchen führt eine Türe zu einem Flur, aus dem eine Stimme zu hören ist. Sie ist tiefer als diejenige meiner Mutter. Sie fühlt sich streng und entfernt an und steht für etwas, das nicht zu dieser himmlischen Einheit und Verbundenheit zwischen mir und meiner Mutter gehört. Sie bedeutet etwas mir Fremdes, vielleicht sogar leicht Bedrohliches und stand für eine Welt da draußen, die ich noch nicht kannte. Ja, und dann taucht er zum ersten Mal über mir auf. Mein Vater. Ich erinnere mich noch an seinen grob karierten Zweireiher mit Smokingkragen, der jenen Sakkos täuschend ähnlich schien, die Humphrey Bogart oder Gregory Peck in ihren alten Filmen trugen. Als Herren aus besserer Gesellschaft diskutierten diese bei Whisky und Zigarre in den sogenannten Raucherzimmern ihrer Nobelvillen wichtige geschäftliche Angelegenheiten.

Ja, es war diese Jacke, die ich viel später einmal „erben" sollte, als ich mit meiner ersten Frau Bea in mein Elternhaus in Dübendorf einzog, wo ich meine Jugend verbrachte. Damals, als ich dort zum ersten Mal in dem eigens dafür geschaffenen Atelier unter dem Dach ernsthaft zu malen begann, habe ich sie mir oft vor der Leinwand übergezogen. Auch wenn ich, um ehrlich zu sein, darin schwitzte und ihr grober Flanell mich kratzte, verlieh sie mir das erwachsene Gefühl, jemand zu sein. Ein Künstler eben.
Ich erinnere mich noch an die ersten Kritiken in den Regionalzeitungen, für die ich mich in diesem Outfit fotografieren ließ.

Mein Geburtshaus befand sich ebenfalls in Dübendorf, dieser unscheinbaren Gemeinde nördlich von Zürich. Es war eine jener hässlichen, mit weißem Billigputz verschmierten Mietskasernen gegenüber dem Militärflughafen. Unsere kleine Wohnung war im dritten Stock. Sie hatte immerhin einen winzigen Balkon gegen Osten, auf dem es ein wenig Morgensonne gab. Dort wuchs ich auf. Man gab mir den Namen Christian. Mein Vater Louis Maiwald war ganz am Anfang seiner Karriere Fluglehrer und Militärpilot. Ich glaube, meine Eltern mussten sparen. Doch keine Angst, ich bringe hier nun nicht diese „In-der-Armut-aufgewachsen-hat-sich-dann-bis-zum-Millionär-hinaufgearbeitet"-Geschichte. Was ich sagen will, ist: Ich war kein Sohn reicher Eltern, dem alles in die Wiege gelegt wurde. Drei Jahre nach meiner Geburt kam Felix, mein Bruder, zur Welt. Als ich ihn einmal fragte, ob er sich noch an irgendetwas aus dieser Zeit erinnern könne, sagte er, er habe nicht die geringste Ahnung. Eines allerdings habe ihm unsere Mutter einmal gesagt, und zwar, dass ich ihn kurz nach seiner Geburt, wohl aus Eifersucht, mit einem Kissen habe ersticken wollen. Überhaupt habe er unter meiner dominanten und lebhaften Art oft gelitten und sei neben mir nie richtig zum Zuge gekommen. Nun, es gibt hier in der elterlichen Wohnung in Sigriswil, meiner derzeitigen Schreibstube, noch andere biografische Informationsquellen. Zum Beispiel die unzähligen mit scheußlichen Blumenmustern bedruckten Fotoalben meiner Mutter, in denen sie Hunderte von Familienfotos sammelte. Die ältesten Bände beherbergen noch diese uralten schwarz-weißen Fotos mit den gezackten Rändern, die aussehen wie Briefmarken. In einem von ihnen entdecke ich ein schönes Bild. Meine Mutter mit ihren zwei Buben vor dem Militärflughafen. Ja, genau, dort warteten wir drei immer voller Stolz auf unseren Vater, bis er in dieser schicken, eng anliegenden, mit unzähligen Taschen bestückten Fliegeruniform durch das Portal schritt und uns Kinder an seine Brust hob. Auch wenn es meine Eltern waren, irgendwie waren es fremde Wesen für mich. Aber das war weiter kein Problem. Es wurde für mich gesorgt.

Das homerische Lachen[47] des Adolf Schaer-Ris

Bevor ich hier meine Eltern einführe, komme ich nicht um den Vater meiner Mutter, Adolf Schaer, herum, ein Original mit Ecken und Kanten. Diese Gotthelf-Figur aus dem Emmental ist tatsächlich eine Beschreibung wert. Für mich war er so etwas wie der erste Stern in dunkler Nacht. Vielleicht, weil ich ihm sehr ähnlich war.

Nach dem Besuch des Lehrerseminars studierte der Bauernsohn Sprachen und Geschichte und genoss danach ein abwechslungsreiches, erfülltes Leben zwischen Bergwelt und Stadt. Er war Lehrer, Schriftsteller,

Akademiker und Präsident der Thuner Kunstgesellschaft. Nicht nur das – dieser korpulente, kräftige Lebemann spielte auch noch die „zarte" Geige. Die Musik war es denn auch, welche ihn mit seiner Frau Mathilde, Tochter aus ebendiesem wunderbaren Patrizierhaus am Lauitor in Thun, zusammenbrachte. Damals, als er die Stelle als Sekundarlehrer in Sigriswil annahm.

In seinem Buch „Jeder pfeift auf seinem Ast" schreibt er:

„Als Dorfschulmeister und Schriftsteller stand ich im Dienste des einfachen Volkes, aus dem ich selber geschnitten war. Meine Einheirat in einen akademischen Kreis sowie mein starkes Interesse für künstlerische und akademische Belange nahmen die andere Hälfte meiner Kräfte in Anspruch. Aus diesen natürlichen Gegebenheiten wuchsen mir große Vorteile zu. Einmal die Steigerung des Lebensgefühls und zweitens die Ausweitung und Vertiefung des Weltbildes und damit die Rettung vor regionaler Verkümmerung und vor der gefährlichen ‚Déformation professionnelle', wie der Welsche so schön sagt."

Er kam von einem Bauernhof im Emmental, der Geburtsstätte Jeremias Gotthelfs und Schauplatz seiner Romane. Dann schreibt er weiter:

„Das Bauernhaus hieß Wildmatt und befand sich am Rande eines bewaldeten Bergrückens nahe der Hohwacht hoch über dem Dorfe Langnau. Hier senkten sich die Urgerüche des abseitigen Einzelhof-Daseins in meine Nase: der Stallgeruch, der Heublumengeruch und der Harzgeruch des Waldes. Hier auch wurde das Fundament zu meinem Weltbilde gelegt; zu dem Bedürfnis, die Welt aus der Distanz und von einem erhöhten Standort aus zu betrachten."

Ich lese heute zum ersten Mal in diesem Buch und bin erstaunt, wie nahe er mir ist, und trotzdem war er für mich als Kind so weit weg. Heute würde ich sagen, dass er sich für Kinder im Allgemeinen und für mich im Besonderen überhaupt nicht interessierte. Er war, wie jedes Original, in seiner eigenen Show.

Immer wenn er aus seinem Studierzimmer kam, die Holztreppe herunterpolterte und das von uns ungeduldig erwartete Erscheinen bevorstand, war das wie im Theater: sein Auftritt.

Der Vorhang öffnete sich und die Vorstellung begann.
Er saß immer an der östlichen, seine Gemahlin an der westlichen Längsseite des großen Tisches. Das Gedeck war Tradition. Edles Porzellan und kostbares Silberbesteck.
Alles, was er tat, tat er intensiv und laut. So schmatzte er beim Essen, schnäuzte mit einem übergroßen Taschentuch seine Adlernase, die ich von ihm geerbt habe, rülpste kurz und erzählte weiter. Sein homerisches Lachen[47] kam tief aus seinem wohlgenährten Feinschmeckerbauch, sodass dieser zu beben begann, während ein viel zu kleiner Ledergurt das frühzeitige Heruntergleiten seiner frisch gebügelten Stoffhose verhindern sollte.
Da dieses Gürtlein dieser schwierigen Aufgabe nicht immer gewachsen war, musste er oft von Hand nachhelfen. Seine Gemahlin Mathilde Schaer-Ris, aus vornehmem Hause, schwieg beherrscht und schämte sich für ihn. Ein ungleiches Paar. Nur eines hatten sie gemeinsam: ihren Körperumfang. Auch sie war eine füllige Person. Ihre großen Brüste hatten den Vorteil, dass die Speisereste, die ihr, trotz ihrer hervorragenden Tischmanieren, ab und an aus dem Mund glitten, nicht auf den Boden fielen, sondern sie diese bequem und dezent mit einem Löffel von ihrem natürlichen Vorbau nehmen konnte.
Abendelang hingen wir an Adolfs Lippen, draußen in der offenen Halle, als er Geschichten erzählte, erfundene, wahre, improvisierte. Wenn er seine Witze zum Besten gab, bogen sich alle vor Lachen, sodass man uns anderntags im Dorf fragte, ob wir es wieder lustig gehabt hätten mit Adolf.
Ja, er hatte Schauspieler werden wollen, doch man sagte dem Bauernsohn im Emmental, dass dieser Beruf vom Teufel käme, und schickte ihn vorerst einmal ins Lehrerseminar Hofwil und später ans Oberseminar in Bern.
Er war wie ich, ein Lehrerschreck. Eigenwillig sensibel. Lehrer, die menschlich waren, liebte er. Diejenigen, die das Herz nicht am rechten Fleck hatten, schikanierte er, und das gründlich. Was ihm in Hofwil beinahe zum Verhängnis wurde, denn als er sich mit dem Direktor der

Schule anlegte und ihn lächerlich machte, wurde er zum Disziplinarfall. Doch im letzten Augenblick konnten zwei Lehrer, die ihm gut gesonnen waren, seinen Rausschmiss verhindern. Mit in seiner Klasse befanden sich hochbegabte junge Männer, die später allesamt große Persönlichkeiten in Politik, Wissenschaft und Kunst wurden. Unter ihnen befand sich auch der spätere Maler und Direktor der Kunstgewerbeschule Zürich, Johannes Itten, der später sein Freund wurde und als Urheber der gleichnamigen Farbenlehre auch für mich als Kunstdozent einmal Bedeutung haben sollte.

Über seine Mittelmäßigkeit als Schüler schreibt mein Großvater:

„Diesen Spitzenleistungen war ich natürlich nicht gewachsen. Wenn ich in Langnau zu den guten Schülern gehört hatte, so rangierte ich nunmehr unter den mittleren oder, wie man richtig sagt, beim großen Haufen. Bei diesem großen Haufen ist man am besten aufgehoben, man wird nicht beneidet und braucht sich nicht anzustrengen, um einen hohen Rang halten zu können. Man kann auch ganz im Geheimen zum Beispiel Verse machen, Tagebücher führen, ohne dass es jemand merkt und an die große Glocke des Hohnes und Spottes hängt. Mit einem Wort, man ist beim Volk.“

Diese Volksnähe hat er Zeit seines Lebens beibehalten.

Nachdem er sich vergebens als Primarlehrer auf dem Lande versucht hatte, packte er eiligst seine Siebensachen und verließ fluchtartig das Dorf.

„Mit einigen Hundert Fränklein in der Tasche, dem Köfferli, Geigenkasten und Regenschirm bewaffnet, begab ich mich nach Genf aufs Pflaster, wo mein Freund Johannes Itten aus Thun an der Kunstakademie studierte.“

Diese Stelle in seinem Buch bringt alte Saiten in mir zum Klingen. Bilder und Erinnerungen an Genf, wo ich selbst an der Ecole des Beaux-Arts studierte. An das Buch „Kunst der Farbe“ von Johannes Itten[33], welches ich im Zuge meiner „Abkehr von der Welt“, als ich mich von allem „weltlichen Plunder“ befreite, einem Antiquar überließ, ohne zu ahnen, was für ein Buch das war, das ich da gerade aus meinen Händen gab.

Erst wenig später, als ich es plötzlich wieder im Schaufenster sah, mit dem Schild „Wertvolles Unikat mit Original-Signatur von Johannes Itten, 650,- Franken", merkte ich, was ich da getan hatte. Ich hatte ein kostbares Erbstück verschachert, das mein Großvater meiner Mutter und sie wiederum mir weihevoll übereignet hatte. Wie konnte ich nur!

„Am Bahnhof in Genf empfing mich Johann", fährt Adolf fort.

„Er ragte fremdartig aus der Menge heraus. Auf dem vollbärtigen Kopf saß ein breitrandiger schwarzer Wolkenschieberhut und den athletischen Leib umschloss eine dunkle Manchesterkleidung. Kein Zweifel, Johann hatte sich in einen Maler verwandelt. Liebenswürdigerweise bot er mir seine Bude an, bis ich etwas Eigenes gefunden hätte. Er zeigte mir die Stadt und führte mich in seinen Kreis ein."

Adolf immatrikulierte sich an der Universität und besuchte Vorlesungen über französische Literaturgeschichte und kehrte nach Bern zurück, studierte deutsche Literatur, wechselte hinüber auf Geschichte und Geografie, sein Lieblingsfach. Er schrieb volkstümliche Theaterstücke und promovierte zum Dr. phil.

1913 wurde er an die Sekundarschule in Sigriswil gewählt; was dann geschah, lassen wir am besten meinen Großvater selbst erzählen, da ich mich hier in seiner schönen, tiefgründigen Schilderung wiedererkenne:

„Nachdem mir das Schicksal schon als Knaben den eigenen Boden unter den Füßen weggezogen hatte, indem es mich aus dem Bauernhaus vertrieb, wurde in mir der Gegenpol zum Sesshaftigkeitstrieb geweckt, nämlich der Hang zum Nomadentum, der Urform des menschlichen Daseins. Wenn ich das Geld dazu gehabt hätte, würde ich diesem Urtrieb noch jahrelang gefrönt haben, denn die Lust am Wechsel passte so sehr zum Komödianten, der wie ein Kettenhund in meiner Seele winselte und nach Befreiung lechzte. Nun aber warf mich der ‚Zufall' – später nannte ich es ‚höhere Fügung' – an die Gestade des Thuner Sees, wohin ich gar nicht gewollt hatte, weil es mir viel zu weit vom pulsierenden Strom des Lebens abseits gelegen vorkam. Die winzigen Chalet-Häuschen schienen

mir geradezu symbolhaft kleinliche Verhältnisse zu verkörpern.
Ich war nun hier als Lehrer gewählt und musste mich nach der Decke strecken. In meiner Nachbarschaft befand sich ein mit seltenen Koniferen bepflanzter Park. Mittendrin stand ein neues Chalet mit reicher Fassaden-Ornamentik nach Art der Simmentaler Bauernhäuser, also ohne frontale Lauben, die störend, wie offen gelassene Schubladen wirken. Das war hier nicht der Fall, weshalb diese Fassade angenehm ins Auge stach und ihre edle Ornamentik unbehindert zu voller Wirkung bringen konnte. Zuweilen strömte durchs offene Fenster eine ungemein ansprechende Altstimme in die Traumwelt der abendlich verklärten Thuner-See-Landschaft hinaus.
Das Haus gehörte einem Arzt aus Thun, dessen Tochter hier ein privates Kinderheim betrieb und sich daneben der Malerei und der Musik widmete.
Dies war das Einzige, das in meiner Umgebung aus dem Rahmen fiel. Ja, ich darf wohl sagen, der Park schloss ein Geheimnis in sich, hinter das ich gerne gekommen wäre. Und so begab es sich, dass ich auf eine Anfrage hin, in diesem geheimnisvollen Hause einige Privatstunden zu geben, sofort zusagte, obwohl ich Privatstunden nicht leiden mochte. Diese Privatstunden führten dann zur persönlichen Bekanntschaft mit der schönen Altstimme und dann zum Spiel am Klavier und mit der Geige. Und da wir fanden, dass dieses Duett gar nicht schlecht zusammenstimmte, wurden wir uns bald einig, uns zu heiraten. Wir bauten uns dicht daneben ein eigenes Haus, worin wir noch heute leben. Freilich schielte ich noch öfters nach den größeren Losen, die in den Städten fielen, und auch das Fernweh wollte nie ganz zum Stillstand kommen.“

In seinem neuen Heim eingezogen, folgten fünf Kinder, und zwar regelmäßig jedes Jahr eines.
Trudi, Erwin, Marianne, meine Mutter, Regula und die jüngste Tochter Susi, die später mit meinem Lieblingsonkel Oswald nach Uruguay auswandern sollte.
Alle seine fünf Kinder gingen zu ihm in die Dorfschule.

Er schätzte es sehr, dass er jetzt seinen eigenen Grund und Boden hatte, wusste aber gleichzeitig, dass ein Haus nicht allein nur vom Brot und der schönen Aussicht lebt. Wenn er vom „eigenen Boden unter den Füßen“ sprach, so meinte er das geistige Klima, welches seine Frau dem Wohnhaus und dem Gästehaus verlieh.
Wie mir Tante Regula erzählte, war es meine Großmutter, die das Haus entworfen hatte.

Das ganze Anwesen lag an einem Südhang mit atemberaubender Panoramarundsicht auf den Thuner See, den Niesen, links auf Eiger, Mönch und Jungfrau, und rechts auf das Stockhorn, die Stadt Thun und das Berner Unterland.
Das Grundstück bestand aus drei Ebenen. Zuoberst, hinter dem Haus, nach Süden, führte die Feldenstraße hindurch. Auf der zweiten Ebene, auf der Ost-West-Achse, befand sich das Erdgeschoss und der Garten mit ebendiesem von Adolf beschriebenen Chalet im Simmentaler Baustil, das „Schüürli“, wie man es nannte. Es diente als Gästehaus und hatte sogar eine richtige kleine Bühne. Dieses geheimnisvolle, reich verzierte Häuschen war so schön und besonders, dass ein Liebhaber Jahrzehnte später, als meine Großeltern nicht mehr lebten, dieses Schmuckstück erwarb und sorgfältig in seine Einzelteile zerlegte, um es tatsächlich im Emmental genau so wieder aufzubauen.
Die unterste Ebene mit der Rosenpergola und dem Gemüsegarten war die geheimnisvollste. Unter dem Schatten von sechs prächtigen Kastanienbäumen – wo es auch an den heißesten Sommertagen erfrischend kühl war – lag diese unvergessliche, verträumte Boccia-Bahn, die von geselligem Zusammensein mit Freunden, Lebenskünstlern und sonstigen Originalen erzählte.
Im Erdgeschoss des Wohnhauses befand sich das Wohn- und Esszimmer, von dem aus man durch den Flur zu der offenen, überdachten Veranda gelangte. „D’Halle“ (Die Halle), wie sie liebevoll von allen genannt wurde, bestand aus dunkelbraunem, anheimelndem, zum Teil mit Schnitzereien verziertem Holz und der einladenden Eckbank um den großen

Tisch, an dem in klaren Sommernächten oft drei Generationen saßen, während man die Sterne über dem Thuner See und die vom Mond beleuchteten ewig weißen Gipfel bestaunen konnte.
Hinter der Holzwand, welche den Garten und die Blumenbeete, diese Oase des Friedens und der Geborgenheit, von der Straße trennte, hörte man die vorbeifahrenden Heuwagen, die Hufe und das Schnauben der Pferde. Wie viel Schönheit schenkte mir doch dieser Garten! Damals gab es noch Maikäfer, Bienen summten, weiße Schmetterlinge flatterten grundlos fröhlich vor einem ultramarinblauen Sommerhimmel in der Luft. Die Uhren liefen langsamer. Wenn ich im Geiste nach innen gehe, löst sich die Zeit auf und ich bin wieder drin[1], in diesen Düften, dann sehe ich die japanische Kirschblüte, die weißen Rosen, den Lindenbaum, unter dem diese einladende dunkelgrüne Sitzgruppe steht, die Stühle aus zusammenklappbaren Eisengestellen, die Sitzflächen aus Holzleisten, den Tisch aus Blech. Diese Möbel-Klassiker aus Großmutters Garten haben mich so sehr beeindruckt, dass heute italienische Kopien im Innenhof meines Atelierhauses stehen. Als Erinnerung an diesen Garten, diese Momente der Stille und des Friedens, diesen unvergesslichen Einklang mit der Schönheit der Natur. In diesen Momenten fühlte ich mich aufgehoben und geborgen in dieser Welt. Ich war zu Hause.

Bis dann irgendwann jemand dazwischentrat und irgendetwas von mir wollte. Dann brach alles auseinander. Dann gab es eine Welt jenseits und eine Welt diesseits der Wand. Jenseits der Wand waren all diese fremden Menschen des Dorfes mit den zerfurchten Bauerngesichtern und den rauen Händen, über die man redete. Männer mit langen Bärten. Frauen mit bunt gemusterten Schürzen über großen Brüsten. Die waren ganz anders, aber bestimmt herzlicher als die Feinen aus der Stadt. Das Urteilen schlich sich in mein noch reines Herz und teilte mich von allem anderen.
Diesseits der Wand befand sich das Bekannte, das, was man die Familie nannte, und draußen, jenseits der Wand, das Fremde, Unbekannte, die bedrohliche Welt.

Mein Leben war kein Ganzes mehr. Die Spaltung des sogenannten „erwachsenen Denkens“ und die damit einhergehende Tragikomödie hatte begonnen.
Im Dorf kannte man alle und musste deshalb auch immer grüßen und irgendetwas sagen. Egal was. Weil meine Großeltern für die Einheimischen „Fremde“, „Bessergestellte“ und „Studierte“ waren, grüßte man uns freundlich und gleichzeitig verhalten. Seine zehnjährige, der ortsüblichen Gepflogenheiten noch etwas unkundige Tochter Regula soll Adolf einmal belehrt haben, dass man nicht einfach durch das Dorf gehen könne, ohne zu grüßen. Auf die Frage des leicht überforderten Mädchens, was sie denn nun tun solle, gab er ihr einige Müsterchen aus seinem „bluemete Trögli“ (Schatztruhe, in der die Ehefrauen ihre Aussteuer aufbewahren):
„Lue, es isch völlig gliich, was de seisch. Säg eifach öppis! ‚Gruess di Housi, wi geitz? Schön Wetter hütt, he?‘ Oder: ‚Bisch grad echli am gärtnere?‘“ – „Schau, das ist völlig egal, was du sagst. Sag einfach etwas! ‚Guten Tag, Hans, wie geht es? Schönes Wetter heute, nicht wahr!‘ Oder: ‚Bist du gerade ein bisschen am Gärtnern?‘“
Dann, nach einer Weile, als er glaubte, dass seine Tochter die Lektion nun begriffen haben sollte, sagte er zu ihr:
„Nun, bei der nächsten Person, der wir begegnen, versuchst du es einmal, einverstanden?“
Sie kamen zu einem Haus, in dem das Dorfgespött, Fritz Minnig, wohnte. Ein alter Narr, der arg schielte.
„So Regeli, jetz chasch du Minnig übernäh!“ – „So, Regula, jetzt kannst du Minnig übernehmen!“
So geschah, was geschehen musste. Minnig saß wie immer, beide Hände auf seinen Stock gestützt, auf der Bank vor seinem Häuschen. Klein Regula fasste sich ein Herz und rief übertrieben höflich durch den Gartenzaun:
„Gruess ech Herr Minnig, sit dir echli am schile?“ – „Guten Tag, Herr Minnig, seid Ihr gerade ein bisschen am Schielen?“
Völlig entsetzt und von Peinlichkeit übermannt riss Adolf seine Tochter vom Zaun weg und schimpfte:

„Heiland, Donnerwetter, cha me di de für nüt bruche?“ – „Heiland, Donnerwetter, kann man dich denn für gar nichts gebrauchen?“
Regula weinte. Adolf entschuldigte sich. Minnig schielte weiter.

Von seiner schönsten Seite zeigte sich das Haus vom Süden her. Über dem Boccia-Platz mit den Kastanien- und Obstbäumen thronte das Anwesen mit ausladendem Satteldach behäbig und doch leicht an dem sonnenverwöhnten Südhang über dem Dorf in seiner ländlichen Pracht. Das Besondere der Frontseite war der reizvolle Kontrast der Baumaterialien. Der warme, von der Sonne dunkelbraun gebleichte Holzteil des Obergeschosses stand in reizvollem Hell-Dunkel-Kontrast zu dem kühlen, schneeweißen Putz des von Arkaden gezierten Untergeschosses.
Vor diesen anmutigen Bögen, die dem Stimmungsbild einen Hauch Mittelmeer verliehen, führte unter einer romantischen Rosen-Pergola hindurch ein schmaler Kieselweg zu einer Steintreppe, über die man den höher gelegenen Garten erreichte.
Das Haus besaß alles, was für mich ein richtiges Zuhause ausmacht. Es strahlte echte Geborgenheit, Heimat und zeitlosen Frieden aus und war durch die Präsenz meiner Großeltern beseelt von einem schöpferischen Geist. Schon als kleiner Junge erfüllte mich der Anblick solcher Häuser und Plätze mit einer bittersüßen Sehnsucht und Melancholie: Warum ließ man mich nicht einfach in Frieden mit dem, was ist? Warum musste ich etwas werden und das tun, was die Erwachsenen von mir verlangten: zur Schule gehen, einen Beruf erlernen, vielleicht heiraten. Wozu diese Umwege, wenn das Paradies vor meinen Füßen lag. Ich wollte nicht weg. Ich wollte bleiben. Doch das Leben hatte andere Pläne.

Dr. Adolf Schaer-Ris, mein Großvater, wurde Präsident der Kunstgesellschaft Thun, war u. a. dreißig Jahre lang im Vorstand der Lehrmittelkommission und Mitglied des Schriftstellerverbandes in Zürich. Dank all dieser Ämter machte er Bekanntschaft mit namhaften Schriftstellern, Malern, Musikern, Politikern und Wissenschaftlern, von denen einige wohl auch seine Gäste in Sigriswil waren.

Zu ihnen gehörten die Schriftsteller Hugo Marti und Hermann Hiltbrunner, der ehemalige Chefredaktor des „Bundes" aus Bern. Des Öfteren fiel auch, mit einem besonders wichtigen Unterton, der Name „Hermann Hesse". Dass dieser Mann einmal mein Lieblingsdichter werden sollte, stand damals natürlich noch in den Sternen.
Sie alle wohnten im „Schüürli", dort hinter der Linde, wo sich für mich die Türe zu einem geheimnisvollen Leben öffnete. Auf dieser legendenumrankten Bühne wurden angeblich Dichterlesungen abgehalten, es wurde Theater gespielt und musiziert. Veranstaltungen, die ich nur vom Hörensagen kannte. Hinter dieser Linde hervor wehte ein Duft von Kreativität, Kunst und Geist, der mich magisch anzog. Es war dieser Ruf, dem ich folgte.

Meinen Großvater umgab also eine Aura des Unantastbaren. Er wurde im wahrsten Sinne des Wortes auf einen Sockel gestellt. Wenn es hieß, dass ER im „Studierzimmer" weile, bedeutete das, dass man ihn nicht stören durfte. Man flüsterte und trat leise auf.
Als Kind und Jugendlicher war er für mich unerreichbar. Genauso wie mein Vater. Vielleicht hätte er meinem Wesen als väterlicher Freund besser entsprochen. Aber beide hätten sich nie zu mir „heruntergebeugt". Beide waren sie offenbar „jemand". Steinerne Helden da draußen in einer Welt, die mir noch fremd war. Mein Vater war der Held der Lüfte und mein Großvater ein Meister des Wortes und der Erzählkunst. Ich bewunderte sie beide und wollte auch einmal sein wie sie.

Doch auch in diesem Haus geisterten im Verborgenen Schatten umher. Die Heirat aller Kinder war offenbar für das gebildete Ehepaar eine einzige Enttäuschung. Jede der Ehen eine einzige „Mesalliance":
Susi heiratete den „Wegglibeck", den Bäcker Oswald Romang, der nie etwas sagte. Der einzige Sohn Erwin: Marie Louise, eine welsche Weinbäuerin. Marianne, meine Mutter: diesen Piloten Louis Maiwald, einen besseren Chauffeur. Regula: diesen Maurer Kurt Zeller aus dem Dorf. Und als Krönung brachte Trudi, die Älteste, den einfachen und mittellosen Bergbauern Paul Amstutz nach Hause.

Was ich schon lange wusste, sickerte gestern in unserer Gesprächsrunde bei Tante Regula, die ich zwecks Recherche für mein Buch „einfädelte", immer wieder durch. Am Tisch saßen diejenigen, die von dieser Familie noch übrig geblieben waren. Alle zwischen siebzig und fünfundachtzig. Regula Zeller, Susi und Oswald Romang, Valérie Schaer, meine älteste Cousine und Tochter von Erwin, auch schon bald siebzig, und ich selbst, Gott sei Dank der Jüngste, aber auch schon mit weißen Haaren und Rückenschmerzen. Ich erschrak bei dem Anblick, als ich den Raum betrat. Susis Körper war gekrümmt und zusammengefallen. Oswald litt an Demenz. Nur Regula hatte sich recht gut gehalten.

Ich wollte mehr in die Tiefe gehen, denn ich wusste, dass sich diese enttäuschten Ansprüche der Eltern und diese subtile Verachtung „von oben" auf das Selbstbewusstsein aller Beteiligten nicht gerade positiv ausgewirkt hatten und auch nach dem Tod meiner Großeltern das Klima in der Familie prägten.

Plötzlich erzählte man, sichtlich betroffen, mehr. Susi war einmal mit einer Zeichnung zu ihrem Vater gegangen. Seine Antwort: „Das hättest du besser machen können!" Sie gab zu, dass sie frühzeitig von Oswald schwanger geworden sei und dass Mathilde die beiden gedrängt habe, nach Andalusien auszuwandern, weil das im Dorf niemand zu wissen brauche und dieser Traum außerdem schon lange in Oswalds Kopf herumgespukt habe. Man habe, dem Stand gemäß, das Gesicht zu wahren gehabt, kam es von einer anderen Seite des Tisches.

Die Stimmung wurde gedrückter. Oswald gereizter. Plötzlich, als Regula ihn fragte, warum er denn nicht nach Andalusien ausgewandert sei, brach es aus ihm heraus. Voller Wut fauchte er sie an: „Du muesch di überhoupt nit i mis Läbe mische, hesch ghört. Überhoupt nid, Herrgott Donner, nonemal!!" – „Du musst dich überhaupt nicht in mein Leben mischen, hast du gehört, überhaupt nicht. Herrgott nochmal!" Betretenes Schweigen und der Frust ungelebter Träume besetzten den Tisch.

Alle diese alten Menschen machten gute Miene zum bösen Spiel und Susanne Schaer versuchte die Stimmung aufzuheitern, indem sie noch eine kleines Erlebnis mit Adolf zum Besten gab:
„Als wir damals, als es bei den Jugendlichen gerade Mode war, aus Protest die Haare lang und offen trugen und zusammen vor dem Bahnhof in Thun standen, was im Vergleich zu Sigriswil schon fast eine Großstadt war, kam mit lässigem Schritt so ein verlauster Aussteiger des Weges. Sein Kopf war vollständig bedeckt mit einer langen Afromähne, die er immer wieder aus dem Gesicht strich, so wie das später die Hippies zu tun pflegten. Mein Großvater drehte sich zu mir um, legte seinen Arm um meine Schultern und sinnierte: ‚Da gseht me, was me gseht, we me nüüt geseeht.' – ‚Da sieht man, was man sieht, wenn man nichts mehr sieht.'"

Mit meinen Notizen in der Hand und vielen Geschichten im Kopf begab ich mich auf den Heimweg. Auch wenn wir beim Erzählen der Geschichten viel gelacht haben, mein Bedarf war gedeckt. Endlos froh, wieder in meinem Adlerhorst zu sein, machte ich Feuer im riesigen Kamin und setzte mich an den Computer.
Für mich ist es klar: Durch diese unausgesprochene Forderung, jemand zu sein, wurde unser natürliches Selbstwertgefühl und das Vertrauen in die Stimme unseres Herzens empfindlich gestört.
Dies könnte auch der Grund sein, warum immer eine gewisse latente Schwerblütigkeit und Sentimentalität in unserer Verwandtschaft spürbar war. Erwin brauchte bloß zu jodeln, was er allerdings wunderbar konnte, und noch ehe er begann, wischte sich meine Mutter schon heimlich die erste Träne aus den Augen. Dieser vererbte Hang zur Melancholie, von dem auch ich nicht verschont geblieben bin, war denn auch ein Grund dafür, dass ich später oft einen über den Durst zu trinken geneigt war.

Der große Hecht

Meine Großeltern väterlicherseits, Ernst Maiwald und dessen Frau, deren Namen ich vergessen habe, sind ein völlig anderes Kapitel. Eine andere Welt. Es gibt ein Foto, auf dem ich mit einer papierenen Goldkrone und einem langen, schwarzen Mantel auf dem Rücken meines Großvaters reite. Das war auf dem Balkon meines Geburtshauses. Wann habe ich diesen Mann mit den großen Ohren, der breiten Nase und den dicken Pranken zum ersten Mal wahrgenommen? Eines weiß ich schon mal ganz genau: Sie hatten noch diesen schwarzen Citroën-Oldtimer, wie man ihn aus alten Gangsterfilmen kennt. Dann sehe ich ihre kleine Wohnung an der Schaffhausenstraße in Zürich, im Erdgeschoss eines allein stehenden, schmucklosen Hauses mit einem verwilderten Garten. Dort, wo meine Eltern mich gelegentlich ablieferten, um sich für einige Stunden ihrer elterlichen Pflichten zu entledigen. Ich meine, dafür sind Großeltern ja schließlich da. Nur mir machte das überhaupt keinen Spaß, denn dieser Ort war kein Vergleich mit dem Anwesen in Sigriswil, wo immer was los war. Hier in dieser Wohnung gab es eigentlich nur anderthalb Personen. In erster Linie diesen buckligen, dickbäuchigen Riesen, der immer an irgendetwas herumbastelte, und im Hintergrund diese fremde, unheimliche Frau mit den riesigen Augen hinter einer extrem starken Brille. Ich glaube, sie litt am grauen Star. Meine Großmutter war der Schatten ihres Mannes. Er arbeitete als Elektriker bei der Post, aber hauptberuflich war er Sammler. Seine ganze Wohnung glich einem einzigen Museum, besser gesagt: einer Rumpelkammer. In seiner Werkstatt – oder war es ein Atelier, denn er malte auch – stand dieser Koloss von einer Kupferdruckpresse, welche nach Aussage meines Vaters heute im Landesmuseum stehen soll. Angeblich handelt es sich hier um ein kostbares Erbstück von seinem Urgroßvater Eduard Maiwald, der ein bekannter Maler und Kupferstecher in Genf und im Jura war. Einige seiner Werke sind heute im Besitz kantonaler Museen der französischen Schweiz.

Auf einer Seite dieser Hartholzpresse befand sich ein dreiachsiges Riesenrad, ähnlich dem Ruder auf einem Schiff, mit dem man, von Hand, versteht sich, die Trommel in Bewegung setzte, auf die das Papier aufgespannt war. Dieses Relikt aus der ehrwürdigen Druckerzunft des 18. Jahrhunderts füllte diesen Raum derart aus, dass der korpulente Mann zwischen der Presse und den bis zur Decke vollgestopften Regalen nur seitlich vorbeikam. Ein Bastelparadies für einen kleinen Jungen, könnte man meinen. Wohl wahr, wenn nicht auf den bloßen Gedanken, etwas anzufassen, die Todesstrafe gestanden hätte. Ich habe sie nie in Betrieb gesehen, denn meinem guten alten Ernst kam es offenbar nie in den Sinn, seinem ganz offensichtlich künstlerisch interessierten Enkel einen Druck zu demonstrieren. Es blieb ein Mausoleum.
Ja, und da war noch seine große Leidenschaft, die Fischerei, von der schon im Flur ein großer, ausgestopfter Hecht mit scharfen Zähnen und künstlichen Glasaugen Zeugnis ablegte – vom großen Fang am Aegerisee, wo er sein Bootshaus hatte. Dort, wohin er mich zuweilen mitnahm, in Gottes Namen. Denn er konnte äußerst wütend werden, wenn ich irgendetwas „falsch" machte oder etwas nicht sachgemäß anfasste. Was mich natürlich umso mehr reizte, seine Autorität permanent auf die Probe zu stellen und ihm „die Knöpfe zu drücken". Dieser Trick funktionierte und war absolut zuverlässig. Ich hatte also auf Knopfdruck meine Unterhaltung. Das war oft so komisch, dass ich schlagartig die Hand auf meinen prustenden Mund hielt und wegrannte, um noch rechtzeitig das nächstliegende Versteck zu erreichen und mich dort halb totzulachen.
Wir verbrachten oft ganze Tage in seinem kleinen Fischerboot auf diesem idyllischen See, der Riese stand schweigend mit den Stehrudern da, in der Mitte des Schiffes, auf seinem Gesicht ein unauffälliges, friedliches Lächeln. Vielleicht ging es im gut. Hinten saß wortlos sein „Schatten", meine Großmutter. Ich vorne am Bug. Ich habe nie gewusst, wer sie war, deshalb hatte sie für mich auch keinen Namen.

Noch heute kann ich das zärtliche Plätschern der Wassertropfen während der endlosen Bootsfahrten hören, die sich immer dann von beiden

Rudern lösten, wenn diese in gleichmäßigen Intervallen aus dem Wasser kamen, um erneut eingetaucht zu werden. Der Frieden über dem See und den Bergen wäre vollkommen gewesen, wenn es da nicht noch etwas anderes gegeben hätte, etwas wie eine dunkle Erwartung, die über allem hing, das Ereignis, welches auf einen Schlag die Erlösung bringen sollte. Gemeint ist der GANZ GROSSE FANG, auf den wir alle warten. Auf den Moment, in dem das Glück anbeißt. Für meinen Großvater war es der ganz große Hecht.

Zweimal habe ich erlebt, wie es geschah. Ein spektakuläres Spektakel, das beim Fischer viel handwerkliches Geschick und lange Erfahrung voraussetzt. Denn so ein Hecht kann bis zu einem Meter lang werden und sehr schwer und wild sein, wenn er sich einmal seinem unausweichlichen Ende ausgeliefert sieht.
Wir kehrten oft mit einem reichen Fang nach Zürich zurück, und am Abend gab es aus dem Ofen Felchen vom Feinsten und Scheiben vom Hecht.
An Gespräche oder einen Austausch erinnere ich mich nicht, wohl aber an das Wohnzimmer, welches zur Straße lag und unverständlicherweise immer ungeheizt war. Dort hing ein übergroßer Ölschinken seines Großvaters: „Kühe auf grüner Wiese im Jura weidend vor einem großen Wald". In realistischer Manier, zugegeben meisterhaft gemalt. Unter diesem Mahnmal meiner vererbten Gene schlief ich dann, wenn man mich über Nacht bei sich behielt, in einem engen, kalten Bett – sofern ich konnte. Denn oft lag ich einfach da, hellwach, und fühlte mich wie im falschen Film. Warum sind mir all diese Menschen im Jemand-Land so fremd? Worauf warten sie? Ich fror, zog die Decke über meine Schultern und lauschte den vorbeifahrenden Autos in der Stille, die ohne Antwort blieb. Und dann, als ich müde wurde und auf keine Antwort mehr wartete, war ES[0] oft sehr nah – die tonlose Stimme, die mir zuflüsterte: „Ich bin bei dir."
Dann wurde das Rauschen des Verkehrs zu einem breiten, stillen Fluss auf der Rückkehr zum Meer.

Von diesem Zeitpunkt an verdichteten sich meine Erinnerungen und es bildeten sich die ersten Keime eines persönlichen Ichs.

Im Wartesaal des Lebens: Klappe, die erste[25]

Nach diesem kurzen Vorspiel – da war ich im zarten Alter von vielleicht sechs Jahren – zog unsere Familie nach etwa vier Jahren um. Meine Eltern bauten ganz in der Nähe, zusammen mit anderen Pilotenpärchen, alle frisch verheiratet und in Erwartung eines Kindes, auf einem damals noch völlig unberührten Hügel mit schöner Aussicht, zehn einfache Familienhäuser mit hübschen Gärten. Die Überbauung mitten in grünem Weideland war hübsch anzuschauen und für diese Zeit durchaus modern. Man nennt diese Anhöhe „Sonnweid". Es gibt diese Häuser, wenn auch etwas heruntergekommen, heute noch. Alle wurden im gleichen Stil gebaut: zwei Stockwerke plus Keller, einfaches Satteldach, weiß verputzt. Damals kamen die Kühe noch bis zum Zaun. Unser Haus hatte im Untergeschoss Garage, Keller und Heizung und im Erdgeschoss Wohnzimmer, Terrasse und Garten, zwei Kinderzimmer, Flur, Bad und Küche. Im ersten Stock, zu dem eine Holztreppe führte, befand sich das Schlafzimmer meiner Eltern und der Dachboden. Heute noch höre ich das unterschiedliche Knarren der Treppe, an dem man sofort erkannte, wer die Treppe hinauf- und herunterging, und auch, in welcher psychischen Verfassung sich das jeweilige Familienmitglied gerade befand.
Über ebendiese besagte Treppe schlich ich mich, als gerade einmal niemand zu Hause war, ins Schlafzimmer meiner Eltern, das ich sonst nicht unerlaubt betreten durfte. Damals war das Ehebett noch ein braunes viktorianisches Schauergestell. Ein tonnenschweres Erbstück mit den dazugehörenden Nachttischchen, die auf Anhieb meine Neugier weckten. Es wurde spannend, ich tat etwas Verbotenes. Ich öffnete dasjenige meines Vaters. Lauter Kram, Schlüssel, Taschenmesser, Zettelchen, Etuis. Alles kannte ich irgendwie, aber wofür diese runden Gummis wohl zu gebrauchen waren, habe ich lange nicht herausgefunden.

Meine Schuljahre waren Jahre des Halbschlafs. Man schickte mich in die erste Klasse der Primarschule. Meine Vorfreude und Erwartung waren groß. Ich war gespannt auf das Leben, das bis dahin nur in den Händen meiner Eltern gelegen hatte. Doch nichts von dem, was dieser ordentlich gekleidete Herr Walder, mein erster Lehrer, von sich gab, hatte nur im Entferntesten etwas zu tun mit der Schönheit der Blumen, der Würde der Bäume und der Sonne am Himmel, mit dem Wunder, das sich mir durch das offene Fenster des Schulzimmers darbot.
Ich erinnere mich noch gut, wie ich einmal selbstvergessen und verträumt einem Herbstblatt nachsah und wusste: Dieses Blatt ist der Lehrer, die Natur da draußen die Schule.
So langweilte ich mich jahrelang an alten, schrägstellbaren Holztischen mit Tintenglas und einer Kerbe für den Federhalter.
Wir durften nicht über den Rand des Heftes schreiben, sonst gab es Strafaufgaben. Ich bekam viele. Doch ich empfand sie eher als Auszeichnungen für einen, der es nicht zuließ, dass man ihm schon Grenzen setzte, bevor er sie überschritten hatte.

Die Begeisterung für die Schule hielt sich also in überschaubaren Grenzen und verschwand letztlich ganz, als ich in der sechsten Klasse einen autoritären Lehrer vorgesetzt bekam, den ich hasste. Für solche Lehrer war ich der reine Horror, und ich war es von Herzen gerne, denn schon damals hatte ich einen sehr ausgeprägt entwickelten Gerechtigkeitssinn. Noch heute hasse ich Leute, die ihre Machtpositionen ausnutzen. Ich quälte ihn bis aufs Blut, indem ich jedes Mal, wenn er mir den Rücken zukehrte, mit zwei Farbstiften auf eine blecherne Farbstiftschachtel trommelte und natürlich jedes Mal in dem Moment auf der Stelle damit aufhörte, wenn er sich wieder wütend zur Klasse hin umdrehte. Ich tat natürlich so, als sei ich das Unschuldslamm einer Klosterschule. Bis er mich dann auf frischer Tat ertappte und mir den Hintern versohlte.
Die Leistungen waren unbefriedigend, mein Vater begann mit seinen ersten Konditionierungen in Sachen Charakter- und Leistungstadel. Bei schlechten Zeugnissen, und das waren, soviel ich weiß, alle, hieß es dann

im Offizierston: „Scho wider e Tougge im Reinheft“ – was zu Deutsch so viel heißt wie „Schon wieder ein Schandfleck in deinem Schönschreibheft“.
Die Programmierung hatte also begonnen: Du bist nicht okay, so wie du bist. Du musst gescheiter, besser, auf jeden Fall anders werden. Die ideale Nahrung für meinen wachsenden Minderwertigkeitskomplex.

Auch als ich in das Schulhaus ganz in unserer Nähe in die fünfte Klasse umgesiedelt wurde, just in dasselbe Schulzimmer, wo Jahre später meine erste Frau Bea unterrichtete, ist aus mir kein guter Schüler geworden. So einer eben, dem sein Vater auf die Schulter klopft, und sagt: „Gut gemacht, mein Sohn!“ So ein Sohn war ich nicht. Dafür stellte ich viel zu früh die richtigen Fragen und gab die falschen Antworten.
Einmal kam Tante Trudi, die Bauersfrau aus dem Welschland, zu uns zu Besuch. Es war schon Mitternacht, alles schlief, nur ich war hellwach. Ich wälzte mich hin und her und grübelte über eben eine solche Frage nach, auf die es keine Antwort gibt. Als ich es nicht mehr aushielt, schoss ich aus meinem Bett, stürzte mich schweißgebadet ins Wohnzimmer und klammerte mich an meiner ahnungslosen Tante fest:
„Was, um Gottes willen, ist denn in dich gefahren?“, fragte sie erschrocken und strich mir über meine feuchten Haare.
„Was geschieht, wenn ich einmal tot bin?“
„Dann kommst du in den Himmel.“
„Und was geschieht dann, wenn ich in den Himmel komme?“
Tante Trudi schien hoffnungslos überfordert.
„Was stellst du denn da für Fragen? Ab ins Bett! So spät!“
„Aber wenn ich dann im Sarg liege und erwache ... und gar nicht tot bin ... und niemand hört mich ... und wenn ich dann im Feuer ...?“
„So, jetzt reicht es aber!“, meinte die energische Bauersfrau.
„Und was kommt am Ende des Himmels? Was wäre, wenn dort nichts wäre?“
„Du gehst jetzt sofort auf dein Zimmer!“

Trostlos zottelte ich ab. Ungehört und unverstanden.
Dabei hatte ich ja nur Fragen gestellt, die dem Menschen unter den Nägeln brennen und mit denen sich heute die moderne Quantenphysik beschäftigt. Vielleicht einfach nur der falschen Person, am falschen Ort, zur falschen Zeit, im falschen Körper.
Noch lange starrte ich mit weit aufgerissenen Augen zur Decke. Bis ich in den kalten Armen dieser stockfinsteren Nacht einschlief.
Ein anderes Mal, als man mich fragte, was ich denn eigentlich einmal werden wolle, soll ich geantwortet haben:
„Ich will leben."
Das war natürlich für meinen ehrgeizigen Vater, der für seine Söhne nur das Beste wollte, ein Mann der „jemand" war, wie eine Faust aufs Auge. Ich meine, wo kämen wir da hin, wenn da jeder einfach nur „leben" möchte. Ein Chaos gäbe es da, jawoll! Zucht, Ordnung und Disziplin standen auf dem Plan meines Vaters. Immerhin war er ein hoher Offizier der Schweizer Luftwaffe. Aber da war mit mir kein Staat zu machen. Mich interessierte vielmehr, wie und wo man ein Seil spannen und darauf mit einer langen Balancierstange das Gleichgewicht halten könnte. So wie ich es eben im Zirkus gesehen hatte. Die Zauberkünstler und Clowns, die Seiltänzer und Artisten der Manege waren meine Lehrer. Im Zirkus war das Leben, das ich suchte. Ich habe immer alles nachgemacht, kopiert und parodiert. Ich konnte sehr früh schon begeistern und motivieren und schon bald standen die Kinder der ganzen Nachbarschaft unter meiner Regie. Ich eröffnete einen richtigen Zirkus mit Eintritt und allem Drum und Dran. Im Grunde mache ich heute als Lehrer auch nichts anderes. Wir boten unter der Leitung des Zirkusdirektors, der natürlich ich war, eine vielseitige Show, unter anderem diese Nummer auf besagtem Seil, was natürlich auf keinen Fall ungefährlich war. Die Eltern der Nachbarskinder, darunter ein hoher Offizier, der später Oberstdivisionär der Schweizer Luftwaffe wurde (seine Name wird hier bewusst verschwiegen), sahen diesen halsbrecherischen Balanceakten aufgrund äußerster Bedenken nicht lange zu. Der Berufsoffizier fragte meine Mutter verärgert:

„Mein Gott, kann denn dieser Bub nicht einmal etwas Richtiges spielen? Ein Puzzlespiel zusammensetzen, ein Bilderbuch anschauen oder so? Ich meine, selbst mal ein richtiges Buch zu lesen könnte ja diesem Strolch auch nicht schaden!"
Doch diesen Gefallen habe ich dem Herrn Oberstdivisionär nicht gemacht. Ich habe weder meine Nase in irgendwelche Bücher gesteckt, noch habe ich schön brav dagesessen und Puzzles zusammengesetzt. Später schon, aber in einem völlig anderen Sinne.
Diese Machthaber waren offenbar im Drehbuch meines Lebens gezielt eingeplant worden, um mir – als verkleidete Engel getarnt – durch Abschreckung zu zeigen, was ich auf keinen Fall sein wollte, und halfen mir so indirekt, meine wahren Neigungen zu finden.

Mit einer von diesen Neigungen sollte ich an jenem sonnigen Frühlingsmorgen zum ersten Mal in Berührung kommen. Meine Nase steckte einmal mehr nicht dort, wo sie eigentlich hingehörte, und zwar in meinem Lehrbuch, das vor mir lag. An diesem Morgen roch ich nämlich zum ersten Mal einen mir bis dahin völlig unbekannten, dafür aber umso aufregenderen Duft: das Aroma des Weiblichen. Sie hieß Elisabeth und war von einem unsichtbaren Regisseur herrlich in Szene gesetzt worden. Rechts vor mir in einer der vorderen Bankreihen nahe dem Fenster. Ihr Kopf war leicht zur Seite geneigt, sodass ihre blonden Haare genau im richtigen Licht erschienen und ich ihr mädchenhaftes Profil, das sich vor einem weiß-rosa blühenden Kirschbaum abhob, von der Seite sehen konnte. Ihr süßes Stupsnäschen und darunter ein Brigitte-Bardot-Schmollmund, der meine unerfahrenen Lippen zum ersten Mal ahnen ließ, dass man mit ihnen vielleicht noch etwas anderes machen könnte als Bleistifte kauen. Selbstvergessen gab ich mich diesem Zauber hin und merkte noch nicht, dass ich soeben eine Dosis von einem Stoff probiert hatte, von dem ich beinahe süchtig geworden wäre.
Ich war also, wie ich heute sagen würde, verliebt. Ganz alleine, versteht sich, denn wie das so ist in diesem Alter: Elisabeth wusste von alldem nichts.

An einem schwülen Sommerabend schlich ich mich, begleitet von nostalgischem Grillengezirpe, zu ihrem Haus, das am Ende der Sonnweid lag, um auf den heiß ersehnten Moment zu warten, dass sie irgendwann am Fenster erschiene. Wie oft wartete ich hinter diesem Rhododendronstrauch und roch in den großen saftigen Blüten den Duft meiner Angebeteten. Nur einmal ist sie am Fenster erschienen. Mein Herz brannte und die Sehnsucht nach dem Weibe war geboren.

Ich hatte also eine Freundin. Manchmal glaube ich ihren Duft noch heute zu riechen. Er roch gut.
Doch leider gefiel sie nicht nur mir, sondern den meisten Jungen in der Klasse. Auch Mike, der für Elvis schwärmte, also dem anderen Fanclub angehörte. Zum ersten Mal spürte ich die Konkurrenz eines anderen Knaben – und dass es da etwas an ihm gab, das den Mädchen gefiel. Er war der Rockertyp mit Jeansjacke. Kräftig, roh, männlich. Auf dieser Ebene fühlte ich mich ihm unterlegen. Außerdem schämte ich mich wegen meiner dünnen Oberarme. Verglichen mit ihm war ich eher der sensible und romantische Typ. Das war aber auch meine Stärke, ich zog die Mädchen an wegen meines Charmes. Sie fühlten sich verstanden, denn weitgehend von einer Frau erzogen, wusste ich, wie Frauen ticken. Ich konnte zuhören und reden. Mike hatte nichts von dem. Natürlich fand ich ihn primitiv, das war ja meine Erziehung: Sei rücksichtsvoll und kultiviert. Mädchen wollen reden. Aber heimlich beneidete ich ihn für seine rohe Art. Denn am Ende hat er sie mir doch weggeschnappt. Ich sah mich plötzlich ungewollt in einer Schublade, in die ich gar nicht hinein wollte. Ich war der Softie und er der geile Rocker.

Ich habe mich dann ein Leben lang bemüht, das Lager zu wechseln, und als aus dem Softie ein Elvis wurde, stellte ich fest, dass auch das nur eine Seite der Männlichkeit ist und dass der Mensch beide Seiten hat.
Oft hörte ich meine Eltern nachts in ihrem Schlafzimmer, wie sie sich wegen mir stritten. Meine Mutter hasste es, wenn mein Vater mich nur aufgrund meiner Noten beurteilte. Ihr hingegen waren „die menschli-

chen, die musischen Werte“ wichtiger. Das war sowieso ihr ehelicher Grundkonflikt, den sie ein Leben lang hartnäckig aufrechterhielten.
Ich glaube, dieses brisante Gegensatzpaar – weltliches Machtstreben gegen die Milde des Herzens, Verstand gegen Gefühl, Softie gegen Macho – war ein Grundthema, das sich in mir auf diese Weise schon sehr früh einprägte und in den unterschiedlichsten Variationen durch mein ganzes Leben zog. Meine Eltern waren für mich also das erste Sinnbild für diese uralte Spaltung im Inneren des Menschen.
So hat eben jeder genau die Eltern, die er verdient. Seine Wunscheltern? Aus meinem heutigen Blickwinkel betrachtet, sage ich: Sie waren genau richtig, denn genau diese Spaltung und das damit verbundene Leid waren die Ursache für meinen unnachgiebigen Wunsch, die Ursache für diese Spaltung in mir selbst zu finden und zu heilen. Sonst hätte ich mich wahrscheinlich niemals in Bewegung gesetzt.

„Am 20. November 1956, Punkt 11 Uhr 30, steht das Leben in der ganzen Schweiz für drei Minuten still. In den Städten halten die Straßenbahnen an, die privaten Fahrzeuge fahren nicht mehr, in den Betrieben wird die Arbeit eingestellt, die Menschen verharren in ergriffenem Schweigen. Sie gedenken der Opfer des Volksaufstandes in Ungarn, der von der Roten Armee in den vergangenen Tagen brutal niedergeschlagen worden ist. Für alle, die es erlebt haben, bleibt es eine eindrucksvolle Demonstration der Solidarität mit einem Land, das sich von seinen Unterdrückern zu befreien versuchte und der bewaffneten Übermacht weichen musste. Die Stille, die über allem liegt, mag ein Stück Ohnmacht symbolisieren, vielleicht auch Resignation.
In panischer Angst begannen die Ungarn, aus ihrem Lande zu fliehen. Ein Strom von Emigranten überschwemmte Österreich.
Eine Welle der Sympathie schlug den Ungarn entgegen. Das ganze Schweizer Volk schien erfüllt vom Mitgefühl für das leidende Ungarn. Protestdemonstrationen gegen die Sowjetunion und Solidaritätskundgebungen für das kleine Volk folgten landauf, landab während Wochen fast pausenlos. Alle großen politischen Parteien machten mit, die Behörden, die Kirchen, die Studenten.

Die mit Sonderzügen eintreffenden Flüchtlinge wurden auf den Bahnhöfen von großen Menschenmengen empfangen. Wohltätigkeitskonzerte und Theateraufführungen wurden veranstaltet, Kerzenaktionen durchgeführt, Geld wurde gesammelt.“

Damals war ich acht Jahre alt und in dem Geschehen, das Alfred Cattani in der NZZ sehr treffend beschrieb, mittendrin.
Mit diesem Flüchtlingsstrom kam nun, neben meinem Großvater Adolf Schaer, erstmals ein zweites Unikum in mein Leben und in unser Haus: Peter Rosinski. Wir nannten ihn Ro. Dies war also „unser“ Kriegsflüchtling, dessen sich meine Eltern erbarmten. Ein abgefahrener Typ. Ungar? Von wegen. Er war Deutscher russischer Abstammung. Näheres kann ich ihn leider nicht mehr fragen, denn er ist vor Kurzem in Hamburg verstorben.
„Einmal ist für jeden das Ende der Fahnenstange, verstehst de“, sagte er einmal mit seiner unwiderstehlichen Berliner Schnauze, als ich ihn vom Flughafen abholte. Ro war der zweite „Stern in meiner Nacht“. Das Drehbuch meines Lebens hatte für mich gleich zwei herrliche Komödianten als Leitsterne vorgesehen.
Als Soldat – munkelte man hinter vorgehaltener Hand – sei Ro sogar Mitglied der SS gewesen. Niemand wusste das so genau. Vom Krieg körperlich und seelisch gezeichnet, „besetzte“ er fortan unser Haus. Jedoch nicht, wie man hier allzu voreilig anzunehmen geneigt wäre, mit Gewalt. Nein, er zog uns mit seinem Charisma, seiner ungeheuren Erzählkraft und seinem schwarzen Humor unwiderstehlich in seinen Bann.

Er wurde der beste Freund meines Vaters. Vielleicht gerade deswegen, weil dieser das krasse Gegenteil von Ro war. In seiner Gegenwart blühte mein Vater sichtbar auf. Von ihm ließ er sich mehr als von allen anderen Menschen gefallen. Ro ging einfach nicht auf meinen Vater ein, wenn dieser allzu enge Ansichten über das Leben vertrat. Er nahm ihn denn auch ständig auf den Arm wegen seines zwanghaften Hangs zur Perfektion. Sie segelten miteinander, und das ging selten gut, ohne dass die

beiden aneinandergerieten. Wenn Ro dem Schiff einfach „freie Leine“ ließ, wollte mein Vater Kontrolle haben über Gott, das Wetter und das Schiff. Das konnte dann schon mal in einen Streit ausarten.
Das Schöne für uns Buben jedoch war, dass unser Vater in der Gegenwart von Ro spielerischer und unternehmungslustiger wurde und mehr lachte. Die Ideen, die sie mit uns hatten, lassen jedes Bubenherz höher schlagen. Wir bauten ein wunderschönes Holzfloß, das auf sechs Fässern schwamm und mit einer komplizierten Steuerung glänzte. Einmal war eine nächtliche Schnitzeljagd angesagt, für die wir den ganzen Tag lang Papierschnitzel reißen mussten. Ro und mein Vater verschwanden dann vor Anbruch der Nacht, und wir suchten mit Taschenlampen ausgerüstet die Spur, die sie heimlich legten.

In den Ferien mieteten wir oft eine romantische Alphütte mit Terrasse auf der Bodmeralp, oberhalb von Sigriswil. Es gab immer irgendwelche Überraschungen. Einmal warf mein Vater mit einem kleinen Militärflugzeug im dramatischen Tiefflug Proviant an einem Fallschirm ab. Da entdeckte ich an meinem Vater auch seine spielerische Seite.
Der absolute Höhepunkt sollte aber ein Flug mit der Douglas DC3, im Kalten Krieg bekannt als der „Rosinenbomber“, werden. Mein Vater war inzwischen Linienpilot bei der Swissair geworden, ich etwa zwölf Jahre jung. Wir Buben und unsere Mutter waren es gewohnt, ihn mit seinem Gepäck zum Flughafen zu bringen, doch an jenem Tage ließ er uns nicht wie gewohnt am Personaleingang zurück, sondern wir durften ihn bis zum Flugzeug begleiten. Dann nahm er mich völlig unerwartet mit bis ins Cockpit, winkte den andern beiden zu und nahm mich auf seine Knie. Plötzlich setzte sich das Flugzeug in Bewegung und kurz darauf flogen wir los und hoben ab. Ich hatte zum ersten Mal einen Vater, und ich glaubte, die Erde würde sich unter uns bewegen.
Die wohl verrückteste Idee meines Vaters war jedoch der Kragenbär, den er in einer Kiste aus dem fernen Osten hatte einfliegen lassen. Dieses niedliche Kuschelbärchen wurde langsam zum Monster und unser Keller zum Zoo. Er zerbiss die Isolation aller Leitungen und machte

auch vor unseren Händen und Armen nicht Halt. Bis wir ihn eines Tages einem Zoo vermachten, weil er zu einem Riesengrizzly mutierte und untragbar wurde.
Von Louis und Ro erhielt ich auch die erste Sexualaufklärung. Ich erinnere mich noch sehr gut. Mein Gott, war das aufregend.
Wir saßen an unserem Esstisch mit der grün bezogenen Eckbank, auf der ich heute beim Schreiben dieser Zeilen gerade sitze, und meine „Aufklärer“ machten für mich eine Zeichnung des weiblichen Geschlechtsorgans und erklärten dem noch Uneingeweihten die Befruchtung.
„Aber du bist noch lange kein Mann, nur weil du einen Pimmel hast“, gab mir Ro zu verstehen. Ausgerechnet er, ein Machotyp, wie er im Buch stand, und der wohl ein Leben lang „testosterongesteuert“ war, gab mir diesen Rat.
Ro hatte im Hause Maiwald Sonderrechte, besonders bei meiner Mutter. Wie sie mir in hohem Alter einmal in einem vertraulichen Gespräch verriet, hatten die beiden wohl mal etwas miteinander gehabt. Genaue Details wollte sie mir freilich nicht erzählen, weil sie sich dafür schämte. Ro war ein Sexoholiker. Als er einmal wieder Druck hatte, soll er zur Türe hineingekommen sein, aufgedreht, zerstreut und nervös, und zu meiner Mutter gesagt haben: „Mach auf der Stelle was!“ Diese unmissverständliche Aufforderung mit dem Allerwertesten da, zwischen seinen Beinen, „etwas“ zu machen, ging dann wohl für diese doch recht prüde Frau entschieden zu weit, wie sie mir kopfschüttelnd gestand.
„Schade eigentlich“, entgegnete ich ihr. Denn sie hat so oft an Einsamkeit gelitten, weil mein Vater irgendwo in der Luft, aber nicht am Boden bei ihr war. Sie hätte zum Beispiel auch gerne mal in eine verrauchte Bar gehen wollen. Aber mein Vater wollte sie offenbar vor dem „Bösen“ dieser Welt bewahren, wie sie annahm. So nach dem Prinzip von der Heiligen zu Hause und der Hure in der Stadt. Ein brisantes Männerthema. Aber zurück zu Ro: Er war genauso ein Unikat wie mein Großvater. Schräger, frecher noch, eine Generation jünger und vor allem durch die Erfahrungen des Krieges abgebrüht, verdorben, bissig, mit einem Hang zum Makabren. Was ihn nicht weniger sympathisch und aufregend machte. Ein

Mann, der spürbar alles gesehen, durchlebt und erfahren hatte, was das Leben so zu bieten hat. Ein Außenseiter, so wie ich sie liebe.

Seine Geschichten kamen nicht wie bei meinem Großvater aus dem Studierzimmer, wie man sein Arbeitszimmer nannte, sie entsprangen nicht dem gemütlichen, ländlichen Leben, Ro war kein Kaminabenteurer wie mein Großvater. Wenn dieser auf der geborgenen Sonnenseite des Lebens im Lichte wandelte, so kam Ro von der Front, aus dem Schatten. Deshalb sind sie so schön nebeneinander anzuschauen und ein herrliches Beispiel für die beiden Pole des Lebens.
Ro war der Ausgestoßene, der einsame, verwundete Wolf, den man am Ende des Zweiten Weltkrieges als blutjunges Kanonenfutter über den Russen abgeworfen haben soll. Seine Geschichten kamen direkt vom Kriegsschauplatz des Lebens, wo Mord und Totschlag, Raub und Vergewaltigung zum Alltag gehören. Donnerwetter, konnte dieser Mann erzählen. Nein, er erzählte nicht, er lebte die Szenen in der Gegenwart. Nächtelang ging das so. Ich habe bis heute nie wieder in meinem Leben jemanden Vergleichbares erlebt. Weder am Fernsehen noch im Theater noch im sogenannten realen Leben. Er hatte das Format eines Ben Becker oder Armin Rohde. Er war ein großer Schauspieler und Komödiant, seine Darbietungen ein Hochgenuss. So übte er mit mir unter anderem den Stepptanz, wir spielten auf dem Dachboden Bombenangriff und er demonstrierte meinem Bruder und mir, wie man sich im Krieg an den Feind heranrobbt. Oder er erschien als verklemmter Vertreter mit Aktenkoffer an der Türe und wollte uns eine Versicherung anhängen.
Ich genoss jede seiner Darbietungen bis in die Zehenspitzen und ließ mir seine Berliner Schnauze und seine Mimik wie Leckerbissen auf meiner Zunge zergehen. Mit ihm fühlte ich mich lebendig. Er erweckte den Künstler, Komödianten und Lebemann in mir. Und nur das zählte.

Ro übertraf Adolf noch um eine Fußeslänge. Alleine wenn ich jetzt beim Schreiben an ihn denke, ziehen sich meine Lippen zu einem Grinsen hoch. In einer seiner Darbietungen auf dem Dachboden meines Eltern-

hauses demonstrierte er die Szene, als man ihm in einem Gefecht an der Front einen Bauchschuss verpasst hatte und er blutüberströmt, mit letzter Kraft, am Rande des Todes versuchte, seinen Darm mit den eigenen Händen wieder zurück in seinen Bauch zu drücken. Er war auch Fisch wie ich, hoch sensibel und im Grunde seiner Seele verletzlich. Diese äußeren Verletzungen und Kriegserlebnisse hatten wohl auch seelische Wunden hinterlassen. Diese innere Verletztheit, vielleicht auch dieser Verlust an Heimat und Geborgenheit, so wie Adolf sie zeit seines Lebens genoss, überspielte er mit diesem bissigen Humor und Sarkasmus, von dem vielleicht sogar ein Hauch Menschenverachtung ausging.
Einmal soll er mit einem für ihn typisch flotten Spruch das Haus einer Freundin meiner Mutter betreten haben:
„Es wird viel zu wenig jestorben, Leute!“
Er wusste nicht, dass die arme Frau gerade ihren Ehemann beerdigt hatte und noch in tiefster Trauer war.
Doch was man auch immer gegen diesen Typen einzuwenden haben mag: Er hatte Biss. Er war der Elefant im Porzellanladen, die Faust aufs Auge der bürgerlichen Moral, der Langeweiler und Angepassten. Sein Aroma kam genau aus der Richtung, in die es mich magisch hinzog.
Es war der Duft des total gelebten Lebens, ohne Rücksicht auf Verluste. Ein Alexis Sorbas.
Gewiss wollte ich nicht genau wie er werden. Für meinen Geschmack war er ein selbstverliebter Egomane, stolz, arrogant und unnötig einsam. Das muss nicht sein. Was ich mir von seinem Kuchen abgeschnitten hatte, war, dass ich wie er das Glas des Lebens bis auf den letzten Tropfen austrinken möchte, um einmal, ohne zurückzublicken, einfach abzutreten, am Ende der Fahnenstange. Im Juli 2000 ist das Seine gekommen. Er liegt auf einem kleinen, verlassenen Friedhof auf der Insel Fehmarn begraben, zusammen mit seiner vor ihm an Krebs verstorbenen Frau Mia. Dieses gemeinsame Grab war sein letzter Wunsch.

Exile des Heimwehs

Saubraz, das kleine Bauerndorf, liegt alleine in der Mitte einer Hochebene, zwischen dem Südhang des „La Côte“ und dem Col du Marchairuz, oberhalb des Genfer Sees.
Ein typisches welsches Bauerndorf mit schlichten, verschiedenfarbigen Steinhäusern, der Kirche, in der Mitte ein Dorfplatz mit Bänken unter Platanen und der Post im Gemeindehaus. Eine lange, gerade Straße führte durch eine aus hohen, grazilen Pappeln bestehenden Allee nach Gimel, zum nächsten Dorf in Richtung Süden.
Dort am nördlichen Dorfrand Richtung Wald lag das einfache Bauernhaus meiner großbrüstigen Tante Trudi, der Schwester meiner Mutter, mit ihrem fünfköpfigen Männerhaushalt. Dort war mein erstes Exil. Zur Mannschaft gehörten ihr Mann Paul Amstutz, ein kantiger, kräftiger Bergbauer aus Sigriswil, Hans, der Älteste, ebenso stramm, damals etwa 16 Jahre alt, dann Beni, der Taugenichts, Jakob, der Sensible, und letztlich Samuel, Sämi, der Kleinste und Sündenbock für alles.
Man brachte mich immer mal wieder dorthin zu diesen fremden, wortkargen und derben Leuten, die stolz und bei jedem Wetter in Schwingermanier ihre kräftigen Oberarme unter hochgestülpten Bauernhemden feilboten. Im Zentrum der Truppe war da dieser unnahbare Onkel Paul, dessen riesiges Gemächt sich durch die blauen, von Kuhmist verschmierten Arbeitshosen abzeichnete, wenn er grinsend aus dem Stall kam, sich mit dem Handrücken die triefende Nase abwusch und sich breitbeinig auf seine Mistgabel stützte.
Er hatte etwa zwanzig hochwertige Milchkühe, einen Koloss von einem Zuchtstier, zwei Pferde und einen Traktor.
Lang, kalt und einsam waren diese Nächte in meinem ungeheizten Knechtezimmer. Das Bett, in dem ich zu schlafen hatte, war bestückt mit einer uralten, stinkigen Matratze aus Großmutters Zeiten, die mehr Löcher als Federn hatte. So oder so war das Besteigen dieser Holzkiste ein gefährlicher Balanceakt. Trat man in einen Zwischenraum, zerriss man den Stoff, trat man auf eine Feder, verlor man das Gleichgewicht und

kippte kurzerhand aus dem Bett. Was für eine Zeitverschwendung. Ich wusste nicht, warum ich hierhin gebracht wurde. Ich fühlte mich fremd in dieser Welt.
Nur das Plätschern des gedeckten Brunnens unter der großen Platane und das Licht der Straßenlaterne konnten meinem von Heimweh geplagten Kinderherzen vorübergehend etwas Ruhe und Halt geben.

Am Morgen traf man sich in der Küche. Es wurde wenig gesprochen, was für mich fremd war, denn ich war es gewohnt, dass man sich bei Tische unterhielt. Danach stand einer nach dem andern auf und verschwand zur Arbeit. Manchmal nahm einer der Söhne – meistens war das Hans – mich irgendwohin mit aufs Feld.
Ich, dieser kleine Junge aus der Stadt, war wohl nicht gerade die willkommene Hilfe auf einem Bauernhof. Außerdem fehlte mir in diesem fünfköpfigen Männerhaushalt das weibliche Element. Meine Tante war ja auch nicht gerade für ihren umwerfenden Charme bekannt, und außerdem gab es nur ein Gesprächsthema: die Arbeit.

Und so kam es, dass ich an einem Nachmittag, getrieben von Langeweile und Neugier, meinen Aktionsradius ausdehnte und mich zu dem Haus des Nachbarn schlich. Hinter einem großen Sprossenfenster erblickte ich in der Küche ein entzückendes Mädchen. Man entdeckte mich, wie ich meine neugierige Nase an das Glas drückte, welches sich durch meinen Atem trübte. Ich kannte die Eltern bereits, man winkte mich herein und ich sah zum ersten Mal das, was mir bis jetzt noch verborgen war: ihre hübsche kleine Tochter. Und, wie könnte es auch anders sein, ihr Anblick verzauberte und betörte meine noch jungfräulichen Sinne. Nun waren die Nächte in meinem ungeheizten Zimmer immer noch lang und kalt, aber in meinem Herzen wurde es warm. Ich war zum zweiten Mal verliebt und wie damals bei Elisabeth wusste es niemand außer mir.
Jetzt erzählte der Brunnen Liebesgeschichten und in meiner Fantasie lag ich umschlungen mit meiner Angehimmelten im Heu. Voller Hoffnung und Erwartung auf den nächsten Tag schlief ich ein.

Am nächsten Sonntag fand ich, irgendwo in einem Regal, zwei schwarze Schuhe. Ich polierte sie und kramte ungeduldig ein weißes kurzärmliges Hemd, das mir meine Mutter für alle Fälle mitgegeben hatte, aus meinem Koffer und schlich auf meinen Socken, die Schuhe in der linken Hand, leise an den Schlafzimmern der Hausbewohner vorbei aus der Gefahrenzone hinaus an die frische Luft.
In dem Moment hörte ich auch schon das Wiehern und Rasseln eines Pferdegespanns, wie es durch das offene Scheunentor des Nachbarhauses preschte. Vorne auf der Fuhrmannsbank saß ihr Vater, am hinteren Ende des leeren, flachen Holzwagens sie: „Gigi", mein Mädchen. Sie blickte in meine Richtung, während sie ihre zarten, in weiße Sonntagssocken gehüllten Beine, welche aus einem ebenso frischen Blumenröcklein lugten, über den Rand der Plattform keck und spielerisch hin und her baumeln ließ. Ich rannte schreiend und winkend, die frisch polierten geborgten Schuhe immer noch in der Hand, dem Wagen hinterher, in der Hoffnung, der Vater würde mich sehen, anhalten und mich mitnehmen. Doch ich blieb mit der enttäuschten Hoffnung, neben ihr auf dem Wagen zu sitzen und meine Beine im Gleichtakt mit den ihren hin und her baumeln zu lassen, alleine zurück. Ihr langes, blondes, vom Winde verwehtes Haar leuchtete im Gegenlicht der Morgensonne, und das Traumgespann verschwand im aufgewirbelten Staub der Naturstraße, laut und wild im Dorf.
Nur das urvertraute Plätschern meines Brunnens im stillen, kühlen Schatten der Platane schien meine brennende Sehnsucht zu verstehen. Ich wollte weg von hier, nach Hause.

Jahrzehnte später kaufte Gigi als Erwachsene eines meiner besten Bilder. Gemalt im fantastischen Realismus.
Damals gab ich den Bildern noch Titel. Dieses hieß „Die Träne perlt".
Es zeigte ein weiß gekalktes andalusisches Gehöft mit einem römischen Ziegel als Wasserrinne. Das Ganze sah aus wie ein menschliches Gesicht, der Ziegel wie ein Auge, aus dem eine Träne fließt, verwandelt zu einer kostbaren Perle.

Es gab aber noch einen zweiten um einiges größeren Hof, „Le Chable", wie man den großen Bauernhof bei Essertine nannte. Das herrschaftliche Gut, für dessen Kauf mein Großvater seinem einzigen Sohn Erwin das nötige Kapital anbot, thront frei stehend, umgeben von riesigen Weizenfeldern, auf einer Anhöhe über dem Genfer See. Das waren zwei völlig verschiedene Welten. In Saubraz war alles bescheidener. Man war mit dem zufrieden, was man hatte. Onkel Erwin mit seiner Frau Marie Louise und den drei Kindern Daniel, Ralf und Valérie hatte ehrgeizigere Pläne, zu deren Verwirklichung ihm jedoch das nötige kaufmännische Geschick fehlte.
Wie man mir erzählte, hat man ihn später aufs Übelste betrogen.
Damals, als ich mich auf dem geschwungenen Schotterweg diesem allein stehenden, großen, aber schlichten waadtländer Anwesen näherte, öffnete sich mir zum ersten Mal mein „Großgrundbesitzerherz", und im Verborgenen spross wohl bereits der erste Wunschkeim in mir, einmal selbst so ein Haus zu besitzen. Woher allerdings diese geheimnisvolle Faszination für alte Häuser kam, war mir damals natürlich noch nicht bewusst. In Gedanken habe ich auch gleich begonnen, alles nach meinen Vorstellungen umzubauen und einzurichten. Diese Angewohnheit ist mir bis heute geblieben. Ich schritt durch den großen dreistöckigen Wohntrakt im Osten und durch die großen Scheunen im Westen und stellte mir vor, wie ich dort wohnen und arbeiten würde, wenn das Haus mir gehören würde. Im Geiste zeichnete ich bereits Umbaupläne, sah mich hier ein- und ausgehen und hatte irgendwie die Gewissheit, dass mir das Haus mehr gehörte als denen, die hier wohnten. Es war ein Seinsbesitz, der mit dem Herzen und nicht mit dem Kopf geschieht und deshalb nicht weniger real sein muss. Ich lebte in meiner eigenen Welt. Der Welt der Fantasie und Imagination.

Onkel Erwin und diese Marie Louise, seine Frau, die ich nie mochte, waren liberaler oder vielleicht auch gleichgültiger. Egal. Jedenfalls verdanke ich diesen Leuten eine nachhaltige Erfahrung, die meinem angeschlagenen Selbstwertgefühl zum ersten Mal etwas Heilung verlieh. Ich durfte eine Mutterkuh fünfzehn Kilometer über lange Schotterstraßen, durch einen großen dunklen Wald, über Wiesen und Felder alleine nach Saubraz führen. Man muss sich das mal vorstellen. Dieser kleine, unbeholfene Junge aus der Stadt, der ich war, mit dieser riesigen Kuh, die mich jederzeit hätte plattmachen können. Ich empfinde das heute noch beinahe als leichtsinnig. Jedenfalls stellte ich mich gar nicht so dämlich an. Ich war stolz, sehr stolz. Die Kuh brachte mich heil zum Bauernhof meines anderen Onkels und ich machte zum ersten Mal die Erfahrung, dass ich etwas ganz alleine zustande brachte.

Wieder zurück in Dübendorf, holte mich die sogenannte Realität ein. Das Thema „Schule und Ausbildung" wurde immer akuter. In den Streitgesprächen, welche meine Eltern unter sich, aber auch mit mir führten, stand meine schulische Erziehung im Mittelpunkt. In ihrer Fürsorge werden sie wohl meinen Großvater Adolf um Rat gebeten haben. Naheliegend, da er ja Lehrer war und in der ganzen Schweiz mit vielen Pädagogen in freundschaftlicher Beziehung stand. Offenbar stießen sie da auf ein Ehepaar, welches er aus der Zeit im Lehrerseminar in Hofwil kannte. Genaueres erfuhr ich nicht, denn es schien, dass man mich mit diesem heiklen Thema vorerst verschonen wollte. Wer diese beiden waren, habe ich erst heute im Laufe meiner Recherchen herausgefunden.
Ruth und Robert Seiler gründeten 1953 das Schlössli Ins als Heimschule. Das Gründungsehepaar verfolgte mit seinem Konzept den Aufbau einer Schule, wo die Schüler und Schülerinnen ihr Zuhause und ihre Bildungsstätte zugleich finden konnten. Der Erwerb eines ehemaligen Landschlösschens ermöglichte den äußeren Rahmen, den Kindern ein Zuhause zu bieten. Das Schlösschen mit dem großen Park wurde zur Schule ausgebaut. Mit der Zeit und durch die Bemühungen des Gründungsehepaares kamen noch weitere Gebäude zur Heimschule hinzu.
Auf der Website dieser Schule lese ich:
„Die Dimension des Menschlichen stand bei der Gründung der Heimschule im Mittelpunkt der Aufmerksamkeit. Für die pädagogische Arbeit in der Heimschule Schlössli Ins ist seit ihrer Gründung die Anthroposo-

phie grundlegend. Das tragende Element für diese Pädagogik ist ein Menschenbild, das den Menschen in seiner leiblichen, seelischen und geistigen Dimension erfasst. Neben der Anthroposophie geben der Pädagogik im Schlössli auch die Gedanken von Johann-Heinrich Pestalozzi entscheidende Anregungen, ebenso wichtige Quellen der Inspiration bilden die Erkenntnisse von Erich Fromm und Jean Gebser."

Wie geduldig doch Papier – auch digitales – sein kann. Ich lese weiter, und bei dem folgenden Satz ergreift mich unmittelbar ein beklemmendes Gefühl, das mich auf einen Schlag in diese Zeit zurückversetzt:

„... eine Heimschule für Kinder, die aus irgendeinem Grund ihre Familie verlassen mussten oder nie eine hatten und deren Erziehungsprobleme nicht ohne Weiteres zu Hause lösbar sind."

Mich traf der Schlag! War ich wirklich ein schwer erziehbares Kind? Ich wollte doch einfach nur leben, einfach nur SEIN, wie die Blumen, meine geliebten Bäume, die Berge und Wälder, die blauen Seen. Alles war doch bereits vollkommen. Ich war aber allem Anschein nach nicht vollkommen. Ich war klein, unerfahren, unerzogen und noch ungebildet. Diesem Makel musste endlich ein Ende gesetzt werden. Dabei fühlte ich schon damals: Ich bin vollkommen. Ich weiß schon ALLES, ich BIN EINS mit der Natur. In meiner Fantasie sah ich mich schon in eine Erziehungskaserne deportiert, wo man mit Peitschenhieben endlich jemanden aus mir machen würde.

Man entschied sich also für das, was man in der Not für richtig hielt. Und das war der Austritt aus der normalen Schule und der Eintritt in dieses Internat.

Die Fahrt über Bern und Kerzers nach Ins wurde eine lange Fahrt und ich blickte nicht nur in die flachen, offenen Ebenen des Berner Unterlandes, sondern auch in die Einsamkeit meines Herzens, in dem meine Sehnsucht brannte.

Dieses Bauerndorf liegt auf einer Anhöhe im Seeland des Kantons Bern zwischen dem Bieler See, dem Neuenburger See und dem Murtensee inmitten großer, flacher Gemüsefelder, die sich weit bis zum Horizont ausdehnen. Ins war die Geburtsstätte Albert Ankers, des Schweizer Malers, der vor allem durch seine Genremalerei mit Szenen aus dem bäuerlichen Landleben bekannt wurde. Erst später erkannte ich in ihm den Schöpfer dieses sehr populären Bildes mit dem liegenden Bauernjungen, welches, seit ich mich erinnern kann, draußen in der Halle meiner Großeltern hing. Ich bewundere sein perfektes Handwerk sehr und es ehrt mich, dass Bilder von mir neben Gemälden dieses Meisters in der Sammlung eines Schweizer Anker-Sammlers hängen, von dem noch ausführlich die Rede sein wird.

Als ich, schweigend auf dem Rücksitz, von meinen Eltern eine schmale, von altehrwürdigen Bäumen gesäumte Straße, vorbei an behäbigen Berner Bauernhäusern, das Dorf hinauf chauffiert wurde, hätten all die Bilder, die an mir vorbeizogen, Szenen und Sujets aus ebendiesen Anker-Gemälden sein können. Gleichzeitig war es aber so, als führte man mich ab zu meiner eigenen Hinrichtung. Es gab kein Zurück mehr. In wenigen Momenten wird man mich diesen „Müeti und Ätti" – Mutter und Vater –, wie wir dieses Ehepaar Seiler nennen mussten, ausliefern. Was für ein Recht hatten diese wildfremden Menschen, diese Bezeichnung für sich in Anspruch zu nehmen. Sie kannten mich ja nicht einmal. Als wir vor dem großen Eingangstor des Anwesens aus dem Wagen stiegen, war ich ein einziger Ausbund an Heimweh. Jetzt führte man mich, das schwer erziehbare Kind, durch das Tor zu diesem Heimleiter, von dem so viel Gutes erzählt wurde ..., doch da war niemand. Der Empfang von Müeti und Ätti ließ nicht nur lange auf sich warten, nein, er fand in der Tat überhaupt nicht statt. Verloren standen meine Eltern, mein Koffer und ich in einem leeren, schmuddeligen Speisesaal, bis dann irgendwann so eine mittelmäßig motivierte Sozialarbeiterin mit Jesuslatschen erschien und uns meine „Zelle", das heißt mein Zimmer zeigte, das ich nun mit lauter fremden Kindern zu teilen hatte. Warten. Ich und mein Koffer alleine auf dem Bett. Im Gang meine Eltern. Gerede, Gemurmel. Alles roch nach Heimweh. Ich trottete dem Gemurmel hinterher durch einen Gang, der zu einem steinernen Wehrturm führte. Wahrscheinlich zur Folterkammer. In einer feuchten Wendeltreppe mit ausgetretenen, jahrhundertealten Steintritten stieg die heilige Prozession, bestehend aus meinem Vater, meiner Mutter, der Frau mit den Jesuslatschen und mir, dem „Insassen" als Schlusslicht, bis zum Ende des Turms. Da oben war nun offenbar das Reich des Heimleiters, des Herrn Seiler, Freund meines Großvaters. Es ist spannend, genau hier an dieser Stelle einen Brief abzutippen, den mir kürzlich mein Bruder zuschickte, als er diesen beim Aufräumen der Wohnung meiner Eltern nach ihrem Tode in einem zusammengeschnürten Paket Briefe entdeckte. Aus einem vergilbten, graubraunen Umschlag, frankiert mit einer weinroten Zwanzig-Rappen-Briefmarke, adressiert von Dr. Ad. Schaer-Ris, Sigriswil, ziehe ich ein zweimal gefaltetes DIN-A4-Schreibpapier, dessen Schrift mich sofort an die Briefe von Hermann Hesse erinnert, welche neben der berühmten „Smith Premier No. 4" liegen, seiner Schreibmaschine, die im Hesse-Museum von Gaienhofen am Bodensee, wo ich heute unterrichte, zu bewundern ist.

Ich lese:
„Herrn Robert Seiler, Vorsteher der Heimschule Schlössli Ins.
Sigriswil, 5. Jan. 1959
Lieber Robert Seiler!
Durch meine Tochter Frau Maiwald-Schaer in Dübendorf vernahm ich, dass ihr Sohn Christian, mein Enkelbub, nächsten Donnerstag in Deine Obhut gegeben werden soll. Ich erlaube mir, bei diesem Anlass nachstehende Bemerkungen an Dich zu richten.
Du wirst begreifen, dass auch mich dieser schmerzliche Eingriff in eine Familie beschäftigt, umso mehr, als ich meinen Enkel Christian sehr gerne habe, trotz seiner Fehler. Niemand wäre glücklicher als ich, wenn es diesem geplanten Orts- und Regimewechsel, also in erster Linie Dir und Deinen Mitarbeitern gelingen sollte, eine Wendung in der Erziehung Christians herbeizuführen. Der Grund, weshalb ich Dir schreibe, besteht darin, Dir vorgängig zu danken, dass Du bereit bist, Dich des Knaben anzunehmen, und Dich zu bitten, ein wachsames Auge auf ihn zu halten.

Christian ist es wert, dass man sich seiner annimmt, denn es ruhen Fähigkeiten in ihm, von denen wir noch nicht wissen, wohin sie zielen. Vorderhand stechen Eigenschaften an ihm hervor, die ihn bei den Schulmeistern unbeliebt machen. Er zeigt einen sehr starken Geltungstrieb, den man natürlich nicht ohne Weiteres mit der Heckenschere stutzen oder mit dem Stock vernichten darf, denn dieser Geltungstrieb gründet sich auf etwas, das in ihm zum Ausdruck kommen will, dessen bin ich gewiss. Eine zweite Eigenheit äußert sich in seinem Gebaren als Komödiant. Nun, auch dafür habe ich Verständnis, denn ich bin als Knabe genau ein solcher Komödiant gewesen und bin es dann bis zu einem gewissen Grade auch geblieben. Davon zeugen meine zahlreichen Theaterstücke.
Weniger erfreulich ist seine gegenwärtige innere Disziplinlosigkeit verbunden mit einer unangenehmen Rechthaberei. Auch diese hat er nicht gestohlen. Ich selber bin in diesem Falle unschuldig. Es fehlt ihm eine Autorität, die er anerkennt, und er möchte eine solche sehen, die ihm imponiert, aber nicht mit äußerer, sondern innerer Festigkeit. Wahrscheinlich kann das nicht eine Frau sein. In seinem Kopfe spuken Künstler, Komödianten und Filmstars. Wenn es Dir gelingt, ihm in Gesprächen näherzutreten – und er möchte mit ausgewachsenen Männern ins Gespräch kommen –, so wirst Du bald sehen, wo der Hebel anzusetzen ist.
Zum Schluss möchte ich Dir im Voraus schon herzlich danken.
Mit besten Grüßen und nachträglichen guten Neujahrswünschen bin ich
Dein
Adolf Schaer“

Von diesem Brief wusste ich damals natürlich nichts, doch so viel ahnte ich schon: Dieser Herr Seiler schien offensichtlich jemand zu sein, der es wohl nicht für nötig hielt, sich nach „unten“ zu bemühen, wenn ein neues Kind in der Fremde abgegeben wird, sondern jemand, zu dem man sich hochbegeben musste. Er öffnete uns die Tür und wir traten ein.
Da saß ein freundlicher Mann an einem frei stehenden Tisch auf einem alten Stuhl, eingerahmt von Büchern und geheimnisvollen Gegenständen. Es roch nach Tabak, guter Absicht und dem fleißigen Studium von

geistiger, esoterischer und, wie ich später als Erwachsener erfuhr, anthroposophischer Literatur. Da waren: ein Totenschädel, Märchenbilder mit Rittern und Burgen, seine Pfeifensammlung, viel Holz, viel naturbelassenes Material. Der Mann redete ein paar wohlmeinende Worte, das, was die Erwachsenen halt so reden. Und schon ging's in der feuchten Wendeltreppe wieder hinunter, durch den Gang, in mein Zimmer, wo ich mithilfe meiner Mutter meine Kleider auspackte und in einen Holzschrank in die mir zugewiesenen Fächer stapelte. Noch immer war ich alleine im Zimmer. Die anderen Kinder seien noch nicht von ihren Ferien zurückgekehrt, sagte die Sozialarbeiterin in einem angelernt freundlichen Ton. Und wieder warten. Der Moment kam, an dem ich an dem unruhigen Verhalten meiner Eltern merkte, dass sie jetzt gehen mussten oder wollten, wiewohl oder gerade weil es so weh tat. Irgendwann sind sie dann gegangen. Irgendwann werde ich eingeschlafen sein. Alleine in dem fremden Zimmer; und ich wusste eines ganz genau, dass dieser Aufenthalt nicht lange währen würde.

Das verträumte Märchenschloss aus der Mitte des 18. Jahrhunderts dämmerte im ewigen Wechsel der Jahreszeiten auf einer Anhöhe über dem Dorf Ins vor sich hin. Der Park lag westlich an der schmalen Natursteinstraße, die zum Bärenplatz hinunterführte, und war auf zwei Seiten von einer hohen Natursteinmauer umgeben. In der Mitte dominierte ein großer eindrücklicher Mammutbaum, der dem Platz eine Mitte gab. Wenn man von dieser Straße her durch das Bogentor eintrat, stand zur Linken das Haupthaus mit dem runden Steinturm, in dem sich die Wendeltreppe befand. Rechts hinten stand das Gewölbe, eine Art Kapelle, unter zwei großen dunklen Tannen und ein kleines Gerätehaus mit Brunnen.
Es gab Bäume aller Art: Zedern, Wachholderbäume, eine große Linde und einige wunderschöne Kastanienbäume.
In der südwestlichen Ecke des Parks, ein wenig weiter unten, erahnte man das unter Efeu, blühenden Clematis und anderen Kletterpflanzen verborgene, zum Teil bereits eingefallene Treibhaus. Ein verwunschener

Platz, der an südliche Tage eines meiner möglichen früheren Leben am Mittelmeer erinnerte. Auf dem aus Terracotta-Platten bestehenden Boden, der wohl so alt wie das Schlösschen selbst zu sein schien, standen in herrlicher Unordnung Topfpflanzen, Tontöpfe, Geräte, Spritzkannen und ein Schubkarren, auf den ich später noch zurückkommen werde.
Die dicke Nordwand des Gewächshauses reichte bis zu dem gläsernen Pultdach, welches aus einem rostigen, mit teilweise zerbrochenen Glasplatten bestückten Eisengerüst bestand. Über die ganze Breite dieser Backsteinmauer erstreckte sich ein hölzernes Rankgerüst, an dessen Sprossen kleine Tontöpfe in Eisenringen hingen.
Immer wenn ich mich über einem Schulheft zu Tode langweilte, kehrte ich an diese magische Zufluchtsstätte zurück und ergab mich dem Zauber des gläsernen Lichtspiels, dem Gesang der Feldlerchen und den Düften der Blüten und träumte vom verlorenen Paradies.

Hier einige schöne Szenen im Kurzdurchlauf:
Die eine war, wie wir Knaben jeweils am Abend uns nach dem Nachtessen heimlich davonschlichen, um mit einem Bohrer, den wir in der Werkstatt entwendet und in einem sicheren Versteck untergebracht hatten, Löcher in die Holzwand zu bohren, durch die wir dann die Mädchen im angrenzenden Zimmer beim Auskleiden beobachten konnten. Man kann sich leicht vorstellen, was für ein Gedränge und Geschubse das vor diesem einen Loch gab, wenn eine Dutzendschaft übermütiger Buben um die Vorherrschaft des gierig erwarteten Durchblicks buhlte.
In der anderen sehe ich mich an einem harmlosen Sonntag im Hochsommer ein Feuer machen. Unter den zwei riesigen Tannen über dem Gewölbe. Da es bald Zeit wurde für die Andacht, wollte ich das Spiel mit dem Feuer abbrechen, um nicht wieder zu spät zu kommen. Doch es war schon zu spät. Die Flammen erreichten bereits die untersten Äste, die zu allem Schrecken auch noch ausgetrocknet waren. Die Katastrophe war voraussehbar. Von Angst und Panik ergriffen, raste ich schweißüberströmt mit einem Kübel wie von Sinnen zwischen dem Brunnen und dem Baum hin und her, bis es mir gelang, dem Herrgott sei

auf ewig Dank, das Feuer zu löschen, und auch die Flammen in diesem verdammten, furztrockenen Ast in letztem Moment den Geist aufgaben. Wenn ich in meiner Erinnerung auf Bilder von Menschen aus dieser Zeit warte, warte ich vergebens. In diesen Szenen sind nur Figuren ohne Gesicht und ohne Namen zu sehen.
Ich kann mich an keine Kinder, an keinen ganz bestimmten Knaben, mit dem mich so etwas wie eine Freundschaft verbunden hätte, keinen Lehrer, der sich meiner liebevoll angenommen hätte, erinnern. Dieser Schauplatz ist vielmehr durchdrungen von stillen, geheimnisvollen Eindrücken im und um das Haus, den Park und die nähere Umgebung der Anlage.

Ein anderes wunderschönes Stimmungsbild war jeweils das Abendlicht, welches durch die Sprossenfenster in den warmen, mit dunkelbraunen Vertäfelungen ausgekleideten Speisesaal schien. Die ganze Stimmung war durchtränkt von einer geheimnisvollen, beinahe überirdischen Geborgenheit. Im Aufenthaltsraum war der Kamin, an dem der „Ätti" nach dem Abendessen Geschichten vorlas, bevor ich in mein kaltes, mir so unendlich fremdes Zimmer ging und im Schein der kleinen Nachttischlampe die langen, von Hand geschriebenen Briefe meiner Mutter las, deren Liebe und Verständnis mich ein Leben lang begleiten.
Sie machte mir Mut und verlieh mir inmitten von Heimweh und Einsamkeit die Gewissheit, dass alles im Leben einen Sinn hat und nur Zeit braucht, um zu reifen. Gewiss hätte ich mir als Knabe lieber eine Wurst oder etwas Handfesteres gewünscht als philosophische Ratschläge und Weisheiten. Aber heute weiß ich, dass ihre Briefe die Grundlage waren für das, was sie mir immer wieder über mich versicherte: „Weißt du, dir kann nichts passieren, du bist wie eine Katze. Du landest immer wieder auf allen Vieren auf dem Boden."

Abgesehen von der Poesie des Ortes zogen diese zwei Jahre im Großen und Ganzen gemächlich an mir vorbei, ohne tief greifende Eindrücke in meiner Seele zu hinterlassen. Außer natürlich meine ersten bescheidenen Einblicke oder, besser gesagt, Durchblicke in das Geheimnis der Weiblichkeit. Ja, diese Löcher, die wir Knaben gelegentlich in die dünne Holzwand bohrten, die uns vom Mädchenzimmer trennte, waren das einzig Kreative, mein einziger Stolz in diesem neuen Exil. So etwas wie mein erstes selbstständiges Penetrieren, ein Durchdringen in eine andere, verborgene Wirklichkeit.

Wie es mit der anthroposophischen Vision der Heimleiter weiterging, weiß ich nicht. Auf der Website der Schule lese ich:
„1972 übergaben die Seilers die Leitung der Heimschule Schlössli Ins ihrem Sohn Ueli Seiler. Die heutige Heimschule bietet rund 120 Kindern und Jugendlichen ein Zuhause und eine Schule, wo sie auf das Leben vorbereitet werden."
Wurde ich dort auf das Leben vorbereitet? Von welchem Leben ist hier die Rede?
Meines hatte damals noch nicht einmal begonnen.

Eines schönen Sommertages saß ich dann jedenfalls wieder auf dem Rücksitz des Wagens meiner Eltern, nur fuhren wir diesmal in die andere Richtung.
So wie die Hinfahrt einer Hinrichtung glich, so empfand ich die Rückfahrt nach Hause als eine Entlassung aus der Gefangenschaft. Welche Erleichterung!
Die Felder der Sehnsucht und Melancholie von damals waren jetzt plötzlich Felder der Freiheit und Zuversicht.

Das erste Mal

Nun war ich also wieder zurück in der Sonnweid, meinem Elternhaus, wo eigentlich mein Zuhause hätte sein sollen. Doch war ich dort wirklich zu Hause? Wenn ich mich recht erinnere, war ich auch bei meinen Eltern nicht wirklich geborgen. Auch wenn ich nicht den geringsten Grund zur Klage hatte. Nein, im Gegenteil. Im Vergleich zu anderen Kindern wuchs ich in besten Verhältnissen auf, mir fehlte es an nichts und dennoch war da tief in mir dieses Heimweh, dieses Gefühl, fremd zu sein in dieser Welt. In einer spannungsvollen Atmosphäre zwischen den Erwartungen meines Vater an meine schulischen Leistungen und meinen Charakter und der übertriebenen, beinahe naiven Toleranz und Großzügigkeit meiner Mutter, welche glaubte, ihren Liebling immer wieder gegen den bösen Vater verteidigen zu müssen, war ich hin und her gerissen. In einem ihrer Streitgespräche, die ich meistens mitbekam, musste meine Mutter meinen Vater wohl endgültig davon überzeugt haben, dass sich meine berufliche Laufbahn doch eher in die künstlerische Richtung bewegen würde. Denn das Einzige, was sich damals schon bewusst rührte, war ein starkes Mitteilungsbedürfnis, der Drang, mich in Szene zu setzen und die Menschen zu berühren. Das „Womit" stand damals noch in den Sternen. Das Einzige, was an meiner Zimmertür hing, war ein lebensgroßes Poster von Peter Kraus, diesem Schnulzensänger und Gitarristen mit den lockeren Hüften, zu dessen Fangemeinde ich damals gehörte. Wer kannte nicht seine größten Hits wie „Sugar Baby", „Wenn Teenager träumen" und vor allem „Mit siebzehn". Der Film „Wenn die Conny mit dem Peter" mit „Conny" Cornelia Froboess wurde der Kinorenner des Jahres und die beiden Hauptdarsteller zum absoluten Traumpaar des deutschen Films. Aus meiner heutigen Sicht sind mir diese Schnulzen beinahe peinlich und ich frage mich, warum ich nicht der Fangemeinde von Elvis angehörte, deren Mitglieder diese heißen Leder- und Jeansjacken trugen, von denen ich so gerne auch eine besessen hätte, aber leider niemals eine erhielt, weil meine Erzieher meinten, dass das zu vulgär aussähe. Womöglich infizierten sie mich an diesem Punkt mit dem

Moralvirus, der besagt, dass Sex und Rock 'n' Roll vulgär sei. Jedenfalls litt ich lange unbemerkt unter dieser subtilen Wertung alles Natürlichen und Lebendigen.
Doch wie meistens in meinem Leben litt ich auf verhältnismäßig hohem Niveau, denn schon bald geschah es, dass mein Vater eines Tages, als er von einem Flug aus Asien zurückkehrte, ein großes geheimnisvolles Paket mitbrachte, welches ich erregt, aber ahnungslos öffnete und kurz darauf meine erste Gitarre in meinen Händen hielt. Der Beginn einer großen Liebe, die bis heute, auch wenn ich dieses Instrument nicht mehr spiele, ungebrochen blieb.
Natürlich wollte ich sofort spielen lernen. Aus einem Lehrheftchen probierte ich die ersten Griffe und schon bald hatte ich ein ansehnliches Repertoire mit Liedern, die ich bei jeder Gelegenheit zum Besten gab. Mitunter natürlich, wie könnte es anders sein, den Song „Mit siebzehn" von Peter Kraus. Ich wurde zum begehrten Alleinunterhalter und meine Gitarre zu meiner ständigen Begleiterin, die auch auf meiner späteren Südamerikareise nicht von meiner Seite wich.

Wenig später erhielt meine Gitarre auch noch Gesellschaft. Meine Mutter hörte damals oft die Platte „Stranger on the Shore" von Mister Acker Bilk, dem Klarinettisten und Bandleader der Paramount Jazzband. Sie sagte oft: „Klarinette, das wär doch was für dich!" Der Same dessen, was sie sagte, fiel wohl auf fruchtbaren Boden und es kam der Tag, an dem ich mir beim Musik-Hug meine erste Klarinette kaufen durfte. Wer hätte damals gedacht, dass ich mit diesem Instrument, das mir einiges an Energie abverlangte, Jahre später sogar den zweiten Preis beim Jazzfestival von Augst holen würde.
Die Richtung, die mein Leben nahm, war schon mal ganz in Ordnung. Ich hatte jetzt wenigstens Werkzeuge in meinen Händen, die mir realistische künstlerische Ausdrucksmöglichkeiten versprachen.
Obschon sich meine besorgten Eltern wohl in schlaflosen Nächten immer mal wieder die ernsthafte Frage gestellt haben mussten, wie dieser schwierige Junge mit dieser brotlosen Kunst, auf die er sich ahnungslos

zubewegte, denn nun eines Tages seinen Lebensunterhalt verdienen würde. Was ich heute zugegebenermaßen durchaus verstehen kann.

Doch ich war nicht nur der extrovertierte Unterhalter, es gab in mir auch den stillen, in sich gekehrten Mönch, der gehört werden wollte. Immerhin hatte ich ja bereits einen fernen Vorfahren in unserer Familie, den Kunstmaler Eduard Maiwald, den ich immer wieder auf den Kupferstichen meines Großvaters sah. Eines Tages nahm ich einen Stift in die Hand und begann in meinem Zimmerchen heimlich zu zeichnen; und etwas später malte ich dann mein erstes Bild. Noch heute verziehen sich automatisch mein ganzes Gesicht und meine Innereien, wenn ich es vor mir sehe: ein Ausbund an Kitsch. Einfach nur peinlich. Eine Höhle unter dem Boden, mit nur einer kleinen Öffnung, durch die das Licht in das dunkle Innere scheint. Darin eingesperrt, am Boden kniend, ein Mann, der seine Arme sehnsuchtsvoll dem Licht entgegenstreckt. Doch wenn man einmal von der miserablen Umsetzung absieht, wird in diesem Bild doch zum ersten Mal mein ganz persönliches Lebensthema deutlich sichtbar.

Mit Staunen entwuchs ich dem Kindesalter. Bald zählte ich die ersten Genitalhaare und des Nachts regte sich nun immer mehr etwas zwischen meinen Beinen, bei dessen Berührung sich ein wohliges Gefühl über meinen ganzen Körper ausbreitete. Davon wollte ich natürlich mehr. Viele Fragen stellten sich jetzt; und da mein Vater selten zu Hause war, bot sich hier für meine Mutter die ideale Gelegenheit, ihre soziale Veranlagung in vollen Zügen auszuleben. Sie genoss es fast, inmitten einer Gruppe von Jungs, die sich regelmäßig bei uns zu Hause traf, unsere scheuen Nachfragen über Mädchen, Sex und Liebe zu beantworten. Sie machte das großartig, geduldig und einfühlsam. Sie gab uns Ratschläge, was Mädchen so mögen und was nicht. Ihr Tipp war: Nicht gleich zugreifen, zuerst das Gespräch suchen, was, wie sich später in meinen eigenen Erfahrungen mit Frauen herausstellen sollte, allerdings auch leicht in die Frauenversteher-Falle führen kann. Und genau so kam es auch. Ich habe mit den Mädchen geredet, ich kam an, weil ich sie verstand,

doch geküsst hat sie ein anderer, meistens einer, der sie nicht verstand und gröber war als ich. Heute kann ich das verstehen. Ich wurde ja im Grunde von einer Frau und nicht von einem Mann erzogen. Und das, was mir meine Mutter beibrachte, war auch nur das, was sie sich von meinem Vater wünschte. Einfühlungsvermögen, Gespräche über Kunst und Philosophie und ein Gespür für Romantik.
Bevor es aber zum „Ernstfall", dem ersten sexuellen Kontakt mit einem Mädchen kam, vergewisserten wir Jungs uns erst mal auf sicherem Terrain. Wir trafen uns heimlich zu den üblichen Entdeckungsspielen und redeten stundenlang von den Mädchen, in die wir damals verliebt waren. Doch wie alles in der Natur wuchs auch ich und mit mir „mein bestes Stück", für welches es nun kein Halten mehr gab.
Um es zeitlich vorwegzunehmen, drehe ich an dieser Stelle die Uhr meiner Biografie etwas nach vorne. Man glaubt es kaum, aber das berühmte erste Mal wurde ausgerechnet von meinem strengen Vater finanziert und fand im Montmartre in Paris statt. Ja, das klingt romantisch, war es aber nicht. Denn es geschah mit einer Prostituierten, der ich als junger, stolzer Mann natürlich nicht eingestand, dass ich noch „Jungfrau" war – welche Torheit.
Doch um die erste, quälende Neugierde zu befriedigen, war das durchaus okay: Ich finde, sie hat das ganz gut gemacht.

Im Wartesaal des Lebens: Klappe, die zweite

Aufgrund meiner schlechten Noten und meines eigenwilligen Verhaltens wurde meinen Eltern die Nachricht nicht erspart, dass ich die 5. Klasse der Primarschule wiederholen musste. Für mich, der ich die Schulbank hasste, war das eine erneute Niederlage. Wenn man es angesichts dieses vollkommenen Leerlaufes überhaupt noch fertigbringt, daran etwas Positives zu sehen, war es der Umstand, dass meine Eltern mich von der staatlichen in eine private Schule, das Athenaeum, umquartierten. Das bot dann doch etwas Abwechslung und ich konnte das ganze Pflichtprogramm in einer anderen Umgebung absitzen. Das Leben hatte nun offensichtlich zum ersten Mal Grund genug, ein bisschen Mitleid mit mir zu haben, denn es schickte mir Karl Schäfer, einen wunderbaren Lehrer, der vollkommen anders war als diese Zirkusdompteure, die mich bis dahin gequält hatten. Er war menschlich, einfühlsam, ein richtiger Freund. Bei ihm gab es sogar im Rechnen gute Noten. Er hat es fertiggebracht, mir das Bruchrechnen mithilfe einer gemalten Torte, die man in 2, 4, 8 oder 16 Stücke schneiden kann, verständlich zu machen. Endlich begriff ich, dass ich nicht dumm war, sondern nur ein wenig Vertrauen und eine visuelle Methode brauchte, um einen Lehrinhalt zu kapieren. Allerdings, zum Mathematiker wurde ich trotzdem nie. Das stand ja auch nicht auf meinem Lebensplan. Angesichts dieser leichten schulischen Besserung wallte dann der ungenährte Ehrgeiz meiner Eltern noch einmal auf, bevor er ein für alle Mal erlosch.

Man probierte es allen gegenteiligen Anzeichen zum Trotz mit dem Gymnasium. Ich besuchte dann – zwecks Eignungsprüfung – neben der fünften noch die Klasse eines anderen Lehrers im Gymnasium. Er war ein fetter, zynischer Ungar:
„Kristijann, bitte konjugiräh. Indikativ Perfekt: fuimus, fuistis, fuerunt. Was gucks du? Ja bitte läsen, äh! Worauf wartest du?“ In Latein entdeckte ich zwar meine Neugierde für Sprachen, doch in allen anderen Fächern war ich dermaßen schlecht, dass sich mein aufkeimendes Interesse an Bildung schon nach wenigen Wochen in Luft auflöste. Das vorzeitige Ende des Versuchs, aus mir einen gebildeten Menschen zu machen, war vorauszusehen und deshalb regte sich niemand groß darüber auf. Immerhin musste ich nicht auf eine weniger prestigeträchtige Schule, sondern ich bestand die Prüfung für die Sekundarschule, wo ich dann noch ein Jahr ausharrte, bevor ich diesen Wartesaal des Lebens für immer verließ.

Die Berufsfindung, die aus psychologischen Tests und Gesprächen bestand, ergab nicht viel Aufregendes. Man attestierte mir wohl eine eindeutig musische Begabung, andererseits traute mir keiner direkt eine künstlerische Ausbildung ohne Umwege und Kompromisse zu. Dazu fehlte meinen Eltern einfach der Mut, da offenbar keine meiner vielen Begabungen so stark war, dass sie sich allen Widerständen zum Trotz durchgesetzt hätte. Das Einzige, was ununterbrochen in mir brannte, war das Feuer der Begeisterung und dass ich wusste, was ich nicht wollte.

Und dazu gehörten ohne Zweifel die beiden Lehrstellen als Konfektionsverkäufer, mit denen ich die folgenden Jahre totschlug.
Bei Spengler in Winterthur kündigte man mir nach einem Jahr, da ich offenbar das Buch meines Großvaters „Jeder pfeift auf seinem Ast" zu wörtlich nahm und im Laden fröhliche Liedchen pfiff.

Die zweite Lehrstelle, wo man es zum zweiten Mal mit mir versuchte, eine Nobel-Boutique für Herrenbekleidung in Zürich, war der reine Horror. Das reizende Besitzerehepaar Kramer hasste ich vom ersten Tag an. Wenn sie mich überhaupt einmal zur Kenntnis nahmen, sahen sie mich nicht an, sondern auf mich herab.
Die Herrschaften fuhren mit dem Jaguar vor. Ja, vielleicht musste ich später deshalb ebenfalls einmal so eine Nobelkarosse fahren. Um mich auch wie jemand zu fühlen, der es geschafft hat.
Es gab zwei Geschäfte, eines am Bahnhofplatz und das andere an der Niederdorfstraße in der Altstadt von Zürich.
Aber wie das so ist im Drama des Lebens: Es lebt von Kontrasten und Konflikten. Dieser Ort des Schreckens baute meinen inneren Druck zur Befreiung auf. So ließ man mich im ersten Lehrjahr, so wie das damals war, gar nicht an die Kunden heran. Stattdessen verurteilte man mich zum stundenlangen Zwangs-Ärmelrichten. Dieser Pedant hatte einen Tick, dass die Westenärmel bündig mit all den andern in einer Linie zu stehen hatten, wie Soldaten. Ja, es war militärische Zucht, die ich als einfach lächerlich empfand. Und immer war da diese Angst, dabei er-

wischt werden zu können, wenn ich mir, von diesem Stumpfsinn völlig erschöpft, die Frechheit herausnahm, einmal kurz innezuhalten und auszuruhen.
„Wir sind nicht da, um auszuruhen, sondern um zu arbeiten." Nur so viel zu meiner Konditionierung.
Doch da gab es einen Ausweg. Deshalb liebe ich Gefängnisfilme wie zum Beispiel das Gefangenendrama „Papillon" nach dem gleichnamigen Roman von Henri Charrière, in dessen Verlauf dem Protagonisten die Flucht gelingt.

Man schickte mich immer wieder nach oben, um Kleidungstücke, die geändert werden sollten, in die Schneiderei zu bringen. Und der Herrgott meinte es gut mit mir, da war nämlich auch das Dekorationsatelier des Geschäftes. Diese Türe betrat ich eines Tages ungefragt, und ich hatte sofort Schmetterlinge im Bauch. Ich roch eine vollkommen andere Luft. Mit Papieren, Farbkartons und Stoffen beladene Tische, an die Wände gestellte Dekorationswände und Modepuppen verströmten eine Atmosphäre von Gestaltung, Kreativität und Freiheit. Mittendrin lächelte mir Michel Delonet, der Atelierchef, entgegen. Erstaunlich, er nahm meinen unbegründeten Auftritt ganz selbstverständlich, so als würde ein alter Freund mal wieder auf einen Schwatz vorbeikommen. Er bot mir sogar einen Espresso an. Ich fühlte mich bei ihm sofort wie zu Hause.
Natürlich fragte man mich jedes Mal bei meiner verspäteten Rückkehr an meinen Platz gereizt, wo ich denn wieder so lange gesteckt hätte. „Na ja, die Schneider, sie wissen ja!" Meine Kreativität beschränkte sich nun mal vorerst nur auf das Erfinden von schlechten Ausreden und Tricks, wie ich mich so schnell wie möglich wieder aus dem Staube machen konnte. Genau, abstauben, das lernte ich auch.
Im zweiten und dritten Lehrjahr wurde ich in die Filiale am Bahnhofplatz verlegt. Meine Karriere als Modeberater begann.
Immerhin bot mir diese Tätigkeit eine Bühne für mein schauspielerisches Talent und so kam es, dass mich ein Intendant an seine Bühne nach Stuttgart zum Vorsprechen einlud und mir eine Rolle in einer Ko-

mödie anbot. Dass an diesem verlockenden Angebot irgendetwas faul war, bemerkte ich leider erst viel zu spät.
Begeistert nahm ich nebenbei Schauspielunterricht und machte Sprechtraining am Bühnenstudio in Zürich.
In meiner Naivität lernte ich brav den Text, den er mir zuvor zugeschickt hatte, ging in Begleitung meiner Mutter dorthin, sprach vor und wurde prompt engagiert. Bevor ich allerdings den Vertrag unterzeichnen konnte, schickte man uns zwecks Arbeitsbewilligung ins Arbeitsamt Stuttgart, was sich in letzter Minute als Gnade des Schicksals herausstellte.
Auch wenn wir es uns kaum einzugestehen wagten, hielt sich nämlich das mulmige Gefühl diesem etwas zu freundlichen Herrn Intendanten gegenüber hartnäckig auf dem wortkargen Weg in die Stadt.
Der Umlaufaufzug ohne Türen in diesem alten Amtsgebäude, ein „Paternoster“, war wohl die Urform des modernen Aufzugs und sah aus wie an Seilen aufgehängte offene Holzschränke, in die man zu springen aufgefordert war, vorausgesetzt, man traute sich. Das Ganze war nicht so einfach, wenn man vom Land kommt. Denn der akrobatische Trick besteht darin, dass du den äußerst kurzen, über Leben und Tod entscheidenden Augenblick erwischst, wo der unbewegliche Etagenboden, auf dem du stehst, mit dem Boden der aufwärts fahrenden Holzkiste auf einer Linie liegt. Dann nämlich musst du springen. Nicht früher und nicht später.
Ja, so ist es immer im Leben. Es gibt nur den jetzigen Moment. Oder der Zug ist abgefahren. Entweder du lebst ihn ganz oder du verpasst ihn. Ich wollte das Leben nicht verpassen, deshalb sprang ich.
Meine Mutter sprang nicht. So hat sie es wohl ihr ganzes Leben lang getan. Sie bevorzugte die Treppe. Den sicheren Weg. In jenem intimen Gespräch kurz vor ihrem Tod gestand sie mir, dass es immer mal wieder männliche Verehrer in ihrem Leben gegeben habe. Doch an dem Punkt, wo es intim geworden wäre, habe sie sich dann doch immer, aus Rücksicht gegenüber meinem Vater, zurückgezogen.
Ich wusste damals noch nicht, dass – was meinen freundlichen Theatermann betraf – ausnahmsweise Vorsicht wohl auch mein besserer Berater gewesen wäre.

Nachdem ich diesen Zirkusakt mit dem Paternoster und meine Mutter die fünf Stockwerke zu Fuß geschafft hatten, standen wir nun im fünften Stock vor dieser Türe mit der Nummer 507 und der Aufschrift „Arbeitsamt".
„Was machen wir eigentlich hier?", fragte meine Mutter.
„Ehrlich gesagt. Das frag' ich mich langsam auch ... ich will ja bloß mal fragen, wie das so ist mit einer Arbeitsbewilligung."
Meine Mutter und ich sahen uns plötzlich an und wussten, dass wir in diesem Moment das Gleiche dachten. Das, was wir irgendwie schon lange wussten:
Dieser Intendant war ohne Zweifel schwul! Allein die Idee, dass dieser Herr vielleicht andere Vorstellungen als ich von diesem Engagement haben könnte, genügte, um mich in die Flucht zu schlagen.
Noch ehe wir unser Entsetzen in Worte fassen konnten, flogen Hunderte von Treppenstufen wie Maschinengewehrsalven hallend unter unseren Füßen hinweg, dann standen wir draußen, von haltlosem Gelächter überwältigt, auf der Straße. Das mit dem Schauspieler war wohl nichts. Gott, war ich erleichtert!

Wenn ich hier an meinem Computer unter dem Oberlicht sitze und die Wolken, die über meinem Kopf vorbeiziehen, nach dieser Zeit frage, verdichten sie sich und verhüllen die Sicht auf den Himmel und die Bilder, denn es ist lange her, dieses Leben damals als Jüngling. Als ich keine Lust mehr hatte, mich zu erinnern und nach Bildern zu graben, die sich nicht einstellen wollten, rief ich meinen „kleinen Bruder", der heute allerdings einen Kopf größer ist als ich, in seiner Firma an.
„O scho uf u agleit?" – „Auch schon aufgestanden und angekleidet?"
Das ist so ein Spruch unter Brüdern.
„Sag mal, hast du einen Moment Zeit?"
„Also, schieß los!" Er hatte Zeit.
„Wie du weißt, schreibe ich schon seit längerer Zeit an meinem Roman. Ich war doch irgendwie immer der große Unterhalter und du der stille Beobachter im Hintergrund. Wie hast du mich wahrgenommen? Wie

war ich damals? Das ist mir alles nicht mehr so wirklich präsent. Für mich war diese Zeit ein Riesenchaos."

Im Nachhinein dachte ich: Wir sollten uns mehr solche Fragen stellen und uns die Mühe machen, dem andern zuzuhören. Ich hatte durch meine lebendige Art sowieso meinen Bruder nie zu Wort kommen lassen. Das war eine wunderbare Gelegenheit, dies nachzuholen. Im Gespräch und seiner anschließenden Mail sprudelte es nur so aus ihm heraus:

„Lieber Christian,

nun also das, was ich Dir gestern am Telefon gesagt habe, hier in Schriftform: Du hast mich im Zusammenhang mit Deinem neuen Buch gefragt, wie ich Dich als jüngerer Bruder in der Zeit, als ich zwölf und Du siebzehn warst, empfunden hätte. Was Du da eigentlich gemacht hättest, da Deine Erinnerung an diese Zeit Dich offenbar verlassen hatte. Du sagtest, dass Du wohl alles und nichts richtig gemacht hättest.

Nein, Du hast das Leben erlebt, voll genutzt und auch voll eingeatmet. Du hast extreme Ausschläge – von himmelhoch jauchzend bis zu Tode betrübt – durchlebt und das macht Dich zum guten Dozenten. Du weißt, was „scheiße" ist, und Du weißt, was „geil" ist, und Du weißt, was nützt und was quer steht. Durch Erfahrung und nicht vom Hörensagen.

Die Extreme gingen so weit, dass Du nie eine Freundin hattest, nein es mussten drei, wenn nicht vier sein. Zwischendurch mal plötzlich wieder keine. Du hast aber immer für Dich und für niemand anders gekämpft. Du hast Dich wenig um die Meinung der anderen gekümmert. Dieses Verhalten führte wohl zum Rauswurf und zur Reise nach Genf. Papa war einfach hilflos und überfordert. Zu diesem Zeitpunkt – so hast Du, glaube ich, immer funktioniert – hast Du dann den Schalter auf Selbstregulation gedreht. Rückblickend eine gute Entscheidung.

Wessen ich mir sicher bin: Dein Verhalten, Deine Aktivität stieß auf ein riesiges Spektrum von Aufmerksamkeit. Du hattest viele Freunde. Alle wollten etwas von Deinem Übermut, von Deiner Lebensfreude abschneiden, davon profitieren. Du hattest da die Möglichkeit, Dich auszuprobie-

ren, anzubieten, auch mal zu übertreiben und die Sache ins Endlose zu treiben, Grenzen zu erfahren. Für Eltern, Lehrer, Chefs warst Du keine pflegeleichte Person, gewiss nicht, für alle aber, oder grade deswegen, immer interessant. Das war verdichtetes Leben! Oder einfach Leben! Deine Sehnsucht, das vielfach unerträgliche Mittelmaß hinter Dir zu lassen, Deinen Atem zu finden, außer sich zu geraten und Dein Leben zu genießen.
So jetzt habe ich mich über Dich ausgelassen. Ich wünsche Dir ein gutes Wochenende!
Liebe Grüße nach Zürich, Felix"

Montevideo

INNEN/IM WAGEN/TAG

Die Scheibe meines Jeeps ist seit einiger Zeit geöffnet und mein linker Ellenbogen kühlt sich im Fahrtwind des heißen Sommertages. Mein Besuch bei Oswald, meinem armen, alten Lieblingsonkel aus Südamerika, liegt mir nun schon lange auf meinem Gewissen. Aber heute habe ich mich entschlossen, ihn zu besuchen, denn er soll angeblich in ein Pflegeheim in Steffisburg gebracht worden sein. Bei dem Gedanken, dass diese sogenannte Altersdemenz, an der er leidet, unheilbar sein soll, schnürt sich mir die Kehle zu. Ich fühle, wie wichtig es mir ist, ihn jetzt nicht im Stich zu lassen. In Thun biege ich von der Hauptstraße ab. Im nahe gelegenen Steffisburg angekommen, frage ich mich bis zum Heim durch.

INNEN/PFLEGEHEIM STEFFISBURG/TAG

Die automatische Türe der nüchternen Eingangshalle öffnet sich, überall Tische, zum Teil invalide Menschen in Rollstühlen, manche lallend, wirr gestikulierend, einer schreit. Bemühte Pfleger in weißen Kitteln eilen vorbei, und mittendrin in diesem Wahnsinn mein guter alter Onkel Os-

wald, regungslos im Rollstuhl. Dieser kerngesunde vitale Mann mit den blonden Stierlocken, mit dem ich nächtelang durch die Bars von Montevideo gezogen bin. Still und friedlich lächelnd sitzt er da, neben ihm Susi, seine Frau, geistig noch gesund, aber körperlich geschwächt und in sich zusammengefallen. Sie erkennt mich sofort und winkt fassungslos, denn mich hat sie wohl am wenigsten erwartet. Meine Überraschung scheint gelungen. Begrüßungsworte, Küsschen, Umarmungen werden so normal wie möglich ausgetauscht, um die Tragik zu ertragen. Oswald scheint zu fühlen, wer ich bin, aber er hat meinen Namen vergessen.
Susi hält liebevoll seinen Arm, dreht sich mit einem traurigen Lächeln zu mir hin: „Schau, dieses liebe Lächeln hat er immer gehabt."
Ich unterdrücke meinen Impuls, laut loszuheulen. Und gebe mich so natürlich wie möglich. Seine Schwester bringt einen Pullover für ihn.
Wir gehen auf sein Zimmer. Er glaubt, hier zu Hause zu sein und dass Susi dieser Tage hier einzieht. Er kann nicht verstehen, dass wir wieder gehen müssen. Wir lassen ihn an seinem Tisch zurück mit zwei völlig geistesgestörten und behinderten Männern. Dieser Blick zurück ist zu viel für mich. Kurz kann ich mich noch beherrschen, doch dann flüchte ich in die nächstliegende Toilette, schließe mich ein, falle auf die Kloschüssel und lasse meinen Tränen freien Lauf. In meinem Schmerz werden Bilder wach.
Auf meiner Fahrt nach Zürich läuft der ganze Film noch einmal ab. Erinnerungen an diese verrückte Zeit, wo ich zum ersten Mal den Duft der Freiheit in mich aufsog. Die Szenen von Montevideo.

Vielleicht war er sich dessen nicht bewusst. Aber auf seine Weise war Oswald für mich auch ein Goldgräber. Auch er wollte jemand werden, suchte auf der ganzen Welt und hielt Ausschau nach dem schnellen Geld.

Er war kein Mann der großen Worte, aber meine Tante verriet mir einmal, als ich sie danach fragte, dass Oswald eine große Fotosammlung von Fincas und Gutshöfen besaß, die er anlässlich seiner Spanienreisen besichtigt und fotografiert hatte. Doch wie alles in seinem Leben: Das Programm wechselte wie der Wind, aus Andalusien wurde nichts. Stattdessen verließ das inzwischen verheiratete Ehepaar nach Oswalds abgeschlossener kaufmännischer Lehre mit Stephan, ihrem ersten Kind, Sigriswil, das abgelegene Bauerndorf im Berner Oberland, um zusammen mit einem Schweizer Patissier in Marokko eine Konditorei zu eröffnen. Dass diese geheimnisvolle Fotosammlung seiner Fincas aus Andalusien zur Initialzündung meiner Liebe zur spanisch-arabischen Kultur werden würde, sollte ich erst viel später in Montevideo erfahren.

Nach drei Jahren mussten sie aus politischen Gründen Marokko verlassen und kamen in die Schweiz zurück. Oft war Oswald sogar sehr erfolgreich mit dem, was er tat. Allerdings wusste niemand so richtig, nicht einmal seine Frau, mit was er sich jeweils gerade beschäftigte. Er wechselte die Branche wie sein Hemd. Doch in seinen erfolgreichsten Tagen verdiente er anständig Geld und wohnte in schönen Häusern mit Swimmingpool und Garten. Doch allzu oft schlug seine menschliche und warmherzige Art geradezu in Naivität um, wobei er sich unverständlicherweise immer wieder auf äußerst dubiose Gestalten und ebenso zweifelhafte Geschäfte einließ und dabei mehr als einmal sein ganzes Geld verlor. Doch er war ein zäher Berner Oberländer Dickschädel, der immer wieder aufstand und einen neuen Fisch an Land zog.
Wie damals im Frühjahr 1964, als er mit seiner Frau und den drei Söhnen Stephan, Adrian und Thomas im Hafen von Genua mitsamt ihrem ganzen Hausrat auf dem Luxusliner „Viktoria“ einschiffte, um nach Uruguay überzusiedeln, wo man ihm den Direktorenposten einer deutschen Fabrik für die Produktion von Schaffellsohlen in Montevideo angeboten hatte.
Meiner Ansicht nach war das der größte Fang seines Lebens.

Am 12. Februar 1968, die Romangs waren bereits vier Jahre in Uruguay, saß ich nach circa zwölf Stunden Flug in einer DC-8 von Zürich über Dakar und Rio de Janeiro nach Buenos Aires zusammen mit meiner

ständigen Begleiterin, meiner Gitarre, an Bord einer mittelgroßen Turbinen-Propellermaschine, ein guter alter Hochdecker der uruguayischen Fluggesellschaft Pluna. Diese ausrangierten Kisten waren vermutlich von den Amerikanern aus Sicherheitsgründen an die Südamerikaner abgeschoben worden. Ich war damals 20 Jahre alt. Mein ganzes Leben lag noch vor mir, jungfräulich und unverplant. Da mein Vater Linienpilot bei der damaligen Swissair war, flog ich sprichwörtlich „für 'n Appel und 'n Ei" und nutzte dieses Privileg schamlos aus.
Bei einem Glas Sekt feierte ich mich selbst und meine Freiheit, das erste Mal ohne Eltern, Lehrer und Schule. Unter mir zur Linken erstreckte sich das flache, weitläufige Hügelland der uruguayischen Pampa bis zum fernen Horizont. Unter dem rußigen Flügel zu meiner Rechten lag der Rio de la Plata, der Silberfluss, im Glitzerglanz der Mittagssonne.
Meine müden Augen fielen zu, ich träumte von weißen Stränden und blauem Meer, hörte Gitarrenmusik und Trommeln. In meiner Fantasie wohnte ich in weißen Kolonialstilhäusern inmitten von dunkelgrünen Orangenplantagen, bis mich die freundliche Stimme der Hostess am Bordlautsprecher weckte und in einem unverwechselbar weichen „Rioplatense", dem Spanisch des Rio de la Plata, die unmittelbar bevorstehende Landung ankündigte:
„Estimados pasajeros, les informamos que en pocos minutos aterrizaremos en el aeropuerto de Montevideo. Les rogamos que apaguen sus cigarrillos, mantengan los cinturones abrochados, el repaldo de su asiento en posiciòn vertical y las mesitas plegadas."

Dann tauchte sie auf, aus dem glitzernden Meer: die Hauptstadt Uruguays, die zur Bühne meiner ersten Eroberungen in der neuen Welt werden sollte. Gemächlich, beinahe faul ruht diese fünfhundert Jahre alte Stadt mit den breiten Boulevards auf dem Hügel einer Landzunge, die sich im Süden und Osten ins offene Meer hinausschiebt.
So muss es wohl 1516 dem spanischen Seefahrer Juan Díaz de Solís ergangen sein, als er von seiner Karavelle aus den Hügel entdeckt und ausgerufen haben soll: „Monte video!" – „Ich sehe einen Berg!"

Das durchdringende Geräusch des heruntergleitenden Fahrwerks und der aktivierten Hydraulik der Landeklappen holten mich jäh zurück aus der spanischen Geschichte ins Hier und Jetzt. Ein kurzes Rütteln des Rumpfes, und ich wusste: Wir sind gelandet.

Inmitten unendlicher Felder, auf denen sich das hohe Präriegras im Winde wiegte, konnte ich bereits das bescheidene Flughafengebäude und auf der Terrasse einige eifrig winkende Menschen erkennen. Nach einer Links- und einer Rechtskurve bremste unser bauchiger Hochdecker an dem ihm zugewiesenen Platz. Mit der letzten Umdrehung der beiden Propeller war diese Reise an den Rand der Welt zu Ende.

Stille.

Dann kam dieser kurze, magische Moment, den ich wohl nie mehr vergessen werde. Die Szene, als sich die schwere, ovale Türe im Rumpf des Flugzeuges öffnete und mir dieser exotische, würzige Duft, getragen von einem schwülen, feuchten Wind entgegenkam, während ich über die herangerollte Treppe das Flugzeug verließ. Es war mehr als einfach nur eine sinnliche Erfahrung. Der Moment war übersinnlich, magisch und von großer Symbolkraft. Das Besondere an dieser Erfahrung lag tiefer als das, was ich sah, roch, hörte oder dachte. Es schien, als sähe ich in diesem kurzen, vergänglichen Augenblick etwas Unvergängliches: die ewige, unsterbliche Schönheit des Lebens. Dieses Große, Erhabene, welches ich schon immer erahnte, schien sich mir an diesem Tage zum ersten Mal zu offenbaren.

Die Treppe fühlte sich an wie eine Empore der Macht. Ich trat als Kaiser Christian vor mein jubelndes Volk. Ich fühlte mich unsterblich und mit einer Kraft beseelt, die über den Tod hinausgeht. Für kurze Zeit war ich mir bewusst, dass nichts unmöglich ist. Uruguay, ich komme!
Eine Woge intensiver, inniger Liebe und Dankbarkeit für dieses Leben überflutete mein Herz, während ich mich mit den anderen Passagieren zum Eingang begab.

Hinter einer schmutzigen Glaswand konnte ich unter vielen gestikulierenden und winkenden Armen und Händen meine Tante erkennen, die sich ebenfalls eifrig bemühte, von mir erkannt zu werden. Woher kannte ich all diese Menschen, die mit den Händen reden und deren Gefühle bis in die Fingerspitzen reichen? Warum war mir dieses Bühnenbild so sehr vertraut, dass ich das Gefühl hatte, als einer der ihren nach Hause zurückzukehren?

Es folgten die üblichen Formalitäten, uniformierte Zollbeamte, die beim Anblick meines roten Schweizer Passes sofort die Hand an ihre Schirmmütze legten und mich freundlich passieren ließen. Glastüren öffneten und schlossen sich. Dann stand ich in dem kleinen, schmucklosen Wartesaal, wo Tante Susi vor der Gepäckannahme auf mich wartete.
Im Gegenlicht sah ich das liebevolle, melancholische Lächeln dieser Frau, deren sehnlichster Wunsch es war, mit Oswald irgendwo in einem behäbigen Emmentaler Bauernhaus mit Geranien und Gemüsegarten auf der Ofenbank zu sitzen und Händchen zu halten. Dieser Wunsch blieb bis heute unerfüllt. Stattdessen reiste die Heimatlose diesem Weltenbummler ein Leben lang hinterher. Sie versuchte sich im Malen, fand ein wenig Halt in philosophischen Büchern, doch ihr Traum sollte sich nicht verwirklichen. Diese schmerzliche Spannung zwischen Ideal und Wirklichkeit, Trauer und übertriebenem Lachen war ihr dominierendes Wesensmerkmal, welches damals auch die Stimmungskulisse meiner Seelenlandschaft weitgehend beeinflusst hatte. Ich konnte sie verstehen und war deshalb wohl auch ein Stück Heimat für sie. Wir begrüßten und umarmten uns. Mit Koffer und Gitarre beladen, trottete ich meiner Reiseleiterin hinterher auf den Parkplatz, wo ihr Fiat 600 stand.
„Das ist meine geliebte Rostkiste. Eingestiegen, Cavallero!"
„Mensch, sag' mal, lässt du mich ans Steuer?", fuhr es begeistert aus mir heraus.
„Bist du verrückt? Du hast ja noch nicht einmal deinen Führerschein gemacht!"
„Aber sicher doch, was denkst du!", log ich gespielt und kramte in ir-

gendeiner Tasche, so als würde ich diesen dummerweise gerade nicht finden.
„Scheiße, zu dumm, irgendwo muss ich den doch ...!“
„Na ja, also gut, meinetwegen. Das ist doch immer eine Aufregung mit dir. Aber pass auf!“
Auch wenn sie so tat, als ärgerte sie sich über mich, so wusste ich genau, dass sie meine Besuche immer aufsog wie ein trockener Schwamm. „Du bringst Leben und Begeisterung in die Bude“, hatte sie mir immer wieder gesagt. Herzklopfend stieg ich ein, ich kannte diesen Wagentyp von einer Spritzfahrt mit einem älteren Kumpel, aber ob ich das jetzt alleine schaffte? „Wahnsinn“, rief ich gespielt selbstsicher. Meine Tante gab mir den Zündschlüssel. Ich startete den Motor, fuhr aus der Parklücke und stotterte noch ein wenig ungeübt auf einer langen Landstraße in Richtung Stadt.
„Jetzt fahr mal einfach diese Straße entlang, dann werden wir sehen“, gab sie nur halb begeistert von sich.
„Kommen wir da am Meer vorbei?“
„Nein, ich dachte wir fahren zuerst nach Hause. Dann kannst du schon mal dein Zimmer beziehen.“
„Lass uns einen Umweg machen. Bitte. Du weißt, Fische zieht es nun mal ans Meer.“
„In dem Fall musst du da auf dieser Straße bleiben bis zur Anhöhe, von dort aus kannst du die ganze Stadt, die Rambla und das Meer sehen.“
Ich legte lässig meinen angewinkelten Arm in das geöffnete Fenster und steuerte mit der rechten Hand. Vereinzelte ärmliche Steinhütten mit Flachdach waren zu sehen. Einzelne Palmen. Eine Tankstelle, ausgemergelte Hunde, eine kleine schwangere Frau mit schwarzen Haaren. Würzige Gerüche stiegen mir verheißungsvoll in die Nase. Die Mittagssonne flimmerte in der trägen Schwüle des schlafenden Nachmittags. Irgendwo dröhnte aus einem uralten Radio eine gellende Werbestimme. Nichts entsprach den Bilderbuchvorstellungen von „meinem“ Südamerika. Das aber tat meiner gehobenen Stimmung keinerlei Abbruch. Es fehlte nur noch „el Cigarro“ im Mundwinkel.

Auch wenn ich meine Reisebegleiterin noch nicht vollends von meinen Fahrkünsten überzeugen konnte, sah sie jetzt doch, dass ich ihr Auto wenigstens mehr oder weniger gerade auf der Straße zu halten vermochte. Unterdessen änderte sich das Straßenbild und die Umgebung. Die Häuser wurden eleganter. Ich sah Gärten mit schönen Blumen und Bäumen und türkisfarbenen Pools. Die schnurgerade Avenida, auf der wir fuhren, war mit Palmen und Laternen im spanischen Kolonialstil gesäumt und es schien mir, als könne ich die Nähe des Meeres förmlich riechen und schmecken. Tatsächlich! Die Brise wurde frischer, die Luft schmeckte salziger; und als wir den höchsten Punkt der Avenida erreichten, öffnete sich der Vorhang und der grenzenlose Ozean breitete sich vor kilometerlangen Sandstränden und Buchten mit Hochhäusern vor meinen staunenden Augen aus.

„Wahnsinn", mehr konnte ich nicht sagen. Ich hielt den Wagen an. Parkte. Wir stiegen aus. Der Rest war schweigendes Staunen.
Ich erblickte zum ersten Mal in meinem Leben das Meer und war sofort zu Hause.
Meine Tante hatte davon keine Ahnung.
„Schau, da unten. Das ist die ‚Rambla República Argentina' und da weiter links liegt Carrasco, siehst du, da wohnen wir."
Wie banal und nichtssagend war doch der gut gemeinte Kommentar meiner Tante angesichts meines bedeutungsvollen Erlebens. Leere Worthülsen, die mich alleine zurückließen. Kurz fühlte ich den uralten Schmerz, nicht verstanden zu werden, doch noch bevor Trauer und Wehmut mich hätten ergreifen können, riss eine kräftige, kühle Meeresbrise meine Stimmungsfahne herum und ich fühlte eine unbändige Lebensfreude und Dankbarkeit. Plötzlich konnte ich meine Tante wieder fühlen. Sie stand etwa zehn Meter vor mir im Gras. Ihre damals noch schwarzen Haare bewegten sich im Wind vor dem grenzenlosen, glitzernden Grau-Blau aus Wasser, Millionen von kleinen Schaumkronen, Stränden und großzügigen Boulevards, die sich gelassen durch Hochhäusergruppen wanden.

Als sie mich näherkommen sah, drehte sie sich zu mir hin und hob ihre linke Hand, um ihre Augen vor der untergehenden Sonne zu schützen: „Da rechts liegt Montevideo. Weiter hinten die Altstadt mit dem Hafen und ‚el Cerro', dem Hügel mit der Festung. Wir werden dir alles zeigen."

Nach einer schweigsamen Fahrt im Abendrot auf der palmengesäumten Rambla entlang des stürmischen Meeres erreichten wir bald das ziegelrote Backsteinhaus der Romangs an der Calle Baicuru 1425 in Carrasco, einem ruhigen Villenviertel östlich der Stadt.
Das Haus war bescheiden, keine protzige Villa. Aber es gab einen kleinen Pool, zwei Gärten und Maria, die Haushälterin – das hatte hier jeder in der Umgebung. Die wirtschaftliche Lage in Uruguay war zu dieser Zeit miserabel, und mit ausländischer Währung war man automatisch ein Pesomillionär. Diese Tatsache war mit ein Grund, warum Montevideo für mich zum Paradies werden sollte.
„Ola Cristiano", sagte Maria freundlich unter der offenen grünen Holztüre und reichte mir zur Begrüßung die Hand. Offenbar hatte man ihr den Namen des kommenden Gastes bereits bekannt gegeben. Welch herzlicher Empfang.
Durch das Entree mit Garderobe betrat man das Treppenhaus, das rechts zur Küche und geradeaus durch eine Bogentüre zum Salon führte. Ich folgte Maria durch den Flur zum Gästezimmer, welches für mich zurechtgemacht worden war. Ein schönes, kleines Zimmer, ein schmales Bett, ein Tisch vor einem Fenster, das sich nach Westen zum hinteren Teil des Gartens öffnete. Ungeduldig stellte ich meine Koffer und die Gitarre in eine Ecke, denn ich wollte den Rest des Hauses sehen, den großen Garten nach Süden, den ich bereits bei einem flüchtigen Blick durch den großen Salon erspäht hatte. Schon damals waren Häuser meine große Leidenschaft. Ich wollte alles sehen, erforschen, in Besitz nehmen. Im Salon erkannte ich sofort die mir aus der Schweiz vertraute Möbelgarnitur, welche die Romangs überallhin auf der Welt mit sich schleppten. Erbstücke, barocke Stühle und Sessel, ein Biedermeier-Sekretär und vieles mehr aus dem Nachlass der Familie Schaer.

Susi öffnete die große Glastüre. Über die Terrasse betraten wir den Rasen des von Hecken umgebenen rechteckigen Gartens mit dem Pool und der traditionellen Parrilla, dem Grill, auf dem das Asado criollo gebraten wird.
Als ich mich erneut dem Haus zuwandte, erschien Oswaldo, der gute alte Conquistador[29] auf der Terrasse.
„Cristiano, loco!" – „Christian, du Spinner", sagte er, was ich damals natürlich noch nicht verstand, lachte begeistert, als er mich sah, und strich sich mit beiden Händen durch seine blonden Stierlocken. So wie er es immer zu tun pflegte, wenn ihn etwas erregte.

Bald schon kehrten auch seine Söhne, meine drei Cousins, Thomas, der Jüngste, Adrian, der Mittlere, und Stephan, der Älteste, aus der deutschen Schule zurück. Brav uniformiert mit blauem Blazer, weißem Hemd und grauer Hose, entstiegen sie alle drei dem alten, knatternden Schulbus. Bald schon saßen wir vollzählig beim Abendbrot um den großen runden Tisch. Geschichten aus zwei weit entfernten Kulturen wurden ausgetauscht, Pläne für die nächsten Tage geschmiedet und gelacht. Eines jedenfalls stand fest: Ich würde am nächsten Tag gleich nach dem Frühstück mit Oswald in seine Fabrik fahren, denn man befand es als sinnvoll, dass ich mich dort ein wenig nützlich machen könnte, statt den ganzen Tag zu faulenzen.
Das war auch für mich eine gute Idee und ich konnte es kaum erwarten, in Oswalds Fabrik zu fahren.

In dieser ersten Nacht in dem schmalen, fremden Bett schlief ich verständlicherweise nicht lange an einem Stück. Immer wieder erwachte ich und starrte erregt zur Decke oder neugierig durch das Fenster in die klare Nacht. Der Mond stand freundlich am Himmel, so als würde er mich in der neuen Welt willkommen heißen. Ich lauschte dem brünstigen Zirpen der Grillen. Ich roch die unbekannten, exotischen Düfte. Es war einfach zu schade, zu schlafen. Jetzt wollte ich leben. Mein Leben leben, nichts verpassen und das Glas bis zum letzten Tropfen austrinken.

Wohl mit einem Lächeln auf dem vom Mond erhellten Gesicht muss ich eingeschlafen sein in dieser ersten warmen Nacht.
Am Morgen weckte mich starkes Vogelgeschrei. Das Orchester war anders besetzt als in der Schweiz. Es gab mehr laute Solisten, die durcheinander um die Gunst der Morgensonne buhlten. Es hörte sich an wie in einer Volière im Zoo.
Nach einer Erkundungsrunde im Quartier kehrte ich ins Haus zurück. Draußen auf der Terrasse hatte Maria zusammen mit meiner Tante schon den Tisch gedeckt. Sie gestikulierte etwas, das bedeuten sollte, dass die Buben schon mit dem Schulbus abgeholt worden seien. Den Rest verstand ich nicht. Susi übersetzte:
„Maria fragt, was du denn gerne so zum Frühstück hättest."
Diese noble Bedienung war ich in der Tat nicht gewohnt. Vielleicht kannte ich diesen Lebensstil von einem früheren Leben als spanischer Großgrundbesitzer, denn ich schämte mich nicht im Geringsten, ihr gleich genüsslich all meine Gaumenfreuden aufzuzählen. Nur um das gleich vorwegzunehmen: Ich hatte jeden Morgen mein Drei-Minuten-Ei, die Croissants und etwas Aufschnitt an meinem Platz. Das war Südamerika. Der Lebensstil meines Onkels färbte auf mich ab – hier schien ich auf einmal jemand zu sein, was ich in meinem jugendlichen Geltungsdrang in vollen Zügen genoss.
Ich hörte Schritte im Treppenhaus. Der Auftritt vom Chef des Hauses. Oswaldo schmetterte seine Autoschlüssel auf die Kommode und trompetete durch den Salon: „So, ihr Ferientechniker, so schön sollte man es haben, was gibt's denn heute zum Frühstück?"
„Ola Maria" und zu Susi: „Ola Guapa, meine Schöne!"
Zu mir: „Ich bin ein bisschen spät. Wir werden gleich nachher losfahren, Amigo."
Ich genoss mein kolonialistisches Frühstück zusammen mit der Herrschaft in der Morgensonne, bis Oswald aufstand und ich verstand: Abmarsch in die Fabrik!

Draußen vor der Garage stand die Cheflimousine: dieser noble, alte Mercedes-Benz Typ B 220, der heute zu den gefragtesten Oldtimern zählt.
Voller Bewunderung und Stolz nahm ich neben meinem Onkel auf dem Ledersitz Platz. Ich habe es ihm nie gesagt, dass auch er ein Stern in dunkler Nacht für mich war, nur anders. Während Adolf und Ro mehr die bewunderten Künstler und Exzentriker waren, verkörperte Oswaldo den nüchternen Geschäftsmann und schlauen Händler. Und er zeigte mir, dass man Macht auch mit Herz verbinden kann.
Ich fühlte, wie mich auch diese Seite durchaus faszinierte, was ich mir damals einfach deshalb noch nicht eingestand, weil meine liebe Mutter Geld immer leicht verächtlich als etwas abtat, wofür sich nur oberflächliche Menschen interessieren.
Was mich an Oswald faszinierte, war, dass dieser einfache, ungebildete, aber herzliche Mann fernab der Heimat noch einmal ganz bei null begonnen hatte, in einem fremden Land, wo alles anders ist: die Leute mit ihrer romanischen Mentalität, Kultur und Sprache, ihre fremden Gesetze und Bräuche und nicht zuletzt, wie er mir später einmal erzählte, die etwas andere Art, Geschäfte zu machen.

Nach einer längeren Fahrt durch ruhige Vororte mit schönen Bungalows und Gärten wurde die Umgebung zusehends nüchterner und industrieller. Auf einer breiten Schotterstraße, flankiert von schönen, großen Eukalyptusbäumen, deren silberne Blätter im frischen Morgenwind zitterten, erreichten wir das graue Fabrikgebäude der „Bama international". Wir holperten links in die Einfahrt, der Pförtner blickte gewohnt routiniert auf seinen Chef und etwas verwundert auf mich, dann ließ er uns passieren.
Oswald parkte, wir stiegen aus, Türen schlugen zu, Menschen grüßten:
„Buenos días señor, cómo le va?"
„Muy bien y usted?"
Mit einem Lift und Oswalds Privatschlüssel gelangten wir vom Untergeschoss direkt in sein Büro im 1. Stock.

„So, da wären wir!“, sagte er, schon mit einem Auge auf die Post schielend. Dann deponierte er seine braune Aktenmappe auf dem großen Schreibtisch, an dem er auf einem schwarzen, hochlehnigen Ledersessel seinen Platz als Direktor einnahm.
Während mein Onkel in seinen Dokumenten kramte, schaute ich mich um. Was mir auffiel, war eine an einem Metallständer hängende, mittelgroße uruguayische Fahne auf seinem Schreibtisch, was dem Interieur einen staatsmännischen Akzent verlieh. Im Großen und Ganzen jedoch glich das spartanisch eingerichtete Büro aber eher einem Polizeiposten oder dem Arbeitsraum eines Vorarbeiters.
Auf drei Seiten war der Raum bis auf einen Meter ab Boden ganz aus Glas. Unter den Fenstern standen ringsherum niedrige Metallregale, beladen mit Schaffellmustern, Sohlen, Verpackungen und Ordnern. Zur Straße hin ragten die großen Eukalyptusbäume empor. Die Wand, welche das Chefbüro von der Fabrik trennte, bestand aus grauen Wandelementen und einer mit billigem Kunstholzlaminat beschichteten Türe.
In dem Moment, als ich mich auf diese Türe zubewegte, trat durch dieselbe ein großer, dicker Mann mit weißem Haar.
„Don Gabriel“, begrüßte ihn mein Onkel, so als warte er schon lange auf sein Kommen. „Könnten Sie mit diesem Herrn eine kurze Führung durch die Fabrik machen? Sie finden sicher auch noch eine kleine Beschäftigung für ihn, irgendwo im Lager oder in der Produktion.“
Zu mir: „Das ist Don Gabriel. Seit der Gründung der Fabrik die gute Seele des Hauses, so quasi meine rechte, manchmal auch meine linke Hand“, scherzte er.
Nach der Begrüßung folgte ich dem fülligen Deutschen durch die Türe, die mich seit geraumer Zeit so neugierig gemacht hatte, in einen Vorraum. Don Gabriel zog an einer dünnen Schnur, die von der Decke herunterhing, und im selben Moment öffnete sich die automatische Schiebetüre, vor der wir standen, und ein riesiger, lichtdurchfluteter Produktionssaal breitete sich vor uns aus.
An schätzungsweise hundert in parallelen Reihen angeordneten Tischen standen ebenso viele junge, hübsche Südamerikanerinnen. Von hell bis

dunkelhäutig war die ganze ethnologische Farbpalette vertreten. Die meisten trugen wunderschöne lange schwarze, einige aber auch blonde Haare. Die Aufgabe der Frauen bestand alleine darin, aus den gegerbten Schaffellen mit einem scharfen Messer und einer Schneideform Einlegesohlen von Hand auszuschneiden. Scheu, ehrfurchtsvoll und unverdorben, aber gleichzeitig frech und neugierig schielten die Frauen von ihrer Arbeit auf, denn ich kam aus dem Büro des Chefs, und ich nahm an, dass man über das Buschtelefon erfahren hatte, wer ich war.
Ich fühlte zum ersten Mal diese wohltuende Macht, die man genießt, wenn man jemand ist und zur „besseren Schicht" gehört. Ja, ich war der Neffe des Chefs. Das alleine genügte. Es fühlte sich so an, als könnte ich nur aufgrund dieser völlig unverdienten Tatsache jedes Mädchen haben, welches ich wollte, was ich natürlich, man möge es mir verzeihen, in den kommenden Monaten bei jeder sich bietenden Gelegenheit auszunutzen versuchte.
Don Gabriel schmunzelte, als er die Reaktionen seiner kichernden Fabrikarbeiterinnen sah, und bevor mein Auftritt noch die Produktion zum Stillstand brachte, machte er Anstalten, seinen Rundgang fortzusetzen.
Mit einem großen, völlig zerkratzen und rostigen Warenlift polterten wir in das Untergeschoss, wo sich das Lager, die Verpackung, Etikettierung, die Auslieferung der Felle und die Laderampe befand, von der die Felle täglich in Lastwagen abtransportiert wurden. Der Abteilungschef war Ramon Beltran Carceles. Caspar Caballero Navarro, ein Sänger, und José Miguel Fernandez waren seine zwei Mitarbeiter. Nun packte mich doch der Schreck. War ich nicht gekommen, um Südamerika zu erobern? Da unten in diesem Lager mit diesen rauen Gesellen zu schuften, fand ich nun plötzlich keine so gute Idee mehr. Allerdings waren mir Ramon und die beiden andern auf Anhieb sympathisch. Es stand ja erst einmal nur ein Rundgang zum Schnuppern auf dem Programm.
Meine Befürchtungen waren unbegründet, wie sich zeigen sollte. Auch beim Job im Lager seiner Fabrik gab Oswald mir, im Gegensatz zu meinem Vater, die lange Leine. Das vergesse ich ihm nie. Er war für mich keine Autoritätsfigur, sondern ein älterer Freund.

Ein paar Dutzend Sommertage verstrichen indes über die Pampas von Uruguay, diesem eigentümlich schönen, flachen, melancholischen Land am Ende der Welt. In dieser Zeit hatte ich mich schon recht gut eingelebt. Man zeigte mir zum ersten Mal die Stadt mit ihrem quadratisch angeordneten Straßennetz. Das heißt, jede Straße kreuzt die andere in einem rechten Winkel, was auf der Karte die sogenannten „Cuadras“ (frei übersetzt: Quadrate) ergibt. Wenn man also nach einer Straße fragt, antwortet man dir zum Beispiel: „Tres cuadras mas por abajo“ (drei Blöcke weiter unten). Ich genoss die Stimmung im Hafen, die Fracht- und Passagierschiffe, das tiefe, durchdringende Dröhnen des Schiffhorns, die salzige Luft. Am Fuße der gut erhaltenen Altstadt, die auf einer Landzunge ruht, schlenderten Oswaldo und ich auf der Rambla, der breiten Hauptstraße und Flaniermeile, die sich kilometerlang bis nach Carrasco ausdehnt, entlang des Strandes und des weiten, offenen Meeres. Über uns der blaue Himmel, die heiße Mittagssonne, langsam kreisende, weiße Möwen, von denen sich einzelne ab und zu wie ein Pfeil ins Wasser auf ihre Beute stürzten. Noch heute erlebe ich diesen Moment voller Leben, so als wäre er ewige Gegenwart. Nirgends bin ich dem Unendlichen, Unermesslichen so nah wie am Meer. Ein Windstoß öffnete mein Hemd, zerzauste mein Haar, ich schmeckte Salz und die Sehnsucht nach Freiheit auf meinen noch jungen Lippen. Meine Seele breitete ihre Flügel aus, einem Pampero[36] gleich, weiter als der Horizont, an die Gestade fremder Kontinente.
Als ich in diesem verträumten, liebenswerten Land am Rio de la Plata langsam heimisch wurde, lernte ich im „Club Alemán“, dem deutschen Club, Carlos Muhm, einen jungen deutschen Geschäftsmann kennen. Er war als kleiner Junge mit seinen Eltern nach Montevideo gekommen und sprach perfekt Spanisch. Außerdem verfügte er über profunde Kenntnisse der uruguayischen Geschichte, Politik und Wirtschaft. Auf der Terrasse der Cafeteria „Sol del Mar“ am Mercado del Puerto, dem Hafenmarkt, einem der Hauptanziehungspunkte der Stadt, erzählte er bei einem Cuba libre mehr über dieses Land. Er war politisch sehr engagiert, wusste und erzählte viel und ich hörte ihm gerne zu:

„Die República Oriental del Uruguay ist eines der kleineren Länder in Südamerika. Es gibt, abgesehen von zwei Bergketten, die sich aus Brasilien nach Uruguay herüberziehen, keine Gebirge. Die größte Erhebung ist 514 m hoch. Der Rest besteht überwiegend aus Viehweiden, aber auch teilweise als Ackerland genutztem, relativ fruchtbarem Flach- und Hügelland. Und weißt du, man würde das nicht glauben, aber das Land ist sehr wasserreich. Wir haben da den Rio Uruguay, der größte Fluss, der zusammen mit dem aus Argentinien kommenden Rio Parana an seiner Mündung den Rio de la Plata bildet. Sein größter Nebenfluss, der Rio Negro, wird in mehreren Staustufen zur Energiegewinnung genutzt."

Als ich ihm von meinem Job in der Bama-Fabrik erzählte, stellte sich heraus, dass Carlos ebenfalls im Woll- und Gerbereigeschäft tätig war. Dann fragte er mich, ob ich die verrückte Geschichte von Don Gabriel schon gehört hätte. Ich verneinte. Offenbar gehörte Gabriel zu diesen Schiffbrüchigen, die sich damals im Zweiten Weltkrieg von der sinkenden „Admiral Graf Spee" retten konnten, als ein Hitler-Kommandant den Befehl gab, das Schiff zu versenken, weil es sich angeblich nicht mehr lohnte, dieses zu reparieren. Schwimmend soll Gabriel dann hier irgendwo in der Nähe die Küste von Montevideo erreicht haben. Wieder so eine „Zufallsgeschichte", die man besser nicht hätte schreiben können als das Leben selbst.

An diesem Abend lag eine feucht-schwüle Luft über dem Hafen, denn es hatte geregnet. Carlos wollte mir heute ein Folklorerestaurant besonderer Güte zeigen. Ich fuhr mit dem Taxi zu seiner Wohnung an der Calle San Pedro Romano. Heute jedoch wartete er nicht alleine. Von Weitem sah ich, dass neben ihm eine mittelgroße Frau mit tiefschwarzen Haaren stand. Jetzt erinnerte ich mich wieder; er hatte mir von seiner Freundin erzählt. Als ich meinen Taxichauffeur auf Höhe der beiden anhalten ließ, öffnete Carlos die Hintertüre. Sie grüßten und er gab dem Taxifahrer den Zielort bekannt: „El Bar Salud, Calle Vincento". Während sich die beiden auf dem Rücksitz zurechtrückten, stellte Carlos mir seine

Freundin vor: „Das ist jetzt Miranda, mi Amor." Zur Begrüßung drehte ich mich nach hinten, um ihr meine Hand zu geben. Eine hübsche Frau, und diese Haare, tiefschwarz mit einem violett-bläulichen Glanz. Als ich mich wieder nach vorne zurückdrehte, erinnerte ich mich an das, was Carlos mir von Mann zu Mann anvertraut hatte, dass er mit ihr über eine erstaunlich ausdauernde Liebesfähigkeit verfüge. Ich wunderte mich über soviel Potenz, denn mit einer solchen Glanzleistung konnte ich ehrlich gesagt nicht mithalten. Ein Orgasmus war bei mir meistens schon mehr als genug. Naja, vielleicht hatte Carlos ja auch ein bisschen übertrieben. Der Abendverkehr auf der Avenida 18 de Julio ließ uns nur in kurzen, müden Schüben vorwärts kommen bis zu dieser Stelle, wo wir nach rechts in eine abschüssige Seitenstraße einbogen, die zur Altstadt führte. Nach einer holprigen Fahrt durch schmale, schmuddelige Gassen hielt unser stinkiger Dieselmercedes vor einer Bar. „El Bar Salud" stand in roten Leuchtbuchstaben über der Glastüre, durch die wir nun eines dieser bekannten Folklorelokale betraten, welches, wie Carlos mir stolz verriet, als Geheimtipp in der Szene galt. Jede Nische dieses großräumigen Kellers war durchdrungen von einer spürbaren Tradition und einer unvergleichlich authentischen Atmosphäre. Ich war sofort berührt. Das Lokal glich weder dem, was wir als eine Bar, noch dem, was wir als einen Nachtclub bezeichnen würden. Es gab eine Bar, aber keine leichten Mädels. Vor einer verrauchten grauen Natursteinmauer stand eine alte Bühne, so wie bei uns in einem alten Jazzkeller. Darauf begleitete in schummerigem Licht ein Gitarrist einen Sänger. Wir setzten uns. Was sofort auffiel, war der herzliche Kontakt und fließende Dialog zwischen dem Publikum und den Musikern auf der Bühne.

Alles wirkte sehr familiär. An Dutzenden von wackeligen Tischen und Stühlen saßen die Leute friedlich bei Tapas und Wein. Es gab keine Speise- oder Weinkarte. Mitten auf dem Tisch stand einfach der Hauswein in einer dunklen Flasche ohne Etikett, „el Vino de la Casa", dazu konnte man kleine Würstchen, „Chorizos" bestellen, wenn man das wusste. Aber ich war ja mit Einheimischen da, also in besten Händen.

Zwischen den dargebotenen Canciones (Liedern) plauderte entweder der Gitarrist oder der Sänger mit dem Publikum. Etwas von dem, was da gesagt wurde, konnte ich damals schon verstehen. Immer bevor das nächste Stück vorgetragen wurde, sagte einer der beiden Musiker: „Entonces, vamos a interpretar una milonga, que lleva el titulo..." – „Wir werden also eine Milonga interpretieren, die den Titel ... trägt." All diese kleinen Rituale zusammen schufen diese einzigartige Gaucho-Lagerfeuerstimmung.[46]
In der Pause setzte sich überraschenderweise der Gitarrist an unseren Tisch. Zu mir sagte er:
„Ignacio Romero, soy un amigo de Carlos, cómo va la vida?" – „Ich bin ein Freund von Carlos, was macht das Leben?"
Carlos zu ihm: „Cristiano toca también la guitarra."
Carlos lässt ihn wissen, dass ich auch Gitarre spiele und gerne von ihm lernen würde.
„Na ja, komm einfach wieder hierher."
Ignacio wurde mein Lehrer.
Als ich an diesem feucht-heißen Abend zum ersten Mal in diesem Lokal stand, war es noch ein Geheimnis, dass ich kurze Zeit darauf selbst auf dieser Bühne singen würde.

Beinahe jede Nacht war ich in diesem Laden und sog die Musik gierig in mich auf wie ein emotional Dürstender, bis sie ein Teil von mir wurde, obwohl ich das Gefühl hatte, dass sie es immer schon gewesen war. Ich wartete oft zusammen mit meiner Gitarre bis Mitternacht auf Ignacio, bis er fertig gespielt hatte, und ließ nicht von ihm ab, bis er mir von meinen Lieblingsstücken die Texte und Harmonien gab oder eigens für mich aufschrieb. Bald musste ich nicht mehr bei ihm betteln, er schien von meiner Begeisterung und Hartnäckigkeit sehr angetan und kam immer mehr mit Textbüchern und Platten; und bald schon wurden wir zu Kumpels der Nacht und er probte die Stücke so lange mit mir, bis ich sie selbstständig vortragen konnte. Am Tage schien er zu schlafen. Nur einmal besuchte ich ihn in seiner erbärmlichen kalten Kammer. Trotz seiner Jobs als Gitarrist war er, mit Schweizer Verhältnissen verglichen, arm.

Als er am späten Nachmittag noch halb verschlafen auf seinen Latschen taumelnd das Klo verließ, die Vorhänge öffnete und sich in dem jäh einfallenden Licht die Augen rieb, murmelte er:
„Ich habe etwas für dich, das dir gefallen wird.“ Er ging, jetzt schon etwas wacher, zu einem Wandregal, zog eine Schallplatte aus seiner Sammlung und überreichte sie mir wie einen kostbaren Schatz:
„Das ist Eduardo Falu[34], kennst du den? Der wird in Argentinien wie ein Gott verehrt.“
„Nein, muss ich den kennen?“
„Mensch, den kennt hier jedes Kind.“
Während er mir die Platte wieder aus den Händen nahm und sie auf den Plattenteller legte, schwärmte er weiter:
„Das ist hohe Schule, mein Freund. Der spielt Gitarre nicht einfach so, sondern eigene Kompositionen auf dem Niveau klassischer Gitarrenmusik, wie Andrés Segovia oder Julian Bream – und singt dazu, hör dir das mal an!“
Tatsächlich waren schon die ersten Takte auf des Meisters Sologitarre nicht von dieser Welt. Ich lauschte ergriffen diesem ungeheuer warmen, tiefen Sound, der unmittelbar das Herz berührte und mir die Seele Südamerikas offenlegte. Dann, als er mit seiner unpathetischen, männlichen Stimme zu singen begann, war es um mich geschehen, mir kamen die Tränen. Lange noch hörte ich diesem Meister im Stehen zu, während eine bodenlose Sehnsucht mich ergriff. Ignacio stand auf und nahm mich in den Arm:
„Was hab ich dir gesagt?“
Ich ließ mich erst mal wie benommen in einen Sessel fallen. Ignacio schenkt ein Glas ein:
„Whisky, Amigo?“
„Gib her, Mensch, den kann ich jetzt gebrauchen.“
Auf dem Heimweg im Taxi nach Carrasco, Ignacio musste wieder zum Auftritt, schaute ich durch das offene Fenster in die schwüle Sommernacht und wusste, dass mein Himmel schon wieder um einen Stern reicher geworden war. Er leuchtete hell wie ein einsamer Polarstern.

Seit meiner Ankunft am 12. Februar 1968 waren nun schon drei Monate vergangen. In der Zwischenzeit hatte ich mit der Arbeit bei Oswald im Lager begonnen. Wenn ich mir aber das, was ich da wirklich machte, vor Augen führe, ist das Wort „Arbeit“ maßlos übertrieben. Meistens arbeitete ich nur, wann ich wollte. Dann fuhr ich gleich morgens mit Oswald los, so wie wir das am ersten Tag gemacht hatten. Nach unserer Ankunft ging's mit seinem Privatlift nach oben und ich genoss meinen Auftritt bei den Chicas. Natürlich hätte ich auch unten herum zum Lager kommen können, was weitaus weniger umständlich gewesen wäre. Aber ich wollte mir natürlich die Wonne und das Hochgefühl dieses Anblicks von so vielen Frauen auf einem Fleck nicht entgehen lassen.
Amüsiert stelle ich fest, dass sich diesbezüglich das Bild, das sich mir in meinen heutigen Malworkshops darbietet, nur unwesentlich von jenem unterscheidet.
Berauscht von Parfumdüften und vielsagenden Blicken bestieg ich alsdann genährt und beflügelt den alten großen Lift, um mich dem eigentlichen Grund meines Fabrikbesuches zu widmen, nämlich der „Arbeit“ im Lager.
Von Ramon Beltran, dem Vorarbeiter, verlangte es keinen übertriebenen Aufwand, mir die paar Handgriffe meiner eher bescheidenen Aufgabe zu erklären. Ich hatte einfach einen Berg von Fellen nach drei Sorten zu sortieren, die man an ihren verschiedenfarbigen Etiketten erkennen konnte. Drei Berge, das war dann schon alles. Der Vorteil dieses stumpfsinnigen Jobs bestand jedoch darin, dass ich meine ganze Konzentration auf das Erlernen der spanischen Sprache richten konnte.
Wie so oft in meiner frühen Jugend konnte ich hinter der Tarnkappe der scheinbaren Pflichterfüllung ungestört heimlichen Gedanken und Träumen nachhängen. Da ich schon am ersten Tag meiner Ankunft spürte, wie erstaunlich vertraut und mundgerecht mir die spanische Sprache war, wurde aus dem anfänglichen Wunsch, diese zu beherrschen, schon sehr bald eine Besessenheit, der ich mich leidenschaftlich hingab. Meine Methode war wie immer Learning by Doing. Nix Schule, büffeln und Theorie. An meinem Arbeitsplatz befestigte ich ein großes Blatt Papier

mit einem rostigen Nagel an der Wand, an den ich mit einer Schnur einen Bleistift knöpfte. Nun war die Sache einfach. Immer dann, wenn ich ein Wort oder einen ganzen Satz nicht wusste, schrieb ich das auf dieses Papier. Am Abend dann traf ich mich in regelmäßigen Abständen, meistens bevor wir unsere Runden in der Altstadt drehten, mit Carlos in seiner Wohnung, und im Nu hatte er mir alle Worte übersetzt. Er war natürlich ein wandelndes Lexikon, die Lektionen bei ihm ein wahrer Genuss. Die Worte trug ich in ein Vokabelheftchen mit vorgedruckter Mittellinie ein. Links die deutschen Worte, rechts die spanische Übersetzung. Bei den Verben entwickelte ich einen speziellen Ehrgeiz. Ein Verb in der Gegenwartsform alleine genügte mir nicht. Ich wollte von Carlos immer gleich die Konjugationen in allen Zeiten wissen, was natürlich bald ein Volumen von mehreren Heften ergab. Ich lernte in jeder freien Minute. Zu meinem Lernset, das aus dem Vokabel- und dem Verbenheft bestand, gesellte sich bald auch eine dicke Sammlung von Liedertexten, die ich von meinem Gitarrenlehrer Ignacio Romero erhalten hatte. Diese Kurpackung aus zerknitterten Heften mit Eselsohren und Werkspuren, zusammengehalten von einer fettigen alten Schnur, wurde praktisch zu meiner heiligen Bibel, die ich in Zukunft wirklich überallhin mit mir herumschleppte. Ich hatte sie immer griffbereit: in der Fabrik, wenn ich schlief an meinem Bett, am Strand, im Taxi, bei Ausflügen, in der Bar Salud und, das ist wirklich ein Witz, ich vergaß diese Heftepackung nicht einmal, als ich mich zum ersten Mal in so einer „Casa de Cita", einem dieser ortüblichen Stundenhotels, mit Olivia, einer Nobelprostituierten, traf, die ich eines Abends mit Oswald in einer Bar kennenlernte.
Ich hatte das Notizheft schön brav auf dem Nachttisch griffbereit und notierte mir, man kann es kaum glauben, sogar im Bett immer wieder die wunderschönen vulgären Worte, die sie während des Liebesaktes gebrauchte.

Es passierte nun immer öfter, dass sich Oswaldo mit mir nach Feierabend in der Fabrik vor der Heimkehr ins traute Heim zu Frau und Kind, einem landestypischen Brauch folgend, noch ein oder zwei Gläschen in

irgendeiner Bar genehmigte. Manchmal ging dieser Apéro dann allerdings die ganze Nacht, was für den inzwischen bereits empfindlich angeschlagenen Hausfrieden nicht unbedingt günstig war.
Oswald kannte die Szene offenbar besser, als er es seinem Neffen gegenüber zugestand. Ich sollte das ja auch nicht brühwarm in der Familie erzählen, dass der angesehene Geschäftsführer einer ebenso angesehenen deutschen Firma leichte Mädchen trifft. Obschon das dort jeder tat – es war salonfähig. Jedes Mal gab es für mich eine neue Bar und neue Mädchen zu entdecken. Und in einer für diesen Kontinent so typischen von lüsternem Grillenzirpen erfüllten Sommernacht war es wieder so weit. Wir besuchten eine dieser Bars, die aber so schmucklos waren, dass sie eher einer Motorradwerkstatt im Hinterhof glichen. Nein, es waren keine Bordells, so wie wir sie kennen. Dazu waren die Mädchen zu schön, zu intelligent. Aufgrund der miserablen wirtschaftlichen Situation, in der sich Uruguay damals befand, waren viele intelligente und attraktive Frauen, die studieren wollten, genötigt anzuschaffen, um ihr Studium überhaupt finanzieren zu können. Das hatte natürlich zur Folge, dass es in diesen Bars Frauen gab, die man in unseren Breitengraden höchstens auf den feudalsten Gehaltsstufen eines Escortservices finden würde, wenn überhaupt. Ich traf dort Frauen, die vier Sprachen beherrschten und Kunstgeschichte, Mathematik oder ein anderes Fach studierten. Oft gingen wir in diese Lokale einfach nur, um zu reden und zu staunen.
Wir brachten Blumen mit und luden die Mädchen zum Essen und ins Kino ein und verwöhnten sie nach Strich und Faden. Wir behandelten sie so, als wären es ganz normale Frauen, nur ohne die normalen Konsequenzen. In der Tat, paradiesische Zustände!

Viele Männer taten das, nicht zuletzt wohl auch wegen der allzu spanisch-katholischen Moral, die trotz Aufklärung vorehelichen Sex immer noch ablehnte. Hätte man jedoch jemanden auf diese subtile moralische Prägung angesprochen, hätte das natürlich niemand zugegeben. Es war nämlich kaum möglich, mit einem „normalen" Mädchen auszugehen. Da kam immer gleich der Bruder oder sonst ein Wächter mit. So war es irgendwie verständlich, dass einem jungen Mann nichts anderes übrig blieb, als so ein Lokal aufzusuchen, wo er ein bisschen Spaß haben oder seine ersten sexuellen Erfahrungen machen konnte, ohne gleich heiraten zu müssen. Von dieser Situation profitierte ich in hohem Maße. Ich genoss diese Nächte in vollen Zügen. Noch heute kann ich diese Vollweiber in meiner Vorstellung sehen, hören, riechen und schmecken.

In dem verrückten Nachtclub „Cato Rojo“ im Barrio Reus, einem sanierten alten Stadtviertel mit bunt gestrichenen Fassaden, wo ich oft mit Carlos um die Häuser strich, lernten wir neben der heißen Latina Olivia auch ihre Freundin Larissa kennen. Etwas reifere Frauen, sagen wir mal: Frauen, die gelebt haben. Sie lieferten uns den Zündstoff für eine Prachtidee. Carlos schwärmte damals oft mit einem vielversprechenden Unterton von dem romantischen Ferienhaus am Meer, welches sein Vater vor vielen Jahren für einen Spottpreis erworben hatte. Dieser Besuch stand an diesem Tag zuoberst auf der Warteliste all der Streiche, die ungeduldig darauf warteten, von uns gespielt zu werden.
An diesem Abend, wir saßen gerade wieder einmal bei Wein und Tapas zusammen, aus den Boxen sorgte die bekannte „Zamba de mi Esperanza“ von der damals sehr populären Musikgruppe Los Fronterizos für Stimmung, da richtete sich Carlos breitspurig auf und schlug feierlich mit dem Messer an sein Glas, so als wolle er vor einer Hochzeitsgesellschaft eine Rede halten. In diesem Moment sahen wir beide uns an, und ohne auch nur ein Wort zu sagen, wussten wir vom andern, was er dachte. Wir schmunzelten und Carlos setzte zur großen Verkündigung an: „Also Señoras, wir haben gerade eine tolle Idee, Cristiano und ich. Morgen fahren wir zusammen nach Colonia. Was haltet ihr davon?“
Larissa: „Dios mio, was willst du in Colonia. Das ist eine Stunde weit von hier?“
„Nein, länger, aber es lohnt sich, meine Liebe, seguro.“ Dann mit diesem vielversprechenden Unterton: „Weißt du, ich habe da, ich meine, meine Familie besitzt da am Meer ein Häuschen, eine Parilla, wunderschön gelegen in einem Eukalyptuswald, weißer Sand, alles und noch ein biss-

chen mehr ist da, um eine schöne Zeit mit euch zu haben. Wie wär's mit morgen?"
Die beiden schauten sich verdutzt an, kicherten und mussten sich zuerst an die Idee gewöhnen. Dann, nach einer Weile Hin und Her und Wenn und Aber, war es so weit. Sie sagten spontan zu:
„Bueno, pues vamos, qué locos!" – „Na gut, ihr beiden Spinner, wir sind dabei!"

Der folgende Tag steht zuoberst auf der Liste jener Tage in meinem Leben, die ich nie vergessen werde. Diese Geschichte will einfach noch erzählt werden. Sie bot Szenen wie aus einem guten Studio-Film, die sich mit Worten wahrscheinlich nur beschränkt wiederbeleben lassen.
An diesem wunderbaren, lieblich frischen Morgen, es war ein Sonntag, erreichten Carlos und ich um 8.00 Uhr die Bushaltestelle auf der Plaza Matriz, wo wir uns mit den beiden Frauen verabredet hatten. Zu den geschichtsträchtigen Fassaden, die den Platz umschlossen, gehörte die Kathedrale von Montevideo, eine der bedeutendsten Kirchen des Kontinents. Schneeweiße Kumuluswolken zogen kräftig und zielstrebig vor einem tiefblauen Himmel vom Land in Richtung Meer. Es gab nur wenig Verkehr; die Stadt schien wie ausgestorben. Und dennoch lag in dieser vergänglichen Melancholie der Duft des prallen Lebens. Was ich sah, war vergänglich, erbarmungslos dem Zerfall ausgeliefert wie diese verwitterten Hausfassaden. Doch tief im Innern spürte ich diese unversiegbare Quelle, aus der sich alles unaufhörlich erneuert. Dieses aufkeimende tiefe Vertrauen in das Leben selbst war es, was diesen Sonntagmorgen so unsterblich machte. Aus einem Fenster drangen ein melancholischer Tango und laute Werbung. Einige Rentner saßen beim Klatsch auf den öffentlichen Bänken der Plaza mit dem Brunnen unter zwei altehrwürdigen Platanen, aus deren mächtigen Baumkronen ein freches Vogelkonzert drang. War es ein Feiertag? Das konnte gut sein. Mir war jedenfalls sehr feierlich zumute. Ich erinnere mich noch gut an mein frisches weißes Hemd, mit dem ich mich herausputze, wie damals an jenem Sonntagmorgen in Saubraz, als ich mir das weiße Hemd

überzog, das mir meine Mutter eingepackt hatte, um Gigi, dieser süßen, kleinen Nachbarstocher aufzulauern. Ich weiß nicht, was das mit diesen Hemden auf sich hatte. Wahrscheinlich lag es daran, dass mein Vater als Swissair-Pilot immer weiße Hemden trug, weil das zu seiner Uniform gehörte, und ich immer sehr stolz auf ihn war, wenn er in der vollen Montur als Flugkapitän bereit war, zum Flughafen chauffiert zu werden.
„Schau, da kommen sie!" Carlos legte einen Arm auf meine Schulter und zeigt auf die andere Seite der Plaza. Durch den großen Sandsteinbogen eines alten Gebäudes aus der Jahrhundertwende kamen sie uns entgegen: Olivia und Larissa. Unsere Frauen. In diesem Moment fiel mir ein, dass wir ja noch gar nicht wussten, wer jetzt mit wem geht. Und dass da was laufen würde im kleinen Paradies, im weißen Sand am Meer, das war so klar wie das Amen in der Kirche, denn der Vorteil bei dieser etwas leichteren Gattung Frau ist, dass Mann auch kriegt, was Mann auch will.
Larissa trug ein gelbes Sommerkleid mit tiefem Ausschnitt und Schmuck an den Armgelenken. Olivia war eher sportlich gekleidet mit Jeans und einem weißen Baumwoll-T-Shirt, unter dem ihre knackigen, freigiebigen Brüste herrlich zur Geltung kamen.
Und wie das so ist in jungen Jahren, das Leben hatte uns die Entscheidung abgenommen. Mich zog es zu Olivia hin und Carlos umarmte Larissa, und schon glichen wir zwei Turtelpaaren auf dem Weg zum Standesamt.
Krachend und schnaubend bremste der alte mit Reklamen überklebte Autobus, der uns, wenn er denn nicht schon vorher in seine Bestandteile zerfallen würde, nach Colonia bringen sollte. Die Türen öffneten sich, Carlos bezahlte dem Schaffner die Karten und wir setzten uns zuhinterst in den Fond der ausrangierten Karosse auf die dunkelbraune, zerlöcherte Kunstlederbank, auf der wohl schon die ganze Nation gesessen, geschwitzt und gefurzt haben musste.
Auf der Avenida Maritima verließen wir im Nordwesten die Stadt in Richtung Delta del Tigre und weiter nach Playa Pascual. Immer mehr öffnete sich die Landschaft, immer mehr öffneten sich die Frauen und

die Fahrt über Land wurde gleichzeitig zur Erkundungsreise in verborgene weibliche Gefilde.
Es wurde ein sinnliches Gemisch aus Aussichten und Einsichten. Olivia war einerseits das Objekt meiner Begierde, andererseits aber auch meine Reiseleiterin. Sie wusste viel über Land und Leute und unterbrach unsere interne Erkundungsreise immer mal wieder, um externe Sehenswürdigkeiten zu kommentieren. Zwischen Playa Pascual und Libertad gab es ergreifend schöne Momente, in denen kaum ein Haus zu sehen war, nur unendliche Pampa, vereinzelte Weiden und Akazien und mittendrin unser guter alter Bus, der vielleicht zum letzten Mal eine kilometerlange Staubwolke auf der geraden Straße hinterließ. Darin saßen wir vier Turteltauben, eine alte Frau mit Hund, einige bettelarme Feldarbeiter, der Fahrer mit Schnurrbart, während aus seinem alten Transistorradio die warme, herbe Stimme des Rio de la Plata erklang. Mercedes Sosa sang ihren Hit, die bekannte Milonga „Los Hermanos" (Die Brüder):

Ich habe so viele Brüder,
dass ich sie nicht zählen kann.
Im Tal, in den Bergen,
in der Pampa und im Meer.
Jeder mit seiner Arbeit, mit seinen Träumen,
jeder mit der Hoffnung voraus
und den Erinnerungen hinterher.
Ich habe so viele Brüder,
dass ich sie nicht zählen kann.

Leute mit warmer Hand, wegen der Freundschaft,
mit einem Schluchzer, um zu beweinen,
mit einem Gebet zum Beten,
mit offenem Horizont,
der immer weiter dort liegt,
und dieser Kraft, ihn zu suchen,
mit hartnäckigem Willen,

wenn er sehr nah scheint, entfernt er sich mehr.
Ich habe so viele Brüder,
dass ich sie nicht zählen kann.

Und so gehen wir weiter,
von Einsamkeit gegerbt
verlieren wir uns auf dieser Welt,
treffen uns wieder und erkennen uns
durch das weite Schauen,
durch Verse, die wir zerbeißen;
Samen der Unendlichkeit.
Und so gehen wir weiter,
von Einsamkeit gegerbt und in uns unsere Toten,
damit niemand zurückbleibt.

Ich habe so viele Brüder,
dass ich sie nicht zählen kann.
Und eine sehr schöne Schwester,
die FREIHEIT heißt.

Originaltext s.[43]

„Mira esta pampa uruguaya. Tu eres mi gaucho y yo soy tu China." – „Schau die uruguayische Pampa. Du bist mein Gaucho und ich deine China", fabulierte Olivia und schlang gleichzeitig ihre Arme um meinen Hals und gab mir einen zärtlichen Kuss.
Noch war ich ganz Lied, noch ganz mit Mercedes Sosa, der großen Stimme Argentiniens, und versuchte vergebens, meine feuchten Augen zu verbergen und mich von ihr abzuwenden. Aber mit ihrer weiblichen Intuition wird sie wohl bemerkt haben, dass mich dieses Lied gerade sehr berührt hatte und mich für kurze Zeit den Schmerz meiner alten Sehnsucht nach Heimat fühlen ließ.

„Qué pasa, Cristiano?“ – „Was hast du, Cristiano?“, meinte Olivia mitfühlsam, doch ich lenkte ab:
„Carlos, was heißt China“, unterbrach ich meinen beschäftigten Reisegefährten, mit dem ich schon lange kein Wort mehr gewechselt hatte. Es dauerte eine Weile, bis er sich aus der Umarmung mit Larissa befreien konnte:
„China ist die Bezeichnung, die der Gaucho für seine geliebte Frau verwendete. Sie wob und nähte die Ponchos ihres Gefährten und war überdies eine ebenso gute Reiterin wie er.“
Die Figur des Gauchos, dieses berittenen Kuhhirten der Pampas, dieser „Leute mit den traurigen Liedern“, wie man sie nannte, hatte mich immer schon fasziniert. Sie entsprach meinem Traum von einem Leben in Freiheit.

Entlang der Ortschaften Libertad, San José de Mayo und Rosario erreichten wir nach circa einer Stunde unweit der Hafenstadt Colonia del Sacramento eine kleine abgelegene Haltestelle und von dort aus mit einem Regionalbus das Meer. Der verlassene, urwüchsige Landstrich schien uns Verliebte willkommen zu heißen.

Nach ein paar beschwingten und ausgelassenen Schritten, begleitet von einer angenehm kühlen Meeresbrise, öffnete Carlos ein Tor in ein kleines abgelegenes Paradies. So bescheiden und ärmlich die Hütte auch war, so unverschämt schön war ihre Umgebung. Die selbst gezimmerte Baracke mit Wellblechdach stand in einem großen, lichten Wald, durch dessen schlanke Eukalyptusstämme man schon den weißen Sandstrand erahnte, welcher nahtlos ins türkisblaue Meer überging. Außer dem leisen, beruhigenden Rauschen des Windes in den Schatten spendenden Baumkronen und hier und da einer Vogelstimme war kein Laut zu hören. Der schlichte Frieden dieses zauberhaften Platzes war einerseits ungewohnt und außergewöhnlich und andererseits doch gleichzeitig so selbstverständlich, natürlich und vertraut. Wir redeten wenig und staunten mehr. Auf magische Weise fiel jeder plötzlich in sich selbst hinein, löste sich vom andern und setzte seine Entdeckungsreise alleine fort. Nur Carlos blieb zurück und machte Feuer auf dem Grill, bis uns der Duft des Asados und der scharfen Chimichurri-Sauce, dem scharfen, uruguayischen Gewürz, wieder zurücklockte und an einem wackeligen, improvisierten Tisch vor der Feuerstelle erneut zusammenführte. An dieser Stelle sollte ein Detail aus Liebe zu diesem Land nicht unerwähnt bleiben. In Uruguay grillt man anders als bei uns. Die Glut wird „aufgehängt", das heißt, sie hängt senkrecht in einem Glutrost und das Fleisch wird an einem drehbaren Spieß davor gegrillt. Carlos schnitt große saftige Scheiben köstlichsten Fleisches ab, unter denen unsere Teller jäh verschwanden. Alle schmatzten, die Blicke wurden sinnlicher, gieriger, bis Carlos mit Larissa verschwand und ich mit Olivia zurückblieb. Wir waren ungestört. Es kam, wie es kommen musste. Mit fettigen Händen und Lippen ging der Schmaus weiter. Das Fleisch allerdings, nach dem wir uns jetzt verzehrten, war auch heiß, schmeckte süßlicher, die Farbe war nicht rot, sondern weiß und es war sehr, sehr lebendig. Der Sex mit dieser Frau war gierig, geil und dennoch total natürlich und in keiner Weise anrüchig.

Für mich war der Platz das Paradies. Das pralle Leben. Noch nie zuvor hatte ich solch ein absolutes, irdisches Glück empfunden. Alles, was ich liebte, war als Konzentrat auf einem Fleckchen Erde vereint. Kein Warten auf ein Paradies irgendwo im Jenseits. Keine Spaltung zwischen Ideal und Wirklichkeit, zwischen Himmel und Erde und dem damit verbundenen Leid. Erde war Himmel und Himmel war Erde. Alles EINS. Alles Gott. Aber nicht abgehoben, sondern verdammt gewöhnlich und selbstverständlich wie essen und trinken.
Waren es diese wunderbaren südamerikanischen Frauen, das köstliche Fleisch und das Meer, das ich so genoss? Was das Bühnenbild und die Handlung dieser Geschichte betrifft, bestimmt. Aber das war nicht die Essenz dieses schlichten, einfachen Glückes: Es war ein Vorgeschmack reinen Seins im Hier und Jetzt.

Das Leben inszenierte wieder einmal perfekt: Auf dem Rückmarsch zur Bushaltestelle im Nowhere der uruguayischen Pampa kam uns ein einfacher alter Gaucho auf seinem Pferd entgegen und fragte uns, woher wir kämen. Carlos stellte uns alle vor und dann zeigte er leicht spöttisch lachend auf mich und sagte:
„... und der, der kommt aus der Schweiz, aber der ist schon fast einer von uns."
Ich erinnerte mich noch gut an die Antwort des Alten:
„Jo soy de aqui!" – „Ich bin von hier!"
So, als wollte er sagen: Ich brauche nicht zu reisen, um zu suchen, was ich schon längst gefunden habe. Seine Worte trafen mich mitten ins Herz.
Ich spielte erneut meine Rollen in diesem großen Theater und suchte DAS[0], was ich niemals verloren hatte. Das ist dieses verrückte Spiel.

Tage und Wochen verflogen fernab der Heimat von einer Neuentdeckung zur anderen. Doch man glaubt es kaum, Maiwalds Leidenschaft war durchaus auch geistig-kultureller Natur. Unmittelbar nach den Frauen nämlich folgte die Leidenschaft für die Gitarre und die Folklore des Rio de la Plata, welche damals allgegenwärtig war und die er an allen Ecken gierig aufsog; die Sambas und die Milongas. Er machte die Bekanntschaft hervorragender Gitarristen, von denen er sich begierig die Texte der schönsten Canciones aufschrieb, bis er eine stattliche Sammlung sein Eigen nennen konnte. Er lernte von ihnen die Rhythmen auf der Gitarre und bald komponierte und sang er eigene Lieder in Bars und als Krönung sogar im Canal 10, damals einer der TV-Sender von Montevideo. Das war eine filmreife Liebesgeschichte. Lassen Sie diese Maiwald selbst erzählen:

Ich weiß auch heute noch nicht, was diese hochintelligente, wunderschöne Frau – ja, es war eher eine Dame aus noblem Hause – in diesem Club „Miramar" zu suchen hatte. Es war, wie ich später erfuhr, wie bei allen die wirtschaftliche Lage. Ich kannte dieses Etablissement bereits von einem nächtlichen Streifzug mit Oswaldo.
Es war nicht einfach eine gewöhnliche Sommernacht. Denn die gibt's überall. Nein, es war eine Sommernacht in Südamerika. Wer den feinen Unterschied kennt, der weiß, wovon ich spreche. Der Mond stand unverschämt rund und voll am Himmel. Die brünstigen Grillen feierten Orgien im Park, dem Palmenhain, im Sand an der Rambla, unter Agaven und Mimosenbüschen. Ich war noch zu jung, um nach Hause zu gehen. So nahm ich denn ein Taxi und fuhr nach einem Auftritt in der Bar Salud dorthin. Von meinem Barhocker aus entdeckte ich in der Mitte des Raumes im gedämpften, hellblauen Schummerlicht zwei Frauen an einem Tisch, von denen die eine rabenschwarze Haare trug. Mutig, aber auf wackeligen Beinen ging ich mit meiner Gitarre im Arm zu diesem Tisch. Der Erfolg hielt sich entsprechend der Originalität meines Annäherungsversuches in überschaubaren Grenzen. Doch wie so oft war die Gitarre meine Rettung.
„Es usted guitarrista?" – ob ich Gitarrist sei.
„Ja", bluffte ich stolz, um für mich zu werben.
„Toll, wo spielst du?"
„In der Bar Salud."
„Ah, die kenne ich!", antwortete sie begeistert und schon huschten die ersten Schmetterlinge hinter ihren Augen vorbei und weiter in meinen Bauch, bis sie größer und bunter wurden und es um mich geschah. In dieser Nacht verliebte ich mich Hals über Kopf, treffender ausgedrückt ohne Kopf in diese Frau, die, wie es sich herausstellte, Graciela hieß, Jurastudentin im sechsten Semester und Tochter eines reichen Estancieros[35] war. Doch es kam anders, als man jetzt zu denken geneigt ist. Wir hatten niemals Sex, denn das war eine „anständige" Frau und sie hatte einen Freund, und wie das in Südamerika so üblich war: Sie hatte Brüder. Und Brüder sind dort Wachsoldaten. Nun hielt mich das ganze

Paket südamerikanischer Anstandssitten nicht davon ab, ihr ein Lied zu komponieren, welches ich dann in jugendlicher Naivität in ebendiesem besagten TV-Sender in Montevideo zum Besten gab. Und es kam, wie es kommen musste. Ihr Freund wartete vor dem Studio mit dem Messer in der Hand auf mich, was denn auch gleichzeitig das abrupte Ende dieser Geschichte war.
Doch folgten nahtlos weitere, spannende, unglaubliche Geschichten. Mein Leben damals war wie ein junger Baum, voller Energie und Lebenssatt. Die Geschichten wie seine jungen Triebe. Kaum fiel eine ab, wuchs sogleich eine neue nach.
Die folgende kann sich neben all den andern durchaus sehen lassen. Wagner, besser gesagt Dr. Wagner, besaß ein schönes Haus in Asunción, der Hauptstadt von Paraguay, und Rinderherden, das hat man dort, wenn man etwas auf sich hält. Er hielt viel von sich. Oswaldo wollte mit diesem dubiosen Mann eine Gerberei eröffnen und Krokodilfelle im großen Stil vermarkten. Wagner war Österreicher und aus heutiger Sicht wohl ein Hochstapler. Man munkelte hinter vorgehaltener Hand, dass er im Zweiten Weltkrieg mit den Deutschen zusammengearbeitet hätte. Heute würde ich sagen: Er war größenwahnsinnig, sentimental und äußerst launisch. Unter uns gesagt, hatte er etwas von einem Nazi-Schergen. Aber vergessen wir das. Der ist sicher auch schon tot.

Susi, meine Tante, versuchte ihren beratungsresistenten Ehemann immer wieder vergebens von diesen Plänen abzuhalten. Umsonst. An jenem Nachmittag starteten wir auf dem Flughafen von Montevideo mit einer uralten, verrauchten, wenig vertrauenerweckenden Cessna und flogen in geringer Höhe nahe den Palmenwipfeln Richtung Paraguay. Wagner war jemand. Deshalb mussten wir nicht wie das gewöhnliche Volk zu Fuß zur Passkontrolle, sondern wurden von einer Diplomatenlimousine mit Chauffeur direkt am Flugzeug abgeholt. Dieser öffnete die Türe und der Patron stieg aus, knöpfte sich mit einer selbstbewussten, um nicht zu sagen blasierten Miene sein graues, maßgeschneidertes Jackett zu und begrüßte uns auf eine Weise, die mir nicht geheuer war.

Kurz ging mir das, was meine Tante immer wieder vergeblich zum Ausdruck zu bringen versuchte, dass sie diesem Mann nicht traue, durch den Kopf.
Die Limousine fuhr los. Wagner vorne, Oswaldo und ich im Fond. Der war so geräumig, dass unsere Beine keinen Halt fanden und in der Weite verloren gingen. Wir fuhren vorbei an unterwürfig grüßenden Menschen, die sogar die Hüte zogen. Wo war ich da hineingeraten? Was war das für ein Mensch? Immerhin, die Gerberei existierte, da fuhren wir hin, und auch die Estancia im Landesinnern, ein Großbesitz mit circa 12.000 Hektar Land und 1.500 Rindern, gab es. Da flogen wir hin. Mit Wagners Privatflugzeug, versteht sich. Der Pilot war gleichzeitig sein „Majordomo", der Verwalter seiner Ranch. Nach einer Stunde Flug setzte der Pilot zum Sinkflug an, doch es war weit und breit keine Piste zu sehen, sondern nur eine riesengroße Rinderherde, der wir uns in rasendem Tempo näherten. Wir trauten unseren Augen nicht.
Oswald mit Angst besetzter Stimme:
„Was zum Teufel macht dieser Pilot hier!"
Ich schrie:
„Wir stürzen ab!"
„Ist der wahnsinnig geworden?", ging es mir durch den Kopf. Ich klammerte mich an meinen Sitzlehnen fest und im letzten Augenblick zog er knapp über den Rücken der Rinder die Maschine hoch und ging zum Steigflug über. Als er das ein paar Mal wiederholte, begriff ich, was er tat. Das war die moderne Art, wie die Gauchos von heute ihre Rinderherden anzutreiben pflegen. Das geht nicht mehr per Pferd, sondern per Flugzeug.
Als wir kurz darauf mitten in der unendlichen, flachen Pampa auf einer Graspiste landeten und ausrollten, neigte sich die Sonne schon dem Horizont entgegen. Von Weitem sah man einige Männer mit ihren Pferden, regungslos auf einer Linie stehen, so als warteten sie auf den Präsidenten des Landes. Als der Propeller stillstand, wir unsere Sicherheitsgurte öffneten und das Flugzeug verließen, zogen diese Gehilfen den Hut: „Hola patrón, cómo va usted? Todo bien?" – „Guten Tag, Chef, wie geht

es Ihnen, alles gut?“, kam es beherrscht und anständig aus ihren Mündern. Streng begutachtete Wagner seine Untertanen. Man half ihm auf sein weiß-schwarz geflecktes Pferd, und auch für Oswaldo und mich hielt man je einen „Criollo“, ein in Paraguay gezüchtetes Pferd, bereit. Mein Gott, ich hatte noch nie da oben in so einem Sattel gesessen, nun sollte es das erste Mal sein. Glücklicherweise banden die Vordermänner unsere Pferde an ihren Sätteln fest. Nicht nur, weil wir Anfänger waren, sondern weil der Chaco, das heißt der Urwald nicht ungefährlich sei, wie man uns klarmachte. Besonders gefährlich seien die „Minutas“, kleine Schlangen, deren Biss eben nach einer Minute den Tod zur Folge hätten. Dass man auch schon schwarze Tiger gesichtet habe, verringerte die wachsende Anspannung in meinem Bauch auch nicht gerade. Jedenfalls waren die Zutaten für ein spannendes Drehbuch perfekt. Noch steif und unbeholfen, aber heimlich stolz, Teil dieser geheimnisvollen Truppe zu sein, hielt ich mich schlecht und recht im Gleichgewicht.

Schweigend trottete unsere Kavallerie über die weite, trockene Grassteppe, gefolgt vom Boss auf seinem Andalusier, dicht hinter ihm Ramon, der Gutsverwalter. Die Sonne tauchte sanft am Horizont ins rote Flammenmeer. Eine frische Abendbrise strich durch mein Haar und kühlte mein heißes Gesicht. Exotische Düfte verlockten Geist und Sinne.
Nur das Trotten der Hufe, ab und zu ein Schnauben oder Gewieher eines Pferdes waren zu hören.
Als ich mir gerade den vom Vorderpferd aufgewirbelten Sand aus meinen Augen rieb, sah ich ein Haus. Das musste sie sein: die Estancia Villarica. Wagners Gut in dem Landteil Misiones, dessen Namen er immer wieder erwähnte. Ramon machte mit der Hand eine Geste. Die Truppe kam dicht neben einer Schafherde zum Stillstand, einer der Gauchos stieg vom Pferd, kam nach hinten, griff die Zügel meines Pferdes und bat mich, vom Pferd zu steigen. Er sagte etwas zu mir und zeigte in die Schafherde. Da ich damals noch nicht so gut Spanisch verstand, schrie Wagner mit einem frechen, sadistischen Grinsen:

„Cristiano, welches Lamm willst du heute Abend auf dem Tisch, such' dir eines aus!"
Alle lachten schadenfroh, als sie mein verdutztes Gesicht sahen.
„So frisch kriegst du das nie wieder!"
Ich wollte unter all diesen rauen Männern, die mehr Lücken als Zähne hatten, auf keinen Fall als Memme dastehen und zeigte gespielt zielsicher auf ein kleines Lamm.
Was nun geschah, kann man sich vorstellen und es bedarf keiner detaillierten Schilderung mehr. Nur so viel sei an dieser Stelle gesagt: So zartes Lammfleisch hatte ich tatsächlich noch nie gegessen. Die Gerberei, in die Oswaldo sein ganzes Geld gesteckt hatte, ging pleite und Wagner löste sich in Luft auf.

AUSSEN/HAFEN MONTEVIDEO/MORGEN
Es ist etwa 8 Uhr 30. Ich stehe draußen auf der Straße im Hafen von Montevideo. Die Stadt atmet feucht, träge und übernächtigt wie ich selbst nach dieser durchzechten Nacht. Über den Dächern der Altstadt liegt schwer und schwülstig der Geschmack des Tangos. Ich stinke nach Rauch und Whisky. Aus jeder Mauerritze dringt ein melancholischer Seufzer des Bandoneons von Piazzollas Soledad[68], der von Patagonien über Buenos Aires herzukommen scheint, von dort, wo auch diese großartige Tangogruppe hergereist kam, um mein Herz zu erobern, heute Nacht in der Bar Salud. Sie gehörte mir alleine, diese Nacht. Mir und meinem Abschiedsschmerz. Die Häuserfassaden erschienen im schwachen Licht des Nebels beinahe farblos, schwarz-weiß wie auf den vergilbten Konzertplakaten mit Carlos Gardel, dem Tangokönig von Buenos Aires. Unwirkliche alte, dem Zerfall preisgegebene Kulissen längst vergangener Aufführungen, Geschichten, Dramen und Einzelschicksale.
Die Zeit ist um. Es ist die letzte Nacht. Es gilt, Abschied zu nehmen von meiner geliebten Stadt. Die Heimat und die Wehrpflicht rufen. Der Ruf, jemand zu werden. Ich will aber nicht jemand werden, schon gar nicht Soldat! Ich sehne mich danach, einfach nur zu sein. Ganz ich selbst. Nicht wie Wagner, mein Vater, meine Lehrer oder wie Ro oder mein Großva-

ter. Ich will auch nicht Picasso oder Dali sein. Aber wer bin ich überhaupt? Bin ich dieses Ich mit seinem permanenten Gefühl des Mangels und der daraus resultierenden konstanten Suche nach irgendetwas da draußen? Was ist der Sinn dieser ganzen Suche, dieser Schufterei, dieser Endlosschleife[6] von Suchen und Finden und Verlieren. Dieses Leben, um zu sterben mit dem ganzen Schmerz. Ich will nicht ein Leben lang suchen, ich will finden. Aber was?
Welche Musik hätte in diesem Moment besser zu meinem Weltschmerz gepasst? Tango ist der leidenschaftliche Tanz der Geschlechter – die Melancholie des sich nach Liebe verzehrenden, sterblichen Ichs.
Keiner könnte die Seele des Tangos treffender und poetischer beschreiben als Neruda, der große Meister und Kenner der südamerikanischen Seele. Nach diesem Dichter ist Piazzollas Musik *„die der Fehler und Verwirrungen der Menschen ..., eine Musik, die durch die Arbeit der Hände wie von Säure freigelegt ist, schweiß- und rauchgetränkt, mit dem Geruch von Lilien und von Urin, vollgespritzt von der Fülle unseres Tuns, sei es legal oder illegal ..., eine Musik, die so wenig rein ist wie alte Kleider, wie ein Körper, voller Speiseflecken und Scham, voller Falten, Beobachtungen und Träume, Wachheit, Vorahnungen, Liebeschwüre und Verwünschungen, voller Dummheiten, Schocks und Idyllen, politischer Überzeugungen, voller Verleugnungen, Zweifel und Bestärkungen ...“.*
Enrique Santos Discépolo schreibt: „Tango – ein trauriger Gedanke, den man tanzen kann“. Dem klassischen Tango ging es nie um Traurigkeit um ihrer selbst willen, nicht um Ausdrucksformen hilfloser Verlassenheit oder um larmoyanten Weltschmerz. Man ist im Tango nicht deprimiert, sondern trauert um etwas: eine durchgebrannte Geliebte, ein einstmals idyllisches Stadtviertel, den Glauben an die eigene oder fremde Integrität. Es geht auch um eine öffentliche Verarbeitung der Trauer als eine Möglichkeit der Wiederaneignung von Lebenskraft. Tango ist ein schönes Beispiel dafür, dass echte Kunst, die zu berühren vermag – und das ist dieser ausdrucksstarke Tanz allemal –, meistens ihre Kraft nicht nur aus dem Guten und Lichten, sondern vielmehr aus den dunklen, verdrängten Inhalten der menschlichen Psyche bezieht.

Oswaldo wartete schon im Hafen. Ich stieg ein, schlug die Türe zu, saß auf dem Beifahrersitz und nichts geschah. Oswaldo hatte nur ein freches Grinsen auf seinem Gesicht.
„Was ist?", sage ich etwas verwirrt.
Dann sehe ich plötzlich einen dicken schwarzen Ordner auf seinen Oberschenkeln liegen, den er feierlich, wie ein kostbares Geschenk in seinen Händen hält.
„Wosch luege?" – „Willst du schauen?"
„Was schauen?", erwidere ich leicht gereizt, weil ich weiß, dass wir eigentlich meinen Flieger nach Haiti erreichen sollten.
„He, was ächt, du hesch doch am Züsi gseit, dass du mini Hüser vo Andalusie wosch gseh, du Löu." – „Ja, was wohl, du hast doch Susanne gesagt, dass du gerne die Fotos meiner Häuser in Andalusien sehen möchtest, du Penner."
„Mensch, Oswald, das glaub ich jetzt nicht, zeig her!"
In diesem Buch sah ich sie zum ersten Mal: die Land- und Stadthäuser von Sevilla und Granada, mit den geheimnisvollen Patios. Als er meine Begeisterung sah, wurde er gesprächiger. Er wusste mehr, als ich dachte, vor allem über die Verbindung zwischen der andalusischen und arabischen Architektur. Seine Schwärmerei nahm kein Ende. Die Zeit stand still. Als wir aus unserer gemeinsamen Zeitreise in die Welt von Tausendundeiner Nacht zurückkehrten, schaute ich erschrocken auf meine Uhr. Mein Flieger war weg. Ich bereute es jedoch keine Sekunde. Oswald, der stille Mann, hatte mir seinen Traum verraten. Die nächste Maschine nach Buenos Aires startete 14 Uhr 30. Ich hatte vor, nicht direkt von Montevideo über Rio – Dakar nach Zürich zu fliegen. Einfach so fantasielos. Ich dachte über einen Umweg, einen spannenden Abstecher nach, der noch etwas Abenteuer versprach, bevor ich in irgendwelchen Schützengräben mich von idiotischen Offizieren herumkommandieren lassen musste. Und welcher Platz auf dieser Welt bot in meiner Fantasie mehr Exotik als die Karibik. Ich wählte die Route: Montevideo – Buenos Aires – Haiti, mit Zwischenstopp auf der Insel Curaçao – New Orleans – New York – Dakar – Zürich.

Haiti

In der Erinnerung an das Haiti von damals sehe ich Bilder von Palmen, weißen Stränden, aufrecht gehenden, schönen Frauen, die scheinbar mühelos eine Last auf ihren Köpfen balancierten, und vor allem unsäglich primitiven Hütten und schwarzen Menschenmassen, die in Armut versanken.
Am 2. Mai 1969 erblickte ich durch das kleine ovale Fenster meiner Maschine die kleine grüne Karibikinsel im Atlantik. Ich hatte kein Hotel, kein Geld, nur meine jugendliche Naivität und die Lust auf Abenteuer. Und wie das so ist in der Jugend, man empfindet alles, was man im Alter als mühsam und sinnlos betrachtet, als wahnsinnig aufregend. Und so war es denn auch mein kurzer Aufenthalt in der Tat.

Mit dem Öffnen der Flugzeugtüre öffnete sich der Vorhang zu einem Siedlerepos, dessen Drehbuch noch nicht geschrieben war.
Die Story begann, als ich in der schwülen, heißen Treibhausluft, wie damals in Montevideo, die Flugzeugtreppe hinunterschwankte und den rostigen Klapperbus des Flughafens Port-au-Prince bestieg. Dennoch erschien mir alles vollkommen anders und unbekannt. Die Menschen waren plötzlich schwarz, halbnackt und viele von ihnen krank. Es roch nach Schweiß und Tränen. Ich hatte solche Armut noch nie gesehen.
Wo war ich hier gelandet? Plötzlich sah ich zum ersten Mal, dass unsere sogenannten Probleme gar keine waren. Bei uns zu Hause in der sogenannten kultivierten Welt kriegt keiner den Hals voll, und hier bringt der Hunger fast jeden um. Hier essen nicht nur Hunde und Schweine Abfall. Tausende Menschen leiden unter Hunger, ernähren sich von Müll und trinken Abwasser.
Eine weitere Eigenschaft der Jugend: Ich habe das wahrgenommen – am Rande eigentlich nur –, aber ich bin nicht daran zerbrochen, sondern weitergegangen, der Nase nach, hin zum Meer, wo der Duft des blühenden Paradieses und der süßen Mädchen lockte.

Er hatte wohl – wie man so schön sagt – nur das Eine im Sinn. Aber wir können das dem jungen Mann verzeihen. Maiwald stieg im Menschengewirr in ein Taxi und gelangte mit ein paar Worten Französisch und umso mehr Gesten entlang der Nordküste nach Jérémie im Südwesten der Insel. Mit dem Wenigen, das er damals noch in der Tasche hatte, wäre er bei uns im besten aller Fälle als Penner unter einer Brücke gelandet, hier war er mit seinen paar Scheinen ein König. Da das Geld jedoch noch bis nach Hause reichen musste, sann er auf eine üble List. Irgendwie sah er plötzlich Bilder aus „Onkel Toms Hütte" und eines wusste er bestimmt: dass dort, wo Schwarze in Armut leben, christliche Missionare meistens nicht weiter weg sind als der Apfel vom Stamm fällt. Recht hatte er.

Das alte marode Kloster, indem man sich seiner erbarmte, war nur einen Steinwurf weit entfernt. Dort – man kann es kaum glauben – bewegte sich die „alte Seele" unter Mönchen wie unter seinesgleichen, und just bot man ihm kostenloses Asyl. Es wurde eine harte Nacht, aber wenigstens eine mit Moskitonetz. In den frühen Morgenstunden regte sich jedoch in dem jungen Probe-Novizen erneut der Abenteurer und unser Protagonist schlich – um der folgenschweren Enthüllung zu entkommen – hinter den Arkaden im ersten Stock die Treppe hinunter. Im Vorbeigehen erhaschte er einen kurzen Blick in den kleinen friedlichen Patio[69] und für kurze Zeit schnürte es ihm die Kehle zu, denn von irgendwoher kannte er dieses Bild. Es war so, als wollte ihn eine uralte innere Stimme zurückhalten und Einhalt gebieten.
„Ja, ich weiß, aber ich bin noch jung, lass mich vorher noch schnell die Welt erobern!", ging es ihm durch den Kopf, als er mit einem schlechten Gewissen das Kloster verließ und die Stimme vergaß.
Nun wusste er nicht mehr, wo er war. Auf einer Insel, auf Reisen, auf der Suche. Wonach eigentlich? Eben noch dachte er, dass er es wisse. Doch jetzt hatte er Hunger nach Essen, nach einer Frau, außerdem musste

er zum Militär. Ja, und dann musste er etwas Anständiges werden. Jemand, auf den sein Vater stolz sein konnte. Wie schmerzlich lasteten doch diese trüben Zukunftsaussichten auf der jungen Brust.
Es war, als wehten ihm Taktfragmente eines alten Tangos entgegen, getragen von einem kühlen Windhauch, der vom Meer, durch den lichten Urwald hinaufzukommen schien. Da waren sie wieder, die Wehmut und der Mangel, der nach Kompensation schrie und ihn blind weitertrieb, bis er bald darauf etwas Warmes, Fleischiges, Feuchtes neben sich spürte. Es war ein schwarzes Weib. Ja, mein Gott, und noch ein zweites. Wie ist er denn, um Gottes willen, in diese schäbige Hütte geraten?
Derselbe Taxifahrer, der Christian von Port-au-Prince hierhin ans andere Ende der Insel gebracht hatte, wartete, angelehnt an seine Karre, am anderen Morgen gemütlich vor dem Kloster, so als hätte man das am Vortag vereinbart. Er hatte mehr Zeit als Geld, und weil er Letzteres bitter benötigte, spielte er mit dem Zufall. Könnte ja sein, dass dieser Schweizer wieder zum Flughafen zurückfahren wollte. Kluger Junge. Genau so war es auch. Nur bat unser Abenteurer ihn, dieses Mal entlang der Südküste zurückzufahren. Und dann geschah das Unglaubliche: Als der Chauffeur unseres Protagonisten auf der langen Fahrt durch den Urwald auch einmal „musste", wurde Christian nämlich von zwei schwarzen Frauen entführt. In seiner endlosen Naivität glaubte er tatsächlich, dass diese Anmache ihm persönlich galt. Dem weißen, attraktiven, jungen Schweizer. Und noch bevor er imstande war, einen klaren Gedanken zu fassen, landete er mit diesen beiden Frauen, die ihn unterwegs so richtig scharf gemacht hatten, in ebendieser Hütte. Und dann war es auch schon geschehen.
Noch heute treibt es ihm den Schweiß auf seine nun schon etwas weniger straffe Stirn, wenn er daran denkt, dass er tatsächlich ungeschützten Sex mit diesen Frauen hatte, die ja hätten krank oder infiziert sein können. Aber aufgepasst, es kommt noch besser:

Christian, noch ganz benommen, zog sich die Hose wieder hoch und wollte gehen. Doch in diesem Moment nahm die Geschichte plötzlich

einen völlig unerwarteten Verlauf für ihn. Eines der schwarzen Weiber mit Lippen wie reife Früchte hielt unserem verdutzten Jungspund mit einem verzweifelten Blick die Hand entgegen. Spätestens in diesem Moment erwachte er und verstand. Die Leute dort waren so arm, dass sie alles taten, um an ein paar Gourdes zu kommen. „Shit, die wollen Geld. Jetzt nichts wie weg!“, schrie ihm eine in Panik geratene innere Stimme zu! Doch es kam noch schlimmer. Die Initialzündung für den finalen Endspurt zum rettenden Taxi waren zwei düstere, äußerst wendige und zu allem Übel auch noch bewaffnete Männergestalten, die ihm jetzt mit wilden Flüchen und Gesten, dicht an seinen Fersen klebend, nach seinem Leben trachteten. Doch dieses kostbare Leben hatte es noch einmal gut mit ihm gemeint, denn in allerletzter Sekunde konnte sich unser Held mit letzter Kraft in das wartende Taxi retten. Er riss die Türe auf, ließ sich atemlos auf den Rücksitz fallen und schrie aus Leibeskräften:
„Allez-vous-en. Vite, vite!“ – „Hauen Sie bloß ab, schnell, schnell!“
Der ahnungslose Chauffeur sah die Verfolger im Rückspiegel und gab Gas – Gott sei Dank! Für kurze Zeit konnte er die Männer noch sehen, wie sie fluchten und mit den Waffen fuchtelten, dann wurden sie immer kleiner und verschwanden in der großen, vom Taxi aufgewirbelten Staubwolke.

Gebirgsinfanterie

Ich erinnere mich noch genau an diesen nebligen, kalten Morgen, gemäß meinem Dienstbüchlein 1969, als ich wusste: Jetzt geht es mir an den Kragen. Ich hatte „einzurücken", wie man das bei uns sagt, in die Rekrutenschule der Schweizer Armee. Ich spürte zum ersten Mal in meinem behüteten Leben meines Elternhauses, wie eine fremde Macht, in diesem Falle die Staatsmacht, auf meine Seele einwirkte, mich meiner Freiheit beraubte und völlig gegen meinen Willen zu etwas zwang, das ganz und gar nicht meiner Natur entsprach, und das unausweichliche 17 Wochen lang. Wenn ich diesen Film dieser für mich vollkommen verlorenen Zeit Revue passieren lasse, spüre ich schon mal unmittelbar diese beißende, hässliche, grüne Uniform auf meiner Haut. Ich sehe mich in großen, kalten Sälen von Militärkasernen, zusammengepfercht mit stinkenden, schnarchenden, mir völlig fremden Männern, die sich alle so wahnsinnig männlich gaben und irgendeinen idiotischen Quatsch laberten, während ich in dem Postpaket von meiner Mutter ein Buch von Martin Buber[50] anstatt, wie alle anderen, Würste und Schnaps vorfand.
Ich höre laute Stimmen von irgendwelchen ehrgeizigen Vorgesetzten und spüre die unausgesprochene Erwartung meines Vaters im Nacken, so wie er etwas Besseres zu werden, als Soldat. Da er selbst ein hoher Offizier der schweizerischen Luftwaffe war, hatte ich natürlich gute Karten. Doch, wie könnte es in einer Künstlerbiografie anders sein, ich habe mir meine Chancen nicht nur bewusst vermasselt, sondern meinem Vater und seinem guten Ruf so richtig Schande gebracht.
Ich entwickelte einen richtigen Ehrgeiz, aber in die falsche Richtung. Ich begann, wo und wann auch immer ich konnte, gegen diese Macht und Autorität anzukämpfen und mich bewusst zum Trottel emporzudienen. Ich fühlte mich wie damals in der Primarschule, als ich mich als kleiner Knirps vor den großen Lehrer hinstellte und ihm klarmachte, dass er Unrecht habe, wenn er kleine Kinder quäle, vollumfänglich dazu legitimiert, nunmehr auch gegen Krieg und Gewalt zu rebellieren. Ich trieb meine Vorgesetzten so lange zum Wahnsinn, bis man mich zuerst zum

Malen von Panzerattrappen abdelegierte und später, nach einem kurzen psychiatrischen Gutachten, ganz vom Dienst suspendierte, mit dem Vermerk: „Der Inhaber dieses Dienstbüchleins ist unter bester Anerkennung der geleisteten Dienste aus der Armee entlassen worden."

So landete ich sanft und aus freiem Willen dort, wo sich letztlich eh alle Verrückten, Ausrangierten, Lebenskünstler, Maler, Schauspieler, Querdenker usw. wiederfinden: im Zivilschutz. Dort hatte ich Zeit zu träumen – von Südamerika, Palmen und Meer, von diesem sagenumwobenen Kloster auf Haiti.

Warum war ich so tief gesunken und hatte Schande über meine Familie gebracht? Das ist ganz einfach: Ich habe mir eines Tages, während einer dieser tagelangen, lächerlichen Scheingefechte einer Armee, die sowieso niemals einen Krieg gewinnen könnte, die ernsthafte, wenn auch gefährliche Frage gestellt: Ist Töten die richtige Lösung? Auch wenn sie im Rahmen der Verteidigung geschieht? Was ist weiser, wenn dich einer schlägt? Hinhalten oder zurückschlagen? Gandhi oder Napoleon?

Auch wenn ich keine rationale Antwort auf diese, wie mir schien, essenzielle Frage hatte, wusste ich in meinem Herzen ganz genau: Ich töte nicht, basta! In diesem Moment wäre ich sogar für diese Überzeugung gestorben. Gut, das sagt man so schnell dahin, jedenfalls fühlte es sich so an. Immer wieder dachte ich an dieses herrliche Zitat von Bertolt Brecht: „Stell dir vor, es ist Krieg, und niemand geht hin." Und ob ich mir das vorstellen konnte! Ich stellte mein Gewehr an einen Baum und sagte zu meinem Offizier: „Ich mach' da nicht mehr mit!"

„Maiwald", schrie der Offizier mit wutverzerrtem Gesicht: „Machen Sie keinen Scheiß! Gehen Sie sofort wieder in Ihre Stellung zurück!"

Du hättest, liebe Leserin, lieber Leser, sein Gesicht sehen sollen, als ich mit ganz ruhiger Stimme erwiderte: „Ich geh' jetzt nach Hause."

Er schnappte noch ein paar Mal nach Luft, dann ging sie ihm aus und damit seine Macht.

Die Macht meines Herzens siegte über die Macht seines militärischen Grades. Das Individuum über den Staat. Die Selbstbestimmung über die

Fremdbestimmung. Was für ein unglaubliches Triumphgefühl! Ich habe die erste essenzielle Erfahrung gemacht, dass der Einzelne nicht machtlos ist und dass nichts auf der Welt sich mehr lohnt, als seinem Herzen treu zu bleiben. Das Unglaubliche an dieser Geschichte: Dieser Offizier hat zwanzig Jahr später, als wir uns (zufälligerweise?) auf einer Vernissage wiederbegegneten, tatsächlich ein Bild von mir gekauft. Das war ein weiterer, großer, vor allem menschlicher Triumph. Dieser Mann gestand mir, dass er mich heimlich für meinen Mut bewundert hatte.
So habe ich, bis auf eine abgeschlossene Lehre zum eidgenössisch diplomierten „Modeberater“, jedenfalls aus der Sicht meiner Erzieher und Vorgesetzten, das meiste in meinen jungen Jahren konsequent falsch gemacht – und ich bin heute noch stolz darauf.

Rausschmiss

Meine Eltern wussten mit mir nicht mehr weiter. Ich wusste, was ich nicht wollte, aber ich hatte noch keine klare Vorstellung von dem, was ich wollte. Ich spielte weiterhin Gitarre und Klarinette. Ich nahm Unterricht und übte fleißig. Das war ja alles recht und gut, aber in den Augen meines Vaters konnte man mit alledem kein Geld verdienen, womit er ja ehrlich gesagt nicht Unrecht hatte. Ich glaube, das Problem war, dass es mir etwas zu gut ging zu Hause. Ich hatte wohlhabende Eltern, wohnte in einem schönen, komfortablen Reihenhaus mit Garten, der Tisch war gedeckt, für alles wurde gesorgt. Was fehlte, war die zündende Idee, der ideale Lebensentwurf, der all meine Begabungen und Interessen unter einem Dach vereinte: den Maler, Sänger und Gitarristen, den Komödianten, Schauspieler und Erzähler und meine Leichtigkeit im Umgang mit Sprachen. Zugegeben, das war vielleicht ein bisschen viel verlangt. Denn um jeden dieser ernst zu nehmenden Berufe professionell auszuüben, reicht kaum ein ganzes Leben. Die Auswahl fiel deshalb so schwer, weil ich in allem, was ich machte, ganz gut reüssierte.

Hätte ich damals gewusst, wie schnell mir diese Zeit wie Sand durch die Finger rinnt, hätte ich wahrscheinlich nicht so viel kostbare Zeit vertrödelt.
Offenbar fehlte der Druck von außen. So tat mein Vater das einzig Richtige: Er hat mich rausgeschmissen. Natürlich gegen den Willen meiner Mutter. Ich bin ihm heute noch dankbar. Er warf mich ins wahre Leben.

In endlosen Gesprächen, in denen man meine künstlerischen Träume und Ambitionen gegen die realistischen Argumente meines Vaters abwog, entschied sich der Familienrat schlussendlich, dass ich vorerst einmal etwas „Vernünftiges“ machen sollte. Das einzig „Vernünftige“, das ich damals in der Welt vorzuweisen hatte, war, wie schon gesagt, ein Diplom als eidgenössisch diplomierter Modeberater. Weniger hochtrabend formuliert: Ich war nicht mehr als ein hundsgewöhnlicher Konfektionsverkäufer wider Willen. Da ich schon alle Filialen des Modehauses Spengler in der Umgebung verunsichert hatte, wählte der Familienrat eine Niederlassung in Genf, weil diese Stadt damals noch zwei wichtige Pluspunkte bot: L'Ecole supérieure des Beaux-Arts, die Kunstakademie, bei der ich mich beworben hatte, und das schöne klassizistische Conservatoire de Musique, die Musikhochschule, wo ich mir ein Gitarrenstudium vorstellen konnte.
Es war ein unvergesslicher Moment, der noch heute als sinnliche Erfahrung in mir präsent ist: Mit meinem kleinen Fiat 600, den ich mir damals von meinem Lehrgeld zusammengespart hatte – übrigens genau das gleiche Modell wie das von meiner Tante Susi in Montevideo –, fuhr ich los an diesem Morgen. Die Sonnweid hinunter, weg von zu Hause, weg von meiner Mutter, die ich im Rückspiegel mit feuchten Augen winken sah.

Genf und die Ecole des Beaux-Arts

Genf, das „Petit Paris“, wie man diese großzügig angelegte Stadt auch nennt, empfing mich nicht mit offenen Armen.
Die Leute dort schienen nicht auf mich gewartet zu haben. Außerdem mag man die „Suisses-totos“, wie die Romands uns Deutschschweizer dort nennen, nicht besonders.
Wenn ich an diese Zeit zurückdenke, sehe ich billige, kalte und ungemütliche Zimmer und hässliche, alte Vermieterinnen.
Zuerst einmal fiel ich in ein Loch von schmerzlicher Einsamkeit. Ich hielt es in keinem dieser schrecklichen Zimmer ohne Privatsphäre lange aus, wechselte eine Gruft nach der andern und lief nächtelang in irgendwelchen Gassen und Straßen ziel- und sinnlos umher. Wie ein Schauspieler, der seine Rolle und den Text vergessen hatte, irrte ich durch die unwirklichen Kulissen dieser fremden Stadt. Ungeliebt und heimatlos. Die Arbeit im Modehaus Spengler war reine Zeitverschwendung. Daran änderte sich auch nichts, als ich mir nach einem Jahr bereits eine bescheidene, aber doch recht nette Wohnung an der Avenue d'Air, mit Blick auf die Rhone, leisten konnte. Alleine, dass ich am Morgen die Zeit meiner Ankunft mit einer Karte abzustempeln hatte, schnürte mir jedes Mal den Hals zu. Die Zeit 08.00 war noch schwarz, aber 08.01, wenn man eine Minute zu spät war, wurde bereits rot gedruckt. Man konnte den Sünder also sofort festmachen. Diese menschenunwürdige Kontrolle war zu viel für meinen schon seit zartestem Kindesalter voll entwickelten Freiheitsdrang; und so siegte einmal mehr die Versuchung „des Bösen“ über die Vernunft. Irgendwie schien es mir mutiger und kreativer, rote statt schwarze Zahlen zu sammeln. Und das tat ich denn auch. Mit den vorhersehbaren Folgen. Ich stand wieder einmal auf der Straße. Ich konnte es einfach nicht zulassen, mein Leben nach einer Stempelkarte auszurichten und in diesem Gefängnis der Äußerlichkeiten zu verblöden. Das tat hier aber offenbar jeder, ungefragt. Zwei Dinge waren mir damals noch nicht wirklich bewusst, aber ich handelte intuitiv danach: Erstens wollte ich Lebenslügen aufdecken und mir zweitens die Freiheit

des Zweifelns bewahren. Ich wollte fragen: Will ich das mit mir machen lassen? Stellst du dir so dein Leben vor? Und plötzlich war sie wieder da, diese tiefe innere Überzeugung, den untrügerischen Puls der Wahrheit zu spüren und die unbändige Kraft, gelassen das Falsche für die andern und das Richtige für mich selbst zu tun.
Als ich entlang der Rue Jean-Francois Bartholoni in Richtung See zum Jardin Anglais schlenderte und im Restaurant de la Poste bei Frau Bélonet eine Suppe schlürfte, gab es nur noch eine Frage in meinem Kopf: Wie, um Gottes willen, sag ich das meinen Eltern? Meine Mutter tat das, was sie eigentlich nicht hätte tun sollen: Sie schickte mir Geld. Hinter dem Rücken meines Vaters, versteht sich.
Mama, wenn du es hörst im Himmel:
„Ich liebe dich dafür. Auch wenn ich vielleicht schneller auf eigenen Beinen gestanden hätte, wenn du es nicht getan hättest."
Das große Verdienst meiner Mutter war wohl schon immer, dass sie – selbst Tochter eines Schriftstellers – meine künstlerische Ader erkannte und sie gegen meinen Vater verteidigte. So musste es auch an diesem Tiefpunkt, als ich in den Augen meines Vaters wieder einmal versagt hatte, geschehen sein. Er war gewillt, mir noch einmal unter die Arme zu greifen. Immerhin war ich bereits 21 Jahre alt. Allerdings nur unter der Bedingung, dass ich die Aufnahmeprüfung an die Kunstakademie bestünde. Plötzlich sah ich Licht am Ende des Tunnels, ich landete wieder auf eigenem Grund und Boden und war bereit zu buddeln.

Ein Jahr lang zeichnete ich wie besessen und dann kam der große Plot, der entscheidende Wendepunkt im Drehbuch meines Lebens:
Ich bestand die Aufnahmeprüfung, das Blatt wendete sich. Mein Vater war bereit, mir das Studium zu finanzieren. Das Licht schien plötzlich hell über der grünsten Stadt Europas. Wie durch Zauberhand veränderte sich mein Blick und ich sah, wie schön und aufregend sie war, die anfangs Unnahbare und Kühle: Le petit Paris! Es blieben noch zwei Monate bis zum Schulbeginn. Bis dahin schlenderte ich, getragen von einem neuen Lebensgefühl, auf den großzügigen Quais der Stadt, die sich in

einem Halbkreis um ihr Wahrzeichen legen: den Jet d'Eau, den Springbrunnen von Genf. Ich zeichnete in der von der Kathedrale Saint-Pierre überragten Altstadt, in der lauschigen Rue de l'Hôtel-de-Ville die prächtigen alten Barockvillen, die typisch französischen Brasseries wie das Restaurant du Bourg-de-Four an dem gleichnamigen Platz. Mit einem argentinischen Kumpel spielte und sang ich oft mit zwei Gitarren in irgendwelchen Kneipen südamerikanische Ohrwürmer. Dabei waren nicht selten für jeden mehr als hundert Franken pro Abend drin. Ich genoss das internationale Flair, die Museen, Theater, Galerien und Parks und natürlich diese wunderbare Sprache, die ich schon bald recht gut beherrschte und die meinem neuen Leben als Bohemien alle Ehre machte. All diese Eindrücke sog ich in mir auf wie eine Blume das Wasser, kurz bevor sie zu welken droht.
An diesem großartigen Montagmorgen, am 15. Oktober 1970, Punkt 8.00 Uhr stand ich, diesmal ohne Stempelkarte, in der riesigen Eingangshalle des großen, altehrwürdigen Barockgebäudes der Ecole des Beaux-Arts de Genève am Boulevard James-Fazy. Zum ersten Mal fühlte ich tief in meinem Innern, was es bedeutet, „nach Hause zu kommen".
Es konnte kein Zufall sein, dass ich in der Halle eines Palastes stand. So ist es immer, wenn man seine Bestimmung spürt: Du fühlst dich wie ein König. Keine Träume und Illusionen, keine Trennung zwischen dem, was ist, und dem, was sein sollte. Pures Hier und Jetzt. Niemals bis zum heutigen Tag werde ich diese Erfahrung vergessen. Sie wurde zu meinem Leitstern. Es ist die Erfahrung, die ich heute meinen Schülern zu vermitteln versuche. ES ist schlicht DAS, worum es geht: sein göttliches Selbst[4] und die Bestimmung in dieser Welt zu finden.
Ich kramte das Blatt hervor, das mir vom Sekretariat der Schule zugestellt worden war, und suchte die Nummer des Ateliers, wo die Neuen sich einzufinden hatten. Der Kursraum 12B sollte sich gemäß dem Plan im Erdgeschoss des Westflügels befinden. Also wieder die große geschwungene Steintreppe hinunter und dann dem Pfeil folgend nach links durch den hohen, von Kreuzgewölben überragten Flur, durch dessen Bogenfenster das Morgenlicht flutete.

Die Türe des Ateliers 12B, welches zur Brutstätte des Künstlers in mir werden sollte, stand offen, so als würde ich schon erwartet. Ich stand in einer lichtdurchfluteten, bestimmt acht Meter hohen Säulenhalle, deren Wände bis zur Decke mit lauter Gipsfiguren, Statuen, Büsten und Reliefs vollgestellt waren. Ich war nicht alleine. Es hatten sich schon einige Schüler eingefunden, man sprach wenig und staunte umso mehr. Beeindruckt von den heiligen Hallen der Kunst harrte man der Dinge, die da kommen sollten. Vor allem des Auftritts unseres Meisters: Professor Gérard Musy, Klassenlehrer und Sculpteur (Bildhauer), dessen Name ebenfalls auf meinem Zettel stand. Er kam, nur erkannten wir ihn zuerst gar nicht als unseren Lehrer. Dieser Mann, der da den Raum betrat, hätte auch der Hauswart sein können. Er war von kleiner, hagerer Statur. Damals sicher schon sechzig Jahre alt und, wie ich bereits erfahren hatte, mit Marie-Luise, einer 20 Jahre jüngeren Schülerin, verheiratet, was die Geschichte um seine Person umso prickelnder machte. Er hatte etwas von einem Bergsteiger und Naturburschen. In einer Benediktiner Kutte hätte er in meinem Drehbuch auch einen herrlichen Mönch abgegeben. An seinen Händen, welche denjenigen eines Maurers glichen, konnte man erkennen, dass er Bildhauer war. Ohne ein Wort zu sagen, legte er eine Zeichenmappe auf seinen Tisch und setzte sich gemächlich auf einen Stuhl zwischen die wartenden Schüler. Als wir vollzählig waren, schloss er die hohe Türe des Saales, kehrte auf seinen Stuhl zurück, schlug sein linkes über sein rechtes Bein und blickte vielsagend in die Runde. Die Morgensonne erfüllte die Halle mit magischem Licht. Auf geheimnisvolle Weise veränderte sich meine Wahrnehmung. Ich sank tiefer in mich hinein. Alles um mich herum wurde bedeutungsvoller, wesentlicher. Mein Blick schärfer. Nach einer Weile brach er das Schweigen, stand auf und sagte mit nüchterner, aber dennoch betroffener Stimme in seinem urigen waadtländischen Dialekt:

„Que pouvez-vous apercevoir dans cette salle, Mesdames et Messieurs?“ – „Was könnt ihr hier in diesem Raum erkennen, meine Damen und Herren?“

Verdutzte Blicke. Seine hellblauen und verschmitzten Augen funkelten neugierig und frech aus seinem hageren Mönchsgesicht. „Fällt euch etwas auf? Schaut genau hin!“
Erst jetzt erkannten wir in der Mitte des Raumes einen weißen Kubus von ca. 20 cm Seitenlänge. Einer der Schüler gab sich zu erkennen, stand auf und hob den Kubus vom Boden. Etwas skeptisch fragte er: „Meinen Sie diesen Kubus hier?“
Musy: „Du hältst hier gerade die Urform der dreidimensionalen Gestaltung in deinen Händen. Alles lässt sich auf einen Kubus reduzieren. Höhe, Breite, Tiefe!“
Er nahm dem Schüler den Kubus aus den Händen und hielt ihn nahe vor die Gesichter der Anwesenden.
„Siehst du die Frau in ihm? Den Stuhl, die Flasche, das Pferd, die Kathedrale, den Berg? Schau genau hin! Der Künstler sieht Dinge, die einem gewöhnlichen Menschen verborgen bleiben.“
Ich liebte ihn vom ersten Tag an. Das war sein Stil.
Er hatte uns in den ersten Minuten drei Dinge gelehrt: Stille, Wahrnehmung, Wissen. Die Grundlage jeder künstlerischen Gestaltung. Doch das ganz Große und Besondere an diesem Mann war, dass er dies, auch wenn er Worte benutzte, dennoch wortlos tat. Er vermittelte dieses Wissen als eine sinnliche Erfahrung, was sie tiefer und nachhaltiger machte. Es gab noch andere gute Lehrer, aber Gérard Musy hat mich tief beeindruckt und geprägt und bleibt mir in dankbarer Erinnerung für die Ewigkeit erhalten.

Sein selbst umgebautes Bauernhaus, das er irgendwann gekauft hatte, wirkte von außen beinahe ärmlich und unscheinbar. Es lag frei stehend auf grünem Weideland, im Schatten einer riesigen Eiche. Dennoch wohnte diesem unvergesslichen Haus ein ganz besonderer Zauber inne: eine Magie der Schlichtheit, wie sie gleichwohl von Musys Skulpturen wie von ihm als Mensch ausging.
Beim Betreten des Hauses gelangte man von außen direkt in die Küche mit einem gigantischen Kamin, in dessen ebenerdige Feuerstelle man

bei Bedarf die dicken Holzscheite nachschob, die weit in den Raum hinausragten.
Alles in diesem eher feuchten und dunklen Raum bestand aus Stein. Die weiß verputzte Natursteinmauer. Der unebene, mit gebrannten Tonkacheln gepflasterte Boden, der dicke, ungeschliffene Steintisch, wo wir uns des Öfteren bei Wein, Brot und Käse um den Meister versammelten. Er war kein Mann der großen Worte. Kein Philosoph. Obschon jeder sein großes intellektuelles Wissen erahnte, welches er aber niemals zur Schau trug oder gar gegen jemanden ausspielte. Er gehörte zu den Stillen im Lande. Vielleicht auch einer, der wie Sokrates von sich sagte: Ich weiß, dass ich nichts weiß. So lernten wir von ihm nicht durch das, was er sagte, sondern durch das, was er war.
Auch darin war und blieb er mir ein Vorbild bis zum heutigen Tag. Für mich ganz persönlich, aber auch für mich als Lehrer.
Wenn wir die Kamera nun auf sein Atelier richten, sehen wir eine große, alte, sechs Meter hohe Holzscheune mit Satteldach, die nahtlos an den Steintrakt mit der Küche und den Wohnräumen angebaut ist.
Das diffuse Licht fließt milde und sanft durch die uralten, schmutzigen, mit Spinnweben behangenen Sprossenfenster auf Hunderte von großen und kleinen Gips- und Steinskulpturen. In der Mitte des Raumes steht eine bis zu vier Meter hohe Gipsskulptur als Bleigussvorlage für einen öffentlichen Auftrag, an dem er gerade arbeitet. Das scheinbare Chaos von Figuren, Material, Werkzeug, Maschinen auf dem Boden, auf Eisengerüsten oder Tischen strahlt jedoch eine eigentümliche innere Ordnung aus. Eine geistige Noblesse und Demut, die wahrscheinlich aus Musys fundiertem Kunstwissen und seinem großen Respekt vor dem Handwerk hervorgeht.

Dass der Schweizer Filmemacher Alain Tanner, ein Freund von Musy, in diesem Haus Szenen für seinen Film „Le Retour d'Afrique" drehte, erstaunt mich keineswegs.
Als passende Musik zu den folgenden Szenen könnte ich mir sehr gut die Nocturnes von Chopin, gespielt von Daniel Barenboim, vorstellen.

Dieses atmosphärische Gemisch aus einer tröstenden Menge Ewigkeit, tiefer Dankbarkeit und einer Prise Melancholie passt genau zu der Landschaft am Ufer des Genfer Sees, aber auch zu meiner eigenen allgemeinen Stimmungslandschaft, in der ich mich damals befand. Denn mit der ersten Ahnung meiner eigenen Bestimmung wurde mir auch die Verantwortung und mit ihr das Ende meiner Kindheit bewusst. Zum ersten Mal waren die ersten Umrisse einer Identität auf dem bis dahin unbeschriebenen Papier meiner Psyche zu erkennen. Plötzlich war ich kein Versager mehr. Jetzt gehörte ich zu den Besten, später sogar zu einem kleinen Kreis von Freunden um Musy, die ihn oft in seinem Atelier in Jussy am östlichen Seeufer besuchen durften.

Chopins Klaviermusik lässt mich aber auch die köstlich-schmerzliche Einsamkeit allen künstlerischen Schaffens fühlen. Die Melancholie entspringt vielleicht dem Alleinsein des Außenseiters. Aber einmal ehrlich: Ist nicht jeder ein Außenseiter, der nicht mehr auf den öffentlichen Bühnen tanzt und den Scheinwerfern der Gesellschaft folgt, sondern seinem eigenen Licht, so wie mein geliebter Lehrer?

Musy starb am 16. Oktober 2004. Wie mir Marie-Luise, seine um 20 Jahre jüngere Frau, am Telefon mitteilte, in seinem Schaukelstuhl vor dem großen Kamin.

Kurz vor seinem Tod soll er noch gesagt haben: „La vie continue." – „Das Leben geht weiter."

Mit dem stillen Erlöschen seines Lichts hatte er damals das meine entzündet. „Merci, Gérard!"

Alles auf Anfang

Nach Christians Rückkehr 1974 aus Genf lebte er noch ein Jahr in seinem Elternhaus. Auch wenn er an einer renommierten Kunstakademie eine seriöse Ausbildung genossen hatte, war das nun allerdings immer

noch keine Garantie dafür, dass er damit auch Geld verdienen könnte. Nüchtern betrachtet stand Christian im Grunde immer noch bei null, wenn auch mit einem größeren Selbstbewusstsein.
Was jetzt? Wie sollte er mit seiner Kunst seinen Lebensunterhalt verdienen? In welchem Beruf könnte er seinen künstlerischen Background mit einem geregelten Verdienst verbinden?
Da gab es nicht viele Berufe, welche diese Bedingungen erfüllt hätten, und so dauerte es nicht lange, bis der Familienrat sich für eine Lehre als Werbegrafiker entschied.
Das war damals wie heute ein sehr angesehener und anspruchsvoller Beruf mit einem großen Maß an künstlerischen Möglichkeiten und ließ sich außerdem hervorragend mit der freien Kunst, im Fall Maiwald mit der Malerei verbinden.
Ein grafisches Atelier mit Niveau allerdings verlangt eine abgeschlossene Grafikerlehre mit Diplomabschluss an der Kunstgewerbeschule. Christian hatte einiges mehr zu bieten.
Der Eintritt in die Kunstgewerbeschule Zürich war für ihn nach der Kunstakademie Genf verständlicherweise ein Leichtes, aber auch ein Rückschritt. Im roten Schloss an der Beethovenstraße in Zürich, zuoberst unter dem Dach dieses altehrwürdigen Jugendstilgebäudes, fand er schließlich bei einem älteren Grafiker, Herrn Weber, einen Platz als Lehrling. In der Tat – das muss hier der Vollständigkeit halber gesagt sein – war er maßlos unterfordert. Da er im Gegensatz zu seinen viel jüngeren Mitschülern bereits volljährig war, machte er von seinem Privileg, seine Absenzen selbst unterzeichnen zu dürfen, denn auch regen Gebrauch.

Während dieser Grafikerlehre erbarmte sich mein Bruder meiner und gab mir für 1.000 Franken im Monat eine Stelle in seiner Baufirma als freischaffender Ideengeber und Projektentwerfer. An dieser Stelle: „Ganz herzlichen Dank, Felix, ich werde dir das nie vergessen!“

An diesem Tisch, der sich in einem edlen, abgewinkelten Turm-Erker mit Blick auf den See befand, sollte ich nun 5 Jahre ausharren. Und – man kann es kaum glauben – das tat ich auch. Es war eine unendlich lange Zeit, in der ich mich oft langweilte, aber auch sehr viel lernte. Damals gab es noch keine Computer. Zeichnen, illustrieren, entwerfen, gestalten, sogar Schriften entwerfen, alles musste von Hand gemacht werden. Dabei schulte ich aber das Auge, die visuelle Wahrnehmung und das zeichnerische Können, was mir später auch in der Malerei zugutekam. Wenn ich denn einmal das tat, was man von mir verlangte, und das war selten, denn der gute alte Herr war oft außer Haus und ich nutzte die Gelegenheit, in eigener Mission zu zeichnen oder leise Klarinette zu üben und dabei mit unendlich schlechtem Gewissen die Ohren zu spitzen, um die Schritte meines Chefs nicht zu überhören. Ja, und dann kam das, was kommen musste. Eines Tages wurde ich auf frischer Tat ertappt und nur deshalb nicht gefeuert, weil das Wenige, das ich machte, oftmals zu guten und bekannten Marken-Labels führte, für die natürlich nur er den Profit einsteckte.

Bea

Nun war schon mal eine realistische Basis geschaffen, und es kehrte endlich Frieden ein, wenn auch nur für kurze Zeit, denn anlässlich eines Kostümfestes, das ich in unserem Partykeller inszenierte, lernte ich Bea kennen, die meine erste Frau werden sollte, und es begann meine „Erwachsenenbildung", wie Ro, der verrückte Freund meines Vaters, einmal unsere Ehe nannte.
Ich kam als Pfarrer mit schwarzem Talar, Bea als leichtes Mädchen aus dem 18. Jahrhundert verkleidet. Dieses Gegensatzpaar versprach alleine schon eine dramaturgische Brisanz. Sie war damals Primarlehrerin und verdiente gut. Dass sie auch noch im Gemeinderat aktiv und politisch engagiert war, wusste ich damals leider noch nicht, aber im Kostüm sah sie kokett, frech und durchaus ansprechend aus.

Ich hätte auf mein Gefühl achten sollen, denn eine leise Ahnung mahnte mich, dass das nicht gut gehen würde. Wenn ich als durch und durch apolitischer Mensch gewusst hätte, dass sie auch Politikerin war, hätte ich das Schlimmste im letzten Moment noch abwenden können, denn für mich ist die Veränderung der Gemeinschaft nur durch das Individuum machbar – wenn überhaupt –, niemals im Kollektiv. Wenn sich der Einzelne verändert, dann verändert sich die Welt. Da war unsere Gesinnung schon mal grundverschieden.
Meine künstlerischen, spirituellen und irrationalen Charakterzüge ließen sich nur schwer mit ihren eher intellektuellen und von Bildung und Wissen geprägten Neigungen verbinden. Aber aus mir heute noch unverständlichen Gründen musste geheiratet werden. Natürlich musste es eine weiße Hochzeit mit allem Drum und Dran sein. Doch es wurde eine schwarze Tiefzeit mit düsteren Vorahnungen. Die Szene im Bus lässt mich heute noch erschaudern.
Wir, das Brautpaar, saßen auf der hintersten Bank alleine. Bea ganz in Weiß. Weniger wäre mehr gewesen. Sie sah sonst ungeschminkt und undrapiert viel hübscher aus. Jetzt war alles an ihr so künstlich wie der ganze riesige Aufwand, der mir im Grunde zuwider war. Das Peinlichste in dieser Szene war, dass ich plötzlich ein paar Barthaare auf ihrer Oberlippe zu entdecken glaubte. Ob das wohl eine symbolische Bedeutung hatte? Es fehlte das Wesentliche: die Liebe. „Ich bin in eine Falle geraten!“, fuhr es durch mich hindurch und ich fühlte bei diesem Gedanken, wie mir der kalte Schweiß auf die Stirn trat. Es war wie eine hellsichtige Vision. Realer als der Wahnsinn um mich herum. Ich konnte das Ende in genau fünf Jahren klar erkennen. Und so geschah es auch. Nach fünf Jahren waren wir geschieden.
Und wieder reißt mich ein neuer Gedanke aus der Illusion in die Wirklichkeit. Noch im Bus habe ich mir heimlich überlegt, wie ich es anstellen könnte, mich aus dieser Falle wieder zu befreien. Man kann sich ja vorstellen, wie mir da zumute war, als mich solche Gedanken zur falschen Zeit am falschen Ort überfielen.

Die Schwiegereltern weinten immer wieder abwechselnd an ihrem Tisch, während die Ländlerkapelle zum Tanz aufspielte. Irgendwie verstand ich sie, auch wenn ich sie überhaupt nicht mochte. Waren sie doch vielleicht die Einzigen, mit denen ich meine schreckliche Vorahnung teilte.
Wir fanden im Dorf eine kleine Wohnung im Erdgeschoss, stopften sie mit alten Erbstücken voll und taten irgendwie hilflos das, was alle taten, weil man es halt so macht. Doch warum befreite ich mich aus dem Gefängnis des Modehauses, um mich hier erneut in dasjenige einer schon zu Beginn zum Scheitern verurteilten Ehe zu pressen. Ich brauchte offenbar nochmals eine Portion Abschreckung.
Ich hatte in Genf die Bestimmung geschnuppert, das Licht am Ende des Tunnels gesehen. Ich war in meiner Kraft. Warum habe ich das alles für ein bisschen vermeintliche Liebe geopfert. Ich begann noch einmal bei null. Nein, eigentlich fiel ich unter null. Ich hatte mich verraten und mein Leben an die Wand gefahren.
In dieser düsteren und biederen Wohnung, wo man fremde Leute im Treppenhaus wie gute Bekannte grüßte und jeder brav seine Schuhe innerhalb des ihm zustehenden Platzes auf einen einheitlichen Gummirost stellte, hatte ich mir einen kleinen, wenig einladenden Raum als Atelier einrichten können. Ich kann mich aber nicht erinnern, dass ich dort auch nur einmal etwas gezeichnet oder gemalt hätte. Dominiert wurde der kleine, dunkle Raum von einer grässlichen alten Truhe, die ich von meinem Urgroßvater Eduard Maiwald, dem bekannten Maler im Jura, geerbt, und im Schlepptau dieses Möbels wohl auch noch einem versteckten Familienstolz und Standesdünkel, die ich offenbar nicht nur von meinem Vater, sondern auch von meiner Mutter übernommen hatte. Man war stolz auf seine Vorfahren. Immerhin hatten wir bedeutende Leute im Stammbaum, den mein Vater weiter führte. So hing denn auch an einer Wand dieses Möbellagers meine Ahnengalerie. Damals wusste ich noch nicht, dass es noch lange dauern sollte, bis ich dieses Karma endlich lostherapiert und überwunden haben würde.

Zu dieser Altlast gehörte definitiv auch diese geheimnisvolle Besessenheit von alten Häusern, deren Ursprung mir lange ein Rätsel war. Zum ersten Mal fühlte ich sie – damals noch unbewusst – im Haus meiner Großeltern in Sigriswil, etwas später beim Anblick des Gutshofs „Le Chable“ meines Onkels Erwin im Waadtland.
Die Initialzündung meiner Liebe zur spanischen Architektur verursachte allerdings mein Besuch bei Oswald in Südamerika, wo ich dann zum ersten Mal bewusst das Erbe der spanischen Kolonisation live erlebte, das Franziskanerkloster auf Haiti und Oswalds Fotosammlung seiner andalusischen Gutshöfe und Riads[49] in Marokko, die ich endlich zu Gesicht bekam.

So begann meine Vision, die mich bis ins fortgeschrittene Alter begleiten sollte. Ich träumte bei Tag und bei Nacht von mediterranen Villen mit Patios und verwunschenen Arkaden. Von eleganten, weiß gekalkten oder bunten Herrschaftshäusern mit römischen Ziegeln, die man durch ein nobles Bogenportal entlang einer Zypressenallee erreichte. Ich kaufte mir Fotobücher und Platten mit klassischer Gitarrenmusik, improvisierte Tanzschritte zu feurigen Flamenco-Rhythmen und schwelgte in meiner Fantasie im Schatten kühler, von weißen Vorhängen umschmeichelter Arkaden. Ich wusste noch nicht, dass diese Initialzündung ebenfalls die Grundlage für den fantastischen Realismus sein sollte, den Malstil, mit dem ich meine Malerkarriere begann.
All diese Bilder schienen mir so real, so vertraut und im Innersten so sehr zu mir gehörend, dass ich langsam, aber sicher anzunehmen geneigt war, in einem früheren Leben in solchen Häusern gewohnt zu haben. Es fühlte sich so an wie eine Erinnerung an ein besseres Leben und war um ein Vielfaches wirklicher als dieses biedere, enge Dasein mit dieser Schulmeisterin, die am Abend im Gemeinderat saß, während ich spanische Gitarrenmusik hörte, meinen Geist über die unendlichen Weiten Spaniens und Südamerikas gleiten ließ und den argentinischen Wein trank, den meine Frau bezahlte.

Später einmal soll sie einem Parteikollegen, der sie um ihren beachtlichen Lohn beneidete, geantwortet haben, dass man sehr reich sein müsse, um sich einen Künstler leisten zu können. Den Tag verbrachte ich in Zürich an meinem Tisch im Atelier Weber, am Abend war ich zu müde und zu unmotiviert, um noch einer freien künstlerischen Tätigkeit nachzugehen.
Anstelle von tierisch gutem Sex bot sich ein Bild des Grauens. Bea lag neben mir und verschlang Berge von Krimis, während ich mit weit aufgerissenen Augen auf den grässlichen Lampenschirm in der Mitte der Decke glotzte und mich erinnerte, dass meine Mutter mich im Zuge der Aufklärung dringend ermahnt hatte, wie wichtig das Gespräch zwischen Mann und Frau in einer Ehe sei.
Ich war also – trotz meiner ordentlichen Lehrstelle – in den Augen der anderen immer noch ein Träumer. So wie mein Vater begann jetzt auch meine Mutter langsam den Glauben an mich zu verlieren, während ich weiterhin nach Zürich fuhr, am Abend den grässlichen Lampenschirm an der Diele unseres Eheschlafzimmers anstarrte und das Ende meiner Grafikerlehre herbeisehnte.
Das Ende kam. Die Grafikerlehre hatte ich abgesessen, doch wusste ich eines ganz genau, dass ich niemals, auch keinen einzigen verdammten Tag als Grafiker in irgendeinem Werbeatelier verbringen würde, um bis an mein Lebensende unter fremden Namen und in fremde Kassen Layouts, Broschüren, Prospekte zu gestalten für Dinge, die niemand wirklich braucht.
Dass ich diese aus weltlicher Sicht destruktive Erkenntnis freilich als streng gehütetes Geheimnis für mich behielt, müsste ich eigentlich gar nicht erwähnen. Kaum auszudenken, was „die anderen“ von mir gedacht hätten, wenn sie ...
Gut, lassen wir das. In der Rückblende ist klar zu erkennen: Da war diese Spaltung zwischen „mir“ und „den anderen“. Die Spaltung zwischen dem, was ich wollte, und dem, was die anderen von mir erwarteten.
Durch den tiefen Wunsch nach Anerkennung getrieben, gab ich meiner Umwelt natürlich Macht über mich, was wiederum meinen Hass auf die

Peiniger provozierte. Das ist der Teufelskreis, der Preis der Anpassung. Langsam wurde mir klar, dass ich diesen Preis niemals zu zahlen gewillt wäre. Nicht einmal dann, wenn ich in den Augen der anderen zu jenen gehören würde, die „es geschafft" haben. Denn ES war für mich ganz etwas anderes. So tastete ich mich weiter auf meinen unsicheren Pfaden und folgte meiner inneren Stimme, dem Wegweiser meines Herzens, ins Ungewisse.

Doch wie so oft im Leben bringt der Wandel der Zeit auch den Dösenden die ersehnte Wendung. Meine Eltern kauften sich in Sigriswil eine Wohnung und überließen uns mein Elternhaus. Was für eine Perspektive. Nur, wer sollte das bezahlen, wenn nicht meine Frau? Und wie um Gottes willen sollte ich mich aus meiner Abhängigkeit von ihr befreien, wenn sie in Zukunft auch noch die Hypothekenzinsen zu berappen hatte. Doch diesmal siegte nicht wie in Genf die innere Stimme, sondern die Stimme der Sicherheit, Dummheit und Bequemlichkeit. Letzteres bestimmt. Diesmal machte ich es umgekehrt. Ich tat das Falsche für mich und das Richtige für die anderen.
Was dann geschah, war der lehrreiche Inhalt meiner Erwachsenenbildung, Teil 2: Wie man es nicht machen sollte.
Ich führte jetzt zwar ein tolles Leben mit Haus, Atelier und schönem Garten, doch es war ein Leben auf fremde Kosten. Ich reiste nach Südamerika, rauchte teure Davidoff-Zigarren, trank schweren argentinischen Rotwein vor unserem Gartengrill, auf dem köstliches Schweinefleisch schmorte, und das alles, während meine Frau den ganzen Tag hindurch die stressigen Kinder an der Backe hatte, abends ihrer Aufgabe als Gemeinderätin nachging und danach, völlig erschöpft, auch noch das römische Gelage ihres Künstlers aufzuräumen hatte.
Peinlich, ich weiß. Aber was soll's. Ich kann es nicht mehr rückgängig machen.
Nach dem Abschluss meiner Lehre als Grafiker tat ich das, was ich mir im Geheimen immer geschworen hatte: Ich arbeitete keinen müden Tag mehr in diesem Beruf. Ich war endlich frei und hatte Zeit, mich meinen

Künsten zu widmen. Auch wenn ich dies auf fremde Kosten tat, kann man im Nachhinein sagen: Meine Frau hatte gut investiert, auch wenn sie das damals wohl nicht so sah. Denn eines konnte man mir nicht vorwerfen: Ich habe nie tatenlos herumgesessen.
Im Gegenteil: Ich hatte oft bis tief in die Nacht hinein gearbeitet und konnte schon bald die ersten Erfolge als Maler und Jazzmusiker auf meinem Konto verbuchen. Ich hatte meine erste Galerie in Zürich, meine ersten Ausstellungen und sogar gute Kritiken.
Daneben machte ich immer noch gelegentlich Architektur-Entwürfe für die Baufirma meines Bruders und nahm einige grafische Aufträge an, vor allem Schriftzüge und Signets, wie zum Beispiel jenes vom Eishockeyclub unseres Dorfes, für den ich das Club-Label entwarf, das die Spieler heute noch auf ihren Trikots tragen.

Ich übte fleißig Klarinette, hörte Platten von bekannten Jazzklarinettisten, nahm Stunden und gründete die „Saratoga Jazzband“, die es offenbar noch heute gibt. Doch auch diese ersten Lichtblicke am Horizont meiner jungen künstlerischen Karriere konnten unsere Ehe nicht retten. Unsere Seelen lebten in vollkommen verschiedenen Welten. Während sie in ihre Schule und ihre politische Karriere flüchtete und immer mehr über ihren Durst trank, vergrub ich mich in meinem Atelier oder spielte mit meiner Jazzband in irgendwelchen Kneipen. Diese Flucht in die Arbeit hatte auch ihren Vorteil. Ich verdiente jetzt mein eigenes Geld, ich wurde unabhängiger und selbstbewusster.

Fantastischer Realismus

Vielleicht, weil ich immer schon ein guter Beobachter und Zeichner gewesen war, entwickelte sich meine Malerei immer mehr in die Richtung des fantastischen Realismus. Noch war ich kein richtiger Maler, sondern aufgrund meiner Ausbildung als Grafiker eher ein Zeichner. Ich hatte im-

mer schon für Dali, Magritte und die Surrealisten geschwärmt, weil die Inhalte ihrer Bilder meine Fantasie beflügelten und ihr Pathos meiner Liebe zum Theater und Film entsprach. Die fotorealistischen Elemente dieses Malstils sind wie Worte, sie erzählen Geschichten. Mehr noch, du kannst Stimmungen erschaffen, das Unmögliche möglich und tiefere Schichten des Unterbewusstseins sichtbar machen.
Die „Wiener Schule des Fantastischen Realismus" ist ein in den 1950er Jahren von Johann Muschik geprägter Begriff für eine Strömung in der österreichischen Kunst, die dem Surrealismus nahesteht.
Die Malweise ist nicht abstrahierend oder abstrakt und orientiert sich an der technischen Perfektion der alten Meister, die Motive sind fantastisch-unwirkliche Kreationen, manchmal mit schockierenden, apokalyptischen Inhalten, oft mit einer Orientierung am Manierismus. Ab der ersten gemeinsamen Ausstellung im Wiener Belvedere 1959, der bald weitere Ausstellungen auch im Ausland folgten, erzielte die Wiener Schule des Fantastischen Realismus ihren Durchbruch zu internationaler Bedeutung.
Als Begründer gilt der Wiener Maler, Schriftsteller und Professor an der Akademie der bildenden Künste in Wien, Albert Paris Gütersloh. Wichtige Vertreter: Arik Brauer, Ernst Fuchs, Otto Geiss, Friedensreich Hundertwasser, Paul Wunderlich, Mac Zimmermann.
Ihr Stil beeinflusste mich: In diesen überladenen, fantastischen Bildern, die ich damals malte, verarbeitete ich wohl – wie die Inder sagen würden – altes Karma, welches mich aus bis heute unerklärlichen Gründen in den hispanischen Raum führte.

Eines meiner repräsentativsten Bilder dieses Stils widmete ich meinem späteren Freund Eduardo Falu[34], dem bekannten argentinischen Gitarristen, dessen Musik ich zum ersten Mal in Montevideo bei meinem Gitarrenlehrer Ignacio Romero kennengelernt hatte. Meine stattliche Plattensammlung von ihm sorgte in manch schlafloser Arbeitsnacht für die nötige musikalische Kulisse. Ich nannte es: „Homenaje a Eduardo Falu" – „Hommage an Eduardo Falu".

Das Format war eigenwillig. Ich stellte ein Quadrat auf die Spitze, sodass sich das Bild als Rhombus darbot.
Es zeigt Falu in seiner für ihn typischen Haltung während des Gitarrenspiels. Die in sich geschlossene zentrale Figur ist wie aus Stein gemeißelt und schwebt über einem Dach aus römischen Ziegeln, welche nach hinten hin in den unendlichen Raum über dem Rio de la Plata langsam zu kleinen Schäfchenwolken mutieren.
Hinter der Figur im Mittelgrund hängt ein Bühnenbild mit arabischen Mustern an feinen Fäden, die vom Himmel herunterkommen und von einem kosmischen Marionettenspieler gehalten und bewegt zu werden scheinen.

Zuerst zeichnete ich mit einer Tuschefeder, wie sie damals, als es noch keine Computerprogramme gab, die Architekten benutzten, auf einem großen Papierbogen die bis ins kleinste Detail ausgeführte Zeichnung und kolorierte diese anschließend mit Wasserfarbe und spitzen Farbstiften. Dabei trug ich das Sakko meines Vaters, das mit dem Smokingkragen, mit dem er sich über mich beugte, als ich noch im Kinderwagen lag, jenem Paradies, aus dem ich scheinbar herausgefallen war und das mich nun wieder zu sich zurückrief.

Ich hatte ein Medium gefunden, welches meiner Fantasie tatsächlich unbeschränkte schöpferische Freiheit gewährte. Ich spielte Gott in meiner eigenen Welt und machte die Erfahrung, dass dem menschlichen Geist im Grunde alles möglich ist, was er sich vorzustellen vermag. Meine surrealistischen Bilder waren der beste Beweis dafür.

Da dieser Malstil unzählige realistische Vorlagen verlangt, verfügte ich schon bald über eine stattliche Sammlung mehrerer Ordner, gefüllt mit Fotos von Häusern, Patios, Klöstern, Kirchen, Palmen, der mediterranen Flora und Fauna und all den typischen Requisiten der hispanischen Szenerie. Mit beinahe wissenschaftlicher Akribie vertiefte ich mich in die südamerikanische Geschichte und fand natürlich gleich zu Beginn meiner Recherchen bestätigt, was jedes Kind weiß: Die Geschichte Südamerikas ist die Geschichte Spaniens. Das Land, das zum Ziel meiner Träume werden sollte.

Unser Freund Ro schrieb anlässlich meiner ersten Ausstellung folgenden Pressetext:
„Wer den Zwang kennt, sich mitteilen zu müssen, weiß um die Schwierigkeit, eine verständliche Sprache zu finden. Christian Maiwald hat sie, nach manchen Umwegen, offenbar gefunden.
Sich verständlich machen – der ursprünglichste Wunsch des Menschen –, mehr will Maiwald nicht. Aber er fände für diese Selbstverständlichkeit kaum Beachtung, hätte er nicht auch etwas zu sagen.
Er träumt, wenn er malt, und er träumt wie einer, der auf ein ‚Warum' stets nur ein ‚Darum' erfährt.
Mag sein, dass seine Fantasie ein Vehikel zur Flucht ist. Das stört nicht, denn bei Maiwald ist es keine Flucht aus der Realität, sondern in die Realität, denn er zeigt dem Betrachter jene Natur- und Schöpferkraft, die alles Sichtbare erschafft, variiert und kombiniert, um es bald darauf wieder zu zerstören, einfach aus Freude am Erschaffen, aus Lust am Spiel.
In seinen Träumen vernimmt er die Stimme seiner Seele.
Wer zu träumen wagt, wird ihm folgen. Und wer in den Horizonten seiner Bilder keinen Halt findet, soll sich fallen lassen. Irgendwo findet sich bei Maiwald ein Blatt, das ihn trägt."

In einer anderen Kritik der Zeitung „Der Zürichbieter" entdeckte ich unter dem Zeichen „GF" und dem Titel „Visionäre Fantasie" folgenden Text:
„Christian Maiwalds fantastischer Realismus führt in eine verfremdete Welt voll orgiastischer Visionen. Wie in Träumen fügen sich Bestandteile der realen Erlebniswelt zu bizarren Kompositionen, in denen das Bekannte neue Deutungen gewinnt. Etwas Atemberaubendes geht von diesen Bildern aus, die in des Wortes doppelter Bedeutung Tiefe besitzen. Naturformen wie Muscheln und Pflanzen kehren als Bildelemente häufig wieder, stilisiert in einer seltsamen, atmenden Starre. Oft verwen-

det Maiwald Rhomben aus Licht, in denen die Figuren wie verwunschen schreiten. Der Künstler erweist sich auch in den verschiedenen grafischen Techniken als Meister seines Fachs. Da stimmt jedes Detail der dichten Komposition. Die Geistesverwandtschaft mit Spanien – dem alten Spanien – ist unverkennbar; immer wieder tauchen spanische Motive auf, die etwas vom Geheimnis dieses für uns nie ganz fassbaren Landes einfangen, etwas von seiner Sinnlichkeit, aber auch von seiner Grausamkeit."
C. Friedli schrieb im Tagesanzeiger:
„Der Werdegang Maiwalds ist recht illuster: 1948 geboren, absolvierte er eine Lehre als Konfektionsverkäufer, lernte anschließend Klarinette und begann eine Ausbildung für klassische Gitarre. Darauf folgten Schauspielunterricht und bühnenbildnerische Aufträge. Während seines zweijährigen Aufenthaltes in Montevideo trat er mehrere Male im Fernsehen auf, mit eigenen Kompositionen im Stile der argentinischen Folklore und seines Vorbildes Eduardo Falu.
Die Ausbildung zum Maler genoss er an der ‚Ecole des Beaux-Arts' in Genf, woraufhin er noch eine Grafikerlehre an der Kunstgewerbeschule Zürich absolvierte. Bis vor Kurzem führte er ein künstlerisches Doppelleben als Maler sowie als Musiker. Nach den Hintergründen befragt, stellte er die beiden Betätigungen als sich ergänzende Gegenpole dar."

Der Höhepunkt jener Zeit war gewiss die Ausstellung in der Kunstkammer zum Strauhof in Zürich, zu der nur ausgewählte Künstler zugelassen wurden. Einer dieser stolzen Gewinner war ich.
Ich erinnere mich noch sehr genau an jenen eindrücklichen Moment, als der gefürchtete Kunstkritiker Dr. Fritz Billeter staunend vor einem meiner Bilder stehen blieb und in Anwesenheit aller beteiligten Künstler seinen Mitarbeiter fragte:
„Wie alt ist dieser Maler?"
Während dieser umständlich in seinen Papieren kramte, gab ich mich zu erkennen und beantwortete ihm seine Frage.
„Erstaunlich, das hätte ich jetzt nicht gedacht, denn das könnten die Bilder eines alten Mannes sein."

Er hielt inne und ließ seine fachmännischen Augen noch einmal aufmerksam über die Bilder schweifen. Nach einer Weile drehte er sich zu mir um und sagte tiefsinnig:
„Sie sind wohl eine alte Seele."

In jedem Menschenleben gibt es Höhepunkte. In meinem war diese Ausstellung bestimmt ein solcher. Dieser Satz von Billeter traf mich mitten ins Herz, denn ich fühlte, dass er recht hatte.
Ja, die Inhalte, die ich in meinen Bildern verarbeitete, waren so alt wie die Menschheitsgeschichte, und ich war mir fast sicher, dass ich die Facetten dieser Geschichte alle schon einmal durchlebt hatte.

Es gab noch andere erstaunliche Ereignisse zu jener Zeit. Ich hatte einen besonderen Traum. Ich träumte mehrere Male, dass ich an irgendeinem Strand in Spanien Picasso begegnete. Ich las zu jener Zeit gerade eine Biografie über dieses vielschichtige Genie, das mich schon immer fasziniert hatte. Einerseits war er dieser große Maler, der in einem Leben sämtliche Stile der Malerei brillant beherrschte, und andererseits dieser engstirnige, spanische Egozentriker. Er begrüßte mich wie ein guter Freund, machte ein paar Späße, legte dann seinen Arm auf meine Schulter und nahm mich mit in sein Atelier. Im Traum war er frei von seinem Ego und dieser ihm eigenen Arroganz. Er behandelte mich, den unbedeutenden Maler, wie einen Freund auf Augenhöhe. Die Begegnung mit diesem großen Künstler, auch wenn sie nur in meinem Traum stattfand, war für mich eine große Bestätigung und verlieh mir ein tiefes, unerschütterliches Vertrauen in mich selbst als Maler. Diese fantastische Begegnung war für mich wie eine erste Einweihung – von denen mir später noch weitere widerfahren sollten –, ein Ritterschlag. Einbildung, Wunsch oder Illusion? Egal. Für mich zählte nur die Wirkung.
Ein anderes Highlight stellte sich 1977 ein. An einem Punkt, als ich mich schon dafür entschieden hatte, mich aus der Musik zurückzuziehen, um mich ganz der Malerei zu widmen, erhielt meine Band die Einladung zum internationalen Jazzfestival von San Sebastian. Und das auch noch

in dem Land meiner Träume. Es war natürlich klar, dass ich diese Herausforderung annehmen wollte, denn ich hätte mir ganz bestimmt niemals verziehen, wenn ich diese große Chance zur Anerkennung ungenutzt gelassen hätte.

San Sebastian

INNEN/PERSONENBUS/NACHT/AUTOBAHN
Ich sitze mit den anderen Bandmitgliedern in dem kleinen Bus von Frank, unserem Posaunisten, auf der Autobahn Richtung Spanien. Wir haben soeben Perpignan verlassen und steuern auf die spanische Grenze zu. Und wie meistens, wenn eine Horde Männer, eng aufeinandergepfercht, sich langweilt, wird viel Blödsinn gelabert, und ich merke, wie das ganz und gar nicht zu meiner nachdenklichen Stimmung passt. Ich löse mich immer mehr von diesem Geräuschteppich des Stumpfsinns und bin bald in meinem eigenen Film. Während die Lichter der entgegenkommenden Autos in regelmäßigen Intervallen mein müdes Gesicht kurz erhellen, ziehen, wie so oft auf Reisen, Bilder meines Lebens an mir vorbei. Ich hätte vielleicht allen Grund, stolz auf mich zu sein. Ich habe mich trotz Schwierigkeiten „hochgearbeitet", ich habe ein bisschen etwas von der Welt erobert. Mein Traumgarten sieht nicht mehr so hoffnungslos aus, viele Pflanzen und Blumen tragen die ersten Knospen und mein Selbstbewusstsein ist zum ersten Mal dabei aufzublühen. Dennoch frage ich mich einmal mehr: Ist das jetzt alles? Ist es das, worum es geht?
Ich ärgere mich darüber, dass ich mich nicht einfach einmal nur freuen und auf das heitere Geplänkel der Kollegen einlassen kann.
„Warum kannst du nicht einfach Spaß haben?", frage ich mich selbst verärgert. Ich weiß irgendwie tief in mir: Spaß alleine genügt nicht. Spaß stillt niemals den Durst meiner Seele.
Keiner dieser Idioten hätte auch nur im Entferntesten bemerkt, dass ich soeben dabei bin, heiligen Boden zu betreten.

Ich hatte mir – ähnlich einer Jungfrau – das erste Mal irgendwie anders vorgestellt. Ich wollte mein Land feierlich, andächtig und bewusst betreten, stattdessen dringt jetzt kaltes, sengendes Kunstlicht in das Innere unseres stinkenden Busses und ein arroganter Beamter keift: „Pasaportes, por favor."
Es folgt ein Durcheinander von Stimmen, ein Gewusel von Ärmeln und Händen mit roten Schweizer Pässen. Alle gehen zum Fenster raus und kommen ein paar Minuten später zum gleichen Fenster wieder herein.
„Qué llevan ustedes ahí detrás?" – „Was führt ihr da hinten mit euch?", höre ich einen Beamten sagen.
Steff, der Trompeter fragt mich:
„He, Christian, du kannst doch Spanisch, oder?"
Ich sage dem Beamten, dass wir die Musikanlage mitführen und dass das Equipment unser Eigentum sei. Er erkennt meinen Rio-de-la-Plata-Akzent und fragt:
„Argentinier?"
Ich merke, wie stolz mich das macht, wenn mich jemand als Argentinier sieht. Aber ich halte inne, werde nachdenklich und sage dann unerwartet:
„Nein, Spanier."
Der Beamte lacht spöttisch:
„Aber sicher nicht aus dem Baskenland?"
„Nein, ich bin Andalusier."
Er lacht lauthals und sagt zu seinem Kumpel neben ihm: „Dann ist meine Schwiegermutter Norwegerin!"
Der Bus fährt los, Gelächter, Lichter, Lärm.
„Das ist also das erste Mal?", frage ich mich enttäuscht, denn das hat mit „meinem Spanien" nichts, aber auch gar nichts zu tun. Darüber nachzudenken ist leider unmöglich, denn mein Aufenthaltsort ist kein Kloster, sondern gerade ein äußerst weltlicher Bus voller Rauf- und Saufbolde.
San Sebastian liegt östlich von Bilbao im äußersten Norden der iberischen Halbinsel an der Bucht „La Concha" (deutsch: Die Muschel), deren Name von ihrer auffälligen Form herrührt. Die Mündung der Bucht

wird durch die Felsmassive des Monte Igueldo und des Monte Urgull begrenzt, in der Ausfahrt selbst liegt die kleine Felseninsel „Santa Clara". Wir kamen nachts in San Sebastian an. Noch sah ich nichts von der Stadt und nichts vom Meer. Wir hatten auch keine Zeit. Es galt, das Hotel zu finden, Zimmer zu beziehen. Außerdem mussten wir früh raus, Anlage aufstellen, Soundcheck, proben; am Abend war Auftritt. Dem Absacker in der Bar konnte ich in letzter Sekunde noch entkommen, um diese kostbare Zeit zu nutzen für eine erste Annäherung mit „meinem Land", auf meine Weise. Ich verließ fluchtartig das Hotel, atmete gierig die Sommernacht in mich ein, schlenderte neugierig durch die ersten Straßen und stellte fest, dass alles beinahe so aussah wie in Südamerika, nur ursprünglicher und älter. Hier war ich dem Original näher. Ich musste jedoch zurück ins Hotel. An Schlaf war wohl nicht zu denken. In dieser Hitze standen die Fenster alle offen. Eine leichte Brise bewegte von Zeit zu Zeit die durchsichtigen Vorhänge und ich sah den runden Mond, den Freund meiner schlaflosen Nächte. Ich fühlte seine Güte, seinen Trost; und plötzlich war sie wieder da, die Freude, ja und sogar ein bisschen Stolz, denn morgen würde ich in der Arena von San Sebastian mit meinen Kumpels, alles hervorragende Musiker, auf der riesigen Open-Air-Bühne stehen, Klarinette spielen und singen. Der Auftritt würde von Radio und TV übertragen. Was noch vor Kurzem ein von allen belächelter Traum war, wurde nun Realität, und das auch noch in Spanien. Was für ein verrücktes Leben. Als ich nicht schlafen konnte und hinunter in die Bar ging, um vielleicht noch einen Kumpel anzutreffen, waren alle schon weg und ich mit dem Barmann alleine.
Ich gönnte mir noch einen Cognac und prostete meinem Meistercineasten zu. Danach schlief ich gut.
Am Morgen weckte mich die spanische Sonne, und wie es ihr gebührt, war schon ihr erster Strahl erbarmungslos heiß, und ich dachte an die langen Schatten Dalis.
Nach dem Frühstück stiegen wir alle in den Bus ein und kurz danach an der „Plaza de la Trinidad" wieder aus.

Als ich am Abend in der historischen Arena auf dieser gigantischen Bühne, die für die Rolling Stones hätte sein können, im Scheinwerferlicht stand und auf die Menschenmenge blickte, ließ sich ein äußerst mulmiges Gefühl beim besten Willen nicht vermeiden. Ich sah die Kameras und wusste: Jetzt gibt es kein Zurück. Ich hörte die Taktstöcke unseres Schlagzeugers, wir spielten das erste, das zweite, das dritte Stück, und beim vierten war ich mit meinem Song „Some of These Days", dem All-Star-Klassiker von Shelton Brooks, an der Reihe.

AUSSEN/AUF DER GROSSEN BÜHNE/NACHTS
CHRISTIAN STEHT ALLEINE IM LICHTKREIS DES SCHEINWERFERS

Zwei Kameras schwenken ganz in meine Nähe. Jetzt presse ich das Mundstück meiner Klarinette zwischen meine Zähne, warte auf die Taktvorgabe des Schlagzeugers, die ist bei diesem Stück sehr wichtig, denn ich habe einen Auftakt alleine. Der gelingt, die Band setzt ein, und mein rauchiger Acker-Bilk-Sound breitet sich nun in seiner ganzen Fülle, durch beste Mikrofone dutzendfach verstärkt, getragen von einem perfekten, geilen Rhythmus-Sound als Crescendo[31] über die Zuschauermasse im Stadion aus in die sternenübersäte Nacht.
Nach dem Solo mit der Klarinette kommt mein Gesangspart.
Ich stelle mein Instrument in den Ständer, löse das kabellose Gesangsmikrofon aus der Halterung und setze es an meinen Mund.
Es ist kaum zu beschreiben, was für eine wahnsinnige Erfahrung das ist, wenn du deine Stimme plötzlich in den Boxen eines derart großen Stadions hörst. Du könntest glatt dem Größenwahn zum Opfer fallen. Ich falle vielmehr in Trance, jede Nervosität fällt von mir ab und ich tue etwas, was nicht vorgesehen ist. Ich steige von der Bühne hinab und laufe durch die Sitzreihen im Zuschauerraum, gefolgt von den Kameras, so wie ich es von großen Popstars im Fernsehen gesehen habe.
Ich singe für schöne Frauen, setze mich auf einen freien Stuhl, improvisiere das Thema auf Spanisch, das Publikum tobt. Ich bin ein Star!

INNEN/TAXI/TAG/MUSIK AUS DEM RADIO

Am andern Tag sitze ich in irgendeinem Taxi in Richtung Hotel, immer noch wie betrunken von dem Erlebten, immer noch sprachlos. Wer noch nie auf so einer Bühne gestanden hat, kann sich das niemals vorstellen, auch wenn man ihm diese Geschichte noch so bunt und mitreißend erzählt. Aber ich habe sie erlebt und dafür bin ich dem Herrgott unendlich dankbar, denn ein gelebter Traum fällt mühelos von dir ab.
Ich hatte es geschafft.
Jetzt war ich jemand.

Das Autoradio läuft. Spanische Flamenco-Musik und laute Werbung wechseln einander ab. Diese mediterrane Geräuschkulisse gehört zu Spanien wie der Stierkampf. Nach den Nachrichten verkündet plötzlich ein Sprecher Tonproben vom Jazzfestival und dann geschieht das Unfassbare: Ich höre mein Klarinettensolo und dann meinen Song „Some of These Days" und den frenetischen Applaus des Publikums.
Mir stockt der Atem und ich rufe laut im Fond:
„Das bin ich! Das ist meine Stimme!"
Der Chauffeur schaut in den Rückspiegel und fragt gleichgültig:
„Qué dice?" – „Was sagen Sie?"
Atemlos gebe ich zurück:
„Dieser Song, der da soeben im Radio lief, das war ich, den habe ich gesungen. Das war meine Band. Die haben das gesendet, Wahnsinn, oder?"

Das Gesicht des Chauffeurs bleibt unbeteiligt und regungslos.
Das Ausbleiben jeglicher Resonanz und Anerkennung trennt mich vom Rest der Welt, wirft mich jäh auf mich selbst zurück, ich höre nichts mehr. Es ist, als hätte ich zwei große Pfropfen in meinen Ohren. Dann der Schock: Im Rückspiegel sehe ich mein eigenes Gesicht und gleich darauf – für die Dauer eines Wimpernschlags – diesen magischen Blick in den Innenhof des Klosters auf Haiti, gefolgt von jener alten mahnenden Stimme, die mir Einhalt gebietet.
Was folgt, ist Stille.

Ich halte den Atem an, falle zurück in meinen Sitz und erkenne, dass aller weltlicher Erfolg, alles Erreichte, Erlebte, Erfahrene, Gefühlte und Gedachte leer und vergänglich ist und die Sehnsucht nach Freiheit und Heimkehr niemals zu stillen vermag.
Erstaunlicherweise fühle ich mich erleichtert. Nach einer Weile sehe ich das Gesicht des Chauffeurs erneut im Rückspiegel, doch diesmal lächelt er. Dieser Taxifahrer wird meinen Weg noch einmal kreuzen.

Patio – Stirb und werde: Klappe, die erste

Bevor die Geschichte nach meiner Rückkehr von meinem Triumphzug aus Spanien in die Schweiz weitergeht, sei mir an dieser Stelle zunächst noch eine kurze Erklärung des Titels erlaubt, der im Buch wiederholt anzutreffen ist.
Dieser Ausdruck „Klappe[25], die erste" ist der Filmsprache entliehen. Bevor gefilmt wird und die Schauspieler spielen, wird vom Materialassistenten auf dem Set die Filmklappe geschlagen und auch auf dem Filmmaterial aufgenommen. Auf der Klappe steht der Name des Films, in unserem Falle „Patio", dann der des Regisseurs und der des Kameramanns. Zudem kann man das Datum des Drehtages, die Szenennummer, die Anzahl der Kameraeinstellungen und die Nummer des Versuchs, in unserem Falle „Stirb und werde: die erste, die zweite und die dritte", von der Klappe ablesen. Die Klappe ist zum einen dazu da, Bild und Ton im Schneideraum zu synchronisieren, und zum andern, dass der Cutter weiß, welche Szene aufgenommen wurde und an welche Stelle des Filmes sie gehört.
Der Szenentitel „Stirb und werde" bezieht sich auf den schmerzlichen Prozess der Verwandlung, welcher jedem natürlichen Wachstumsprozess vorausgeht, wie z. B. in der Alchemie, wo die angestrebte Verwandlung von Blei in Gold als Metapher für die Seele verstanden wurde, welche befreit wird von ihrem bleiernen Zustand und so ihr eigenes Licht erkennt, das Licht des reinen Geistes.

In die Schweiz zurückgekehrt, stand mir dieser schmerzliche Prozess noch bevor. Ich wusste, dass mich mein Erfolg nicht über meine misslungene Ehe hinwegzutrösten vermochte. Hilflos zwischen zwei Welten hin und her gerissen sah ich zu, wie das, was ich in meiner kleinen Welt aufgebaut hatte, auseinanderfiel: meine Ehe, meine Erfolge, meine Überzeugungen.

Nach jenem legendären Auftritt in San Sebastian verließ ich – gemäß meinem Lebensmotto „Alles oder nichts“ – meine Jazzband und spielte danach keinen einzigen Ton mehr.

Ich konnte die Monologe und Besserwisserei von Bea, den Spott ihrer Politikerfreunde und ihre zynischen Eltern, die immer gegen eine Heirat mit mir gewesen waren, nicht mehr ertragen. Mein durchaus ansehnliches, geräumiges Elternhaus mit Garten wurde für uns zum Gefängnis. Bea war damals immer länger weggeblieben, bei Freunden aus ihrer Partei. Dabei war auch ein junger Mann. Mit selbigem hatte sie mich dann betrogen. Die Konsequenz daraus liegt auf der Hand: Nach fünf Jahren wurde diese Ehe in gegenseitigem Einvernehmen geschieden.
Tief betroffen stellte ich fest, dass meine bemerkenswerten Erfolge, die doch eigentlich Beweis genug hätten sein sollen, dass ich etwas zu leisten imstande war, meinen Durst nach Liebe und Selbsterkenntnis nicht gestillt hatten. Da öffnete sich ein tiefer Schlund in meiner Seele. Aber nicht jener lichte Abgrund der Stille und Erlösung, sondern dieser dunkle, ausweglose Schlund der Verzweiflung, der mich zu verschlingen drohte.
Am tiefsten Punkt meiner Krise sehe ich mich in dieser sternenklaren Nacht irgendwo in den Bergen mit dem Tod und mit meinem Atem ringen. Verzweifelt schrie ich in die Nacht hinaus und flehte Gott an, dass dieser Schmerz endlich ein Ende haben möge. Erstaunlicherweise war es in dieser Krise nicht, wie meistens, meine gute Mutter, die mir beistand, sondern mein strenger Vater, der eines Tages mit einer Flasche Whisky und einer Stange Zigaretten mein Atelier betrat. So zeigte er sein Mitge-

fühl. Allerdings, das war typisch und die Erinnerung köstlich, streckte er mir nach einer Weile einen Umschlag mit dem Kommentar entgegen:
„Das soll ich dir von Mama geben."
Ich öffnete und las den Spruch, den sie neben ein Bild von Caspar David Friedrich von Hand geschrieben hatte:
„Trauer ist der Ruf des Herzens nach der Heimat."
Wie nahe sie mir in diesem Augenblick war!

Ein Jahr später kaufte mein Onkel Oswald unser Haus. Ich blieb in meinem Atelier im Dachgeschoss zur Miete. Der einzige Strohhalm, an dem ich mich festklammern konnte, war der Alkohol, der kleine Anteil aus dem Verkauf unseres Hauses, den wir Brüder von meinen Eltern als Vorerbe erhielten, und natürlich meine treuen Begleiter: die Malerei und mein Traum vom Haus mit Innenhof.

Der Bau des Hausmodells

Eines Nachts geschah es, dass mir meine Fotos von jenem Franziskanerkloster auf Haiti in die Hände gerieten. Diesem heiligen Ort, wo ich im kühlen Schatten der uralten Mauern übernachtet und in den Schichten ihrer Patina gelesen hatte wie in einem uralten Buch: die Geschichte von Aufbau und Zerfall, von inbrünstiger Frömmigkeit und blinder Gier, die Geschichte Spaniens eben. Ich erinnerte mich wieder an jenen unvergleichlichen Blick in den Innenhof, der mir als Mahnmal meiner Lebensbestimmung in unvergesslicher Erinnerung blieb.
Angeregt durch die erste Dosis Spanien, die wiederholten „Zeichen von oben", getrieben von dem unbändigen Wunsch nach Haus und Heimat, beschloss ich in jener Nacht, dieses kleine, idyllische Kloster im Maßstab 1:50 als Modell nachzubauen. Es eignete sich deshalb sehr gut als Vorlage, weil es eine überschaubare Größe besaß und mir, in meinem gänzlichen Realitätsverlust, bezahlbar schien. Die Arkaden im Erdgeschoss

umschlossen nur auf drei Seiten den Innenhof, der nicht größer als acht mal acht Meter war. Die Idee war, dieses Kloster meinen Bedürfnissen anzupassen und als Atelierhaus zu konzipieren. Schon bald verließ ich meine haitianische Vorlage. Ich schaute mir andere Klöster und Innenhöfe an. Meine Recherche führte mich in der Geschichte des Innenhofs[69] zurück zum Atrium der Römer und schließlich zu den Riads[49] der Araber. In einem wunderschönen Buch über den Islam las ich, was die Muslime zu sagen pflegen: „Innenhöfe sind das Fenster zum Himmel." Dieser Satz rannte bei mir natürlich eine weit offene Türe ein. Ich forschte begierig weiter und landete am Ende im heißen Süden Spaniens.
Andalusien stand von allen spanischen Regionen am längsten unter islamischer Herrschaft. Ihre Blüte erreichte diese unter dem Emirat von Córdoba, dem Kalifat von Córdoba sowie unter den Nasriden im Emirat von Granada. Die Einflüsse der Muslime sind auch heute noch vor allem in der Architektur zu sehen: Als bekannteste Beispiele wären die Alhambra in Granada, die Mezquita von Córdoba und die Giralda in Sevilla zu nennen. Erst die Reconquista 1492 beendete die Herrschaft der Mauren in Spanien. Ein wunderbares Universum für meinen Geist und ein Schlaraffenland für meine Fantasie erschlossen sich mir. Der Höhepunkt meiner architektonischen Abenteuerreise war der Moment, als ich den spanischen Kolonialstil entdeckte, dem all die eleganten Villen und Herrschaftshäuser angehören, die ich in den Städten Südamerikas entdeckte. Ich weiß nicht warum, aber beim Anblick eines solchen Hauses läuft mir noch heute dieser Schauder der Erinnerung an ein mögliches früheres Leben den Rücken hinunter, das wohl für immer ein Rätsel bleiben wird.

In der Rückblende sehe ich mich, wie ich nächtelang wie in Trance zwischen Zigarettenstummeln, Whiskyflasche und Plänen irgendwelche Teile des Hauses zusammenklebte. Ich konnte nicht anders. Einem fleißigen Biber gleich, baute und werkte ich unermüdlich.
Es ging ums Überleben, Sein oder Nichtsein. Es war, als setzte ich all die auseinandergebrochenen Teile meines verloren geglaubten Selbst

zusammen. Wie benommen suchte ich nach Vorlagen, Fotos, Zeichnungen und Texten, schnitt Einzelteile aus, klebte verzweifelt Karton und Holz zusammen, so als wären es zerrissene Pergamentfetzen eines alten Goldgräberplanes, auf dem die Stelle eingezeichnet war, wo der Schatz, das Gold verborgen liegt.
Nur zwei Menschen wussten von meinem Geheimnis: Dimitrios Yannakopoulos, von mir Dimis genannt, und mein Bruder Felix.
Dimis, der Grieche, war Architekt und mein Lehrer an der Kunstgewerbeschule, ausgerechnet für Geometrie, das Fach, in dem ich eine absolute Null war und von ihm denn auch immer die schlechtesten Noten bekam.
Beide hatten offenbar ein Herz für Verrückte, für Träume und Visionen und vor allem das Wissen, wie man Häuser baut, was ich denn auch vollumfänglich zu nutzen wusste. Ich bedrängte die beiden immer wieder mit technischen Fragen, denn ich wollte ja, dass dieses Haus irgendwann irgendwo steht und hält. Allerdings, so wirklich realistisch war das Projekt im Grunde nie, denn ein Gebäude in diesem Ausmaß hätte ich wahrscheinlich ohne Lottogewinn niemals finanzieren können. Dennoch blieb ich stur am Ball. Beide wussten das natürlich, aber sie haben mich trotzdem immer unterstützt. Meinen Bruder allerdings kostete ich den Restvorrat an Nerven. Mit dem Beginn des Baues an meinem Modell war ich an seinen Projekten nicht mehr interessiert. Er wird wohl jenen Tag verflucht haben, als er mich in seine Firma holte.
Ich beendete meine begonnenen Entwürfe für ihn nur noch halbherzig, stritt mich mit einem seiner wichtigsten Partner und wurde am Ende für seine Firma, wie man so schön sagt, „untragbar“. Und wie schon oft in meinem Leben, als ich mich nicht mehr anzupassen gewillt war, genoss ich das irgendwie heimlich, untragbar zu sein. Ich wollte ja im Grunde auch gar nicht mehr „getragen“ und dafür manipuliert werden, sondern auf eigenen Beinen stehen.
Zum ersten Mal konnte ich mich nun ganz meinen „freien Künsten“ – was immer das hieß – widmen. Ich arbeitete an meinen kleinformatigen Bildern auf Karton im fantastischen Realismus und gleichzeitig an meinen Plänen und dem Modell.

Irgendwann besuchte ich, wie schon so oft, die Zentralbibliothek in Zürich, diesmal weil ich nach Vorlagen für die weltbekannten Innenhöfe von Córdoba suchte.
Als ich an jenem Frühlingsmorgen die Bibliothek verließ, passierte mir wieder einmal eines jener Wunder, von denen ich glaubte, dass sie sich enttäuscht und für immer von mir abgekehrt hätten.
Ganz in meinen hispanischen Traum vertieft, stand ich auf dem Zähringerplatz und blickte in die großen lichten Baumkronen über mir in der Hoffnung, einen der ersten Sonnenstrahlen auf meinem Gesicht zu spüren. Nach einer Weile senkte ich wieder meinen Kopf und dann geschah das Unglaubliche: Meine Augen blieben wie gebannt an einem Plakat des Theaters am Hechtplatz hängen, und ich sah sein Bild und las seinen Namen:
Eduardo Falu – Untertitel: „Der große argentinische Gitarrist in Zürich".
Dass ich dieses Konzert natürlich besuchte, brauche ich hier wohl nicht zu erwähnen. Allerdings ist das, was mir dort mit diesem Mann nach dem Konzert in seiner Garderobe passierte, mehr als erwähnenswert, denn diese Szene ist wie alle Geschichten in diesem Buch nicht erfunden und konstruiert, um die Story aufzupeppen, sondern tatsächlich so passiert. Auch dass in dieser Zeit zufällig gerade eine Vernissage für eine Ausstellung bevorstand, in der ich zum ersten Mal meine „Hommage an Eduardo Falu" ausstellte, entsprach den Tatsachen und war im Drehbuch meines Lebens genau so vorgesehen.

INNEN/THEATER AM HECHTPLATZ/ABEND
CHRISTIAN IN DER VORDERSTEN REIHE SITZEND

Schon früh habe ich mir für diesen großen Moment einen Platz in der vordersten Reihe reserviert. In meinen schweißnassen Händen halte ich das Programm und die Einladung für meine Ausstellung, auf der das Original meiner Hommage groß und in Farbe abgebildet ist.
Gebannt hängt mein Blick an seinen Händen, mein Ohr an seiner Stimme und seiner Gitarre. Wie kann es sein, dass dieser große Mann, diese

Stimme Argentiniens, die Seele Südamerikas, mein Polarstern, hierher zu mir kommt, in die Schweiz? Was hat das zu bedeuten? Ist das ein Zeichen? Wenn ja, wie soll ich es deuten?

Ich weiß nicht mehr, wie ich es angestellt habe. Ich weiß nur noch, dass ich nach dem Konzert so überwältigt bin, dass ich selbstvergessen irgendwie den Weg hinter die Bühne zu seiner Garderobentür finde und anklopfe. Die Türe öffnet sich und ein großer, reifer und warmherziger Mann begrüßt mich so, als würde er schon auf mich warten:
„Hola señor, entre por favor, en qué le puedo servir?“ – „Guten Abend, kommen Sie herein. Was kann ich für Sie tun?“
Ich merke, wie ich keinen Ton herausbringe. Ich weiß nicht, ob ich reden, weinen oder schweigen soll.
„Bitte, setzen Sie sich“, sagt dieser argentinische Aristokrat. Ich kann mich nicht setzen. Noch im Stehen merke ich, dass der Moment wieder gekommen ist, wo sich mir die Kehle zuschnürt und ein uraltes, haltloses Schluchzen aus den tiefsten Schichten meiner Seele langsam, aber unaufhaltsam aufsteigt und sich jetzt mit größter Wucht entlädt. Ich kann nur noch sagen:
„Ich heiße Cristiano, ich war in Montevideo und habe Ihre Musik ...“
An dieser Stelle muss ich in seinen Armen schluchzend zusammengebrochen sein.
Nun kommt nicht der erwartete Moment der Blöße und Peinlichkeit. So als wäre mein Auftritt das Natürlichste der Welt, lässt mich Falu in seinen Armen ausweinen. Seine väterliche Ruhe geht auf mich über. Ich habe zum ersten Mal den Vater, den ich mir immer gewünscht habe. Mehr noch einen Freund, einen Künstler, ein Vorbild, einen Gott. Ich fühle mich in seinen Armen so, wie wenn ich heute in Gockhausen unter meiner Stieleiche stehe. Urgeborgen. Urgeliebt. An dieser Stelle merke ich gerade, wie mir heute noch beim Schreiben die Tränen in die Augen treten, wenn ich an diese Szene denke. Er lässt mich auf einem Stuhl Platz nehmen und bietet mir eine Tasse heißen Tee an. Er schickt sogar andere Personen, die ihn sehen oder ein Autogramm von ihm haben

wollen, vor der Türe freundlich weg. Dann setzt er sich zu mir und fragt mich mit seiner tiefen Stimme:
„Bueno, amigo, qué te pasa?“ – „Okay, mein Freund, was ist los?“
Er hört sich interessiert, wach und voller Mitgefühl meine Geschichte an.
Wie ich zum ersten Mal in Montevideo seinen Namen höre, wie seine Musik mir den Zugang zur südamerikanischen Seele eröffnet und wie ich – zurück in der Schweiz – beim Malen immer wieder seine Platten auflege.
Umständlich krame ich aus irgendeiner Tasche die Einladung zu meiner Ausstellung.
Er betrachtet das Foto, dann erkennt er plötzlich sich selbst als Fels und sagt verwundert:
„Mensch, das bin ja ich. Das ist großartig. Gracias!“
Er besucht meine Vernissage. Kurz darauf, bevor er nach Argentinien zurückfliegt, treffe ich ihn noch einmal in seinem Hotel.
Ich werde diesen Mann niemals vergessen. Ein großer Musiker, eine argentinische Legende und dennoch bescheiden, wie ein Baum. Keine Spur von Dünkel oder Überheblichkeit. Was ich in ihm sehe und erkenne, ist: GRÖSSE, die IST, hat es nicht nötig, sich aufzuspielen, weil sie sich selbst genügt.
Unmittelbar nachdem ich diesen Text fertig geschrieben habe, maile ich Jury Clormann, seinem Meisterschüler, der Falus Musik wie kein anderer spielt und mit ihm auch einige Konzerte veranstaltete.
„Dieser Text will, ja muss zu Dir. Für Dich in warmer, dankbarer Erinnerung, Gruß Christian.“
Kurz darauf erhalte ich seine Antwort:
„Lieber Christian, schön! Ganz herzlichen Dank, ich weiß es noch wie heute; ... und nun sind Deine Worte ein Nachruf, ein schöner Nachruf! Du weißt, dass Eduardo nicht mehr lebt? Nochmals danke und einen lieben Gruß, Jury.“

Die Ausstellung ist ein voller Erfolg. Das Bild „Homenaje a Eduardo Falu" wird für 4.800 Franken verkauft, und kurz darauf steht vor mir auf meinem Arbeitstisch mein andalusisches Patiohaus.
Dieses Beispiel zeigt eindeutig, dass Verzweiflung durchaus eine kreative Kraft sein kann.
Dieselbe Kraft, die alles zerstören kann, lässt, in schöpferische Bahnen gelenkt, etwas Neues entstehen und sogar Wunder bewirken. So als hätte er meinen Hilferuf erhört, fiel dieser große Musiker, der Stern, der für mich die lateinamerikanische Seele verkörperte, vor meinen Augen auf die Erde, in mein Leben, um mich aufzurichten und um gleich darauf wieder zu verlöschen.
Die Lebenskraft kann töten oder gebären, krank machen oder heilen und Wunder vollbringen.
Ich hatte die Gnade, dass mir in meinem Leben Letzteres zuteil wurde und dachte:
Das kann doch alles nicht wahr sein!

Concierto de Aranjuez

INNEN/ATELIERHAUS AM ADLISBERG/TAG

12. November 2010. Aus meinem CD-Player strömt sanft das Allegro des Conciertos de Aranjuez[59] in den hohen Raum. Welch tiefe Schönheit, Lebensfreude und Dankbarkeit dem Leben gegenüber geht von dieser Komposition aus!

Durch das Oberlicht, das den freien Himmel über mir preisgibt, sehe ich die schnell vorbeiziehenden Wolken. Die musikalische Kulisse könnte nicht passender, kein Musikstück, kein Instrument als die spanische Gitarre geeigneter sein, um mein Herz so tief zu berühren. Auf den Flügeln dieser Musik gleitet mein Geist zurück in die Vergangenheit, jene Zeit meiner großen Sehnsucht nach Spanien. Diese Sehnsucht nach dem verlorenen Paradies, nach Erlösung und Heimkehr – die in meiner Fantasie am Mittelmeer, der spanischen Landschaft und Kulturgeschichte, ihre perfekte Entsprechung fand.

Das Grundthema der Oboe zu Beginn des zweiten Satzes, welches dieses Konzert weltbekannt gemacht hat, entführt mich in einen zeitlosen Raum der Liebe und des Friedens mit diesem schönen Erdenleben. Vertrauensvoll lasse ich mich tragen von den beruhigenden Akkorden der Gitarrenbegleitung, hinaus in den hispanischen Raum. Vor meinem inneren Auge öffnet sich erneut diese faszinierende, unendliche Landschaft. Im Kreislauf von Werden und Vergehen tauche ich hinab in die legendendurchdrungene Szenerie dieses frucht- und furchtbaren Spaniens, das damals zum Land meiner Träume werden sollte.

INNEN/ZENTRALBIBLIOTHEK ZÜRICH/GROSSER SAAL/ABEND

Mit dem Modellkoffer in der einen und einem Sack Bücher, die ich zurückbringen will, in der anderen Hand betrete ich den Lesesaal und halte nach der Bibliothekarin Ausschau, der ich voreilig versprochen habe, das fertige Werk, das Grund für meine Studien war, zu zeigen. Das ist leider eine meiner Schwächen, dass ich das Objekt meiner Begeisterung oft allzu schnell mit andern zu teilen geneigt bin, anstatt Dinge, die mir heilig sind, für mich zu behalten, um mich zu schützen. Gott sei Dank ist niemand am Empfang. Ich packe meine Leihgaben aus und lege die kostbaren Fotobücher behutsam auf den Tisch. Plötzlich taucht unweit neben mir eine Frauengestalt auf, die eindeutig nicht die Bibliothekarin ist. Ich sehe sie aber nur von hinten. Sie hat wunderbare lange, schwarzblaue Haare, deren Glanz in der hereinfallenden Abendsonne ein unwiderstehliches Stimmungsbild weiblicher Anmut in den großen, nüchternen Lesesaal zaubert. Ich will gehen, doch der Anblick dieser Frau hält mich zurück. Ich merke an ihrer Körperhaltung, dass sie sich beobachtet fühlt, denn in diesem Moment dreht sie sich nach mir um und sieht das Buch von der Alhambra[48]. Ihre Ausstrahlung haut mich um. Sie ist unverkennbar der spanische Frauentyp. Wie die Carmen von Bizet, sinnlich, weiblich, wild. Mit einem unwiderstehlichen Körperbau. Das Licht im Saal ist noch milder geworden. Wir schauen uns lange in die Augen. Dann sagt sie in gebrochenem Deutsch:

„Sie machen mich verlegen, Señor."

„Sind Sie Spanierin?" Etwas Originelleres fällt mir leider nicht ein.

„Ich heiße Cristiano. Was machen Sie denn hier?"

„Ich arbeite für meinen Onkel und suche Unterlagen für deutsches Recht ..."

Sie entdeckt meinen Koffer und unterbricht sich mitten im Satz:

„Was haben Sie denn da in diesem Holzkoffer?"

„Was meinen Sie, dieser Holzkoffer, ach so! Ja, mmh, das ... das ist mein Geheimnis."

„Und, verraten Sie mir Ihr Geheimnis nicht, Señor Cristiano? Übrigens, ich heiße Luiza."

Luiza schaut auf den Koffer.

Ich antworte unschlüssig:

„Jeder Mann sollte ein Geheimnis haben. Ich weiß wirklich nicht ..."

Luiza lässt plötzlich ihre Reize spielen, dann merke ich, wie ich ihr nicht mehr widerstehen kann. Ich öffne feierlich meinen Koffer und nehme vorsichtig das prachtvolle Modell meines spanischen Patiohauses aus dem eigens dafür fabrizierten Koffer heraus.

Luiza: „Mein Gott, das ist ja fabelhaft! Haben Sie das selbst gemacht?“ Ich drehe strahlend und stolz das Modell so, dass Luiza es von allen Seiten bewundern kann.
„Das ist ja … das ist ein richtiges Patiohaus, wie wir es in Andalusien kennen. Wollen Sie dort so ein Haus bauen oder kaufen?“
„Sie sagen es! Jetzt kennen Sie nach so kurzer Zeit meinen Traum, den ich noch niemandem verraten habe. Was hat das zu bedeuten?“
„Oh, bitte erzählen Sie!“, erwidert sie begeistert, so wie ein kleines Mädchen, das vor dem Einschlafen die Fortsetzung ihres Märchens hören möchte, und setzt sich nahe zu mir hin.
Jetzt bin ich natürlich nicht mehr zu halten. Ich enthülle ihr mein Buch von der Alhambra, Fotobände mit wunderschönen Atriumhäusern, Fotos von Innenhöfen mit Palmen und Springbrunnen, weiß gekalkten Gehöften inmitten blühender Orangenplantagen, Feigen-, Mandel- und Olivenbäumen. Und ganz nebenbei bemerke ich, wie sich im Geheimen die Hoffnung regt, dass sie vielleicht den Traum mit mir teilen könnte.
Ich zeige auf einen Grundriss. „Sehen Sie, das Wichtigste an der ganzen Geschichte ist, dass ich auf dem Grundstück meine eigene Quelle habe: Hier ist der Innenhof und genau in der Mitte der Brunnen, so wie das bei den Arabern üblich war.“
Der Sonnenstand ist jetzt schon sehr tief und das Licht im Saal sehr sanft. Ich breite wie ein Zauberer meine Hände beschwörend über das Haus und halte dann den ausgestreckten Zeigefinger meiner rechten Hand, Stille und Andacht gebietend, vor meinen Mund. Nach einer Weile frage ich Luiza leise:
„Können Sie das Plätschern hören?“
Ich ahme mit dem Mund das Plätschern eines Brunnens nach. Luiza lacht verlegen. Sie ist sichtlich berührt und erregt.
„Sie sind verrückt!“
„Das stimmt“, willige ich bedingungslos ein.
„Ja, und wollen Sie dort alleine leben?“
Und ohne zu überlegen, entgleitet mir der Satz:
„Nein, mit Ihnen!“

Luiza errötet ein wenig:
„Aber, ... Sie ... Ich meine, ... Sie kennen mich doch gar nicht."
Und ich wieder aus dem hohlen Bauch heraus:
„Das können wir doch nachholen – in Andalusien."
Ziemlich verwirrt und ohne etwas zu sagen verlässt sie mit unwiderstehlich anmutenden Bewegungen den Saal.
Ich will ihr nach. Ich will sie aufhalten. Doch mir fehlt der Mut.
An irgendeinem Tisch lasse ich mich entmutigt auf einen Stuhl fallen:
„Scheiße, ich hab's vermasselt", fluche ich vor mich hin.
Unterdessen ist „meine" Bibliothekarin eingetroffen. Ich kehre zum Tresen zurück, und noch bevor mich die Beamtin sieht, entdecke ich Luizas persönliche Kundenkarte in der Ablage. Da ich mich immer noch unbeobachtet wähne, schnappe ich mir die Eintrittskarte zum Glück, mache am öffentlichen Kopierer eine hastige Kopie. Plötzlich werde ich auf frischer Tat ertappt und eine laute Stimme zerreißt die heimliche Stille:
„Ah, guten Abend, Herr Maiwald, wieder einmal im Lande?"
Ich kehre, von schlechtem Gewissen gebeutelt, zum Schalter zurück und gebe der Bibliothekarin schön brav, den Gentleman mimend, die Kundenkarte mit dem Kommentar zurück:
„Ich glaube, diese Karte hat jemand vergessen."
„Nein, die hat diese Frau doch soeben hier abgegeben", meint sie skeptisch.
„Keine Ahnung, die lag da am Boden", gebe ich gespielt verwirrt zurück, lege meine Leihkarte dazu, meine Retouren werden quittiert, dann mache ich mich mit meinem Koffer und meiner Beute aus dem Staub. Ich habe mein Geheimnis einer andern verraten und ich bereue es nicht.
Was für ein Geschenk des Himmels, ich habe alles, was ich für die Reconquista meiner „Carmen" brauche: ihren Namen, ihre Adresse und sogar ihre Telefonnummer. Kaum fühle ich mich unbeobachtet, krame ich gierig die Kopie hervor und lese:
Luiza Romero Aguilar
Avenida de Granada 265
Madrid – España
Teléfono: 0034 91 578 567 34

Draußen vor dem Gebäude verspürte ich plötzlich wieder einen unwiderstehlichen Drang nach einer Zigarette. Doch die Packung war weg. Die hatte ich vor dem Betreten der Bibliothek halbvoll entsorgt, weil ich wieder einmal mit der Raucherei hatte aufhören wollen. Doch das war wohl jetzt nicht der richtige Zeitpunkt. Ich fühlte mich so aufgekratzt, so voller Lebenslust. Ich hätte am liebsten getanzt, Schampus getrunken und mich mit „meiner Neueroberung" im Bett gewälzt. Die Packung musste wieder her. Ich eilte zu dem Container, wo ich meine Zigaretten weggeworfen hatte. Aufgeregt öffnete ich den Deckel, lehnte mich über den Containerrand und stellte mit Entsetzen fest, dass ich mit meiner Hand den Restmüll nicht erreichen konnte. Nun stieg ich etwas höher, weiter über die Kante, sodass ich mit meinem Kopf und Oberteil im Innern des Containers verschwand. Plötzlich verlor ich das Gleichgewicht und plumpste in den stinkenden Abgrund. Wie durch ein Wunder waren meine Zigaretten noch da. Leider. Als ich Döspaddel mich wieder aus dieser Tonne befreien konnte und triumphierend auf der Straße zu stehen kam, sah ich eine Frau, die hinter dem Fenster verständnislos ihren Kopf schüttelte. Während ich mir gierig meine hart verdiente Zigarette anzündete, erkannte ich plötzlich die Komik meines idiotischen Verhaltens, und ein Anfall aus haltlosem Lachen und Weinen überwältigte mich immer wieder auf dem Weg zum Hauptbahnhof.

Zu Hause kochte ich mir in meinem Atelier ein Festmahl und öffnete eine Flasche von meinem argentinischen Hauswein aus Mendoza, dessen Herkunft von den ersten Weinreben abstammte, welche Juan Cedrón im Jahr 1557 während der spanischen Kolonialisierung nach Santiago del Estero gebracht hatte. Ich konnte mich jedoch nicht so recht entspannen und ging wie ein Tiger im Käfig auf und ab, trank Wein und hörte diesmal nicht südamerikanische, sondern spanische Flamenco-Musik; und immer wieder zog ich meine Trumpfkarte aus meiner Hemdentasche, den Zettel mit Luizas Adresse und Telefonnummer. Damit konnte ich diese Frau wiedersehen. Ich hielt mein Weinglas vor die Tischlampe und betrachtete lange das intensive Dunkelrot dieses köstlichen Weines

im Gegenlicht, bis die Konturen des Glases sich auflösten, mein Kopf sich langsam senkte und ich offenbar noch am Tische eingeschlafen sein musste.
Tage vergingen. Einiges Wasser war inzwischen die Limmat hinuntergeflossen, bis zu jenem Moment, als ich kapitulierte und mich nicht mehr zurückhalten konnte. Mit zittrigen Händen wählte ich ihre Nummer:
„Hallo, wer ist da. Ist dort Luiza?", fragte ich mit Schweiß auf der Stirn.
„Ja, wer ist am Apparat?"
„Christian Maiwald. Cristiano. Erinnern Sie sich noch? Ich wollte mich noch entschuldigen. Es tut mir leid, ich …"
Luiza: „Mein Gott, Sie, Cristiano. Woher haben Sie meine Telefonnummer? Ist das wieder eines Ihrer Geheimnisse? Sie haben mich ganz schön durcheinander gebracht."
„Ich habe Ihre Kundenkarte am Schalter geklaut und kopiert, Señora Romero Aguilar."
„Schön, dass Sie anrufen."
„Ich muss Sie unbedingt wiedersehen."
„Mein Gott, wenn wir uns da bloß nicht die Finger verbrennen. Ich bin schon wieder in Madrid!"
„Ich brenne schon … Verrückt, da war so eine Kraft und Anziehung zwischen uns."
„Ich möchte Sie auch wiedersehen. Wissen Sie was, als Sie damit beschäftigt waren, mir Ihr Modell zu erklären, habe ich mir heimlich Ihre Telefonnummer von Ihrer Kundenkarte notiert. Aber da ist noch mein Freund."
„Oh Gott, nicht schon wieder", sagte ich halblaut.
„Was, nicht schon wieder?"
„Ich meine … Sie sind nicht frei?"
„Na ja, frei schon, aber das Ganze mit meinem Ex hängt noch an mir. Ich weiß nicht, ob ich so schnell wieder …"
„Ich gebe Ihnen alle Zeit der Welt!"
Luiza konterte leicht gereizt:
„Ich bestimme schon selbst über meine Zeit."

Da hatte ich wohl etwas Falsches gesagt.
„Entschuldigung. Tut mir leid."
„Ich wollte nur sagen ..."
„Ist schon gut, was machen wir jetzt?"
„Ich möchte noch ein bisschen Zeit ..."
„Ich auch, Luiza. Ich auch."

Doch das war nicht möglich. In den sich immer häufiger wiederholenden Telefongesprächen steigerte sich die Sehnsucht, uns zu sehen, unaufhaltsam. Der Inhalt unserer Telefongespräche wurde immer mehr zu einem verbalen Liebesspiel, in dessen Verlauf wir sogar einmal unsere eigenen Körper berührten bis hin zum gemeinsamen Telefonorgasmus. Diese äußere Trennung ließ unseren Fantasien freien Lauf. Noch war der andere nicht in seiner körperlichen Wirklichkeit vorhanden. Die unbändige Freude darüber, den lang ersehnten Partner gefunden zu haben, konnte sich ungehindert entfalten. Noch ahnten wir nicht, dass wir beide unter einem Haus in Andalusien etwas völlig Unterschiedliches verstanden.
Ich kaufte einige leichte Sachen für meine Reise. Vor einer Boutique in Zürich, bekannt für ausgefallene Damenunterwäsche, blieb ich stehen und starrte gierig durch das Schaufenster, wo ich einen besonders heißen Slip entdeckte. In Anbetracht dessen, was mich in Madrid erwarten sollte, dachte ich: „Augen zu und durch!" Ich fasste Mut, betrat mit rotem Kopf den Laden, um ihn kurz darauf erleichtert mit der Beute wieder zu verlassen. Mann oh Mann, was ist denn schon dabei? Für einen Moment war es, als laste die Moral und Verklemmtheit einer ganzen Gesellschaft auf mir.
Ich musste mit Oswald reden und ihm von meinen Reiseplänen erzählen, in der Hoffnung, dass er mir für diese Zeit die paar Monatsmieten erlassen möge. Er tat es.
„Ich werde es dir nie vergessen. Du bist der Beste!"

INNEN/FLUGHAFEN MADRID/TAG

In Begleitung meines Modellkoffers verlasse ich das Flugzeug in einem Hochgefühl, das man zweifellos als Glück bezeichnen könnte. Ja, es ist sogar mehr als profanes, irdisches Glück. In mir brennt ein heiliges Feuer der Leidenschaft und Liebe. Ich passiere die Passkontrollen, warte, bis mir mein Gepäck auf dem Fließband entgegenkommt, packe es zusammen mit meinem Modellkoffer auf einen Wagen und durchquere eine vom Abendlicht durchflutete Wartehalle. Mit pochendem Herzen schreite ich auf die Ausgangstüre zu, hinter der ich Luiza vermute. Die automatische Türe öffnet sich wie der Vorhang in einem lang ersehnten Theaterstück. Und tatsächlich steht sie da, mein ersehntes Weib. Wir sinken einander in die Arme, noch bevor einer von uns auch nur ein Wort hätte sagen können, und eine der leidenschaftlichsten Liebesgeschichten meines Lebens beginnt. Mit geschlossenen Augen schmelze ich schlicht und ergriffen wie Wachs in den Armen dieser umwerfenden Frau. Während die untergehende Sonne Spaniens ihr warmes Licht um uns hüllt, erfahre ich so etwas wie einen zeitlosen Moment körperloser Seligkeit. Es ist abgefahren. Wir küssen uns zuerst zärtlich, abtastend, denn es ist unser erster Kuss, dann leidenschaftlich, bis wir uns wieder erinnern, wo wir eigentlich stehen, nämlich in einem recht ungemütlichen, gut frequentierten Durchgang, in dem wir in gleichmäßigen Abständen von einem stürmischen Windstoß erfasst werden, jedes Mal, wenn sich die automatischen Glastüren von Neuem öffnen. Die Szene fühlt sich so an, als wären wir ein Liebespaar während den Dreharbeiten, dem man mit einer Windmaschine künstlichen Wind in die Haare zaubert.

Zurückgekehrt aus diesem Traum, merke ich nach ein paar Schritten plötzlich: Verdammt, ich habe meinen Gepäckwagen vergessen!

Von schlagartiger Panik erfasst, hetze ich zurück. Die Glastüren öffnen sich und Gott sei Dank steht er noch da. Draußen auf dem großen Parkplatz rückt leise und beinahe unheimlich ein schwarzer Pontiac Trans Sport mit verdunkelten Scheiben ins Bild. Eine Karosse der Macht und Sitte.

Luiza stolz: „Das ist mein Vater."
Ich grüße gespielt formell mit dem Ansatz einer kurzen Verbeugung, denn es ist sehr schnell klar: Ich befinde mich hier in bester Gesellschaft. „Buenas tardes señor Romero Aguilar, soy Cristiano Maiwald." – „Guten Tag, Herr Romero Aguilar, ich heiße Cristiano Maiwald."
„Ja, das weiß ich. Ich habe schon viel von Ihnen gehört. Herzlich willkommen in Madrid."
Und zu seiner Tochter:
„Hola, cariño." – „Hallo, meine Liebe, wie geht es dir? Na ja, dann bringe ich die beiden Turteltauben mal in ihr Nest, oder?"
Er lässt meine beiden Gepäckstücke im Kofferraum verschwinden, öffnet uns galant die Wagentüren, setzt sich ans Steuer, während Luiza und ich uns in den bequemen Fond der Limousine fallen lassen.
Ein vielsagendes Schmunzeln bleibt unter seinem Schnurrbart nicht verborgen, als er uns eng umschlungen im Rückspiegel begutachtet.
„Mein Gott, zum ersten Mal in der spanischen Hauptstadt!", denke ich.

Nach einer kleinen Stadtrundfahrt und der üblichen Konversation hält der Vater an der Calle de Hortaleza. Nach ein paar wirren Abschiedsfloskeln stürzen wir mit pochendem Herzen aus dem Wagen, ich greife meine beiden Gepäckstücke – und was nun folgt, hätte eine Szene aus einer mittelmäßigen Liebesschnulze sein können. Aber es ist die Wirklichkeit. Fiebrig und unkonzentriert kramt Luiza ihre Schlüssel hervor, während ich schon Hand anlege. Die Türe fällt auf, wir taumeln über meine Koffer in den Korridor. Luiza reißt sich wie benommen ihren Slip vom Leib, den sie unter ihrem sexy Minirock trägt, und wir beginnen uns zu lieben. In der ganzen Wohnung, auf dem Tisch, am Boden, im Bett, immer wieder. Völlig erschöpft und mit glückseligen Gesichtern liegen wir schweißüberströmt auf dem großen Doppelbett.
„Weib!", stöhne ich.
„Mann. Geliebter", flüstert sie leise mit lächelndem Mund.
Dabei kommt mir in den Sinn, dass ich im ganzen Getümmel vergessen habe, ihr das Höschen zu geben, welches ich extra für sie in Zürich gekauft hatte. Ich hole es irgendwann nach.

Als ich mich über Luiza beuge, entdecke ich auf der Ablage neben ihrem Bett einen roten Glanzprospekt mit einem tanzenden Flamenco-Paar. Aufschrift:
„Corral de la Moreria, c/ Morería, 17 – 28005 Madrid
El tablao flamenco más famoso del mundo. Espectáculo flamenco en Madrid."
Luiza: „Gehen wir dahin. Ich kenne das Lokal. Fantastisch. Da lernst du uns Madrileños mal kennen."
Auf der Fahrt im Taxi flüstert sie in mein Ohr:
„Genau das Richtige für dich."
Ein störender Gedanke, den ich sofort verdränge, huscht durch meinen Kopf:
„Woher will diese Frau wissen, was das Richtige für mich ist?"
Flamenco, das Wahrzeichen spanischer Kultur, ist nicht nur eine Kunst, sondern eine Lebensphilosophie. In den feurigen Tänzen erkenne ich uns selbst. Das ewige Spiel zwischen Mann und Frau, Liebe und Hass, Hoffnung und Enttäuschung, Leidenschaft und Melancholie.

Auf dem goldenen Türschild stand in alter Prägeschrift:
ALFONZO ROMERO AGUILAR. ABOGADO.
Die Villa von Luizas Eltern im Villenviertel La Moraleja war ein ehrwürdiger Bau, der das alte Spanien repräsentierte. In den hohen Innenräumen mit schwerem dunkelbraunen Mobiliar aus altem Familienbesitz stellte man mir Luizas Mutter, Erna Dolores Aguilar, vor. Auch ihr Onkel Pascual Ferrera Alarcon, der Bruder ihres Vaters, war anwesend. Bei Tische erzählte er begeistert vom Stierkampf:
„Die Stiere sterben einen würdigen Tod, nicht so, wie diese armen alten Menschen in den Spitälern. Der Stierkampf ist wie das Leben. Ein Kampf."
Ich hatte sofort erkannt, dass es hier in diesem traditionsbeladenen spanischen Hause sinnlos wäre, sich auf philosophische Grundsatzfragen einzulassen. Ich lenkte ab:
„Luiza hat erwähnt, dass Sie unter Umständen Beziehungen zu Immobilienmaklern in Andalusien hätten."

„Warum, suchen Sie ein Haus? Dann sind Sie hier an der richtigen Adresse."
Diese Frage stellte mich unmittelbar senkrecht in die Gegenwart.
„Ja, wenn möglich mit einem Patio andaluz", schmunzelte ich geheimnisvoll.
„Ja, wenn Ihnen das gefällt, dann müssen Sie natürlich die Patios von Sevilla, die Alhambra und den Parador San Francisco besuchen."
„Das haben wir vor, Señor!", gab ich konversationskonform zurück, obschon ich wusste, dass mich im Grunde nicht die Paläste, die großen Gesten, diese Monumentalbauten der Macht, die ich aus meinen Büchern kannte, interessierten.
Gewiss inspirierten und berührten mich diese großartigen architektonischen Kunstwerke, gehören sie doch mit zur Grundlage der spanisch-arabischen Kultur. Sie hatten aber mit meinen Vorstellungen letztlich nichts zu tun. Mich reizten keine Illusionen, sondern Visionen, die sich auch irgendwann verwirklichen ließen. Ich suchte Häuser, die für mich erreichbar waren, die kleinen Villen und Patiohäuser, wie man sie in Sevilla und Cordoba antrifft, möglicherweise eine Ruine, die ich zu neuem Leben erwecken könnte.
„Er hat sogar ein Modell von seinem Haus gemacht", erwähnte Luiza, deren Bemerkung den spanischen Makler umso neugieriger machte.
„Haben Sie es hier, Cristiano?", fragte Luizas Mutter neugierig. Ich wehrte entschieden ab, weil ich merkte, dass mir das jetzt viel zu intim wäre.
„Nein, in Luizas Wohnung."
„Schade", sagten sie alle durcheinander mit gespielter, übertriebener Teilnahme. Ich schilderte ausführlich das Haus meiner Träume; und es dauerte freilich nicht lange, bis die Tafelrunde begriff, was ich mir darunter vorstellte, denn ich beschrieb nichts anderes als das typisch spanische Haus, mit einem Patio, vollgestellt mit unzähligen Pflanzentöpfen und dem Brunnen in der Mitte. Diese Häuser, die es in allen nur erdenklichen Variationen, nobel oder schlicht, mit reich verzierten arabischen oder einfachen gotischen Bögen oder nur mit schlichten Natursteinsäulen bestückt überall in Spanien zu bewundern gibt.

Nach meinen Ausführungen wechselte die Familie etwas vieldeutige Blicke am Tisch. Man war sich nicht so recht einig, wer jetzt etwas sagen sollte und ob man diese Geschichte überhaupt jetzt preisgeben wollte. Luizas Mutter ergriff das Wort und erzählte etwas von einem englischen Regisseur, der eine Estancia, ein Landgut mit einem wunderschönen Patio in der Nähe von Almería mit vielen Leuten bewohne und das genauso aussehe, wie ich es beschrieben hätte.
Der Onkel lachte und bestätigte ihre Aussage:
„Ja, das ist Ihr Haus, Cristiano! Das würde Ihnen sicher gefallen. Ich habe ihm dieses Anwesen damals vermittelt. Allerdings wird er es kaum verkaufen. Jedenfalls hat er viele Beziehungen in Andalusien und könnte Ihnen bestimmt weiterhelfen."
„Luiza, sag' doch was, wie war seine Name. Du warst doch da?", bedrängte Frau Aguilar ihre Tochter.
„Alan Greene", gab Luiza unfreiwillig zurück.

Ja, dieser Alan Greene habe damals einen starken Eindruck auf Luiza hinterlassen, erzählte Luizas Mutter weiter. Sie hätte dort sogar in seiner Gemeinschaft wohnen können. So weit sei es dann Gott sei Dank nicht gekommen. Man befürchtete offenbar, das war nicht zu übersehen, dass ich, ihr Neuer, nun nicht mehr davon abzuhalten sei, mit Luiza dorthin zu fahren. Aus dem Gespräch ging weiter hervor, dass die Familie auf keinen Fall mehr etwas mit diesem Engländer zu tun haben wollte. Außerdem vertrete dieser eine sonderbare, gesellschaftsfeindliche Weltanschauung, was mir diesen Platz natürlich umso anziehender machte.
Nach diesem Gespräch war eines klar: Dieses Haus wollte, nein, ich musste es sehen.
Das Intermezzo im Hause dieser ehrwürdigen spanischen Familie – wie hätte es auch anders sein können – verlief eher gezwungen. Dementsprechend verließ ich diesen Ort eingefahrener Traditionen mit einem beklemmenden Gefühl. Was war da gelaufen zwischen der Familie Romero Aguilar und diesem Engländer?

Diese Frage heftete sich von dem Moment an wie ein bissiger Hund an meine Fersen.
Bis ich allerdings Luiza darauf anzusprechen wagte, ließ ich die nächsten Tage unbelastet durchs Land ziehen, um zuerst einmal sicheren Boden zu gewinnen.
In der kostbaren Zeit, die wir nicht im Bett verbrachten, wollte ich unbedingt die Gunst der Stunde nutzen und die schönsten Patios der Stadt sehen, von denen ich glaubte, dass Luiza sie bestimmt alle kennen würde. Dem war aber nicht so. Diese Erwartung war natürlich idiotisch. Nur weil eine Frau Spanierin ist, heißt das ja noch lange nicht, dass sie Flamenco tanzt und jeden Patio der Stadt kennen muss. Dieser sichere Boden, den ich zu gewinnen hoffte, rückte in weite Ferne, denn ich begann zu ahnen, dass Luizas kulturelles Interesse sich in überschaubaren Grenzen hielt.
„El Escorial?“, sagte sie plötzlich.
„Um Gottes willen, viel zu groß. Keine Touristenattraktion! Etwas Kleines, Intimes. Ein Geheimtipp.“
„Warte mal ...“
Sie grübelte und suchte in ihrem Gedächtnis nach Überresten einer Erinnerung.
„Doch, da hab ich was für dich!“, sagte sie erfreut wie ein kleines Mädchen, das seine Puppe wiedergefunden hat.
„Mir kommt da ein kleines Kloster in den Sinn, das ich ein- bis zweimal als Kind mit meiner Mutter besucht habe.“
„Na, das klingt ja super. Ja, und wie heißt dieses Kloster?“, wollte ich wissen.
Sie fragte ihre Mutter am Telefon. Spanische Gespräche dauern immer etwas länger und es schien, dass Mama einiges über dieses Kloster wusste. Luiza sagte nur:
„Ah ... bueno, si ... ja, das sag ich ihm.“
Nachdem sie den Hörer auf die Gabel gelegt hatte, kam sie zu mir, streichelte mir zärtlich über mein Haar und wiederholte:
„Das Kloster heißt ‚Monasterio de Buenafuente‘ und es hat waaas ...? Du darfst drei Mal raten.“

Luiza setzte sich auf meinen Schoß und rieb ihre Nase an der meinen. Für einen Augenblick fiel ich in meine Kindheit zurück, mit dem damit verbunden Gefühl, nicht ernst genommen zu werden.
„Also, was hat dieses Kloster?“
„Ach, lass mal, du nimmst mich ja gar nicht ernst“, schmollte sie für einen Moment.
„Einen Patio, richtig, und der heißt ‚Patio de los Angeles‘, der ist wirklich schön, der könnte dir gefallen. Aber dieses Kloster kannst du vermutlich nicht kaufen“, fuhr sie mit einem spöttischen Unterton fort.
„Davon gehe ich aus. Aber ich kann schauen, staunen, träumen und mich inspirieren lassen.“
„Lógico, klar, du Spinner!“, kokettierte sie zurück und ich sah, wie ihr diese Kindheitserinnerung doch noch ein mildes Lächeln auf das bis dahin wenig begeisterte Gesicht zauberte.
Dieses Zisterzienserinnen-Kloster liegt in Olmeda de Cobeta, etwa 190 km nordöstlich von Madrid. Luizas Vater lieh uns seinen Wagen.

Auf der langen Fahrt von Madrid über Guadalajara durch karge Weiten erzählte mir Luiza, was sie von ihrer Mutter über das Kloster erfahren hatte. Da solle es angeblich eine Nonne mit dem Namen Teresita Barajuen geben, die am 16. April 1927, dem Geburtstag des späteren Papstes Benedikt, mit 19 Jahren in dieses Kloster eingetreten sei. Seitdem habe Schwester Teresita das Kloster überhaupt nur einmal verlassen, um im Jahr 2011 ebendiesen Papst Benedikt XVI. während dessen Aufenthalt in Madrid zu treffen. 2013, während ich diesen Text schrieb, forschte ich dann im Internet nach und erfuhr, dass sie 105 Jahre alt geworden und ihre Dienstzeit von 86 Jahren als Nonne nach Berichten spanischer Medien ein Weltrekord gewesen sei.
Nach etwa zwei Stunden Fahrt kamen wir in ein abgelegenes Tal, das für spanische Verhältnisse erstaunlich grün war. Entsprechend hoffnungsvoll war auch meine Stimmung und Erwartung, als ich die verträumte Klosteranlage aus mehreren ineinander verschachtelten Baukörpern auf einer Anhöhe erblickte.

Wir parkten unseren Pontiac Trans Sport unter einer großen Libanon-Zeder und betraten das heilige Innere durch ein großes, aus uralten Natursteinblöcken gemauertes Bogenportal. Eine Nonne bat uns, an der Kasse den Eintritt zu bezahlen.
„Wollt ihr den Patio de los Angeles sehen?"
„Ist das hier nicht der Patio?"
„Nein, das ist der große Vorhof – der Patio de los Angeles ist der kleine da hinten. Er gehört zum alten Teil aus dem zwölften Jahrhundert, der Gründerzeit des Klosters. Seht ihr, dort zwischen den Zypressen unter den Arkaden liegt der Eingang."
„Musik in meinen Ohren", dachte ich.
„Und, wenn ich fragen darf, in welchem Trakt wohnt eure Schwester Teresita?", fragte Luiza die Nonne.
„Ah, unsere Schwester Teresita, dacht' ich's mir, dass ihr das fragt. Ja, die wohnt da drüben im geschlossenen Trakt. Der ist für Besucher allerdings geschlossen."
„Schade", dachte ich.

Im großen Vorhof, den wir durchqueren mussten, standen nur wenige Bäume, deshalb waren wir der Mittagssonne direkt ausgesetzt. Umso mehr genossen wir den überdachten, schattigen, von den zwei hohen, schlanken Zypressen flankierten Durchgang, der uns zum alten Teil der Anlage führte. Als wir vor einer unscheinbaren, dunklen Holztüre standen, die von roten kleinen Wildrosen umrahmt war und dem Moment des Eintritts eine hochzeitliche Feierlichkeit verlieh, läutete aus der Ferne erneut das Glöcklein der Klosterkapelle. Ich nahm Luiza an der Hand, öffnete die Türe und dann standen wir in einer anderen Welt.

INNEN/PATIO DE LOS ANGELES/TAG

Der uralte quadratische Innenhof empfängt uns in legendenhafter Stille. Der kühle Schatten unter dem schmalen Säulengang, der den offenen Hof umgibt, kühlt mein Gesicht. Hell scheint das Licht zwischen den schlichten Steinsäulen hindurch auf den Boden mit den uralten handbe-

schlagenen Steinplatten, auf denen seit Jahrhunderten Schicksale wandeln und vergehen. Begleitet vom regelmäßigen Summen der Bienen und vereinzeltem Vogelgezwitscher ist das friedlich-fröhliche Plätschern des Brunnens zu hören.
Die Stille ist so voll mit Botschaften, dass mir nicht nach Reden zumute ist. Ich will sie hören, ich will sie schmecken, ich will sie mir auf der Zunge zergehen lassen. Nach einer Weile des beschaulichen Wandelns bemerke ich, dass Luiza sich unwohl fühlt und ihrem Unbehagen Luft verschafft und jene Frage stellt, die sie wohl schon lange beschäftigt hatte:
„Was suchst du eigentlich hier in diesen Innenhöfen, davon gibt es Tausende in Spanien!"
Laut und fremd hallt ihre Stimme durch das friedvolle Gemäuer.
Ich nehme Luiza sanft am Arm, trete in den offenen Hof und ziehe sie nahe an den Springbrunnen in der Mitte des Innenhofs heran. Ich bitte sie, ihre Augen einen Moment lang zu schließen. Wir verharren eine Weile in Stille, sodass man das Plätschern des Brunnens hören kann. Luiza öffnet kurz die Augen, um sicherstellen, dass sie niemand beobachtet, und schließt sie dann wieder.
Ich halte sie immer noch an der Hand, dann sage ich leise und betroffen:
„Ich weiß es nicht. Etwas sehr Vertrautes, das ich verloren habe."
Stille, das regelmäßige Summen der Bienen, das Plätschern des Brunnens:
„Kannst du ES hören?"
Luiza nimmt meine beiden Hände, wir schauen uns tief in die Augen, dann umarmt sie mich:
„Komm' mal her, du hast ja mich."

Dieser Satz traf mich wie ein Messer mitten ins Herz, denn er tröstete nicht, sondern riss eine tiefe Kluft zwischen uns auf. Sie merkte, dass ich bei diesem Satz wie eingefroren war, und versuchte mich abzulenken.
„Komm, hab dich nicht so."
Das kam in dem Moment herüber wie:
„Komm, sei ein Mann!"

Mit diesen Worten setzte sie mein Kopfkino in Betrieb. Ich verglich mich mit spanischen Machos, Matadores und Flamenco-Tänzern und kam mir wie ein Versager vor, während mich unentrinnbar ein schmerzliches Gefühl der Scham und Peinlichkeit über so viel Pathos überwältigte.
Jetzt war es plötzlich Luiza, die wortlos in den Brunnen starrte.
„Luiza, was denkst du?"
Noch immer ließ sie den Blick nicht von dem Brunnen.
„Luiza, was hast du?"
„Ich habe Hunger!"
Wir verließen das Kloster und latschten wie zwei Boxer aus dem Ring, deren unsichtbarer Kampf unentschieden ausgegangen war: sich gegenseitig stützend und einander doch so fremd. Ohne der Sache auf den Grund zu gehen, was da gerade wirklich geschah.
Anstatt von mir zu sprechen, fragte ich sie in einer nahegelegenen Kneipe noch einmal, warum sie denn da am Brunnen des Patios plötzlich so verschlossen gewesen sei:
„Eine Erinnerung. Hat was mit diesem Alan Greene zu tun. Lass uns von etwas anderem reden. Es tut mir leid, wie ich vorhin reagiert habe."
Sie legte den Kopf auf meine Brust, zerrte ein Papiertaschentuch aus ihrer Jacke, schniefte ein paar Mal mit der Nase, und ich merkte, dass sie weinte.

Auf der Rückfahrt nach Madrid hatte ich Zeit nachzudenken. Keiner hatte Lust zum Reden. Diese Figur der Schwester Teresita ließ mich nicht mehr los. Irgendwie versinnbildlichte sie meine „andere Seite", das Gegenteil des Lebemannes, das Weibliche, spirituelle, diese Sehnsucht nach Heimkehr, Rückzug und Reduktion auf das EINE. Darüber konnte und wollte ich mit Luiza nicht sprechen. Das war mir zu heilig.
Als wir uns in Luizas Wohnung in Madrid von unserer Reise nach Olmeda de Cobeta erholten, wurden die Orgien kürzer und die Gespräche länger, aber leider nicht tiefer. Es ging damals unter anderem auch darum, dass Luizas Urlaub in der Firma ihres Onkels nicht ewig dauern würde und wir uns Gedanken darüber machten, wie wir die zwei gemeinsamen

Wochen, die uns noch verblieben, im Sinne beider nutzen konnten. Bereits zu Beginn unserer Diskussion wurde schnell klar, dass wir wohl keine Interessengemeinschaft, sondern eher eine Interessenfeindschaft bildeten.
Meine leise Ahnung im Hause Romero Aguilar bestätigte sich. Aus noch unerklärlichen Gründen wollte Luiza nicht nach Andalusien zu diesem Alan Greene. So viel jedoch wusste ich bereits: Sie war schon einige Male dort in der Finca Azul, wie dieses Anwesen offenbar hieß, gewesen. Dann habe es Meinungsverschiedenheiten und Streitigkeiten zwischen Greene und ihrem Vater gegeben, außerdem seien ihr dieser Platz und all diese dubiosen Leute nicht geheuer. Ich jedoch wollte genau dorthin, um diesen Mann, dieses Anwesen, diesen Innenhof zu sehen. Sie jedoch wünschte sich eher ein romantisches Hotel mit Sonne, Baden, Strand. Mir sagte das nichts. Ich war so voller Tatendrang und so nahe an meinem geheimen Ziel, dass ich unmöglich einfach nur rumhängen konnte. Wir versuchten die Enttäuschung über unsere Meinungsverschiedenheiten zu verdrängen und einigten uns auf einen Kompromiss, von dem wir glaubten, dass er beiden Interessen gerecht würde.

Wir wählten die Route durch die Heimat Don Quijotes de la Mancha[60]. Madrid – Albacete – Murcia – Lorca, nach Carboneras[26], das kleine Fischerdorf, wo sich die Finca Azul und das Meer befinden. Wir würden uns dort in dem kleinen Hotel, das Luiza von einem ihrer Besuche her kannte, niederlassen und von da aus könne jeder tun und lassen, was er wolle. Das war der Plan.

Wir packten unsere Sachen und fuhren los. Auf breiten mehrspurigen Autobahnen entfernten wir uns von der Hauptstadt Madrid. Luiza überließ mir das Steuer. Sie habe bereits mit ihrem Onkel telefoniert. Es gebe einige Gehöfte, die zu verkaufen seien, verrät mir Luiza. Bald ließen wir Madrid hinter uns zurück. Aus dem Radio begleitete uns klassische Gitarrenmusik.

In einer Totalen war der schwere, schwarze Pontiac zu sehen, auf einer langen, geraden Straße, mitten in einer für diesen Teil Spaniens typischen, uferlosen, kargen Landschaft, bis die Limousine am Horizont verschwand.
Wir übernachteten in einem Hotel. An Schlaf war nicht zu denken: Ich hatte wieder mein Kopfkino. Mit offenen Augen starrte ich ins Dunkle zur Decke und sah mich als Hauptdarsteller mittendrin in großen Szenen der Reconquista, lag auf der Santa Maria, dem Flaggschiff von Kolumbus vor San Salvador. War Architekt eines andalusischen Großgrundbesitzers, Archäologe anlässlich der Ausgrabungen der „Baños Califales“, der arabischen Bäder in Córdoba aus dem 10. Jahrhundert. In diesem Wachtraum begegnete ich auch zum ersten Mal als spanischer Reiter hoch zu Pferde in hohen schwarzen Stiefeln diesem gütigen jungen Hirten, der sich erst viel später in einer sogenannten „Past-Life-Sitzung“, einer Rückführung in ein mögliches früheres Leben, als meine heutige Frau Tamara entpuppte. Wahnsinn!
Am Morgen stand ich früher auf und stahl mich leise aus dem engen Zimmer. Draußen atmete ich die frische Luft tief in mich ein, dann rannte ich los mit ausgebreiteten Armen in die Weite hinaus und kehrte erst wieder zurück, als Luiza bereits auf der Veranda am Frühstückstisch saß.

In den Trümmern der Heimat

Je weiter wir fuhren, umso trockener wurde die sienafarbene Erde, immer weniger Dörfer waren zu sehen. Immer wieder erspähte ich von Weitem, wie in Trance, Ruinen ehemaliger Villen und Reste vollkommen zerfallener Gehöfte, inmitten wild wuchernder Agaven. Wie oft ließ ich Luiza einfach stehen und lief schweißüberströmt durch stacheliges, ausgetrocknetes Steppengras über Stock und Stein hin zu einer fernen Ruine, die ich irgendwo – einem Fährtenhund gleich – witterte. Wie ein Süchtiger irrte ich in weiß gekalkten Mauerresten umher. Ein alter Bogen, ein zerfallener Kamin genügten, dass mir der Atem stockte und ich mich jäh zurückversetzt sah in längst vergangene und doch so unsagbar vertraute Szenerien. Ich sah, hörte, roch und schmeckte sie: die Bilder und Eindrücke ländlicher Idyllen, sterblicher Freuden, Sommernächte, Erntedankfeste, Flamenco, Frauen, Gitarren und Wein.

INNEN/IM WAGEN/TAG

Auf einer schnurgeraden Straße, die sich am Horizont einer unendlichen Einöde aufzulösen scheint, irgendwo bei Valdepeñas, entdecke ich in der Ferne eine hohe, schlanke Dattelpalme, die in heroischer Selbstgenügsamkeit auf einer leichten, terrassierten Anhöhe aus der kargen Einsamkeit ragt. Das Bild einer Oase, wie aus Tausendundeiner Nacht. Bei Allah, welch' majestätischer Anblick bietet sich da dem Innersten meiner Seele dar. Die ungeheure symbolische Sprengkraft dieses Augenblicks reißt den Schleier von meinem Bewusstsein und ich erlebe – in einer mir bis dahin unbekannten Dringlichkeit – den nackten Schmerz meiner Sehnsucht. Gott inszeniert hier gerade ein künstlerisch vollendetes Sinnbild meiner Suche.

Luiza wittert, was gleich auf sie zukommen würde. Und sie hat recht.

„Das ist es!", rufe ich wie besessen. Ich stoppe augenblicklich neben der Straße, öffne die Tür und verlasse den Wagen, während Luiza mir zuruft: „Das ist doch jetzt nicht dein Ernst. Cristiano, komm sofort zurück, du kannst mich doch hier ..."

AUSSEN/EBENE BEI VALDEPEÑAS/TAG

Ich bin schon mehrere Schritte vom Wagen entfernt. Der Aufschrei ihrer Empörung verschwindet im Chaos meiner Gedanken: „Vielleicht steht die Ruine ja zum Verkauf. Ich muss das jetzt wissen!", murmle ich trotzig vor mich hin. Ich stolpere und verletze meine Hand an einer Distel. Überall trockene rostrote Erde, Grasbüschel, Durst und schweißtriefende Sehnsucht. Fort, nur fort! Hinauf zum Glück!

Wie innig verbunden fühle ich mich mit dieser einsamen, verlassenen, aber stolzen Palme, die tief unter der Erde eine Wasserader gefunden

zu haben scheint. Ich will wie sie ankommen, endlich Wasser und Heimat finden. Wie sehr bewundere ich ihre Würde und Gelassenheit und wie entspannt, ja beinahe fröhlich ihre langen, gefächerten Blätter sich elegant im Winde wiegen. Fest verwurzelt in der Erde, ihre Baumkrone frei im Wind.
Das wussten schon die alten Araber seit Urgedenken: Wo eine Palme steht, da muss es Wasser geben. Und dort, wo es Wasser gibt, kann auch ein Haus nicht weit entfernt sein. Tatsächlich, als ich mich etwas von der Palme entfernte, ragt aus einem wild wuchernden Dickicht von Agaven und Feigenkakteen ein stattliches, weiß gekalktes Anwesen empor, das aus einer meiner Zeichnungen stammen könnte.
Der magische Anblick dieser verheißungsvollen Oase raubt mir den Rest meines Atems. Dieses halb zerfallene Haus, dessen Reste noch heute etwas von seiner längst vergangenen Pracht ausstrahlen, scheint etwas ganz Besonderes zu sein.
Im Gegensatz zu den anderen ärmlichen Natursteinhütten der einfachen Leute muss dieses Haus mit den roten Klosterziegeln, die hier alle herumliegen, bedeckt gewesen sein. Aufgrund der bedeutend großzügigeren Ausmaße und der teilweise noch erhaltenen Gips- und Zementstukkaturen könnte es sich also durchaus um einen noblen Herrensitz gehandelt haben.
Ich stehe vor dem hohen, noch gut erhaltenen Bogenportal, dessen wunderbare alte Holztüre, offensichtlich eine spanische Schreinermeisterarbeit, ins Hausinnere gefallen ist. Dies muss wahrscheinlich bereits vor einem Jahrhundert geschehen sein, denn das noble Stück ist durch und durch von Termiten zerfressen.
Mit pochendem Herzen, so als würde ich einen heiligen Tempel betreten, schreite ich durch eine große Wohnhalle. Durch die eingefallene Decke kann man den oberen Stock und von dort den Abendhimmel sehen, an dem die Sonne schon untergeht. Ich rieche und schmecke vertraute Gerüche, höre bekannte Laute, Musik und Stimmen.
Der maurische Einfluss ist in der Tat nicht zu übersehen. Links und rechts von der Wohnhalle mit einem riesigen Kamin führen typische arabische

Spitzbögen zu den Korridoren. Ich kann mich nicht sattsehen. Vieles ist noch erstaunlich gut erhalten. Wie ein Schatzgräber, der sich schon im Besitz des sicheren Goldes wähnt, taumele ich wie in Trance durch eine eingestürzte Türe aus dem Halbdunkel ans Licht und bin plötzlich wieder draußen. Ein tonloser Schrei würgt meine trockene Kehle und plötzlich explodiert eine ungeheure Kraft in mir. Der unwiderstehliche, leidenschaftliche Wille, diesen zerbrochenen Traum wieder aufzubauen und zu neuer Pracht zu erwecken.

Ich weine hilflos vor Ergriffenheit angesichts dieses sinnlosen Wahns, denn ich weiß: Es ist nur ein Traum. Und doch: Inmitten des Todes bin ich voller Leben.

In der kühlen Abendbrise wische ich Staub, Schweiß und Tränen aus meinem Gesicht. Unter der Palme vor dem Anwesen blicke ich durch wässerige Augen über diese endlose, rostrote Wüste in die untergehende Sonne am Horizont. Unten im Wagen wartet Luiza, die mir in ihrem eigenen Land so unendlich fremd erscheint, und ich frage mich:

„Was hat das alles zu bedeuten?“

Mit schlechtem Gewissen kehre ich zum Wagen in die Realität zurück. Wegen der verdunkelten Scheiben weiß ich nicht, ob Luiza überhaupt noch wartet. Voller Angst öffne ich die hintere Türe des Wagens und lasse mich auf den Rücksitz fallen.

INNEN/IM WAGEN/ABEND

Der Wind streift leise und verheißungsvoll über diesen verlassenen Schauplatz meiner bevorstehenden Hinrichtung. Luiza sitzt versteinert vorne auf dem Beifahrersitz und schmollt in sich hinein. Sie scheint fest entschlossen, mich keines Blickes zu würdigen. Ich sehe ihr Gesicht im Rückspiegel und merke, wie eine uralte Angst des Verlassenwerdens mich befällt.

„Warum bist du nicht mitgekommen? Du hast etwas verpasst“, sage ich etwas naiv.

Keine Antwort.

„Tut mir leid, dass ich dich habe warten lassen. Aber du glaubst es nicht, ich habe mein Haus gefunden!“, rufe ich aus.

„Und was glaubst du, habe ich hier in der Zwischenzeit in diesem Wagen gemacht? Ich habe auf dich gewartet. Sag mal, bist du jetzt vollkommen verrückt geworden?“, schreit sie mich an.
Ich kontere:
„Zerstöre jetzt bitte nicht all das Schöne, das zwischen uns war.“
„Du bewegst dich einfach so, als ob es mich nicht gäbe, schaust anderen Frauen nach und stocherst in deinen dämlichen Ruinen herum. Das ist nicht das, was ich mir von meinem zukünftigen Ehemann vorstelle.“
„... Ich schau den Frauen nach? Was soll das denn! So geht das nicht!“
„Warum geht das so nicht?“
„So kann das nie funktionieren, niemals. Das weißt du genau.“
„Ich vertraue den Männern nicht mehr. Ich habe genug herumgebumst. Mir reicht's. Ich will jetzt einen Mann, der mir gehört – que sea solo para mi, y basta. Me entiendes? Verstehst du mich? Treue inbegriffen. Und wenn du das nicht auf die Reihe kriegst, bist du auch nicht der richtige Mann für mich. Du kannst dir jetzt überlegen, ob du der Mann meiner Kinder werden willst oder nicht.“
„Was ist denn nun, um Himmels willen, plötzlich mit dir los? Ich freue mich, dass ich endlich hier in Spanien bin. Quadratkilometer für mich alleine habe, Luiza. Stell dir vor! So weit das Auge reicht, keine Straßenbahn, keine Politiker, keine Bauvorschriften, kein Wenn und Aber. Nur pure, wilde Freiheit und Weite. Und dann drehst du plötzlich durch. Und dann das mit den Frauen. Wo, bitte schön, habe ich anderen Frauen hinterhergeguckt. Ich bin doch nicht einfach dein Samenproduzent“, fährt es plötzlich unwillentlich aus mir heraus.
„Das klingt sehr egoistisch. Ich will ein Kind. Ich hol mir irgendeinen Typen von der Straße und der macht's mir dann. Basta!“
Luiza dreht sich plötzlich auf dem Vordersitz um, verlässt den Wagen. Ich befürchte das Schlimmste, aber dann reißt sie die Hintertüre auf und packt und küsst mich. Mit einer Hand greift sie zwischen meine Beine und stöhnt:
„Ja, Cristiano, mach's mir, bitte mach's mir! Ich will dich. Ich will, dass du mir gehörst! Komm zieh' mich aus!“

Völlig verdutzt wehre ich mich noch ansatzweise, fange dann aber ebenfalls Feuer und wieder treiben wir es wie die Tiere im Fond dieser Nobelkarosse. Doch unsere Leidenschaft hat jetzt etwas Krampfhaftes, Unersättliches, Suchtartiges, und nach dem Orgasmus fallen wir in eine tiefe Leere und Niedergeschlagenheit. Für kurze Zeit denke ich an Schwester Teresita.
Die verdunkelten Fester sind jetzt umsonst. Denn im Umkreis von fünfzig Kilometern ist eh keine Menschenseele zu erwarten.

Während der langen Reise, die es bis Carboneras zu bewältigen galt, legte sich der Staub und der Sand der endlosen Sierra auf unsere Limousine und auf die Stimmung unserer doch noch kaum begonnenen Romanze. In der unendlichen Weite der Mancha überfiel mich großer Weltschmerz. Wie viel Blut muss hier in Kastilien, dem Land des Don Quijote, und in den Kriegen gegen die Mauren geflossen sein. Wir haben nichts gelernt. Wir bekriegen uns heute noch genauso wie damals und das Blut klebt immer noch an unseren Händen. Es geht um Geld, Sex und Macht. Ich hatte genug Zeit nachzudenken, denn keiner von uns beiden brachte auch nur ein Wort aus seinem Munde. Eine schmerzlich isolierte Ewigkeit später musste die Frage dennoch geklärt sein, wo es denn nun mit uns hingehen sollte, nach all den Auseinandersetzungen.

INNEN/IM WAGEN WÄHREND DER FAHRT/SENGENDE HITZE/TAG
„Ist es für dich okay, wenn wir jetzt trotzdem nach Carboneras fahren?", versuche ich im richtigen Moment vorsichtig an die Frau zu bringen.
„Das haben wir ja so abgemacht, oder?", gibt sie starrköpfig zur Antwort, während sie sich eine Träne abwischt.
„Amor, qué pasa?" – „Meine Liebste, was ist los?"
„Ich möchte nicht darüber reden, bitte."
„Ich will dich nicht verlieren", gestehe ich unerwartet kleinlaut.
„Feigling!"
Ich glaube, nicht richtig zu hören. Ich ringe nach Luft.
„Das fass' ich jetzt nicht, ausgerechnet du nennst mich einen Feigling!

Dabei bis du ja diejenige, die mich nicht verstehst. Du machst es dir sehr einfach. Du willst Kinder, eine Familie, ein Haus und mit mir glücklich werden. Das ist feige, denn darum geht es nicht.“
Luiza stoppt mit einer Vollbremsung. Ich öffne geschockt die Türe; und mit der Schubkraft im Rücken stürze ich aus dem Wagen, falle zu Boden und verletze mich an den Knien.

AUSSEN/IRGENDWO IM NOWHERE DER SIERRA ALHAMILLA/TAG
Ich rapple mich wieder auf. Instinktiv humple ich zurück zur Wagentür, greife nach meinem Modellkoffer und meinem Gepäck, strecke noch meine Hand durchs Fenster nach ihr aus, will sie irgendwie zurückhalten, doch vergebens:
„Me voy!“ – „Ich hau’ ab!“, sagt sie mit steinernem Gesicht und gibt im Leerlauf noch ein paar Mal kräftig Gas. Ich ahne das Unfassbare und klammere mich am Innern des Fensterrahmens fest.
„Du kannst mich doch hier nicht alleine stehen lassen!“
Mit einem triumphierenden, gemeinen Lächeln, das ich niemals mehr vergessen werde, dreht sie den Kopf müde und genervt zu mir hin und sagt mit spöttischem Ton:
„Kann ich doch! Da unten ist Carboneras, keine Sorge. Du wirst noch an mich denken.“
„Adios!“ ist ihr letztes Wort, bevor sie aufs Gaspedal tritt.

Ich sah nur noch eine unendlich lange Straße und den schwarzen, dreckigen, immer kleiner werdenden Wagen, der eine lange Staubwolke hinter sich herzog und am Horizont verschwand. Eine filmreife Szene, die ich nie mehr vergaß.
Wie unter Schock stand ich da, mit offenem Mund und weit aufgerissenen, trockenen Augen. Ich hatte noch gar nicht begriffen, was eigentlich geschah.
Unter mir die rote, trockene Erde, Steppengras, so weit das Auge reichte. Einzelne knorrige uralte Olivenbäume, die ich kichern zu hören glaubte. Ich war das Gespött der Natur. Wer war ich hier in dieser endlosen Wei-

te. Ein kleines Würstchen mit einem lächerlichen Hausmodell. Ich hörte den Spott meines Vaters: „Du hast wieder einmal versagt, du Träumer!“ Ich sah mich mit der Klarinette auf der Bühne stehen, während das Publikum mit lauten Buhrufen meinen Abflug forderte.

Immer noch völlig befangen, ohne einen klaren Gedanken fassen zu können, packte ich meine Sachen und stapfte instinktiv irgendwie Richtung Meer, ein abschüssiges Terrain hinunter, über die staubige Steppe, kopfschüttelnd, fassungslos.

Eine Stunde trottete ich, von Panik getrieben, weiter wie ein Verdurstender in der Wüste und kam nach circa zwei Stunden Marsch auf eine Anhöhe, welche mir unverhofft zur Opernloge wurde, von der aus sich mir eine grandiose Sensation darbot. Vor meinen todmüden, mit Sand bedeckten Augen breitete sich das Bühnenbild meiner Vision auf Breitleinwand aus. In einem Zweihundert-Grad-Panorama weitete sich das abfallende grau-rot-braune Hügel- und Steppenland der Sierra Alhamilla bis hin zum tiefblauen Meer in der Ferne aus. Kein Requisit der typisch andalusischen Landschaft fehlte: Kleine Dörfer mit Kirchen und Kapellen in sattgrünen Oasen, vereinzelte Dattelpalmen, die weiß gekalkten Häuser, diese typisch kubischen Cortijos mit Flachdach, Olivenhaine, Brach- und Ackerland, alles war wie von Künstlerhand gemalt.

Halb benommen, in einem Spannungsfeld von blankem Entsetzen über das, was mir hier in dieser Wüste gerade passierte, und dem unfassbaren Anblick, der sich mir darbot, irrte ich eine gefühlte Ewigkeit ziellos umher. Das Einzige, was ich wusste, war: einfach Richtung Meer. Plötzlich verharrte mein Blick unerwartet auf einem alten, rostigen Wegweiser neben einer vergammelten Landstraße, der die ersehnte Orientierung versprach. Die Aufschrift war unleserlich. Ich wischte panisch den Staub von dem Schild, in der Hoffnung, dass sich mir das rettende Wort „Carboneras“ offenbare. Doch so etwas gibt es nur im Film. Zu meiner Enttäuschung stand da nur in einer vergilbten alten Schrift, beinahe unleserlich, so etwas wie „El Llano de Don Antonio“ darauf. Ich hatte keine Ahnung, wo ich war. Ich wischte mir den Schweiß von der Stirn, hob meinen Blick etwas über das Ortsschild, und was ich nun sah, schien mir so abwegig, dass ich das verzerrte Bild zuerst schlicht für eine Fata Morgana eines Verdurstenden hielt, der dort Wasser sieht, wo es gar keines gibt.

Hinter dem Schild steht tatsächlich Luiza. Auf der Straße neben ihr die schwarze, vollkommen mit Dreck überzogene Limousine. Erstaunlicherweise sehe ich sie aber zuerst gar nicht als Feind, als das Böse, sondern als Engel. Und irgendwie lächelt sie. Dann, unmittelbar darauf der Schnitt, die Wahrnehmung verändert sich, und sie ist wieder das Böse.
„Perdón, entschuldige, es tut mir leid. Es tut mir so leid."
Ich renne auf sie zu, wir umarmen uns, setzen uns in den Wagen und schweigen. Es ist gerade alles zu viel, als dass irgendjemand noch irgendetwas sagen könnte. Die heiße Sonne steht senkrecht über uns. Der heiße Wind streicht Unheil verkündend um die Stätte der Ratlosigkeit und trocknet unsere Kehlen und unsere Herzen. Die schwarze Limousine erscheint mir plötzlich wie ein Leichenwagen mit zwei Särgen, in denen Luiza und ich aufgebahrt darniederliegen. Trotz ihrer Entschuldigung spüre ich: Es ist aus und vorbei!
Etwas später, nach erfolglosen Gesprächen und dem Versuch, das zerbrochene Glas unserer noch so jungen Begegnung wieder zu flicken, einigten wir uns auf eine vorläufige Trennung.
„Ich bringe dich jetzt nach Carboneras", sagt Luiza bestimmt. Wir fahren los.

Die Sonne ging unter. Es wurde Nacht und ich konnte nichts mehr erkennen. Ich wusste nur, dass Luiza mich in dem Hotel abliefern und aus meinem Leben für immer verschwinden würde. Dunkle, gespenstische Umrisse von Bäumen, Pflanzen und Häusern huschten an mir vorbei. Dann kamen wir auf eine asphaltierte Straße und gleich darauf schoss das lang ersehnte, vom Scheinwerfer hell beleuchtete Ortsschild von Carboneras an uns vorbei.
Inzwischen war es spät geworden. Endlich gab es vereinzelte Straßenlaternen, welche die Straße und die schmalen Gassen erleuchteten. Das

damals noch kleine Fischerdorf schien verlassen, wie ausgestorben, und hatte etwas von einer Geisterstadt. Noch ehe ich mich versah, stand ich kurz darauf mit Sack und Pack vor einer Hoteltüre, am Arsch der Welt.

Zum letzten Mal sah ich Luiza durch die heruntergelassene Autoscheibe, im diffusen Licht der Hotelbeleuchtung. Das Letzte, was ich von ihr hörte, war:
„Wir hätten die ganze Welt erobern können."
Dann trat sie aufs Gaspedal. Ich rief ihr noch irgendetwas hinterher, doch was das war, ging in meinem Schmerz und Gefühlschaos unter.
Als ich mich nach einer gefühlten Ewigkeit umdrehte, strich ein ungewohnt kühler, salziger Wind um mein schweißüberströmtes Gesicht und ich ahnte wenige Schritte von mir entfernt den Strand. Ich ließ mein Gepäck stehen und torkelte ins Ungewisse, bald vernahm ich im Dunkeln das leise Rauschen des Meeres, das sich sanft mit den Wogen meiner Emotionen vermischte. Ich ließ mich im Sand nieder und weinte, während die längsten Ausläufer der Wellen mich zärtlich umspülten und trösteten. Ich wusste: Es waren die Fingerspitzen des Mittelmeeres.

Von Weitem sah ich nun in dem Dunkel der Nacht die rote Neonschrift: Hotel Arabia. Es war schon fast zehn Uhr nachts. Man gab mir ein kleines Zimmer im ersten Stock. An Schlaf war in dieser Nacht sowieso nicht zu denken. Also trank ich in der Bar einen über den Durst. Ein Typ fragte mich, ob ich Ausländer sei. Ich dachte nur: „Wenn das alles wäre! Ich bin nicht nur Ausländer in deinem Land, sondern auch noch ein Fremder in mir selbst."
„Deutscher?", hakte er nach.
„Nein, Schweizer", gab ich kurz und genervt zurück.
So viel hatte ich jedenfalls noch mitbekommen: Das ganze Hotel war voller gerahmter Fotos von Filmstars und Drehorten. Ich fragte, wo ich denn hier gelandet sei. Er meinte, ob ich das nicht wüsste, ich sei hier in einem weitum bekannten Hotel.
„Und weißt du, warum?"

Er hatte wohl auch ein bisschen zu viel intus.
„Hab ich vergessen."
Ein Kumpel etwas weiter weg an einem Tisch hatte wohl unser Gespräch mitbekommen und brüllte:
„Hijo, estás borracho!" – „Du bist betrunken!"
Und zu mir gewandt:
„Klar, Mann, der Film hieß ‚Lawrence von Arabien[61]', mit Peter O'Toole. Kennst du Peter O'Toole?", fragte er mich mit einem großtuerischen Unterton.
„Nicht persönlich", sagte ich gequält komisch.
„Ja, die haben hier hinten im Algarrobico und am Cabo de Gata gedreht. Das war ein Spektakel, die hatten das Hotel extra für diese Filmleute gebaut. Und da gab es welche, die sind dann gleich hier geblieben, wie dieser ... na, wie hieß der bloß? Miguel, wie hieß dieser Engländer?"

Einige zuckten mit den Achseln, andere schüttelten den Kopf, keiner erinnerte sich an den Namen.
Auf meinem Zimmer, das ich wohl noch mit letzter Kraft zu erklimmen imstande war, fiel ich auf das knarrende Bett und schlief ein.
Am andern Morgen taumelte ich mit brummendem Schädel zur Toilette und wusch mein Gesicht. Im Spiegel sah ich das Abbild eines Versagers. Ich nahm einen tiefen Atemzug, trocknete mich ab, kehrte ins Zimmer zurück und starrte auf die geschlossenen Vorhänge, durch die bereits die sengende Sonne Andalusiens drang und mit ihr meine Erinnerung: Da draußen muss es sein! Das lang ersehnte Mittelmeer!
Ich riss voller Erwartung die Vorhänge auseinander, drückte die Fensterflügel nach außen und stand auf der Terrasse wie auf der Loge einer Oper und starrte auf den wie mit einem Lineal gezogenen blauen Horizont. Ein Augenzwinkern lang erlebte ich den Einklang von Freude und Leid. Bis der Vorhang wieder fiel und ich erneut gespalten und verzweifelt war.

Einige Tage vergingen in Schmerz, Selbstvorwürfen und Langeweile, ohne dass ich große Sprünge hätte machen können. Der Traum von dieser heißen Spanierin und einem Leben auf einer andalusischen Finca war geplatzt.
Der Anblick meines Modellkoffers hinterließ nur Hohn und Spott. Nicht einmal mein geliebtes Meer direkt vor meiner Nase hätte meine Niedergeschlagenheit lindern können. Im Gegenteil. Es machte alles noch viel schlimmer. Das Meer steht für mich für die ursprüngliche, schöpferische Freiheit. Meine Kreativität jedoch beschränkte sich in diesen Tagen und Monaten hartnäckig auf stumpfsinnige und selbstzerstörerische Handlungen: Des Nachts trank ich ein paar Gläser Whisky und sonstigen starken Tobak. Am Morgen schlief ich den Rausch aus, aß irgendwann irgendwo einen fettigen Fisch mit Pommes, um dann an Bauchkrämpfen, schlechtem Gewissen und der totalen Abwesenheit jedweden Lebenssinns zu leiden.
Das Fischerdorf mit den weißen Häusern und den blauen Fensterläden nahm ich nur von Weitem wahr. Ich irrte ziellos in der sengenden Sonne herum, verletzte mich an stachligem Zeug, von dem es mehr als genug in dieser trostlosen Gegend gab. An einen markanten Punkt erinnere ich mich noch sehr genau. Das war ein auffälliger Felsvorsprung mit einem alten Leuchtturm, südöstlich von Carboneras[26], auf einer Anhöhe über dem Meer, in Richtung dieser legendären „Playa del Algarrobico“, wo gemäß den Erzählungen meiner Fischerfreunde die Dreharbeiten für den Film „Lawrence von Arabien“ stattgefunden haben sollten. Da pilgerte ich oft hin, den Wind in den Haaren, den Schweiß auf der Stirn, das Chaos im Kopf, um zur Besinnung zu kommen, um wieder den Überblick über mein Leben zurückzugewinnen. Es dauerte etwa zwei Wochen, bis ich mich wieder etwas erholt hatte und mich mithilfe einer zerknitterten, vom Hotelconcierge ausgeliehenen Karte orientieren konnte, wo ich eigentlich war, und um mir erneut bewusst zu werden, was ich hier in diesem abgelegen Nest irgendwo in der Nähe der Stadt Almería, zwischen Agua Amarga und Mojàcar, eigentlich zu suchen hatte.

So viel war klar: Ich wollte das Haus dieses mysteriösen Engländers sehen, dessen Namen ich in meinem persönlichen Drama vollkommen vergessen hatte. Denn das Wenige, das mir die Familie Romero Aguilar in Madrid von diesem Anwesen erzählt hatte, klang verheißungsvoll. Also betrat ich eines Tages wieder einmal die Kneipe meines Filmhotels, in der Hoffnung, meine spanischen Freunde wiederzusehen, um dort an unsere Unterhaltung anzuknüpfen. An der Stelle nämlich, als ich nach dem Namen dieses Engländers fragte, den ich vergessen hatte.

INNEN/ARABIABAR/TAG

Zwei der Männer kenne ich noch:
„Hallo Jungs, erinnert ihr euch an mich?“
„El Suizo, der Schweizer, stimmt doch, oder? Jawohl!“
„Ja, passt mal auf. Ihr habt mir doch damals von diesem Engländer, diesem Filmtypen erzählt. Es könnte sehr gut sein, dass das der Mann ist, den ich suche. So, und nun strengt euch mal ein bisschen an. Ich muss wissen, wer das ist und wo der wohnt, klar?“
Großes spanisches Durcheinander und Gestikulieren. Alle reden gleichzeitig, bis am Ende einer des Rätsels Lösung hat.
„Sie meinen Alan, Alan Greene, den Engländer“, schmunzelt dieser.
„Lebt in der Finca Azul, da hinten am Arsch der Welt“, murmelt er und winkt abschätzig mit der Hand über seinen Kopf nach hinten ab.
„Finca Azul nennt er es. Angeblich, weil er dort Wasser hat oder wegen der blauen Läden, was weiß ich.“
„Oder weil er den ganzen Tag blau ist“, witzelt ein anderer, gefolgt von einem markerschütternden kollektiven Lacher. Sein Kollege neben ihm:
„Der versteht nichts, höre nicht auf den. Das ist wirklich ein Paradies, Señor, Dios lo sabe!“
Ein anderer Mann fährt mit den Schilderungen fort. Dieser Alan Greene sei weit herum bekannt, sogar bis Madrid. Gewiss sei er ein bisschen mysteriös. Jedenfalls gelte er als so etwas wie ein Fachmann für Bewässerungstechniken.
„Im Dorf nennen sie ihn El Maestro.“

Vor Jahren habe er hier in der Nähe ein riesiges Grundstück mit einer zerfallenden Finca gekauft und diese in vielen Jahren zu einem prunkhaften Anwesen umgebaut und später seine eigene Quelle gefunden.
Ein Fischer:
„Na, geh' doch einfach mal schauen. Da leben viele Ausländer, vielleicht triffst du ja Freunde aus deinem Land!“
Als das allgemeine Gelächter verstummt, zieht einer der Männer gelangweilt einen Zahnstocher aus seiner Knabberleiste und zeigt mit selbigem auf die Straße:
„Schau dort, das ist Anna, eines seiner Kinder. Es moro, el hijo de puta, tiene varias mujeres.“ – „Er ist Araber, der Hurensohn, hat mehrere Frauen!“, steht auf, geht nach draußen auf die Straße und pfeift das Mädchen herein.
„Komm, sag mal diesem Herrn schön guten Tag, der möchte deinen Vater kennenlernen.“
„Bist du ganz alleine hier?“, frage ich die Kleine.
„Ich bin mit meiner Freundin Julietta gekommen. Ihre Mama bringt mich jetzt gleich nach Hause zu meinem Daddy. Das ist nicht weit. Gleich da hinten, kommst du mit?“
Die Frau vom Laden nebenan kommt herein und drückt Anna noch die „Times“ für ihren Vater in die Hand. Juliettas Mutter folgt. Ein Mann an der Bar ruft ihr zu:
„He, Maria, da ist ein Schweizer, könntest du den mal mitnehmen, der will zu Alan.“
Sie gibt mir die Hand, es folgen Begrüßungsrituale, dann sagt sie:
„Ich fahr' jetzt gleich los, kommen Sie ruhig mit.“

Finca Azul

AUSSEN/CARBONERAS-CUMBRERO/TAG/MUSIK: SOUNDTRACK AUS „SPIEL MIR DAS LIED VOM TOD“ V. ENNIO MORRICONE[62]

Andalusien ist im Hochsommer die Hölle. Wir fahren circa zehn Minuten von der Avenida Garrucha über die Via Almería in westlicher Richtung und biegen dann am Dorfrand beim Friedhof in eine schmale Schotterstraße ab. Die vereinzelten, weiß gekalkten Hauskuben mit den winzigen Fenstern werden immer weniger. Die vollkommen vertrocknete Erde vibriert und flimmert in der gnadenlosen Mittagshitze. Der Wagen beginnt zu holpern. Die Frau schaltet den Vierradantrieb ein. Durch einen Olivenhain erreichen wir ein ausgetrocknetes Flussbett, das sich hier, von der Sierra herkommend, um einen kargen Sandhügel zum Meer hin windet. Nach weiteren fünfzehn Minuten holpriger Fahrt durch Pfahlrohr und Riesenschilf hält der Vierradantrieb vor dem steinernen Eingangsportal einer paradiesischen Oase mit der Aufschrift FINCA AZUL.

AUSSEN/SCHOTTERSTRASSE/TAG
ANNA UND CHRISTIAN VERABSCHIEDEN SICH VON DER FRAU.

„Folgen Sie einfach Anna“, meint Maria. „Die kennt den Weg, das Haus ist gleich da unten.“

Das kleine Mädchen nimmt mich an der Hand und führt mich fröhlich durch das hohe Tor hindurch entlang einer schmalen Schotterstraße, gesäumt von Wacholderstauden, Schilf und einzelnen, wunderschönen Zypressen.

Ich bin berührt, wenn ich Anna sehe. Diese Unschuld in ihren Augen und ihre Bewegungen, das unbekümmerte Lachen. Dieses Kind ist ganz im Hier und Jetzt. Voller Vertrauen. Wenn ich mich so beobachte, immer auf der Flucht, auf der Suche, immer hinter irgendetwas her. Wann ist mir meine Unschuld abhandengekommen?

Nach all den verheißungsvollen Schilderungen dieses Anwesens kann ich den Moment kaum erwarten, diesem Haus nun jeden Moment gegenüberzustehen. Bäche von Schweiß rinnen mir über Stirn und Ge-

sicht, mein Herz pocht. Mit der linken Hand ziehe ich Anna hinter mir her, die mit meinem immer schneller werden Schritttempo kaum mehr mithalten kann. Mit der anderen Hand halte ich meinen Modellkoffer fest umschlungen, so als wäre er mein Tribut ins Paradies. Die Straße biegt nach rechts ab, das Buschwerk lichtet sich und gibt endlich die Sicht auf das prächtige Anwesen frei. Anna wird ungeduldig und zerrt an meinem Arm:
„Da wohnt mein Daddy", ruft sie.
„Geh nur, meine Liebe, geh nur, ich bleibe noch einen Moment hier, okay?"

AUSSEN/VOR DER FINCA AZUL/TAG
Ich will den großen Moment alleine erleben. Die erste Begegnung mit dem Haus langsam und andächtig angehen. Wie mit der Geliebten, bei der man ahnt, dass es nicht bloß ein kurzes Abenteuer, sondern die große Liebe sein könnte.
Das Mädchen löst sich von meiner Hand und eilt zum Portal, wo ein Mann auf sie wartet. Nach lautem Gerede zeigt sie in meine Richtung, dann verschwinden beide in der dunklen Tür, während ich mich gebannt von dem erhabenen Anblick unter einer großen Eiche auf meinem Koffer niederlasse.
Das soll es also sein, das Haus dieses Engländers. Hier soll er wohnen, mein Held. Noch habe ich nur Fragen und keine Antworten.

Was ich von dem Haus sehe, ist eine etwa dreißig Meter breite und sieben Meter hohe, weiß gekalkte Frontfassade mit sechs symmetrisch übereinander angeordneten, schmalen Fenstern und Türen mit blauen Läden. Ein typisch mediterranes Bild. Das flache, noble Walmdach ist zu meiner Freude mit römischen Ziegeln gedeckt. Ein Indiz dafür, dass es sich hier in der Tat um ein echtes Haus, um ein Original und keine Kopie handelt. Genau in der Mitte der zweistöckigen Fassade – flankiert von einer schlanken Zypresse – ruht ein hohes, mit Naturstein eingefasstes Bogenportal, dessen braun gebeiztes Holz sich würdevoll von dem jung-

fräulichen Weiß der Mauer abhebt. Genau darüber – wie ein i-Punkt – dominiert ein großes, rundes Fenster, welches dieser schlichten Fassade etwas von einer Kirche oder einem Kloster verleiht.
Wie sich später herausstellen sollte, ist es auch eines gewesen. Das Haus ist kein Palast. Genauso, wie ich es mir vorgestellt hatte: schlicht, echt, authentisch, geheimnisvoll. So muss es sein! So will ich sein! Authentisch, echt, keine Kopie, sondern ein Original.
Die weiße Frontseite des Anwesens hebt sich rein und klar vor dem Hintergrund zweier rostroter Felsen ab, die durch einen schmalen Spalt voneinander getrennt sind. Der Eigenschaften des Landes inzwischen kundig, deute ich diesen Felsschacht sofort als Rinnsal, das mit größter Wahrscheinlichkeit zu einer hauseigenen Quelle führen könnte. Eine weitere Besonderheit, welche meine Vermutung bestärkt, sind eindeutig die drei großen, eleganten Dattelpalmen, die in dieser Trockenheit nur dort gedeihen, wo es auch Wasser gibt. Sie stehen wie Hauptdarsteller links im Vordergrund des Bildes, wie Zeugen der Fruchtbarkeit. Ihre langen, geschmeidigen Palmenwedel wiegen sich kraftvoll und sanft im Winde und singen das arabische Lied der Heimat.
Wie aus längst vergangener Zeit ruht an diesem Platz das Anwesen schlicht, gewachsen und selbstverständlich, in vollkommenem Einklang mit der Natur. Klaglos erduldet es die karge Erde, aus der wie durch ein Wunder vereinzelt Agaven, Feigenkakteen, Schilfpflanzen und hie und da ein paar Zwergpalmen sprießen. Nur meine geliebten Überlebenskünstler, die verknorzten Olivenbäume, scheinen hier gut zu gedeihen. Sie sind wohl die Einzigen, welche die ganze Geschichte dieses Platzes erzählen könnten. Aber sie schweigen. Auch mein Verstand ist ausgeschaltet und ich versinke in heiliger Stille.
Nach einer gefühlten Ewigkeit sehe ich einen winkenden Mann im Hauptportal stehen. Sein Rufen reißt mich aus meiner hingebungsvollen Betrachtung. Wie lange muss ich hier gesessen haben? Eine Stunde oder mehr?
Der Mann ruft und gestikuliert:
„Kommen Sie, Señor!“

Ich laufe die letzten paar Schritte den geraden Schotterweg entlang, welcher genau auf einer Mittelachse der Fassade direkt zum Portal führt und dort endet. Offenbar haben die längst verstorbenen Erbauer hier bewusst an Symmetrie gedacht. Die Sonne fällt schon in einem flacheren Winkel auf die Fassade. Es duftet verführerisch nach mediterranen Gewürzen, die genügsam aus alten, willkürlich verstreuten Tontöpfen ragen. Genau das ist die Schönheit dieses Platzes. Nichts passt hier farblich und stilistisch zusammen. Kümmert auch keinen. Und dennoch, oder gerade deshalb bildet alles eine natürliche Einheit, die einer zu erhalten imstande war. Der, den ich noch nicht einmal zu Gesicht bekommen habe.
„Was sitzen Sie da draußen herum, Fremder! Wir tun Ihnen nichts", witzelt der Alte. „Anna hat mir gesagt, dass sie mit Ihnen hierhergekommen sei. Ich bin Don Iglesias, der Verwalter dieses Hauses. Was kann ich für Sie tun?"
„Ich heiße Cristiano. Christian Maiwald."
„Deutscher?"
„Nein, Schweizer. Ich suche Alan Greene, der soll angeblich der Patron dieses Hauses und der Vater von Anna sein. Wie es scheint, bin ich hier richtig."
„Absolut richtig, Señor, absoluto. Bienvenido auf der Finca Azul. Bitte, kommen Sie herein."
Don Iglesias führt mich durch eine kühle, mit uralten Flusssteinfliesen und antiken Möbeln ausgestattete Eingangshalle, von der eine steinerne Treppe auf eine offene Galerie im ersten Stock führt. Das Abendlicht fällt wie ein Scheinwerferstrahl durch das runde Fenster unter dem Dach und taucht die doppelstöckige Halle in ein warmes, feierliches Licht. Auch hier im Innenbereich sind die dicken Natursteinmauern weiß gekalkt.
Unter der Galerie, die von dicken, dunkelbraunen Holzbalken getragen wird, enthüllt eine breite Glasfront mit verblichenen Sprossenfenstern endlich den Blick auf das Herz des Hauses: den verwunschenen, märchenhaften Patio, den ich, vom Lichtstrahl geblendet, noch gar nicht sehen, aber erahnen kann.

Don Iglesias öffnet eine Glastür:
„Das ist unser Innenhof, bitte, treten Sie ein."
Im Kreuzgang weist er mir einen alten Hochlehner zu, der arabischer Abstammung zu sein scheint. Allerdings könnte er auch durchaus eine Requisite aus dem Film „Lawrence von Arabien" sein:
„Bitte warten Sie einen Moment, ich werde Señor Greene Bescheid sagen."
Vor lauter Ergriffenheit ist es mir nicht möglich, mich hinzusetzen. Ich bleibe stehen und stammle ein paar Dankesfloskeln.
Keine Worte dieser Welt können die Atmosphäre eines solch typischen andalusischen Patios[69] beschreiben, der wohl schon hundert bis zweihundert Jahre alt, wenn nicht älter sein muss. Was mir sofort auffällt: Die Arkaden bestehen nicht wie gewohnt aus gotischen oder arabischen Bögen, so wie ich das in meinem Modell vorgesehen hatte, sondern aus schlichten, mit geschnitzten Kapitellen bestückten Holzbalken. Das hatte ich noch nie gesehen. Außerdem gibt es zwei übereinanderliegende Kreuzgänge. In den Ecken des quadratischen Innenhofs ragen vier schlanke Dattelpalmen über die zwei Stockwerke hinaus in den blauen Himmel. Erst jetzt lasse ich mich im kühlen Schatten auf dem Stuhl nieder. In langen, ausgreifenden Blicken, in meiner ganzen Verletzlichkeit endlich wieder Kind geworden, erforschen meine Augen den ganzen Raum, neugierig, wach, innerlich zentriert, während das leise Plätschern des Brunnens in der Mitte des Hofes mein Staunen und die Stille immer mehr vertieft. Nach einer Weile höre ich Schritte.
Aus dem kühlen Schatten des Kreuzganges, wo er wohl schon eine Weile gestanden und mich beobachtet haben muss, kommt ein älterer, schlanker Mann mit kahler Stirn und langen Haaren in leichtem federnden Schritt auf mich zu.
„Hola, my name is Alan Greene. Was hat dich hier in diese Wüste gebracht, mein Freund?"
Ich stehe auf, reiche ihm die Hand und denke: Das ist also der Mann, der meinen Traum verwirklicht hat. Er schaut mich mit seinen tiefblauen Augen, die klaren Bergseen gleichen, lange und durchdringend an.

Ich fühle mich unmittelbar angezogen von der starken Ausstrahlung und Präsenz dieses geheimnisvollen Mannes und gleichzeitig restlos durchschaut und erkannt.
„Christian Maiwald, hallo."
Ich wische mir den Schweiß von der Stirn.
„Durstig?", fragt er mich mit einem zweideutigen Lächeln.
„Ihr wunderschönes Haus hat mich gerufen. Nennen Sie mich einfach Cristiano. Dieser Engländer da hinten in der Finca Azul habe ein Paradies geschaffen, hat man mir gesagt. Und das wollte ich mir ansehen. Deshalb bin ich aus der Schweiz hierhergekommen."
„Deshalb?", fragt Greene mit einem zweideutigen Grinsen.

Ich erzähle ihm die Geschichte von Luiza und der Familie Romero Aguilar, von meinen Reisen nach Südamerika von der Entdeckung Spaniens, von meiner Liebe zu diesen Patiohäusern, dem Bau meines Modells und meinem sehnlichsten Wunsch, selbst irgendwann einmal so ein Haus zu besitzen. Ich will gerade meinen Koffer öffnen: In dem Moment legt er seine Hand auf die meine, um dies zu verhindern. Ich merke, dass mein naives Gerede irgendwie nicht in diese Stille und beschauliche Atmosphäre dieses Hauses passt und dass Greene allmählich nervös wird.
„Aha!", ist sein schlichter wie vernichtender Kommentar. Er legt freundschaftlich seinen Arm über meine Schulter, führt mich zum Brunnen in die Mitte des Patios und schweigt.
Nur das Plätschern ist zu hören. Frieden und Stille stehen in krassem Gegensatz zum Chaos meiner Gedanken und Gefühle. Er löst sanft seinen Arm von meinen Schultern, hält meine beiden Hände sanft in den seinen, lächelt, und während ich in seine tiefblauen Augen eintauche, höre ich ihn jene bedeutungsschwangeren Worte sagen, welche sich mir bis heute tief in meine Seele eingeprägt haben:
„You can hear it! Du kannst ES hören!"
Er sagt diese Worte mit großem Respekt und einer Eindringlichkeit, die mir durch Mark und Bein geht. Im Kreuzgang dreht er sich noch einmal zu mir um und sagt leicht ironisch:

„Erfülle deinen Wunsch, dann kannst du wiederkommen."
Ich ringe nach Worten, will irgendetwas sagen, starre Löcher in die Luft, während er hinter den Pfeilern des Kreuzgangs bereits verschwunden ist.
Nach einer Weile fällt der szenische Vorhang: Ernüchternde Schritte nähern sich und Don Iglesias erscheint unter der Glastüre:
„Don Cristiano, Sie sind immer noch hier? Ich dachte, sie hätten schon wieder die Flucht ergriffen. Kommen Sie, wir gehen in mein Büro."
Ich folge ihm durch die Eingangshalle im Erdgeschoss. Der große Windpropeller an der Decke über dem mächtigen Arbeitstisch des Verwalters ist ausgeschaltet. Es ist Abend geworden und es gibt bereits künstliche Beleuchtung. Don Iglesias setzt sich und bittet mich, ihm gegenüber Platz zu nehmen.

INNEN/BÜRO DES VERWALTERS/ABEND

Der Weihrauchgeruch und die leise esoterische Musik schaffen einen unerwarteten Kontrast zu der eher spartanisch anmutenden Einrichtung.
„Bitte setzen Sie sich."
„Nennen Sie mich einfach Cristiano."
„Gut, Cristiano, warum bist du hier?"
„Das ist eine lange Geschichte und ich weiß nicht, ob Sie die wirklich hören wollen."
„Ich habe hier schon viele Geschichten gehört. Mach dir da mal keine Sorgen."
„Im Moment weiß ich gerade überhaupt nicht mehr, warum ich überhaupt hier bin und was das alles bedeuten soll."
„Konntest du mit Alan reden?"
„Na ja, reden. Ich habe geredet. Er hat geschwiegen."
„Ja, das ist meistens so."
„Sag' mal, ist das hier so was wie ein ..."
„Ein Kloster, meinst du?"
Der alte Mann lacht weise.

„Keine Angst. Jedenfalls nicht im herkömmlichen Sinne. Das war mal vor langer Zeit ein Kloster. Bevor Alan dieses Anwesen hier aufbaute, war er ein bekannter Regisseur in dem Film ‚Lawrence von Arabien', von dem einige Szenen hier gedreht wurden. Er war von diesem Platz so fasziniert, dass er die Finca kaufte, restaurierte und sich intensiv mit Bewässerungstechniken auseinandersetzte. Bis vor einem Jahr war das Gut dann eine landwirtschaftliche Schule. Die meisten Leute kamen am Anfang vor allem hierher, um über Bewässerungstechniken und das Aufspüren von Quellen und Wasseradern etwas zu erfahren. Agronomie-Studenten eben. Wir sind hier weit herum bekannt für biologischen Anbau in wasserarmen Gegenden. Bis hinauf nach Madrid. Alan hielt dort Vorträge an der Hochschule, bis er Bhagwan, seinem spirituellen Meister in Indien begegnete."
„Moment mal: Bhagwan", fährt es mir durch den Kopf. „Ist das nicht dieser ..." – ich kann den Gedanken gar nicht weiterverfolgen, vergesse seine Bemerkung, denn Don Iglesias unterbricht:
„Sag mal, darf ich dich auch mal was fragen? Was hast du denn in diesem Koffer, den du da die ganze Zeit mit dir herumschleppst?"
„Meinen Traum, Don Iglesias", sage ich mit geheimnisvollem Schmunzeln, um ihn etwas zu provozieren, und merke, dass ich gerade an diesem zu zweifeln beginne.
„Ah, ein Mann mit Geheimnissen. Ja, es ist wichtig, Träume zu haben, junger Mann, in der Tat. Auch dieser Platz hier begann mit einem Traum. Es war Alans Traum, als er beim Film ausstieg. Wie du siehst, hat er ihn verwirklicht."
Jetzt kann ich mich nicht mehr zurückhalten.
„Mein Gott, was, glaubst du, habe ich hier in diesem Koffer?"
Ohne auch nur eine Sekunde zu zögern, öffne ich ihn, nehme das Modell heraus und stelle es ihm beinahe verzweifelt vor seine Nase.
„Deshalb bin ich hier. Herr Gott noch mal!"
Ich merke, wie mir Tränen in die Augen schießen.
„Er hat das geschaffen, wovon ich bis jetzt nur träumen konnte. Ich wollte um jeden Preis dieses wunderschöne Anwesen sehen und ich dach-

te, dass er mir auf der Suche nach meinem eigenen Haus weiterhelfen könnte. Natürlich kann ich mir ein solches Anwesen niemals leisten, aber es kann ja auch ein kleineres oder auch nur eine Ruine sein. Jede große Reise beginnt ja bekanntlich mit dem ersten Schritt", sprudelt es so unsagbar peinlich und altklug aus mir heraus.
„Hast du ihm das gesagt?"
„Ja ... nein. Das erschien in seiner Anwesenheit plötzlich alles so banal!"
„Was war seine Antwort?"
„Das möchte ich nicht sagen. Das ist mein Geheimnis."
Don Iglesias lacht verständnisvoll, als er meine Ratlosigkeit bemerkt.
„Das ist Alan. Mein Gott. Das musst du verstehen. Das ist ein Mann, der hat gefunden. Ein Mann der Wahrheit. Der ist nicht mehr im Geschäft. Wie ich ihn kenne, wird er seine Gründe gehabt haben, und die liegen oft nicht dort, wo du sie suchst. Ich finde seinen Rat sehr weise. Geh zur Gemeinde, frag die Leute. Da musst du selber durch."
Er steht auf und fragt mich, ob ich den Weg hinaus selbst finde. Als ich bereits unter der Türe stehe, um den Raum zu verlassen, und mich noch einmal zu ihm umdrehe, steht er da mit meinem Modellkoffer in der Hand und sagt gelassen:
„Vergiss deinen Traum nicht."
Verwirrt und beschämt nehme ich ihm den Koffer ab.
„Hasta mañana. Bis morgen", ruft mir Don Iglesias nach.
„Das wird wohl etwas länger dauern", denke ich, als ich wie betäubt die Eingangshalle durchquere und das Haus verlasse.
Draußen ist es schon dunkler geworden. Die weiß gekalkten Mauern strahlen noch die starke Hitze des Tages ab, während die ersten kühlen Abendbrisen mein aufgewühltes Gemüt abkühlen.
Wo bin ich hier gelandet? Wie finde ich hier in dieser Wüste bei Nacht wieder in mein Hotel zurück? Ich kam von weit her, um dieses Haus zu sehen, und habe noch gar nichts gesehen.
Wie sieht es hinten, wie sieht es im ersten Stock aus? Was verbirgt sich in all diesen geheimnisvollen Zimmern? Wo wohnt Alan Greene?
Diese Fragen bestimmen gerade mein ganzes Denken und Fühlen. Allei-

ne und verwirrt stehe ich da vor diesem altehrwürdigen Anwesen und verliere immer wieder den Faden zum ursprünglichen Grund meines Hierseins. Warum habe ich mein Modell beinahe vergessen? Bin ich meines Traumes schon überdrüssig geworden? Jedenfalls scheint es so, als würde in diesem Haus mein Traum bedeutungslos.
Einerseits zieht mich dieses Haus magisch an, andererseits bin ich ebenso stark geneigt, diesen geheimnisvollen Ort fluchtartig zu verlassen. Ist das hier eine Sekte und der Maestro ein Guru? War Luiza etwa diesem Alan Greene zum Opfer gefallen? Was meinte sie mit: „Du wirst noch an mich denken"? War das eine Warnung? Wer ist dieser Mann? All diese Fragen, die über meine naheliegende Zukunft entscheiden sollten, begleiten mich auf meinem abendlichen Irrweg zurück in mein Hotel.

Cortijo del Viento[32]

Vollkommen fertig, verunsichert, hin- und hergerissen zwischen Haben oder Sein, lasse ich mich wie ein streunender Wolf auf mein Bett nieder, um meine Wunden zu lecken. Luiza, dieses Weib, hat mir den Rest gegeben, hat mich meiner Kraft beraubt, die ich jetzt dringend nötig hätte, um diese ganze Suche nach einem „Steinhaufen" durchzustehen.
Warum hatte mich dieser Mann zurückgewiesen? Ich stand auf, öffnete die Türe, trat auf den Balkon und blickte auf das Meer. Ich genoss die kühle Brise auf meinem schweißbedeckten Gesicht. Mein Bewusstsein dehnte sich bis zum Horizont – und plötzlich sah ich alles in einem anderen Licht. Ich wusste, dass es einen Menschen gab, der meinen Traum verwirklicht hatte. Nein, was bin ich doch für ein Idiot! Greene hatte mich nicht zurückgewiesen! Er hatte mich ermutigt, meine eigene Finca zu suchen. Mit dieser neuen, positiven Sichtweise, gewonnen in einer andalusischen Sternennacht am Mittelmeer, ließ es sich besser, zuversichtlicher und etwas länger schlafen.
Am anderen Morgen, nach einem ausgiebigen Frühstück auf dem Bal-

kon, hatte ich nach langer Zeit wieder richtig Appetit. Ich rüstete mich innerlich und äußerlich zum Kampfe. Wenn Alan das geschafft hatte, dann würde ich das auch schaffen. Später hätte ich das „positives Denken“ genannt. Damals sagte ich das wohl einfach so, um die Angst vor diesem Wahnsinn zu verdrängen.

Ohne Adresse und ohne das nötige Kapital, nur mit dieser Einstellung und einem Traum verließ ich das Hotel. Die Suche begann. Ich fragte hier, ich fragte dort. Viel wurde geredet, nichts gefunden. Typisch spanisch eben. Ich saß tagelang todmüde und schweißüberströmt in irgendwelchen rostigen, stinkenden Blechkisten auf vier Rädern, unterwegs auf holprigen Schotterstraßen zu abgelegenen Grundstücken, Ruinen oder Objekten, die entweder unbrauchbar oder zu teuer waren. Gewiss zeigte man mir auch überwältigende Anwesen, sogar solche mit Innenhof, die aber meine bescheidenen finanziellen Mittel aufs Peinlichste übertrafen. Ich wurde stundenlang belabert und irregeführt. Jeder dachte, dass mit diesem Ausländer sicher fett Kohle zu machen sei. Viele hatten mir irgendwelche Ruinen am Arsch der Welt für lächerlich hohe Summen andrehen wollen. Manchmal entdeckte ich Ruinen, von denen ich glaubte, dass sie sich umbauen ließen. Ich zeichnete und plante wie in Trance. Es dauerte Wochen und letztlich war nichts dabei herausgekommen, das meinen Vorstellungen und vor allem meinen finanziellen Möglichkeiten – und meinem Modell schon gar nicht – entsprochen hätte. Denn ich musste zur Kenntnis nehmen, dass ein Haus mit Innenhof, wenn man ein solches überhaupt finden würde, schon damals, als die Preise um einiges tiefer waren, weit jenseits meines Horizontes lag. Die Bilanz war ernüchternd. Ich hatte lediglich etwas Geld als Vorerbe aus dem Verkauf meines Elternhauses an Oswaldo und meine bescheidenen Ersparnisse aus Gelegenheitsjobs, dem Verkauf meiner Bilder und von den Auftritten mit meiner Jazzband.

Ich musste wohl immer verwilderter und müder ausgesehen haben. Auch wenn das Hotel billig war, wollte ich nicht für immer hier wohnen. Die Zeit drängte, denn ich hätte mich mal wieder um mein „reales Leben“ in der Schweiz kümmern müssen. Um meine Einkünfte, meine Malerei, meine Jazzband, die in dieser Zeit mit einem anderen Klarinettisten auskommen musste.

Doch, wie so oft in meinem Leben, kam das Ersehnte meistens erst dann, wenn ich es losgelassen hatte und nichts mehr wollte oder einfach nicht mehr konnte. Als meine Hoffnung auf dem Tiefpunkt war, entdeckte ich auf einem meiner Streifzüge, ganz in der Nähe der Finca Azul, ein zerfallenes, allein stehendes Gehöft, dessen etwas überhöhte Lage mit Rundumsicht auf das ausgetrocknete Flussbett mir auf Anhieb gefiel. Ich marschierte zügig, trotz der sengenden Hitze und mit leerem Magen, das leicht aufsteigende Schotterssträßchen hoch. Oben auf dem mit hohem Steppengras überwachsenen Hügel stand ich vor dem schlichten, weiß gekalkten Quader, dessen Maße ich auf etwa 16 x 5 Meter schätzte. Wie immer versuchte ich sofort, ob sich eine Türe oder ein Fenster öffnen ließe. Die schmucklose, dunkelbraun gebeizte Türe war, wie zu erwarten, geschlossen. Wenn ich damals dieses kleine Haus mit meinem Modell verglichen hätte, wäre bittere Enttäuschung und unmittelbare Flucht die einzig nachvollziehbare Reaktion gewesen. Doch ich hatte es, wie gesagt, schon sehr bald aufgegeben, mich mit meinem Modell als Vorlage unglücklich zu machen. Es war nicht das Haus, das ich suchte. Es hatte mit Sicherheit keinen Innenhof. Dafür hatte es eine Feuerstelle, das konnte ich anhand des Kamins auf dem Flachdach erkennen. Aber irgendwie gefiel es mir hier oben alleine auf dem Hügel, die frei stehende Lage, die Weitsicht und das Wissen, dass irgendwo südlich in Richtung Meer, im Tal des Algarrobico, wo die Reiter- und Kampfszenen gedreht worden waren, die Finca Azul liegen musste. Ich wollte es wagen.

In der Bar meines Hotels erfahre ich, wem das Haus gehört, und treffe Pedro, den Besitzer.
„Hola Pedro, sag mal, gehört dir dieses Haus da hinten auf dem Hügel? Diese Ruine in der Nähe des Cumbrero?“

„Du meinst das Cortijo del Viento, das Gehöft des Windes?“
Nach seinen genauen Schilderungen zu schließen, muss es das Haus sein. Ich fackele nicht lange und frage ihn:
„Würdest du mir das Haus verkaufen?“
„Si, como no, hijo – aber freilich, mein Sohn.“
Ich bestelle ein Mineralwasser, Pedro einen Cognac.
„Zigarette?“
„Nein, danke, wann kann ich es sehen?“
„Jetzt, kein Problem, Amigo. Ich trinke meinen Cognac, rauche meine Zigarette und dann rrrrrrrrr ... und hopp!“
„Wie viele Hektar Land hat dein Grundstück?“
„50 Hektar Land, mein Freund.“
„Hat dieses Grundstück denn überhaupt Wasser, eine Quelle oder so?“
Pedro rülpst und speit auf den Boden:
„Nicht für diesen Preis, hombre, niemals. Mit einer Quelle würde dich das Ganze hundertmal mehr kosten. Wasser ist hier alles. Ohne Wasser nichts, gar nichts, verstehst du?“
Er ahmt die Bewegung nach, als würde er sich mit einem Messer seine Kehle durchschneiden.
„Vamos!“

Vor der Türe der Bar besteigen wir seinen Eselskarren:
„Wenn du Wasser findest auf meinem Land, bist du König, un millionario. Sonst un pobre conejo, ein armes Schwein, von allen abhängig. Du verbrennst in dieser Sonne.“
Setzt sich den Hut auf seinen Kopf:
„So ist das hier.“
„Nicht nur hier, viejo, Alter“, sage ich nachdenklich.

AUSSEN/EXTREME TOTALE/TAG
ESELSWAGEN IN WEITER OFFENER LANDSCHAFT, IN DER FERNE AUF EINEM HÜGEL EIN WEISSES GEHÖFT. DER WAGEN MIT DEN BEIDEN MÄNNERN HOLPERT AUF EINER VÖLLIG ZERSTÖRTEN STRASSE DEN HÜGEL HINAUF. DIE MÄNNER STEIGEN VOR DEM HAUS VOM WAGEN.

Das Gespann holpert los, während Pedro den armen abgemagerten Esel mit wilden Flüchen traktiert.

„Das ist das Cortijo del Viento."

Ich reibe Daumen und Zeigefinger aneinander und frage Pedro:

„Esto es mucho dinero, viel Geld, um das alles wieder aufzubauen?"

Pedro schließt mit einem riesigen uralten Schlüssel die Türe auf:

„No es mucho. Nein, das ist nicht viel, da helfen wir dir. Tranquilo, hombre. Nur ruhig Blut. Mach' dir keine Sorgen."

Wir treten ein:

„Das ist die Küche."

Ich stehe in einem typisch andalusischen Flachdachhaus. Die dicken Natursteinmauern sind innen und außen weiß gekalkt. Wie ich es vermutet habe, steht hier im Eingangsbereich der Kamin, darüber hängt ein braunes Holzkreuz. Links oben gibt es ein winziges quadratisches Fensterchen, das nur wenig Licht, dafür aber auch weniger Hitze hereinlässt. Welcher urmediterrane Anblick. Das Ambiente ist schon mal gut.

Geradeaus gibt es einen weiteren Raum, in dem Pedro steht:

„Hier hast du den Herd und den Kühlschrank und in der Mitte das Wasserarchiv, wie es bei uns üblich ist. Wir sammeln das Regenwasser vom Dach und das rinnt dann hier in dieses Becken. Verstehst du? Das haben schon meine Vorfahren so gemacht."

„Wenn es regnet, Pedro. Hier regnet es nie. Das weißt du auch."

„No te preocupes!" – „Mach dir keine Sorgen."

Aber ich weiß, dass er lügt. Er will ja verkaufen, was man ihm nicht verübeln kann.

Wir schauen uns nach und nach alle Räume an.

Gegen Ende der Besichtigung öffnet Pedro eine morsche Türe. Staub löst sich von der Decke. Pedro hustet – er raucht eh wie ein Schlot – und wischt sich den Dreck von seinen Schultern und Haaren. Ich schweige und bin enttäuscht.

„Was ist?"
„Ist das alles? Das Ende der Besichtigung? Wo ist der Innenhof?"
„Das Haus hat keinen Innenhof, Cristiano."
Gemächlich reibt er seinen Zigarettenstummel auf der Mauer aus und sagt gelangweilt:
„Dafür ist es DEIN HAUS!"
Ich stutze über diese schlagfertige Antwort, die ich von so einem einfachen Mann nicht erwartet hätte. Ja, da hat er wohl recht. Die Wahrheit kommt oft von ganz unerwarteter Seite, denke ich.
„Also, wie viel willst du für diese Ruine?", frage ich ihn.
„Ruine, sagst du dazu? Da bin ich aufgewachsen, da haben schon meine Eltern gewohnt. Das Haus muss man nur etwas herrichten, und du lebst wie ein König", regt er sich auf.
„Ist ja gut Pedro, reg dich nicht auf. ... Also, wie viel?"
Er nennt einen Betrag in Pesetas, der damals etwa 65.000 Schweizer Franken entspricht.
„... und keinen Duro weniger", ergänzt er noch energisch.
„Wann gehen wir zur Bank?", drängt er mich.
„Ich muss mir das noch einmal durch den Kopf gehen lassen. Ich weiß nicht, ob ich so schnell ... Ich melde mich."
„Nos vamos, Cristiano? Überleg nicht zu lange!"
„Nein, lass mal, ich möchte einen Moment hier alleine sein und mir alles noch einmal ansehen."
Er zieht ein Auge mit dem Zeigefinger nach unten und droht mir:
„Also gut, ich gebe dir ausnahmsweise meinen Schlüssel, aber aufgepasst, nicht weglaufen, Fremder. Alles klar?"

Das Gespann rasselt, eine Staubwolke hinter sich herziehend, den Hügel hinunter und verschwindet.
Ich schaue mich noch etwas um, kehre zurück ins Schlafzimmer und lege eine Decke auf das gänzlich zerfallene Bett in der Ecke. Generationen müssen schon auf diesem Gestell geschlafen haben. Als ich mich erschöpft von dieser extremen Hitze auf diesem niederlasse, bricht es

unter mir zusammen. Verdutzt glotze ich, nun etwas tiefer sitzend, in den Raum.
„Diese Ruine soll also mein Haus mit Innenhof sein? Scheiße! Nein! Es ist ein Haus ohne Innenhof“, denke ich enttäuscht.
Ich stehe auf und reiße gereizt und enttäuscht dem Bett die restlichen Beine aus und schleudere sie von mir.
Nach einigen Tagen, hin- und hergerissen zwischen Kaufen und Nichtkaufen, entscheide ich mich für Ersteres. Es muss sein, denn schließlich habe ich mir den Satz „Lebe deinen Traum“ auf meine Lebensfahne geschrieben. Der Betrag liegt etwas über jenem, der sich aus meinem Ersparten und dem Vorerbe aus dem Verkauf meines Elternhauses ergibt. Den Rest regele ich mit der Bank durch einen verantwortbaren Kleinkredit. Als Bürge tritt mein Vater ein.

An jenem Freitag, es ist der 28. Juli 1978, um 14.30 Uhr geben Pedro und ich uns in der Bank Caja Rural von Carboneras den Handschlag.
Bei Prosecco und Feierlaune in einer nahe gelegenen, vollgestopften Bar mit Rauch und Musik unter wild durcheinander gestikulierenden Männern stellt sich ein Mann locker zu Pedro:
„Hola tio, como te va?“ – „Na, Alter, wie geht's?“
„Bien, bien.“
„So, hast du nun deinen Schutthaufen verkauft, du Gauner?“
Ein anderer Mann zu mir:
„Deutscher?“
„Nein, Schweizer.“
Pedro zu einer Gruppe Handwerker:
„Macht ihr mit, bei diesem Schweizer. Im Cortijo del Viento?“
Ein Mann zu Pedro:
„Will der das neu machen?“, schüttelt er spöttisch den Kopf, dann zu mir:
„Mucho trabajo, amigo.“ – „Viel Arbeit, mein Freund.“
Wir verabreden einen ersten Termin mit seinen ganzen Handwerkern für circa eine Woche später. Als ich bei Pedro vorsichtshalber noch ein-

mal nachhake, um sicherzustellen, dass er unsere Verabredung auch wirklich abgespeichert hat, verlasse ich die Gestikulierenden, um draußen Luft zu schnappen. Gleich darauf erscheint erneut Pedro mit einem Glas Whisky in der Hand und schreit:
„Heh, Amigo, wo willst du denn jetzt hin? Du hast ja gar keinen Wagen, keinen Esel, nichts. Willst du hier krepieren?"
Pedro lieh mir für die Zeit, bis ich mir einen Leihwagen besorgt hatte, großzügig sein rostiges Moped-Fracht-Dreirad mit Gepäckträger, das er noch irgendwo bei sich stehen hatte. Mit dieser andalusischen Rikscha röhrte ich – ohne Nummernschild, versteht sich – zum Hotel, beglich meine Rechnung und holperte mit Sack und Pack zurück auf mein Land, zum Cortijo del Viento.
Begleitet von einem Gefühlscocktail aus Vorfreude und schleichendem Grausen vor meinem bevorstehenden Umbau kam ich, schweißüberströmt, vor meiner soeben käuflich erworbenen Finca zum Stehen.
Erfreut stellte ich fest, dass mein Haus seinem Namen durchaus Ehre machte, denn es wehte tatsächlich immer ein leiser, kühler Wind. Ob das ein gutes Omen war? Ich kramte stolz den großen Schlüssel hervor, steckte ihn in das rostige Schloss, und nach einer Weile schaffte ich es, dass meine Haustüre, begleitet von einem Staubregen, sich öffnete. Hustend klopfte ich in der Küche den ganzen Dreck von meiner Jacke ab, ging durchs Haus und genoss es, endlich alleine zu sein. Ich zog in aller Ruhe – gespalten zwischen Freude und Entsetzen über den miserablen Zustand dieser Hütte – meine Runden. Langsam wurde es Nacht. Auch wenn ich die Lichtschalter irgendwann fand, so brachten sie trotzdem kein Licht, sondern nur Verzweiflung über mich. Ich saß im doppelten Wortsinn im Dunkeln.
Kein Licht, kein Wasser, der alte Bettrahmen ohne Beine.
Haben mich diese Gauner am Ende gar reingelegt?
Eine Tatsache allerdings war schon mal klar: Es gab kein Zurück. Es blieb mir nur noch die Flucht nach vorn. Ich hatte unterschrieben und es stand mir, bescheiden gesagt, eine Menge Arbeit bevor. Irgendwie richtete ich mich in der Zeit bis zum Beginn des Umbaus erst einmal mit dem Weni-

gen an Mobiliar, das mir Pedro hinterlassen hatte, provisorisch ein. Ich putzte, werkelte, entsorgte, zeichnete, plante und fieberte dem Tag entgegen, an dem der Umbau endlich beginnen konnte. Er kam nicht. Beziehungsweise die Schreckenstruppe kam einen Tag später. Man muss sich das einmal in der Schweiz oder in Deutschland vorstellen. Ro, Gott hab ihn selig, das war Erwachsenenbildung für Fortgeschrittene! Ich war, schon bevor der Umbau begann, am Ende!

AUSSEN/CORTIJO/TAG

An jenem Tage nach unserem vereinbarten Termin höre ich vom Schlafzimmer aus sich langsam nähernden Motorenlärm. Mehrere Männer steigen aus einem alten Lastwagen, voll mit Baumaterial, Betonmischer und Werkzeugen. Pedro begrüßt mich, so als wäre nichts geschehen.
Ich komme mir so lächerlich vor, als ich – der Schweizer Spießer – ihn völlig zwecklos zur Rede stelle:
„Hatten wir uns nicht für gestern verabredet?"
„Ja, Mann, kam was dazwischen."
Ich will nachhaken und sagen: „Warum hast du mich das nicht wissen lassen?" – Doch als ich diese Horde Fischer, die über Nacht plötzlich allesamt zu hoch qualifizierten Bauhandwerkern mutiert sind, so ansehe, bleibt mir jeder Versuch, noch irgendetwas zu sagen, im Halse stecken. Die sitzen am größeren Hebelarm, wie mein Vater zu sagen pflegte.

Vom Kampf zwischen Entsetzen, Wut und positiver Selbstmotivation verfolgt, versuche ich die ersten Instruktionen zu geben und lerne nicht das Was, sondern das Wie sage ich es diesen Männern. Trotz aller guten Vorsätze, diese Andalusier bringen mich an den Rand des Wahnsinns.
Die Sonne steht inzwischen senkrecht über dem Hügel und brennt unerbittlich auf mein Gesicht. Ich beuge mich entsetzt über den leeren Brunnen, der wohl schon lange kein Wasser mehr gesehen hat und wische mir den Schweiß von der Stirn. Ich versuche vergeblich, den alten, defekten Wasserausfluss zu flicken, richte mich auf, halte die linke Hand vor mein Gesicht und blicke zum Himmel in die sengende Sonne. Mir

ist schlecht, ich torkle, falle beinahe hin und kann mich noch in letzter Sekunde an einer Wand festhalten.
Plötzlich sehe ich verzerrte und verwackelte Bilder vor meinem geistigen Auge vorbeiziehen: Wie ich Luiza in der Bibliothek mein Geheimnis verrate und mein Modell preisgebe, dann Alan Greenes eindringlichen Blick und schließlich Beas Stimme:
„Du bist ein Träumer, nichts als ein hoffnungsloser Träumer."

Ich erhebe mich vom Boden und torkle in das Schafzimmer, in dem die kastrierte Pritsche liegt. Alles dreht sich vor meinen Augen. Ich halte mich am Fensterrahmen fest und sehe auf den ockerfarbenen Hügeln die einzelnen, ausgetrockneten Olivenbäume verschwommen in der sengenden Sonne flimmern. Moskitos stechen mich, eine Echse zischt an der Wand vorbei: Jetzt höre ich wieder das Geschwätz der Männer in meinem Kopf. In dem Moment kommt die kleine Echse wieder zurück, genau vor mein Gesicht. Ich sehe wieder Gesichter von Luiza, Bea, meinem Vater, von all meinen Lehrern und Erziehern, dem Müeti und dem Ätti vom Schlössli Ins, diesem widerlichen Ehepaar Kramer, der gleichnamigen Modeboutique in Zürich und all denjenigen, die mich quälen und mich nach ihren Vorstellungen verbiegen wollten.
Eine verzweifelte Wut explodiert auf einmal ungehindert wie ein Feuerball in meinem Bauch. Ich hole tief Luft, hole weit aus. Dann zermalme ich mit einem einzigen, gewaltigen Schlag und einem Schrei, der tausend Jahre alt sein könnte, die Echse auf der Wand. Blut läuft an der Wand hinunter und ich falle schluchzend auf meine Pritsche, während draußen die Männer auf meine Kosten einen faulen Lenz schieben.

In der folgenden Zeit arbeitete ich wie besinnungslos und leitete die ganze Renovierung, so gut es eben ging oder nicht ging.
Mit der Zeit genoss ich erstaunlicherweise diesen rührend unperfekten, um nicht zu sagen hoffnungslosen Zustand irgendwie. Nichts hatte je funktioniert. Auf niemanden konnte man sich verlassen. Und dennoch, wenn ich mich genau zu erinnern versuche, war ich oft sogar glücklich auf meinem Hügel. Ich fühlte mich frei. Es war „meine Baustelle".

So stand es denn allem Ärger zum Trotz, nicht zuletzt dank meiner überlebensnotwendigen Frustrationstoleranz, am Schluss da auf dem Hügel, strahlend weiß gekalkt:
Mein Cortijo del Viento!
Mein Haus ohne Innenhof.

AUSSEN/VOR DEM CORTIJO/TAG
Ich drehe mich zu Pedro um:
„Ist es nicht schön?"
„Und das Wasser, Schweizer? Die meisten von uns schließen sich an die Wasserleitung der Gemeinde an. Da musst du mit Mateo Hernandez, dem Gemeindeschreiber, reden. Das kann dauern."
„Da habe ich auch nichts anderes erwartet", gebe ich frustriert zur Antwort. „Ich will aber nicht abhängig sein. Ich will meine eigene Quelle oder jedenfalls mein eigenes Grundwasser haben!"
„Na ja, das will jeder, Loco, du Spinner!"
Pedro macht eine Bewegung, wie wenn er mit einem Spaten in die Erde stechen würde.
„Dann musst du graben ... tief hinunter. Und deinen Freund, den Engländer fragen."
Dann stutzt er eine Weile und denkt nach.
„Gut, ich meine, da hinten in den Hügeln ist mal vor langer, langer Zeit ein bisschen was rausgekommen."
Er ergreift mit der linken Hand den Daumen der Rechten hinter dem Nagelansatz.
„Nichts wert!", dann lacht er höhnisch.
„Was heißt da, nichts wert. Diese Quelle ist vielleicht nur verschüttet."
„Du spinnst. Nichts wert!"
„Woher willst du das wissen?"
„Dios mio, Cristiano. Das hatten schon viele hier, den Traum von der eigenen Quelle. Die ganzen Filmleute, die hier kauften, Ausländer, Künstler, Verrückte. Vergiss es! Die Zeit von einem blühenden Andalusien ist seit den Arabern vorbei. Du kommst zu spät!"
„So denken alle!", fährt es mir durch den Kopf.

Ich war mir sicher, dass ich niemals in meinem Leben zu spät kommen würde. Denn nur aufgrund der Tatsache, dass man die Quelle nicht sieht, heißt es noch lange nicht, dass es sie nicht gibt.

Wo allerdings diese Gewissheit inmitten dieser trostlosen Wüste herkam, wusste ich nicht.
Ich versuchte mich an die Wasserleitung der Gemeinde anzuschließen, stieß aber auf unzählige behördliche Widerstände. So ein Ämterlauf ist ja schon in der Schweiz ein nervenaufreibendes Unterfangen, aber nichts im Vergleich zu Andalusien. Außerdem verspotteten mich die Nachbarn und die Leute vom Dorf. Mein Freund Mateo Hernandez, der Gemeindeschreiber, hatte es offenbar nicht im Geringsten eilig, mir mit den Bewilligungen in Almería beizustehen. Es hieß einfach immer: Mañana!
Ausländer schienen hier offenbar nicht gerade gern gesehen. Es wurde bald schon bei mir eingebrochen und gestohlen. Mein Transistorradio kam weg. Schlösser mussten ausgewechselt werden. Wasser holte ich beim Nachbarn, dessen Frau einmal meinte, ich müsse etwas dafür bezahlen oder ihr etwas schenken von da, wo ich herkäme. Den wertlosen Plastikkübel zum Beispiel, den sie bei mir gesehen habe. Sie musste offenbar herumgeschnüffelt haben. Ich tauschte den dann gegen einen Tonkrug, der sich bei einer späteren Expertise als äußerst wertvoll erweisen sollte.
„Nimm niemals Böswilligkeit an, wenn Dummheit hinreichend ist“, habe ich einmal irgendwo gelesen.
Außerdem tratschte ein deutsches Ehepaar, das hier am Meer eine Ferienwohnung haben musste: Die Frau habe zu Pedros Frau gesagt, dass sie mich kenne und ich einer dieser Verrückten sei, die mit Alan Greene verkehren. Solche Leute würden hier bald alles Wasser aufgebraucht und den Spaniern sicher alles Land weggenommen haben. Die große Begabung der Leute auf der Finca, Wasseradern ausfindig zu machen, löste hier nicht nur Bewunderung, sondern auch Neid aus, den ich schon bald am eigenen Leib zu spüren bekam.

Dieses Gerücht hatte Mateo sehr schnell aufgeschnappt, was sich natürlich erneut verheerend auf die nun inzwischen unzumutbare Verzögerung meiner Bewilligung auswirkte. Ich hatte die Schnauze voll!

The World is Not Enough

Als ich gerade wieder einmal wütend und frustriert das Gemeindebüro verlasse, kommt mir Alan entgegen, der wohl auch gerade für eine amtliche Angelegenheit unterwegs ist.

HALBTOTALE/AUSSEN/TAG/ALAN UND CHRISTIAN VOR DEM AMTSGEBÄUDE VON CARBONERAS

„Hallo, Cristiano. Du hier?"
„Mann oh Mann, ich kann nicht mehr! Diese Idioten machen mich fertig!"
„I know that. Das ist die Feuerprobe", sagt dieser Teufelskerl und lacht lauthals im Vorübergehen.
„Idiot!", denke ich.
Als ich mich gerade so richtig ärgern will, dreht er sich um, kommt noch einmal auf mich zu und tippt mehrere Male energisch mit dem Zeigefinger und strenger Miene auf mein Herz:
„Du suchst kein Haus, sondern dich selbst, Amigo" – spricht es, wendet sich von mir ab und verschwindet im Amtsgebäude.
Ich stehe da, regungslos wie die Bronzestatue des Don Quijote de la Mancha auf der Plaza de las Cortes in Madrid.
Was Alan mir da gerade gesagt hatte, traf mich wie ein Blitz. Doch bevor ich begriff, was da mit mir geschah, musste ich wohl noch eine Ewigkeit wie versteinert vor diesem Amtsgebäude gestanden haben. Plötzlich wusste ich einfach, dass das, was Alan mir da gesagt hatte, die Wahrheit war. Gleichzeitig erschien es mir jedoch so, als ruhte dieses Wissen schon seit urewiger Zeit – dem unendlichen Meer, das ich zwischen den

Häusern hindurch erblickte, gleich – in den Weiten meiner Seele. In diesem Moment wurde mir klar, dass meine zwanghafte Haussuche ihren Sinn erfüllt und hier auf diesem Platz ein friedliches Ende gefunden hatte. Da war kein Kampf, keine Reue, nur Verstehen.
Mit klarem Kopf kehrte ich ins Hotel zurück, stieg die Treppe hoch in den ersten Stock, öffnete ruhig und bewusst die Zimmertüre, trat ein, ergriff meinen Modellkoffer, kehrte erneut ins Erdgeschoss zurück und verließ das Hotel. In der absoluten Gewissheit, das Richtige zu tun, schlenderte ich gemächlich den Strand entlang und kletterte hoch zu meinem Leuchtturm auf dem Felsvorsprung, der immer, wenn es mir schlecht erging, mein Rückzugsort war. Doch diesmal ging es mir gut. Sehr gut sogar!

TOTALE/BLAUES MEER/TAG/IM VORDERGRUND FELSVORSPRUNG /CHRISTIAN WIRFT MODELL INS MEER

Eine Weile stehe ich da wie Leonardo DiCaprio mit Kate Winslet auf dem Bug der Titanic.
Die Haare im Wind, den Koffer – meinen treuen Wegbegleiter – im Arm. Dann kommt, was kommen muss: Wie ein Diskuswerfer hole ich weit aus zum finalen Wurf!
Lange und genüsslich schaue ich dem Koffer nach, wie er in Zeitlupe in einem großen Bogen durch die Luft fliegt und am Ende im blauen Meer verschwindet, und mit ihm eine Illusion.

HOTEL/INNEN/ABEND

Zurück im Hotel schwanke ich betäubt, aber erleichtert ins Zimmer im ersten Stock, lasse mich auf mein altes Bettgestell fallen und sehe mein ganzes Leben an mir vorbeiziehen wie in einem Film. Dieses Suchen, Hoffen und Warten, Glauben und Enttäuscht-werden. Ich sehe plötzlich meine Vorbilder, meine „Sterne in der Nacht“ als Irrlichter und Täuschung. Plötzlich werde ich von einem Lachkrampf erfasst und geschüttelt, als ich mich selbst da stehen sehe, mit meiner Gitarre in der Hand, als Klarinettist und Sänger auf der Bühne. Immer getrieben, jemand

Besonderes sein zu müssen. Ein großer Maler, ein berühmter Musiker. Was soll dieser ganze Stress! Dann schlägt plötzlich mein Lachen in haltloses Weinen um. Ich beobachte mich dabei, wie ich wie ein läufiger Hund hinter irgendwelchen Frauen herhechle und mich mit diesem idiotischen Hausmodell zum Gespött meiner Umwelt mache. Was für eine Witzfigur! Ein Don Quijote, der gegen Windmühlen kämpft!

Alles erscheint mir vollkommen sinnlos, unreal, unverlässlich, vergänglich, eine Illusion, auf Zelluloid gebannt. Ich hatte in der sogenannten „Liebe" nur Egoismus und in diesem vergänglichen Glück nur Unglück gefunden. Genauso wie all diese Stars und Sternchen, Könige und Helden, Versager und Gewinner, die da unten im Hotel in schönen Rähmchen hängen, so hängen auch wir alle eines Tages eingerahmt und begraben in Friedhöfen als Erinnerung an längst vergessene Szenerien in längst vergessenen Filmen – und keine Sau weint uns eine Träne nach.
Alles ist nur Vorlage, Modell, Symbol, Ersatz, Kopie, Abklatsch – wovon? Da muss es irgendwo ein Urbild im Abbild, einen Sinn im ganzen Unsinn geben. So viel ist mir auch in der tiefsten Verzweiflung klar.
Bevor ich einschlafe, höre ich noch einmal Luizas letzten Satz:
„Wir hätten die ganze Welt erobern können!"
In diesem Moment kann ich mich wieder sehr genau erinnern an das, was ich Luiza in meiner Verzweiflung hinterherschrie, als ihr Wagen in der Nacht verschwand:
„Die Welt ist nicht genug!"
Mein Thema. Damals wusste ich noch nichts von dem gleichnamigen James-Bond-Streifen, der neunzehn Jahre später mit Pierce Brosnan gedreht werden würde:

„The World is Not Enough."

2. Akt: Niemand sein

Umkehr

Ich weiß nicht mehr genau, wer mich an jenem späten Nachmittag zum Flughafen brachte. Ich glaube, es war Pedro. Da ich meine Reisen zwischen Zürich und Almería meistens mit dem Flugzeug tätigte, hatte ich vor Ort keinen Wagen, sondern immer noch Pedros ausrangiertes Dreiradmoped, Marke: große Klappe, kleine Leistung. Mit dieser Kiste hätte ich niemals die achtzig Kilometer von Carboneras bis Almería überstanden, was deshalb am Ende jedes Aufenthaltes immer zu der lästigen Frage führte: Wie komme ich nach Almería? Ist ja auch nicht so wichtig. Jedenfalls saß ich am 8. Juli 1980, das weiß ich noch ganz genau, in einer Douglas DC-9 von Iberia.
Als ich beim Start in meinen Sitz gedrückt wurde und der Hafen von Almería und das blaue Meer in extremer Schieflage unter mir vorbeizogen, flammte eine tiefe Wehmut in meinem Herzen auf.
Bilder zogen an mir vorüber, wie ich damals auf dem Schoß meines Vaters ein paar Runden mit der DC-3 drehen durfte und während der ersten Kurve, die das Flugzeug machte, tatsächlich glaubte, dass die Erde es war, die sich in eine Schieflage begab. Dann wurde ich älter und begriff, dass alles nur vom Auge des Betrachters abhängt, wie mein Leben, meine Träume und Sehnsüchte. Alles ist eine Frage des Bewusstseins.
Ich wusste instinktiv: Eine Lebensphase geht zu Ende. Ein vertrauter, lieb gewordener Teil meiner selbst, der Künstler und Lebemann, dieser Jemand, mit dem ich mich so sehr identifiziert und der mir auch eine gewisse Sicherheit verliehen hatte, war dabei, sich aufzulösen oder wenigstens einen ganz anderen Stellenwert zu erhalten.
Wieder einmal stand ein Abschied im Drehbuch meines Lebens bevor. Auf der anderen Seite fühlte ich mich leicht wie ein Vogel und genoss hoch über den Wolken, mit einem Glas Sekt vor mir auf dem Klapptisch, eine wundersam erfrischende Distanz zu diesem Jemanden, der ich ge-

wesen war. Diesen magischen Moment „zwischen den Welten" – nicht mehr in der Vergangenheit, noch nicht in der Zukunft. Reine Gegenwart.

Neben mir saß ein älterer Mann mit südländischem Aussehen, so um die siebzig. Seine Hände waren zweifellos diejenigen eines Bauern oder Handwerkers. Zuerst hatte ich keine Lust, mich mit ihm zu unterhalten, doch dann ergriff er die Initiative und wir kamen ins Gespräch. Auf Spanisch fragte er:
„Waren Sie auch im Urlaub?"
„Falsche Frage, falscher Moment, falscher Ort", dachte ich leicht verärgert. „Ja, ja, Badeferien in Almería", erwiderte ich leicht gereizt, um abzulenken, denn in meiner beschaulichen Stimmung war mir nicht unbedingt nach oberflächlicher Konversation zumute.
Er hieß José Alvarez und war ein spanischer Gastarbeiter, der in Bern auf dem Bau arbeitete. Es vergingen diese langen und peinlichen Minuten, in denen man meint, reden zu müssen, ohne etwas sagen zu können.
Er musste die Stewardess gerufen haben, denn die stand plötzlich neben ihm. Er bestellte ebenfalls einen Sekt. Dann drehte er sich zu mir um, zeigte mit dem Finger auf sein Sektglas und fragte:
„Wollen Sie noch mehr davon?"
Ich antwortete offenbar nicht gleich. Er wiederholte die Frage etwas lauter.
Ich zuckte zusammen und orakelte abwesend:
„Ja, ich will mehr davon!" und wiegte dabei sinnierend meinen Kopf auf und ab, bis ich plötzlich merkte, dass ich gar nicht den Prosecco meinte, sondern mehr von diesem schwerelosen Zustand, in dem ich gerade war.
Ich hörte José nur sagen:
„Ja, ja, bringen Sie ihm auch einen", so als würde er zu der Stewardess sagen: „Der kann Sie nicht hören. Der hat schon einen sitzen!"
An dieser Stelle packte mich ein jäher Schmerz wie aus dem Nichts.
„Was mache ich hier eigentlich?", fuhr es mir durch den Kopf, während ich aus meinem inneren Lautsprecher die Stimme Alan Greenes ver-

nahm: „Finde dein Haus und dann komm wieder." Jetzt war es zu spät. Warum war ich abgehauen, abgesehen von der Tatsache, dass ich pleite war?
Wie sollte das jetzt weitergehen? Am liebsten wäre ich sofort nach vorne ins Cockpit gegangen, um die Piloten zur Umkehr zu zwingen. Ging natürlich nicht. Stattdessen schlürfte ich, wieder befreit von der Rolle des Terroristen, zusammen mit meinem spanischen Zufallsbekannten unseren lächerlichen Sekt, ohne ein Wort zu sagen. Jeder in seiner Welt. So nah und dennoch so unendlich weit voneinander entfernt.
Ich hatte keine Lust mehr auf Konversation und ließ meinen Blick durch das kleine Fenster neben mir hinaus in die unfassbare Unendlichkeit über den Wolken gleiten. Mit geschlossenen Augen zog ich mir den Kopfhörer meines alten Reisewalkmans über die Ohren und lauschte den feurigen Gitarrenklängen von Paco de Lucia und der melancholischen Tangokomposition „Soledad" von Piazzolla. Bis zu dem Moment, als mich die nüchterne Ansage der Stewardess aufforderte, mich für die Landung in Zürich anzuschnallen, muss ich wohl geschlafen haben.

Mein Flug mit Iberia aus Almería hatte etwas Verspätung. Oswaldo stand schon auf der anderen Seite der Glaswand, als ich die Gepäckausgabe des Flughafens Kloten verließ.
Ja, er war mir immer ein Stück Heimat gewesen, mein Onkel aus Südamerika. Ich mochte ihn.
„Cristiano, du Lebenskünstler", begrüßte mich Oswaldo. „Was macht dein Steinhaufen, du Spinner?"
Er nannte mich immer so. Aber aus seinem Munde klang das liebevoll, fast wie ein Kompliment.
Ich habe ihm in unseren gelegentlichen Telefonaten von dem Umbau erzählt, nicht aber, dass ich den Verkauf des Hauses in Erwägung zog. Ich wollte mir ganz einfach den Ärger mit meiner Familie ersparen, die schon einige schöne Möbel und Erbstücke großzügig „vom Munde abgespart" und nach Andalusien transportiert hatte, in der Hoffnung, sich unter der Sonne Spaniens für alle Ewigkeit einzurichten.

Während der Heimfahrt erzählte ich ihm die ganze Geschichte, außer der Begegnung mit Alan Greene, die hätte er wahrscheinlich nicht verstanden. Ich schilderte ihm die Reise des Schreckens mit Luiza, die Szene, als sie mich mitten in der Pampa hatte stehen lassen, und dass wir uns seit damals nicht mehr gesehen hätten.
„Ja, da heit dir wohl z'Heu nid uf der gliche Büni gha. D'Wiiber haut!"
Auf gut Deutsch:
„Ja, da habt ihr wohl euer Heu nicht auf derselben Bühne gehabt. Weiber eben!"
Darauf konnte ich nichts sagen, weil ich dieses heikle Thema mit den Frauen dann doch etwas differenzierter betrachtete. Aber so war mein Onkel eben. Ein bodenständiger Berner Oberländer. Einfach gestrickt, aber mit einem großen Herzen.
Er parkte seinen neuen Mercedes vor dem Garagentor in Dübendorf. Ich erinnerte mich an seinen alten, den er in Montevideo auf unseren Streifzügen gefahren hatte. So stand ich also einmal mehr vor meinem Elternhause. Ein Kreislauf hatte sich geschlossen. Auch wenn das Haus unterdessen meinem Onkel gehörte, war es für mich eben immer noch mein Elternhaus mit all den daran geknüpften Erinnerungen.
Ich begann also wieder bei null. Dort, wo ich als Kind begonnen hatte, stand ich als halb Erwachsener wieder vor meiner Tür: geläutert, geschunden, unrasiert. Um ein paar Erfahrungen reicher. Und um ein paar Illusionen ärmer.
Wir saßen alleine in der Küche, Tante Susi war bei einer Freundin. Es gab argentinischen Wein, den er mir zuliebe kredenzte, und wir quatschten im Kreis herum, bis ich hundemüde war von diesem Leben, vom Flug, vom Reden und von dieser ganzen Suche. Endlich ergriff ich das ganze Gepäck und schleppte es die enge Holztreppe, die ich schon so oft als kleiner Junge gegangen war, hinauf in den ersten Stock. Umständlich öffnete ich die Türe zu meinem Atelier. Mein Herz schlug höher, denn hier in diesem Raum, der von meinem Bruder vor Jahren eigens für mich umgebaut worden war, hatte ich zum ersten Mal in aller Stille beschlossen, nicht Maler zu „werden", sondern Maler zu „sein". Hier hatte ich

meine ersten Bilder im fantastischen Realismus gemalt. Hier wurde ich zum ersten Mal mit der Einsamkeit der schöpferischen Arbeit konfrontiert. Hier hatte ich sie zum ersten Mal überwunden.

Ich sog die Atmosphäre meines Wohnateliers auf wie ein trockener Schwamm, denn ich fühlte, wie weit ich auf der Suche nach meinem Glück aus mir selbst herausgefallen war und wie weh das tat. Dieser Raum gab mir all das zurück, was ich ihm all die Jahre hindurch gegeben hatte. Den schlafwandlerischen Glauben an mich selbst.
Nur etwas passte ganz entschieden nicht mehr zu mir: das ganze Interieur, die Möbel und Erinnerungsgegenstände, und vor allem meine Bilder im alten Stil.

Im Zuge meiner „Erwachsenenbildung" hatte ich in diesen Bildern des fantastischen Realismus reichlich „Karma" verarbeitet und abgetragen. Das war gut so. Doch jetzt wollte ich Kunst nicht mehr als Therapie, sondern um ihrer selbst willen betreiben. Ich strebte nach einer klareren, reduzierteren Ausdrucksweise. Ich wollte nicht nur als Mensch, sondern auch als Künstler das Wesentliche vom Unwesentlichen unterscheiden. Mit geläutertem Blick betrachtete ich all diese zwar technisch perfekten, aber inhaltlich schweren, tragischen und überladenen Werke und fühlte: Die passen nicht mehr zu mir. Die müssen weg, und zwar jetzt!
Aber wie zum Teufel sollte das gehen? Es war unmöglich, so schnell mal eben etwa hundert Bilder zu verkaufen. Wegschmeißen wollte ich sie nicht. Dafür waren sie zu gut, und außerdem hatten diese Werke zu jener Zeit auch bereits einen gewissen Marktwert. Also was jetzt? Ich hatte eine Idee: In der Villa eines befreundeten Psychiaters, der auch schon Bilder von mir gekauft hatte, veranstaltete ich eine Blitzversteigerung der gesamten Werke. Eine Woche vor dem geplanten Anlass verschickte ich an alle Freunde, Bekannten und Kunden eine Einladung. Wer an diesem Abend da war, war dabei, die anderen hatten Pech gehabt. Das waren die Spielregeln. Brutal, aber wirkungsvoll. Das Resultat ebenso: Am nächsten Tag stand ich mit leeren Händen da. Mit anderen Worten:

Ich hatte kein einziges Bild mehr. Alle waren weg. Für fünf, für zwanzig, für hundert, und zum Letzten, für hundertsechzig Franken.
Keine Reue, kein Blick zurück, dafür etwas Startgeld in der Tasche.

In der Zwischenzeit hatte ich meine halbfertige Finca durch ein Inserat verkauft. Siebzig Bewerbungen flogen mir zu. Viele Worte, wenig Taten. Ein „Stiller" kaufte. Das ist oft bei Menschen so: alles im Schaufenster, nichts im Laden. Bei Fritz Bräuninger, einem Schweizer Architekten aus Winterthur, war es umgekehrt. Im Gegensatz zu mir hatte er auch die notwendigen Mittel und das Know-how, um diese Finca mithilfe seiner Frau fachgerecht umzubauen. Ein Glücksfall, nicht nur deshalb, weil ich das Geld dringend brauchte, sondern weil er mir das großzügige Angebot machte, jederzeit bei ihm übernachten zu können, für den wahrscheinlichen Fall, dass es mich erneut nach Andalusien verschlagen würde.
Ich habe in der Zeit, in der ich das Haus mein Eigen nennen konnte, leider nie länger als zwei Wochen hintereinander dort verbracht – zu Hause musste es ja irgendwie weitergehen – und wenn ich dies dann doch einmal einrichten konnte, standen immer rund um die Uhr irgendwelche Umbauarbeiten auf dem Tagesplan. Für Muße und mediterranes Dolcefarniente blieb da wenig Zeit. Schade eigentlich.

Der Hauptgrund, dass ich das Haus letztendlich wieder verkaufte, war jedoch nicht der Mangel an Zeit. Ich war pleite und außerdem wollte ich wieder frei und ungebunden sein für mein nächstes großes Abenteuer: Das Abenteuer zu mir selbst.
Heute ist die Finca saniert, hat Wasser und Elektrik von der Gemeinde. Ja, und noch etwas: Erst vor Kurzem, als ich Fritz nach einer erfolgreichen Operation im Spital besuchte, lag er da in seinem weißen Nachthemd, noch ganz benommen von der Narkose, und gestand mir mit zittriger Stimme und einem Lächeln auf dem Gesicht, dass meine kleinen Zypressen und die Palme, die ich noch zu meiner Zeit gesetzt hatte, schon kräftig gediehen. Das hat mich sehr berührt.
In den folgenden Tagen und Wochen begann ich wieder zu malen. Ich

lag nach dem Essen auf meinem Biedermeier-Sofa, einem Erbstück meiner Großeltern, ließ die wichtigsten Szenen meiner jüngsten Vergangenheit noch einmal vor meinem geistigen Auge vorüberziehen und stellte fest, dass ich die Welt mit anderen Augen betrachtete. Jedenfalls erschienen mir plötzlich all diese vertrauten Menschen, Familienmitglieder und Freunde mit ihren Dramen und Konflikten wie Figuren in einem schlecht verfilmten Groschenroman, den wir zu allem Übel auch noch für die Wirklichkeit halten. Auch wenn ich selbst bis dato in diesem Film mitspielte, so saß doch die ganze Zeit hindurch ein Teil von mir im Zuschauerraum und stellte sich die Frage: Muss ich die Rolle wirklich spielen, die ich glaube, spielen zu müssen? Muss ich den Text, den ich einfach so unreflektiert daherspreche, tatsächlich sprechen? Muss ich wie ein Roboter auf Kommando weinen, leiden, lachen oder wütend werden oder kann ich aus dem Drama aussteigen?
Und wenn nicht. Kann ich nicht wenigstens mein Drehbuch selbst schreiben?

Mir war damals noch nicht wirklich bewusst, dass ich in diesem Moment gerade die alles entscheidende Frage stellte:
Gibt es eine Freiheit jenseits des Lebensdramas?
Ist ein schöpferisches, selbstbestimmtes Leben hier auf dieser Erde überhaupt möglich? Wie können wir in Frieden mit uns selbst und unseren Mitmenschen leben? Mein Blick schweifte in die wiegenden Baumkronen der Bäume in unserem Garten, in dem ich schon als kleiner Junge gespielt hatte. Das Fenster stand offen. Ich roch den Duft der Blumen, atmete die frische Frühlingsluft und mit ihr die tiefe innere Gewissheit, dass wir ja alle Teil dieser Natur und das Werk dieser Schöpfung, ein Ab-Bild vom Ur-Bild sind. War das nicht die Bedeutung dessen, was Alan mir sagen wollte? Das Ab-Bild sucht das Ur-Bild. Oder: Der Mensch sucht sich selbst.
Ergriffen und erregt stand ich auf, trat ans Fenster und atmete noch tiefer und gieriger die köstliche Frühlingsluft ein, so als wollte ich vorsorglich Klarheit tanken für den Fall, dass mir all diese Einsichten plötzlich wieder verloren gehen würden.

Was lag in diesem klaren Moment näher, als mich auf die Suche nach Selbsterkenntnis zu machen.

So geschah es nach der schicksalhaften Begegnung mit Alan, dass ich den Weg nach innen genauso kompromisslos wie den Weg nach außen ging. Nach dem Verkauf meiner Finca und der Rückkehr aus Spanien war alles anders. Alles neu. Die Luft, die ich atmete, die Farben, die ich sah. Die Stimmen, die ich hörte. Mein Leben hatte plötzlich einen klaren Fokus.
Ich begann zu lesen, praktizierte mithilfe von Affirmationen und Visualisierungen positives Denken nach K. O. Schmidt[44] und wie diese Autoren alle hießen.
Ich wurde ein spiritueller Sucher. Oder, sagen wir es einmal so: jemand, der versucht, sein Ego[5] loszulassen, um ein Niemand zu werden.
Nur ein Überbleibsel aus dem alten Leben klebte noch an mir wie eine lästige Zecke. Die Frage: Wer, bitte, soll diese „spirituelle Suche“ bezahlen? Das war nicht nur eine innere Stimme, die mich das fragte. Nein, das war der altbekannte innere Chor. Der ganze Clan meiner Familie. Die Stimme der ganzen Gesellschaft, mit ihrer Moral und Prägung, daher auch entsprechend laut und nachhaltig.
Ich hätte den Restposten aus dem Verkauf meiner Finca verhökern können und das Geld hätte sich nach zwei Jahren in Luft aufgelöst. Wollte ich das? Nein, wollte ich nicht. Dafür sorgte, wer weiß, der Stier-Aszendent[53] in meinem Horoskop, der für einen gewissen Pragmatismus steht. Ich wollte für den Fall gerüstet sein, dass mein eigenes Atelierhaus vielleicht doch eines Tages unerwartet vor mir steht und sagt: „Hier bin ich, wie wär's mit uns beiden?“
Dann möchte ich nicht dastehen und sagen müssen: „Sorry, das Geld ist weg.“ So realistisch war ich, bitte schön, trotz aller spirituellen Erkenntnisse, was sich später als großartige Idee herausstellen sollte. Das änderte zwar an der Grundfrage gar nichts, aber ich balancierte über dem Nichts immerhin schon mal mit Netz.

Was gab es für Möglichkeiten? Meine Lebenssituation war wieder einmal Fluch und Segen zugleich. Wieder einmal interessierte ich mich für etwas, wovon man unmöglich leben, dafür aber ganz bestimmt sterben konnte! Doch das passte irgendwie, denn der Weg nach innen, den ich gehen wollte, ist immer ein Stirb-und-Werde-Prozess, indem Altes sterben muss, bevor etwas Neues entstehen kann. Das war ja schon mal im Sinne meines Plans.
Außerdem, was soll dieses Philosophieren hier: Ich hatte gar keine Wahl. Es blieb nur die Flucht nach vorn!
Man schrieb das Jahr 1980. Der Sprayer von Zürich, Harald Nägeli[51], spukte durch die Stadt. Gott sei Dank gab es, außer mir, noch andere Verrückte. Mein Bruder heiratete, und ich begann wieder zu malen und versuchte all meine vernachlässigten Kontakte mit Galerien und möglichen Auftraggebern wiederzubeleben.
Ganz nach dem Motto „Weniger ist mehr“ experimentierte ich mit einem Malstil, der einen Übergang vom Gegenständlichen ins Abstrakte darstellte. Gemäß meinem neuen Lebensmotto konzentrierte ich mich nun auf das Wesentliche und ließ immer mehr Details weg. Die Untermiete bei meinem Freund Oswaldo und meine Lebenskosten hielten sich in angenehmen, überschaubaren Grenzen. Den Rest finanzierte ich mit gelegentlichen Ausstellungen, Illustrationen, grafischen Aufträgen und Gitarrenstunden. Ich erinnere mich noch heute an eine meiner ersten Schülerinnen, die aufgrund eines Inserates ein Jahr später, als mein Narrenschiff bereits auf sichereren Gewässern fuhr, an die Türe meines Ateliers klopfte.

Marisa

INNEN/WOHNATELIER SONNWEID/TAG

Ich höre Schritte draußen auf der Holztreppe. Das muss sie sein, Marisa Schaad. Wir haben uns telefonisch verabredet. Ich öffne die Türe und eine große Frau mit roten Haaren und zarten, langen Fingern steht mir gegenüber, in der rechten Hand hält sie eine maßgeschneiderte Stofftasche, welche ihre neue Gitarre umhüllt.

Zu Beginn unserer ersten Stunde wusste ich noch nicht, dass das meine zweite Ehefrau sein würde. Alles begann anders als gewohnt. Sie hatte noch eine etwas unreine Haut und einige kleine Pickel. Sie kam mit hohen Absätzen, die sie aber viel zu groß erscheinen ließen. Irgendwie, so schien es, fühlte sie sich auch noch nicht so ganz wohl in ihrer Haut. Doch ich liebte es von Anfang an, dass sie anders war als all die Frauen, die ich bisher kannte. Still, verletzlich, irgendwo auch geschunden, bis sie mir später einmal verriet, dass sie mit sechzehn Jahren ernsthaft erkrankt sei und beinahe gestorben wäre. Und ich weiß heute noch nicht wirklich, was es ist: Da war so etwas wie eine geheimnisvolle tiefe Verantwortung für sie oder für das, was uns heute noch verbindet. Aber auch ein Hauch von Schuld – vielleicht aus einem früheren Leben –, die ich abzutragen hatte. Etwas Bedeutungsvolles, das es mit ihr zu erfüllen galt.

Wir ließen uns und einander Zeit. Wir sprachen nicht darüber, aber als zwei gebrannte Kinder war für uns, wie mir schien, Vorsicht geboten. Nach dem altbewährten Spruch: Gut Ding will Weile haben.

Wir spielten sogar ein Spielchen. Wir blieben vorerst bei dem Sie und hielten uns daran, auch wenn wir schon Gefühle füreinander hatten. Außerdem steckten wir uns immer kleine Kritzeleien zu, die dem anderen illustrieren sollten, wie groß die Bereitschaft für eine mögliche Beziehung auf einer Skala von eins bis zehn gerade wäre.

Nach etwa einem halben Jahr, in dem diese Möglichkeit in greifbare Nähe rückte, besuchte ich Marisa in ihrer Wohnung an der Toblerstraße in Zürich. Es ist erstaunlich, wie präsent mir gewisse Erinnerungen geblieben sind. So wie jenes Schlüsselerlebnis, das meinem Leben eine neue Richtung gab.

Marisa arbeitete in einer Apotheke in Wallisellen. An einem lauen Sommerabend, nach Feierabend hatten wir uns verabredet. Die Wohnung befand sich in einem von mehreren Mehrfamilienhäusern einer Wohngenossenschaft, ruhig gelegen, in einer Parkanlage am Zürichberg. Ich suchte das Namensschild „Marisa Schaad“ und läutete. Das Schloss knarrte, mein Herz pochte, die Türe öffnete sich und ich stand in einem engen, braun gestrichenen Treppenhaus, das nach Ordnung, Moral und Biederkeit roch. Da es keinen Lift gab, begann ich den Aufstieg, und als ich im dritten Stock ankam, stand ich vor der offenen Türe einer kleinen, aber feinen Dreieinhalb-Zimmer-Wohnung, durch deren schmalen Flur ich auf die Terrasse und in den Park blicken konnte. Marisa war noch nicht im Bild. Für kurze Zeit genoss ich den Anblick alleine, bis sie auftauchte und mich begrüßte. Die Wohnung hatte ihren ganz besonderen Charme; da sie im obersten Geschoss lag, waren Dachschrägen die normale Konsequenz. Sie verliehen der Wohnung Behaglichkeit und Wärme und das gewisse Etwas einer Attikawohnung. Ich fühlte mich sofort wohl und eigenartig frei. Heute weiß ich, dass dieses schöne Gefühl nicht nur mit der Wohnung, sondern vor allem mit Marisa zu tun hatte.
Im Wohnzimmer unter dem Dachfenster standen eine Flasche Weißwein, kleine Gläser und Nüsschen auf einem goldenen Servierboy. Sie war nie die Frau der großen Worte, und genau das gefiel mir an ihr.

Ein Jahr verging. Wir lernten unsere Familien kennen, und im Zuge dieser fortschreitenden Annäherung und Vertrautheit erzählte ich ihr mehr über mich und meine Vergangenheit, von der Finca Azul und Alan Greene.
Es war erstaunlich, wie selbstverständlich und offen sie auf meine nicht gerade alltäglichen Geschichten einging. Jenseits – oder vielleicht gerade wegen – unserer charakterlichen Unterschiede war da von Anfang an dieses Gefühl, dass wir, ähnlich wie Puzzle-Teile, zusammen ein schönes Ganzes ergaben.

Eines stand fest: Ich wollte es diesmal besser machen! Ich wollte aus den Fehlern der Vergangenheit lernen. Vor allem, was die Beziehung betraf.
Bis wir heirateten, floss noch eine Menge Wasser den Rhein, die Limmat und den Ganges hinunter. Im Gegensatz zu meiner ersten sollte diese Heirat unbedingt mit einer schlichten Zeremonie, ohne den ganzen Tand mit Kirche und großen Versprechen, beginnen. Das war uns wichtig.
So standen wir denn nur als kleines Grüppchen an diesem Morgen vor dem Stadthaus. Marisa und ich, Dimis Yannakopoulos und diese verrückte, rothaarige Wanda, eine Bekannte von Marisa, als Trauzeugen. Keine Kirche, keine Gäste. Nach dem Motto: Lieber ein kurzer, schlichter Anfang einer großen, langen Geschichte als ein großer Anfang mit einem schnellen Ende.

Lebenskunst auf siebzig Quadratmetern

Ende 1981 zog ich bei Marisa ein und ihre Wohnung wurde unser gemeinsames Zuhause. Wie jetzt? Ausgerechnet ich, der große Conquistador, der im Geiste immer in großen Haciendas residierte, sollte jetzt in so einem Kaninchenstall dahinvegetieren. Sogar mein Wohnatelier in meinem Elternhaus war um einiges größer und ansehnlicher gewesen. Ja, es war für mich und mein Ego ein großer Rückschritt. Aber was tut man nicht alles für die Liebe und ein bisschen Nestwärme.
Unser beider Heiratsgut war bescheiden. Meine sperrigen Ateliermöbel von meinem Urgroßvater fanden in dieser kleinen Wohnung sowieso keinen Platz und mussten unter Protest meiner Familie zum Trödlerladen.
Was meine neue Ehefrau außer den bereits vorhandenen Möbeln mit in die Ehe brachte, war ihr roter Renault, den ich an dieser Stelle nicht unerwähnt lassen möchte, da dieses Gefährt uns auf den endlosen Reisen nach Spanien große Dienste erwies, bis er eines Tages von Rost zerfres-

sen in sich zusammenbrach. Aber nicht nur ihr Wagen war rot, sondern – wie ich schon erwähnte – auch ihre Haare, die sie regelmäßig mit Henna zu färben pflegte und die von mir in Heimarbeit einen sorgfältigen Pagenschnitt verpasst kriegten, waren es.

Im Zuge der Neuorientierung wollten wir uns von unserer Vergangenheit und alten Erinnerungen lösen. Ich beendete für immer meine sporadische Raucherei, vermied unnötige Völlerei und übermäßiges Trinken und wir begannen unsere Wohnung von Grund auf neu einzurichten und umzugestalten. Es wurde alles einem klaren Konzept von Grauoliv, Dunkelbraun und Silber unterworfen. Da wir knapp bei Kasse waren, kaufte ich Möbel im Trödlerladen und malte diese selbst an. Sogar alte Wienerstühle aus dem Brockenhaus habe ich selbst mit dem gleichen Stoff wie die Ikea-Sessel in der Stube bezogen.
Was mein Atelier betraf, musste ich monströse Abstriche machen und die ersten Ego-Dämpfer einstecken. Dieses kleine Räumchen von gerade mal 3,5 x 4 Metern sollte nun tatsächlich all meine Malutensilien, Tisch, Staffelei und Bett beherbergen. Wie, war mir schleierhaft. Aber Liebe kann eben nicht nur Berge versetzen, sondern auch Unmögliches möglich machen. Kein Künstler, kein kreativer Mensch hat je etwas anderes getan.
Ich wollte mich ja von jeglichem Besitz trennen; und das konnte ich in meiner Mönchszelle jetzt wunderbar üben. Die Lösung war einfach. Die Größe der Bilder, die ich malen konnte, war auf maximal 50 x 70 cm beschränkt, da ich ja, bitte schön, noch im selben Raum zu schlafen hatte. Wahnsinn, wenn man bedenkt, dass jeder von uns heute etwa 200 m^2 Raum für sich alleine hat.
Es tönt wie im Märchen, aber man kann ohne Pathos sagen: Wir begannen mit nichts und brauchten auch nichts. Keine Reisen, keine teuren Klamotten. Die Genossenschaftswohnung kostete lächerliche 600 Franken, das machte für jeden gerade mal lockere 300 Franken im Monat. Wir hatten – man glaubt es kaum – nicht einmal einen Fernseher, weil wir unseren Geist nicht mehr mit Müll, sondern nur noch mit positi-

ven Inhalten füllen wollten. Dafür hatten wir Zeit für gute Gespräche, zum Lesen und Meditieren. Zeit, um der Langeweile bewusst zu begegnen und um uns den Ängsten, welche diese unweigerlich ans Tageslicht bringt, zu stellen.
Es war wunderbar. Wir genossen eine Leichtigkeit des Seins, die uns ganz natürlich entspannen ließ und diese angestrebte Einkehr und Beschaulichkeit auf natürliche Weise – quasi als Begleiterscheinung – begünstigte.
Eigentlich standen wir genau dort, wo wir heute wieder stehen, jetzt nur mit ein paar Quadratmetern und ein paar Franken mehr.

Da ich mich von Bea hatte aushalten lassen und ich diese Abhängigkeit auf keinen Fall mehr wollte, stand für mich von Anbeginn unserer Beziehung fest, dass wir getrennte Kassen machten und ich es nicht mehr zuließ, dass mich jemand finanziell unterstützte, um mir das später vorwerfen zu können. Ich wollte niemandem mehr etwas schuldig sein und selbstverantwortlich handeln. Daran erkennt man – wenn auch erst im Nachhinein – die heilende Wirkung von Krisen.
Die Tage wurden klar strukturiert. Nach dem Frühstück malte ich in meinem winzigen Atelier, während Marisa zur Arbeit in die Apotheke fuhr und erst am Abend wieder zurückkehrte. Wir hatten schon damals getrennte Betten eingeführt. Ich schlief in meinem Kabäuschen, Marisa im Schlafzimmer. Jeder sollte sich innerlich und äußerlich frei bewegen und seine Kreativität rückhaltlos entfalten können, was schon bald auf beiden Seiten zu ersten Erfolgen führte.

Marisa kündigte ihre Stelle als Apothekenhelferin und mietete einen kleinen Raum in der Nähe, in dem sie ihren eigenen Kindergarten eröffnete. Wir gaben ihm den Namen „Kinderstübli". Ich war sehr stolz auf sie, denn nun waren wir beide freie und selbstständige Unternehmer.
Ich wurde im Sigristenkeller in Bülach aufgenommen und fand in der Galerie Commercio bei der renommierten Galeristin Pia Peter einen festen Platz in ihrem Künstlerkreis, den sie permanent vertrat. In dieser

Zeit hatte ich die ersten erfolgreichen Ausstellungen und Marisa und ich wuchsen zu einem erfolgreichen Unternehmerteam zusammen.

Eines Tages nach dem Frühstück öffnete ich die Post. Darunter war ein Brief der Gesellschaft Schweizerischer Maler, Bildhauer und Architekten. Ich wusste, was das bedeutete. Ich hatte mich vor einem Jahr um den Beitritt bemüht und in diesem Brief sollte ich jetzt erfahren, ob die mich aufgenommen hatten oder nicht. Schon im Titel konnte ich erkennen: Sie hatten. Was für eine Bestätigung das war, nun zum erlauchten Kreis der Auserwählten zu gehören. Ich konnte ja nicht ahnen, dass da dieser „Austausch zwischen Gleichgesinnten", den ich mir erhoffte, gar nicht stattfand, sondern jeder unter dem Deckmantel der Kunst und schöner Worte wie „Gemeinsam sind wir stärker" sich letztlich auch nur Vorteile für sich selbst erhoffte. Hauptsache: Ich wurde aufgenommen. Einmal ging ich dann in so eine Veranstaltung der Sektion Zürich. Ich glaube, das war im Restaurant Kaufleuten, wo auch immer. Ich, der Neuling, trat durch eine gläserne Doppeltüre in eine große, verrauchte Halle. Der nach Alkohol stinkende Raum war vollgestellt mit Tischen, an denen äußerst „wichtige", graue Gestalten saßen, die sich krampfhaft locker gaben und sich bemühten, dem Image als Künstler tunlichst gerecht zu werden. Ich kann mich nicht mehr genau erinnern, ob ich es da überhaupt lange ausgehalten habe. Ich weiß nur noch, dass mich ein äußerst mulmiges Gefühl beschlich. Da wurden Traktate verlesen, Reden gehalten, Ideologien und Vorschläge breitgewalzt und so getan, als würde jeder nur an das Wohl der Gemeinschaft denken. Grauenvoll. Ich hatte das Gefühl, dass da nicht die wirklich Großen saßen, sondern alles nur mittelmäßige Leute, welche sich durch den Verein den Erfolg erhofften, den sie alleine nicht zustande brachten. Ich weiß, das klingt sehr arrogant, aber genau so habe ich das erlebt. Jedenfalls bin ich da sehr schnell wieder abgehauen und habe ein Jahr später den Austritt eingereicht. Für mich war das Erschaffen von Kunst niemals etwas Kollektives, sondern etwas absolut Individuelles. Nicht Politik, sondern Meditation.

Wenn ich nicht gerade malte, war ich Stammgast in allen esoterischen Buchhandlungen Zürichs. Ich wollte alles über die Weltreligionen erfahren und all die unterschiedlichen Wege kennenlernen, welche die Menschheit auf der Suche nach Wahrheit ging.

Die zentrale Frage, die mich in jener Zeit umtrieb, war: Gibt es einen Ausweg aus dem individuellen und kollektiven menschlichen Drama? Ist so etwas wie Frieden überhaupt möglich? Denn solange wir uns wegen unserer Meinungsverschiedenheiten und individuellen Prägungen die Köpfe einschlagen, islamistische Terroristen schreien: „Allah ist der einzige Gott" und dann im Namen Gottes töten, kann es DAS nicht sein, was ich suche.
Ich begriff schnell:
ES MUSS EINE WAHRHEIT SEIN, DIE UNS MENSCHEN VERBINDET UND NICHT TRENNT.
Eine alles erschaffende und zerstörende Schöpferkraft, eine Einheit in der Vielfalt, die über persönliche, religiöse und ethnische Unterschiede weit hinausreicht. Etwas Allumfassendes, Absolutes. DAS, was ich – über alle Zweifel erhaben – in der Natur erspüre, etwas wie Liebe, die heilt und verbindet, statt zu trennen. Ein Geheimnis, das dem inneren und äußeren Krieg und Konflikt ein Ende bereitet und Frieden stiftet. Deshalb war ich in meinen Studien der Religionen nicht an Widersprüchen, sondern an Gemeinsamkeiten interessiert. Im Grunde ahnte ich es schon immer: Wahrheit hat kein Ablaufdatum.

Ich las über das Christentum, das Judentum, den Islam. Ja, ich öffnete sogar zum ersten Mal in meinem Leben meine Bibel, die ich zur Konfirmation geschenkt bekommen hatte.
Es stellte sich jedoch sehr schnell heraus: Am nächsten lag mir der Buddhismus, wegen der großen Toleranz und der Entpersonifizierung des Gottesbegriffs, die ich in allen Religionen so sehr vermisse.
Da war das großartige Werk von Elisabeth Haich[54] „Sexuelle Kraft und Yoga", in dem es um die Transformation der sexuellen Energie auf den

sieben Stufen der Jakobsleiter geht, womit die Himmelsleiter in 1. Mos. 28 gemeint ist, die Jakob im Traume erschien. Beruhend auf der Bibel führt die Leiter in sieben Sprossen in den Himmel.
Die Widmung auf der ersten Seite finde ich schön: *„Dieses Buch widme ich den Unbescheidenen und Anspruchsvollen, die sich nur mit dem Allerhöchsten begnügen können. Sobald der Mensch fähig ist, die sexuelle Kraft in ihre höhere Form umzuwandeln, behält er sie, noch dazu in einer höheren und viel wertvolleren Form, er verliert nichts, sondern gewinnt alles. Denn das Glück, das der Mensch in der Sexualität erlebt oder, besser gesagt, zu erleben hofft, bleibt ihm ein für alle Mal auf einer viel höheren Stufe. Da er seine Kraft nicht ausgibt, sondern behält, bleibt sie weiter in ihm und für ihn als schöpferische Kraft und Freude. Ich habe dann nicht mehr das Glück, ich bin nicht mehr glücklich, sondern ich bin das Glück selbst!"*
Diese wunderbaren Worte über das Allerhöchste zogen mich magisch an, und gleichzeitig war mir vollkommen bewusst, dass das heikelste aller Themen für mich als leidenschaftlichen jungen Mann mit einer besonderen Schwäche für das weibliche Geschlecht eine Nummer zu groß war. So sehr ich mich heimlich danach sehnte, dieser Herausforderung gewachsen zu sein, da ich mir vom Zölibat den größten inneren Frieden, wahrhaftige Würde und gesteigerte Selbstachtung versprach, war mir klar, dass ich zuerst meine Sexualität ausleben musste, bevor ich auch nur im Entferntesten daran denken könnte, mich mit der Meisterdisziplin des spirituellen Weges anzulegen. Dazu E. Haich: *„Solange ein Mensch in der Sexualität noch unausgekostete Möglichkeiten der Wonne ahnt, kann er und soll er das sexuelle Leben nicht aufgeben. Er würde dann in dem Glauben leben, dass er etwas versäumt und verloren hat; und wenn es auch ein noch so großer Irrtum ist, wird ihn diese falsche Vorstellung immer wieder unwiderstehlich zu sexuellen Erlebnissen hinreißen."*
Immerhin hatte ich nun endlich eine Erklärung für all den Schmerz, den ich für meine Lust zu bezahlen hatte. Denn tief in seinem Innersten sucht der Mensch nicht Sex, sondern das Absolute, die Verschmelzung

mit Gott, der Schöpferkraft, die ihn erschaffen hat. Und irgendwie wusste ich das. Mag Sex noch so schön und geil sein. Aber er ist kurz, sehr kurz und letztlich nur Ersatz, und Ersatz kann niemals endgültig zufriedenstellen. Was auch all das groteske Suchtverhalten erklärt, diese ganze Komik, die zur „schönsten Nebensache" der Welt gehört.

Über ein Jahr lang studierte ich das Werk „Abenteuer des Bewusstseins" von Satprem über das Leben von Sri Aurobindo. Dieser Mann war ein indischer Politiker, Philosoph, Hindu-Mystiker, Yogi und Guru. Seine Briefe, Gedichte und philosophischen Schriften verbinden in seiner Person die humanistische Bildung und das Wissen des Westens mit den Weisheitslehren und spirituellen Traditionen Indiens.
In seiner klassischen Aurobindo-Biografie nimmt Satprem den Leser mit auf den Weg einer methodischen Erforschung des Integralen Yoga. Mit ihm entdecken wir die Tugenden der mentalen Stille, die unsichtbaren Bewusstseinsstufen oberhalb des Intellekts und die vielen Wesensteile, die uns ausmachen.

Beim Lesen dieses Buches geschah nicht nur in meinem Geist eine Transformation, sondern ich erlebte eines Nachts unerwartet meine erste außerkörperliche Erfahrung – englisch „out-of-body experience" oder auch Astralwanderung oder -reise genannt. In diesem eindrücklichen Erlebnis wurde ich tatsächlich von einem kräftigen, unsichtbaren Sog aus meinem Körper hinausgezogen, während ich diesen von oben her beobachten konnte. Nach kürzerer Zeit war ich dann – Gott sei Dank – wieder in meinen Körper zurückgekehrt.

Doch es gab auch Bücher mit nicht so dramatischen, aber nicht weniger nachhaltigen Folgen. Meine Mutter gab mir „Narziss und Goldmund" und natürlich „Siddhartha" von Hermann Hesse[63] – und es war um mich geschehen.
Hesse wurde mein absoluter Lieblingsdichter. Sein wunderbares Gedicht „Die Welt, unser Traum" spricht mir aus der Seele, da es genau

dieses Geheimnis in sich trägt, dass wir diese eine Schöpferkraft selbst sind. Für mich als Künstler eine geistige Delikatesse:

„Nachts im Traum die Städt' und Leute,
Ungeheuer, Luftgebäude,
Alle, weißt du, alle steigen
Aus der Seele dunklem Raum,
Sind dein Bild und Werk, dein eigen,
Sind dein Traum.

Geh am Tag durch Stadt und Gassen,
Schau in Wolken, in Gesichter,
Und du wirst verwundert fassen:
Sie sind dein, du bist ihr Dichter!
Alles, was vor deinen Sinnen
Hundertfältig lebt und gaukelt,
Ist ja dein, ist in dir innen,
Traum, den deine Seele schaukelt.

Durch dich selber ewig schreitend,
Bald beschränkend dich, bald weitend,
Bist du Redender und Hörer,
Bist du Schöpfer und Zerstörer.
Zauberkräfte, längst vergessne,
Spinnen heiligen Betrug,
Und die Welt, die unermessne,
Lebt von deinem Atemzug."

Durch all diese Bücher, die mein geistiges Rüstzeug bereicherten, hatte ich auf meinem Weg langsam Fuß gefasst.

Was unsere körperliche Gesundheit betraf, entschieden Marisa und ich uns für das Hatha Yoga[55]. Wir machten täglich mindestens eine Stunde die Atemübungen und danach die unzähligen, zum Teil komplizierten Körperstellungen, die Asanas[55] und die anschließende Meditation.

Auch die ganze Esoterik war vor uns nicht sicher. Wir legten alle Arten von Karten. Jede Zahl, jede Farbe, jede Begebenheit bekam plötzlich eine tiefere Bedeutung. Wir ließen unsere Horoskope von Astrologen anfertigen und begannen mit dem ersten und zweiten Grad der Reiki-Ausbildung, eine der vielen Techniken der sogenannten „Energiearbeit" und des Handauflegens. Wir suchten in allen Richtungen.
Was hielt der „spirituelle Markt" zu dieser Zeit im Angebot?
Was gab es überhaupt für spirituelle Lehrer und Gemeinschaften?
Das waren die Randfragen, die mich zu jener Zeit beschäftigten.
Vieles davon ist mir aus heutiger Sicht eher peinlich. Aber was macht man nicht alles, wenn man eine Nadel im Heuhaufen sucht.
So begann damals in dieser kleinen Wohnung an der Toblerstraße heimlich und in aller Stille die große Reise nach innen. Was ich damals noch nicht wusste, war, dass ich von dieser Reise niemals mehr zurückkehren würde. Das war gut so, denn dann hätte ich diese Reise vielleicht gar nicht erst angetreten.

Mein erster Besuch einer spirituellen Bewegung war an einem Sonntagnachmittag bei den Hare Krishnas im Tempel an der Bergstraße 54, am Hang des Zürichbergs.
Wer kennt sie nicht, diese bleichen Glatzköpfe in ihrer traditionellen indischen Kleidung. Zum ersten Mal begegnete ich diesen Leuten bei einem Spaziergang am Zürichsee. Meistens im Sommer warben sie für ihre Religion an einem Stand mit Prospekten, leckerem vegetarischen Essen und indischer Musik. Als vollamtlicher Sucher vom Dienst war ich für die da natürlich ein gefundenes Fressen. So führte ich viele Streitgespräche, um herauszufinden, wie belastbar diese asketische Gemeinschaft in Bezug auf das Thema „Sexualität und Vegetarismus" war. An diesem Stand erhielt ich denn auch die Einladung zu dem traditionellen Sonntagsfest mit gemeinsamem vegetarischen Festmahl.

AUSSEN/VOR DEM HARE-KRISHNA-TEMPEL/TAG

Ich stehe vor dieser eindrücklichen Patriziervilla in Erwartung der Dinge, die meiner beim Betreten dieses heiligen Hauses harren würden. Ich öffne eine ganz normale Türe zu einem ganz und gar nicht normalen indischen Tempel.

INNEN/VORHALLE DES HARE-KRISHNA-TEMPELS/TAG

Schon beim Betreten dieses heiligen Ortes kommen mir exotische Düfte, der unverkennbare Geruch von Weihrauch, zurückhaltend lächelnde Europäer in indischen Kleidern und die gebotene Ehrfurcht entgegen.
Im ersten Geschoss finden sich eine Bibliothek und eine Ausstellung über Prabhupada, den Gründer der „Internationalen Gesellschaft für Krishna-Bewusstsein“ (ISKCON). Die darüberliegenden Räume werden von Mönchen bewohnt und sind für die Öffentlichkeit nicht zugänglich.
Im Garten werden bei gutem Wetter die Festmahlzeiten eingenommen.
In einer kleinen Boutique im Eingangsbereich werden Bücher, Räucherwerk und sonstige Utensilien angeboten.
Eine mit einem Sari bekleidete, etwas zu süßlich blickende Schweizerin mit einem roten Punkt auf ihrem „geistigen Auge“ bittet mich, die Schuhe auszuziehen. Ein bisschen eingeschüchtert verdrücke ich mich in eine Ecke, setze mich auf einen indischen Sessel und blättere gespielt interessiert in dem Prospekt, den sie mir gegeben hat, um zuerst einmal das ganze ungewohnte Geschehen aus der Deckung zu beobachten.
Da steht: Das Sonntagsfest findet wöchentlich statt und kann offenbar von allen besucht werden. Es beginnt um 15 Uhr mit gemeinsamem Singen des „Mahamantras“, der Hare-Krishna-Gebetshymne, ab 16 Uhr folgt ein Vortrag und ab 17 Uhr gibt es ein gemeinsames vegetarisches Festmahl. Um 19 Uhr startet der abendliche, „Bhajan“ genannte Gesang der vedischen Tempelzeremonie, währenddessen der Altar neu geschmückt wird.
Den Ursprung hat diese Bewegung im indischen Hinduismus, wird aber vor allem von Gläubigen in den westlichen Ländern praktiziert.

Das Ritual, das mir noch erklärt werden sollte, ist das 1728-malige „Chanten", also Absingen des „Hare-Krishna-Maha-Mantras", täglich 16 Runden auf der traditionellen Gebetskette mit 108 Perlen, ähnlich einem Rosenkranz, möglichst in den Morgenstunden. Und das geht so:
„Hare Krishna, Hare Krishna, Krishna, Krishna, Hare Hare.
Hare Rama, Hare Rama, Rama, Rama, Hare, Hare."
Immer und immer wieder.
Strebsam und fleißig praktizierte ich denn auch dieses Mantra, wie alles Neue, das ich ausprobieren wollte, und musste feststellen:
Es funktioniert. Dieser Sing-Sang brachte mich immer sehr schnell sozusagen „aus dem Kopf".
Was die Gemeinschaft weiter kennzeichnet, ist die Beschränkung auf geopferte vegetarische Nahrung, der Verzicht auf Drogen (inklusive Alkohol, Nikotin, Koffein und Schokolade). Ein heikles Thema, wie sich herausstellen sollte, ist der Verzicht auf außereheliche Sexualität und Sexualität in der Ehe, es sei denn zur Zeugung von Wunschkindern. Und noch ein Gebot: der Verzicht auf Kapitalspekulation und Glücksspiel. Mit anderen Worten: Alles, was Spaß macht, ist verboten. Ob das der richtige Weg ist?

Als ich bei der Lektüre bemerke, wie ein leicht mulmiges Gefühl langsam meinen Magen anspannt, werde ich von einem Mann befreit, der mir eine Führung durch das Haus anbietet.
„Bist du zum ersten Mal hier?"
Ich bejahe und folge ihm, hin- und hergerissen zwischen aufrichtiger Neugier, ernsthaftem Interesse und großem Abscheu vor den für mich allzu asketischen und lebensfeindlichen Ansätzen, die ich hier überall wittere. Auf der anderen Seite habe ich erstaunlicherweise wieder so ein typisches Déjà-vu-Erlebnis, ein tief inneres Verstehen dessen, was ich hier sehe, rieche und höre, so, als hätte ich das alles schon einmal erlebt.
„Hier im Parterre befindet sich der große Andachtsraum mit dem Altar, wo Krishna verehrt wird. Daneben gibt es noch kleinere Aufenthalts-

räume für verschiedene Tätigkeiten. Täglich werden hier Speisen geopfert und die Blumen gewechselt. Möchtest du auch den ersten Stock sehen?"
„Oh ja, gerne", erwidere ich und merke, dass ich völlig verzaubert bin von der Musik, den Düften, den Farben, Requisiten und Figuren, die überall das Auge erfüllen.
Wir steigen die breite, geschwungene Steintreppe in der hohen Eingangshalle der noblen Villa empor und gelangen zu den Gemächern im ersten Stock.
Mein Tempelführer öffnet eine große, mit reichen Schnitzereien und Intarsien verzierte Holztüre und hält feierlich seinen Zeigefinger vor seine schmalen Lippen, um den hier gebotenen Respekt von mir zu erbitten. Er geht vor, winkt mir bedeutungsvoll zu und bittet mich, einzutreten. Jetzt stehe ich in einem riesigen Raum mit hohen Fenstern, die den Blick auf den Zürichsee freigeben.
Doch zu meiner Überraschung sind wir nicht alleine. Denn an einem Tisch scheint bereits jemand zu sitzen. In dem Moment, als ich mich dieser Person nähere und meine Hand ausstrecke, um sie zu begrüßen, stelle ich in letzter Sekunde fest, dass diese Person, der Gründer der Hare-Krishna-Bewegung, Swami Prabhupada, eine Wachsfigur ist.
Das war wohl nichts für mich.

Ich suchte unbeirrt weiter. Ich war bei Sri Chinmoy, dem Sportler- und Musikerguru, der diese Massen-Marathons veranstaltete, besuchte bekannte Zen-Meister und Mönche in ihren Klöstern. Ich buchte Einzelsitzungen bei Psychologen, Astrologen, war auf Besuch bei der ungarischen Künstlerin Elisabeth Haich, die ich inzwischen kennengelernt hatte. Wie sich herausstellte, eine ältere, weise Dame, die mit dem indischen Hatha-Yoga-Meister Yesudian maßgeblich an der Verbreitung des Yogas in Europa beteiligt war und ganz in unserer Nähe wohnte.
Doch was auch immer ich unternahm, wo immer ich war, was auch immer ich las – und ich las und forschte in diesen stillen Jahren viel, sehr viel: Alles war hochinteressant und öffnete meinen spirituellen Hori-

zont, doch der Funke sprang nicht wirklich auf mich über. Allem fehlte dieses gewisse Etwas. Dieser Wow-Effekt, dass ich hätte sagen können: DAS IST ES!
Allerdings wusste ich damals immer noch nicht wirklich, was das genau war, das fehlte. Heute würde ich sagen: das Allumfassende. Eine Weltanschauung, eine Religion, eine Wahrheitslehre, die alle Religionen, Menschenrassen, Kulturen und Epochen umfasst. Eine, die so groß ist wie das Universum selbst, so groß wie Gott eben.

Die einen waren zu asketisch wie die Hare Krishnas. Die andern zu engstirnig, moralisch und intolerant wie die Christen, die immer nur ihren leidenden Jesus als das einzig Wahre verteidigen. Dann war da auch das verlockende Paradies des Islams, dessen fanatische Fundamentalisten mich aber seit jeher abschreckten, und natürlich die guten alten – aber leider allzu gesunden – Yogis aus der Hatha-Yoga-Ecke, denen ich selbst einmal für kurze Zeit mit gleichem, besagtem Ernst angehörte.
Was übrig blieb, war der große Haufen dieser Mischreligionen wie die Scientologen oder die Zeugen Jehovas, mit denen ich höchstens zwecks Abschreckung etwas zu tun hatte.
Was also tun? Ich war zuversichtlich und voller Vorfreude. Denn als Maler kannte ich das Phänomen: Wenn ich alles ausprobiert und verworfen habe, was nicht funktioniert, bleibt am Ende das, was funktioniert. Diese Zeit war wie die Ruhe vor dem Sturm.
Ich verdiente weiter Geld mit sporadischen Grafikaufträgen und Gitarrenstunden und natürlich mit dem Verkauf meiner Bilder. Denn es kam immer öfter vor, dass vermögende Eltern, die ihre Kinder bei Marisa im Kindergarten hatten, bei Ausstellungen oder bei mir direkt Bilder kauften. Zu diesem wachsenden Erfolg gesellte sich zu guter Letzt auch noch ein weiterer Glücksfall, der uns ein finanzielles Polster bescherte.
Auch als halbwegs geheilter „Häuser-Fetischist“ blätterte ich immer mal wieder die Immobilienseiten unserer Tageszeitung durch und entdeckte dabei eines Tages einen alten Bauernhof in Niederneunforn im Kanton Thurgau, der mein Interesse erweckte. An einem sonnigen Sonntagmor-

gen fuhren wir in diese wunderschöne Weingegend, überquerten die Thur und gelangten schließlich auf diesen atemberaubenden Rebhang hoch über dem Thurtal, wo dieses Riegelhaus mitten im Dorf zu besichtigen war. Das bisschen Geld, das wir zusammengespart hatten, reichte gerade für den Kauf, nicht aber für den weit unterschätzten Umbau, welcher das Haus benötigt hätte, um dort den Traum vom Atelierhaus zu verwirklichen. Aber es führte, mithilfe von Oswald, letztendlich zu einem gewinnbringenden Wiederverkauf, der zusammen mit meinen Ersparnissen das Geld freisetzte, mit dem wir später unseren heutigen Wohnsitz finanzieren konnten.

Das Leben des Ehepaars Maiwald spielte nun zum ersten Mal etwas moderatere Melodien und Christian bemerkte noch gar nicht, dass im Zuge seiner Neuorientierung und Suche Alan Greene immer mehr in Vergessenheit geriet. Auch wenn die spirituelle Ausrichtung der beiden Außenseiter aus der Sicht ihrer Familien immer noch von heimlicher Abneigung und großer Skepsis behaftet war, so konnten die beiden doch immerhin ihren Laden selbstständig führen. Es kam Ordnung und eine gewisse Stabilität in Maiwalds bis dahin chaotisches Leben, bis zu jener denkwürdigen Szene im Jahr 1983, die sein Leben für immer auf den Kopf stellen sollte.

Osho – die Wende

„Wenn der Schüler bereit ist, kommt der Meister zu ihm", heißt es irgendwo in einem Buch – und er kam. Osho[7], damals noch als Bhagwan bekannt, trat in mein Leben – nennen wir ihn schon jetzt bei seinem späteren Namen „Osho".

Da meine Mutter Bücher über alles liebte und in ihrer Bibliothek immer mit Neuerscheinungen zu tun hatte, war es üblich, dass sie mir jeweils Bücher vorbeibrachte, von denen sie annahm, dass sie mich interessieren könnten.

Als sie wieder einmal mit einem Stapel Bücher bei mir vorbeikam, griff sie als Erstes nach einem kleinen orangen Taschenbuch. Hier die unvergessliche Szene:

INNEN/KÜCHE – WOHNUNG TOBLERSTRASSE/TAG

MUTTER MIT CHRISTIAN ZWISCHEN BÜCHERBERG AM KÜCHENTISCH

„Das könnte dich interessieren. Das ist von so einem indischen Guru. Lies doch da mal rein", sagt meine Mutter mit einem geheimnisvollen, aber auch misstrauischen Lächeln.

Hätte meine arme Mutter damals geahnt, was sie mit diesem schicksalhaften Buch in Bewegung setzen würde, hätte sie wohl niemals so gelächelt. Denn dieser kleine unscheinbare Roman von Rowohlt für 9,80 DM sollte ihr noch viele Tränen und schlaflose Nächte abverlangen.

An diesem Montagmorgen, ein ganz gewöhnlicher Tag, hat sich mein Leben um 180 Grad gedreht.

Ich sehe mir das orange Cover des Buches an:

„Swami Satyananda (Jörg Andrees Elten)
Ganz entspannt im Hier und Jetzt.
Tagebuch über mein Leben mit Osho in Poona"

Beim Lesen dieses Namens stockt mir der Atem. Ich bemerke, wie sich eine Art Todesstarre unaufhaltsam auf meinen ganzen Körper ausdehnt und ich mich sofort erinnern kann:

„Osho, ja, diesen Namen hat Don Iglesias erwähnt. Jetzt erinnere ich mich! Das ist der Guru von Alan Greene!", schreie ich mit rotem Kopf und schüttle meine Mutter an den Schultern hin und her.
Mein Mund bleibt offen.
„Wer?", fragt meine Mutter.
„Na, Alan Greene, der Engländer von der Finca, bei dem ich war. Ich hab dir doch von dem erzählt. Mensch, Mama, das ist sein Guru."
Ich küsse sie voller Begeisterung auf die Stirn.
„Mama, du bist die Beste!"
„Hör uf, das isch doch grusig!" – „Hör auf, das ist doch eklig!"

Gierig verschlinge ich den Text auf der Rückseite des Buches:
„Jahrzehntelang war Jörg Andrees Elten ein bekannter deutscher Journalist. Heute heißt er Swami Satyananda, kleidet sich in Orange und trägt die Mala, eine rosenkranzähnliche Kette mit dem Bildnis seines erleuchteten Meisters Osho.
Der Jünger Satyananda ist überzeugt, Osho sei ein neuer Buddha oder Christus, jedenfalls Gründer der Weltreligion des 21. Jahrhunderts. Ob im Ashram oder in den Industriestädten Europas – Swami Satyananda führt ein neues, anderes Leben der Meditation und der praktischen Arbeit voller Hingabe an seinen Meister. Ziel ist die spirituelle Erneuerung der Menschheit, Oshos Weg dahin: Das ‚Ego', das uns von der Existenz trennt, muss fallen und mit ihm die falsche Programmierung des Menschen – Ehrgeiz, Gier, Angst.
Gehirnwäsche? Scharlatanerie? Oder doch religiöse Erneuerung? Dieses Tagebuch eines Aussteigers ist ein aufregendes Dokument über die bewegte Zeit des berühmt-berüchtigten Ashrams im indischen Poona vor der Übersiedlung nach Amerika. Hier spricht ein Kronzeuge für eine rasch wachsende Zahl vor allem junger Menschen, die sich verzweifelt von dem lebensfeindlichen Materialismus der Industriegesellschaft abwenden und die Rettung durch Selbstveränderung suchen. An diesem Buch scheiden sich die Geister. Wer es liest, wird wütend – oder neugierig."

Ich gehörte definitiv zu Letzteren. Noch bevor ich mit der Lektüre dieses Taschenbuchs, geschweige denn mit den Büchern von Osho begann, wusste ich: Scheiße, es gibt kein Zurück!
Was ich bis zur ersten Begegnung mit Alan gelesen hatte, waren konventionelle Bücher zum Thema „Spiritualität", und was meine Vorstellungen von einem spirituellen Lehrer bis zu jenem Tage betraf, hätte Osho sowieso nicht in mein Schema gepasst. Doch in diesen drei Jahren seit meiner Abreise aus Spanien sorgte dieser mysteriöse Mann mit dem Panamahut und dem langen Bart immer mal wieder für Schlagzeilen, die mir durchaus nicht verborgen blieben:
„Sexguru aus Poona ..., Die Osho-Sekte ..., Menschenfänger ..., von der Kirche gefürchtet ..., von den Medien verspottet ..., Bombay: Weibliche Sannyasins als Prostituierte ..., Dubiose Therapiegruppen in Gummizellen ..." usw.
Mit solchen fett gedruckten Titeln versuchten die Boulevardblätter ihre Auflagen zu steigern.
Doch was hatte ich mit diesem Klatsch zu tun? Ich gehörte ja zu den „Richtigen", zu denen, die sich alter Tradition wie Yoga und Zen-Meditation verpflichtet fühlten.

Mein Leben allerdings hatte einen anderen Plan: Von einem Tag auf den andern stand dieser gerüchteumwobene, unheimliche Guru plötzlich leibhaftig vor mir in meinem behüteten Leben.
Heute weiß ich aus eigener Erfahrung: Das waren alles völlig einseitige Vorurteile, von Leuten geschrieben, die wohl niemals ein Osho-Zentrum von innen gesehen, geschweige denn eine seiner hocheffizienten Meditationstechniken selbst ausprobiert hatten.
Was immer ich sah, hörte oder las, ich stellte mir immer wieder die eine Frage:
Wie lässt sich die Tatsache erklären, dass ein intelligenter, kreativer Kopf wie Alan oder dieser Jörg Andrees Elten, ein kluger weltgewandter Journalist, und viele prominente Wissenschaftler, Nobelpreisträger, Filmstars usw. alles liegen und stehen ließen und ausgerechnet einen Scharlatan als ihren Meister ausgewählt haben sollten?

Wie ein hungriger Fisch um den Wurm kreist, wohl wissend, dass darin ein Haken steckt, der seinen jähen Tod bedeutet, kreisten meine Gedanken nur noch um diesen Mann und um diese Frage.

Ich erinnere mich noch genau an jenen denkwürdigen Tag im Oktober unter dem Dachfenster unserer kleinen Wohnung in Zürich, als ich in diesem Buch zu lesen begann.
Zuerst mit kritischem Abstand, dann kamen einige schöne Textstellen, die mich spontan ansprachen. Dort, wo Elten als 49-jähriger Mann feststellte, dass er zwei Drittel seines Lebens schon hinter sich habe, und begann, über den Tod nachzudenken. Er hatte als Reporter von STERN alles von der Welt gesehen; und immer häufiger überkam ihn das Gefühl, dass sich alles wiederhole, bis er eines Tages seine zwei Dutzend Maßanzüge in einer Irrenanstalt abgab.
„Allmählich wurde mir klar, dass die großen Probleme der Epoche – Kernkraft, Ausplünderung der Bodenschätze, Umweltzerstörung, Nord-Süd-Konflikt, Inflation, Dauerarbeitslosigkeit – mit herkömmlichen Mitteln nicht zu lösen sind. Die These von Marx, nach der das Sein das Bewusstsein bestimmt, ist falsch. Umgekehrt wird sie richtig: Das Bewusstsein bestimmt das Sein. Der Mensch, sein Bewusstsein, muss sich ändern, damit eine Wende zum Besseren eintreten kann.
Schon seit längerer Zeit hatte ich mit dem Gedanken gespielt, meinen Reporter-Job aufzugeben und in die freie Schriftstellerei zu gehen.
Ich träumte von einem Haus auf dem Land, regelmäßiger Arbeit, vielen Büchern, langen Waldspaziergängen, Gartenarbeit und von einer Frau, die ich liebe.
Der Absprung war viel schwerer, als ich mir vorgestellt hatte. Da waren die vielen Privilegien, die ein Unternehmen des aufgeklärten Kapitalismus jenen bietet, die den Umsatz fördern: 10.000 Mark Monatsgehalt, Dienstwagen, betriebliche Altersversorgung, Gewinnbeteiligung ... Der Abschied davon kommt einem Sprung ins Nichts gleich – jedenfalls schien mir das so.
Noch schwerer wog die Tatsache, dass ich überhaupt nicht wusste, was für ein Buch ich schreiben wollte. Ich war davon überzeugt, dass ich den

Lesern nichts Wichtiges mitzuteilen hatte. Ich musste mein eigenes Bewusstsein verändern, bevor ich hoffen durfte, bewusstseinsverändernde Literatur zu produzieren.
Irgendwann im Frühjahr kam ein Brief meines Freundes Janni. Er hatte auf der Mittelmeerinsel Ibiza überwintert. In einem Nebensatz erwähnte er, dass er in einem Meditationszentrum ein ‚Osho-Tonband' gehört habe; ‚Quite a trip!' – ‚Ein ziemlicher Trip!' Bis heute weiß ich nicht, warum ich den Nebensatz nicht einfach ignorierte, sondern immer wieder darauf zurückkam.
In meinem Antwortbrief bat ich Janni um Aufklärung. Es handle sich um Shree Rajneesh, einen indischen Guru, der sich ‚Osho' nenne und in Indien, in einem Ort namens Poona, nördlich von Bombay lebe. Er habe viele Jünger in der ganzen Welt. Sie kleideten sich orangefarben. Einige hätten auf Ibiza ein Meditationszentrum gegründet, in dem die von Osho entwickelten neuen Meditationstechniken praktiziert würden, vor allem die ‚dynamische Meditation'[9]. Auch könne man dort die Vorträge, die Osho jeden Morgen in seinem Ashram in Poona halte, vom Tonband hören. Ich war neugierig und stellte viele Fragen. Über Osho sagte er: ‚Den kann man nicht beschreiben. Den muss man erleben.' Über den Ashram: ‚Das ist wie ein Kloster – nur dass es auch Sex gibt.'
Etwa zwei Monate später erhielt ich vom STERN den Auftrag, den indischen Ministerpräsidenten zu interviewen und eine Reportage über die kommunistische Partei in West-Bengalen zu schreiben. Ich schlug der Chefredaktion als drittes Thema eine Reportage über den Ashram des ‚Gurus' Osho Shree Rajneesh vor.
Ein paar Wochen später trat ich Osho zum ersten Mal gegenüber. Er breitete die Arme aus, lachte und sagte: ‚Da bist du ja endlich! Ich habe gewartet und gewartet ...'
Das größte Abenteuer meines Leben hatte begonnen."

Diese Worte hatten meine Neugierde in Brand gesetzt und es schien, als wäre sein letzter Satz aus meinem Mund gekommen.

Ich war beeindruckt, wie spannend Satyananda schrieb. Ich las das Buch in einem Zug durch. Besser: Das Buch verschlang mich! Ich vergaß dabei Zeit und Raum, wichtige Termine, das Essen und Schlafen. Alles. Ich war wie in Trance.
In der Folge vertilgte ich wahllos alles, was ich im „Mingus“, dem damaligen „Sannyas-Meditations-Center“[10] in Zürich-Oerlikon, an Büchern, Videos und Tapes von Osho zu greifen bekam, und immer wieder brach es aus mir heraus: „Ja, mein Gott, DAS IST ES!“
Und so passierte es, wie es so vielen Tausenden passiert ist. Ich ging Osho ins Netz, und als ich mich losreißen wollte, war es schon zu spät. Heute muss ich sagen: Es war das größte Geschenk meines Lebens, der Same, aus dem ein großer, starker Baum – ein allumfassendes Bewusstsein – heranwuchs, in dessen Schatten ich mich noch heute jederzeit zurückziehen und mich stärken kann.
Die Bilder von ihm, vor allem diejenigen aus jüngeren Jahren, ließen mich nicht mehr los. Von ihm ging dieser unwiderstehliche Duft aus. Dieses charismatische Aroma von innerer Kraft, kompromissloser Echtheit und totaler, rückhaltloser Hingabe.

Dieser Duft kam aus der gleichen Richtung wie bei Ro, wie bei meinem Großvater, nur um ein Vielfaches stärker. Ich konnte sofort spüren, dass Osho etwas besaß, was meinen bisherigen Leitbildern fehlte: vollkommene Bewusstheit. Er war ohne Zweifel, ein absolutes Original. Aber gleichzeitig war da auch niemand. Kein Heiliger, der einen Glauben gegen einen anderen zu verteidigen trachtete. Kein Ego[5], weder ein weltliches noch ein spirituelles. Er transzendierte beides. Er war reines Sein – genau das, was ich suchte. Ich wollte einfach leben, einfach SEIN, grundlos glücklich das Leben lieben und den Tod nicht fürchten, wie Sorbas sagte. Ro war ein Sorbas, Siddhartha ein Buddha. Osho war beides: Sorbas the Buddha. Dieser Begriff, den er später für den neuen Menschen prägte. Ja, genau: Der Mensch ist beides und bevor diese scheinbaren Gegensätze in uns nicht zu einer Einheit verschmelzen, kann es keinen Frieden, keine Liebe und keine Erleuchtung[3] geben.

Eine der bewegendsten Szenen im Drehbuch meines Lebens war jene, in der ich unerwartet von einem heftigen Weinkrampf geschüttelt wurde, als ich von ihm folgende Stelle las:
„Jedermann hat eine tiefe Sehnsucht nach einem Zuhause. Aber es hat nichts zu tun mit dem äußeren, weltlichen Zuhause. Dieses äußere Zuhause wurde nur ein Objekt für die tiefe Sehnsucht des Menschen nach Selbsterkenntnis. Es ist eine Entschuldigung. Weil wir unser wahres Zuhause nicht kennen, bauen wir ein kleines, enges Häuschen und halten daran fest. Das gibt dir eine Art Trost. In der Tat haben wir aber überhaupt kein Zuhause in dieser Welt. Das wahre Zuhause gibt es nicht hier auf Erden – es ist innen. Zutiefst im innersten Kern deines Seins. Aber dahin zu gelangen, ist eine lange, beschwerliche Reise.
Es ist einfach, ein Haus zu bauen und sich zu Hause zu fühlen. Es hilft dir, dich sicher zu fühlen. Es ist wie ein Beruhigungsmittel, um dir das Gefühl zu geben, dass du irgendwo hingehörst. So erschaffen wir Länder, Nationen, Mutter- und Vaterland, Kirchen, Tempel und Tausend-und-ein-Ding, aber die Suche gilt dem wahren Zuhause ... und das kannst du nirgendwo im Außen finden.
Ich sage nicht, dass du dein äußeres Zuhause verlassen sollst – da gibt es keine Notwendigkeit –, richte dich so komfortabel wie möglich ein, es ist perfekt. Ich bin überhaupt kein Asket und ich bin nicht gegen die Welt. Ich bin total für sie. Aber das Königreich Gottes ist innen. Das Zuhause ist nur in der Ewigkeit. Wenn du versuchst, dir in der Zeit ein Zuhause zu schaffen, wirst du konstant in der Misere sein, weil du mit der Natur der Dinge kämpfst. Mit dem, wie die Dinge nun mal sind. Wenn du versuchst, einen Traum permanent zu machen, wirst du leiden. Weil Träume niemals ewig sein können. Ihr tiefstes Wesen ist es, vergänglich zu sein. An ein ewiges Leben hier an diesen Ufern der Zeit zu glauben, ist dumm. Wenn du nur ein bisschen intelligent bist und sehen kannst, was um dich herum geschieht, wirst du verstehen." [22]

Was an diesen Weinattacken anders war als während meiner Scheidungskrise: Das Weinen ging in haltloses Lachen über, weil es aus Einsicht, Verstehen und Klarheit kam, die Grundlage für jeden echten Humor.

In dem Buch „Kinder spielen mit Atombomben“ unter dem Titel „Gesellschaft ist eine Illusion“ stellt ein Sannyasin folgende Frage:
„Osho, welchen Sinn hat deine Bewegung im Hinblick auf die Situation der Gesellschaft? Ist sie ein Kult von Selbstbezogenheit und Eskapismus? Oder hast du vor, die Gesellschaft und die Welt zu verändern, indem du die menschliche Natur veränderst?“
Oshos Antwort, in der er kurz und prägnant seine Botschaft auf den Punkt bringt, zeigt ihn nicht nur als einen kristallklaren Geist, sondern auch als einen hochgebildeten Philosophen.
„Peter Jenkins, was hier passiert, ist keine ‚Bewegung'. Es ist eine Mutation. Es hat nichts mit Gesellschaft zu tun, es hat einzig und allein mit dem Individuum zu tun. Es ist eine Revolution im wahrsten Sinne des Wortes. Kein Gedanke daran, die Gesellschaft oder die Welt zu verändern – denn es gibt überhaupt keine Gesellschaft. Es gibt nur Individuen. ‚Gesellschaft' ist eine Illusion. Und weil wir an die Gesellschaft glauben, haben alle Revolutionen versagt. Fragt den Wissenschaftler. Er sagt, es gibt keine Materie, nur Elektronen. Die Materie ist eine Illusion. Und genauso sagen alle, die das menschliche Bewusstsein verstehen, dass die Gesellschaft eine Illusion ist wie die Materie.
Elektronen sind real; Individuen sind es auch.
Das Individuum braucht eine Mutation. Und was wir hier tun, ist absolut individualistisch; es ist kein bisschen sozialistisch. Es mag wie eine Flucht aussehen, aber an dem Wort ‚Flucht' ist an sich nichts verkehrt. Wenn das Haus brennt und du herausrennst, nennt dich niemand einen Eskapisten. Du bist einfach intelligent, das ist alles.
Wir rennen nicht weg, wir versuchen nur zu verstehen, was tatsächlich da ist. Wir gehen keinen Problemen aus dem Weg. Ganz im Gegenteil: Wir stellen uns all den Problemen, denen die Gesellschaft aus dem Weg gegangen ist. Wir versuchen, all den Problemen ins Auge zu sehen, die die sogenannte Gesellschaft euch zu verdrängen beigebracht hat.

Die Gesellschaft braucht Sklaven. Und mit Gesellschaft meine ich die Konspiration der Priester, der Politiker – der machtlüsternen Leute, deren Hauptstrategie es ist, den Menschen von Anfang an zu spalten.
Mein Bestreben hier ist nicht, die Gesellschaft zu ändern, sondern das Individuum zu verwandeln – dem Individuum zu helfen, ganz zu werden, diese Kluft zwischen dem Bewusstsein und dem Unbewussten aufzuheben, dem Individuum zu helfen, sich zu akzeptieren, statt sich weiter zu unterdrücken, sich zu lieben, statt sich zu verdammen.
Man hat dir erzählt, dass etwas an der Selbst-Liebe verkehrt ist. Man hat dir erzählt, du sollst andere lieben, aber nie dich selbst. Aber wie kannst du andere lieben, wenn du noch nicht einmal dich selbst lieben kannst?
Meditiert über diesen großen Ausspruch von Jesus:
‚Liebe deinen Nächsten wie dich selbst.'
Zuallererst musst du dich selbst lieben. Du kannst keinen anderen lieben, denn erst muss die Liebe in dir selbst aufwallen. Du bist dir selbst am allernächsten – wenn du dich hasst, hasst du auch deinen Nächsten.
Wenn dem Einzelnen geholfen werden kann, wenn der Einzelne erleuchtet werden kann, wenn der Einzelne dazu überredet werden kann, das Leben zu feiern, das Leben zu genießen – nur dann werden wir fähig sein, das Klima auf der ganzen Erde zu verändern. Aber das ist nicht unsere Absicht, das ist nicht unser Ziel. Das wird dann nur eine Folge davon sein.“[22]

Mein Bauch sagte mir unmissverständlich: Ich wusste nicht wirklich, wer Osho war. Ich habe ihm nie die Hand geschüttelt. Ich wusste nur eines ganz genau: Dieser Mann sagt die Wahrheit. PUNKT.
All seine Worte haben mich deshalb so tief getroffen, weil Osho wie kein anderer in erstaunlicher Kürze und Brillanz die Quintessenz der Psychologie, den Kernpunkt aller Mystik und Spiritualität mit erstaunlich einfachen Worten auf den Punkt brachte und zu einem bewussten Ganzen zusammenführte. So, als hätte ich tausend Jahre nur auf diesen Mann gewartet – immer auf der Suche nach der Wahrheit, dass endlich jemand das ausspricht, was schon immer in mir gärte.

Es geschah tiefes Erkennen und Epochen alten spirituellen Wissens. Bevor ich diesen Mann überhaupt gesehen hatte, führten allein nur seine Worte zu einer geistigen Heimkehr.
Immer wieder stand ich auf, rang nach Luft, ging in meinem kleinen Zimmer auf und ab, schlug mit dem Buch immer wieder auf den Tisch und schrie mit Tränen in den Augen:
„Das gibt es doch nicht. Das glaub' ich jetzt nicht. Jawohl, genau, DAS IST ES!"

Marisa kam oft vorbei und fragte erschrocken: „Was ist denn jetzt schon wieder?", bis sie sich daran gewöhnte und wusste, dass ich wieder einmal in seinen Büchern las. Und das ging etwa ein Jahr lang so weiter. Er selbst hatte kein einziges Wort geschrieben. Seine mehr als 340 Bücher, von denen 88 in mehr als zwanzig Sprachen übersetzt wurden, waren Abschriften von Videoaufzeichnungen seiner „Darshans"[15], der allabendlichen Zusammenkünfte mit seinen Sannyasins[11]. Man kann sich das einmal ausrechnen, wie viele Bücher da zusammengekommen sind, wenn dieser Mann während zwanzig Jahren täglich zu seinen Jüngern gesprochen hat.
Eine immense Bibliothek von unsagbarem Wert, denn Osho sprach über alle denkbaren Lebensthemen. Er rückte mir Jesus in ein völlig neues Licht, sprach einfach und verständlich über Buddha, Laotse, Heraklit und viele andere große Meister, über die großen Traditionen wie Zen, Taoismus, Chassidismus, Sufismus und andere Wege. Oshos Vision enthält eine unter Mystikern einmalige Synthese von traditioneller östlicher Weisheit mit den jüngsten Entdeckungen der westlichen Psychologie und Wissenschaft. Was ihn aber definitiv von allen anderen Gurus unterschied, war sein unvergleichlicher Humor.

Er konnte stundenlang ohne jegliche Vorlage druckreif debattieren, doch dann kramte er irgendwann umständlich einen Spickzettel aus seiner Robe und alle wussten, jetzt ist es so weit. Nun kommt ein Witz, der irgendwie mit dem vorangegangenen Thema zu tun hat.

Hier ein kleines Müsterchen:
*„Der Arzt ist nach der Untersuchung mit seinem Patienten sehr zufrieden und meint: ‚Und mit dem Sex klappt es doch sicher auch gut?'
Antwortet der Patient: ‚Na, so dreimal in der Woche geht es schon ...'
Arzt: ‚Was? Bei Ihrer Konstitution müsste es aber dreimal am Tag gehen.'
Patient: ‚Ich tue ja mein Bestes, aber als katholischer Priester auf dem Land ist das nicht so einfach.'"*[22]
„Ich muss Witze erzählen, weil ich fürchte, dass ihr alle zu religiös seid. Ihr neigt dazu, ernst zu sein. Ich muss euch kitzeln, damit ihr manchmal eure Religiosität vergesst. Damit ihr eure ganzen Philosophien, Theorien und Systeme vergesst und auf die Erde herunterfallt. Ich muss euch wieder auf die Erde bringen, sonst neigt ihr dazu, immer ernster zu werden. Und Ernst ist ein Krebsgeschwür."[22]
Er versuchte keine Lehre zu vermitteln, weil er wusste, dass die Erfahrung der Wahrheit nicht in Glaubenssätze eingezwängt werden kann. Im Gegenteil, er tat alles, um unsere Glaubenssysteme zu zerstören.
„Zwischen Materialismus und Spiritualismus besteht kein Widerspruch. Die Materie ist die Außenseite des Geistes, der Geist ist die Innenseite der Materie. Darum gehört zu einer wahren, einer erschöpfenden Lebensauffassung die Synthese, die Synchronizität von Materie und Bewusstsein. Das Leben ist EINS – es ist geistig und stofflich.
Ich möchte, dass ihr eins seid. Ich möchte, dass ihr organisch seid. Ich möchte, dass ihr völlig natürlich, bejahend und lebensfreundlich seid. Ich lehre euch eine spirituell-materielle Einstellung zum Leben.
Der Westen ist nur der einen Seite nachgegangen – der materialistischen Lebenseinstellung. Er hat eine großartige Wissenschaft und Technologie entwickelt. Der Osten hat die andere Hälfte verfolgt – dort haben sie bewiesen, dass die Seele eine Wirklichkeit ist. Der Westen hat genügend Technologie, genügend Wissenschaft, genügend Wohlstand, aber von innen her fehlt etwas. Es fehlt der Friede, die Stille, die Freude, die Seligkeit, die meditative Erfahrung, die Erfahrung des Göttlichen. Und der Osten ist arm geblieben. Er verhungert. Sein Äußeres ist abstoßend. Er hat manche inneren Geheimnisse entdeckt, aber seine Außenseite ist krank.

Ein neuer Mensch wird auf Erden gebraucht. Ein neuer Mensch, der beides akzeptiert, der wissenschaftlich und mystisch ist, der ganz und gar für die Materie und ganz und gar für den Geist ist. Nur dann werden wir eine Menschheit schaffen können, die nach beiden Seiten hin reich ist. Ich lehre euch den Reichtum dieser Welt und den Reichtum jener Welt. Für mich ist das die wahre Religiosität."[22]

Die Abende wurden länger. In den lauen Sommernächten saß ich oft stundenlang am Fenster meines Kämmerchens und beobachtete den Sonnenuntergang und die Sterne und blickte auf die Lichter der Stadt. Zum ersten Mal spürte ich eine mir bis dahin unbekannte innere Weite. Ich hatte meinen spirituellen Lehrer gefunden. Meine Energie war nicht mehr verzettelt, sondern durch Osho auf ein klares Ziel und eine zutiefst beglückende Identität fokussiert. Jetzt war ich ein spiritueller Sucher, ein Sannyasin des größten spirituellen Superstars des zwanzigsten Jahrhunderts.
Ich blühte förmlich auf, und es war nur noch eine Frage der Zeit, bis der Entschluss heranreifte, selbst „Sannyas"[12] zu nehmen, mich als ein Jünger Oshos zu bekennen und einen neuen Namen anzunehmen.

Die folgenden Texte von Osho über Sannyas taten ihr Übriges:
„Wenn du das Leben betrachtest, ohne dich selbst zu erkennen, ist es ‚Samsara', die Welt. Wenn du das Leben betrachtest und dich selbst erkannt hast, ist es Sannyas.
Einweihung bedeutet zweifellos, dass du einen Schritt in ein gefährliches Leben getan hast. Du hast mich als deinen Freund in der Dunkelheit angenommen und hast deine Hand voller Vertrauen gegeben. Aber ich habe nie einen Blankoscheck eingelöst und ich habe niemals jemandes Leben benutzt oder mich auch nur eingemischt. Es geht einfach von dir aus, ich bin völlig außen vor. Es ist deine Einweihung und es ist deine Initiative, dass du dein Leben der Transformation widmest. Die ganze Sache und die Verantwortung liegen bei dir."[22]

Vor allem dieser Text berührte mein Künstlerherz:
„Ich bin der einzige Mensch in der ganzen Geschichte, der dir Individualität gibt. Die sogenannten Gurus taten genau das Gegenteil: Sie nahmen dir deine Individualität. Ihr ganzes Bemühen bestand darin, dich ihnen ergeben zu machen. Deine Aufgabe bestand nur darin, ihre Füße zu berühren und ihren Segen zu empfangen. Mir geht es um etwas völlig anderes. Du kannst keinen Segen empfangen, indem du jemandes Füße berührst. Im Gegenteil, dadurch machst du diesen Mann noch egoistischer und kränker.“[22]

Während ich dabei war, mir schon mal meine Kleider rot zu färben – das gehörte damals zu den Aufnahmebedingungen –, schlichen sich in Anbetracht der nahenden Konfrontation mit meiner Umwelt allerdings die ersten ernsthaften Zweifel ein. Denn es war ausgerechnet jene Zeit, als man in den Medien die Bilder von girlandengeschmückten Sannyasins sah, die mit Schuhen und Steinen beworfen und sogar verletzt wurden. Ich lauschte einem Gespräch meiner Eltern, in dem ich ihre ganze Angst, den Spott und Hass diesem Mann gegenüber am eigenen Leib erfuhr. Sie glaubten tatsächlich, dass ihr Sohn nun diesem indischen Scharlatan zum Opfer gefallen sei. Es bedarf wohl an dieser Stelle keiner Erklärungen mehr, um sich vorzustellen, wie ich mich danach fühlte. Bescheiden formuliert: Sie waren mir in dieser Angelegenheit keine wirkliche Hilfe und ich verließ das schöne Sigriswil mit hässlichen Aussichten. Doch da war es schon zu spät. Ich hatte mich bereits im „Mingus“, dem damaligen Sannyas-Zentrum in Zürich-Oerlikon, angemeldet. Und so kam es dann zu dieser unvergesslichen Nacht, in der ich plötzlich Atemnot erlitt und unsere Wohnung panikartig verließ, denn meine Fantasie hatte völlig unerwartet äußerst destruktive Bilder in meinem Hirn produziert. Ich sah mich blutüberströmt, wie ich mit anderen Sannyasins von hasserfüllten Christen und Fanatikern zu Tode geprügelt wurde. Ich war dem ätzenden Spott zynischer Spießer ausgesetzt. Ich konnte mich nirgendwo mehr frei bewegen. Die Leute kauften keine Bilder mehr, weil sie mit „so einem“ nichts zu tun haben wollten usw. – Der Horror nahm kein Ende.

Als ein Künstler, dem Individualität, Anonymität und absolute Bewegungsfreiheit wie die Luft zum Atmen sind, war das einfach zu viel. Noch bevor ich überhaupt eingeweiht wurde, hatte Sannyas in meinem Kopfkino bereits die beabsichtigte Wirkung gezeigt: die Todesangst, von der Gesellschaft ausgestoßen zu werden.
Am darauffolgenden Tag gab mir folgender Text den Rest, denn ich wusste, dass ich nun auf der Verliererseite stand:
„Mehr als alles andere bedeutet Sannyas Mut, denn es ist eine Erklärung deiner Individualität, eine Erklärung deiner Freiheit, eine Erklärung, dass du nicht mehr Teil dieser Massenverrücktheit, dieser Massenpsychologie bist. Es ist eine Erklärung, dass du universell wirst; du wirst zu keinem Land gehören, zu keiner Kirche, zu keiner Rasse, zu keiner Religion."[22]

Schweren Herzens und mit dem miserablen Gefühl, das Höchste verraten zu haben, musste ich mir das Schlimmste eingestehen: Dass mich soeben dieser besagte Mut gerade verlassen hatte. Aber irgendwie passte mir das. So konnte ich die Sache langsam angehen und zuerst einmal ohne Verpflichtung hier in diesem mir inzwischen vertrauten Zentrum den Geist Oshos schnuppern.

Ich wusste damals nicht, was für einen weiteren Plot das Drehbuch meines Lebens noch für mich bereithielt.

INNEN/SANNYAS-MEDITATIONS-CENTER/ABEND

Eines Abends sitze ich nach der „Kundalini"-Meditation[9] im Osho-Center beim Empfang. An einem der kleinen Tische trinke ich eine harmlose Cola und blättere nichts ahnend in der „Rajneesh Times", der Zeitung der Sannyas-Bewegung, während ich auf Marisa warte. Plötzlich starre ich wie gebannt in das Heft und erkenne auf einem Foto Alan Greene. Darüber der Titel:
„Startherapeut aus Poona eröffnet Sannyas-Meditationscenter in Carboneras, Andalusien. Interview mit Alan Greene alias Somendra."

Ich bin so geschockt, dass ich gar nicht bemerke, dass Marisa vor mir steht und mich schüttelt:
„Hallo, ich bin's. Ist da jemand? Hat dir die Kundalini die Sprache verschlagen?"
„Nein, aber Alan ... Mensch, schau mal ... Alan, das ist dieser legendäre ...!"
„... Somendra aus deinem Buch von Satyananda?", ergänzt Marisa nahtlos meinen angefangenen Satz. Denn sie hat das Buch ebenfalls gelesen. Dann stimmt es also: Alan ist seit Anbeginn ein alter Hase unter den Sannyasins und ich habe das alles gar nicht mitgekriegt. Einfach deshalb, weil ich bei meinem ersten Besuch auf der Finca noch überhaupt gar nichts von Osho wusste. So einfach ist das.
Kopfschüttelnd, sprachlos, lachend und weinend gleichzeitig nehme ich dies zur Kenntnis und staune einmal mehr über die Wunder, die mir geschehen.
„Wer inszeniert hier eigentlich diesen ganzen Film? Genial! Den möchte ich gerne einmal kennenlernen", rätsele ich verzaubert vor mich hin.
Marisa sagt dann mit ihrer bekannt trockenen Art und einem vielsagenden Schmunzeln in den Mundwinkeln:
„Jetzt hast du ja deinen Lehrer gefunden."
„Welchen meinst du jetzt?"
„Nimm sie alle beide!"
Ich merke, wie mir der Schweiß auf die Stirne tritt.
„Ja, schon, aber ... zwei Lehrer? Ich weiß nicht."
Zu Hause lese ich das ganze Interview mit Alan noch einmal gründlich durch und erfahre, dass er tatsächlich jener bekannte Starttherapeut aus Poona sei, aber sich jetzt nicht mehr Somendra nenne, sondern unter seinem weltlichen Namen als eigenständiger spiritueller Meister wirke und sein weithin bekanntes andalusisches Patiohaus, die ehemalige Finca Azul, nun den neuen Namen „Habib-Meditationscenter" trage, wo er mit seinen Schülern eine Kommune gegründet habe. Alan war also selbst, drei Jahre nach meiner Abreise, ein Lehrer geworden.
Da Osho damals schon nicht mehr mit den Leuten direkt arbeitete, bot es sich ganz natürlich an, dass Alan Greene, quasi als Oshos verlängerter

Arm, mein Lehrer an der Front wurde, und mit ihm begann eine total verrückte Zeit.
Alan habe ich viel zu verdanken, Höhenflüge ins Universum, rabenschwarze Täler, abenteuerlustige Frauen, schönen entspannten Sex, ein subtiles spirituelles Ego und den Verlust meiner Ehefrau, jedenfalls im herkömmlichen Sinne.
Ab diesem denkwürdigen Tag war eine Reise nach Spanien und der Besuch des „Habib“ so sicher wie das Amen in der Kirche, aus der ich allerdings schon lange ausgetreten war.

An diesem Dienstagmorgen im Jahr 1985, um fünf Uhr in der Früh, als wir unseren roten Renault für die Reise nach Andalusien vollpackten, war ich 37 Jahre jung und zum zweiten Mal verheiratet mit einer verrückten, rothaarigen Frau, die mich noch heute oft zum Staunen bringt. Vor allem dann, wenn sie plötzlich und unerwartet Dinge tut, die sonst nicht zu ihrem eher besonnenen, stillen Wesen passen.
Sie kam einfach mit, ohne langes Wenn und Aber. Nicht, indem sie mir das Gefühl gab, dass sie das nur meinetwegen tat. Das Geheimnisvolle daran war, dass es sich so anfühlte, als wäre das in ihrem Schicksal ebenfalls vorbestimmt, wie in dem meinen. Wenn man sie aber fragte, warum sie das alles mitmache, dann kommen auch heute noch in solchen Fällen erschütternd einfache und weise Antworten. Damals meinte sie einfach:
„Ja, söle mer dänn einfach de heim umehocke?“ – „Ja, sollen wir denn einfach zu Hause rumhängen, oder was?“
Es war einer jener unvergesslichen exquisiten Momente, wie ich sie oft in den frühen Morgenstunden erlebe. Eine einsame Amsel jubilierte zuoberst auf einem Ast eines der großen Kastanienbäume in unserem Park an der Toblerstraße. Sie erinnerte mich daran, dass jeder Aufbruch zu sich selbst ein einsamer ist. Auch wenn Marisa mich begleitete: Ich musste den Weg alleine gehen. Und so viel wusste ich bereits: Der Weg war gefährlich. Er könnte uns auch unsere Beziehung kosten. Der fiebrige Geist, der sonst über den Städten pulsiert, war noch in tiefem Schlaf.

Über allem lag diese intensive, bedeutungsvolle Stille, jene „Ruhe vor dem Sturm", wie sie vielleicht Seeleute beim Auslaufen, Bergsteiger vor der Erklimmung eines Gipfels oder Schauspieler vor ihrem großen Auftritt erleben. Auch wir wagten an diesem frühen Morgen einen Schritt ins Unbekannte. Wir wussten, dass uns eine dreitägige Reise im Außen und eine viel längere Reise im Innern bevorstand, und wir hatten uns – wohl mehr mit kindlichem Vertrauen als mit dem Verstand – darauf eingestellt, getreu dem weisen Satz, dass auch die längste Reise mit dem ersten Schritt beginnt.

Habib-Meditationscenter

Nach drei langen und anstrengenden Reisetagen über Genf, Perpignan, Barcelona, Valencia, Alicante und Cartagena auf nie endenden Autobahnen und zwei wenig erholsamen Übernachtungen in irgendwelchen drittklassigen Autobahn-Hotels erreichten wir nach einer nochmals sechsstündigen Reststrecke durch die kleinen Ortschaften Aquilas und Vera eine Anhöhe bei Venta del Pobre, von der aus wir zum ersten Mal das Meer und die Bucht von Carboneras[26] sehen konnten.
Ich parkte unseren Wagen und stellte den Motor ab. Bei offenen Fenstern blieben wir sitzen. Es war wie immer überwältigend: Der Anblick des Meeres erlöst Zeit und Raum im Unendlichen. Es war so still da draußen in den urzeitlichen Weiten, dass man glaubte, das leise Säuseln des Windes in den ausgetrockneten Grashalmen zu hören.
Nach einer Weile stiegen wir aus, streckten unsere müden Glieder, setzten uns auf eine kleine Bruchsteinmauer und verzehrten den Rest der mit Fisch belegten Brote, die wir irgendwo gekauft hatten. Ich wollte Marisa so viel erzählen, da dieser prachtvolle Ausblick so bedeutend und voller spannender Geschichten war. Ich kaute jedoch weiter an meinem Brot, denn ich merkte, dass Worte zu klein und zu eng waren, um das Große und Umfassende zu beschreiben, das in diesem Moment mein

Herz erfüllte. In dieser lebensfeindlichen Wüste bin ich vor drei Jahren gestorben und wiedergeboren worden. Auch wenn diese Formulierung vielleicht etwas pathetisch klingt, fühlte es sich jedoch genau so an.
Der Schweiß lief mir in Bächen über die Stirn. Von der Tiefebene, die uns noch vom Meer trennte, stieg eine kühlende Brise zu uns empor. Doch ihre wohltuende Wirkung war wie ein Tropfen auf den heißen Stein. Die Hitze und die Trockenheit sind in Andalusien das alles dominierende Element. Doch gerade diese Tatsache ist das dramaturgische Moment Andalusiens. Inmitten des allgegenwärtigen Todes erhält das Leben, das Wenige, das hier wächst, eine umso größere Bedeutung. Seit dem Tag, als ich zum ersten Mal diesen überwältigenden Wüsten erlag, war Andalusien für mich Sinnbild des durch Tod und Kampf seelisch ausgetrockneten Menschen, der danach dürstet, eines Tages im ewigen Paradies aufzublühen. Während des Bauens an meinem Modell fand ich diese Symbolik auch in meinen Studien über die islamischen Paradiesgärten bestätigt.
Offenbar wie von göttlicher Hand inszeniert, genau die richtige Kulisse für mich. Nur stand ich damals nicht mehr alleine auf der Bühne und hatte keine Ahnung, was das Drehbuch mit der Neubesetzung durch Marisa vorgesehen hatte.
Während der Weiterfahrt kämpfte ich mit einem wirren Durcheinander von Gedanken und Gefühlen: Wird der Funke von Alan auch auf Marisa überspringen? Werden wir den spirituellen Weg gemeinsam gehen? Wie wird sich die Finca Azul verändert haben? Was für Leute werden dort wohnen? Wie wird Alan sich mir gegenüber verhalten? Was wird er mir sagen? All diese Fragen kreisten in meinem Kopf, den ich eigentlich viel mehr für meine Orientierung nach Carboneras hätte freihalten sollen.
Langsam näherten wir uns den ersten weiß gekalkten Häuserkuben. Ähnlich wie auf der Reise nach Sigriswil auf den Spuren meiner Kindheit erschienen mir all diese Häuser wie Bücher. Sie erzählten Geschichten meiner ganz persönlichen Reconquista, der Rückeroberung meines gelobten Landes. In der sengenden Sonne flimmerte die Trockenheit wie eine Fata Morgana, und genau so unwirklich kam mir die Szene vor.

Ich bemerkte, dass sich langsam eine Kluft zwischen mir und Marisa auftat. Ich fragte mich, wie sie all diese Bilder ohne jene Bedeutung, die ich ihnen gab, wohl sehen mochte.
Einige Kilometer weiter hatte ich nicht nur die Sprache, sondern auch die Orientierung verloren, denn ich stellte fest, dass ich mich definitiv verirrt hatte. Irgendwo sollte der Friedhof auftauchen, so viel wusste ich noch: die Wegmarke für die Stelle, wo man links nach „La Islica", zu meiner Finca abbiegen musste.
Ich wusste, dass wir im Cortijo übernachten würden. Fritz hatte mir in der Schweiz wie versprochen die Schlüssel überlassen.
Es blieb mir nichts anderes übrig, als mich als Fischegeborener von meinem inneren Radar Richtung Meer führen zu lassen. Als ich den Friedhof erkannte, kam uns eine Gruppe von Menschen, die ich aufgrund ihres beschwingten Ganges als Freunde von Alan identifizierte, entgegen. Einige winkten. Auch sie schienen uns als Gleichgesinnte einzustufen. Noch empfand ich mich als Fremden unter all diesen eifrigen Suchern.
So als würde Marisa meine Gedanken lesen, sagte sie mit Nachdruck in ihrer Stimme:
„Wollen wir nicht zuerst ans Meer zu deinem verrückten Hotel, bevor wir uns in die Fänge des Gurus begeben?"
„Genau das habe ich vor", sagte ich erleichtert. Und noch während ich das sagte, öffnete sich der Vorhang, und das Panorama des blauen Mittelmeers mit dem kleinen Fischerdorf Carboneras lag uns zu Füßen. Nur noch ein paar Häuser, ein paar Straßen, dann waren wir da. Rechts der Sandstrand, links mein gutes altes Hotel Arabia, Wohnort großer Stars und Sternchen, Museum unzähliger Requisiten und Fotos von Drehplätzen und Szenen aus dem Film, der dieses Dorf einst berühmt gemacht hatte.
Wir waren nicht nur am Ende unserer Kräfte, sondern auch am Ende unserer Reise angekommen. Unser Renault sah aus wie nach einer Dakar-Rallye. Ich schaltete den Motor ab. Wir saßen einfach da. Ungewaschen, müde und voller Schweiß, an dem überall der Wüstensand klebte.

Trotz all der Strapazen merkte ich: Etwas in meinem Inneren war unberührt und glücklich. Ich spielte in meinem eigenen Film die Rolle, die ich wollte, an einem Drehplatz, den ich liebte.

AUSSEN/ANKUNFT HOTEL-STRAND/ABEND

Marisa wischt sich den Schweiß von der Stirn und seufzt erleichtert: „Geschafft. … Was für ein Platz!“
Beide öffnen wir das Fenster. Stille. Wir hören das Rauschen der Brandung.
Man muss sich das einmal vorstellen. Wo heute alles überbaut ist, stand außer diesem verlassenen Hotel kein einziges Haus.
Ich steige aus dem Wagen, gehe auf die andere Seite und öffne ihre Tür. Sorgfältig nehme ich Marisa bei der Hand, ziehe sie leicht an mich und fordere sie wortlos auf, mit mir an einen Ort zu kommen, den ich ihr nicht nenne. Ich liebe Überraschungen. Sie hasst sie. Vor allem, wenn sie von mir kommen.
Ich ziehe sie hinter mir her am Strand entlang zu den Felsen hin. Dabei merke ich, dass sich ihre Begeisterung, wie erwartet, in Grenzen hält. Die Wellen brechen sich an den Felsen und die Gischt kühlt unsere Gesichter, bevor der heiße Wüstenwind diese gleich wieder trocknet. Wir erreichen meinen denkwürdigen Felsen mit dem Leuchtturm.
„War das hier?“, fragt sie, und ich freue mich, dass sie sich an meine Erzählung erinnert.
„Ja, das ist die Stelle.“
Wir setzen uns auf den Fels und lassen unsere Beine über der Brandung baumeln. Ich lege meinen Arm auf ihre Schultern, während Marisa unter dem wild verwehten Pony hindurch mit zugekniffenen Augen aufs offene Meer blickt. Die See ist dunkelblau und wild. Mein Blick schweift über das offene Meer in Richtung Afrika, und ich halte Ausschau nach einem Koffer, der vielleicht irgendwo auf einer Welle zu erkennen ist. Dann dreht sich Marisa zu mir um und lächelt, was mich für einen kurzen Augenblick verunsichert, weil ich nicht weiß, ob sie mich nun anlacht oder auslacht, weil ich vielleicht mit meiner dämlichen Modell-Nummer gerade eine lächerliche Figur abgebe.

„Warum lachst du?“
„Ich habe mir dich gerade vorgestellt, wie du hier stehst mit all dem Pathos und dann ausholst und dieses wunderschöne Modell ... Wahnsinn. Eine filmreife Szene. Vielleicht steht es jetzt irgendwo bei einem Fischer, der es zufällig gefunden hat, zu Hause auf dem Tresen und niemand wird je seine Geschichte erfahren.“
Wir stolpern über den felsigen Abhang zum Strand zum Hotel Arabia hinunter, steigen in den Wagen und fahren zurück zum Friedhof. Diesmal biege ich zielsicher in die Schotterstraße ein, über die ich damals – in fiebriger Erwartung der Finca Azul – zum ersten Mal mit Anna in dem Geländewagen holperte. Ich halte Marisas Hand, um ihre Nähe nicht zu verlieren, und merke, dass ihr diese Gegend wohl viel zu trocken und abgelegen erscheint. Sie harrt tapfer der Dinge, die noch auf sie zukommen würden. Marisa lächelt. Ich merke, dass sie müde ist und sich freut, dass das Thema „Übernachtung“ schon mal vom Tisch ist.

Unterdessen sind wir auf dem Hügel vor dem Cortijo del Viento angekommen. Ich merke sofort, dass es immer noch mein Haus ist, auch wenn ich es auf dem Papier längst verkauft habe. Der Panoramablick ist wie immer gewaltig, archaisch.

Das bis zum Horizont reichende, wogende Hügelmeer aus trockener, sandiger Erde, reich variiert von Ocker bis Rostrot, von Braun bis Grau, übersät mit vereinzelten, knorpeligen Olivenbäumen, ausgetrockneten Büschen und ein paar lumpigen Agaven, ist durchzogen von dünnen Eselspfaden und Spuren einsamer Menschen am Rande der Armut. Ein leiser Wind, der durch unsere Haare streicht, erinnert mich an den Ursprung seines Namens: „Gehöft des Windes“.
Marisa steht schweigend und ungläubig vor diesem gewöhnungsbedürftigen Haus und wird sich wohl fragen, in welchen verrückten Film sie da nun wieder geraten ist.
„Mein Gott, da muss ich rein? Du kannst ja froh sein, dass du das nicht mehr an der Backe hast, Mann oh Mann.“

„Klein, aber fein", sage ich, um einer größeren Enttäuschung zuvorzukommen.
Ich krame den großen alten Schlüssel, der an ein historisches Museumsstück aus dem Mittelalter erinnert, aus einer Tasche hervor und öffne die verwitterte Holztür, während mir der Teufel eine schelmische Idee einflüstert, der ich nicht widerstehen kann. Ich gehe auf Marisa zu, hebe sie auf meine Arme und schreite unter großen Rückenschmerzen auf die Türe zu.
„Was soll denn das jetzt? ... Nein, lass das, du lässt mich fallen!"
Während das Genörgele weitergeht, trage ich Marisa über die Schwelle. Beinahe geschieht, was beide schon befürchtet haben. Aber im letzten Moment kann ich sie halten, sonst wäre ich mit der ganzen Fracht zu Boden gestürzt.
„Geht doch!", bluffe ich.
„So habe ich mir das immer vorgestellt, dass ich meine frischvermählte Frau über die Schwelle meines Hauses tragen würde."
„Spinner, du elender", meint sie nun doch etwas begeistert von meiner komischen Idee, während ich langsam und sorgfältig versuche, sie wieder senkrecht auf den Boden zu stellen. Das befreiende Lachen, das uns – Gott sei Dank – beide befällt, hilft uns, die angestauten Spannungen abzubauen.

Die erste Szene war im Kasten. Die folgenden beinhalteten eine Führung durch das ganze Haus und die üblichen Handgriffe für die Inbetriebnahme eines alten Hauses am Arsch der Welt: Boiler, Wasser, Licht, Bettwäsche. Kühlschrank? Vergiss es! Ich wusste nicht, was da wieder nicht funktionierte. Viele finden das romantisch, Marisa nicht. Trotzdem entwickelte sie plötzlich unerwartet Initiative. Sie bezog die Betten, half, alle Läden zu öffnen und das Nötigste zu putzen.
Als wir uns notdürftig eingerichtet hatten, setzten wir uns mit etwas Restproviant und einem Glas dunkelroten spanischen Rotweins auf zwei rostige Klappstühle vor das Haus und schauten durch die untergehende Sonne, die am flachen, unendlichen Horizont versank, in eine ungewisse

Zukunft. Beide wussten wir, dass diese am andern Tag beginnen würde, und gingen deshalb früh zu Bett.
Die Nacht in der ungewohnten Stille wurde erwartungsgemäß unruhig. Immer mal wieder wurden wir von ohrenbetäubendem Motorrad-Geknatter dieser bis zur Schmerzgrenze frisierten Zweitaktmotoren jäh aus unserem wohlverdienten Schlaf gerissen, weil gerade wieder so ein jugendlicher Vollidiot glaubte, eine kleine Einmann-Motocross-Rallye veranstalten zu müssen.
Es war acht Uhr morgens. Noch klein, aber fein traten die ersten Sonnenstrahlen durch das Fenster im Süden, wo sich unser Schlafzimmer befand. Ich richtete mich im Bett auf, griff nach meinem ockerfarbenen Safarihemd und schlich mich leise nach draußen. Bald würde es wieder erbarmungslos heiß werden. Ich reckte mich in eitler Wehmut, der baldigen Feuerprobe bewusst, die mir an diesem Tage noch bevorstand, und ließ meinen Blick über diese unwirkliche Mondlandschaft gleiten. Andalusien, was für ein verrückter Erdteil. Schmelztiegel großer Kulturen, im Feuerofen der Sonne verschmolzen zu einer faszinierenden Synthese aus arabischen und europäischen Kulturelementen. An der einzigen Palme in der Ferne in östlicher Richtung erkannte ich das Grundstück, wo die Finca Azul stand. In meiner Erinnerung zogen all die Bilder dieses überwältigenden Anwesens erneut an mir vorbei und ließen mich die Inbrunst meiner Liebe fühlen, während ungefragt mein Dichterherz erwachte.

An jenem Morgen schrieb ich dieses Gedicht in mein Tagebuch:

Morgenrot

Dort, wo Horizonte blauen,
wo Lid an Lid das Auge brennt,
wo Tränen langsam tauen,
Gewissheit nicht mehr trennt.

Dort wird ein Lächeln liegen,
auf frischgeborenem Mund.
Und Freude junger Seel' entfliegen,
der Wahrheit ahnend kund.

Im Schlafzimmer hinter mir hörte ich, dass sich etwas regte. Marisa rieb sich ihre Augen unter dem Fenster. Ich ging in die Küche und machte Kaffee. Das mit den Brötchen konnten wir dort unten natürlich vergessen. Es gab noch angefaulte Bananen. Egal, es war uns beiden sowieso nicht gerade danach, ausgiebig zu frühstücken, denn der ganze angebrochene Tag war randvoll mit dem unausgesprochenen, aber doch alles beherrschenden Streben zur Finca hin, dem Mekka unserer Pilgerreise.

AUSSEN/HÜGEL MIT CORTIJO/TAG

Ich starte den Motor, warte auf Marisa. Sie steigt ein. Wir fahren los, den Pfad hinunter, den Fritz offenbar hat verbreitern lassen.

„Aufgeregt?", frage ich Marisa.

„Ich nicht, aber ich glaube, du bist aufgeregt."

Wie oft bin ich den Weg hier schon zu Fuß gegangen und mit meinem Dreirad-Moped gefahren, aber noch nie im eigenen Wagen. Ich kenne den Sog in Richtung der Finca Azul. Ja, ich bin aufgeregt. Jetzt will ich es wissen. Jetzt stelle ich mich der Herausforderung, auch wenn mich diese Kopf und Kragen kostet. Ich schlage mit der Karosserie auf einem Stein auf, offenbar fahre ich zu schnell. Ich biege in das ausgetrocknete Flussbett ein, das, wenn es kein Wasser führt – und das ist praktisch das ganze Jahr der Fall – als Straße dient. Auf dieser Sandpiste müssen wir circa einen Kilometer bleiben, bis hin zum Eingangstor. Von Weitem kann ich schon die neue Anschrift erkennen. Da, wo früher die bescheidenen, von Hand eingebrannten Buchstaben „Finca Azul" standen, prangt jetzt groß auf einer Metalltafel der stolze Schriftzug „Habib-Meditationscenter".

Die Fassade des Hauses ist unverändert und strahlt mir mit ihrem ewigen, reinen Weiß wie am ersten Tag entgegen. Der flache, große Vorplatz mit den Palmen, durch den die gerade Zufahrtsstraße mittig zum Eingangstor führt, ist allerdings wie erwartet verstellt mit Autos und Wohnwagen aus allen Teilen Europas, vor allem aus Deutschland. Friedvolles Treiben von einzelnen Menschen und Gruppen belebt die Szenerie. Die Finca scheint die Leute willkommen zu heißen – wie eine Mutter ihre zurückgekehrten Kinder.

Wir nähern uns dem mir so vertrauten Portal, an dem mich bei meinem ersten Besuch Don Iglesias willkommen hieß. Ich bemerke an der Körpersprache von Marisa, dass ihr dieser ganze Zirkus wohl nicht so ganz geheuer ist und sie hinter mir zurückbleibt. Ich winke ihr mit einer Vertrauen spendenden Geste zu, um sie zum gemeinsamen Eintritt zu bewegen, der nun nicht mehr rückgängig gemacht werden kann. Das ist jetzt unser Schicksal.

Nun stehen wir also in der hohen, kühlen Eingangshalle. Zwei Schweizer Sucher, verloren, unerwartet, ohne Don Iglesias. Alles ist anders, neu, fremd, beinahe unheimlich.

Einige Leute umarmen sich ungewohnt herzlich, schauen sich tief in die Augen und gehen weiter. Eine attraktive Frau mit rotem Haar und einem bemerkenswerten Gang, der aus ihrem atemberaubenden Becken zu kommen scheint, verschwindet hinter einer alten, dunkelbraunen Holztüre. Ich schaue ihr lange nach und bemerke Marisas Unbehagen.

Der Geist von Osho – vor allem der ungezwungene Umgang mit der Sexualität, dem „Tantra“[17] – ist überall zu spüren. Einige sind rot gekleidet, das könnten Sannyasins sein. Ja, es herrscht zweifellos eine ganz betörende, ja geradezu erotische Atmosphäre hier. Bis auf einige wenige, die mir sichtlich kraftlos und grau vorkommen, haben die Leute etwas in ihren Augen, das mich magisch anzieht und mir gleichzeitig große Angst macht. Es scheint, als hätten diese „Residence People“[13] ein Geheimnis, als seien sie erfüllt von einer gemeinsamen Vision. Ich spüre, wie ich noch nicht dazugehöre. Noch ist ein Wall zwischen denen, die hier wohnen, und mir, dem „Novizen“. Mit beklemmender Klarheit erkenne ich die Größe meines Eintrittsgeldes: Es bedeutet nichts Geringeres als den Sprung ins Unbekannte. Noch könnte ich umdrehen. Doch in diesem Moment steht eine schwarzhaarige Frau vor uns:

„Hallo, ich heiße Amida. Ich bin die Verwalterin des Hauses. Seids ihr angemeldet?“, sagt sie energisch in waschechtem Wiener Dialekt.
„Ich warte da auf der Bank, geh du mal vor“, sagt Marisa und zieht sich auf die Bank zurück.
„Nein komm’, du musst doch noch den Innenhof sehen!“
„Nachher!“, winkt sie energisch ab.
„Ist Don Iglesias nicht mehr da?“, frage ich Amida mit einer Stimme wie aus einem anderen Film.
„Nein, i moch jetzt seinen Job. Er kommt nur noch sporadisch, wenn es etwas zu reparieren gibt. Könnt ihr mal in mein Büro kommen und euch anmelden?“
Ich winke Marisa ungeduldig zu und fordere sie auf, jetzt nicht schon schlappzumachen. Wir zotteln über den uralten, unebenen Flusssteinboden hinter dieser Amida her. Im Vorbeigehen erhasche ich einen kurzen Blick in den Innenhof und lande kurz darauf in demselben Büro, in dem ich Don Iglesias meinen Modellkoffer öffnete. Diesmal jedoch öffnet sich mein Mund, denn da hängt genau hinter dem Stuhl der Verwalterin – wie der Staatspräsident in dem Verwaltungsgebäude einer Stadt – ein übergroßes Poster von Osho. Er lächelt von der Wand zu mir herab, so als würde er mir zuzwinkern und sagen: „Herzlich willkommen. Ich habe auf dich gewartet.“

Es folgten die Formalitäten, wir hatten für einen Monat gebucht, bezahlten den Aufenthalt, mehrere Gruppen, die täglichen Meditationen und die abendlichen Talks mit Alan, genannt „Tuning-Ins“[20]. Beim Verlassen des Zimmers, das sie uns im ersten Stock zuwies, blieb Amida unter der Türe stehen und teilte uns mit, dass am Abend um 19.00 Uhr ein Talk mit Alan im Innenhof stattfinde und sie uns herzlich dazu einlade. Mein Gefühl allerdings sagte mir, dass die Teilnahme wohl erwartet wurde.
Wir ließen uns auf zwei separaten schmalen Betten nieder, und jeder blickte durch die Decke hindurch in eine weite Leere. Keiner sagte ein Wort. Doch dann geschah zum ersten Mal etwas Geheimnisvolles und Kostbares, etwas, das uns bis heute verbindet und erhalten geblieben ist: Humor und Gottvertrauen.

Marisa sagte auf gut Schweizerdeutsch:
„Das chunt nid guet!" – „Das kann nicht gut gehen!"
Und plötzlich begannen wir lautstark zu lachen, und wir merkten, dass uns eigentlich nichts, aber auch gar nichts geschehen kann. Dass wir irgendwie die Narrenkappe tragen und uns das Leben schützt.
Und auch dazu war kein Kommentar nötig. Wir lagen beide rücklings auf unseren Pritschen, starrten zur Decke und schwiegen, bis in der Entspannung meine stille Gewissheit zurückkehrte, dass hier an diesem Platz der Durst meiner Seele gelöscht werden würde.
Diese Einkehr dauerte allerdings nur kurz, denn das große Verlangen, Marisa endlich „meinen Innenhof" zeigen zu können, klopfte unerbittlich an meine Tür:
„Komm, das muss jetzt sein!"
„Dein Innenhof!", scherzte sie kopfschüttelnd und leicht spöttisch: „Dieser Mann, echt!"
Zu meinem großen Entsetzen hielt sich ihre Begeisterung in überschaubaren Grenzen. Sie wollte zuerst einmal auf dem Zimmer bleiben und schickte mich alleine weg:
„Wir sehen den ja jetzt noch lange genug."
Damals war ich sauer, dass ich etwas, das mir so viel bedeutete, mit meiner Ehefrau nicht teilen konnte. Aber wenn ich gewusst hätte, was mir hier in diesem Haus noch alles bevorstand, wäre das wohl das harmloseste aller Übel gewesen.
So ging ich denn alleine hinunter. Als ich mein Heiligstes betrat, den Innenhof mit den Palmen, dem Brunnen, begriff ich sehr schnell, dass das Leben wie immer alles sehr weise inszeniert hatte; ich war ungestört. Nur hie und da verließ jemand leise und respektvoll eine Tür im Kreuzgang, um gleich danach wieder in einer anderen zu verschwinden. Das rege Treiben fand vor allem in der Eingangshalle statt, welche durch eine große Sprossenfensterfront vom Patio getrennt war.
In der Mitte vor den Arkaden der nördlichen Innenfassade stand schon der große, weiße Ohrensessel für Alan und seinen Talk bereit. Darum herum säuberlich in einem Halbkreis angeordnet waren unzählige Kis-

sen, Zen-Schemel und Yogamatten. Um die Sicht auf den Meister zu gewähren, waren die hinteren Stuhlreihen mit Klappstühlen bestückt. In den Ecken des Innenhofs hinter den Palmen standen die Lautsprecherboxen. Das ganze Dekor hatte durchaus eine dramatische Wirkung und vertiefte die Spannung auf den ersten Talk mit Alan.

AUSSEN/INNENHOF/ABEND

Der Abend ist ausnahmsweise angenehm kühl. Marisa und ich sitzen draußen auf dem Vorplatz der Finca mit einer Gruppe wartender Menschen auf einer Trockensteinmauer. Die Sonne neigt sich hinter den Schilffeldern bereits dem Horizont entgegen. Die ersten Grillen stimmen ihre Instrumente im Orchestergaben. Von Ferne ist ein bellender Hund zu hören, während sich langsam die ersten Leute erheben.

Auch Marisa und ich stehen auf, reihen uns in die Warteschlange vor dem Portal ein und folgen der Menschengruppe langsam und andächtig durch die Eingangshalle zum Innenhof. Die Bodenplatten sind von der Hitze des Tages noch angenehm warm. Eine Orgie der Sinne. Der aromatische Duft von Blüten und Gewürzen erfüllt die Luft.

Langsam betreten die ersten Leute, mit Sitzkissen ausgerüstet, den Innenhof und setzen sich im Halbkreis um den leeren, weißen Ohrensessel, welcher bewusst so platziert worden ist, dass alle Anwesenden ihn gut von überallher zu sehen vermögen. Kein Wort wird gesprochen. Nur leise indische Musik von magischen Sitar- und Tabla-Rhythmen und das Plätschern des Brunnens ist zu hören. Der Halbkreis zählt jetzt etwa vierzig bis fünfzig Menschen, welche den Auftritt von Alan erwarten.

In weißen Hosen, weißen Mokassins und einem braunen Seidenhemd betritt er feierlich den Innenhof. Er begrüßt die Anwesenden mit dem indischen „Namasté“-Gruß[16], setzt sich entspannt auf den Stuhl und schaut mit tiefgründigem Blick gemächlich lächelnd in die Runde. Es scheint, als stehe ihm alle Zeit der Ewigkeit zu Verfügung, um hier mit seinen Freunden zu sitzen.

„Hat er mich erkannt?“, fährt es mir durch den Kopf.

Lange sagt er nichts. Jetzt schließt er für circa fünf Minuten seine Augen.

Einige der Anwesenden tun es ihm gleich. Außer der leisen Musik und dem Plätschern des Brunnens sind alle Geräusche einer tiefen, erholsamen Stille gewichen. Ich bemerke, wie meine Gedanken ruhiger werden und dann ganz verschwinden.
Alan öffnet die Augen, blickt zuerst verklärt über die Anwesenden hinweg und schaut dann jedem einzelnen ganz genau und eindringlich in die Augen. Eine liebende und gleichzeitig strenge und kompromisslose Kraft geht von ihm aus. Sein Blick ist ein magisches Gemisch von Verstehen und messerscharfer Wachheit.
Er richtet sein Mikro zurecht, schlägt die Beine übereinander und beginnt in englischer Sprache zu sprechen:
„Das Leben ist ein Kreislauf. Ein Fluss. Wir lassen uns hier und da an einem Ufer nieder. Für eine längere oder kürzere Zeit. Alleine oder zu zweit. Wir lieben und wir hassen, wir bauen Häuser und Gärten und am Ende kommt der Tod. Der Abschied. Das Meer holt uns zurück. Wenn ich heute in dieser wunderbaren Nacht hier mit euch sitze, fühle ich mich gesegnet. Dankbar für mein Leben, das mich hierher gebracht hat. Dankbar für eure Liebe. Dankbar für die Liebe des Lebens.
Als ich mich damals entschied hierzubleiben und mich von meiner Rolle als Regisseur verabschiedete, habe ich das mit dem Bewusstsein getan, aus der Traumwelt der Illusionen auszusteigen, um hinter die Kulissen des Lebens zu blicken.
Ich war damals der Überzeugung, und ich würde es immer wieder tun, dass ich das nur in völliger Abgeschiedenheit tun könnte. Ich musste mich von allen Zwängen der Gesellschaft für eine Weile befreien, um herauszufinden, wer ich bin, wenn alles von mir abfällt, was ich nicht bin.
Der Traum, hier in dieser Trockenheit Wasser zu finden und ein blühendes Paradies zu schaffen, war die Sehnsucht, mich aus mir selbst heraus neu zu erschaffen. Aus mir selbst heraus zu blühen. Während ich hier nach Wasser suchte, suchte ich nach mir selbst. Es war eine Frage von Sein oder Nichtsein, von Leben oder Tod. Ich kannte das Leben in der Welt. Ich habe den Kelch bis auf den Grund leergetrunken. Der Durst,

die Sehnsucht jedoch blieb. Der Wunsch, dieses Haus hier aufzubauen, war die Suche nach meinem wirklichen Zuhause, der Wirklichkeit jenseits von dem, was mir genommen werden kann.
Der konstante Umgang mit Wasser, das Studium der Radiästhesie und meine praktischen Erfahrungen eröffneten mir den Blick hinter die Kulissen der Naturerscheinungen und letztlich in das Leben selbst.
Ich entdeckte die uralte Weisheit aus erster Hand: Wasser ist Leben. Wasser ist Energie!
Der intime Kontakt mit der Natur, mit den Jahreszeiten, dem Meer, dem Himmel und dieser erbarmungslosen Hitze konfrontierten mich mit der Wirklichkeit.
In diesen Geduldsproben, auf diesen Durststrecken fand ich im Schatten der Einsamkeit und Qualen die Quelle allen Lebens.
Genau an diesem tiefsten Punkt begegnete ich meinem Meister Osho und seinen Worten, seine ungeheure Weisheit berührte mich in meinem Innersten. Er sagte:
‚Du musst durch diesen Tod hindurchgehen. Alles, was sterblich an dir ist, musst du loslassen und die Illusion überwinden, dass irgendjemand irgendwann kommen wird, um dich zu erlösen.'
Es gibt kein Paradies irgendwo da draußen, nein, du lebst schon in ihm. Du blickst nur in die falsche Richtung. Dein Herrgott ist nur eine Erfindung deines Verstandes, um die Selbstverantwortung auf morgen zu verschieben. Da gibt es keinen Herrgott, der auf dich wartet. Vergeude deine Zeit nicht. Das ist etwa so dumm, wie wenn du auf einer dicken Wasserader stehst und neidvoll zu deinem Nachbarn hinüberguckst, wie er seine Terrassen bewässert, und denkst:
‚Der hat's gut! Hätte ich auch nur mein eigenes Wasser!'
Erwache einfach aus deinem Schlaf und sieh, dass du bereits auf deiner eigenen Quelle stehst! Viele von euch, die hierhergekommen sind, befinden sich auf diesem Weg, das zu erkennen.
Von einem, der hierhergekommen ist, möchte ich euch kurz erzählen. Eine schöne Geschichte, die mich sehr berührt. Vor etwa drei Jahren, als dieses Haus noch kein Meditationscenter war und ich noch nicht offiziell

als Lehrer auftrat, bewohnte ich in stiller Abgeschiedenheit dieses Haus nur mit ein paar Leuten und Don Iglesias, dem damaligen Verwalter. Eines Tages kreuzte Anna, meine kleine Tochter, mit einem Schweizer Künstler hier auf, der offenbar im Dorf nach mir gesucht hatte. Ich traf ihn im Patio. Müde, ausgelaugt und sehr verletzlich. Wie ein Pilger des Jakobsweges, der nach langer entbehrungsreicher Wanderung schließlich das Ziel seiner Träume, die Kathedrale von Santiago de Compostela, erreicht hat, stand er vor mir. Aber nicht etwa wie ein Wanderer mit einem Rucksack, sondern wie ein Vertreter mit einem sperrigen Koffer. Ich fragte ihn, was ihn zu mir führe. Seine Antwort war:

‚Ihr Haus hat mich gerufen!'

Er öffnete seinen Koffer und entnahm sorgfältig aus seinem Inneren ein wunderschönes, selbst gefertigtes Modell. Ein typisch andalusisches Anwesen mit einem Innenhof, einem Brunnen in der Mitte und Palmen. Bis auf einige Details war es dem Haus und dem Innenhof, in dem ihr heute hier sitzt, erstaunlich ähnlich. Er hat lange auf mich eingeredet und mir erklärt, dass ihn dieser Traum schon seit frühester Jugend verfolge, so ein Haus eines Tages zu besitzen. Von der Familie seiner spanischen Geliebten habe er dann erfahren, dass es da so einen komischen Engländer in Andalusien gebe, der ein Anwesen besitze, das seinem Modell sehr ähnlich sei."

Allgemeines Gelächter unter den Anwesenden.

„Ich kannte die Familie. Die hatten mir damals dieses Anwesen vermittelt. Er kam also hierher, um mein Haus zu sehen und mich um Rat zu bitten. Doch ich hatte in seinen Augen etwas ganz anderes gesehen. Ich kenne diesen Blick nur allzu gut. Ich sah das, was ich in den Augen eines jeden Menschen hier sehe: die Sehnsucht nach Erkenntnis. Ich konnte ihm das in diesem Moment nicht sagen. Er war noch nicht bereit dazu. Ich konnte ihm kein Quellwasser aus meinem Brunnen eingießen. Er war noch nicht bereit für die Einweihung. Sein Glas war voll mit Vorstellungen, Wünschen und Hoffnungen. Wenn ich ihm die Wahrheit einfach so auf dem Tablett serviert hätte, dann wäre es nicht seine eigene Erfahrung gewesen. Er hätte das einfach angenommen, nicht aus seiner Kraft, sondern aus seiner Schwäche heraus. So sagte ich ihm:

‚Suche dein Haus, dann kannst du wiederkommen.'
Und so geschah es auch. Er kaufte sich hier in der Nähe ein kleines Cortijo, baute es um und ist heute nach Jahren hierher zurückgekehrt, der verlorene Sohn. Sichtlich geläutert, geerdet, als reifer Mann. Herzlich willkommen!"
Ich merke, wie es mir den Hals zuschnürt, wie mir schwindlig wird und sich der altbekannte Abgrund unter mir öffnet und mich verschlingt. Als ich halb bewusstlos wieder auftauche, entlädt sich meine Spannung in haltlosem Schluchzen. Ich fühle die Hand von Marisa auf meinem Rücken. Ich lasse es zu, denn hier an diesem Platz muss sich niemand für seine Gefühle schämen. Es ist der beste Platz, um all diese lang unterdrückten Gefühle in ihrer ganzen Tiefe und Kraft anzunehmen und als schöpferisches Potenzial zu nutzen.
„Jeder hier im Hof kennt diese Sehnsucht, den uralten Traum aller Menschen, aller Zeiten. Draußen glaubt man, ich sei hier, um euch zu zeigen, wie man mit der Wünschelrute auf Wasseradern anspricht. Gewiss tu' ich das, auf der äußeren Ebene. Aber auf einer anderen, tieferen, spirituellen Ebene helfe ich euch, eure wahre, göttliche Quelle zu finden. Auf dieser Ebene stimme ich euch auf den Ton der Wahrheit ein. Die Wünschelrute ist euer Bewusstsein, die Wahrheit die Wasserader. Der Platz genau dort, wo deine Füße den Boden berühren. Um die Wahrheit zu finden, musst du sehr feinfühlig, wach und gegenwärtig sein, weil du sie nicht siehst, weil sie im Verborgenen fließt.
Du kannst den Ton der Wahrheit nicht beschreiben, aber in ihm schwingen. Wenn du das nur einmal erlebt hast, wirst du nachher niemals mehr derselbe sein."
Ein langer Moment der Stille – das Plätschern des Brunnens. Ein leises Rauschen in den Palmenblättern.
„Willkommen zu Hause."

Alan erhebt sich langsam, legt seine Handflächen vor dem Gesicht zusammen. Die Anwesenden erwidern diese Geste. Dann verlässt er den Innenhof.

Nachdem er den Patio durchquert hat und den Kreuzgang betritt, dreht er sich unter zwei Säulen noch einmal zu mir um und bleibt lange stehen. Sein durchdringender Blick aus seinen blauen Augen, tief wie klare Bergseen, ist die Ewigkeit selbst.
Wie damals mit Eduardo Falu, dem großen argentinischen Gitarristen, oder mit Picasso, der mir im Traum erschien. Die Szenen hatten alle ein ähnliches Merkmal: Ein großer Mann, der dort schon angekommen war, wo ich hinwollte, hatte mich eingeweiht. Was jene in der Kunst für mich taten, schaffte Alan für mich in meinem Bewusstsein. In seinem Spiegel konnte ich meine wahre Natur erkennen.
Als die letzten Leute den Innenhof verlassen hatten, Marisa musste wohl schon gegangen sein, saß ich noch lange auf meinem Stuhl in der Stille, zu der sich hie und da ein zartes Vogelzwitschern gesellte. Die hohen Palmenwedel wiegten sich in der kühlen Abendbrise und strebten unter dem offenen Himmel der nahenden Nacht entgegen.
Auf einmal geschah vollkommenes Verstehen. Jetzt wusste ich, was er meinte mit seinem Satz: „Du kannst ES hören.“ Du kannst die Stille, das Unaussprechliche, den Ruf deiner Essenz hören, du bist offen für die Wahrheit, aber du musst zuerst frei von Wünschen und Vorstellungen, frei von deinem Ego[5] sein – und ein Niemand werden. Für einen kurzen Moment konnte ich hinter den Schleier dieser Welt blicken.
Mit diesem plötzlichen Frieden beschenkt, war es, als könnte ich für immer hier sitzen bleiben. Es gab keinen Ort mehr, irgendwo da draußen, wo ich hingehen, nichts, was ich verstehen, erreichen oder hätte besitzen wollte. Nur dieses köstliche Hier und Jetzt.
Daran erkannte ich, dass es die Wahrheit war. Mein göttliches Selbst[4].

Auch wenn diese erste Begegnung mit Alan noch keine offizielle Einweihung war, so empfand ich es dennoch als einen heiligen Akt mit großer symbolischer Bedeutung. Von diesem Tag an war ich nicht mehr hilflos auf mich selbst angewiesen. Ich hatte eine Führung, der ich mich absolut anvertrauen konnte. Das gab mir Kraft, denn ohne diese Starthilfe hätte ich das Labyrinth des Unterbewussten nicht heil durchqueren können.

Marisa und ich nahmen an den täglichen Osho-Meditationen teil, mit denen wir bereits in der Schweiz bestens vertraut waren: am Morgen 6.00 Uhr die „Dynamische“[8] und am Abend um 17.00 Uhr die „Kundalini“-Meditation[9].
Die „Dynamische“ ist die „böse Schwester“ der sanften „Kundalini“-Meditation.
Erstere ist dazu da, deinen ganzen unterdrückten Wahnsinn auszuleben, die Sau rauszulassen, zu schreien, zu weinen oder auch haltlos zu lachen, bis dass der Arzt kommt.
Letztere ist eher eine Tanzmeditation, in der es darum geht, Körper und Seele zu lockern. Beide Schwestern sind in der Zwischenzeit weltweit bekannt geworden. Sie haben sich nicht nur in spirituellen Kreisen häuslich niedergelassen, sondern auch in der Psychotherapie, im Managementtraining und vielen anderen Institutionen, die sich der Erwachsenenbildung und Persönlichkeitsentwicklung verpflichtet haben. Unterdessen sind auch die Kreativen auf das Erfolgsduo aufmerksam geworden, und so dauerte es nicht lange, bis einige Werbeagenturen und Kreativitätstrainer diese genialen Meditationstechniken in ihrem Betrieb einführten.
Ab 19.00 Uhr saßen wir dann regelmäßig im „Tuning-In“[20], dem eigentlichen Höhepunkt des Tages. Dieses Treffen war eine Zeit, in der sich Alan und alle, die sich gerade in der Finca aufhielten, im Innenhof oder bei schlechtem Wetter im Gruppenraum trafen. Eine Zeit, in der vieles geschehen konnte: tiefe Stille, Musik, die Talks, Vorträge, in denen Alan zu uns sprach, oder Dialoge mit seinen Schülern, verbunden mit spontaner Energiearbeit.[20]
Mir wurde schnell klar: Alles drehte sich in diesem Hause offenbar um das Wort „Energie“. Es ging grundsätzlich darum, „tuned in“, das heißt, eingestimmt zu sein auf diese höhere Energie- oder Bewusstseinsebene und es auch zu bleiben. Die Energiearbeit ist der Weg dorthin und beginnt mit dem bewussten Umgang mit unserem Energiekörper, der da weitergeht, wo unser physischer Körper aufhört. Alan nannte ihn den „Energy Space“[20], der Raum, der unseren Körper umgibt, etwa so wie

das Wasser die Badenden im Meer. Der direkte Umgang mit dieser Energie geschieht vor allem mit den Händen, mit einfachen Handbewegungen, wobei die Hände oft in bestimmte Formen (ähnlich denen im Tai-Chi) gebracht werden, um die Konzentration und Präsenz zu erhöhen. Bei diesen einfachen Bewegungen wird der Energieraum direkt spürbar. Wir haben die Möglichkeit, Energie auszugleichen und in Fluss zu bringen. Auf diese Weise sensibilisieren wir unsere Wahrnehmung und unser Bewusstsein, dass wir mit einer ungleich kreativeren Intelligenz als unserem Verstand verbunden sind, deren Führung wir uns rückhaltlos anvertrauen können, ohne etwas glauben zu müssen. Mit etwas Übung lernen wir den Übergang zum Seelenkörper kennen und erfahren letztlich unser göttliches Selbst.

Diese Einstimmung auf den „Energy Space" konnte einzeln, zu zweit oder in der Gruppe geschehen. In diesen „Tuning-Ins" geschah es jedoch nicht selten, dass Alan diese Energie mit seinen Händen oder durch Körperkontakt auf die Anwesenden übertrug, was häufig zu Kettenreaktionen auf die ganze Gruppe führte. Es entstanden dann die Bilder, die für Außenstehende und Uneingeweihte völlig zu Unrecht als Massenhysterie oder Hypnose bezeichnet werden könnten. Zugegeben, was da geschah, war verrückt, manchmal auch richtig komisch, aber extrem effizient. Wir ließen uns bewusst von der Energie im Raum anstecken, kompromisslos. Ja, sie sollte Besitz von uns ergreifen – total – und all die verdrängten Schichten aufbrechen und unsere Lebenskraft garkochen: „Ready for the Kingdom of Heaven – bereit fürs Himmelreich", wie Alan oft zu sagen pflegte.

Oft beantwortete er aber auch nur Briefe oder Fragen von Schülern, gab Ratschläge oder verabschiedete sich von denen, die am nächsten Tag die Finca verließen. An diesen allabendlichen „Tuning-Ins" saßen wir denn schon bald in den „vordersten Reihen". Zu diesem „Inner Circle" oder den „Residents" wie man die Leute nannte, die im Hause lebten und wichtige Funktionen innehatten, gehörten auch Amida, die Verwalterin, Bodhisattva, ein österreichischer Intellektueller, dessen Freundin Anatala, Chaitanya, Meisterschüler und Assistent von Alan, seine Freundin Lilit und Umon, ein wortkarger Zürcher.

Dann gab es da auch noch diese unglaublich attraktive Frau, die am ersten Tag unserer Ankunft mit ihrem erotischen Gang durch die Eingangshalle stolziert war. Wie ich später in Erfahrung bringen konnte, trug sie den klingenden Namen Mahadevi. All diese Namen, die Alan den Leuten verlieh, kommen aus dem Sanskrit. Eine indische Tradition, die er von Osho übernommen hatte. An dieser Stelle soll dem noch unkundigen Leser nicht vorenthalten sein, dass in diesem Energiefeld um Alan die gleiche sexuelle Freizügigkeit wie in allen Osho-Centern der Welt kultiviert wurde. In all diesen Gruppen ging es jedoch nicht, wie viele aus reiner Sensationssucht annahmen – um Sex, sondern darum, alles Verdrängte anzuschauen und der Energie freien Lauf zu lassen, was sich natürlich auf alle Lebensbereiche übertrug.
„Was du erlaubst, verschwindet, denn es ist nur da, weil du es unterdrückst. Wenn du etwas unterdrückst, existiert es, du gibst ihm Nahrung. Wenn du es aber zulässt, verschwindet es langsam.“
Das war eine der wichtigsten Lektionen, die es bei Osho zu lernen galt. „Follow your Energy[20]!“ – „Folge deiner Energie!“, war Alans Devise. Als fleißiger Schüler habe ich das natürlich wörtlich genommen, denn so war es auch gemeint. Als Fischegeborenem wurde mir die Begabung, zu fließen und mich gehen zu lassen, ja praktisch in die Wiege gelegt. Dieses Haus wurde mein Aquarium, der ideale Ort, dieses Fließen der Energie auch konkret zu praktizieren. Wo immer man war, konnte man unmittelbar seine Wahrheit des Augenblicks leben, ausdrücken oder mit anderen austauschen. Ob es heftige Diskussionen, Wut und Aggression, aber auch Zärtlichkeiten oder improvisierte Spielereien waren. Mit allen Gefühlen wurde experimentiert. Wir versuchten authentisch zu sein und alles Falsche und Verlogene zu erkennen und abzulegen. In so einem Umfeld war es natürlich viel leichter, an Vertreterinnen des andern Geschlechts heranzukommen als draußen in der verklemmten Gesellschaft, wo man sich immer so wahnsinnig liberal gibt, ohne es im entscheidenden Moment auch wirklich zu sein. Und schon bald erkannte ich, dass diese Lektion gar nicht so leicht war, wie sie sich hier vielleicht beim Lesen aus sicherer Distanz präsentieren mag. Es war Paradies und

Hölle gleichermaßen. Es ging nicht darum, dass jeder Sex mit jedem hatte, das war überhaupt nicht das Wesentliche. Alles drehte sich um Wachheit und die Schulung des Bewusstseins, also kam auch alles Unbewusste hoch, die ganze „Primärscheiße", wie wir diese verdrängten Gefühle und frühkindlichen Prägungen damals nannten. Der Wunsch, geliebt, und die Angst, verlassen zu werden – und die damit verbunden Spiele, Lügen und Scheinheiligkeiten, um das eine zu erhalten und das andere zu vermeiden. Und ich begriff schnell, dass echte Transformation kein Kindergarten, sondern ernsthafte Arbeit ist. Arbeit an sich und seinen Prägungen. Mit diesem Gepäck auf meinen Schultern betrat ich also mit zitternden Knien und Schweiß auf der Stirn die Arena dieser Lebensschule, um alles Kopierte abzulegen und ich selbst – ein Original – zu werden. Das war das erklärte Ziel all dessen, was hier an Gruppen, Methoden, Therapien und den Diskursen von Alan angeboten wurde. Mit einem Gleichnis veranschaulicht: Das ganze Leben im Habib war ein Durchlauferhitzer, in dem wir weichgekocht wurden.

Nichts war „normal", alles war Meditation, Transformation, Psychotherapie, Selbsterfahrung.

Mahadevi war mein Einstieg. Ich ging auf diese Frau zu und spielte den Coolen, um es auch mal auszuprobieren. Sie war eine dieser Sannyasins aus Poona, angeblich sollte sie sogar schon einmal mit Alan etwas gehabt haben. Sie war, wie man heute sagen würde, eine Hammerfrau. Ich beobachtete sie, wie sie jeden Morgen in der „Dynamischen" schrie und Kissen verprügelte. Sie hatte Kraft, sie hatte Biss und ich hatte Schiss. Trotzdem folgte ich ihr eines Tages im Kreuzgang und umarmte sie.

„Du heißt Mahadevi, nicht wahr?"

Sie schwieg und schaute mich an, während ich ihren Bauch an meinem fühlte.

„So viel Weib an einem Stück!", stöhnte ich stumm in mich hinein, während mein ganzer Körper zu zittern begann. Ausgerechtet in diesem Moment entdeckte uns Marisa am anderen Ende des Patios. Ich ließ Mahadevi reflexartig los, und sie sagte:

„Ah, deine Frau."

Das hörte sich so an wie: „Ah, der Hosenscheißer lässt sofort die gestohlenen Bonbons los, wenn Mutti kommt." Und da waren sie, meine Programme. Verletzter Stolz als Mann, Angst, verspottet zu werden, davor, dass Marisa eifersüchtig sein könnte.
Die Kacke war am Dampfen.
Für Leute wie mich, die den ganzen Tag nicht einfach herumsitzen wollten, gab es die Möglichkeit, irgendwelche Jobs im Haus zu übernehmen. Marisa verbrachte in einer Kammer viel Zeit damit, Etiketten auf Tapes mit „Darshan"[15]-Aufzeichnungen von Alan zu kleben. Ich hatte da mehr Widerstände und verdrückte mich meistens, bevor man mich hätte packen und einteilen können. Ich brauchte trotz aller Hingabe meinen kreativen Freiraum. Alan bemerkte das und gewährte mir diesen. So zog ich mich immer wieder auf „mein" Cortijo zurück, um zu zeichnen, zu malen oder zu schreiben. Es ging ja nicht darum, das Kind mit dem Bade auszuschütten. Das heißt, dass man versuchte, mit dem Ego auch noch gleich seine persönlichen Begabungen zu beseitigen. So kehrte ich immer wieder gerne ins Habib zurück, mit dem gestärkten Gefühl, meine persönlichen Neigungen nicht ganz vernachlässigt zu haben. Ich war wieder imstande, mit staunenden Augen zu erkennen, was ich für ein Privileg genoss, dieser außergewöhnlichen Bewusstseinsschule anzugehören.
Bis auf wenige Ausnahmen hatten die Leute hier das gewisse Etwas in ihren Augen, vor allem die älteren Sannyasins, die gerade geläutert aus Poona, dem internationalen Rajneesh-Center[10] in Indien, zurückgekehrt und dort wohl durch die ganzen legendären Selbsterfahrungsgruppen gegangen waren, von denen man sich die verrücktesten Geschichten erzählte. Diese Ausstrahlung, die aufrechte Körperhaltung, der tänzerische, geschmeidige Gang, der aus ihrem Bauch zu kommen schien, all das zog mich magisch an. Diese Leute waren in ihrer Kraft und das hat sie schön gemacht. Natürlich wollte auch ich genau das haben; und so wurde der Wunsch immer größer, so wie sie nach Poona zu fahren, um diesen Gärungsprozess hinter mich zu bringen und als guter Wein nach Hause zurückzukehren. Aber noch hatte ich Angst, „Sannyas" zu nehmen und mich mit roten Kleidern lächerlich zu machen. Ich hatte

einfach noch nicht den Mut dazu. Osho war jedoch in diesem Hause omnipräsent, sodass ich keine Eile hatte. Ich wollte mich zuerst einmal in aller Ruhe bei Alan auf dieses höhere Energielevel einstimmen und dann bei ihm um einen Sannyasnamen bitten. Auf keinen Fall wollte ich mir etwas vormachen und einem fernen Heiligenbild nacheifern. Alan war da, aus Fleisch und Blut anwesend und erreichbar und er konnte direkt von Angesicht zu Angesicht mit mir arbeiteten, mich korrigieren, tadeln, aber auch loben und bestätigen – und er kannte mich. Auch er hatte in der Zwischenzeit eigene Techniken und Methoden zur Bewusstseinserweiterung entwickelt, die nicht nur äußerst effizient waren, sondern darüber hinaus auch noch großen Spaß machten. Alans Grundthese war nicht neu, aber die Grundlage seiner Arbeit: Alles ist kosmische Energie und du bist Teil dieser Energie. Die Welle ist nicht getrennt vom Meer. Der Sinn dieser Energiearbeit bestand darin, die Fixierung der Suchenden auf ihr Ego und ihre äußere Identität zu lockern und mit dem „Energy Space" in Verbindung zu bringen.

Da war zuerst einmal der gute alte Dauerbrenner: der „Bodyflow" (Körperfluss), eine Meditation, in der es, wie das Wort schon sagt, um den freien Fluss und Ausdruck spontaner, unverfälschter und kreativer Körperbewegungen geht. Eine ähnliche Schwester dieser beliebten Klassikerin war der „Taowalk", eine Meditation, die in der Natur stattfand und aus der Aufgabe bestand, dass du die Richtung, in der du gehst, nicht selbst bestimmst, sondern aus diesem Energy Space heraus geschehen lässt, ohne zu wissen, wohin die Reise geht.[21]

Legendär waren seine Gruppen, die er, mit bis zu 200 Personen, in ganz Europa durchführte: seine verrückten Energiehappenings, die sich schnell in der Szene herumgesprochen haben. Diese Großveranstaltungen, denen ich später als Assistent beiwohnen durfte, waren eine Art Massenparty mit lauter Musik aus großen Boxen, Tanz, Berührungsübungen, stillen und dynamischen Meditationen, Energiearbeit zu zweit und in Gruppen, die meistens in einem Talk[20] von Alan ihre Vollendung fanden:

„Ich versuche die Leute zu der Erkenntnis zu bringen, dass es diesen Energy Space gibt, damit sie sich ihrer unausweichlichen Verbundenheit mit diesem Raum, aus dem sie als Individuum hervorgehen, bewusst sind. Das ist kein Hirngespinst, sondern eine Tatsache, die erkannt, gespürt und gelebt werden kann. Auf dieser Ebene bist du für alles empfänglich, aber es ist ebenso wahr – und das mag jetzt wie ein Widerspruch klingen –, dass auf dieser Ebene nie etwas geschieht. Es geschieht nichts wirklich Grundlegendes. Auch wenn es viele Wellen gibt, so bleibt doch das Meer immer das Meer – das ist nur eine Metapher. Es gibt viele Stürme im Meer und viele ruhige Stellen, große Fluten und Beben, und doch bleibt das Meer immer das Meer. Nach dem Sturm ist es wieder genauso, wie es vorher war. In der Tiefe des Meeres bleibt alles unverändert, ob nun oben gerade ein Sturm tobt oder die See friedlich und sanft ist. Auf dieser Ebene der Realität ist deine Reaktion einfach ‚Aha'. Im Wesentlichen bleibst du ungestört."[21]

Die Kunst zu fliegen

Unser Aufenthalt dauerte ein knappes Jahr, dann mussten wir in der Schweiz nach dem Rechten sehen. Wir trieben unsere Felle, die uns wegzuschwimmen drohten, behelfsmäßig zusammen und stellten fest, dass nicht mehr viel an beruflichen und familiären Kontakten zu retten war.

Da ich mit zunehmend mehr Widerständen konfrontiert war, wurden meine Besuche immer anstrengender. Wie in den meisten Familien konnte man die Tatsache nur schwer verdauen, dass ein Familienmitglied nun einem Guru „zum Opfer gefallen" war. Da half auch der sorgfältigste Versuch nichts, dieses Lehrer-Schüler-Verhältnis schönzureden und ins rechte Licht zu rücken oder sogar die Vorteile einer solchen Gemeinschaft verständlich zu machen. Der Kopf meines Gegenübers nickte und im Bauch waren da nach wie vor die alte Wut und der gleiche Widerwille zu spüren. Das ist auch heute noch ein heißes Eisen. Das war natürlich sehr schmerzhaft und zwang auch mich in schlaflosen Nächten, die Form meiner Wahrheitssuche kritisch zu betrachten. Ich kam ins Grübeln, wälzte mich stundenlang in verschwitzten Bettlaken, gepeinigt von Fragen und inneren Dialogen: Was, wenn die recht haben? Was wäre die Alternative? Niemand von diesen Leuten würde mich unterstützen. Keine Mutter sagt ihrem Kind: Sei du selbst. Nein, sie erzieht ihr Kind so, dass es ein nützliches Mitglied unserer Gesellschaft wird. Ich wurde richtig wütend auf all diese Drückeberger und Spötter, dann weinte ich bitterlich, weil ich plötzlich spürte, wie ungeheuer weh mir dieser Spott tat. Es war nicht bloß mein Ego, das verletzt wurde. Das ging viel tiefer. Ich fühlte den Schmerz des Ausgeschlossenseins, die Einsamkeit dessen, der das bekannte Ufer verlässt und neue Horizonte entdecken möchte. Ich erlebte am eigenen Leib diese individuelle und kollektive Angst des Ego-Verstandes vor jedweder Veränderung.
Ob sie die fernen Ufer erreicht haben oder nicht, steht hier nicht zur Debatte. Meine Lehrer waren allesamt mutige Männer, die den Hafen

des Bekannten zumindest verlassen hatten, um ins offene, unbekannte Meer der Wirklichkeit vorzudringen. Dafür liebe ich sie. Sie konnten mir helfen, diese Sehnsucht nach Selbsterforschung und Heimkehr und die damit verbundene Angst zu verstehen und sie zu überwinden.

Die Frage nach dem Sinn eines spirituellen Meisters ist so einfach wie die Antwort: Was machst du, wenn du ein Seemann werden willst? Du gehst zu einem, der ein Boot hat und vor dir bereits ausgelaufen ist. Einer, der das Seemannshandwerk vom Vater gelernt hat und die Tücken des Meeres kennt. Warum sollte das bei der Wahrheitssuche anders sein? Der Sinn des spirituellen Meisters besteht schlicht darin, das spirituelle Handwerk zu erlernen. Auch da, man würde es kaum glauben, gibt es Fachleute. Es stimmt, auch unter diesen Leuten, die vorgeben, Fachleute zu sein, gibt es Scheinheilige, Heuchler und Dilettanten, wie das bei jedem Handwerk der Fall ist, aber eben auch solche, die dieses Handwerk zu einer Kunst erhoben haben. Ich hatte das Glück, Letzteren zu begegnen, ohne dass mir jemand zuvor eine Garantie dafür unterschrieben hätte.

Doch das geschah nicht ohne diese Angst. Spätestens dann, als ich mich auf meine Lehrer einlassen musste, kriegte ich kalte Füße und verstand aus eigener Erfahrung, dass es dann natürlich einfacher ist, diese wunderbare, alte Tradition schlechtzureden, anstatt in den Spiegel zu schauen, den dir ein echter Lehrer vor die Nase hält.

Bevor du da nämlich in diesem Spiegel deine wahre Natur erkennst, siehst du zu Beginn gar nicht so schöne Gesichter. Ich blickte zuerst einmal meinen ganzen Lügen und Ängsten, meiner Gier und Scheinheiligkeit, nicht meiner Schönheit, sondern meiner ganzen Hässlichkeit direkt ins Gesicht – und dabei wurde mein Ego sehr schnell sehr, sehr böse. Aber genau dieser Spiegel fehlt beim Alleingang. Da kannst du dir sehr schnell etwas vormachen, weil da niemand ist, der dir deine Lügen spiegelt. Damals wusste ich noch nicht, dass mir die erste Lektion der „Egoschleifmaschine" gleich zu Beginn meines zweiten Besuches im Habib bevorstehen würde.

Maiwald nahm den vernachlässigten Kontakt mit seinen Galerien wieder auf, kassierte die spärlichen Verkaufsanteile, während Marisa einige fähige Vertretungen für ihren Kindergarten suchte und fand, und ein halbes Jahr später saßen die beiden wieder in ihrem roten Renault, im Begriff, diese aufregende Odyssee nach Andalusien ein zweites Mal in Angriff zu nehmen. Sie waren einig: Ein zweiter Aufenthalt im Habib war notwendig, um ihr inneres Wachstum zu vertiefen und zu festigen. Um diesen zweiten Aufenthalt finanzieren zu können, waren sie allerdings gezwungen, ihre sorgsam gehüteten Ersparnisse anzuzapfen. Es wurden – mit einigen kurzen Unterbrechungen – zwei Jahre daraus.

Es begann am 15. Mai 1986, als ich mit Marisa zum zweiten Mal das Habib durch das hohe Holzportal betrat. Das Energielevel war seit unserem ersten Besuch noch einmal spürbar angestiegen. Außerdem schien es mehr Leute zu geben. Alles war anders. Auch wir waren keine Novizen mehr, sondern Fortgeschrittene, jedenfalls fühlte es sich so an. Zwar war ich noch kein Sannyasin, aber mein Auftritt geschah ganz in Rot. Ich wollte schon mal für den Ernstfall proben. Ich war im Begriff, die letzte Reise zur Erleuchtung[3] anzutreten, zuversichtlich, dass mich nur noch wenige unbedeutende Korrekturen von meinem Ziel trennen würden. Alles war aufregend, und ich schwebte auf Wolke sieben. Die Finca wurde mein Zuhause und Alan ein liebgewordener Freund, bis zu jenem Tag, als ich dies alles gründlich infrage stellte.
In einer Privataudienz bei Alan, zu der Marisa und ich gebeten wurden – dies war damals üblich für Neuankömmlinge –, gab er Marisa den Job der Verwalterin, den Amida innehatte, und mir riet er, vorläufig im Cortijo zu übernachten, da ich, wie er meinte, als Künstler meinen Freiraum bräuchte. Da hatte er wohl recht und man hätte das durchaus als feinfühlige Geste deuten können, nur mein Kopf lief in eine andere Richtung.

Ich hatte nämlich den bösen Verdacht, dass er das nur so arrangierte, um sich ungestört an Marisa heranzumachen. Ein übler Verdacht, wohl wahr, denn Alan als altbewährter Berufssannyasin eines „Sexgurus" war dem weiblichen Geschlecht durchaus nicht abgeneigt, was er auch nie leugnete. Das zeigte sich in seiner Gewohnheit, dass er beim gemeinsamen Abendessen im Speisesaal immer mal wieder eine andere Frau an seine Seite einlud. Dann wusste jeder, was das bedeutete.
Ich biss tapfer auf die Zähne, denn ich wusste, Marisa ist eine starke Frau.
Da Alan erfuhr, dass ich als Maler, Grafiker, Hobby-Architekt und Einrichter eine Menge Erfahrung hatte, bot er mir die Umgestaltung und Restauration zweier Räume im ersten Stock an. Ich fühlte mich geehrt und war stolz, dass er mir diese anspruchsvolle Aufgabe anvertraute. Da hatte er natürlich voll ins Schwarze getroffen und mir sämtliche Knöpfe gedrückt, was ja schließlich die Aufgabe eines spirituellen Meister sein sollte.

Mit geschwellter Brust begab ich mich eines Morgens auf den Weg und setzte, bewaffnet mit Zollstock und Zeichenblock zum Sprung an, wie es sich für einen kühnen spirituellen Sucher wie mich gehörte. Auf diesen Moment hatte ich gewartet. Ich stand kurz vor dem Durchbruch. Nun konnte ich an „meinem" Traumhaus selbst Hand anlegen. Was für eine Ehre. In meiner Fantasie sah ich mich schon die ganze Finca umgestalten, neu einrichten und mithelfen, eine blühende Kommune um einen erleuchteten Meister ins Leben zu rufen. Das totale Kunstwerk! Die Vermählung von Himmel und Erde. Geist und Materie vereint in einem architektonischen Manifest, das meinen Namen trüge. Ich war genau der Mann, auf den Alan gewartet hatte! Mit vollen Segeln trieb mich also meine Erwartung in Richtung Habib. Doch – es kam alles anders.
Man würde mich in besagten Räumen erwarten, hatte man mir gesagt. Aber der Einzige, der wartete, war ich. Und als dann irgendwann die Delegation, bestehend aus Alan, seinem Freund Tosho und Bodhisattva, endlich vollzählig war, machten alle gelangweilte Gesichter. Ich hatte

mit meiner Art, Dinge anzupacken, im normalen Leben meistens Erfolg. Ich wollte meine ganze Erfahrung, meine Vorstellungen von Architektur und Raumgestaltung, mein ganzes von Schönheit erfülltes Herz dem Meister zu Füßen legen. Doch so blütenrein, wie ich glaubte, war die Hingabe nicht.
Ich stand da, mit Aktenmappe, Zollstock und den fertigen Plänen, um diese spirituellen Träumer ein bisschen auf die Erde zu bringen. Resolut, um nicht zu sagen arrogant, setzte ich zu einer klaren Präsentation meiner Ideen zu dem bevorstehenden Umbau an. Ich präsentierte maßstabsgetreue Pläne und schöne Zeichnungen, die den Endausbau dokumentieren sollten. Doch der Applaus blieb aus. Stattdessen legte sich auf die bereits gelangweilten Gesichter nun noch ein kaltes, mitleidiges Lächeln und eine eiskalte Flut von Desinteresse erfüllte den leeren Raum. Zuerst glaubte ich, dass die wohl meine Sprache nicht verstünden. Ich befand mich plötzlich mitten in einem Monolog, dessen Echo von den kahlen weiß getünchten Wänden und den unberührten Anwesenden auf mich zurückhallte und ich mit mir selbst zu sprechen schien. Ich sah mich in meinem eigenen Spiegel und schämte mich. Einen Tag später patrouillierte Alan an mir vorbei und salutierte mir im Vorbeigehen wie ein Soldat seinem Vorgesetzten. Mich traf der Schlag. Was geht hier vor? Mein Typ war offenbar in diesem Hause nicht gefragt. Oder mochten die einfach keine Schweizer? Doch ich kannte nur diesen Typen. Plötzlich fühlte ich mich völlig klein und hilflos und eine scheue, verschüchterte Kinderstimme flehte mich an:
„Ich will nach Hause!"

Das kleine Baby eines neuen Menschen wurde geboren. In dieser unbekannten Welt musste ich zuerst wieder laufen lernen. So tappte ich von Hindernis zu Hindernis, um mir jedes Mal den Kopf wund zu schlagen. Mein Kopf, mein Ego mit seinen genauen Vorstellungen von schön und hässlich und davon, wie alles zu laufen hat, wurde in die Enge getrieben. Es war die Hölle, denn es gab kein Zurück. Etwas in mir wusste das. Wohin auch zurück? Die Zelte waren abgebrochen. Gleichzeitig brüllte alles in mir:

„Mach bloss, dass du hier wegkommst, das ist ein Irrenhaus, wer weiß, vielleicht ist dieser Alan ein Scharlatan und hat womöglich damals auch Luiza in die Flucht getrieben und jetzt nimmt er dir auch noch deine Frau weg. Du sitzt in der Falle, du wirst verrückt werden!"
Und ich konnte beobachten, wie der fleißige Schüler jeden Tag freiwillig in die Höhle des Löwen trottete, während eine andere Stimme mir zurief: „Was machst du hier eigentlich?"

Erst Tage später wurde mir in einem Gespräch mit einem Bewohner klar, was da geschehen war. Die Inszenierung des ganzen Theaters war absichtlich, um mir meine Schweizer Engstirnigkeit, meinen Stolz und mein Künstlerego zu spiegeln. Mann, war das peinlich! Dieser Konfrontation hätte ich mich draußen niemals freiwillig gestellt.
Zähneknirschend produzierte ich weiter Entwürfe, Zeichnungen, Illustrationen für den Papierkorb. Inzwischen war ich Bodhisattva, dem österreichischen Physiker – seines Zeichens zufällig gerade Bauführer des Habib-Restaurationsprojektes –, zugeteilt. Ich hätte mich lieber umgebracht als das, was er für seinen Geschmack hielt, zu akzeptieren.
„Die haben diese Pfeife mit größter Wahrscheinlichkeit bewusst auf mich angesetzt, um mich fertigzumachen", dachte ich.
Man gab mir im Erdgeschoss eine billige Tischplatte mit zwei Böcken und duldete mich irgendwo auf dem Flur des Nordtraktes, im Durchgangsverkehr. Leute aus der Küche, aus dem Office, die noch nie einen Bleistift in ihren Händen gehalten hatten, warfen spontan im Vorbeigehen ihren Kommentar dazwischen. Im Haus war ein stetes Kommen und Gehen. Ununterbrochen strömten Leute ein und aus. Deshalb hießen die ja auch „Streamer". Das waren eben solche, die nur zeitlich beschränkt auf der Finca waren, also heute rein- und morgen wieder raus„strömten". Mit anderen Worten: spirituelle Touristen.

Doch dem war nicht genug. Dort, wo ich arbeitete, waren just auch WC und Bad, von Natur aus Plätze, die der Mensch mehrere Male am Tag aufzusuchen pflegt. Das Frottiertuch eines soeben Geduschten streifte immer mal wieder mein Gesicht und verhüllte mir die Sicht auf meine künstlerischen Ergüsse. Meine Zeichnungen waren auch an einem gewissen Zittereffekt zu erkennen, der dadurch entstand, dass das Putzpersonal, ausgerüstet mit Staubsauger und allerlei Reinigungsmitteln, den größten Schmutz ausgerechnet unter meinem Arbeitstisch vermutete. Manchmal standen bis zu zehn Personen um einen Blätterwall von Entwürfen, Alan im Zentrum, und alle gaben ihren Senf dazu. Alan ließ immer wieder alles ändern, und es galt, aus diesem Ideencocktail ein organisches Ganzes zu machen. Es ging nicht! Und wie ich Trottel erst später erkannte: Es musste auch nicht gehen. Bingo! Es ging darum, alles nicht zu ernst zu nehmen und loszulassen. Ich gab auf, etwas blieb, und dieses Etwas hat mich davor bewahrt, den Tod meines Künstleregos nicht persönlich zu nehmen. Als ich begriff, warum er dies tat, begann ich meinen Lehrer nicht mehr als Feind, sondern als Freund zu sehen.

So übte ich fortan die Kunst des Loslassens; und eines Tages beim Tuning-In war ich wieder imstande, Alan in seine tiefblauen Augen zu schauen, in denen ich meine Gedanken und Vorstellungen wie Wolken über dem Patio kommen und gehen und vorbeiziehen sah.

Die erste Lektion „Loslassen: Spirituelles Grundwissen für Anfänger" hatte ich halbwegs begriffen. Nur dieses „Ego" ließ mir keine Ruhe. Ich musste herausfinden, was es wirklich bedeutet, dieses allgegenwärtige Wort, das man im Hause immer mit einem leicht abwertenden Unterton aussprach, so als wäre das Ego[5] etwas, das man „überwinden" müsste. Und ich wollte das von höchster Instanz direkt erfahren. So kam es, dass ich zum ersten Mal die große Bibliothek des Habibs betrat, in der ich, wie man mir sagte, angeblich alle Bücher von Osho finden sollte. Und so war es: Ich stand überwältigt vor einer riesigen Regalwand aus Naturholz, die voll mit den Büchern war, die ich über alles liebte. Abschriften Abertausender von Vorträgen, die er täglich über Jahre hinweg an verschiedenen Orten auf der Welt gehalten hatte. Ich dachte, wenn all die Menschen, die diesen Mann einfach mal so leichtfertig als „Sexguru"

abtun, dieses gigantische Werk sehen würden, könnte dieses Unrecht gesühnt werden. Das war wohl ein naiver Gedanke, denn gegen Dummheit ist bekanntlich kein Kraut gewachsen. Was für ein Schlaraffenland für geistig begierige Wahrheitssucher. Nach einer Stunde vergeblichen Suchens in einem Meer von Informationen kam Chaitanya in den Raum.
„Ah, Bruder Christian, widmest du dich deinen Studien?"
„Na ja, relativ erfolglos. Weißt du, wo da etwas über das Ego steht?"
„Hast du denn noch eins?", spottete Chaitanya, Alans Meisterschüler, liebevoll.
„Nein, ohne Scheiß. Du hast doch die Bücher alle schon gelesen!"
„Der Glaube macht selig. Lass mal sehen", scherzte er.
Chaitanya suchte gezielt nach einem Buch:
„Schau, das könnte dir gefallen: The Fish in the Sea is Not Thirsty."
Neugierig, ohne mich bei ihm zu bedanken, riss ich ihm das Buch aus den Händen, fand mit einem Auge den nächstbesten Stuhl, während ich mit dem andern mitbekam, wie Chaitanya kopfschüttelnd, aber mit einem verständnisvollen Lächeln für den Novizen den Raum verließ, während ich schon im Text aufging:

„Osho, wie kann das Ego aufgegeben werden?", fragt ein Schüler.
„Das ist nicht möglich. Das Ego kann nicht aufgegeben werden, weil das Ego nicht existiert. Das Ego ist als Gesamtes nur eine Idee: Es hat keine Substanz. Du gibst ihm eine Realität, indem du an es glaubst. Du kannst ihm deinen Glauben entziehen, und die Realität verschwindet, löst sich auf.
Ego ist all das, was du im Laufe der Zeit ansammelst, durch Erziehung, Gebräuche, Zivilisation, Kultur, Schule, Hochschule, Universität ... Du sammelst immer mehr an. Es ist deine Leistung, du hast es erschaffen, und du hast es so groß werden lassen, dass du dein wahres Selbst vollkommen vergessen hast.
Dein wahres Selbst zu kennen, reicht aus: Das Ego fällt flach zu Boden, ohne jegliche Anstrengung, es aufzugeben. Solange das Ego nicht von alleine fällt, ohne deine Anstrengung, wird es dich nicht verlassen. Wenn

du dich anstrengst, es loszulassen, und das ist, was Verzicht ist ... Alle Religionen lehren Verzicht, deshalb sage ich, sie verstehen nicht einmal die einfachsten Grundlagen der Psychologie. Das Ego muss nicht aufgegeben werden, es muss gesehen werden. Es muss durch und durch verstanden werden.
Weil du dir deiner selbst nicht bewusst bist, gibt es das Ego. In dem Moment, in dem du dir deiner selbst bewusst bist, verschwindet das Ego. Dir wurde immer wieder gesagt: ‚Gib dein Ego auf' – und diese Aussage ist offensichtlich absurd, weil etwas, das es nicht gibt, nicht aufgegeben werden kann. Und wenn du versuchst, es aufzugeben, etwas, das von vornherein gar nicht da ist, wirst du ein neues Ego kreieren – das Ego des Demütigen, das Ego des Egolosen, das Ego desjenigen, der glaubt, er hätte sein Ego aufgegeben. Das ist wieder eine neue Art von Dunkelheit. Es ist nicht nötig, gegen das Ego zu sein. Tauche tief in es ein. Hineingehen bedeutet, Bewusstsein in dein Haus zu bringen, Licht ins Dunkel zu bringen. Sei wachsam, aufmerksam. Beobachte die Spielarten des Egos, wie es funktioniert, wie es überhaupt zurechtkommt. Und du wirst überrascht sein: Je tiefer du hineingehst, desto weniger ist es zu finden. Und wenn du zum innersten Kern deines Wesens vorgedrungen bist, wirst du etwas vollkommen anderes finden, was nicht das Ego ist, was Egolosigkeit ist. Es ist das Selbst, das höhere Selbst – es ist Göttlichkeit. Du bist keine getrennte Einheit mehr, du bist keine Insel mehr. Nun bist du Teil des Ganzen."

Völlig benommen saß ich da in diesem Stuhl, bis ich wieder zu mir kam und merkte, dass ich beinah vergaß zu atmen. Wieder einmal hatte mir dieser Mann ein scheinbar kompliziertes psychologisches Phänomen mit einfachen Worten verständlich gemacht. Vor allem wichtig fand ich die Stelle, wo er etwas Grundlegendes erwähnt, dass viele „Gutmenschen" gerne unter den Teppich wischen. Nämlich dass das Ego nicht nur seine weltliche Seite hat, die sehr leicht zu durchschauen ist, sondern sich ebenso heimlich – unter der Maske der Liebe, Demut und Egolosigkeit – seine Vorrangstellung zu sichern weiß. An diesem übel riechenden

Ufer ist der ganze Machtmissbrauch der Kirche, all die Glaubenskriege im Namen Gottes, das dunkle Kapitel der sexuellen Übergriffe und der Sündenpfuhl der Scheinheiligkeit angesiedelt.
Was für ein Segen, dass ich hier aufgeklärt wurde und ich mein spirituelles Ego, immer dann, wenn es mich selbst beschlich, frühzeitig zu erkennen vermochte.
Ich musste also nichts überwinden und etwas anderes werden als der, der ich bin. Es ging nicht um Selbstkasteiung, um Zucht und Unterdrückung, wie das in der Geschichte der Klöster oft der Fall war, sondern um Bewusstsein. Das fühlte sich verdammt gut, lebensbejahend und natürlich an und war genau das, was ich immer gesucht hatte. So schwer, wie ich die Bibliothek betreten hatte, so leicht verließ ich sie jetzt auf sanften Flügeln.

Marisa und ich waren nun schon wieder mehr als ein halbes Jahr in diesem verrückten Haus, besuchten, wie alle, die täglichen Meditationen und trafen uns am Abend im Innenhof. Ich war mit dem Umbau beschäftigt. Marisa machte ihre Sache gut. Als Verwalterin war sie die rechte Hand und Vertraute von Alan. Sie war den ganzen Tag beschäftigt, erhielt ein schönes Zimmer in der Nähe des seinen, und eines Abends beim Tuning-In auch einen neuen Namen: Ma Deva Tamara. Die Kluge. Was für ein wunderbarer Name. Ich saß da und weinte. Die Stillere war die Schnellere. Ich bewunderte sie. Warum Alan ihr allerdings keinen Sanskrit-, sondern einen biblischen Namen gab, wird wohl sein Geheimnis bleiben. Vor allem auch seine aramäische Bedeutung ist sehr schön. In dieser Sprache bedeutet Tamara nämlich: Dattelpalme. Symbol für Anmut und Schönheit. Welch wundersame Affinität zum Innenhof des Habibs!

Doch die Rührung der Initiation hielt nicht lange an.
Es kam immer mehr vor, dass Tamara und ich nicht mehr nebeneinandersaßen. Das tat weh und aktivierte in mir eine tiefe Angst und starke Gefühle von Eifersucht und Verlassenwerden. Außerdem litt ich darun-

ter, dass ich als der eigentliche Initiator der ganzen spirituellen Suche meinen großen Worten, Sannyas nehmen zu wollen, keine Taten folgen ließ. Tamara gehörte nun zum Inner Circle[13], und das verstärkte mein Gefühl, ausgeschlossen zu sein. Ich war aber nicht hier, um zu jammern, sondern um aufzuwachen. Ich erkannte die ungeheure Chance, die uns in diesem Energiefeld geboten wurde. Tamara, die immer eher zurückhaltend gewesen war, wurde völlig unerwartet zum Zugpferd und half mir, über meinen Schatten zu springen. Kurz darauf tat auch ich den großen Schritt und bat Alan um einen Namen.

Ein Foto habe ich aus dieser Zeit noch behalten. Es zeigt mich als jungen attraktiven Mann mit braunen Haaren in jenem feierlichen Moment, in dem Alan mir in Gegenwart der gesamten Belegschaft des Habibs die Mala[12] umhängte und mir den Namen „Swami Veet Bhram" verlieh. Wie es in der östlichen Tradition so üblich ist, verkündet der Lehrer nach der Bekanntgabe die Bedeutung deines neuen Namens in Bezug auf deinen zukünftigen spirituellen Weg:
„Veet Bhram bedeutet so viel wie Beyond Illusion, jenseits der Illusion."
Ich erinnere mich noch gut an meine erste unmittelbare Reaktion auf diesen Namen. Ich fragte mich: „Gibt er mir diesen Namen, weil er genau weiß, dass ich als Künstler mit Illusionen mein Geld verdiene?"
Sein Kommentar war folgender:
„Du bist Künstler und du hast eine Menge Energie. Vergeude sie nicht, indem du versuchst, etwas zu ‚machen', oder hier herumhängst und den heiligen Müßiggänger gibst. Beides ist im Kopf. Beides entspringt der Illusion, jemand oder niemand zu werden. Beides ist ‚machen'. Ich sage immer: Kitsch kommt vom Ego, Kunst kommt von Gott. Das eine tust du, das andere kann dir nur durch Hingabe geschenkt werden. Male nicht für die Anerkennung der Leute oder was gerade Mode ist. Male nicht aus dem Kopf, sondern aus deinem Bauch heraus. Halte dich nicht an Illusionen fest. Lerne das Echte vom Unechten zu unterscheiden. Befreie dich von der Lüge, die andere dir aufgebürdet haben. Das ist die Bedeutung deines Namens. Geh über die Illusion, dein eingebildetes Selbst hi-

naus. Erinnerst du dich, was ich dir damals vor dem Gemeindegebäude in Carboneras gesagt hatte: Du suchst kein Haus, du suchst dich selbst. Damit meinte ich: All deine Träume führen dich am Ende deiner Suche nach Hause, in deine wahre Natur, und du erkennst im Vielen nur das Eine – dein schöpferisches Selbst.
Ich sage nicht, dass du deine Bilder nicht verkaufen sollst. Ich sage: Wenn du alleine in deinem Atelier bist, male nur für dich, dann führt dich deine Kunst zu dir selbst zurück. Male so total du kannst, bis der Maler verschwindet. Dann kann vieles passieren, vielleicht sogar Kunst, aber das ist dann nicht mehr dein Business. Ich weiß, du kennst den Weg. Geh ihn bis zum Ende."
Und zu den Leuten im Saal:
„... und bindet ihn auf seinem Arbeitsstuhl fest, sonst macht er nur Dummheiten!"
Großes Gelächter.

Nach der Initiation durch Alan war ich in der Szene ein akzeptiertes und geachtetes Mitglied und genoss den Status eines Residents. In dieser Zeit besuchte ich die meisten Gruppen mit den unterschiedlichsten Therapeuten und Gruppenleitern, welche regelmäßig das Habib besuchten. Eine der extremsten war The Art of Dying, die Kunst zu sterben, eine Woche mit Chandrika, einer damals sehr gefürchteten Therapeutin aus Poona. Dreißig Nationen nackt in unserem Gruppenraum mit dem fiktiven Wissen, dass wir alle am Ende der Woche sterben würden. In dieser Gruppe ging es darum zu erleben, was angesichts des bevorstehenden eigenen Todes noch übrig bleibt, um die Fragen: Was ist wirklich wichtig? Wie verändern sich meine Prioritäten? Was habe ich verpasst, was bereue ich und was möchte ich in der mir verbleibenden Zeit noch erleben?
Die ganze Woche hindurch durften wir mit niemandem reden. Deshalb trug jeder außerhalb des Gruppenraumes ein Schild auf der Brust mit der Aufschrift „In Silence". Da wusste jeder: Ah, mit der oder dem darf ich nicht sprechen, das ist ein Mitglied dieser Gruppe.

Dann waren da natürlich die verrückten Encoutergruppen, in denen es um den Ausdruck von Aggression, Wut und negativen Gefühlen ging. Aber auch die sanften Saiten wurden angeschlagen wie Massagen, Rebirthing, Rebalancing, Handauflegen und so weiter. Die Highlights waren aber sicher die Großveranstaltungen der Energy Happenings mit Alan im Habib.

Das Tor der Liebe

Noch roch es nach verbrannter Kohle. Miguel, ein Nachbar in unmittelbarer Nähe des Cortijos, veranstaltete mit Freunden und Familie eine andalusische Barbacoa. An Schlafen war in jener Hochsommernacht kaum zu denken. Die Grillen zirpten noch lauter als sonst, ihre einschneidenden sehnsüchtig-lustvollen Laute waren scharf wie Messer, drangen tief in mein Herz und bedauerlicherweise noch etwas tiefer, zwischen meine Beine. Es gab für mich nichts Schmerzlicheres, als irgendwo am Mittelmeer in einer sternenklaren Mondnacht zu liegen – schutzlos den Lustschreien dieser teuflischen Grillen ausgeliefert –, und dies ohne Frau. Da erbarmten sich meiner nur zwei dürftige Alternativen: Selbstbefriedigung oder Leiden. Heute weiß ich glücklicherweise, dass es noch eine Dritte gibt. Die Königsdisziplin: das Annehmen und Umwandeln der Sexualenergie mithilfe von Achtsamkeit und Atemtechniken. Das allerdings war mir damals als jungem Mann einfach eine Nummer zu groß.
Außerdem hatte ich ein viel größeres Problem:
Es hieß Swami Amrit. Ein deutscher Biochemiker, blond, gescheit und vital. Ein Sannyasin, von dem ich annahm, dass Tamara ihm gefiel. Vor einer Woche hatte ich ihn in der Garderobe der Eingangshalle zum ersten Mal gesehen. Aus der Gerüchteküche erfuhr ich, dass er Professor und ein erfolgreicher Autor zahlreicher Bücher war, wohl auch der Grund dafür, dass Alan ihn eingeladen hatte, an einem seiner neuen Buchprojekte mitzuwirken. Allein die Vorstellung, dass er laut Gerüchteküche mit Tamara etwas am Laufen habe, war unerträglich.

Er hatte.
Unausgeschlafen und ganz und gar nicht meditativ wankte ich im Morgenrot, wie ein zum Tode Verurteilter zum Galgen, in Richtung Habib. Oft ging ich noch am nahen Meeresstrand entlang, um die blaue Weite einzuatmen. Doch an diesem trostlosen Morgen hatte ich keine Lust dazu.

Ich witterte Böses. Denn an diesem Abend sollte „Party" sein.
Ich durchquerte den Innenhof, der erstaunlicherweise zum ersten Mal gar nichts Heiliges mehr an sich hatte. Es war einfach nur feucht, dunkel und eng. Ich trat durch die Hintertüre des Hauses ins Freie. Es herrschte zu meinem Leidwesen bereits laute Marktstimmung. Eine Gruppe von Streamern[20] war wohl abkommandiert worden, hier alles für die Party am Abend vorzubereiten. Es gab kein Zurück.
Klapptische, Bänke, Girlanden, Beleuchtung, das ganze Programm. Irgendwie war mir nicht nach Feiern zumute.
Die Vorbereitungen und dieses mulmige Gefühl in meiner Magengrube waren in vollem Gange. Doch sogar dieser Tag, auch wenn er sich unendlich viel länger anfühlte, ging vorüber und der befürchtete Albtraum jener Nacht war plötzlich Gegenwart.

AUSSEN/HINTERPLATZ DES HABIBS/NACHT
Es ist ca. 20 Uhr. Ich sitze verloren und verlassen auf einer unbequemen Holzbank und stelle mir vor, wie es wäre, wenn ich jetzt irgendwo in der Schweiz mit meiner Ehefrau vor einem Einfamilienhäuschen sitzen und im frisch gemähten Rasen den heranwachsenden Kinderchen beim Spielen zuschauen könnte. Herrlich! Ich verfluche diesen Ort und die ganze „Spiri-Scheiße". Sucher aller Nationen, Sannyasins, Einzelgänger, Verrückte, Normale, Paare, verliebt, zerstritten, die ganze Palette menschlicher Erscheinungsformen gibt sich hier ein Stelldichein. Auf den verstreuten Tischen des Platzes, der sich entlang der ganzen Nordfassade der Finca erstreckt, flackern Dutzende liebevoll verteilte Kerzenlichter in der schwülen Brise dieser werdenden Sommernacht.

Der Mond steigt als milchig-weiße Kreisfläche langsam über dem Dach des Habibs auf. Überall hocken entspannte, schöne Menschen, alleine oder als Paar in zärtlicher Umarmung am Boden oder auf bequemen Liegen. Grillen zirpen, die ganze Atmosphäre ist voller Lust und Lebensfreude. Allerdings, eine gewöhnliche Party ist das hier nicht. Hier haben sich Menschen eingefunden, die allesamt auf der Suche nach sich selbst sind. Alles wunderbare, komische Vögel, die alle in ihrem Herzen diese gemeinsame Sehnsucht tragen. Bodhisattva und Jani, Amida, der Berliner Miushin, der Däne Davendra und wie sie alle heißen.
Unruhig drehe ich mich nach allen Seiten um, weiß nicht, wie mir geschieht, denn mich bedrängt eine Frage, die eigentlich überhaupt nicht hierhin gehört:
„Wo ist, bitte schön, meine Frau?"
Wie peinlich! In diesem Moment tritt tatsächlich Tamara mit diesem Amrit an der Hand durch die Türe auf den Festplatz. Beide strahlen. Ich merke, wie mir schwindlig und schwarz vor meinen Augen wird. Ich muss offenbar bei diesem Anblick kurz mein Bewusstsein verloren haben, denn ich komme am Boden liegend wenig später wieder zu mir und merke, wie Chaitanya und Bushido meinen Körper hochheben und wegtragen. Auf einem Sofa im Hausinnern komme ich langsam wieder zu mir.
„Mensch, Veet Bhram, was machst du bloß für Sachen?"
Chaitanya streicht mir über den Kopf.
Bushido, der Tai-Chi-Lehrer: „Du altes Haus, willst du schon abkratzen?"
Ich merke, dass ich mich zu Tode schämen und den Grund meiner erbärmlichen Verfassung für immer in einem tiefen Loch unter der Erde vergraben möchte. Denn als spiritueller Sucher, vor allem wenn man, wie ich, zu den „Eingeweihten" gehört, sollte man Eifersucht eigentlich überwunden haben.
Jedenfalls dachte mein spirituelles Ego das.
Eine gefühlte Ewigkeit lag ich, von Schmerz gepeinigt, in dieser kühlen Zelle, die wohl vor grauer Zeit einen Mönch beherbergt hatte. Rachefantasien wechselten mit Schuld- und Minderwertigkeitsgefühlen. Die ural-

te Sehnsucht, geliebt, und die Angst, verlassen zu werden, schlugen jäh in Wut und kurz darauf in frühkindliche Hilflosigkeit um. In regelmäßigen Schüben lachte ich mich kaputt über diesen ganzen Irrsinn, den wir Liebe nennen, um gleich darauf von einem Tränenmeer überschwemmt zu werden. Dann, als der Sturm langsam nachließ, erlebte ich, allen „normalen" Erwartungen zum Trotz, etwas wirklich Erstaunliches:
Die Angst und Panik, die Wut und Eifersucht wichen vollkommen unerwartet einem stillen Frieden, wie ich ihn noch nie zuvor erlebt hatte. Ich lag reglos auf dieser hölzernen Pritsche und beobachtete meine Gedanken:
„Was bist du für ein egoistisches Arschloch! Warum kannst du mit jeder Frau rummachen und wenn dann Tamara einmal ein harmloses Techtelmechtel mit einem anderen Mann anfängt, bricht deine ganze heile Welt zusammen. Was ist das für eine Liebe?"
Dann war es plötzlich so, als würde ich mich im Körper von Tamara im Bett mit diesem Mann befinden. Von der Ebene des Bewusstseins betrachtet, auf der ich mich in jenem Moment befand, machte es überhaupt keinen Unterschied mehr, ob das nun mein Körper oder derjenige von Tamara oder von irgendjemandem anderen war. Da umarmte mich einfach nur diese eine pulsierende Liebes-Energie, die ich als die Liebe Gottes empfand.
Ich wusste, dass mir das Leben jetzt die einmalige Chance gab, mein Ego loszulassen und zu springen. Ich war den Weg schon so weit gegangen und in diesem Moment der Befreiung so nah.
Ich stand auf und ging wie geläutert vor die Türe, wo die beiden immer noch auf einer Bank vor den Felsen saßen. Kurz schoss die Eifersucht noch einmal wie eine Stichflamme in meinem Bauch empor, doch dann geschah ein weiteres, unfassbares Wunder: Ich erblickte zwischen mir und dem Paar einen Torbogen, nicht real, sondern als Erscheinung, und auf diesem mit blühend weißen Rosen umrankten Bogen stand mit großen Lettern geschrieben:
„ICH BIN DAS TOR DER LIEBE, GEH DURCH MICH HINDURCH UND DU BIST FREI!"

Und so, als wäre diese Erscheinung ein Wegweiser ins Paradies, schritt ich gelassen und vollkommen bewusst, das Richtige zu tun, durch diesen imaginären Bogen hindurch auf das Paar zu, nahm irgendwo eine brennende Kerze mit Untersatz von einem Tisch und stellte diese vor die beiden hin. Dann hörte ich mich nur sagen: „Es ist okay!“

Natürlich hätte ich das in dieser Situation einfach so daher gesagt haben können, geheuchelt, scheinheilig, um den Gutmenschen zu geben: Schaut her, wie weit ich schon bin! Das ist gang und gäbe in dieser Szene. Was diese Erfahrung jedoch so einzigartig und nachhaltig machte, war, dass diese Worte nicht aus meinem Kopf, sondern definitiv aus den tiefsten Schichten meines Selbst aufstiegen. Da war niemand, der irgendetwas tat oder sagte. Es ist einfach so geschehen. Schlicht und ungeschminkt, wie sich Wahrheit eben anfühlt.

In diesem Moment war die Eifersucht, ganz natürlich wie ein Herbstblatt, von mir abgefallen. Jetzt wusste ich, was wahre Liebe ist.

Und wie es so ist mit Wundern, sie treten selten allein auf, sondern als Ursache-Wirkungs-Kette oder, wie der Psychologe Carl Gustav Jung sagen würde, als Synchronizität[18].

Kurz nach dieser übernatürlichen Erfahrung passierte etwas Erstaunliches: Als ich am nächsten Tag mit nacktem Oberkörper in den Spiegel sah, hatte sich, zu meinem großen Entsetzen, ein Ausschlag in Form eines roten Kranzes um mein Herz gebildet. Das war aber noch nicht alles: So, als hätte er mitbekommen, was mit mir geschah, sagte Alan noch am darauffolgenden Abend im Tuning-In Folgendes:

„Wenn du dich entscheidest, ein König oder eine Königin zu sein, und du beginnst, nach deinem eigenen Reich zu suchen, dann näherst du dich der Frage: Wie leben, um den Nächsten so zu lieben wie mich selbst? Wie kann man das zu einer Realität machen? Denn auf was du stößt, wenn du wirklich dein Innerstes erforschst, ist, dass Liebe das Tiefste in dir ist. Du entdeckst, dass du über Wut hinausgehen kannst – nicht immer, aber wenn es einmal gelingt, ist es genug, um zu sehen, dass es möglich ist, und dann kannst du es mehr und mehr tun. Du kannst jen-

seits von Wut gehen. Du kannst jenseits von Lust, jenseits von Schmerz, jenseits von Übelkeit, jenseits von jedem Gefühl des Leidens gehen. Du verstehst selbst – anstatt nur davon zu hören –, dass du über all diese Dinge hinausgehen kannst, aber über die Liebe kannst du nicht hinausgehen.
Was du entdeckst, wenn du über all diese anderen Dinge hinausgegangen bist, ist, dass Liebe von ganz allein spontan zu wirken beginnt, ohne dass du irgendein Prinzip oder eine Moral oder eine religiöse Doktrin von Jesus, Mohammed oder irgendjemandem annehmen musst.
Du denkst nicht einmal an Liebe, hast keine Vorsätze zu lieben, versuchst nicht liebenswürdig zu sein, du hast auf gewisse Weise überhaupt alles vergessen, was mit der Idee zu lieben zu tun hat; und auf einmal siehst du, dass das Leben – dein Leben – voll von tätiger Liebe ist. Du siehst, wie sie dir entspringt. Du fühlst vielleicht etwas von den anderen Dingen: Traurigkeit, ein wenig Ärger, der immer noch in dir steckt, etwas Spannung, dieses oder jenes; aber trotz all dieser Dinge beginnst du, dessen gewahr zu werden, dass etwas von dir auf andere Menschen ausstrahlt, das allem um dich herum begegnet, den Bäumen, der gesamten Natur, den Katzen, sogar Fremden.
Du gehst die Straße hinunter und siehst jemanden. Vielleicht hast du auch ein paar Gedanken zu diesem Menschen – doch du fühlst, wie Liebe von dir ausgeht. Aus keinem ersichtlichen Grund. Nicht, dass du diesen Menschen liebst; nicht weil du etwas in ihm gesehen hast, das ihn dir liebenswert erscheinen lässt, weil er dich an etwas oder jemanden erinnert; sondern weil das Gefühl der Verbindung auf der Ebene, auf der du jetzt Kontakt aufnimmst, eben ein warmes, fließendes Gefühl der Liebe ist, und das geschieht ganz spontan. Es wird so natürlich wie das Strömen des Blutes in deinen Adern.
Es ist so. Kommt jemandem von euch, was ich sage, bekannt vor?“[21]

An dieser Stelle habe ich das Gefühl, dass er mir direkt in die Augen blickt. Solche Synchronizitäten sind auf der Finca oft passiert, denn dieses nach außen hin geschützte Energiefeld, das sich um Alan herum bildete, begünstigte solche Erfahrungen in höchstem Maße. Es war wie geschaffen für Leute, die ihr Innerstes erforschen wollten. Dieser Sprung jenseits der Eifersucht wäre mir in der „normalen“ Gesellschaft nicht möglich gewesen. Ganz einfach deshalb, weil mich da draußen niemand unterstützt hätte, unsere gemeinsamen „Seitensprünge“ (die im Grunde gar keine waren, da es gar keine Zäune mehr gab) zu tolerieren. Niemand sagt dir im „Haifischbecken“, dass Eifersucht mit Liebe nichts zu tun hat, weil jeder ebenfalls Angst hat, von seinem Partner verlassen zu werden. Hier in dieser Egoschmelzmaschinerie taten wir das, entgegen allen kurzsichtigen Vorurteilen der Leute, die über solche Gemeinschaften nur in der Zeitung lasen, ausnahmslos freiwillig. Weil es sinnvoll war und vor allem – wie meine Story zeigt – weil es funktionierte.

Nach diesem Schlüsselerlebnis waren wir also zu dritt. Ein Dreieck oder zeitweise auch ein Viereck, dann, wenn ich ein Date hatte.
Wir ließen uns auf das Experiment ein, und aus dieser anfänglichen Liaison mit Amrit wurde bald eine Freundschaft, die uns alle drei verband und mehr als zwanzig Jahre hielt.
Heute leben wir wieder, von außen her betrachtet, wie ein ganz normales Paar, mit dem entscheidenden Unterschied, dass unsere Beziehung offene Türen hat und wir uns nicht anlügen müssen. Man könnte jederzeit hinausspazieren, um woanders zu spielen. Wenn man das denn wollte. Wir wollen immer weniger, denn wie sagt Altmeister Goethe so schön: „Willst du immer weiter schweifen? Sieh, das Gute liegt so nah. Lerne nur das Glück ergreifen, denn das Glück ist immer da.“

Doch so weit waren wir damals noch lange nicht. Diese Liebe ist, wie die Erleuchtung[3], nicht etwas, das man eines Tages „hat“ und dann für immer besitzt. Liebe ist kein Gegenstand, sondern ein Seins-Zustand, der jeden Menschen, der in diesem verweilen möchte, täglich und unerbittlich zwingt, sich mit dem auseinanderzusetzen, was Liebe nicht ist. Und davon gibt es bekanntlich eine ganze Menge.
„Liebe ist Arbeit, Arbeit, Arbeit!“, wie Hape Kerkeling[64], der Komiker, in

der Rolle der Psychologin Evje van Dampen erklärt, was lustig, aber natürlich Quatsch ist. Liebe kennt kein Gegenteil. Liebe ist Hingabe an das, was IST, das, was ICH BIN, jenseits der Zeit und deshalb nicht durch Arbeit, sondern nur durch bewusstes Erkennen zu erreichen.

So blieben wir am Ball, denn jetzt ging es im Grunde erst recht los. Jetzt ging es ans Eingemachte. Doch es blieb nur die Flucht nach vorn.
Wir meditierten intensiver, machten regelmäßig die Dynamische und die Kundalini, wobei ich den ganzen Schmerz solange durchleben konnte, bis er langsam heilte. Wir setzten uns mit unserer schwierigen Situation auseinander und sprachen miteinander. Die Nächte, welche Tamara nun mit Amrit verbrachte, waren lang, sehr, sehr lang, und ich bin mir des tiefsten Mitgefühls eines jeden Lesers sicher, wenn ich sage, dass ich jene Nächte nicht im Geringsten vermisse. Doch ich wollte es praktizieren, komme, was wolle: die Hingabe an das, was IST.

Auch ich ging mit anderen Frauen, ich war ja jetzt frei, aber für mich war das nicht so verbindlich wie die Liebschaft zwischen Tamara und Amrit. Meine Aufgabe bestand darin, zuerst einmal meine Sexualität auszuleben. Ich hatte Nachholbedarf, nutzte die Gunst der Stunde und tat es denn auch reichlich. Doch so ideal dieses Umfeld für Außenstehende auch scheinen mag, so einfach war das nicht. Denn auch die Frauen waren stärker und selbstbewusster. So kam es zu manch peinlicher Abfuhr und zu manchem Egodämpfer und Mister Casanova hatte nur ein kurzes Gastspiel.
Jedenfalls wurde ich gelassener, selbstbewusster, reifer. Ich war mehr bei mir selbst, mehr in meinem Herzen und konnte jetzt auch mit Frauen freier und menschlicher umgehen.

In dem Maße, wie es uns gelang, dieses Dreieck zu akzeptieren, wuchsen wir über uns selbst hinaus und erlebten eine nie gekannte Freiheit und eine noch tiefere und reifere Liebe. Wir haben nichts verloren, sondern alles gewonnen:

das Bewusstsein, dass Freiheit das Geburtsrecht des Menschen ist und dass niemand, auch wenn er noch so sehr an diese Lüge glaubt, ihm diese Freiheit weder geben noch nehmen kann. Etwas, das nicht kommt und geht, ist zwischen Tamara und mir kindlich und rein geblieben – bis zum heutigen Tag. Wir staunen selbst, denn dafür haben wir nichts getan. Wir haben nicht an uns gearbeitet. Wir haben lediglich verstanden, was Liebe nicht ist, und gemäß dieser Erkenntnis gehandelt, was uns ein Höchstmaß an Lebenskunst abverlangte.
Das heißt nun nicht, wie man an dieser Stelle irrtümlicherweise annehmen könnte, dass wir „freie Liebe" als einzigen Weg propagierten. Das wäre ja ein lächerlicher Widerspruch. Denn Liebe schließt alles mit ein. Liebe ist die höchste Form von Toleranz. Wenn ich selbst in Liebe bin, dann hat jede Beziehungsform darin ihren Platz. Meine Erfahrung lehrte mich nur, dass unser Weg jedwede Möglichkeit verhinderte, sich in Bezug auf die Liebe etwas vorzumachen. In diesem Haus wurde sie in jedem Moment gründlich auf die Probe gestellt.

Nun kehrte etwas Alltag ein im Habib. Wie der Same, der nur im Dunkeln der Erde reift, so brauchten nun auch unsere tiefen Eindrücke, Erfahrungen und Erkenntnisse Ruhe und Zeit, um zu gedeihen. Ich reduzierte meine Verantwortung im Hause, nahm weniger Hausjobs an und zog mich oft für längere Zeit ins Cortijo zurück. Ich verbrachte oft Tage alleine, meditierte und wanderte stundenlang am Meer entlang und am Abend dem Sonnenuntergang entgegen.
Einmal stand ich oben bei meinem Leuchtturm, breitete meine Arme über die gischtgepeitschte See und fühlte eine nie gekannte Kraft. Ich war wie die Wellen, Teil eines unermesslichen Ganzen.
Als ich in einer Mondnacht draußen vor dem Cortijo auf einem alten Schaukelstuhl einschlief, hatte ich einen Traum:

SZENE IM TRAUM/AUSSEN/CORTIJO/TAG
Es ist die Zeit während der Umbauarbeiten auf dem Cortijo. Die Vorstellung, dass sich eine Quelle auf meinem Grundstück befinden könnte, lässt mir keine Ruhe.

Ich mache mich an einem frischen, klaren Morgen, ausgerüstet mit dem Katasterplan, auf dem das ganze Grundstück eingezeichnet ist, auf den Weg, um an einem bestimmten Platz nach meiner Quelle zu suchen, deren Vorhandensein dort auf meinem Grundstück mein Notar nach langen Nachforschungen tatsächlich für möglich hält.
Auf halbem Weg, hinten im Tal, wo einige armselige, weiß gekalkte Steinhütten wohl schon seit Urzeiten stehen, begegne ich einer uralten Frau, deren eingefallenes und zerfurchtes Gesicht aus einem schwarzen Kopftuch herauslugt.
Mit ihrem letzten Zahn lispelt sie:
„Du bist Cristiano vom Cortijo del Viento, nicht wahr?"
Dann zieht sie mich zu sich herunter und flüstert:
„Ich bin eine alte Frau, bin hier aufgewachsen. Habe all die Leute gekannt, die das Cortijo gebaut haben. Vor langer, langer Zeit. Ich bin die Einzige, die es weiß! Du musst da hinten suchen, in den Hügeln. Da hinten, wo es still ist wie der Tod, da musst du suchen."
„Ja, meinen sie, da ist meine Quelle, aber Pedro sagte ..."
„Höre nicht auf Pedro. Folge der Sehnsucht deines Herzens. Da musst du selbst hingehen. Da bist du alleine. Vaya con Dios! – Geh mit Gott!", sagt sie und bekreuzigt sich.
Ich komme in den weiter hinten liegenden Teil meines Grundstückes, wo sich langsam die Hügel erheben und es grüner wird, den Teil, den ich noch nie betreten habe, und sehe jetzt immer weiter über das Land. Die Luft wird besser, milder und es wird immer stiller. Manchmal ist es fast geräuschlos und der unsagbare Friede wird nur hier und da von einem einsamen, seltenen Vogelgezwitscher unterbrochen.
Alle Schwere fällt von mir ab.
Plötzlich kann ich nun auch das offene, unendliche Meer sehen, wie es in tiefer Bläue sich an den Küsten in weißen Wellen bricht. Ich bin tief erfüllt von einem unbeschreiblichen Glücksgefühl, das weniger nach außen als umso mehr nach innen geht. Noch nie habe ich so etwas in meinem Leben erlebt.

Stille.

Während ich andächtig weitergehe, immer höher, und gerade einen kleinen Hügelvorsprung hinter mir lasse, eröffnet sich mir ein Bild wie aus einem Märchenbuch.
Unter mir breitet sich eine weite Einbuchtung mit unzähligen Terrassen aus, welche hier vor vielen Jahrzehnten wohl von den Vorbesitzern in mühsamer Arbeit inmitten dieser Einsamkeit angelegt worden sind.
Wie mein Blick weiterschweift, überwältigt von diesem Anblick, kann ich auf Höhe eines Felsvorsprungs in dessen Schatten wild blühende Orangenbäume erkennen und bei genauerem Hinschauen sogar grüne Flächen und Wiesen sehen.
Jetzt kann mich nichts mehr halten. Ich renne atemlos über Stock und Stein, bis ich an dieser Stelle ankomme.
Von diesem Anblick völlig überwältigt, bleibe ich stehen. Andächtig, so als würde ich einen heiligen Ort betreten. Ein nie erlebtes Bild bietet sich meinen staunenden Augen. Vor mir Dutzende wild blühender, verheißungsvoll duftender Orangenbäume inmitten dieser unendlichen Trockenheit. Dass sich nun allerdings dieses verwunschene Paradies auch noch auf meinem eigenen Grund und Boden befindet, überragt jegliches Fassungsvermögen. Ich stehe da, leer, sprachlos, überwältigt.
In großer Ehrfurcht ziehe ich meine Schuhe aus und betrete mit nackten Füßen den weichen, grünen Grasteppich. Ich setze behutsam Schritt vor Schritt, bis ich mich im Schatten eines großen Orangenbaumes niederknie und meinen Körper genüsslich auf dem wohligen Grase ausstrecke.
Lange liege ich unter diesem Baum, den Kopf auf meinen beiden Händen ruhend. Ich fühle auf meinem Gesicht das fröhliche Licht- und Schattenspiel, vergesse Zeit und Raum und gleite hinab in ein unendliches Tal des Friedens.
Eine lange Zeit habe ich wohl da gelegen, denn als ich wieder zu mir komme, ist es bereits kühl geworden und die Sonne neigt sich zum Horizont. Eine angenehm kühle Brise bewegt das sonnendurchflutete Blätterspiel, in dem große Orangen baumeln. Ich brauchte mich jetzt nur zu erheben und die verwitterte Leiter zu besteigen, die man hier vielleicht vor langer Zeit vergessen hat, um die Früchte zu pflücken. Sie steht da

für mich bereit. Ich tue es nicht. Nichts regt sich in mir, keine Gier, kein Habenwollen, kein Hunger. Für diesen Moment ist alles vollkommen. Ich bin körperlich, geistig und seelisch satt.
Zu diesem Frieden, der sich nur zeitweise mit dem leisen, zarten Säuseln des Windes paart, gesellt sich nun unerwartet und immer hörbarer ein neues Geräusch. Ich öffne meine Augen und bin jetzt hellwach. Es ist, als hörte ich das sanfte Gurgeln von austretendem Wasser. Ahnungsvoll setze ich mich auf; wie die Gazelle im Gehölz drehe ich meinen Kopf in alle Richtungen, um herauszufinden, woher dieses Geräusch kommen könnte.

Jetzt bin ich mir sicher. Es muss meine Quelle sein!
Mit klopfendem Herzen erhebe ich mich und finde nach langem Suchen unter sperrigem Dornengeäst zuhinterst in einer Felsspalte ein von Moos bedecktes Wasserrinnsal. Ungeduldig tanze ich auf einen Felsvorsprung und bewege meinen Blick wild hin und her, so als wollte ich es der ganzen Welt zurufen:
„Es ist sie, schaut alle her. Ich habe meine Quelle gefunden. Regelrechtes Süßwasser, Trinkwasser, Leben!“
Doch es ist niemand da, keine Menschenseele, mit der ich meine Freude hätte teilen können. Es gibt auch keinen Herrgott mehr, dem ich hätte danken können. Ich bleibe mit meiner Freude allein zurück. So bleibt sie unversehrt und sinkt tiefer und tiefer in mich hinein, bis auch ich mich auflöse.

In der Morgendämmerung wachte ich auf und lag immer noch auf diesem Schaukelstuhl. Im Halbschlaf tastete ich mit meinen Händen seine Formen ab, um mich zu vergewissern, ob ich immer noch träumte, dann öffnete ich meine Augen und wusste: Der Traum ist wahr geworden. Ich war nicht mehr der, der ich einmal gewesen war. Ich sah, hörte und spürte alles mit dem Herzen.
Noch lange blieb ich sitzen, ließ meinen Blick über die Sierra gleiten, während der noch kühle Wind vom Tal herauf durch meine Haare strich,

wie die liebende Hand Gottes. An diesem heiligen Morgen war die Welt das, was sie sein könnte, wenn wir zu lieben imstande wären: ein Paradies, so real wie dieser hölzerne Stuhl, der sich in diesem Moment wie ein Thron anfühlte.

Als ich wieder ins Habib zurückkehrte und durch das Portal in die Vorhalle trat, war mein Blick wie geläutert. Ich betrachtete das Haus, die bekannten Gesichter, meine ganze Umgebung nicht mehr nur durch die Augen meiner Erwartungen, Vorstellungen und Konzepte, nicht mehr durch die Brille des Mangels, sondern mit tiefem Mitgefühl.

Freilich hielt dieser Zustand nicht lange, aber immer länger an.

Tamara und ich kamen immer mehr in unsere Kraft. Wir absolvierten das Therapeuten-Training und begleiteten Alan zu seinen Gruppen im Ausland. Gleichzeitig leiteten wir eigene Gruppen und erteilten auf Wunsch Einzelsitzungen und Klärungsgespräche. Wir wurden immer routinierter und am Ende „alte Hasen".

Zwischendurch kehrte einer von uns beiden in die Schweiz zurück, um den Kontakt mit unseren Familien nicht gänzlich abbrechen zu lassen und ein Minimum an „weltlichen Pflichten" zu erfüllen. Nach einem weiteren Versuch verzichteten wir auf die mühsame Fahrt mit dem Wagen nach Almería und stiegen auf die Flugreise um.

Auf Alans Wunsch hin hielt ich mich jetzt des Öfteren in seiner Nähe auf. Da ich nun zu seinem engen Kreis gehörte, aßen wir auch meistens zusammen. Und wie das so ist mit einem wirklichen Meister: Da ist eine Mahlzeit nicht einfach nur Nahrungsaufnahme. Alles war ein einziges Energy Happening. So konnte es geschehen, dass wir einfach nur in Stille beisammensaßen oder einander eine gefühlte Ewigkeit lang in die Augen sahen. Sein Vertrauen stärkte und festigte mein spirituelles Bewusstsein in dem Maße, dass ich in seiner Gegenwart meine ersten intensiven „Satoris", kurze Einblicke in die Buddha-Natur des unbedingten Glücks, erfahren durfte. Ich erlebte jetzt am eigenen Leib, was die Übertragung vom Meister auf seine Schüler bedeutet. In seinen regelmäßigen Tuning-Ins lobte er mich sogar vor der ganzen Belegschaft. Er stellte mich völlig unerwartet als Beispiel für einen Schüler hin, der tuned-in sei, das heißt, mit ihm auf der gleichen Wellenlänge schwinge. Er lobte meine Totalität und rückhaltlose Hingabe, mit der ich im Dienst[1] sei. Ich war sehr stolz und genoss es von Herzen, denn so heilig wollte ich auch wieder nicht sein.

Einen Wunsch hatte ich noch: den Wunsch, nach Poona zu reisen, um endlich Osho zu sehen, was ich im Oktober 1988 denn auch tat. Poona war das Mekka der Sannyasins, ein Märchen für Erwachsene. Der Beweis, dass Gesellschaft auch anders geht. Ich werde diese Reise, die allabendlichen „Darshans“[15] mit Osho und die intensiven Erfahrungen, die alleine dicke Bücher füllen würden, nie vergessen. Von diesem Leben mit Osho in Poona gibt es unzählige spannende Bücher, die ich jedem wärmstens empfehlen kann. Allen voran jenes, das mich zu ihm führte: „Ganz entspannt im Hier und Jetzt“ von Satyananda.
Nach zwei Jahren kehrten Tamara und ich als neue Menschen in die Schweiz zurück.

Die Kunst zu landen

AUSSEN/STADT/TAG
Die Sonne dringt nur zaghaft durch das Wolkendach über der Stadt. Während ich wie damals als junger Mann in der Straßenbahn Richtung Bahnhof gondele, ziehen Erinnerungen vor meinem geistigen Auge vorbei. Das graue Mittagslicht prägt nicht nur das äußere, sondern auch mein inneres Stimmungsbild. Wie viel Zeit ist seit diesen Tagen, als ich Konfektionsverkäufer bei Kramer am Bahnhofplatz war, vergangen. Ich steige aus, dort wo das war – meine Jugend, mein altes Ich. Jetzt ist es nicht mehr. Mit ihm sind auch meine alten geliebten Bräuche verschwunden, zum Beispiel ein Bummel durch die Stadt. Wie lange habe ich das nicht mehr gemacht. Was mir früher vertraut und Heimat war, scheint mir plötzlich fremd. Dort, wo früher das Hotel Gotthard war, ist

jetzt H&M. Im Restaurant Miriam thront ein „Apple Store“. Mein Wurststand wurde durch eine Nobelboutique verdrängt, ich bin mir plötzlich fremd in meiner Haut. Ich bemerke, dass ich fliege, und bemühe mich um Bodenhaftung. Ich fühle mich ungeschützt allen sinnlichen Eindrücken ausgeliefert. Ich nehme die Bewertungen und Urteile über die Passanten in meinem Kopf wahr. Alle Menschen erscheinen mir wie eine Horde angepasster und fremdbestimmter Schafe und ich sehe mich selbst als schwarzes Schaf, das zurück in den Schutz der Herde möchte, aber nicht mehr kann.

Auf einmal gibt es einen jähen Knall. Ich merke, wie ich strauchle, falle, hart auf dem Asphalt aufschlage und kurz darauf, halb bewusstlos, mit einer blutenden Schürfwunde am Ellbogen stöhnend auf der Straße liege. Als mir ein älterer Herr wieder auf die Beine hilft und meine Wahrnehmung halbwegs zurückkehrt, stelle ich fest, dass ich wohl eine Verkehrsschranke nicht beachtet habe.
In diesem Moment ändert sich meine Stimmung schlagartig. Plötzlich empfinde ich mich als völligen Verlierer. Lebensuntüchtig, scheinheilig, abgehoben. Entsetzt stelle ich fest, dass sich offenbar mein Ego durch die Hintertüre eingeschlichen hat – diesmal freilich nicht in weltlicher, sondern in spiritueller Verkleidung – und ich mich einmal mehr für etwas Besseres gehalten habe. Keinem noch so entrückten übersinnlichen Phänomen abgeneigt, deute ich den Unfall unmittelbar als Zeichen von ‚oben‘, dass mich Überheblichkeit und Absonderung im wahrsten Wortsinne zu Fall bringen. Während der Heimfahrt packt mich die Angst, dass ich mich in der Welt nicht mehr zurechtfinden und gleichzeitig auch nicht wieder zurück in das schützende Umfeld meiner Lehrer fliehen könnte.

INNEN/WOHNUNG/TAG

Noch halb benommen liege ich auf meinem Bett in unserer Wohnung, während Tamara das Mahnmal auf meiner stolzen Stirne pflegt und ich durch das Dachfenster blicke, in den Himmel, den Wolken nach. In den großen Baumkronen der alten Kastanien in unserem kleinen Park

rauscht ein kühler Herbstwind, während die Bilder des Abschieds von unserem Leben im Habib auf meiner geistigen Leinwand vorüberziehen. Ich begreife, warum viele den Absprung vom Lehrer hinausschieben oder überhaupt gar nicht erst vollziehen. Es tut verdammt weh, und es ist schmerzlicher als der Abschied von ein bisschen Macht, Besitz und Anerkennung in der Welt. Die Welt ist schnell als Illusion enttarnt, aber die Bindung an den Lehrer geht tiefer, ist sie doch die Bindung an die Wahrheit, an die Erlösung, an das Ende der Sehnsucht. Diese Trennung hinterlässt eine hoffnungslose Leere.
Doch das Leben hat mir gerade noch rechtzeitig – im wahrsten Sinne des Wortes – einen Wink mit dem Zaunpfahl gegeben.
Ich hielt also schön brav Ausschau nach Verkehrsschranken, die mir möglicherweise gefährlich werden konnten, und versuchte wieder an der Front zu landen.
Nach diesem Jahr im Habib war es für Tamara und mich wieder an der Zeit herauszufinden, was von unserer Restpersönlichkeit noch übrig geblieben und ob wir überhaupt noch imstande waren, als normale Bürger unseren Lebensunterhalt zu verdienen.
Tamara war es. Sie übernahm wieder ihren Kindergarten. Ich war es nicht, denn ich war pleite. Der Verkauf meiner Bilder stagnierte, zwei wichtige Galerien hatten sich wegen meiner langen Abwesenheit von mir ab- und anderen Künstlern zugewandt. Um mich mit mittelmäßig bis schwachbegabten Gitarrenschülern herumzuschlagen, war mir die Zeit zu kostbar, denn nach meiner langen Abstinenz hatte ich wieder richtig Lust, etwas mit den Händen zu tun und wieder zu malen. Doch meine Kreativität reduzierte sich vorerst aufs nackte Überleben.

Warum wir das Gesparte aus dem Häuserverkauf nicht anzapften, wird sich wohl der aufmerksame Leser fragen. Dafür gibt es eine einfache Erklärung: Das Geld sollte als Notgroschen das Schlimmste verhindern. Doch dazu kam es erfreulicherweise nicht. Immerhin hatten wir ein Dach über dem Kopf und immer noch Brot auf dem Tisch. Zu guter Letzt ließ ich mich auf einen Aushilfsjob in einem exklusiven Möbelgeschäft am

Neumarkt in der Altstadt ein. Meine miserabel bezahlte Aufgabe war es, diesen Laden am Samstag von neun bis fünf zu hüten. Ich weiß, in der Not frisst der Teufel Fliegen. Man stelle sich das einmal vor: Ein junger, vielseitig begabter Mann, der eben im Begriff war, nicht nur diesseitige, sondern auch jenseitige Welten zu erobern, und zu „Höherem" berufen war, sitzt stundenlang in einem Laden inmitten steriler Designermöbel und wartet, wie ein Bekloppter Daumen drehend, vergebens auf Kundschaft. Man glaubt es kaum: Dieser Mann war ich. Ja, so tief war ich gesunken. Wie fühlte ich mich? Was tat ich da wohl? Richtig: Ich langweilte mich zu Tode; und nach etwa drei Samstagen, an denen ich in diesem Gefängnis ausharrte und zuschaute, wie meine kostbare Zeit Minute für Minute unwiederbringlich den Bach hinunterging, machte sich in mir die Überzeugung breit, dass ich diesen Schlachthof meiner Würde eigentlich auf der Stelle verlassen müsste. Das hätte ich auch sofort getan, wenn ich nicht ernsthaft daran gezweifelt hätte, dass mein Chef das wirklich so prickelnd finden würde, wenn er ausgerechnet an einem Samstag, wenn er gerade das große Geschäft wittert und eben mal zufällig in seiner Filiale vorbeikommt, zu seinem Entsetzen feststellen müsste, dass seine dämliche Aushilfe den Laden dicht gemacht hat, um einen schönen Lenz zu schieben.

Man mag es nicht glauben, aber genauso ist es gekommen. Anfänglich waren meine Zweifel stärker, doch dann blätterte ich in einer Architekturzeitschrift, von denen unzählige in diesem Laden herumlagen, und stieß auf eine Reportage über ein altes Herrenhaus in der Toskana, welches ein bekannter Maler mit großem Geschmack und Feingefühl restauriert und zu einem traumhaften Atelier umgebaut hatte. Es war um mich geschehen. Während ich in diesem Laden herumsaß und die Zeit totschlug, hielt mir dieser Künstler einen Spiegel vor die Nase und ich sah darin einen Schlappschwanz, dem der Mut fehlte, so wie er aufzustehen, alles auf eine Karte zu setzen und den Traum vom eigenen Haus zu verwirklichen – und nicht hier rumzuhängen und zu jammern.

Diese Erfahrung war so stark, dass ich mich dabei beobachten konnte, wie ich ganz langsam bewusst und besonnen aufstand, fein säuberlich

den Stuhl unter den Tisch rückte und gemächlich mit dem Ladenschlüssel die Türe hinter mir zusperrte. Kein Gedanke war in diesem Moment da, der diese Stille vor dem Sturm gestört hätte. Wie damals, als ich das Modehaus in Genf verließ oder in Andalusien meinen wertvollen Modellkoffer ins Meer warf, bestieg ich an jenem Samstag die Straßenbahn in der absoluten Überzeugung, das Richtige zu tun. Ich fuhr gemächlich ins Atelier, zog meine Malklamotten an, zündete eine Duftkerze an, zelebrierte meinen Triumph und malte wie besessen, allerdings nur so lange, bis das Telefon läutete und der Sturm über mir ausbrach. Der Chef war wie vermutet etwas ungehalten, nein, er war stinksauer, ja, ich gebe es ja zu: Er war außer sich. Natürlich konnte ich ihn verstehen, aber irgendwie fiel es ihm schwer, mich zu verstehen.
Nun, den Job war ich los, aber um eine witzige Story reicher. Noch heute verzieht sich mein Gesicht zu einem höhnischen Grinsen, wenn ich an diese herrliche Posse denke.
So weit, so gut!
The Show must go on: Ich musste mir etwas anderes einfallen lassen.

INNEN/NZZ-GEBÄUDE/TAG

Am 7. Februar 1991 sitze ich frühmorgens um 8.00 Uhr im nüchternen Wartesaal der Personalabteilung der Neuen Zürcher Zeitung in Zürich. Ich bin nicht alleine und schäme mich, mir den kalten Schweiß von meiner Stirn zu wischen. Es muss ja nicht gleich jeder sehen, dass ich mir fast in die Hosen mache, weil mich nur noch ein paar Meter von jener schicksalshaften Türe trennen, hinter der ich mich vielleicht schon in ein paar Minuten bereit erklären werde, all meine Träume, Begabungen, meine Restwürde für ein bisschen Geld zu verleugnen und zu verkaufen. „Was du hier machst, ist Prostitution! Mach, dass du hier rauskommst!", fährt es mir durch den Kopf, und als gerade niemand in meine Richtung schaut, wische ich mir heimlich und beschämt nun doch den Schweiß von der Stirn. Bald werde ich dran sein. Jetzt öffnet sich die Türe, über der die furchterregenden, nur für mich sichtbaren Worte standen:

„The Point of No Return" – und im Türrahmen steht ein spröder Mann mit schmalen Lippen und bittet den Nächsten herein. Das bin ich. Es gibt kein Zurück, denn schon sitze ich ihm gegenüber und die Worte legen sich um meinen Hals wie einem zum Tode Verurteilten die Schlinge des Galgens:
„Sie haben sich also beworben als Zeitungsausträger."
„Ja, ich wollte einfach mal fragen ..."
„Wir haben da gerade eine Tour frei. Die könnten Sie gleich übernehmen. 18 Franken die Stunde."
Ich habe keine Wahl. Ich muss von irgendetwas leben. Und noch bevor ich mich versehe, stehe ich draußen auf der Straße auf der untersten Stufe der sozialen Leiter. Ein Gefallener. Aber ausgerechnet das wurde zum Geheimnis dieses außergewöhnlich gewöhnlichen Jobs. Auf der untersten Sprosse kannst du entspannen – du brauchst keine Angst mehr zu haben zu fallen, denn tiefer geht's nicht mehr. Eigentlich hatte sich gar nicht viel geändert. Ein Außenseiter, ein Grenzgänger war ich immer schon gewesen. Damals wusste ich noch nicht, dass ich diesen Job bis auf wenige kurze Unterbrechungen sage und schreibe fünfzehn Jahre durchziehen würde. Aufstehen 4.30 Uhr. Sechs Tage die Woche. Bei jedem Wetter.

Begonnen hat dieser Spaß mit einer schönen, ebenerdigen Tour rund um die Tonhalle in der Nähe des Schanzengrabens.
Man holte seinen Handwagen, die gebündelten Zeitungen und die Liste mit den Änderungen der Abonnenten an einem vorgegebenen Platz. Diese Wagen waren der Brüller. Ein Weidenkorb mit vier Speichenrädern und einer Handbremse. Wenn es regnete oder schneite, hatte man ein Problem, denn nass wollte niemand seine Zeitung auf dem Frühstückstisch, das hatte noch am selben Tag die folgenschwersten Konsequenzen in Form gnadenloser Reklamationen verärgerter Kunden, was durchaus eine Kündigung zur Folge hätte haben können. Um das zu verhindern, gehörte eine große graue Kunststoffplane zum Equipment eines jeden Wagens, die man dann mit Gummihalter über die ganze Ladung span-

nen konnte. Nachteil: Man konnte dann auch die Zeitungen nicht mehr herausnehmen. Also musste man notgedrungen irgendwo eine Öffnung beibehalten, wo das kostbare Gut dann eben trotzdem immer wieder nass wurde. Dieses und noch viel mehr gehört zum Handwerk eines jeden Zeitungsboten und sollte zum täglichen Training meines Jobs werden. Aber es wurde weit mehr daraus. Ich begann es regelrecht zu genießen. Ich musste meinen Arsch bewegen, ob ich wollte oder nicht. Mehr als zweimal verschlafen, und man hätte mich gefeuert. Am Ende der Tour hatte ich immer schon meine Lebenskosten gedeckt, Sport getrieben und gute Laune.

Um sieben Uhr stand ich dann bereits wieder mit Croissants unter dem Arm in unserer Küche und machte Frühstück und einen schönen, duftenden Kaffee für Tamara und mich. Inzwischen hatte ich auch schon einen großen umgebauten Gewerberaum der „Ateliergemeinschaft Binz im Kreis", einem Kreativquartier südlich der Stadt, gemietet. So hatte ich den ganzen Tag zur Verfügung, um mich ganz auf die Malerei zu konzentrieren, ohne mir ständig Sorgen zu machen, wie ich den nächsten Monat überleben soll.

Das tat an meiner Stelle unser Pfarrer Nauer, wie die folgende Geschichte, die nur das reale Leben schreiben kann, uns hier erzählt.
Kurz vor Weihnachten läutete er an unserer Türe an der Toblerstraße und fragte, ob ich einen Moment Zeit für ihn hätte, er sei so etwas wie der Zuständige für Leute mit niederen Einkommen. Sein christlich anerzogenes Mitleid auf seinem Gesicht allerdings war eher dasjenige eines barmherzigen Dieners Gottes, der sich um die Armen und Gefallenen der Gemeinde kümmerte, von denen es in diesem Reichenviertel, wo ich arbeitete – außer mir natürlich – ganz bestimmt keinen einzigen gab. Wohl aus Langeweile erbarmte er sich alsdann meiner und bat mich höflichst und ergeben, seine bescheidenen zehn Franken als kleines Weihnachtspräsent und eine Broschüre, die mich zu Jesus Christus führen sollte, an mich zu nehmen, auf dass ich von den Toten auferstehen und

zu neuem Leben erwachen würde. Ich sagte zu ihm streng, aber freundlich, dass ich seinen Chef bereits habe kennenlernen dürfen, aber die zehn Franken würde ich trotzdem gerne nehmen. Er ging von dannen wohl mit gutem Gewissen, wieder eines seiner schwarzen Schafe zur Herde zurückgeführt zu haben. Auf der untersten Sprosse hast du Narrenfreiheit. Da lernst du die Gesellschaft und die Menschen kennen.
Dieser Job, mein neues Atelier und die entspanntere finanzielle Lage waren große Schritte, in der Kunst zu landen – und der Neubeginn einer ernsthaften Laufbahn als Maler. Bis ich dieses Ziel allerdings erreichte, verging eine einsame Zeit des stillen, disziplinierten Werkens und Ausharrens ohne den Verkauf eines einzigen Bildes. Ich hatte noch keinen Erfolg, keinen Galeristen, nur ein kleines Licht der Hoffnung für einen großen Traum: ein freier, schöpferischer Mensch zu sein.

Ich visualisierte einen völlig neuen Stil: Ich stellte mir großflächige, abstrakte Bilder mit stark reduzierten Flächen vor, die das Gefühl vermitteln sollten, sich weit über den Rand hinaus zu dehnen. Die Suche nach meinem schöpferischen Selbst, nach Kraft, Originalität und Echtheit übertrugen sich natürlich ebenfalls auf meine Malerei. Da ich bei Alan mit all dem konfrontiert worden war, was in mir unecht, angelernt und aufgesetzt gewesen war, vermochte ich jetzt diesen Unterschied auch viel schneller und unmittelbarer bei der Arbeit an meinen Leinwänden zu erkennen.
Im fantastischen Realismus ging ich von einer Idee, einer Vorstellung aus und suchte nach entsprechenden Symbolen, Metaphern und Bildern, welche meine beabsichtigten Aussagen zu transportieren vermochten.
Nun schwebte mir eine Herangehensweise vor, in der nicht ICH, sondern ES malte. Ich überließ mich ganz meiner Intuition. Mit anderen Worten: Ich malte aus dem Bauch heraus, ohne zu wissen, wohin mich das führen würde.
Dabei entstanden meine ersten abstrakten Bilder und einige spannende Geschichten, welche die ersten hilflosen Schritte in meine Selbstständigkeit parodieren.

Was die Kunst betraf, war ich kompromisslos. Ich malte ohne Verkaufszwang in erster Linie für mich selbst. Aber das fertige Produkt wollte ich natürlich verkaufen, ausstellen und so gut wie möglich vermarkten. Ich strebte nach Erfolg. Allerdings nicht mehr um jeden Preis. Weniger wegen meines Egos, sondern vielmehr um der Sache selbst willen. Das heißt im Kunstmarkt: Ich musste raus. Auf mich aufmerksam machen. Egal womit. Ich begann, parallel zur Arbeit im Atelier, mit Klinkenputzen. Ging von Haus zu Haus. Besuchte Galerien, bewarb mich für Ausstellungen. Wo immer sich eine Gelegenheit bot, sprach ich Leute an.

Zu denen gehörte auch dieser verrückte Arno Rinderknecht, den ich aus der Sannyasszene kannte. Er war Lehrer, radikaler Positivdenker und damals Steward bei der Swissair. Er bewohnte eine kleine, lotterige Mühle am Rande eines Baches in Dübendorf und verkaufte alles, was nicht bei drei auf den Bäumen war. Auch er hatte einen Traum: Er wollte um jeden Preis Millionär werden. Kann ja jeder sagen, höre ich schon alle Pessimisten ausrufen. Aber er hat es geschafft. Heute verdient er mit dem Nahrungsergänzungspulver Herbalife[28] ein Vermögen. Wohl verstanden, ohne zu arbeiten. Ich liebe solche Spinner, die man in keine Schublade stecken kann, die ihr Ding durchziehen und ihre eigene Show selbst finanzieren. Freilich nur so lange, wie ich nicht mit ihnen leben muss.
Eines Tages rief er mich an und fragte mich, was ich so triebe. Wir waren „alte Sannyasins", jung, aufmüpfig, dynamisch und voller Tatendrang. Wir hatten kein Geld, aber Ideen – und davon mehr als genug. In unserer Begeisterung über all das, was wir erreichen wollten, redeten wir gleichzeitig aufeinander ein wie junge Lausbuben, die sich gegenseitig mit ihren heimlichen Streichen zu überbieten versuchen. Als er wieder einmal zwischen zwei Flügen einen Moment Zeit hatte, besuchte ich ihn in seinem Häuschen in Dübendorf und wir verbrachten eine Nacht damit, Ideen und Strategien auszuhecken, wie wir an Geld kommen könnten. Ich, das künstlerische Multitalent, er der ideale Aufreißer und Verkäufer. Das perfekte Team!

Wir waren beide zufällig zur rechten Zeit am richtigen Ort mit der zündenden Idee. Kurz vor unserem Durchbruch zum Millionär.
Er wurde mein Manager. Und schon sprühte es aus ihm heraus: Er kenne Hinz und Kunz, Seriöse und Dubiose, Promis und Nobodys, Geschäftsleute, Politiker rund um den Globus, und er habe da auch schon eine Idee. Eine Bekannte von ihm, die Amerikanerin Laura Mc. Harsen, Tochter eines Anwalts, habe da vielleicht Beziehungen zur Kunstszene in Chicago und New York. Da könnte er doch eine Ausstellung für mich organisieren.
„Ja, ist ja gut, aber wie willst du denn das machen? Transport, Zoll, das kannst du doch alles nicht bezahlen. Jetzt mach mal halblang!"
Ich kam mir neben ihm wie ein engstirniger Emmentaler Buchhalter vor, als ich es wagte, eine kurze Lücke in seinem Begeisterungssturm zu nutzen, um auch meine Einwände anzuführen.
„Ja, lass mich das nur machen."
Und das tat ich denn auch. Das „leider" schlucke ich jetzt mal herunter, denn schließlich hat ja alles einen ganz bestimmten Sinn, und der bestand darin, dass es unter dem Strich nichts brachte, aber wahnsinnig viel Spaß machte. Diese Story würde alleine ein Buch füllen.

Die Kurzversion geht so:
Wir nannten es das MEDORA-MULTIZWECK-WOHNELEMENT. Unbeschränkt miteinander kombinierbare Kuben, mit denen man Regale, Tische und sogar Hocker gestalten konnte.

1992 gründeten wir ein Joint Venture, bestehend aus Arno, diesem Paul Mc. Harsen, dem amerikanischen Anwalt aus Chicago, den wir als Vertrauensmann in Sachen Recht einsetzten, weil wir davon keine Ahnung hatten, und meiner Wenigkeit. Der Wahnsinn an dieser Story ist, dass sie tatsächlich wahr ist. Harsen machte den Vertrag, Arno fand tatsächlich einen Geldgeber, der eine Million locker machte, und schon bald saßen wir im Flieger nach Warschau und fuhren eine gefühlte Ewigkeit lang durch trostlose und verlassene Ebenen in die heruntergekommene

Fabrik in Biała Podlaska, wo die ganze Belegschaft mit erwartungsvollen Blicken vor einem Berg Prototypen stand, die wir daselbst produzieren ließen. Trauriges Fazit: Wir erfuhren erst, als es zu spät war, dass sich Harsen im Vertrag einen Anteil von 51 Prozent und so die Stimmenmehrheit verschafft hatte. Er hat sich in Luft aufgelöst, der Geldgeber hat sich umgebracht und die armen Polen tun mir heute noch leid, denn die haben ihr Geld wohl nie wiedergesehen.
Ich jedenfalls möchte nicht in der Haut dieses Mc. Harsen stecken, denn der wird wohl keinen so guten Schlaf mehr haben. Wer weiß, denn „es gibt nichts, was es nicht gibt", hat Adolf, mein Großvater, immer gesagt.

Wenn ich in meinen Tagebüchern dieser Jahre blättere, finden sich da noch viele solcher Geschichten. Es ist schwierig, eine Auswahl zu treffen, weil viele gut sind. Eine davon ist wie aus dem Drehbuch eines italienischen TV-Krimis und so grotesk, dass ich sie hier zum Besten geben möchte:

Beretta, ein Liegenschaftenhändler, den ich auf meiner Suche nach Grundstücken und Häusern im Tessin kennengelernt hatte, sollte um ein Uhr in mein Atelier kommen, um sich meine Bilder anzuschauen. Ein unheimlicher Typ. Ich bat ihn, ob er nicht etwas später kommen könne, da ich noch in der Nähe etwas Kleines zu essen gedächte, doch er gab den beschäftigten Geschäftsmann, der Gescheiteres zu tun habe, als sich mit den Launen irgendwelcher Künstler herumzuschlagen. So als wollte er signalisieren, dass ich ihn ja wohl nötiger habe als er mich. Er kam, aber mit zwei Stunden Verspätung. Inzwischen rief er mich vom Wagen aus an. Er habe sich verspätet und werde gleich erscheinen. Vor drei Uhr stand ich draußen an der Rampe, um ihn zu empfangen, was ich immer tat, wenn mich jemand besuchte. Plötzlich bog am Ende der Binzstraße ein Rolls-Royce um die Ecke. Schwer, unglaublich wichtig, aber auch bedrohlich näherte sich diese Protzkarosse, und meine ungute Ahnung, dass das Beretta sein könnte, erwies sich als richtig.
Als er näher kam, hielt sein Wagen vor der Rampe und ich sah, dass

er den Wagen nicht selbst steuerte, sondern sein Chauffeur. Die Herrschaft saß breitspurig hinten im Fond mit einer Zigarre im Mund und Stylingcreme im pechschwarzen Haar. Als die Wagentüre vom Butler geöffnet wurde und Beretta dem Fond entstieg, dachte ich kurz an einen sizilianischen Mafiaboss aus einem drittklassigen Italo-Streifen.
Nach einer gespielt freundlichen Begrüßung wagte ich, ihn zu bitten, ob er nicht seinen Wagen woanders parken lassen könne, denn hier sei es nicht erlaubt:
„Wer sagt das? Ich parke, wo ich will. Schick die Knöllchen einfach an mich. Ich mach das mit den Bullen nicht zum ersten Mal. Das kannst du mir glauben."
Was ich zweifellos tat, nur konnte ich mich nicht erinnern, dass wir uns schon geduzt hatten. Doch das ließ den feinen Herrn sichtlich unbekümmert und der Rolls-Royce blieb da stehen, wo er zu stehen hatte.
Als wir im großen, ratternden Warenlift stumm nach oben fuhren, entdeckte ich an den Hüften des Butlers eine Knarre. Ich traute meinen Augen nicht. Mir stockte der Atem und Schweiß lief mir über die Stirn.
„So, und wo ist jetzt dein Laden?"
„Wir sind gleich da!", sagte ich mit zittriger Stimme und ließ mir nichts anmerken.
Er und sein Gorilla betraten mein Atelier, und in diesem Moment wusste ich, dass das keine gute Idee gewesen war. Ich merkte, wie ich mir gerade von diesen zwei Idioten mein Allerheiligstes beschmutzen ließ. Heute würde mir das niemals mehr passieren. Es käme nicht einmal dazu. Aber damals war ich eben noch naiv und machte vieles in der Hoffnung, Bilder zu verkaufen.
Das Einzige, was ich tun konnte, war, die Besichtigung so schnell wie irgend möglich über die Bühne zu bringen.
An einen Spruch von Beretta kann ich mich noch erinnern. Mit einem zweideutigen, fiesen Grinsen sagte er:
„Weißt du, ich suche ein Bild für meine Süße. Die hätte schon lange gerne einen Meister ‚über' ihrem Bett. Ha, ha, ha!"
Was für ein Brüller!

Das Leben inszeniert sehr gut, denn diese traurige und erniedrigende Geschichte passte irgendwie in mein Stimmungsbild.
Man schrieb das Jahr 1993. Ich war in dieser Zeit oft niedergeschlagen. Alles lief zähflüssig und der ersehnte Erfolg ließ auf sich warten. Einmal mehr stellte ich mir die alte Frage:
„Was mache ich hier eigentlich?"
Während andere einem ordentlichen Beruf nachgehen, Familie haben, sich ein Haus leisten können, verplempere ich meine Zeit mit Illusionen. Zum ersten Mal zweifelte ich sogar an Osho. Führte der uns alle an der Nase herum? War ich da einem Scharlatan in die Fänge geraten? Außerdem kam nun immer mal wieder Amrit zu Besuch. Auch wenn er mich damals bei der Entstehung meines ersten Buches „Der kreative Funke – Handbuch für Kreativität und Lebenskunst"[37] tatkräftig unterstützte, machte mir dieses Dreieck am Anfang doch mehr zu schaffen, als ich dachte. Ich erschrak fast zu Tode, als ich mich beim Anblick eines Messers auf dem Küchentisch plötzlich dabei ertappte, wie ich meinen Nebenbuhler damit erstechen würde.
Auch in unserer Beziehung stellte ich mir dieselbe Frage; und als ich in einem Gespräch mit Tamara den Sinn unseres Experiments ernsthaft infrage stellte, meinte sie nur kurz und trocken:
„Kennst du eine Alternative?"
Ich dachte lange nach, ließ all diese „normalen" Ehepaare, die ich kannte, Revue passieren und kam zu dem Schluss, dass Tamara mit dieser klugen Antwort ihrem Namen voll und ganz gerecht wurde. Auf die Alternativen, die sich mir boten, verzichtete ich gerne. Mit neuem Mut ließ ich mich also weiterhin nicht nur auf mein Ideal der wahren Liebe, sondern tapfer auch auf jenes des freischaffenden Künstlers ein, bis ein weiteres Wunder geschah.

Als ich mich in der Abgeschiedenheit meines Ateliers noch einmal entschloss, alles zu geben, und mich in aller Stille erneut ans Kunst-Werk machte, kam plötzlich, als ich es nicht mehr erwartete, der schicksalshafte Anruf von Daniel Kielholz, meinem späteren Hauptgaleristen, den

ich schon seit Jahren mit Anfragen bedrängt hatte. Mit ihm und seiner renommierten Galerie in bester Lage in Zürich begann meine Laufbahn als professioneller Maler. Diese Galerie war ein Geschenk des Himmels, welches mich noch heute mit Dankbarkeit erfüllt. Es waren gerade die goldenen Jahre im Kunstmarkt. Wir verkauften gut, sodass sich auch mein Lebensstil veränderte und ich endlich meiner Neigung zu schönen Dingen und Luxus etwas nachgeben konnte.
Dazu gehörte mein Renault Trafic, ein hoher, geräumiger Lieferwagen, mit dem ich meine Galerien und Kunden besuchen und Bilder von bis zu zwei Metern transportieren konnte.

Meine weltliche Bühne strahlte in hellem Licht und ich erkannte: Wer auch immer Osho wirklich war, was immer die Klatschpresse über ihn und seine Kommunen für Unwahrheiten verbreiten mochte, um die Auflagen zu steigern, für mich zählte nur eines – welche Wunder Osho und Alan Greene in meinem Leben bewirkten. Was kümmerte mich die Ursache, wenn die Wirkung meinem Leben Bewusstsein, Tiefe und Kraft verlieh.
Sogar wenn all die Intrigen, Gerüchte und Geschichten, die sich um diesen Mann rankten, wahr gewesen wären – so what! Für mich würde sich überhaupt nichts ändern, denn eines hatte ich begriffen: Wenn du wirklich wissen willst, wer du bist, kann sogar ein Verrückter, ein Krimineller oder der größte Vollidiot dein Lehrer sein. Einfach deshalb, weil du dann alles und jedes als Chance nutzt, um aufzuwachen.

Wie auch immer. Eines stand fest: Osho und Alan waren an meinem Erfolg als Kunstmaler nicht unbeteiligt, hatte ich doch durch sie gelernt, ganz meiner Energie zu folgen und meiner Intuition zu vertrauen. Durch die Tatsache, dass ich selbst bewusster und reifer wurde – gepaart mit einem starken Durchhaltewillen und jahrelanger technischer Erfahrung –, haben auch meine Bilder, glaube ich, immer mehr an Echtheit gewonnen.

Trotz der anfänglichen Schwierigkeiten entwickelte sich eine Männerfreundschaft zwischen Amrit und Christian. Wenn die drei anlässlich der gelegentlichen Besuche des „Dritten im Bunde" zusammensaßen, wurde diskutiert über Gott und die Welt und immer wieder neue Ideen und Projekte ausgeheckt. Eines aus dieser Kreativwerkstatt ist Maiwalds erstes Buch „Koans", das die beiden herausgegeben haben. Texte und Bildbetrachtungen von Amrit[58]:

„Was ist ein Koan? Koans sind Rätsel, die von den japanischen Zen-Mönchen erfunden wurden. Sie können mit dem Verstand nicht gelöst werden: ‚Höre das Klatschen einer einzelnen Hand' heißt eines von ihnen. Sie dienen dazu, über den Verstand hinauszuführen, um die Bereiche zu erschließen, die sich dahinter auftun.
Die Bilder von Christian Maiwald erschließen sich ebenso wenig über den Verstand – sie sind gemalte Koans. Man kann sie nicht ‚einordnen'. Der Versuch, sie zu analysieren, führt genau in die gleiche Klemme wie der Versuch, das oben genannte Rätsel mit dem Verstand zu lösen. Aber sie öffnen eine Tür zu einem Weg nach innen. Das ist ein Weg, der sich durch eine andere Betrachtungsweise erschließt – zu fragen: Was ist dahinter? Was ist das Wesentliche?
Die Bilder bieten einen Anreiz, eine Inspiration, eine Verlockung – und eine Art Gefäß für das, was darüber hinausgeht. Sie sind Formen für das, was nicht gemalt werden kann und trotzdem da ist. Das ist paradox, aber es funktioniert, wenn man sich darauf einlässt. Sie bilden eine Verbindung zu den intuitiven Bereichen, die jeder Mensch in sich selbst enthält. Insofern verschwindet der Malende hinter dem Gemalten, und was bleibt, ist die Gemeinsamkeit jener ursprünglichen Kreativität von Maler und Betrachter. Manchmal geschieht es, dass diese Resonanz entsteht. Aber sie entsteht nicht aufgrund gemessener, berechenbarer Formen, sondern gänzlich irrational, intuitiv, ohne dass der Verstand zu Hilfe

kommen kann – oder man wendet sich unberührt ab, kopfschüttelnd und ohne Resonanz. Die Frage, was ‚Kunst' ist, was ‚gut' oder ‚schlecht' ist, löst sich hier auf einfache Weise auf: Entweder bringt ein Bild etwas zum Klingen oder nicht. Was dahinter wirkt, ist dann nicht Kunstfertigkeit, sondern ein Gleichklang zwischen Bild und Betrachter, eine gemeinsame Wellenlänge der Energie, die zur Berührung führt.
Insofern machen die Bilder keine ‚Aussagen', sondern sie führen zu Erfahrungen. Deshalb brauchen sie auch keine Titel, denn jeder macht eine andere Erfahrung damit.
Die Bilder haben eine subtile Kraft, die manchmal erst nach und nach zu wirken beginnt. Sie äußert sich darin, dass etwas einen Weg zum Betrachter findet und dort hängenbleibt – ein Detail, eine Farbnuance, ein Schwingen."

Dieser einfühlsame Text macht klar, wie sehr Amrit Maiwalds Bilder, vor dem Hintergrund ihrer gemeinsamen Erfahrung bei Alan Greene, verstand, und welches Geheimnis Kunst in Maiwalds Augen innewohnen sollte.

Mit Kielholz, seinem Galeristen im Zentrum von Zürich, diesem kleinen, aber feinen Kunstkatalog und dem eigenen Bus hatte unser Protagonist alles, was eine professionelle Karriere als Kunstmaler erleichtert. Während Kielholz das ganze Jahr hindurch Maiwalds Werke vertrat und regelmäßig verkaufte, folgten nun auch Ausstellungen in der ganzen Schweiz.
Zusammen mit dem regelmäßigen Einkommen als Zeitungsausträger und Zeichenlehrer an einer Zürcher Kunstschule bescherten Maiwald die goldenen Jahre ein ausreichendes Einkommen und ermöglichten ihm weitere sechs Jahre kontinuierlichen, stillen Schaffens. Während Tamara in ihrem Kindergarten die Stellung hielt, fuhr Christian täglich über die Bellevuebrücke in Richtung Enge durch den Tunnel in das abgelegene Industrieviertel in sein kleines Atelier am Rande der Stadt und am Abend wieder zurück in die gemeinsame Wohnung.

Hochmotiviert durch den anhaltenden Verkauf meiner Bilder arbeitete ich in meinem Atelier ohne Rücksicht auf Gewinne oder Verluste. Bis auf eine Kleinigkeit hatte ich alles recht gemacht. Da ich das Geld nun nicht mehr dringend brauchte, kündigte ich meine Zeitungstour. Das war ein Fehler. So sehr ich mich auch bemühte, sie fehlte mir. Mein ganzes Körper-Geist-System hatte sich an diese wohltuende Bewegung in den frühen Morgenstunden gewöhnt. Ich rief also dort wieder an, ließ mir in der Nähe unserer Wohnung eine schöne Tour inmitten von Villen und Parkanlagen geben und nahm meine etwas andere Morgenandacht wieder auf.

Patio – Stirb und werde: Klappe, die zweite

Die Landung glückte und so war es ganz natürlich, dass jener Tag kommen musste, an dem die Reise zwar nicht zu Ende ging, aber das Fahrzeug der Lehrer-Schüler-Beziehung nicht mehr gebraucht wurde und wie eine reife Frucht von mir abfiel.

Wenn ich meine Lehrer recht verstanden hatte, sollte man diesen Absprung nicht verpassen, wie Osho in „Zen – Its History and Teachings" sehr schön beschreibt:

„Rinzai Gigen, ein Zen-Meister des neunten Jahrhunderts, geht so weit zu sagen: ‚Wenn du Buddha triffst, töte ihn'. Dies ist kein Aufruf zum Mord; es geht vielmehr um das innere Ausmerzen jeglicher Konzepte, die das Ich im Laufe des Lebens angehäuft hat. Nichts soll bleiben, kein Boden unter den Füßen, nichts, das einen trügerischen Halt gewährt. Nur so – im Loslassen, im freien Fall – ist laut Rinzai Befreiung möglich. Vorstellungen, Dogmen und Konzepte geistern in Form von inneren ‚Bildern' in uns herum, beeinflussen unser Denken und Tun und verdecken

unser wahres Selbst. Weil sie unsere Wahrnehmung behindern, müssen diese Bilder aufgelöst werden. Dies ist ein psychologischer Prozess im Zen-Buddhismus, der zu innerer Souveränität und somit in die Freiheit führt."

Es geschah 1994 auf der Finca anlässlich einer großen Geburtstagsparty für Alan. Ich flog alleine nach Almería. Es sollte meine letzte Reise dorthin werden.

Der Anblick des Habibs war nicht mehr so vertraut wie damals, als uns dieser unvergessliche Aufenthalt noch bevorgestanden hatte. An jenem milden, etwas trüben Herbsttag war jene Zeit bereits Vergangenheit, und mit dieser zeitlichen Distanz betrachtete ich auch die Szenen, die sich uns im Haus darboten.

Der Patio war reich geschmückt. Schöne Frauen streuten Rosenblätter vom ersten Stock auf uns herab. Überall strahlende Gesichter, verliebte Paare, Männer und Frauen in liebevoller Umarmung. Eigentlich hätte das die Krönung meines spirituellen Werdegangs sein können. Immerhin gehörte ich zum innersten Kreis dieser wunderbaren Gemeinschaft. Doch so richtig gute Stimmung wollte nicht aufkommen. Ich saß da auf demselben arabischen Stuhl in der Ecke des Kreuzgangs wie damals am ersten Tage meiner Ankunft und fühlte mich als Fremder. Irgendwie war das wieder eine Egofalle. Nur diesmal saß ich in der spirituellen Ecke fest, in der subtilen Annahme, dass ich etwas Besseres wäre als die gewöhnlich Sterblichen da draußen. Da diese nun irgendwie auch zutraf – immerhin besaß ich mittlerweile ein viel klareres Bewusstsein und führte ein freieres, selbstbestimmteres Leben als die meisten Menschen –, war diese Verblendung um einiges schwerer zu durchschauen und noch viel schwerer anzunehmen als die plumpen Tricks der weltlichen Versuchungen.

Ich wollte aber die Reise um jeden Preis zu Ende gehen und nicht das weltliche durch ein spirituelles Ego ersetzen, was ich auch eindeutig als die Botschaft meiner Lehrer begriff. Ich wollte den Absprung schaffen und nicht hängen bleiben wie so viele hier. Das tat verdammt weh, weil

es diesmal keine Alternative mehr gab und nun nur noch jene bekannte, viel zitierte Leere übrig blieb, von der „spirituelle Menschen" immer reden, aber die wir dann so sehr fürchten, wenn sie eines Tages vor uns steht und wir in ihren Abgrund blicken.
Dieses Haus war mir zur zweiten Heimat geworden. Ich hatte hier so viel investiert. Hier wurde mir so viel geschenkt. Nun musste ich Abschied nehmen.
Am Ende dieser wunderbaren Feier der Sinne fragte mich jemand, was mich denn so traurig mache.
Ich antwortete nur kurz und klar:
„Es ist Alans Fest."

ABEND/HABIB/INNEN

Auf meinem Zimmer schreibe ich in mein Tagebuch:
„Ich kann es nicht fassen! Hier ist ein Paradies. Wie lange habe ich von so einem Ort geträumt und dennoch scheint mir immer noch etwas zu fehlen. Warum bin ich inmitten meines Traumhauses so traurig?
Dieses Paradies ist das Werk eines anderen."
Ich hatte an diesem aufregenden Platz zwar gefunden, was ich suchte, aber als Kreativer wollte ich, wie er, auch etwas Sichtbares im Außen erschaffen. Die Schöpferkraft und Leidenschaft, die durch die Entdeckung meines Selbst in mir aufblühte, suchte dringend in der Welt ihre ureigenste Ausdrucksform.
Wo ist der Traum von meinem eigenen Grund und Boden geblieben? Dieses Königreich ist geborgt. Ich bin erneut abhängig. Alan erinnerte zwar an unseren gemeinsamen Ursprung und dass wir letztlich alle eine Einheit seien. Doch er betonte auch immer wieder, wie wichtig es sei, dass wir uns gleichzeitig auch auf der weltlichen Ebene zu ganz persönlichen Individuen entwickeln sollten.
ES ist kein Entweder-oder. Entweder die Welt oder das Kloster. Die Wahrheit ist sowohl als auch. Ich sage, dass beides sich bedingt. Das heißt, dass ich erst wirklich lebendig und kreativ sein kann, wenn ich das Zentrum meiner Kraft entdeckt und aktiviert habe.

ES war so weit. ES war aktiviert.
ES rumorte in mir.

Mein Gott, ich bin Künstler! Ich habe mir in den vier Jahren meinen eigenen Laden aufgebaut. Ich kann hier nicht länger rumhängen. Ich will meinen eigenen Tonklumpen kneten und daraus mein eigenes Geschirr drehen. Ich will mein eigenes Geld verdienen. Ich will frei sein sowohl von weltlichen als auch von spirituellen Konzepten. In diesem Moment muss es mir wohl entgangen sein, dass alle wirklichen Meister von nichts anderem sprachen. Ich rannte offene Türen ein, kämpfte gegen Schatten, doch es war wichtig zu rebellieren, um mich von meinen Lehrern zu lösen.
Eines Tages, als mich diese heiligen Gesichter und die vegetarische Kost auf der Finca zu langweilen begannen, verspürte ich plötzlich eine unwiderstehliche Lust auf ein saftiges Steak. Diese Sünde wollte jetzt begangen werden. Ich sagte zu mir: „So, Maiwald, jetzt machen wir Party. Es mag ja sein, dass wir über die Enge der persönlichen Gier hinauszuwachsen aufgefordert sind, aber wenn die Gier noch so viel Spaß macht, dann kann Sünde so schlecht nicht sein."
Trotzig und fest entschlossen machte ich mich auf den Weg.
Ein Windstoß zerzauste mein Haar. Ich drehte mich einmal um meine eigene Achse und holte tief Luft.

In der Arabiabar genoss ich die wiedergewonnene Freiheit und bestellte ein saftiges Steak mit Pommes. Jawoll, und noch ein großes Glas Wein. Genau. In diesem Moment war er für einen Moment zurückgekehrt, der alte Christian Maiwald, und ich fühlte Mitleid und war imstande, mir zu verzeihen und mich von Herzen gern zu haben. Ich dachte: Wenn tatsächlich alles Gott ist, dann bin es sogar ich – der, der gerade dabei ist, all seine Vorsätze mit gesunder Ernährung über Bord zu werfen. Mein Gott, tat das gut. Einen Moment lang glaubte ich, dass ich Osho sah, wie er mir von Mann zu Mann zulächelte, und ich begriff, was er meinte, wenn er vom neuen Menschen sprach.

Ich bin beides: Mensch und Gott. Sterblich und unsterblich. Welt und Geist. SORBAS THE BUDDHA.

Nach einer Weile ging die Türe auf und Alan betrat die Bar. Bestellte einen Cognac und sagte zu mir:

„Schmeckt's?"

„Oh ja, einfach köstlich!"

Ich hatte überhaupt keine Lust, mich zu verstellen und den devoten Jünger zu geben. Ich wollte einfach ich selbst sein, ob weltlich oder spirituell war mir in diesem Moment scheißegal. Dann erhob ich triumphierend mein Glas und prostete ihm zu:

„Auf dein Wohl, Alan!"

Alan kam an meinen Tisch und sagte:

„Steht dir gut, Cristiano. You've got it!"

So unerwartet sie waren, so schmeichelten seine Worte meiner Seele. Ich war also okay so, wie ich war.

Ich saß meinem Lehrer auf gleicher Höhe gegenüber. Wir sprachen von Mann zu Mann. Ich war spirituell erwachsen geworden.

An meinem letzten Tag im Habib wollte ich mich noch einmal auf meinen arabischen Stuhl im Innenhof setzen, um Abschied zu nehmen. Ich pflückte im Vorbeigehen eine kleine Knospe aus einem Topf, setzte mich und fühlte mich wie ein König auf dem eigenen Thron. In dem Moment, als ich mich setzen wollte, kam die neue Verwalterin, die ich noch nicht kannte, gelaufen und belehrte mich in einer leicht gereizten Tonlage:

„Bitte setz' dich nicht auf diesen Stuhl!"

„Aber, was soll das?", fuhr es aus mir heraus.

„Der gehört Alan!"

Ich stand auf und war richtig sauer. Außerdem sah ich all diese mittelmäßigen Kritzeleien von Alan, die hier wie große Kunstwerke überall an den Wänden hingen, während ich meine Malerei zu Hause vernachlässigte.

In diesem Moment vernahm ich eine bodenständige innere Stimme in gutem urigen Berndeutsch, die wohl jene meines Großvaters Adolf war:

„So, Maiwald, mir gö hei." – „So, Maiwald, wir gehen nach Hause."

Es war mir alles scheißegal. Und das war der Schlüssel. Ich war leer, ohne Absicht, das heißt FREI.
Ich stieg die Treppe hoch, durchquerte den oberen Kreuzgang, öffnete die Türe zu meinem Zimmer, packte in aller Ruhe meine Sachen, kehrte dann zur Treppe zurück und als ich unten in der Eingangshalle ankam, begegnete ich Alan.
„Where are you going, Veet Bhram?"
Was ich dann sagte, zaubert mir noch heute ein Schmunzeln auf mein Gesicht:
„I came totally, and I go totally." – „Ich kam ganz und gehe ganz."
Ich mache keine halben Sachen.
Am Portal drehte ich mich noch einmal zu ihm um. Alan stand noch da und blickte in meine Richtung, so als wolle er sich verabschieden.
Eine unvergessliche Szene:
Seine blauen Augen waren voller Liebe.

Tamara stand am Flughafen und nahm den leicht wehmütig wirkenden Christian in Empfang. Ja, Maiwald kehrte mit einem weinenden, aber auch mit einem lachenden Auge in sein eigenes Leben zurück. Hatte er doch, allen inneren Widerständen zum Trotz, den Absprung geschafft. Zu Hause, bei einem Glas Wein, ließ das Paar die Highlights und die unvergesslichen Momente dieser intensiven Zeit im Habib noch einmal aufleben.
Mit dem Wissen, dass das, was mit ihnen dort geschehen war, ihnen niemand mehr nehmen konnte, schliefen die beiden friedlich ein.

3. Akt: Einfach sein

Erntezeit

Sei du selbst.
Alle anderen Möglichkeiten
sind bereits vergeben.
Oscar Wilde

INNEN/ATELIERHAUS/TAG

Am 4. März 1998, anlässlich meines fünfzigsten Geburtstages, ist es so weit. Zehn Jahre nach meiner Rückkehr aus Andalusien stehe ich unter dem Oberlicht meines eigenen Atelierhauses. Innerlich und äußerlich reich – und sprachlos.

Es ist Erntezeit.

Ich bin auf meiner spirituellen Expedition nicht lebensfremd geworden, was manche gemeinhin zu befürchten geneigt sind, weder bin ich in einer frostigen, feuchten Zelle eines Klosters vermodert noch einer ausbeuterischen Sekte zum Opfer gefallen. Im Gegenteil. Die Erweiterung meines Bewusstseins hat aus mir – wenn auch ganz am Rande unserer Gesellschaft – einen vollwertigen, selbstbestimmten Menschen gemacht. Nicht abgehoben, sondern aufgehoben. Ich habe begriffen: Es geht nicht darum, auf dem Wasser zu wandeln, sondern auf dieser Erde zu gehen, im Einklang mit allem, was IST. Es geht nicht darum, jemand oder niemand zu werden. Einfach nur zu sein, der ich bin, ist mehr als genug.

Zum ersten Mal bin ich in meiner Mitte, fähig, einfach ich selbst zu sein – und merke noch gar nicht, dass ich soeben begonnen habe, wirklich zu leben.

Die hohe Fensterfront öffnet sich dem milden Licht des kühlen Vorfrühlingstages. Es ist fast so, als würde mir das Leben mit einem Lächeln im Mundwinkel zuzwinkern und sagen:
„You got it!“

Maiwald erkannte mit aller Deutlichkeit, dass sich die Blumen in seinem Lebensgarten wohl niemals geöffnet hätten, wenn er die Verantwortung nicht übernommen und den Glauben an sich selbst nicht gepflegt und genährt hätte. All der Mist und die Fehler, die er begangen hatte, wurden zum Nährboden seiner Selbstverwirklichung. In diesem Sinne waren seine Träume keine Illusionen, sondern eröffneten ihm den Zugang zu seinem schöpferischen Selbst. In jener Zeit, als er endlich auf seinem eigenen Grund und Boden stand, war ihm klar: Nichts ist umsonst. Jeder Irrtum ist ein Schritt zu sich selbst. Jetzt konnte er ernten, was er gesät hatte, und fand endlich die Zeit, mit diesem Buch, das Sie hier gerade in Ihren Händen halten, zu beginnen.
Aber davon später. Lassen Sie Maiwald zuerst erzählen, wie er und Tamara überhaupt zu diesem Haus gekommen sind:

RÜCKBLENDE

Da ich in unserer kleinen Wohnung in Zürich immer mal wieder aus alter Gewohnheit die Immobilien-Angebote durchblätterte, entdeckte ich eines Morgens beim Frühstück ein Inserat des renommierten Architekturbüros Neuenschwander, das sich aus dem Vater Eduard und seinem Sohn Matthias Neuenschwander zusammensetzte und vor allem durch die zwei Meisterstücke des Vaters, die Kantonsschule Rämibühl und den Irchelpark Zürich, einen Namen gemacht hatte. Das Inserat für die Atelierhaus-Überbauung, in der wir heute wohnen, wurde vom Sohn Matthias Neuenschwander in Auftrag gegeben. Es war groß, illustriert

und schon mit Planskizzen versehen und weckte sofort unsere Neugier. Mein uralter, schon fast vergessen geglaubter Haustraum setzte sich an jenem Morgen völlig überraschend zu uns an den Tisch und grinste triumphierend:
„Hallo, kennst du mich noch? Das ist genau das Richtige für euch. Auf dem Konto ist euer Erspartes. Wie wär's, kommen wir da zusammen?"
Wie aus einem Munde brach es aus uns heraus:
„Das ist es!"
Wir vereinbarten mit dem Architekten Matthias – von allen Matti genannt – einen Besichtigungstermin auf dem Grundstück nahe dem Wald. Ich wusste genau, wo das war. An jener Stelle nämlich, an der ich während meiner Lehrzeit als Konfektionsverkäufer täglich mit meinem Moped vorbei nach Zürich gefahren war und mir schon damals hatte vorstellen können, hier in dieser Waldlichtung im eigenen Haus zu wohnen.
Endlich hielt ich richtige maßstabsgetreue Pläne in meinen vor Vorfreude zitternden Händen.
Wir kauften zwei Ateliers und schlossen diese zu einer Einheit zusammen.
Das Haus wurde zum perfekten architektonischen Ebenbild dessen, was wir uns unter einer funktionstüchtigen Beziehung vorstellten: spirituell zusammen und im persönlichen Ausdruck unabhängig und selbstbestimmt.
Ich nutzte die Gunst der Stunde und brachte meine Skizzen und Ideen mit in die Planung ein. Mattis Widerstände hielten sich erfreulicherweise in Grenzen, denn er musste neidlos zugeben, dass einige davon gut waren, immerhin so gut, dass sie später auch von anderen Bauherren übernommen wurden. Wir fügten noch zwei Arbeitsräume im Untergeschoss hinzu, die nicht vorgesehen waren. Die Lösung war einfach. Indem wir das Untergeschoss wie eine Schublade unter dem Erdgeschoss einen Meter nach Süden hervorzogen, ergaben sich ganz einfach zwei Öffnungen für die Oberlichter und damit ein ideales Atelier.
Im Ost-West-Schnitt weisen die beiden aneinandergebauten, im Grundriss jedoch seitenverkehrten Haushälften drei Ebenen auf. Im Unterge-

schoss befinden sich mein Atelier und Tamaras Meditations- und Therapieraum. Die Wohnhalle im Erdgeschoss mit Küche, WC und der offenen Galerie wird von einer nach Süden ausgerichteten, sechs Meter hohen Fensterfront erhellt, welche dem Haus den typischen Loftcharakter verleiht.
Der Nord-Süd-Schnitt zeigt ein steiles Pultdach, an dessen tiefster Stelle ein weiteres Oberlicht den Luftraum zwischen Galerie und Erdgeschoss im Norden erhellt.
Was in der Planung nun noch fehlte, ist unschwer zu erraten. Was wohl? Der Innenhof. Allerdings dauerte es sehr lange, bis ich mich traute, diesem unbescheidenen, um nicht zu sagen für meine Verhältnisse größenwahnsinnigen Wunsch Ausdruck zu verleihen, denn in meinen schlaflosen Nächten hörte ich schon die Unkenrufe meiner Widersacher:
„Vergiss es! Das ist unmöglich! Viel zu teuer!"
Doch die Lösung ließ nicht lange auf sich warten. Ich sah schon beim ersten Betrachten der Pläne, lange bevor ich davon sprach, die verborgene Möglichkeit eines Kompromisses. Wenn wir nämlich eine U-förmige Mauer zwischen der Südfront und der Straße bauen würden – das sind immerhin sieben Meter – ergäbe sich auf diese Weise zwar kein richtiger umbauter, aber dennoch ein halber Innenhof von gut und gerne sechzehn mal sieben Metern.
So reifte nicht nur mein inneres Werk an meinem Bewusstsein, sondern gleichzeitig auch das äußere auf unserem Grundstück seiner Vollendung entgegen. Während der einjährigen Bauzeit gehörte es zu unseren Lieblingsbeschäftigungen, mit dem Bankkredit in der Tasche den Weg über den Zürichberg durch den Wald in Richtung des Neubaues anzutreten, um den Stand der Dinge auf der Baustelle zu begutachten.
Ich liebe Baustellen, weil dort etwas Neues entsteht. Es sind Plätze des Aufbruchs, des Neubeginns und der Selbstverwirklichung. Der Ort, wo das Werk Gestalt annimmt. Nirgends wird das schöpferische Prinzip so klar wie auf einer Baustelle. Man muss sich die Hände schmutzig machen, mit der trägen Materie ringen und sie schließlich überwinden. In diesem Sinne betrachtet, ist das ganze Leben eine Baustelle.

Wir warteten immer gespannt auf den Moment, wenn wir am Ende der Nussbaumstraße aus dem Wald traten und uns einmal mehr an dem Anblick des Rohbaues unseres neuen Zuhauses erfreuen durften. Es war eine große Sache, aufregend, unglaublich, dass es uns vergönnt war, in dieser exklusiven Lage bauen zu dürfen. Ein Geschenk des Himmels, das es bis heute geblieben ist. Auf dass das Haus uns auch in Zukunft Gesundheit, Glück und Erfolg bescheren sollte, benutzten wir als ehemalige Esoteriker mit einem Hang zum Aberglauben ein Ritual, in dem wir überall auf den noch feuchten Beton des Hausfundamentes Reis und die Papierkopien von Hunderter- und Tausendernoten verstreuten. Offenbar hat das Ritual Wirkung gezeigt.
Was uns immer amüsiert, ist die Tatsache, dass unser Haus überhaupt keine Aussicht nach außen bietet. Wir sehen durch die Oberlichter nur den Himmel und sichern uns so den Kontakt nach oben. In diesem Sinne genießen wir, wie es die Makler zu sagen pflegen, in der Tat eine „absolut unverbaubare Lage“, nur eben in einem etwas anderen Sinne. Es ist vielleicht nicht ganz mein Traumhaus, wohl etwas eigen und komisch wie wir selbst, ein Kompromiss. Die Treppen gerieten etwas gar zu steil und das Fenster in der Betonwand, durch das man das Meer sieht, ist nur gemalt.
Doch der Brunnen, an dem meine Mutter als Kind gespielt hatte, ein Überraschungsgeschenk meines Vaters, ist echt. Die genaue Tonqualität des Wasserstrahls verlangte manche Proben. Es hat lange gedauert, bis der Klang des Plätscherns mich an den Brunnen des Habibs in Carboneras erinnerte. Um mein Sounddesign zu perfektionieren, band ich eine Schnur in den Wasserstrahl, sodass das Plätschern sanfter tönte. So war der Klang in Ordnung und mehr nach innen gerichtet – und bei geschlossenen Augen und etwas Fantasie konnte man tatsächlich glauben, man würde sich in einem verwunschenen andalusischen Innenhof befinden.

Es wurde unsere „Lebenskunstwerkstatt“ und in diesem Sinne ein Experiment. Ein Gleichnis für jede künstlerische Gestaltung. Idee und Umsetzung, Ideal und Wirklichkeit sind selten deckungsgleich. Darum ging

es nicht. Wichtig dabei war alleine nur, dass ich unermüdlich versuchte, meinem Traum ein Gesicht zu geben. Das ist uns, wohl verstanden nicht ohne die konstant gute Laune unseres Schöpfers, recht gut gelungen.
Auch wenn meine Seele zu jener Zeit noch nicht endgültig zu Hause war, so stand meine Vision immerhin schon auf sicherem Boden. Doch ich ahnte noch nicht, dass mir die Königsdisziplin des spirituellen Weges, das einfache Sein, das Höchste erst noch abverlangen sollte: den Tod des eigenen Ichs als physisch reale Erfahrung. Jene Einsicht in meine eigene Nichtigkeit sollte allerdings so schmerzhaft werden, dass das Leben mir diese Erfahrung noch vorenthielt, um mich nicht der Kräfte meiner Restidentität zu berauben, welche ich noch brauchte, um meine Bilder zu malen und meine Projekte und Ideen zu verwirklichen. Am Ende begriff ich, dass diese essenzielle Kapitulation und das Funktionieren in der Welt sich nicht nur nicht ausschließen, sondern sich geradezu gegenseitig bedingen und jene Leichtigkeit des Seins erst möglich machen.
Ungeachtet aller Hürden und Prüfungen, die mir noch bevorstehen sollten, waren die ersten Jahre in meinem eigenen Atelier im geheizten Untergeschoss in der Tat überwältigend. Zum Niederknien. Voller Licht und Leben. Genauso, wie ich mich an schmerzliche Erfahrungen gewöhnen musste, so hatte ich es jetzt mit der Gewöhnung an Freiraum, Luxus und Wohlstand zu tun. Allerdings muss ich an dieser Stelle in aller Bescheidenheit zugeben, dass ich mit Letzterem weit großzügiger und toleranter umzugehen imstande bin als mit Ersterem.
Ich war nun ein Profi und arbeitete zum ersten Mal den ganzen Tag über an meinen großformatigen Bildern.
Monatelang brütete ich in der Abgeschiedenheit meines Ateliers am stillen Nordhang des Adlisbergs über meinen Bildern. Immer wieder kam mir mein Verstand in die Quere. Tagelang lief ich in die Irre und hielt so lange verbissen an irgendeiner Vorstellung fest, bis mir klar wurde, dass ich im Kopf und nicht mehr „angeschlossen“ war. Ich wollte den Bildern Seele geben. In diesen Momenten erinnerte ich mich an Alans Worte anlässlich meiner Namensvergabe, als er sagte:
„Vergeude deine Energie nicht, indem du versuchst, etwas zu ‚machen‘.“

Dann zerstörte ich alles und begann von Neuem.
Oft vergaß ich Zeit und Raum, bis jene Momente eintraten, in denen ES malte und ich auch in meiner Malerei erntete, was ich säte: den Wunsch, Kunst und Meditation zu verbinden. Das zeigte sich ganz konkret in meinen Bildern, die nun das gewisse Etwas hatten, das vom Betrachter offenbar erspürt und anerkannt wurde. Oft nicht von den sogenannten „Kunstsachverständigen" und Wichtigtuern, sondern von ganz gewöhnlichen Geschäftsleuten. Da gab es sehr berührende Kommentare, wie von jenem Manager, der vor dem Bild stand, das er von mir kaufte, und zu mir sagte:
„Ach, wissen Sie, ich verstehe nichts von Kunst, aber wenn ich Ihr Bild betrachte, komme ich runter vom Stress, und es wird ganz still in mir."
Solche Bemerkungen zeigten mir, dass ich vorsichtiger mit allzu schnellen Vorurteilen umgehen sollte, und dass es eben nicht darum geht, was einer im Fenster, sondern was er im Laden hat.
Aus dieser reichen künstlerischen Ernte entstand in jener fruchtbaren Zeit mein erster Kunstband „Farb-Klang-Körper, Band 1"[37], in dem ich diese ersten Bilder präsentiere und diesen medialen Zustand schildere. Obschon ich wusste, dass ich so ein umfassendes Werk niemals würde finanzieren können, klebte ich einen Blindband nach meinen Vorstellungen in 29 x 29 cm Seite für Seite zusammen, ging bei unzähligen Verlagen vorne zur Türe rein und Minuten später durch den Hintereingang wieder raus. Bis ich mir eingestehen musste, dass ich das Projekt wohl alleine würde durchziehen müssen. Wie, das stand noch in den Sternen; aber wenn ich nachts in den Himmel blickte, funkelten sie mir zu, machten mir Mut und erinnerten mich an all die Großen da draußen, die es geschafft, aber alle auch irgendwann bei null begonnen hatten. Ich legte noch einmal los und rief Simon Laroit, den damaligen Leiter der Schweizer Lampert&Kleekamp-Niederlassung an – eine Großhandelsfirma für Künstlermaterialien mit über zwanzig Niederlassungen in ganz Europa. Seit Jahren war ich bei ihm schon Kunde und wusste, dass er offen für neue Ideen war. Ich machte mir nicht besonders große Hoffnungen. Doch es kam wie immer anders, und dann, wenn man es am wenigsten

erwartet. Als er den Blindband sah, war er begeistert. Ein Mann, ein Wort: Wir teilten uns die Kosten und ich gab das Buch kurzerhand im Eigenverlag heraus.
Als Ralf Kleekamp, der Inhaber und Gründer des Konzerns, das Buch in seinen Niederlassungen in Deutschland entdeckte, war er begeistert und erklärte sich bereit, den Folgeband – wenn ein solcher denn geplant sei – zu finanzieren.
Der Spruch, der damals in unserem Fitnessstudio hing, bestätigte sich einmal mehr in vollem Umfang: „Gib alles, aber niemals auf!" Erfüllt von Ideen und Visionen fühlte ich mich lebendiger und kreativer als je zuvor. Die Musen waren nicht nur mir, sondern auch Tamara gut gestimmt.
Auch sie surfte auf einer Welle des Aufschwungs. Sie arbeitete als freie Autorin verschiedener Zeitschriften, gab Bücher über Meditation heraus und führte als Therapeutin gleichzeitig ihre Klärungsgespräche mit einem stetig wachsenden Kundenstamm. In dieser intensiven Schaffensphase begriff ich, dass ich meinen künstlerischen Ausdruck permanent im Auge behalten musste, um nicht meinem chronischen Irrtum zu verfallen, aus einer falsch verstandenen Spiritualität heraus den heiligen Müßiggänger geben zu müssen. Dann bestand nämlich jedes Mal die Gefahr, dass ich meine Energie unterdrückte, anstatt sie auszudrücken. Es dauerte sehr lange, bis mir dieser fatale Irrtum, der sich da heimlich in mir einnistete, bewusst wurde. Denn eigentlich hatte ich nicht zu wenig, sondern zu viel Energie. So stand fest: Der Fluch und Segen meines Künstlerdaseins war es, nicht wie ein Heiliger im Unmanifesten zu verweilen, sondern meiner Energie irgendeine Form zu geben. Das war dann wohl nichts mit dem heiligen Müßiggang. Mein Karma war also der schmutzige Weg: Hände im Dreck. Nase im Wind. Herz im Dienst.

Durch meine tägliche Zeitungstour verlief unser Leben in den kommenden Jahren sehr strukturiert, was der Festigung meiner selbst und meiner Malerei sehr zugute kam. Durch die klare Struktur und das Entfallen jeglicher Arbeitswege ging keine Energie mehr verloren, und ich konnte mich in aller Ruhe meiner Malerei und meinem Einmannbetrieb widmen.

Neben Deutschland und den USA hatte ich in der Schweiz – neben einigen temporären – drei feste Galerien. An vorderster Front waren da natürlich meine Hauptgaleristen Daniel und Verena Kielholz, denen ich den Großteil meines materiellen Erfolges zu verdanken habe. Daniel war der geborene Galerist. Gebildet, gut gekleidet, ein Mann in den besten Jahren. Er übernahm die Galerie von seiner Frau, nachdem Verena diese gegründet und viele Jahre selbst geführt hatte. Beide spezialisierten sich auf die Originalgrafik internationaler Künstler, unter anderem Beuys, Le Corbusier, Chagall, Dali, Picasso, Poliakoff, Sam Francis, Tinguely, Vasarely, Warhol usw. Daneben hielt er immer noch eine kleine Auswahl von Originalgemälden lebender Schweizer Künstler. Ich befand mich also in guter Gesellschaft.

Das war nicht selbstverständlich, denn es gab auch andere. Ein Galerist, dessen Namen ich hier aus naheliegenden Gründen nicht erwähnen möchte, betrog mich um 80.000 Franken mit der Ausrede, dass er mit meinem Anteil leider zuerst seine Schulden abzahlen müsse. Anzeige nutzlos. Ich war nur einer von unzähligen Gläubigern bei der Vollstreckungsbehörde. Der einzige, bescheidene Trost, der mir als Positivdenker da noch blieb, war, dass ich nicht in dessen Haut stecken musste.

In Bern war ich durch Valérie und Steve Paillard von der gleichnamigen Galerie vertreten. Diese beiden waren Feinschmecker der französischen Küche und hatten die durchaus angenehme Angewohnheit, mich zusammen mit Käufern meiner Bilder zu fürstlichen mehrgängigen Diners in angesagte Fünfsternelokale einzuladen. Oft führten diese kulinarischen Exkursionen bis nach Genf. Für einen Genießer und Ästheten wie mich ein wahrer Genuss. Ich speiste nicht nur fürstlich, ich tat dies auch noch in den schönsten Interieurs des Landes. Allerdings musste ich des Öfteren das Gebotene mit Geschichten aus meinem Leben bezahlen – man hatte wohl mitbekommen, dass ich mich da in gewissen spirituellen Kreisen bewegte –, was mir gar nicht gut bekam. Ich wollte auf keinen Fall undankbar sein, aber eines Nachts erschrak ich über mich selbst, wie ich beim Verlassen eines dieser Nobelrestaurants heimlich fluchte: „Zum Teufel mit der Fassade!"

Ich lernte jedoch schnell. Jedes Mal, wenn Valérie mich anflehte, einen kurzen Schwank aus meinem Leben mit Osho zum Besten zu geben, blockte ich charmant ab. Eine Geschichte allerdings kam immer gut an: die Geschichte vom Zeitungsausträger. Mit dieser Darbietung war mir der Applaus des Publikums garantiert. Nur Valérie winkte immer mit lautem ungläubigen Gelächter ab. Sie hat mir diese Geschichte niemals geglaubt, denn in ihren Augen hatte ich so was ja nun nicht mehr nötig, jetzt wo ich doch so erfolgreich sei. Liebe Valérie, für den Fall, dass du hier gerade dieses Buch in deinen Händen halten solltest, noch einmal die Geschichte vom Zeitungsausträger, extra für dich. Tut mir leid, aber sie ist wirklich wahr. Ja, auch wenn ich das Geld nicht mehr dringend brauchte, habe ich mich nicht von meiner Zeitungstour getrennt. Ich habe sie weiter beibehalten, fünfzehn Jahre lang. Sie tat mir einfach gut, denn sie half mir, den Kontakt mit dem Boden nicht zu verlieren.

INNEN/ATELIERHAUS/MORGEN

Es ist wieder einmal so weit. In dunkler Nacht erklingt das hässlich laute Geklingel meines Weckers. Das ist der einzige Moment in meinem Leben, in dem ich keine freie Wahl mehr habe, ob ich nun geneigt bin aufzustehen oder nicht. Das macht alles einfacher, denn: ICH MUSS!
Mein erster Blick geht wie bei einem Bauern oder Segler immer sofort nach draußen, denn ihn kümmert nur eines: das Wetter! Heute sieht es scheiße aus. Das heißt, es regnet. Ich merke, wie es mir den Bauch zuschnürt und ich kurz über eine Kündigung dieses Idiotenjobs nachdenke. Aber dafür habe ich keine Zeit. Schlechtwetterkleidung. Wagen starten. Nochmals starten. Fahrt zum Zeitungsdepot am Toblerplatz.

AUSSEN/ZEITUNGSDEPOT UND TOUR DURCH VILLENVIERTEL/TAGESANBRUCH

Wie immer das gleiche Prozedere. Zeitungen aufladen, Aktualisierungen im Routenbuch durchführen und dann nichts wie los. Es dauert nicht lange, bis die Stimmung dreht und ich im Gehen und Schieben meines kleinen dämlichen Wagens ein Gefühl des Triumphes über die Schwerkraft empfinde. Wieder einmal habe ich mich im Dienst „des großen

Werks" überwunden. Es ist in aller Unscheinbarkeit das Handwerk der innerlich Reichen, deshalb führt mich meine Tour wohl auch durch eines der schönsten Villenviertel am Zürichberg, vorbei an verwunschenen alten Gärten, Parks und eleganten Villen der äußerlich Reichen. In meinen Augen schließt jedoch das eine das andere nicht aus. Diese Wertungen sind Kinderkrankheiten.

Mit aller Wahrscheinlichkeit gibt es hier niemanden, der die Bäume so gut kennt wie ich, denn ich betrachte sie jeden Tag des Jahres, wie sie ihr Kleid wechseln, wie im Herbst ihre Blätter fallen, bis die Äste ihre kahle Schönheit zeigen, bis der Schnee sie dann im Winter weiß bedeckt und mit dem ersten Sonnenstrahl im Frühling die ersten Magnoliensprossen neugierig sich dem Morgenlicht zuwenden, um vor dem Sommer schon wieder zu verwelken, um anderen die Bühne frei zu machen für ihre Show.

In aller Stille lausche ich dem Rauschen in den Baumwipfeln und stecke beiläufig Zeitungen in Briefkästen, laufe Treppen auf und ab, dränge mich durch enge Seitenwege durchs Geäst. Alles geschieht wie von selbst. Nun geht es bergab. So, wie ich mich eben noch nach vorne beugte, um meinen Wagen bergauf zu schieben, lehne ich mich nun extrem zurück, um ihn bergab zu bremsen, dabei blicke ich auf die Lichter der Stadt, die sich von ihren Bewohnern erholt. Es scheint, als habe sie ein Eigenleben, das nur ihr und den Frühaufstehern gehört. Wie ein Bühnenbild in stiller Nacht ruht sie im Niemandsland, während eine Amsel genau in der Mitte, dort, wo die Nacht den Tag berührt, hoch oben auf einem einsamen Ast ihr frohes Liedchen trillert. Plötzlich wird der Blick auf die Stadt zum kurzen Einblick hinter die Kulissen dieses Welttheaters und ich erkenne: Ich bin dieses Niemandsland. Ich gehöre nirgendwo dazu. Ich bin weder dies noch das. Wie die Amsel, frei und im Einklang mit der Natur, trillere ich frohgemut mein Lied.

Diese klaren Morgenstunden auf der Grenze zwischen Tag und Nacht wurden zum Gleichnis meines spirituellen Weges. Es ist eine Form von Morgenandacht, so wie es in den Klöstern der Brauch ist. Eine Wanderung zwischen den Welten. Genau im Zentrum von Hier und Jetzt,

zwischen Vergangenheit und Zukunft, zwischen Tag und Nacht, Himmel und Erde, jemand sein und niemand sein, Welt und Kloster liegt dieser magische Moment, diese Fülle allen Seins.
Es hat aufgehört zu regnen. Schade, er hat gerade so schön meine schweißbedeckte Stirn gekühlt. Ich biege an der Tramhaltestelle in Fluntern rechts ab, am exklusiven Möbelgeschäft für die Reichen der Umgebung vorbei. Das Geschäft scheint gut zu laufen, denn man hat ein Lokal dazugemietet. Beim Bäcker kaufe ich Brötchen, und am Ende meiner Tour kehre ich jeden Tag als Sieger aus einer gewonnenen Schlacht zurück. Und das ganz alleine, denn keiner schaut mir dabei zu. Ich bin ja nur ein ganz gewöhnlicher Zeitungsausträger mit einem dämlichen Weidenkorb auf vier Rädern und einer Handbremse, die immer wieder konsequent versagt, und ernte mitleidige Blicke. Die gleichen Menschen, die mich am Abend in der Rolle des erfolgreichen Künstlers auf der Vernissage respektvoll grüßen und sich mit mir schmücken, stecken mir, dem „armen Schlucker", am frühen Weihnachtsmorgen mit Gönnermienen unter ihren Villentüren, leicht von oben herab, ein lächerliches Trinkgeld zu – bis zu jenem Tage, als meine wahre Identität ans Tageslicht kam.
Eines Morgens nach dem Frühstück erhielt ich einen Anruf von unserem Pfarrer Nauer, von dem ich am Ende des zweiten Aktes erzählt habe. Er tönte vollkommen verstört:
„Hier ist Pfarrer Nauer, Sie erinnern sich ja bestimmt noch an mich und meinen Besuch letztes Jahr vor Weihnachten, als Sie noch da in Ihrer kleinen Wohnung an der Toblerstraße wohnten. Wissen Sie, es tut mir ja so leid ... wirklich ... es tut mich wirklich leid ... ja, und ich wollte mich bei Ihnen entschuldigen, weil ... ich habe ..."
„Was ist denn los, Herr Pfarrer, kann ich Ihnen irgendwie behilflich sein?"
„Ja, mein Gott, das ist mir ja so peinlich ..."
„Ja, was denn, Herr Pfarrer, was ist Ihnen ...?"
„Na ja, ich habe einen Artikel über Sie in der NZZ[45] gelesen. Ich wusste ja nicht, dass Sie ein bekannter Künstler sind, und ich habe Ihnen da diese lächerlichen zehn Franken auf den Tisch gelegt, das ist mir jetzt wirklich peinlich. Ich weiß nicht, wie ich das wiedergutmachen kann."

„Na ja, jetzt beruhigen Sie sich erst mal, das konnten Sie ja wirklich nicht wissen.“
Ich ahnte auch schon den Grund seiner Empörung über sich selbst. Es musste ihm unendlich peinlich gewesen sein, dass ausgerechnet er als Pfarrer, der eigentlich die Menschen nach ihren inneren Werten und nicht nach sozialem Stand und ihrem Einkommen beurteilen sollte, sich so sehr vom Schein hatte trügen lassen. Das musste für sein spirituelles Ego – den Gutmenschen in ihm – unerträglich gewesen sein. Na ja, wie sagt man so schön: Schadenfreude ist die beste Freude. Und sie blieb nicht lange allein, denn sie erhielt bald ein Geschwisterchen.
Valérie sollte nie erfahren, dass ich das größte Geschäft meines Lebens, nämlich den Verkauf von 24 Originalen, ausgerechnet als Zeitungsausträger getätigt hatte. Na, wer schreibt die besten Geschichten? Sag ich's doch!
Da gab es nämlich auf meiner Tour diese große geheimnisvolle Barockvilla in der Nähe der Post, mit dem Mansarddach, den grünen Fensterläden und den weißen Sprossenfenstern. Sie ruhte, von alten Bäumen umgeben, inmitten eines großen Parks. Es war ein Traum von einem Haus, bei dessen täglichem Anblick ich mir überlegte – das war bereits ein alter Reflex –, wie ich es wohl anstellen könnte, dieses Anwesen nicht immer nur von außen, sondern auch einmal von innen betrachten zu können. Der Tag kam. An jenem Morgen stand die Frau des Hauses hinter dem schmiedeeisernen Ziergitter, welches zwischen zwei riesigen quadratischen Sandsteinsäulen mit verzierten Kapitellen thronte.
Sie trug ihr Haar hochgesteckt, war schlank und mir sofort sympathisch, auch wenn ihre stolze Körperhaltung ihre aristokratische Herkunft nicht verbergen konnte. Sie trug diese aber mit einer Selbstverständlichkeit, die den Leuten eigen ist, welche diesem gewissen Stand seit Generationen angehören. Kurz und gut: Der Grund ihrer Aufwartung war profaner. Sie hatte keine Zeitung bekommen. Um Gottes willen! Das war immer ein großes Theater. Ein Frühstück ohne NZZ war für diese Leute undenkbar. Ich konnte mir das allerdings nicht erklären und erging mich in den üblichen Entschuldigungen, wobei wir ins Gespräch kamen

und ich sie darüber aufklärte, dass ich nicht „nur" Zeitungsausträger sei, sondern hauptberuflich Maler. Als ich ihr meinen Namen sagte, meinte sie, dass sie diesen schon einmal gehört oder gelesen habe. Das änderte natürlich alles. Ich war auf Augenhöhe und kurz danach gar zu einem Kaffee im noblen Patrizierhause zu Gast.

In unserem angeregten Gespräch in der großen Landhausküche mit Blick auf den Zürichsee verriet ich ihr mein Faible für schöne Häuser, und dass ihre Barockvilla zu einem der schönsten ihrer Art gehöre, auch wenn dieses keinen Innenhof besitze. Ich erzählte von meinem Seelenhaus in Andalusien. Das eine gab das andere. Madame war von mir sehr angetan und der Höhepunkt unserer Begegnung ließ nicht lange auf sich warten.

„Ich hätte da eine Idee, mein Mann ist ein leidenschaftlicher Kunstsammler ..."

An dieser Stelle blieb mir das Croissant im Halse stecken. Warum, kann man sich leicht vorstellen. Das Wort „Kunstsammler" lässt das Herz eines jeden Malers auf diesem Globus höher schlagen.

„Ah, was für ein Zufall. Interessant!", antwortete ich gespielt bescheiden, so als wäre ich hier auf keinen Fall „nur" des schnöden Mammons wegen.

Um die Geschichte abzukürzen und den Seitenumfang meines Buches nicht zu sprengen, soll hier dem interessierten Leser das spannende Ende dennoch nicht vorenthalten sein:

Es kam tatsächlich zu einem Atelierbesuch.

INNEN/ATELIERHAUS/TAG

Der Auftritt erfolgt in meinem Atelier wie vereinbart an einem Dienstagmorgen. Die weiße Türe öffnet sich und das Ehepaar Bertani tritt in den Innenhof. Monsieur lässt Madame, wie es sich gehört, den Vortritt. Begrüßungsrituale. Rundgang durchs Haus. Abgang ins Atelier. Ich frage die Herrschaften, was sie denn für Vorstellungen und Präferenzen hätten, um meine Präsentation gezielter zu gestalten.

„Ja, zeigen Sie einfach mal, was Sie so haben", sagt Bertani mit einer

angenehmen Gelassenheit, die mir verrät, dass der Mann etwas mitgebracht hat, was für Geschäftsleute äußerst selten ist, nämlich Zeit. Nach einer Stunde stehen an allen vier Wänden auf Staffeleien und auf dem Boden etwa 24 große Bilder. Ich frage ihn jetzt ganz naiv, welches Bild ihm denn gefalle.
Er dreht sich zu seiner Frau um und bittet sie um ihre Meinung:
„Na, was meinst du, Schatz?"
Frau Bertani ist von meiner Malerei offenbar so angetan, dass sie sich nicht sofort für ein bestimmtes Bild entscheiden kann. Irgendwie scheinen ihr alle zu gefallen.
Die Antwort ihres Mannes trifft mich wie ein Blitz aus heiterem Himmel.
„Wir nehmen alle! Machen Sie mir einen guten Preis."
Betretene Stille im Raum. Tonlos ringe ich nach Worten.
„Das sind 24 Bilder, Herr Bertani, wollen Sie nicht zuerst eine Auswahl ...?"
„Nein, das ist okay, liefern Sie mir die Bilder, wenn Sie Zeit haben."
Den Abgang des Ehepaares, das mit seinem Bentley sanft entschwebt war, hatte ich wohl nicht mehr mitbekommen. Ich erinnere mich nur noch, wie ich die Treppe hinauf in den Innenhof stieg und die Sonne heller schien, die Luft reiner, der Himmel blauer war. Von Weitem hörte ich Tamaras Engelsstimme:
„Welches Bild haben sie genommen?"
Beinahe schon verärgert über so eine dämliche Frage gab ich zurück:
„Was, welches Bild. Alle hat er genommen!"
„Was, alle?"
„Sag' ich doch: alle!"
„Wie viele?"
„V I E R U N D Z W A N Z I G !!", buchstabierte ich laut und deutlich.
„Das gibt's doch nicht", entfuhr es Tamara, die nun kopfschüttelnd, mit auf ihren Hüften aufgestützten Armen unter der Türe stand. Ihre typische Haltung, wenn sie etwas fassungslos macht.
So ging das noch eine ganze Weile hin und her, bis wir uns fassen konnten. Als wir dann begriffen, was da soeben geschehen war, taten wir

das, was wir noch heute immer dann zu tun pflegen, wenn ich Bilder verkaufe. Es ist ein Ritual der Freude und des Dankes an das Leben. Wir halten einander mit beiden Armen an den Schultern und hüpfen beide gleichzeitig zwei bis drei Runden im Kreis herum. So etwa, wie das bei Volkstänzen üblich ist. Gut, heute drehen wir uns nur noch eine Runde, dann ist Feierabend, denn wir sind auch nicht mehr die Jüngsten.
Als ich das Geld in meinen Händen hielt – Bertani zahlte bar –, legte ich die vierundzwanzig Tausendernoten liebevoll und andächtig wie Diamanten in zwei Reihen auf meinen Küchentisch, um mich an dem Anblick gütlich zu tun.
Ich hatte dieses Geld nicht gestohlen. Ich hatte es mit meinen eigenen Händen, mit meiner eigenen Kreativität ehrlich verdient. Was für ein großartiges Gefühl.
Allerdings hat auch dieses große Geschäft nichts daran geändert, dass ich weiter jeden Tag Zeitungen austrug, nur anders. Ich fuhr jetzt mit einem Jaguar vor. Da hätte jemand die Gesichter der Leute sehen sollen. Unglaublich, was ich da erlebt habe.
„Muss man da jetzt Zeitungsausträger sein, dass man sich einen Jaguar leisten kann!"
Solche Köstlichkeiten kriegte ich serviert.
Die Leute, die mir jeweils aus Mitleid ein Almosen zugesteckt hatten, verschwanden plötzlich spurlos von der Bildfläche. Ich glaube, die haben sich, wie mein gütiger Pfarrer Nauer, tierisch geschämt und schämen sich wahrscheinlich heute noch. Das ist in den Köpfen der Leute gespeichert: Einen Jaguar fahren Reiche, selbstständige Unternehmer oder Zuhälter, Neupreis: zwischen 80.000 und 120.000 Franken. So einfach kann man Reichtum und Erfolg signalisieren. Auf's Etikett kommt es an. Und wenn dann plötzlich einer kommt und die gängigen Vorstellungen über den Haufen wirft, bricht das ganze Kartenhaus zusammen. Ego bleibt Ego. Damit bewusst zu spielen, hat mir schon immer großen Spaß gemacht. In der Galerie Markwart in Basel, der dritten im Bunde, in der ich ebenfalls gut im Geschäft war, beobachtete ich meinen Galeristen, wie er in meinem Beisein einem vermögenden Kunden stolz

erklärte, dass ich sehr erfolgreich sei und jetzt sogar einen Jaguar fahre. Ich stand daneben und wollte sagen, dass es sich dabei ja nur um einen Gebrauchtwagen handele. Doch niemand wollte das so genau wissen. Die Illusion, sich in guter Gesellschaft zu befinden, war mehr als genug. Auch ich musste mir eingestehen, dass mir die Gesellschaft reicher Leute gefiel, denn immerhin lebte ich nicht von den Armen, sondern von den gut Betuchten. Diese Tatsache „zwang“ mich zu einer heilvollen Versöhnung mit dem Ego, mit all diesen produktiven, teilweise sehr gebildeten und wertvollen Mitgliedern unserer Gesellschaft, die allesamt jemand waren.

Diese Heilung übertrug sich auch auf die Beziehung zu meinem Vater, der auch jemand war. Zum ersten Mal hatte er Grund, stolz auf mich zu sein, und ich merkte, dass ich ihn immer schon bewundert und geliebt hatte. Er hatte seine Mühe mit dem „spirituellen Gedöns“, was ich heute sehr gut verstehen kann. Er mochte es viel lieber, wenn ich arbeitete. Er besuchte mich des Öfteren im Atelier. Als gelernter Flugzeugmechaniker besaß er noch die gute alte Handwerkerehre, die ich wunderbar mit ihm teilen konnte, denn sie hatte mich in der Kunst zu landen unterstützt und mir geholfen, nicht immer alles nur im Großen, sondern auch im Detail zu sehen.

Ich lernte bald meine Kunden als Freunde und nicht als meine Feinde zu sehen, wie das so viele aus der spirituellen Ecke hinter ihrer scheinheiligen Fassade tun, indem sie Reichtum als schnöden Schein abwerten und sich dann beklagen, dass sie keinen Erfolg abkriegen, da das Geld eben lieber bei denen ist, die es lieben.

Doch der Kunstmarkt konnte mich nicht verderben, im Gegenteil: Die Ellbogengesellschaft hat sogar einen Vorteil. Sie zwingt dich, all deine Wahrheiten unter Beweis zu stellen. Im Gegensatz zur spirituellen Szene kannst du in dieser Welt niemandem etwas vormachen, höchstens dir selbst. In dieser Welt ist es genau umgekehrt. Da zählt nur Leistung und Können, das, was du (drauf) hast, nicht das, was du bist. Es könnte die Suche manch eines spirituellen Suchers sehr verkürzen, wenn er an seine „Wahrheiten“ nicht nur glauben würde, sondern diese draußen, in der harten Realität, unter Beweis stellen müsste.

Im Grunde mag ich diese Welt, ich bin mit ihr im Frieden. Außerdem, als Künstler – und erst recht als Fischegeborener – gehöre ich sowieso nirgends dazu. Ich genieße eine gewisse Narrenfreiheit, unter deren Schutz ich der sein kann, der ich wirklich bin. Das liebe ich an meinem Beruf.

In dieser Zeit begriff ich ein für alle Mal, dass spirituelles Bewusstsein nicht bedeutet, dass man allem entsagt und mit finsterer Miene lustlos durch ein Kloster wandelt, wie dieses mittelalterliche Überbleibsel, das so viel Leid verursachte und offenbar heute noch in den Köpfen mancher Zeitgenossen herumgeistert. In einem Streitgespräch, in das ich mich bedauerlicherweise verwickeln ließ und das das Ego zum Thema hatte, sagte mir Samoda, ein Bekannter aus der „Spiri"-Szene, und das hätte durchaus auch von Pfarrer Nauer stammen können:

„Ich kann nicht verstehen, warum du immer noch Freude daran hast, mit einem Jaguar unterm Hintern durch die Gegend zu fahren", so als wäre „Freude" eine Sünde.

Man muss sich das mal vorstellen. Ich glaubte, nicht richtig zu hören, wurde sauer, schwankte zwischen blankem Entsetzen und unbändiger Wut und wusste sofort, dass dieses Gespräch in eine Sackgasse führen musste.

„Was, um Gottes willen, hast du für eine spießige Vorstellung von Spiritualität?", brach es aus mir heraus. „Wäre ich für dich glaubwürdiger, wenn ich mit Jesuslatschen auf einem Esel reitend daherkommen würde?"

In diesem Moment gingen alle Alarmglocken an: „Maiwald", rief die strenge Stimme von Alan mir zu. „Jetzt kannst du beweisen, wie weit es mit der Distanz zu deinem Ego bestellt ist. Krieg oder Frieden?"

Da ich mich auf keinen Fall auf den sich anbahnenden Egokampf einlassen wollte, brach ich an dieser Stelle das Gespräch ab und dachte nur:

„Scheiß drauf! Der Wahrheit ist es egal, womit ich mich fortbewege. Wenn der Wert eines Menschen nicht von Äußerlichkeiten abhängt, nicht von dem, was er hat, sondern von dem, was er ist, dann darf ich, Gott sei mir gnädig, auch einen Jaguar fahren. Ist nicht echte Lebensfreude das höchste spirituelle Gut überhaupt? Oder war da womöglich sogar ein bisschen Neid im Spiel?"

So genoss ich dankbar und ohne schlechtes Gewissen „Welt und Geld", die spannenden Kontraste zwischen innen und außen und all die Rollen, die ich in diesem Spannungsfeld spielen durfte.
Zwei Jahre später ist mein Kunstband „Farb-Klang-Körper, Band 2"[37] erschienen, „Der kreative Funke" wurde bereits in der dritten Auflage gedruckt. Mein Werk reifte und nahm Gestalt an. Dass ich diesen beruflichen Erfolg niemals mit meiner Freiheit bezahlen musste und dafür auch noch Geld erhalte, ist ein Privileg, vor dem ich noch heute täglich niederknie.
Einmal stand ich draußen vor der Fassade unseres Hauses und sagte zu Tamara:
„Wer hat das eigentlich alles bezahlt?" Ich hatte nie das Gefühl dafür „gearbeitet" zu haben. „Ist das nicht erstaunlich?"
„Überhaupt nicht."
„Wie meinst du das?"
Und mit ihrer gewohnt trockenen Art sagte sie:
„Wir sind im Dienst."
Ich merkte, wie mich das, was sie da gerade gesagt hatte, tief berührte. Ich hörte das Plätschern unseres Brunnens und wusste, was sie meinte: Wenn du deinen Traum lebst und das tust, was deiner tiefstinnersten Bestimmung entspricht, ist das keine Arbeit, sondern Gottesdienst.

Lebenskunstakademie

Auf dieser stabilen spirituellen und materiellen Grundlage hatte der bereits kräftige Baum meiner Kreativität nun den nahrhaften Boden, um zur vollen Reife aufzublühen. Ich malte und brütete neue Formen und Methoden aus, um dieses Geschenk mit anderen zu teilen.
Nach all den Jahren in den unterschiedlichsten spirituellen Kommunen stellte ich fest: Den Kunstakademien, den Schulen und Universitäten fehlt die Spiritualität, und den spirituellen Gemeinschaften fehlt die Kreativität.

In meinen Augen liegt Kreativität genau in der Mitte. Wenn du kreativ bist, verbindest du Himmel und Erde, Geist und Materie. In dem, was du erschaffst, wird dein göttliches Selbst[4] sichtbar; und wenn alles gut läuft, kannst du sogar deinen Lebensunterhalt damit verdienen, was beim Meditieren schwieriger ist. Genau an dieser Stelle entdeckte ich „die Marktlücke“: Aus dieser Verbindung von beidem, von Kreativität und Lebenskunst entstand die „Lebenskunstakademie“.
Ein simples Wort mit großer Bedeutung. Der offizielle Sitz dieser Institution, der ich als Leiter, Tamara als Therapeutin und zeitweise auch andere Kursleiter angehörten, waren die Räumlichkeiten im Untergeschoss unseres Atelierhauses. Als Gäste und freie Mitarbeiter konnten wir Amrit und einen befreundeten Psychiater aus der Szene um Alan Greene gewinnen, für den Fall, dass Medikamente oder offiziell anerkannte Referenzen gefragt waren. Und dann begann ich zum ersten Mal mit meinem Training für Kreativität und Lebenskunst.
Ich setzte mich hin und entwarf Bild, Text und Layout für den Werbeflyer. Auf einem DIN-A4-Format wählte ich auf der Vorderseite ein Foto von einer Familie mit mehreren Kindern, welche alle gebannt mit offenen Mündern in die Zirkusmanege blicken, ohne dass der Betrachter sieht, was diese sehen. Der Text auf der Rückseite ging so:
„Gebannt blicken wir in die Manege …
Ob der Seiltänzer es schaffen wird, das Gleichgewicht zu bewahren?
Alle halten den Atem an. Der Alltag ist vergessen – nur der Moment zählt und sonst nichts. Etwas bleibt von dem Duft aus dem Zirkuszelt an uns hängen, wenn wir wieder zu Hause sind.
Wo wagen wir uns auf das Seil? Wo gehen wir Risiken ein, um uns ein Leben zu erschaffen, das uns begeistert? Warum sind wir nur allzu oft Zaungäste an der Manege des Lebens und lassen andere für uns lebendig und kreativ sein – die Künstler und Stars des Kinos, der Leinwand, der Politik und der Wissenschaft? Was ist uns verloren gegangen?
Jeder hat irgendwo seine ‚Manege‘, seinen Zirkus, Ideen, Farben und Shows, Träume und Lieder, die nur darauf warten, gelebt und gesungen zu werden. Wer hält uns zurück? Kreativität fordert den Mut, uns die-

se Freiheit im Denken, Fühlen und Sein wieder zurückzuerobern. Diese Schaffensfreude ist nicht im Zuschauerraum zu finden, wo wir eben nur konsumieren und imitieren, sondern im eigenen Inneren, wo jeder ein Original ist – ein Künstler.
Wo sind Sie kreativ?
Wenn Sie das Gefühl haben, dass Sie diese Frage etwas angeht, kann eine faszinierende Reise nach innen beginnen. Das Wort ‚kreativ' kommt von dem lateinischen Wort ‚creare' und bedeutet: ‚erschaffen, gestalten'. Wir können das Programm für unser Leben selbst schreiben oder es von anderen schreiben lassen. Die Entscheidung liegt bei uns. In uns allen ist der Wunsch nach Ausdruck und Selbstverwirklichung. Das hat etwas Faszinierendes, Magisches und Unfassbares an sich, weil dieser Drang den tiefsten Schichten unserer Seele entspringt und starke Triebkräfte in uns berührt. Ganz einfach deshalb, weil wir selbst die Schöpferkraft sind. Der Zyklus ‚Kreativität und Lebenskunst' ist eine intensive Ausbildung, ein Jahres-Training, in dem Sie für sich herausfinden können, was Kreativität ist, was sie fördert und was sie hemmt. Ein großes Atelier, alles notwendige Material, die große Weltbühne stehen bereit: Haben Sie den Mut, und springen Sie in die Manege – in ein Abenteuer zu sich selbst."
Das Training, welches ich in der Folge in meinem Hause, aber auch in anderen Schulen anbot, war mehrere Jahre lang ein großer Erfolg, bis der Tag kam, an dem ich eine neue, aber sehr verlockende Idee hatte, die seit geraumer Zeit darauf drängte, von mir ausprobiert zu werden: die Rolle des spirituellen Lehrers. Zuerst trieb mir schon alleine der Gedanke daran den kalten Schweiß auf die Stirn, denn ich stellte mir meinen Auftritt, wenn überhaupt, nicht als klassischer Guru in indischen Gewändern vor. Wie peinlich. Ich wollte meine ureigenste Form finden und auf meiner eigenen Bühne stehen.
Ich war mir der Verantwortung meiner neuen Rolle als spiritueller Lehrer und der damit verbundenen Verpflichtung durchaus bewusst. So ging ich die heikle Aufgabe erst einmal langsam und vorsichtig an. Denn ich wusste aus eigener Erfahrung und von anderen Gurus, wie schnell man in den Verruf eines Scharlatans gerät. Und das war ganz und gar

nicht meine Absicht, denn wenn man mit Menschen arbeitet, sollte man wissen, was man tut. Sehr wichtig war mir auch, dass ich den Leuten nur jene Inhalte vermittelte, die ich selbst verwirklicht hatte. Ich zeigte einfach mich selbst und das, was angewachsen war. Nicht das, was ich irgendwo gelesen hatte. Direkt, ungeschliffen, vielseitig, widersprüchlich. Nicht heilig – sondern menschlich eben.

Der erste Meditationsabend fand in Tamaras großem Therapieraum im Untergeschoss neben meinem Atelier statt, und ich gab ihm den Namen „Coming together“, was ganz einfach „Zusammenkommen“ heißt. Ich vermied bewusst indische Namen wie „Darshan“[15] oder „Satsang“[14], um nicht in eine falsche Schublade gesteckt zu werden. Ich erinnere mich noch gut, als die ersten Anmeldungen eingegangen waren, wie ich auf meiner Galerie hinter dem Vorhang stand und die Leute beobachtete, die durch den Innenhof ins Untergeschoss gingen, und dachte: „Mensch, Alter, das kannst du doch nicht machen, hier ohne Legitimation den Guru zu spielen.“ Und eine andere Stimme fragte: „Wer sollte dir die Erlaubnis geben, wenn nicht du? Wann willst du ES tun, wenn nicht jetzt? Wie lange willst du noch warten?“ „Okay“, sagte die andere Stimme. „Es ist noch kein Meister vom Himmel gefallen. Im Lehren lernst du ES am besten.“

Ich hatte den Raum vorher schön hergerichtet, die Meditationskissen zu einem Halbkreis um meinen Sessel angeordnet, Duftessenzen und Kerzen platziert, den Raum gelüftet und schöne Meditationsmusik mit Didgeridoo-Klängen[30] aufgelegt. Ein Schild auf meinem Sessel mit der Aufschrift „Bitte um Stille im Raum“ forderte die Leute auf, den Raum ohne Small Talk und mit dem gebührenden Ernst zu betreten. Meine Absicht war, dass ich erst dann erscheine, wenn sich alle Teilnehmer im Raum befinden und innerlich angekommen sind. Nun war es so weit. Ich atmete tief ein, gab mir einen Ruck und sagte laut zu mir selbst:

„Ich geh da jetzt runter!“

Plötzlich saß ich da vorne auf dem Sessel, auf dem früher meine Lehrer gesessen hatten, und hatte zum ersten Mal die Möglichkeit, das Geschehen von der anderen Seite her zu beobachten. Was für ein erhabenes

Gefühl. Es klingt vielleicht abgehoben und scheinheilig, wenn ich sage, dass da niemand war, der Stolz hätte empfinden können, kein Ego, sondern nur Liebe, weite Leere, Ehrfurcht und äußerste Achtsamkeit.
Ein halbe Stunde saßen wir in Stille beisammen. Viele Leute aus dem Training waren da, auch Chaitanya, Alans Meisterschüler aus dem Habib, der eine Woche bei uns wohnte. Mit einer kleinen Glocke gab ich das Zeichen für das Ende der Schweigephase. Ich blickte schweigend in die Runde, nahm mir Zeit, alle Anwesenden bewusst wahrzunehmen. Dann begrüßte ich die Leute mit den Worten:
„Herzlich willkommen in der Lebenskunstakademie. Es ist immer ein feierlicher Moment, wenn eine Idee plötzlich Wirklichkeit wird. Wir haben viele Bekannte hier, sogar Chaitanya, einen alten Freund aus dem Habib. Schön, dass du da bist und mir ein bisschen auf die Finger schaust."
Er lachte und schmunzelte: „Du machst das schon!"
„Es ist eine Gnade, dass wir hier zusammenkommen dürfen. Ich gab diesem Meditationsabend den Namen ‚Coming together'. Damit zusammenkommt, was zusammengehört. Denn da gibt es etwas in dir, das eine Einheit ist. Viele nennen es Gott, das Selbst, Wahrheit. In der Lebenskunstakademie nennen wir ES Schöpferkraft. Das ist näher beim Menschen. Mit dieser Kraft kannst du etwas anfangen, etwas gestalten und bewegen. Dieser Begriff ist praktischer. Mit diesem kreativen Potenzial wird alles möglich sein. ES befähigt dich, das Drehbuch deines Lebens selbst zu schreiben und deine Rechnungen am Ende des Monats bezahlen zu können.
Wir holen dich da ab, wo du bist, wir spielen mit deinem Potenzial, dem Stoff, aus dem deine Träume, Wünsche, Hoffnungen und Enttäuschungen sind, und helfen dir, der zu sein, der du bist. Hier in der Stille begegnest du nicht nur diesen Leuten hier im Raum, sondern all den Wesensanteilen in dir selbst. Der Heiligen und der Sünderin, dem Mönch und dem Macho, dem Künstler und dem Biedermann, dem Abenteurer und dem Drückeberger – und wir sagen dir, dass das okay ist, wie es ist. Lass zusammenkommen, was zusammengehört. Das gehört alles zu dir. Dies sind alles Rollen und Figuren in deinem Film. Du bist eine Vielheit

und gleichzeitig eine Einheit. Kein Problem. Warum sitzen wir denn da? Weil du die einen Typen als gut und die anderen als schlecht beurteilst und damit die Einheit teilst, und dann das, was zusammengehört, nicht mehr zusammenkommt, sondern sich bekämpft. Das nennt die Bibel den Fall aus dem Paradies. Du fällst aus der Einheit, aus Gott, aus diesem natürlichen, erleuchteten Zustand heraus, und deine Kraft, dein Potenzial ist plötzlich gespalten zwischen dem, was ist, und dem, was sein sollte. Du sitzt hier, weil du nicht mehr weißt, wer du bist."

Es war mir schon etwas peinlich, dass ich alles genau so machte, wie es meine Lehrer taten. Aber ich war sehr glücklich, dass ich die Rolle des spirituellen Lehrers einmal ausprobiert hatte. So habe ich es seit meiner Kindheit immer gemacht. Ich probierte alles aus und tat so, als wäre mein Traum bereits Wirklichkeit. Heute weiß ich, dass ich schon als kleiner Junge – wenn auch noch nicht bewusst – ein schöpferisches Gesetz anwandte, das besagt: Du bist das, was du denkst. Ich war Cowboy, Großgrundbesitzer, Frauenheld, Filmstar, Guru, Maler und Schriftsteller; und alles begann mit einem Rollenspiel, und das Wunder geschah. Ich wurde zu dem, was ich spielte, und später erkannte ich, dass man nur das spielt, was man auch irgendwo im Innern bereits ist.

Diese Meditationsabende machte ich in der Folge etwa zwei Jahre lang. Die positive Resonanz ersetzte jene irrtümlich erwartete Legitimation durch meine Lehrer oder irgendeine andere „höhere" Instanz. Der Inhalt passte. Nur die Form war für mein Empfinden zu abgehoben. Für meinen Geschmack zu wenig „Down to Earth". Diese offizielle Zurschaustellung meiner selbst als spiritueller Lehrer und das auch noch unter einem so großen, verpflichtenden Namen wie der „Lebenskunstakademie" setzten mich zu sehr unter Druck. Erst Jahre später wurde mir bewusst, dass ich meine Form in der harmlosen, aber genialen Tarnung des Kunstdozenten gefunden hatte.

Performance

Ein anderes Highlight dieser Zeit meiner Experimente als Lehrer waren mit Sicherheit meine Performances, die ich während der folgenden Jahre in den Lampert&Kleekamp-Niederlassungen mehrerer deutscher Städte durchführen durfte. Auch diese Idee habe ich nicht gesucht. Sie ist im Brutkasten meines Unterbewusstseins langsam herangereift, vermutlich als Ausdruck eines wachsenden Bedürfnisses, meiner schauspielerischen Ader noch mehr Raum zu geben. Aus dieser Zeit stammt auch mein letzter Kunstband: „Farb-Klang-Körper, Band 3“[37]. Im Programm der Lampert&Kleekamp-Niederlassung Hamburg, den ich hier gerade vor mir liegen habe, steht folgender Text:

„ART-Performance mit Christian Maiwald
Maler, Autor und Lehrer für Kreativität und Lebenskunst.

Freuen Sie sich auf einen Hochgenuss. Der (Lebens-)Künstler Christian Maiwald gibt erneut ein Heimspiel. Wer ihn einmal erlebt hat, weiß um die Faszination und Ausstrahlung dieses wunderbaren Künstlers, der mit seiner Offenheit und positiven Lebenseinstellung begeistert oder (mit den Worten einer Besucherin) ... seinen Malprozess total ehrlich rüberbringt, ohne sich auf ein Podest zu stellen, ohne Effekthascherei ... sondern mit Liebe!
Wie könnte man seine – inzwischen in vielen Lampert&Kleekamp-Niederlassungen beliebten – Art-Performances beschreiben? Maiwald formuliert es so:
Ein Raum der unbeschränkten Möglichkeiten, gewiss! Ein Happening, durchaus! Wenn ich sage, ein Gottesdienst, kommt das dem, was hier geschieht, sehr nahe, klingt aber viel zu heilig und moralisch. Wenn ich es als eine Comedy-Show bezeichne, trifft das den humorvollen Aspekt, weil ich auch immer wieder Leute parodiere oder den Clown spiele, um die Stimmung aufzulockern, dann, wenn einige zu ernst und kopflastig werden.

Das Wort ‚Performance' setzt sich aus den Worten ‚Per = Für' und ‚Form' zusammen. Wenn ich auch zu Beginn über den Zusammenhang von Kreativität und Lebenskunst rede, halte ich dennoch keinen Vortrag. Ich trage keine Theorien vor mir her, die ich mir irgendwo angelesen habe. Ich gebe DEM ‚Form', ich mache DAS sichtbar, was jeder bereits in sich trägt: das schöpferische Potenzial für ein freies, selbstbestimmtes und erfülltes Leben. Nichts macht mich glücklicher!
In diesem Sinne: herzlich willkommen!"

Herzlich willkommen hieß mich auch Pascal Schönherr, der Geschäftsführer der Lampert&Kleekamp-Niederlassung in Hamburg, an jenem Septembermorgen des Jahres 2009 auf dem Flughafen. Auf seine ureigenste Weise, wie sich bald herausstellen sollte.
Schon am Telefon rannten wir uns gegenseitig offene Türen ein. Da war so viel Witz, Sympathie und eine Vertrautheit, als hätten wir uns schon ewig gekannt. Dabei hatte ich diesen Mann noch nie zuvor gesehen.
Also hielt ich nach der Landung Ausschau nach diesem Geheimnisträger. Als sich das Objekt meiner Begierde nach längerem vergeblichen Suchen immer noch nicht zu erkennen gab, blieb ich nach einer gefühlten Ewigkeit – bis auf einen Mundharmonikaspieler im Regenmantel – alleine in der Halle zurück. Zuerst hatte ich natürlich den alten Penner (sorry, aber so sah der jedenfalls aus) nicht mit dem Geschäftsmann im Mercedes in Verbindung gebracht, auf den ich jetzt schon eine Stunde wartete. Da aber außer uns beiden niemand mehr die Halle bevölkerte, ging ich näher an diese Figur heran. Ungläubig berührte ich den vertieft Musizierenden mit meiner Hand vorsichtig an dessen Schulter und fragte trotz meines berechtigten Zweifels:
„Entschuldigen Sie, sind Sie Herr Schönherr?"
Mein Straßenmusikant spielte sein Seemannslied bis zur letzten Note ungehindert weiter. Doch als ich mich frustriert von ihm abwandte und im Begriff war zu gehen, drehte sich dieser um und rief:
„Hallo Christian, ich bin Pascal, mit dem du geredet hast."
„Herr Schönherr von Lampert&Kleekamp?", fragte ich verdutzt zurück.

„Aber ja doch, da besteht kein Zweifel!“
Als ich diese Tatsache langsam begriff, wusste ich noch nicht, dass ich in Pascal einen richtig guten Männerfreund gefunden hatte.
In der Zwischenzeit fanden in mehreren Lampert&Kleekamp-Häusern meine Performances statt. Große Auftritte mit bis zu zweihundert Personen, für die eigens ein Forum mit Bühne und Theaterbestuhlung eingerichtet wurde. Einmal hatte Pascal sogar ein altes Kino in Oldenburg angemietet, um mir den passenden Rahmen für meine Auftritte zu bieten. Ich knuddelte ihn dafür, denn ich liebe Menschen mit originellen und kreativen Ideen. Vor allem dann, wenn sie diese auch noch umsetzen.
Wir gründeten eine gemeinsame Kasse, mit der wir unsere Ausflüge und Streiche finanzierten. Ich besuchte ihn in seiner Villa an der Côte d’Azur. Wir fuhren in seinem Cabrio nach Neuharlingersiel und mit der Fähre auf die Insel Spiekeroog. Das Besondere an unserem Zusammensein war das Spontane, Gewöhnliche, ja Triviale. Sein Hauptthema war die Liebe und das Leben. Wir rannten uns gegenseitig offene Türen ein. Er sagte oft:
„Man muss das Leben leben, dann lernt man das Leben lieben.“
Pascal war ein attraktiver Mann, der vielen Frauen gefiel. Er war intelligent, erfolgreich und vor allem sehr humorvoll und voller Lebensweisheiten. Ich wusste allerdings nie richtig, was an seinen Geschichten real und was Fantasie war. Wohl hatte er es in seiner Jugend und Studentenzeit richtig krachen lassen und sich die Hörner abgestoßen, bis er – wie er mir verriet – die Richtige fand. Er war mittlerweile über 30 Jahre verheiratet und hatte eine wunderbare Familie, die er über alles liebte.

Das witzige Duo bestand aus zwei Männern, die es irgendwie geschafft hatten, über sich selbst lachen zu können und der Welt nichts mehr beweisen zu müssen. Sie genossen diese verbalen Pingpongspiele und Blö-

deleien und immer wieder – dann, wenn sie es am wenigsten wollten – diesen Tanz der Herzen. Pascal war für Christian der perfekte Partner, ein wunderbarer Freund und Spielgefährte. Soviel ich weiß, hat er ihm das nie gesagt: Aber ich glaube, im Verborgenen seines Herzens war Pascal „die Liebe seines Lebens". Doch nicht in dem Sinne, wie Sie – liebe Leser – jetzt vielleicht denken mögen. Die beiden waren zu hundert Prozent lesbisch.
Ralf Kleekamp und Pascal boten Maiwald die perfekte Bühne für seine One-Man-Show, in der er die Leute nicht nur unterhielt, sondern ihnen ganz nebenbei auch noch Maltechniken vermittelte und gleichzeitig etwas Seelennahrung verabreichte. Aber nicht mit dem Hammer, sondern als „Verführer". Schlagen Sie sein Buch „Farb-Klang-Körper, Band 3" auf, dann erleben Sie im Großformat seine ganz persönliche Form von Gottesdienst.

Zu Beginn saß ich lässig da in meinen weißen Arbeitskleidern und mit meinem weißen Stoffhasen Tino auf meinen Knien und sagte nichts. Ich saß einfach nur still da, das alleine reichte aus, dass das Energielevel tiefer und stärker wurde. Nach einer Weile warf ich Tino in die Menge. Derjenige, der den Hasen auffing, wurde jäh auf sich selbst zurückgeworfen, und ich fragte ihn zum Beispiel:
„Leben Sie Ihren Traum? Haben Sie auch einen Hasen zu Hause im Bett?"
Ich meine, das muss man sich mal vorstellen. Sie fahren durch die Stadt, stehen im Stau, zahlen zwanzig Euro Eintritt und erwarten einen wahnsinnig gescheiten Vortrag von einem Kunstexperten, und dann fragt Sie dieser Scharlatan, ob Sie einen Stoffhasen im Bett hätten. Eine Frechheit ist das! Ich meine, wo kämen wir da hin ...? Dabei konnte es passieren, dass einige weinten, andere lachten oder verärgert den Raum verließen. So ging das.
Diese Reaktion war rational nicht zu erklären, aber von mir beabsichtigt.

Durch die jahrelange Erfahrung mit Energiearbeit wusste ich, was zu tun ist, um aus dem Kopf in die Gegenwart zu kommen, in diesen tieferen, wahreren Energieraum, wo ein Hase eben kein Hase mehr ist, sondern vielleicht meine verlorene Kindheit, die den Verlust von Träumen und die Sehnsucht nach Zärtlichkeit und Liebe widerspiegelt.
Ich bin kein Redner, ich rede nicht über Kreativität, sondern ich lasse die Leute ihre eigene Sehnsucht nach einem selbstbestimmten, schöpferischen Leben am eigenen Leibe spüren. Ich nahm das Wort „Per-formance" wörtlich und brachte mich selbst in Form.
Ich machte mir selbst die Hände schmutzig, malte ein Bild, während ich kommentierte, was ich, wo, wie, wann mache und warum ich es gerade so mache, wie ich es mache.
Das war sehr unterhaltsam. Die Leute bekamen keine Predigt vorgesetzt, sondern sie konnten den kreativen Prozess mit all seinen tragikomischen Facetten live miterleben. Ich trat nicht auf als der, der alles weiß und alles kann. Ich sagte den Leuten:
„Passt auf, ich weiß auch nicht, wie es geht. Aber ich probier's immer wieder. Das gibt Erfahrung im Straucheln und dabei entdeckst du immer mehr Tricks, die funktionieren. Das macht den Lebenskünstler aus. Aber tief in deinem Innern bist du schon kreativ, du selbst bist diese Schöpferkraft, die du immer irgendwo da draußen suchst. Alles ist schon da. Hör auf deine Träume, spiel wieder mit weißen Hasen, höre auf dein Kinderherz und erlaube dir, mehr zu spinnen. Warum sind deine Wolken immer weiß? Stell sie dir rosa und gelb, blau und grün vor. Gönne dir zwei, drei Feinde. Lass die Hosen runter, werde sichtbar und mach dein Ding. Nichts anderes bedeutet Per-form-ance. Per=Für die Form. Form werden."
Es wurde unheimlich viel gelacht, die Leute waren offen. Sie fühlten sich okay, so wie sie waren, und in dieser entspannten Atmosphäre war es mir dann möglich, ohne Widerstände in die Tiefe zu gehen und ernstere Saiten anzuschlagen. Ich baute immer wieder Phasen der Stille ein und erklärte:
„Nur in der Stille hörst du den Ruf deiner Bestimmung. Nachdem du

diesen Ruf zum ersten Mal wahrgenommen hast, bist du nicht mehr der Gleiche. Dann beginnt ein Liebesverhältnis mit dir selbst und du suchst nicht mehr nach deinem Traumpartner. Dann bist du dir selbst dein bester Freund."

Ich fühlte mich pudelwohl in meiner Haut. Das war genau mein Ding, und deshalb kam es an. Die Leute vertrauten mir. Oft war die Vorstellung bis zum letzten Platz ausgebucht. Viele kamen von weit her. Einmal war sogar ein junges Paar dabei, um von mir ein Frischgeborenes taufen zu lassen. Ich machte eine Parodie daraus, gab den indischen Guru und lispelte mit diesem typischen indisch-deutschen Akzent:

„Ich bin dein Gulu Timotey und taufe dich auf den Namen Ma Deva Shakti."

Dann tauchte ich meinen Mittelfinger in eine Schale mit roter Farbe und setzte feierlich einen Punkt auf das geistige Auge der Kleinen.

Ich gab jeder Performance kurz vor Beginn einen anderen Titel und ein anderes Thema. In Hamburg hieß die Performance „Heimspiel", weil sich dort der Hauptsitz der Lampert&Kleekamp GmbH befindet und ich da bereits als Wiederholungstäter bekannt war. Das Thema in der Schweizer Filiale war „Hingabe". In Augsburg, Nürnberg und München schrieb ich zu Beginn auf eine Leinwand: „Yes, we can", weil damals gerade Barack Obama seine Wahlrede hielt. Auf die Titel-Idee in der Düsseldorfer Niederlassung stieß ich zufällig beim Anblick eines alten barocken Hochlehners, der dort im Lager in einer Ecke stand. Dann machte es sofort Klick und ich wusste, wie ich die Performance nannte: die „Rückeroberung des eigenen Throns". Ich setzte mich auf diesen Stuhl und schwieg. Wir saßen alle in Stille da. Die Sonne schien durch ein hohes, riesiges Fabrikfenster auf die Versammelten. Nach einer Weile brach ich die Stille und fragte in die Runde:

„Hörst du den Ruf deiner Bestimmung?" Flupp, der Hase flog in die Menge. Eine ältere Dame fing ihn im letzten Moment auf. Ich hakte nach:

„Kennen Sie Ihre Bestimmung?"

Ich hielt immer Ausschau nach einer Seele, die bereit war, sich von mir verführen zu lassen: zu einem Liebesverhältnis mit sich selbst. Wie damals anlässlich meiner letzten Show in Bremerhaven. Dabei ging mir ungewollt – es gibt freilich Schlimmeres – eine Frau ins Netz, die das wohl etwas anders interpretierte. Meine anfänglichen Bedenken lösten sich jedoch schnell in Luft auf, und noch ehe ich mich versah, saß ich gleich selbst mit im gemeinsamen Netz. Ich konnte mir das leisten, weil ich mich – Gott sei Dank – niemals heiliger gab, als ich war. Die Affäre gefährdete jedenfalls nicht meinen Ruf.

Sara

Sie hieß Sara, eine wunderbare Frau mit wachen Augen und langen hennafarbenen Haaren. Sie war recht groß. Ihr weiblicher, zarter Oberkörper mit zwei vollen Brüsten ruhte auf einem bodenständigen Becken. Mutter von zwei Kindern, verheiratet. Sie liebte ihren Mann. Sagte sie. Ich glaubte ihr sogar. Doch er musste offenbar, das entnahm ich ihren Bemerkungen, ein eifersüchtiger Mann gewesen sein. Zu spät, das feinmaschige Netz ließ uns nicht mehr entkommen. Da war eine starke Anziehung zwischen uns: Herz, aber auch Feuer im Bauch – und weiter unten. Außerdem malte sie erstaunlich gut. Sie experimentierte in zwei Richtungen. Der eine Stil war mystisch, fantastische Landschaften, leicht abstrahiert, der andere fröhlich, frech und unbekümmert, wohl der Spiegel ihres Wesens. Oft gespalten zwischen Bauch und Kopf. Sie saß in der vordersten Reihe.
Am Ende der Veranstaltung meldete sie sich und wollte wissen, ob auch mein Training für Kreativität und Lebenskunst in Deutschland durchgeführt werden könnte. Nach kurzem Zögern entglitt mir der Satz: „Ja, wenn Sie das organisieren, sehr gerne“, und im gleichen Moment hoben sich zwölf Arme in die Luft und ein Seminar kam zustande.
Mich faszinierte sie sofort, denn ich konnte hinter ihrem freundlichen, besonnenen Äußeren das lodernde Feuer und diese Sehnsucht nach Hingabe erkennen. Die Anziehung war gegenseitig, doch wehrte sie sich

vorerst dagegen, sich mit mir einzulassen. Während eines unserer langen Telefonate, als ich sie fragte, ob ich sie einmal besuchen dürfe, sagte sie zögernd:
„Wenn du Lust hast ..."
„Hast du Lust?", konterte ich unmittelbar.
Schweigen. Dann hauchte sie leise mit ihrer erotischen Stimme:
„Ja, ich habe Lust, große Lust sogar, aber ich gehe den Weg der kleinen Schritte. Im Moment geht das nicht mit meinem Mann."
Das war wirklich schade, und wie so oft in meinem Leben ließ ich schweren Herzens los und vergaß das Ganze.
Nun saß sie ein halbes Jahr später als Organisatorin des Trainings erneut in der vordersten Reihe. Ich fühlte bei ihrem Anblick, dass diesmal etwas anders war. Ihre Augen strahlten und funkelten und der Blick galt ohne Zweifel mir. Die Pfeile, die sie auf mich schoss, trafen mein Herz und weckten Schmetterlinge in meinem Bauch. Dieses Geflatter hatte ich nun ganze fünf lange Tage auszuhalten. Ich war immerhin noch der Seminarleiter. Doch am Ende des Seminars rissen alle Stricke und wir strebten zusammen schwebend in mein Hotel am Hafen.
Wir bestiegen den Lift und landeten im 5. Stock unversehens in einer Rentnerveranstaltung. Rundherum saßen ältere Damen und Herren bei Kaffee und Kuchen und irgendwie schickte es sich nicht, diese Herrschaften mitten am heiterhellen Tag mit Intimitäten zu provozieren. Doch genau das geschah. Im Gerangel vergaßen wir die Umgebung, und als wir aus unserem Taumel aufwachten, waren die Tische schon aufgestuhlt. Nur eine völlig verstörte Frau wartete hinter dem Tresen und sagte endlich: „Wir schließen." Aber wo, um Gottes willen, konnten wir das, was jetzt um jeden Preis geschehen musste, fortsetzen – und ich wollte eines nicht, hier an dieser Stelle abbrechen. Jetzt, wo es eben erst begonnen hatte. Meinen Zimmerschlüssel hatte ich bereits an der Rezeption abgegeben. Da war nichts mehr zu machen. In diesem Moment erspähte ich in meiner Not ein Schild: „Treppe Notausgang".
„Komm, mein Mädchen", flüsterte ich ihr bestimmt und gleichzeitig zart ins Ohr, während ich ihre Hand ergriff und sie von der Lifttüre weg in das ungemütliche Treppenhaus zog.

„Ich mag es, wenn du mich so nennst!"
Wir torkelten, immer wieder unterbrochen von Lustattacken, die Wendeltreppe hinunter, um kurz darauf in einem dunklen Flur zu landen, der zu den Hotelzimmern führte.
Ich küsste sie und meine Hand glitt unter ihrem Pullover an ihrem Rücken hinunter zwischen den Pobacken in die feuchte, reife Frucht, die nur darauf wartete, gepflückt zu werden. Was war mit uns geschehen? Wenn wir noch klar im Kopf gewesen wären, was offenbar nicht mehr der Fall zu sein schien, hätten wir jederzeit mit dem Überfall eines ahnungslosen Hotelgastes auf der Rückkehr in sein Zimmer rechnen müssen. Was für jeden vernünftigen Menschen eine äußerst peinliche Vorstellung gewesen wäre. Erstaunlicherweise kümmerte uns das überhaupt nicht. Aber das Leben scheint in gewissen Situationen einen Schutzwall um Verliebte zu legen und auch noch für das notwendige Mobiliar zu sorgen. Denn ich entdeckte gleich hinter uns an der Wand einen großen, altehrwürdigen, mit Gobelin überzogenen Barockstuhl mit geschnitzten Armlehnen.
Ich nahm allen Mut zusammen, tat einen Schritt vorwärts und sie einen rückwärts, bis ihre Kniekehlen die Stuhlkante berührten. Dann gab ich ihr einen sanften Stoß, sodass meine Königin auf ihrem Thron zu sitzen kam. Ich kniete mich vor meiner Angebeteten nieder und befreite sie, Stück für Stück, von allem, was ihren Unterleib umhüllte. Nun tat sie etwas, was Königinnen auf dem Thron selten tun, sie spreizte ihre nackten Beine und legte sie auf die Armlehnen des Stuhls, und ihre von allem befreite, dargebotene Scham öffnete ihre Lippen und lachte mir frech und schamlos entgegen.
Dieser Anblick, der den stärksten Mann umhaut, ließ meinen ganzen Körper vor Erregung erzittern. Ich vergrub meinen Kopf zwischen ihren Beinen und schlürfte gierig die rosarote Frucht ihrer Meeresmuschel aus, und ich fühlte, dass es dem erregten Aal zwischen meinen Beinen enger und enger wurde. Er wollte hinaus an die frische Luft, um endlich verspeist zu werden. Mit erregtem Gesicht stand das Vollweib auf und ich saß auf dem Thron. Aber in einem leicht anderen Sinne, als das anlässlich meiner Performance in Düsseldorf von mir gedacht war.

Während ich den lustvollen Geräuschen des Mahls hingebungsvoll lauschte, schweifte mein seliger Blick durch das einzige Fenster am Ende des Flurs hinaus über die Dächer der Stadt zum fernen Horizont, an dem sich bereits die Sonne rötete, während mein Stöhnen langsam in eine leise Wehmut überging und die glühende Scheibe hinter dem Hafen verschwand.
Als Sara mir vor der Hoteltüre, direkt an der Weser, entschwebte und in der unwirklichen Kulisse der Stadt verschwand, stand ich wieder alleine da in dieser Welt, die Wehmut blieb.
Als ich in der Hafenkneipe am Berliner Platz auf Pascal wartete, stellte ich mir ernsthaft die Frage, ob ich wirklich den Rest meines Lebens als Schürzenjäger fristen möchte.
Dieses Glück ist wunderbar, aber es vergeht leider ebenso schnell, wie es gekommen ist, und: Es hängt von äußeren Bedingungen ab. Es macht abhängig. Man will mehr davon! Ich dachte immer: Wenn ich Sex hemmungslos auslebe, wird er mich vielleicht eines Tages in Ruhe lassen. Das Gegenteil war der Fall. Das beobachtete ich auch in den ganzen Frauengeschichten anderer Männer. Dieses sich ewig wiederholende Muster von Verlieben, heißen Nächten, Ernüchterung, Frustration und enttäuschter Hoffnung, dann die Suche eines Schuldigen und am Schluss das bittere Ende. Ich wusste seit jeher, dass das nicht alles, vor allem nicht wahre Liebe sein kann.

Ich hatte den Himmel auf Erden erlebt und dennoch folgten sie mir wie ein Schatten, diese uralten, essenziellen Menschheitsfragen:
Gibt es einen Ausweg aus dieser vom Egoverstand produzierten Endlosschleife[6] von Täuschung und Ent-Täuschung, die uns in allen Lebensbereichen gefangen hält?
Gibt es ein Glück, das nicht das Gegenteil von Unglück ist?
Gibt es eine Liebe, die nicht das Gegenteil von Hass ist?
Ich kannte die Antworten. Ich lehrte die Antworten. Ich lebte die Antworten. Doch ich war mit der Lektion immer noch nicht endgültig durch.
Ich saß da mit meinem Gin Tonic und ließ das Zusammensein mit Sara

noch einmal Revue passieren. Ich spürte genau hin und lauschte meiner inneren Stimme. Während ich dabei das Glas leicht hin und her bewegte, beobachtete ich das Lichtspiel in den Eiswürfeln und plötzlich war es, als sähe ich auf dem Grund des Glases eine offene Muschel, in der eine kostbare Perle lag, die ich unmittelbar als die Antwort erkannte:
Es ist nicht der Rausch, die kurze Befriedigung, die du suchst. Du willst im Grunde nicht vergessen, sondern dich erinnern. Die wirkliche Ursache hinter diesem unwiderstehlichen Drang zur Vereinigung ist die Erfahrung von No-Mind[2]. Für kurze Zeit setzt die Kontrolle deines Verstandes aus und du bist nicht mehr. Das bedeutet Ekstase. Du hast einen Vorgeschmack deiner wahren Natur jenseits des denkenden Geistes. Du riechst den Duft von etwas Großem, Essenziellem, das nicht kommt und geht. Es ist nicht die Frau, der Mann, es ist Gott, du selbst, die oder den du im Anderen suchst. Ich wusste: Das ist die letzte Wahrheit.
Lust hat ihren Ursprung außerhalb von dir, Freude und Liebe hingegen steigen ganz natürlich aus dir selbst hervor. Auf dieser bewussten Ebene ist Sexualität einfach der Drang nach göttlicher Einheit, der sich im Körper als sexueller Wunsch äußert. Das ist die große Illusion, welche die Natur braucht, um sich fortzupflanzen. Die Illusion, die es zu überwinden gilt.
Ich nahm noch einen Schluck, dann erschrak ich:
„Moment mal, das ist doch die Bedeutung meines Namens!
Veet Bhram: Jenseits der Illusion ... Scheiße ... das würde ja heißen ... “
Mir wurde schlagartig mulmig im Bauch:
„... Sex überwinden. Nee! Auf keinen Fall, das ist eine Nummer zu groß für dich!“
Die Stimme von Alan mischte sich ein und konterte:
„Darum geht es ja auch nicht. Es geht darum, dich zu erinnern, dass du in deinem wahren Wesen den männlichen und weiblichen Pol bereits als vollkommene Einheit in dir trägst.“
Mitten in meiner Versenkung stand plötzlich Pascal neben mir. Und noch im Stehen fragte er ungeduldig:
„Moin, moin! Und, wie war's?“

Er konnte nichts dafür, aber seine Frage in diesem Moment war so oberflächlich, dass ich sie beinahe als verletzend empfand. Ich merkte sofort, dass ich jetzt keine Lust auf Konversation hatte.
„Hat's dir die Sprache verschlagen, du alter Seebär?"
„Ja, das kann man wohl sagen."
Betretenes Schweigen.
„Und, bist du glücklich?", grinste er verschmitzt, so als hätte ich soeben von verbotenen Früchten gegessen. Es kam wie aus dem Mund eines anderen Menschen, wie aus einer fremden Kinderwelt.
Ich würgte und rang mit einer Antwort und merkte, dass alles, was ich jetzt sagte, falsch sein würde. Es war meine verborgene Seite, die er nicht verstand und auch nicht verstehen wollte. Meine spirituelle Seite, die etwas erfahren hatte, was ihm zwar nicht fremd, aber wohl nicht wirklich bewusst war. Ich schlürfte an meinem Gin Tonic und sagte halblaut, wie unter einer Glocke:
„Glück ist nicht genug."
Es schien, als hätte er meine Antwort gar nicht mitgekriegt.
„Du alter Besserwisser, komm wir trinken noch einen."
Er hatte mich gegenüber Skeptikern bis zu diesem Tage immer rückhaltlos wie ein Freund verteidigt. Nun fiel er mir in den Rücken. Diese plumpe Bemerkung traf mich mitten ins Herz. Sie zerstörte die Unschuld unserer Freundschaft; diesen Tanz der Herzen, der uns bis zu diesem Zeitpunkt verbunden hatte.
Ich hätte so gerne das, was mit mir geschehen war, mit ihm geteilt. Er hat mich nie danach gefragt und ich musste die brutale Tatsache akzeptieren:
Den letzten Schritt musst du alleine tun.
Einige Monate später, an jenem Freitagnachmittag nach einer Performance in seinem Hause kam es dann zu unserer ersten Dissonanz in unserer sonst so harmonischen Sinfonie.

Patio – Stirb und werde: Klappe, die dritte

AUSSEN/HAMBURG SPEICHERSTADT/TAG
PASCAL UND CHRISTIAN IN LANGEN MÄNTELN. VERKEHR. GEHSTEIG. NEBEL UND NIESELREGEN. VOR CH. HER LÄUFT P. MIT DER MUNDHARMONIKA, SEEMANNSLIEDER SPIELEND.
Ich weiß nicht, wohin Pascal mich führen will. Er hat irgendetwas von einer Ausstellung gesagt. Wenn ich ihn frage, trillert er nur geheimnisvoll:
„Üüüüberraschung!"
Fragen ist verboten. Ich genieße seine Situationskomik. Als uns jemand entgegenkommt, nimmt er kurz seine Mundi, wie er seine Mundharmonika liebevoll nennt, aus dem Mund und entschuldigt sich bei dem Passanten mit ernster Krankenpflegermimik:
„Keine Angst, der will nur spielen."
Er ist wieder ganz der Alte.
An der Ecke unseres Bestimmungsortes treten wir ein in eines dieser roten Backsteinhäuser in eine Vorhalle mit vielen Menschen und einigen Kassen, wo mein Reiseleiter Eintrittskarten für uns kauft. Unterdessen verraten natürlich die Informationstexte, Fotos und Erläuterungen überall an den Wänden, wo wir uns hier eigentlich befinden. Es wäre nicht Pascal, wenn dieser Ort nicht etwas absolut Einmaliges wäre.
In großen Lettern lese ich auf der Infotafel:
„BLINDENMUSEUM – DIALOG IM DUNKELN®"
und darunter den erklärenden Text:
„Eine außergewöhnliche Ausstellung, in der es garantiert nichts zu sehen, aber jede Menge zu entdecken gibt. In völlig abgedunkelten Räumen führen blinde Menschen das Publikum in kleinen Gruppen durch eine Ausstellung. Aus Düften, Wind, Temperaturen, Tönen und Texturen wird ein Park, eine Stadt oder eine Bar gestaltet. Dementsprechend bekommt der Gast hier keine Exponate, Kunst in Form von Bildern oder sonstige plastische Eindrücke zu Gesicht. Eine Reise in eine fremde, faszinierende Welt."
Definitiv eine großartige Idee, wenn nicht ein abrupter Stimmungswandel die ganze Szenerie in trübes Licht gehüllt hätte. Plötzlich hat dieser

Begriff für mich eine völlig andere Bedeutung. Mich ergreift wie aus heiterem Himmel das schmerzliche Gefühl, dass ich im Grunde auch mit Pascal einen Dialog im Dunkeln führe. Ja, dass die ganze Menschheit einen Dialog im Dunkeln führt.
Als wir nach einer Stunde wieder draußen stehen und uns im sengenden Licht die Augen reiben und die Blödeleien ungehindert ihren Lauf nehmen, kann ich mich nicht mehr zurückhalten und zeige ihm meine Befindlichkeit:
„Tut mir leid, Pascal, aber ich muss jetzt alleine sein. Ich melde mich!"
Er wird bestimmt meinen Stimmungswechsel bemerkt haben, denn ich glaube, dass er Ähnliches denkt:
„Ja, das ist wohl das Beste im Moment!"
Wir wechseln kurz verblüffte und traurige Blicke. Dann wendet er sich von mir ab. Ich bleibe stehen und blicke ihm nach, wie er sich auf die Mauer des Kanals setzt und seine Beine über dem Wasser baumeln lässt. Dann geschieht das Unfassbare: Er greift in seine Manteltasche, nimmt seine Mundharmonika hervor und beginnt zu spielen. Aber diesmal nicht wie immer ein Seemannslied, sondern – ich traue meinen Ohren nicht:

„Guten Abend, gut' Nacht
Mit Rosen bedacht
Mit Näglein besteckt
Schlupf unter die Deck'
Morgen früh, wenn Gott will
Wirst du wieder geweckt."

„Oh nein, das kann doch jetzt nicht wahr sein", denke ich und versuche mein aufwallendes Schluchzen aufzuhalten. Vergeblich, dieser altbekannte, tiefe Schmerz, nicht verstanden zu werden, verfolgt mich wie ein alter Schatten, der gesehen und angenommen werden will, während ich in der regnerischen Speicherstadt verschwinde.
Warum auch immer er diese lieblose Bemerkung gemacht haben mag, mir wird klar, warum mir ein harmloses Wiegenlied, von dem im Grunde

so viel Zuversicht und Vertrauen ausgeht, jedes Mal, wenn ich es höre, den Magen umdreht:
Es erinnert mich an den Verlust meiner Kindheit, den Fall aus dem Paradies, dem mütterlichen Aufgehobensein in der Liebe Gottes.

Maiwald meldete sich nicht mehr und leckte seine Wunden, bis er sich dessen klar wurde, was da eigentlich passiert war: Er konnte Pascal verstehen. In jenem Moment mochte er ihm in seinem leidenschaftlichen Ringen um Erkenntnis durchaus als Besserwisser erschienen sein. Ja, vielleicht hatte Maiwald recht haben wollen und war somit unmittelbar selbst an der Zerstörung des Friedens mitbeteiligt gewesen. Es hätte doch aber auch sein können, dass sein bester Freund ihn so sehr liebte, dass er sich als Advocatus Diaboli[57] zur Verfügung gestellt hätte, um ihm sein spirituelles Ego zu spiegeln, das er schon weitgehend überwunden geglaubt hatte. Das konnte doch alles durchaus sein. Wenn es doch keine Zufälle gibt und – wie Maiwald immer wieder zu sagen pflegt – alles irgendwie zusammenhängt.

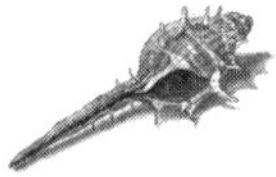

Ich habe nie wirklich daran geglaubt, dass wir glücklich werden, wenn unsere Wünsche in Erfüllung gehen, aber ich musste es wohl am eigenen Leib erfahren.
Trotz der eindeutigen Verbesserung meiner Lebensqualität und meiner großen inneren und äußeren Freiheit, die ich genoss, war da immer noch ein winziger Restposten von Hoffnung, die mein Wohlbefinden von äußeren Dingen abhängig machte: der Hoffnung, von meinem

besten Freund verstanden zu werden, dem heimlichen Warten auf die große romantische Liebe und das Traumhaus am Meer und dem großen Finale – eines Tages erleuchtet zu werden.
Als ich wieder einmal im Frühling in einem Reiseprospekt mit all den wunderschön retuschierten Glanzfotos von Traumhotels und Traumstränden, Paradiesen und Oasen blätterte, übermannte mich eine unbändige Wut und es schrie aus mir heraus:
„Shit, the Paradise is Now!" Die Zukunft ist nur eine Erfindung des denkenden Geistes, um die Berührung mit der reinen Gegenwart zu vermeiden!
Auf dem Gipfel meiner materiellen, künstlerischen und spirituellen Entfaltung, als es für mich scheinbar nichts mehr zu erreichen gab, war das Ende meiner wunderbaren Männerfreundschaft zugleich der heimliche Vorbote einer tiefen Desillusionierungswelle.
Sie kam als Kurpackung.
Durch die vielen Beerdigungen von Verwandten in dieser Lebensphase, insbesondere jener meiner Mutter und meines Vaters, bestimmte immer mehr die Allgegenwart des Todes die Szenerie.

Eine lang anhaltende Trauer über die unentrinnbare Sterblichkeit allen Lebens lag lange wie ein Schatten auf meiner Seele.
All diese uralten, existenziellen Kardinalfragen forderten jetzt mit noch größerer Wucht und Unnachgiebigkeit meine volle Zuwendung:
Auf einem meiner Rundgänge über den Adlisberg sah ich meine Wanderschuhe unter Hunderten von Herbstblättern im Gleichschritt mit der Zeit, die vergeht. Jedes dieser verwelkten Blätter ist ein Mensch; und auch ich bin nur ein Blatt, das eines Tages fällt, vom Baum dieses irdischen Lebens. Mit ihm fallen meine Meinungen, Vorstellungen und Konzepte, all das, was ich als Ich oder Nicht-Ich bezeichnet und verteidigt habe.
Das Rauschen des Verkehrs drang laut und bedrohlich vom Glatttal herauf und ich erinnerte mich, dass dieses Tal, welches ich als Kind an der Hand meiner Mutter in ausgedehnten Spaziergängen durchquert hatte,

damals noch voller Wiesen und vereinzelter Bauernhöfe gewesen war. Plötzlich spürte ich einen schmerzlichen Stich in meinem Herzen, weil ich für einen Moment lang erkannte, wie wir Menschen in unserem kollektiven Wahnsinn alles zerstören, nur um jemand zu werden, der am Ende wieder stirbt. Dabei beschränkt sich diese auf Angst und Mangel begründete Raffgier und Zerstörungswut nicht nur auf weltliche Dinge, sondern sie macht auch vor den erhabensten und heiligsten Schätzen unseres Seins wie Selbsterkenntnis und Erleuchtung nicht Halt. War mein Glück etwa doch nur von Äußerlichkeiten bestimmt? Wenn ja, dann war dieses Glück sehr, sehr vergänglich. Und ein Glück, welches nur das Gegenteil von Unglück ist, wollte ich auf keinen Fall mehr.
Ich tat das, was ich oft zu tun pflegte, wenn ich verzweifelt war: Ich umarmte einen meiner geliebten Bäume am Weg. Die große, mütterliche Eiche am Rande des Tobels oder eine der hohen rotstämmigen Kiefern an der sonnigen Waldecke am Ende des Ackerwegs. Alle standen sie an heiligen Plätzen und schenkten mir Erdung, Trost und Hoffnung, wenn ich glaubte, dass es nicht mehr weiterging. Diesmal musste meine Eiche dran glauben. Sie ließ es geduldig über sich ergehen. Ein Baum sollte man sein: unerschütterlich, gereift von Sonne, Sturm und Wind, in sich ruhend, ganz hier und jetzt, sich selbst nah. Nicht wie der Mensch: immerfort im Kopf, getrieben von Mangel, Schmerz und Wut, gespalten zwischen dem, was ist, und dem, was sein sollte, zwischen der Last der Vergangenheit und der ersehnten Erlösung einer Zukunft, die es nicht gibt, sondern mit der Erde und Gegenwart tief verwurzelt, vollkommen eins mit allem Sein, die Blätter frei im Wind. Der Baum kennt nur das Jetzt, weil es das Einzige ist, was es gibt. Leben ist immer jetzt.
Diese tiefe Desillusionierung machte auch vor meiner Beziehung mit Tamara nicht Halt. Immer mal wieder verfluchte ich meine ganze spirituelle Suche, mit der die ganze Lockerung unserer Beziehung erst angefangen hatte. Ich stellte unser Dreieck mit Amrit nun des Öfteren infrage; und es gab Momente, in denen ich alles bereute und mir die Schuld dafür gab, dass ich die ganze spirituelle Suche überhaupt iniziiert und als Erster begonnen hatte, mit anderen Frauen zu schlafen. Oft hätte ich mir

gewünscht, dass ich einfach ganz normal wie jeder andere stinknormale Bürger nichts von Befreiung und dem ganzen spirituellen Hokuspokus erfahren hätte und heute wie jeder andere vernünftige Mensch auch in treuer Zweisamkeit den Lebensabend genießen könnte. Tamara und ich haben eine offene Beziehung. Es wäre überhaupt kein Problem gewesen, mich ab und an in eine andere Frau zu verlieben und immer wieder das alte Muster zu wiederholen. Doch dafür war es zu spät. Ich wollte das nicht mehr.

Ich war nicht enttäuscht vom Sex und von den Frauen. Ganz im Gegenteil. Ich hatte den schönsten Sex, den man sich vorstellen konnte. Ich war nur einfach müde, immer wieder von Neuem auf dieselben Tricks der Natur hereinzufallen, und sehnte mich danach, endlich selbst der Boss im eigenen Haus zu sein. Ich hatte die Sexualität gelebt und ausgekostet. Vielleicht war diese Sinnkrise ja ein Zeichen dafür, dass ich nun reif war, meine sexuelle Kraft noch intensiver in geistig-schöpferische Bahnen zu lenken. In der Not ging ich zu meinem Bücherregal und griff erneut nach dem Werk von Elisabeth Haich, „Sexuelle Kraft und Yoga", das ich mir für reifere Jahre aufbewahrt hatte, klopfte hustend den Staub von zwanzig Jahren ab und las es gierig mehrere Male durch. Es war nicht nur meine Sexualität und die Beziehung zu den Frauen. Ich stellte Freundschaft und Liebe unter den Menschen grundsätzlich infrage. Die Sinnkrise war noch nicht zu Ende.

Im Zuge der Geburtswehen meines Bewusstseins stellte ich zudem schmerzlich fest, dass in all den Jahren des ungebrochenen Erfolges mit der Zeit alles selbstverständlich geworden war. Dankbarkeit war bei mir immer eine tiefe, echte Empfindung gewesen, nun glitt mir auch dieses wertvolle Gut wie Sand aus den Händen. Allerorts wird über die Probleme der Armut lamentiert. Niemand bezweifelt die Tragik von Hunger und Krankheit. Aber wie steht es mit der Krankheit des Wohlstandes, so wie wir ihn hier im Westen genießen? Die sehe ich darin, dass wir den Kontakt zur Wirklichkeit verloren haben und uns in unserer Arroganz über Problemchen beklagen, die nicht nur keine sind, sondern im Vergleich mit unterentwickelten Ländern geradezu als eine lächerliche

Anmaßung erscheinen. Dieser heimtückische Virus, der schnell zur Verblödung unserer Spiel- und Spaßgesellschaft führen kann, hat sich schon lange in bessergestellten Bevölkerungsschichten ausgebreitet, und viele sind sich dessen nicht einmal bewusst. Ich konnte im letzten Moment gerade noch verhindern, dass diese Krankheit auch mich befallen hätte. Immer, wenn ich auch nur einen Hauch von dieser Undankbarkeit bei mir bemerkte, traf mich das wie ein Stich ins Herz, dann schlug ich mir entsetzt mitten ins Gesicht und rief:
„Hallo, ist da jemand? Weißt du überhaupt, dass das alles nicht selbstverständlich ist, was du hier geschenkt bekommen hast? Arschloch!"

Doch dann setzte das Leben noch eins oben drauf. Maiwald war in jener Zeit nicht mehr imstande, auch nur ein Wort zu schreiben. Er kapitulierte auch als Schriftsteller. Gott sei Dank hatte er das Manuskript seines Romans vor seiner Krise abgeschlossen und die Rohfassung einem Kollegen und einer befreundeten Germanistin zur Leseprobe ausgehändigt. Jahrelang hatte er über diesem Werk gebrütet, und nun war der große und alles entscheidende Moment gekommen, in dem er zum ersten Mal die Reaktion sehen würde, ob das Buch nun beim Leser ankommt oder eben nicht.
Maiwalds Verleger war begeistert und fand es spannend. Ja, er gratulierte ihm sogar zu seiner „schriftstellerischen Kompetenz". So viel Anerkennung hätte er niemals erwartet. Das Feedback der Germanistin fiel bereits etwas kritischer aus, doch dann kam der Schock. Lassen Sie Maiwald selbst erzählen:

Ich schickte das Manuskript Erdmann, einem Schriftstellerkollegen. Erfolgsverwöhnt erwartete ich große Lobeshymnen. Als ich ihn am Telefon fragte, ob er die Botschaft des Buches verstanden hätte, blieb es still am anderen Ende der Stadt. Er rang nach Worten, seine Verlegenheit war greifbar. Er musste im Grunde gar nichts mehr sagen. Ich wollte es auch gar nicht mehr wissen. Eines war klar: Er verstand sie nicht.
Mich traf der Schlag! Aus heiterem Himmel kam meine hochgepriesene Wahrheit knallhart auf mich zurück. Nun erfuhr ich am eigenen Leibe, was Amrit mit seinem Spruch meinte:
„Die Vision frisst ihren Seher."
Doch so weit ließ ich es nicht kommen. Ich wusste ja, dass die Wahrheit immer einen Quälgeist benötigt, um den Sucher zu prüfen. Ich wusste um das psychologische Phänomen, dass in einem fortgeschrittenen Stadium der Suche das Ego immer subtiler agiert und die Schläge deshalb viel gezielter und stärker sein müssen. Nach dem Faustschlag von Pascal war nun wohl auch der Faustschlag meines „Berufskollegen" vom Leben alleine dazu angelegt, mir den Rest zu geben.
„Bravo, das ist dir ja jetzt gelungen", rief ich wutentbrannt meinem Schöpfer zu.
Aber ich will das hier gar nicht schönreden: Im Grunde hatte ich meine Hausaufgaben nicht gemacht, wie das in meinem Lehrbuch von James N. Frey „Wie man einen verdammt guten Roman schreibt" ganz eindeutig gefordert wird. Damit ist das Erarbeiten eines Exposés und der kurzen Formulierung der Botschaft gemeint. Ich hatte ja die Idee, den Titel und das Konzept schon in meinem Kopf und dachte, dass ich das alles auch ohne diese hirnlastigen Vorbereitungen irgendwie auf die Reihe kriegen würde.
Doch da hatte ich wohl die Rechnung ohne den Wirt gemacht und Frank Sinatras „I did it my way" zu wörtlich genommen und dabei den klugen Ratschlag von Tamara überhört, die schon zu Beginn meines Schreibabenteuers unnachgiebig auf die Wichtigkeit ebendieser Hausaufgaben hingewiesen hatte. Der Tag ihres Triumphes ließ nicht lange auf sich

warten und sie sagte genüsslich den Drehbuchtext, der ihr vom Meisterkomiker in ihren frechen Mund gelegt wurde:
„Ich habe es dir ja immer gesagt."
Das war keine gute Idee.

Irgendwann einmal in jener schwierigen Zeit hatte ich dann ein Schlüsselerlebnis, das ich nie mehr vergessen werde. Hoffnungslos und missgelaunt darüber, dass mein Leben gerade ausweglos aus dem Ruder lief, ging ich eines Morgens auf meine Zeitungstour. Es war wirklich nicht mein Tag. Am Depot stand bereits René, mein Arbeitskollege, ein etwas verschrobener, wortkarger Kerl. Ich sagte gespielt freundlich und kumpelhaft:
„Guten Morgen!"
Die Antwort blieb aus. Er schwieg und stapelte in aller Ruhe die Zeitungen in seinen Wagen, während ich immer wütender wurde und der Frust meiner letzten Tage in mir hochkam. Verärgert und verletzt rief ich aus:
„Chasch nüd grüetzi säge?" – „Kannst du nicht ‚Guten Tag' sagen?"
Er griff sich gemächlich die letzte Zeitung, legte sie sorgfältig auf den Stapel im Wagen, drehte sich zu mir um und fragte spröde und gelangweilt:
„Mues ich?" – „Muss ich?"
Das war eine der eindrücklichsten – und im Nachhinein betrachtet wohl auch eine der komischsten – Lektionen meines Lebens, da sie mich so unerwartet direkt und brutal traf!
Jawohl, niemand muss müssen. Niemand muss so sein, wie ich ihn haben will. Niemand muss mich mögen. Niemand muss mich verstehen. Das Leben muss nicht so sein, wie ich mir das in meinem Spatzenhirn zurechtbiege. Ego ist Ego. Es ist immer beleidigt, wenn ES nicht nach seinem Kopf geht. Dann hätte mich ironischerweise in jenen Tagen Gott sogar fragen müssen:
„Muss ich mich nach deinen Vorstellungen richten oder du nach meinen? Was glaubst du?"

Ich kam mir idiotisch vor. Heute erinnert mich das an einen Witz, den ich kürzlich von Dieter Nuhr gehört habe:
Moses kommt vom Berg herab, um den Wartenden Gottes Botschaft zu verkünden.
„Also Leute, es gibt eine gute und eine schlechte Nachricht. Welche zuerst?"
„Die gute!"
„Ich hab' ihn runtergehandelt auf zehn Gebote!"
„Und die schlechte?"
„Ehebruch ist immer noch dabei!"
Mir war natürlich klar: Gott handelt nicht.
„Diese Krise ist jetzt genau das, was du brauchst. Ob dir das passt oder nicht", schien er mir zuzurufen.
Meine Lektion hieß: Akzeptanz für Fortgeschrittene.

Ich lernte das langsame Sterben meines Egos und diese damit einhergehende Leere und Sinnlosigkeit anzunehmen, ohne dieser endgültigen Desillusionierung durch irgendwelche Ersatzbefriedigungen, Träume, Projektionen oder Anschuldigungen zu entkommen, und ließ es zu, dass ich „Staub zu Staub" bin. Ein Furz im Kosmos. Ich begriff endlich die ungeheure Wahrheit, dass ich nur deshalb Hoffnungslosigkeit fühlte, weil ich nach wie vor an der Hoffnung festhielt. Auch wenn es die Hoffnung auf Erleuchtung war. Ich lebte trotz aller Bewusstheit letztendlich immer noch für etwas, das irgendwo, irgendwann geschehen würde. Es wird nicht geschehen, aber das Gefühl, dass es geschehen könnte, erhielt die Illusion aufrecht.
Einmal mehr, aber diesmal in noch schmerzlicherer Dringlichkeit, erkannte ich die Ursache des menschlichen Dilemmas:
Aus seiner alles dominierenden Grundstimmung des Getrenntseins von einem einheitlichen, verbindenden Ganzen versucht unser Ego-Verstand[19], in welcher Verkleidung auch immer, dieses Gefühl des Mangels im Außen zu kompensieren.

Es geht nicht darum, den Verstand zu verteufeln, das wäre wieder ur-teilen, also wieder Verstand. Es geht darum, ihn zu verstehen, um ihn richtig zu benutzen und nicht von ihm benutzt zu werden.
Der Verstand ist eines der größten Wunder der Schöpfung und sollte, wie ein Hammer, als Werkzeug benutzt werden. Mit ihm kann ich ein schönes Möbel zimmern, aber auch jemanden kaltblütig erschlagen. In den Händen bewusster Menschen ist er konstruktiv. In der Kunst, der Wissenschaft und Technik ist unser Geist ganz offensichtlich zu großartigen Leistungen imstande. In den Händen von unbewussten, vom Egoismus beherrschten Menschen wird dieses geniale Werkzeug extrem destruktiv und zur Gefahr für den Einzelnen und für den ganzen Planeten.
In dieser fundamentalen Erkenntnis, die mich erschaudern ließ, beschwor ich mich selbst:
Mein Verstand darf niemals der Boss in meinem Leben werden! Der Verstand ist Logik. In der Welt können wir ohne ihn nicht existieren. Wir können mit ihm zum Mond fliegen, Brücken bauen, die genialsten Berechnungen anstellen, und er sichert uns unser täglich Brot. Doch der Mensch lebt nicht vom Brot allein, sagte vor langer Zeit einer, der es wissen sollte. Der Verstand zaubert uns kein Lächeln auf die Lippen, er versteht keinen Humor und behindert den Zugang zu unserem Herzen.
Auf dem Weg nach innen, zu uns selbst, führt er uns in die Irre. Da hintergeht er uns – selbstverständlich immer zu unserem Besten.
Noch bevor wir auf unseren eigenen Beinen stehen, flüstert er uns ins Ohr:
„Wenn du einmal deine Ausbildung abgeschlossen, den richtigen Lebenspartner, das Häuschen im Grünen gefunden hast und reich und berühmt bist, dann wirst du glücklich sein."
Gefangen in der Zeit, in einem Klima der Angst, permanent gespalten, hin- und hergetrieben zwischen Vergangenheit und Zukunft, jemand sein und niemand sein, Identität und Erlösung, dem, was ist, und dem, was sein sollte, vermittelt uns der Ego-Verstand die Illusion eines falschen Selbst.
Weitere Müsterchen gefällig?

Wenn du einen Menschen auf der Straße siehst, der wirres Zeug in sich hineinmurmelt, sagt dir dein Verstand:
„Mein Gott, wie peinlich, ein Geistesgestörter."
Dabei entgeht dir die Tatsache, dass du in deinem Kopf in der Tat ebenso viele Stimmen vernimmst. Die eine flüstert dir ins Ohr:
„Rauch' noch eine, meine Oma hat auch bis ins hohe Alter geraucht und ist dennoch neunzig geworden."
Und wenn du dann einen Hustenanfall bekommst und dich die Angst packt, flüstert dir eine andere ins Ohr:
„Ich hab dir ja immer gesagt, dass Rauchen schädlich ist. Jetzt hast du halt Krebs!"
Zu Hause träumen wir von weißen Sandstränden und dem Meer. In der heißen Mittagssonne am Strand von Bali träumen wir von der kühlen Wohnung im Norden. Der Verheiratete schaut wehmütig den Singles nach und der Single träumt von Heim und Herd mit Frau und Kind. Nichts kann ihn jemals zufriedenstellen. Weil er selbst das Problem ist. Wir alle kennen diese Endlosschleife.
Das ist unser Kopfkino, der Stoff, aus dem unsere Dramen und Komödien bestehen.

Hier zur Auflockerung dieses unbequemen Themas ein herrlicher Witz von Osho:
„Der Verstand ist sehr gerissen, der Verstand interpretiert alles auf seine Weise. Er hört immer nur das, was er hören will. Er interpretiert die Dinge auf seine Art. Der Verstand versucht nie zu verstehen, was wirklich wahr ist. Er hat seine Entscheidung bereits getroffen.
Ich habe gehört ...
‚Ich bin ein anständiger Mann, Doktor, doch in letzter Zeit ist mein Leben wegen meiner Schuldgefühle und Selbstvorwürfe unerträglich geworden.' Der Patient schluckte unglücklich, ehe er fortfuhr: ‚Sehen Sie, ich bin seit Kurzem das Opfer eines unkontrollierbaren Verlangens geworden, Mädchen in der U-Bahn zu kneifen und zu befummeln.'
‚Nur Mut', meinte der Psychiater aufmunternd, ‚wir werden Ihnen sicherlich helfen, dieses unglückselige Verlangen loszuwerden. Ich kann gut

verstehen, wie unangenehm ...' Der Patient unterbrach ihn besorgt: ‚Es ist nicht so sehr das Verlangen, das ich loswerden will, Doktor, es ist das Schuldgefühl.'"

Weil wir uns für unseren Verstand halten, gehen wir ganz selbstverständlich davon aus, dass wir es sind, die unseren Verstand benutzen. Fehlanzeige: Solange wir mit dem Verstand identifiziert sind, benutzt der Verstand uns!

Als ich das begriff, wurde es richtig gefährlich, denn als ich alle seine weltlichen Tricks, Versuchungen und Verführungskünste durchschaute, zog er am Ende seinen größten Trumpf aus dem Ärmel. Seine letzte und gemeinste Falle: die Erleuchtungsfalle.

Als seine weltlichen Versuchungen nicht mehr griffen, stürzte sich der Verstand auf meine spirituellen Erkenntnisse. Und schon saß ich wieder in der Falle.

Wie schmerzlich ist es zu erkennen, dass auch das spirituelle Ego nur ein Ego ist. Dieser Niemand, der auf seine Fortschritte stolz ist. Es kommt der Punkt, an dem du selbst deine schönsten spirituellen Erfahrungen, den Wunsch nach Erleuchtung, nach Wahrheit, nach Freiheit aufgeben musst. Ich war bereit gewesen, mein weltliches Ego loszulassen. Nun war ich bereit, besser gesagt genötigt, auch mein spirituelles Ego loszulassen.

Vom Licht dieser Erkenntnis ertappt und bedroht, schlich sich mein Verstand nun nicht einfach brav wie ein geschlagener Hund zur Hintertüre hinaus, im Gegenteil. Jetzt mutierte er erst recht zu einem Monster. Er mobilisierte noch einmal all seine Kräfte, seine ganze List, fuhr die schwersten Geschütze auf, überfiel mich bei Tag und bei Nacht aus dem Hinterhalt, bäumte sich mit angsteinflößenden Drohgebärden, Horrorszenarien und sexuellen Fantasien über mir auf wie ein Drache, so als wolle Gott mich prüfen. In der Bibel wird dieser Widersacher wohl als der Teufel bezeichnet.

Die alten Verhaltensmuster funktionierten nicht mehr. Plötzlich balancierte ich auf verdammt dünnem Eis und hatte panische Angst, dass es jederzeit einstürzen könnte und ich wahnsinnig werden würde.

Um die Krise komplett zu machen, litt ich auch noch unter einem chronischen Husten und an Übergewicht. Seit Langem hatte ich unser Fitnessstudio nicht mehr von innen gesehen. Ich begriff plötzlich, dass auch meine bis dahin robuste Gesundheit nicht selbstverständlich war.
Auch wenn ich mich niemals getraut hätte, dem Herrgott ins Handwerk zu pfuschen, passierte es in jener Zeit sogar, dass mir Selbstmord, wenigstens theoretisch, durchaus einleuchtete.
Das war nun kein Spiel mehr, sondern eine Frage von Leben und Tod. Sein oder Nichtsein. Bewusstsein oder Wahnsinn?
Ich durchlebte das, was Johannes vom Kreuz als „Die dunkle Nacht der Seele“[27] bezeichnet. Das Sterben dieser Vorstellung eines Ichs als jemand von Gott Getrenntes.
Mein ganzer Schmerz bäumte sich auf und ich dachte:
„Du hast dein ganzes Leben an die Wand gefahren.“
Lange hielt mich dieser kalte Schreck im Griff.
Doch dann hatte ich einen klaren Moment, indem ich erkannte, dass die Stimme, die mich jetzt zum Versager machte, ein und dieselbe Stimme war, die mich in dieses ganze Drama überhaupt erst hineingeritten hatte: Das Ego kann es nicht lassen.

Auf dem Tiefpunkt, an dem ich mir der verheerenden Konsequenzen dieses Wahnsinns zutiefst gewahr wurde und alle Fluchtwege wirkungslos wurden, weil ich sie gelebt und durchschaut hatte, löste sich das Drama auf. Ich ließ los, gab auf und rief:
„Genug ist genug! Dein Wille geschehe!“
Ich war plötzlich jenes Herbstblatt, dem ich als kleiner Junge selbstvergessen und fasziniert durch das Schulzimmerfenster nachgesehen hatte, wie es nach einem langen Fluge hingebungsvoll und sanft zu Boden fiel und dachte: „Wie schön kann sterben sein.“ Ich erkannte plötzlich mit erschreckender Eindringlichkeit:
Das ist deine große Chance – verpasse sie nicht, denn vielleicht kommt sie nie wieder. Ich hatte keine Wahl. Diese totale Kapitulation, die Grundlage jeder echten Befreiung öffnete mir die Türe zum tiefen Verständnis meiner Kinderfrage: Was ist, wenn nichts mehr ist?

Ich wich nicht mehr von der Stelle und schaute dem Tod meines kleinen Ichs in die Augen.

Das, was übrig blieb, war beinahe grotesk und ist wohl der Grund, warum Buddhas immer lächeln:
Dieses Nichts, diese tiefe Leere, ist das Tor zu allem. Die Fülle allen Seins. Dies alles BIN ICH. ES ist Gott, das Sein selbst. Reines Bewusstsein. Die Urquelle von Wahrheit, Freiheit und Liebe.
Ich entdeckte eines der vielen Geheimnisse des Lebens, welches darin besteht zu sterben, bevor man stirbt, und dass Gott uns niemals etwas wegnimmt, ohne uns dafür etwas Besseres zu geben.
Dieser unermessliche schöpferische Freiraum, in dem das kleine Ich verschwindet, ist dem aktiven Energiekörper, der mir in all den Jahren nun schon fast zur zweiten Haut geworden war, sehr nahe, nur um ein Vielfaches umfassender, stiller und tiefer.
Unter der Oberfläche meiner Gedanken breitete sich in diesem weiten Bewusstseinsraum ein stetig wachsender Strom aus kompakter Stille aus, in der sich alles zu einem wunderbaren Ganzen fügte und es nichts mehr zu tun gab.
Jetzt wusste ich, warum mein Geist sich nach dem Osten gewandt hatte. Warum ich jahrelang meditiert hatte. In meiner Erfahrung hatte ich, ohne es zu wollen, das Herz des Zen-Buddhismus berührt.

Ich habe Maiwald darauf hingewiesen, dass er sich mit „Leere“ und „Nichts“ keine Freunde machen würde, weil sich darunter niemand, oder nur die hartgesottensten Wahrheitsfreaks, etwas vorstellen könnten. Stur, wie er ist, ließ er sich jedoch nicht dazu bringen, sich in einem Buch, in dem es um die Wahrheit geht, zu verbiegen und zu lügen, nur um die Leserschaft nicht vor den Kopf zu stoßen. Maiwald ist nie einer gewesen, der den Leuten nach dem Mund redete. Das wäre feige, meinte er, was ich in der Tat verstehen kann, außerdem hat er immer gesagt, dass er das Buch in erster Linie für sich selbst schreibe, um an dieser neuen Herausforderung zu wachsen. Am Ende gehe es ihm sowieso nicht mehr darum, verstanden zu werden, sondern in erster Linie darum, sich zuerst einmal selbst zu verstehen.

Maiwald weiß jedoch, dass die Leser, die ihn verstehen wollen, verstehen, und diejenigen, die nur die Wörter sehen und nicht den Inhalt, auch dann niemals verstehen würden, wenn er hundertmal die Worte und Begriffe ändern würde. Das leuchtet ein, denn wie ich Maiwald verstehe, kann man Leere nur füllen, wenn man den Mut hat, sich in der Leere aufzulösen, auch wenn es nur für Momente gelingt. Das ist es, was Meditation für ihn bedeutet.

Es verlangte Christian viel Mut und weitere kleine Tode ab, um in dieser Haltlosigkeit zu leben, ohne zu verzweifeln. Auch wenn er in jener Zeit immer noch etwas traurig und geschunden wirkte, konnte man doch sichtlich miterleben, dass hinter seiner äußeren Fassade etwas Friedvolles und Gelassenes heranwuchs.

Daran war wohl auch eine mitfühlende Geste des Schicksals beteiligt, das ihm durch „Advaita“[14], eine dem Zen-Buddhismus verwandte indische Weisheitslehre, eine willkommene Stütze anbot.

„Advaita“ ist ein Sanskrit-Wort, das „Nicht-Zweiheit“ bedeutet. Advaita ist weder Philosophie noch Esoterik oder Psychologie und wird deshalb oft auch als „Nicht-Lehre“ beschrieben, weil es nicht gelehrt, sondern – ähnlich wie ein Orgasmus – nur erfahren werden kann. Diese Nicht-Dualität ist eine Erfahrung, in der es keine Trennung zwischen Subjekt und Objekt, einem „Ich“ und der Welt, einem „Ich“ und Gott gibt. Es ist die Erfahrung des Bewusstseins unserer wahren Natur, das sich als absolute Seligkeit, Liebe und Schönheit offenbart.

Advaita ist auch keine Religion, in der man etwas glauben müsste. Advaita transzendiert alle Religionen, Philosophien und Nationalitäten. Dieses monistische System, das die Welt auf ein einziges Prinzip zurückführt, entzweit nicht, sondern vereint und ist das, was Maiwald immer gesucht hatte.

Es war Samarpan, ein Osho-Schüler, der Maiwald Advaita nahebrachte. Ihn schickte das Leben als Weggefährten und spirituellen Freund der Stille, um Christian beim Laufen auf diesem dünnen Eis zu begleiten. In einem seiner Briefe an Samarpan erzählt er, wie es dazu kam:

„Lieber Samarpan,
ich bin 54 Jahre jung, Maler und Lehrer für Kreativität und Lebenskunst. Ich würde mich als ‚alten Sucher und Finder' bezeichnen.
Von den spirituellen Lehrern Poonja[14] und Deiner Lehrerin Gangaji[14] habe ich schon viel über Advaita gehört und gelesen und war auch schon in einem Retreat mit OM[14]. Im Connection-Special[42] habe ich dann in dem Buch ‚Die Reise ins Nichts' Deiner ehemaligen Schülerin Pyar zum ersten Mal von Dir gehört. Als ich dann das erste Video von Dir sah, geschah etwas Erstaunliches: Es war so, als säße ich mir plötzlich selbst gegenüber. Was da geschah, war nicht wie üblich eine Explosion. Es war eine stille und gleichzeitig ungeheuer kraftvolle Implosion. Da war ein unmittelbares Erkennen und ein totales Nach-Hause-Kommen. Und vor allem: totales Vertrauen. Wie das Erkennen eines alten Freundes. So ein: Das bin ja ich selbst! So muss es sein! Genau so fühlt sich das an.
Das war kein verstandesmäßiges Verstehen. Denn verstehen tue ich schon lange. Es war ein körperliches, ungewohnt schlichtes und natürliches Geschehen und gerade deshalb so wirklich. So als ob Du in mein Zellbewusstsein eingedrungen und mit mir verschmolzen wärest. Du warst mir näher als nah und ich erkannte, dass der Lehrer mein eigenes Selbst ist.
Was ich an Dir liebe, sind Dein Humor, Dein Witz, Dein großes Herz gepaart mit dieser wunderbaren, erdverbundenen, menschlichen Liebe. Deine anwendbare, gelebte Erkenntnis. Und Du bist dabei ganz natürlich, ganz Mann geblieben.
Kein Lehrer konnte mir bis jetzt diese starke und heilvolle Erfahrung vermitteln, so wie köstliche Spaghetti zu essen: Ich bin okay. So, wie ich bin!

ICH BIN ES! Ich freue mich, Dir zum ersten Mal im Februar im Satsang in Zürich zu begegnen.
Alles Worte – hilflose Versuche, einen Elefanten in eine Zündholzschachtel zu pressen. Jenseits der Worte:
Dankbarkeit und Liebe, die sich selbst erkennt."

Seine Antwort:
„Geliebter Christian,
ist es nicht wunderbar, dass wir in Ordnung sind, so wie wir sind, und dass keine Veränderung nötig ist? Ist es nicht wirklich wie ein Wunder? In der Stille siehst du DAS. Dein Brief war so berührend. Meine Frau Marga und mein neuestes Teammitglied, Rajma, die ihn für mich übersetzte, waren so berührt, dass sie nicht warten konnten, bis ich wieder nach Hause kam, um ihn mir zu geben, sie mussten ihn sofort an mich weiterschicken.
Ich dachte auch immer, dass ich mich ändern und präsentabler werden müsse, um mir diese göttliche Gnade zu verdienen, und ich muss jedes Mal kichern, wenn jemand wie Du durch meine einfachen Worte und meine komische Art berührt wird. Es ist wirklich ein toller Witz.
Ja, es ist so einfach. Ich bin einfach nur Dein eigenes Selbst, keine Trennung, die ist nicht möglich. Da ist nur Gott, und Du bist das, ich bin das, jeder ist das ... so einfach!
Ich umarme Dich.
Viel Liebe, Samarpan"

TAG/MEDITATIONSRAUM/ZÜRICH/INNEN
Ich sitze im Satsang in den Räumlichkeiten der European Film Actor School an der Bubenbergstraße 1 in Zürich vorne auf dem Stuhl neben Samarpan. In Stille.
Ich bin unruhiger als sonst, denn ich habe das komische Gefühl, dass heute etwas ganz Außergewöhnliches geschehen würde. Aber nichts dergleichen weist darauf hin.
Doch nach etwa zehn Minuten erzählt er aus seinem Leben, unter anderem, dass er einmal als Taxichauffeur gearbeitet habe. Als er dieses

Wort „taxi driver“ ausspricht, bleibt mir vor Erstaunen der Mund offen, da ich mich augenblicklich an die Begegnung mit jenem Taxifahrer in San Sebastian erinnere, der mich nach meinem Konzerterfolg mit Missachtung gestraft hatte. Dass dieser Mann Samarpan aufs Haar gleicht, ist nicht zu übersehen und macht meine Verwirrung noch größer. Auch dieser Mann hatte mich durch sein Schweigen auf mich selbst zurückgeworfen. Für einen kurzen Augenblick denke ich, dass Samarpan tatsächlich jener Taxichauffeur gewesen sein müsse. Nur wäre ein solcher Zufall derart unwahrscheinlich gewesen, dass ich diesen absurden Gedanken sofort wie eine heiße Kartoffel fallen lasse. Dieses Déjà-vu lässt sich aber nicht einfach so abschütteln.

Samarpan schmunzelt leise, so als wüsste er, dass ich ihn erkannt habe.

„Hast du in San Sebastian als Taxifahrer gearbeitet?“

Der Teufelskerl grinst weiter.

Ich hake nach:

„Dort ist mir nämlich mit einem Taxifahrer, der dir sehr ähnlich war, das gleiche passiert wie mit dir. Ich spielte dort am Vorabend mit meiner Band, und am nächsten Tag wurde ein Song von mir im Autoradio übertragen. Begeistert und voller Stolz beugte ich mich nach vorne und erklärte ihm, dass ich das gewesen sei, der diesen Song, der da gerade im Radio lief, gesungen hätte. Er hat keine Miene verzogen und schwieg, genau wie du, und das alleine genügte, dass ich plötzlich auf mich zurückgeworfen und vollkommen leer wurde. Das musst du gewesen sein. Gib es zu!“

Ich drehe mich zu ihm hin und musterte ihn noch einmal ganz genau von oben bis unten, um sicherzustellen, dass ich nicht den Verstand verloren hatte.

„Wer weiß, ist das wichtig?“, fragt Samarpan mit ernstem Blick. „Letztendlich sind wir alle das EINE große SEIN, das sich in jedem Menschen selbst sucht. Und jeder hilft dem anderen – bewusst oder unbewusst – aufzuwachen. Ob er es weiß oder nicht.“

Ich ringe mit dem Atem und schüttle den Kopf, weil ich merke, dass es tatsächlich nicht mehr wichtig ist, ob Samarpan dieser Chauffeur nun tatsächlich war oder nicht. Ich will es auch gar nicht mehr wissen.

AUSSEN/IN MAIWALDS JAGUAR/TAG

Aus dem CD-Player quillt das schmerzlich-süße Gitarrensolo von Santanas „Earth's Cry Heaven's Smile" in den Fond meines Jaguars. Neben mir sitzt Samarpan, ganz selbstverständlich, wie ein guter Freund, seinen Ellbogen im offenen Fenster abgestützt. Eine Szene, die ich nie vergessen werde: Wie Alain Delon und Jean-Paul Belmondo in dem Film „Borsalino" sitzen wir im Fond einer Luxuslimousine – schwarze Mafiabrillen, offene weiße Hemden, auf dem Weg zu irgendeinem krummen Geschäft. Nur ist unser Geschäft gerade ein etwas anderes. Ich habe Samarpan eingeladen, in der Zeit während des Satsangs bei mir am Adlisberg zu übernachten. Während der Fahrt merke ich, dass das Bild, das wir beiden Männer in dem offenen Wagen abgeben, eine zutiefst symbolische Bedeutung hat. Das einfache SEIN in seiner herrlichen Gewöhnlichkeit, so menschlich und gleichzeitig so erhaben.

Die lichten Alleebäume des General-Guisan-Quais fliegen über unseren Köpfen hinweg. Mädchen auf dem Bürgersteig blicken uns nach. Auf der Quaibrücke erleben wir den offenen See mit den vereinzelten Tretbooten, Mietbooten und Yachten. Ein Linienschiff läuft langsam in den Hafen ein. Am Bellevue bleiben wir bei Rotlicht vor einer Ampel stehen. Eine kühle Sommerbrise dringt durch die offenen Fenster und streicht zärtlich über mein Gesicht. Keiner sagt ein Wort. Für einen kostbaren Augenblick verstummt der Verkehr – die Zeit steht still. Kein Lehrer, kein Schüler. Nur reine Gegenwart und rot ... und rot ... und ... grün.

Samarpan gibt Gas, dreht seinen Kopf leicht zu mir hin. Seine Augen erkenne ich unter der Brille nicht, aber ich sehe, dass sein Mund lächelt.

Endlich zu Hause

„Du bist lange unterwegs gewesen, aber den Frieden findest du nur daheim. Nachdem du alles, was du haben wolltest, gesucht und gefunden hast, gehst du nach Hause und ruhst dich aus. Du kannst viel Zeit auf allen möglichen Marktplätzen und in Hotels verbringen, aber zu Hause ist es doch am schönsten, und so nimmt jede Wanderschaft irgendwann ein Ende. Seit Jahrmillionen hast du dich mit Erwerb und Verlusten beschäftigt, ohne Ruh und Rast dabei zu finden. Kehre jetzt um und geh nach Hause zurück. In der Heimat ist es am gemütlichsten und ich spreche nicht von einer äußerlichen Heimat, sondern der inneren. Wenn du das Treiben auf dem Marktplatz satt hast, der Leute müde geworden bist, die dich aus Geldgier oder sonstigen Gründen einspannen wollen, dann komm heim. Je früher, desto besser, sonst verschwendest du dein ganzes Leben in dem Drama. Dein Heimatland ist dir nie fern gewesen, seine Tore stehen unentwegt offen, aber du musst dich umdrehen, um es zu erkennen. Wenn du nicht mehr nach außen blickst, sondern immer tiefer in dich selbst hinein, wird dir klar, dass dieses Heim keine Wände und keine Tore hat. Du hast ganz einfach nicht genau hingeschaut."

Sri H. W. L. Poonja, aus: Der Gesang des Seins

AUSSEN/INNENHOF/ABEND
MUSIK: FANTASIA PARA UN GENTILHOMBRE – CONCIERTO DE ARANJUEZ
HERBST 2012

Heute liegt ein besonderer Friede in der kühlen Abendluft. Die weißen und roten Azaleen- und Oleanderblüten sind bereits verwelkt, doch ihre immergrünen Blätter gemeinsam mit Lavendelheide, Buchs und Lorbeer in großen und kleinen Tontöpfen sorgen auch im Herbst für eine Geborgenheit spendende Atmosphäre in unserem Innenhof.
Auch wenn ich aus Erfahrung weiß, wie gut mir die körperliche Arbeit im Freien tut, braucht es immer wieder eine größere Überwindung, bis ich endlich die Leiter hole, um meine Trauben zu ernten. Heute möchte ich mir Zeit lassen für diese andächtige Arbeit.

Das Licht der untergehenden Sonne hat diese besondere Innigkeit und Intensität, wie sie es nur im Herbst hat. Wohl deshalb, weil in dieser Jahreszeit immer ein bisschen Sterben und Abschied mitschwingt und die Energie bereits begonnen hat, nach innen zu gehen. Jedes Mal, wenn ich die Position der Leiter unter der Pergola verändere, steige ich erneut die Leiter hinauf und schneide ein Loch in das grüne, engmaschige Vogelnetz, um an die reifen, duftenden, dunkelblauen Tessinertrauben zu gelangen. Ich steige eine Sprosse höher, strecke meinen Kopf durch die Öffnung und schon tauche ich ein in ein Blättermeer intensivster Gelbtöne. Von zitronengelb bis grün, von gelborange bis braun leuchtet das bereits im Welken begriffene Laub im Lichte. Vorsichtig schneide ich mit einer großen Schere Traube um Traube im dichten Gewirr der Zweige. Ich halte sie vorsichtig, ja andächtig, wie Geschenke der Natur in meinen Händen. Welcher reiche Erntesegen. Jedes Jahr dieses großzügige Wunder der Natur. Manchmal nasche ich ein besonders reifes Exemplar. Ich bemerke, wie meine Gedanken langsamer werden. Da ich mich darauf konzentrieren muss, dass ich auf der wackeligen Leiter das Gleichgewicht behalten kann, bin ich gezwungen, automatisch im Hier und Jetzt zu sein.

Es ist vollbracht. Ein großer Sack köstlichster Trauben steht auf meinem schönen, schlichten Holztisch. Er passt zu der Schlichtheit dieses Stimmungsmoments. Das Licht fällt flach in den großen Raum auf den bronzenen Buddha, während ich hier am Schreibtisch sitze und diese Zeilen schreibe.

Ich fühle mich wie ein Bauer nach getaner Feldarbeit: müde, aber zufrieden.

Dieser Friede ist real – jetzt – und braucht keinen Glauben an ein zukünftiges Paradies.

Mein Kinderwunsch, einfach nur zu leben, ist Wirklichkeit geworden.

Oder etwas bodenständiger, mit den Worten meines Großvaters Adolf ausgedrückt:

„Du muesches eifach hie de heime gseh u nid hinderem Berg ir Ferni." – „Du musst es einfach hier zu Hause – in dir selbst – sehen, und nicht hinter dem Berg, in der Ferne."

Meine Suche ist einem stillen, inneren Frieden gewichen. Auf dem Grund der Stille habe ich reines Gold entdeckt: die Gegenwärtigkeit des ewigen, reinen Seins. So stehe ich da, mit leeren Händen. Keine Vergangenheit, keine Zukunft, ohne Hoffnung, ohne Wunsch, keine Freunde, keine Feinde: nur dieser Moment – unfassbar! Und ich stelle fest, dass mich anstatt der gebührenden Panik erstaunlicherweise das Gefühl einer ungeheuren Freiheit, Liebe und Vollkommenheit durchdringt.
Was für ein unglaublicher Segen!
Bin ich jetzt erleuchtet? Bin ich jetzt angekommen?
Ich weiß nur eines ganz genau: Das, was ich gefunden habe, ist mehr als genug, ES ist mit nichts zu übertreffen, weil ES absolut leer und gleichzeitig die Fülle allen Seins ist. DAS ist die Wahrheit, die ich ein Leben lang gesucht habe. Die Wahrheit, die verbindet und nicht trennt. Einfach nur zu sein im Hier und Jetzt, ohne weltliche und spirituelle Ambitionen. Im Frieden und in Dankbarkeit mit allem, was ist. Nach diesem Sein habe ich mich gesehnt.
In welcher Form auch immer: Das ist die Heimkehr, nach der sich jeder sehnt.

Wenn wir versuchen, Erleuchtung[3] zu erklären, müssen wir uns klar sein, dass dieser Versuch immer nur eine Annäherung bleiben wird. Erleuchtung ist ein Paradox. Die Form ist auch hier nicht der Inhalt, da der Inhalt, dem wir uns zu nähern versuchen, über den Verstand und die Raum-Zeit hinausgeht, und dennoch näher ist als jedes Wort. ES ist kein Gegenstand der Betrachtung, sondern DAS, was bleibt, wenn Subjekt und Objekt, der Betrachter und das Betrachtete verschwinden. ES ist das Ende des zwanghaften Denkens. Das Ende des inneren und äußeren Konfliktes. ES kann jederzeit, von jedem Menschen, unabhängig von seiner Herkunft, Hautfarbe oder religiösen Zugehörigkeit, ohne etwas zu glauben oder zu werden, im Hier und Jetzt erforscht und als die Einheit allen Seins erkannt werden.
DAS ist das größte Geheimnis, das der Mensch in sich trägt.
Wenn du magst, mache an dieser Stelle ein Experiment:

Nimm dir Zeit, atme tief ein und aus, dann schließe die Augen, heiße alles willkommen und sieh, was passiert, wenn du nichts mehr begehrst, nicht mehr kämpfst, nicht mehr denkst.
Glaube mir nichts. Erforsche ES selbst.
Aber versuche ES nicht mit dem Verstand zu verstehen.
ES ist mehr wie Musik oder Poesie.
Man kann ES nicht in Worte fassen.
Man kann ES nur SEIN.

Ich erfahre ES als Stille. Im Zentrum dieser absoluten Stille gibt es keine Gedanken, keine Gefühle, keinen Körper, keine Zeit, kein Ego, keinen Jemand, der etwas sucht, und auch niemanden, der etwas findet – nur reines ewiges Sein. Folglich auch niemanden, der erleuchtet oder nicht erleuchtet werden könnte.
DAS, was jeder Mensch schon immer war und infolgedessen weder erreichen noch verlieren kann.
In meiner Wahrnehmung kommt nichts Gott näher als die Stille.
Stille ist nur ein positiveres Wort für das „Nichts" oder für die „Leere", DAS, was die Worte zu beschreiben versuchen, ist nicht realitätsfremd, wie viele allzu schnell zu urteilen geneigt sind, nur weil man ES nicht sieht. Im Gegenteil. ES ist der unermessliche Frei-Raum, in dem zum ersten Mal überhaupt die reale Chance für echte Erkenntnis und Kreativität besteht. Auch wenn alles ganz anders wäre, als wir uns das in unseren Köpfen vorstellen, würde das die Leere nicht im Geringsten berühren.
Nur wer „leer" ist, ist offen für alles. Das bedeutet Selbsterkenntnis und Kreativität. Offen zu sein für neue Ideen, Gesichtspunkte und Möglichkeiten. Empfänglich zu bleiben für die Wunder des Lebens.
Auch wenn ich den Kontakt mit meinem Zentrum hinter meiner persönlichen Geschichte hundert Mal am Tag wieder aus den Augen verliere, muss ich mein Selbst nicht mehr suchen. Was immer ich gerade tue, ob ich nun male, koche oder mit jemandem rede oder spazieren gehe: Der goldene Schlüssel zum Schatz der Stille ist genau so schlicht wie genial. Ein kurzes Innehalten und Gewahrwerden, dass ich mich erneut

mit irgendwelchen Gedanken, Gefühlen und Geschichten identifiziert habe, genügt, dass diese subtile Verschiebung des Schwerpunktes im Körper von außen nach innen – einem Umschalten vom Denk- auf den Seinsmodus[1] gleich – automatisch geschieht. Und jedes Mal ist es wie ein Wunder:
Die Stille war nie weg. Ich bin nur aus ihr herausgefallen.

Das geht wie Auto fahren. Da denkst du auch nicht mehr darüber nach. Da gibst du ganz automatisch in dein Navi ein: „Nach Hause". Kurz darauf tönt es aus dem Lautsprecher: „Sie haben Ihr Ziel erreicht!", und schon ist ES wieder da, verlässlicher als jede Frau, als jeder Freund, sicherer als jedes Bankkonto, solider als jedes Haus – die einzige allumfassende Konstante, die mein vergängliches Erdendasein mit ewigem Leben durchdringt.

Im Grunde kann ich erst heute meinen Wohlstand genießen, da ich weiß, dass wahres Glück, Gesundheit, Kreativität und innere Freiheit niemals mit Geld zu kaufen oder durch äußere Dinge zu erreichen sind. Ich genieße es, aber ich brauche es nicht, um jemand zu sein. Das bedeutet nun aber nicht, dass ich das jetzt gleich an die große Glocke hängen und eine Religion der Entsagung daraus machen muss.

Es gibt Leute, die sich fragen, wie man allem entsagt und nichts mehr begehrt. Sie haben irgendwo gelesen, dass man nur durch Entsagung Glückseligkeit erlangt. Nun wollen sie der Begierde entsagen. Jetzt jagen sie nicht mehr dem Geld hinterher, jetzt sind sie scharf auf Askese, Begierdelosigkeit, Enthaltsamkeit. Es hat sich nichts geändert. Nur das Ziel der Gier ist ein anderes. Das eine ist das weltliche, das andere das spirituelle Ego. So oder so sind sie immer noch Sklave des Verstandes.

Ich habe mein Geld nicht verschenkt, sitze nicht tatenlos herum und habe mir auch keinen Heiligenschein besorgt, wie man nun irrtümlicherweise annehmen könnte. Ganz im Gegenteil, ich bin nach wie vor „in der

Welt“ unterwegs, denn seit ich mich immer weniger mit meinem Verstand identifiziere, steht mir ungleich mehr Energie zur Verfügung als früher. Nichts „Böses“ ist für immer verschwunden. Alles ist noch tiefer und intensiver geworden. Ich bin immer noch das, was man von außen betrachtet als einen „Künstler“ oder „Kreativen“ bezeichnen könnte. Ein stets von einer Idee oder Eingebung Inspirierter. Da sind durchaus noch menschliche Wünsche und Träume, denen ich – sozusagen als kreativen Brennstoff – das Wohnrecht gewähre. Beim Anblick weiblicher Rundungen und schöner Häuser bekomme ich immer noch weiche Knie. Doch ich bin kein „Opfer“, kein Getriebener mehr.
Ich erinnere mich amüsiert an René, meinen damaligen Zeitungsausträger-Kollegen, und sein legendäres „Mues ich?“. Das ist es: Ich muss nichts mehr müssen. Ich kann alles, muss aber nicht. Es gibt nichts zu erreichen und nichts zu überwinden. Ich halte meine Ohren steif, die Nase im Wind und achte darauf, dass ich den Kontakt mit meiner Mitte nicht verliere und dass mir mein Geld nicht ausgeht – und den Rest der Zeit genieße ich mein Leben. Aus einem Bewusstsein der Fülle und nicht aus einem Gefühl des Mangels heraus. Und wenn es das Leben schon mal so gut mit mir meint, dann lebe ich natürlich weiterhin lieber nach dem Motto meines alten Freundes Arno, dem Herbalife-Millionär und Weltenbummler: Lieber gesund und reich als arm und krank.

Wenn alle Wertungen verschwinden, kehrt auch die Unschuld wieder zurück und mit ihr die kleinen Wunder.
So, als hätte mich das Leben genug geprüft und mich nun für reif und fähig befunden, die Lektion auf einen einfachen Nenner zu bringen, lud mich Ralf Kleekamp ein, das Büchlein „99 Tipps für Kreativität und Lebenskunst“[37] zu schreiben.
Für das Cover wählte ich das spektakuläre Farbfoto jenes gigantischen Graffitos, das mit über zwei Meter großen Buchstaben auf die vier Spuren breite Autobahnbrücke in Bern gemalt wurde: „Lebe deinen Traum!“ Jedes andere Graffito im Land wurde früher oder später von den Behörden entfernt. Meines steht aus unerklärlichen Gründen schon seit mehr als dreißig Jahren da. Was hat das wohl wieder zu bedeuten?

Einige Wunder kehrten als tiefe Erkenntnisketten zurück. Jahrelang schwelende Fragen wurden beantwortet, Rätsel gelöst. Die zusammenhanglosen Puzzle-Teilchen meines Bewusstseins fügten sich wieder zu einem Ganzen zusammen. Ich erhielt die Antwort auf die uralte, immer wiederkehrende Grundfrage aller Suchenden: Wenn wir alle Buddhas sind, mit andern Worten, dieses göttliche Potenzial bereits in uns tragen – was, bitte schön, soll dann das ganze Theater? Warum müssen wir das Paradies, diesen göttlichen Urzustand, verlassen, diese Unschuld verlieren und leiden, um dann ein Leben lang damit zu verbringen, uns diesen paradiesischen Zustand wieder mühsam zurückzuerobern – und das auch noch freiwillig?

Ich bin kein Wissenschaftler und auch kein Physiker. Deshalb ist die hier von mir gewagte Schöpfungsgeschichte lediglich als dichterisch-künstlerische Annäherung an etwas Unfassbares zu verstehen und erhebt keinen Anspruch auf wissenschaftliche Richtigkeit. Dennoch behaupte ich, dass die Kernphysik und Spiritualität, beides Wissenschaften, welche die Essenz des Lebens erforschen, sich heute sehr nahe kommen.

Für mich ist Gott lediglich eine Metapher für die vollkommene, in sich selbst ruhende Einheit. Für die Ursubstanz allen Lebens. Was immer das letztlich ist.

In diesem ruhenden Urzustand gibt es jedoch keine Spannung und deshalb auch keine Schöpfung.

Damit die Voraussetzung für Leben gegeben ist, muss durch Abspaltung Energie freigesetzt werden. Die Wissenschaft nennt das den Urknall.

Mit dem Begriff Urknall ist der Anfangspunkt der Entstehung von Materie und Raum-Zeit aus einer ursprünglichen Singularität gemeint.

Wir fallen aus Gott, der Einheit – einige nennen es auch das Paradies – heraus und vergessen unseren Ursprung, auch wenn dieser göttliche Funke, rein und unversehrt, in jedem von uns weiterbesteht. Aus diesem Gefühl des Mangels und des Verlustes von etwas Großem in uns setzen wir uns nun in Bewegung, um diesen Urzustand, diese Vollkommenheit – wie auch immer – wieder herzustellen. So entsteht Fortpflanzung, Schöpfung, Kreativität und Spiritualität. Wir müssen verloren gehen, um uns wiederzufinden. In der Liebe, unserer Sexualität, im Streben nach Macht, Reichtum und Schönheit, in Kunst, Wissenschaft und Wirtschaft, in der Bewunderung großer Menschen, im Sport, in der Meditation, immer geht es um die Aufhebung unserer körperlichen und geistigen Grenzen, um über uns selbst hinauszuwachsen, weil jeder im Grunde seiner Seele ahnt, dass er mehr ist als die Summe seiner Teilchen. Das ist für mich der Sinn im Unsinn. Das Urmotiv, der Antrieb für all unser Fühlen und Handeln.

All unsere Träume sind letztlich nur Gleichnis und Spiegelbild für diesen einen Urtrieb nach Ganzwerdung und der Rückverbindung mit unserem Ursprung. Das ist die Bedeutung des Wortes Religion, das vom lateinischen Verb „religare – zurückbinden" abstammt.

Doch lassen wir diese theoretischen Abhandlungen. Das Ganze ist uns viel näher, als wir denken.

Am schönsten, aber auch am witzigsten wird diese Dynamik in der Liebe und Sexualität sichtbar, dem Stoff, der den Filmproduzenten die Kassen füllt.

Immer öfter erlebe ich diesen magischen Augenblick der Liebe, der darin besteht, dass Liebe einfach da ist, ohne ein Objekt, auf das sich die Liebe bezieht. Daraus müsste man dann allerdings schließen, dass wahre Liebe gar kein Objekt braucht, um zu bestehen. Auch hier kommt wieder die Natur ins Spiel, um das Ding mit der Fortpflanzung am Leben zu erhalten. Der geniale Trick der Natur besteht offenbar darin, dass sie uns Menschen unseren göttlichen Ursprung vergessen lässt, sodass wir uns einsam fühlen und glauben, dass uns etwas fehlt, und wir deshalb etwas oder jemanden brauchen, um uns wieder ganz und liebenswert zu fühlen. An diesem Punkt nimmt das Gebalze seinen Lauf. Die Tragikomödie beginnt. Gottes Natur verführt uns in der Gestalt unzähliger äußerer, emotionaler oder geistiger „Lustobjekte" – so lange, bis wir uns wieder erinnern und in der bedingten, vergänglichen Liebe die unbedingte, ewige Liebe als die Essenz und Einheit allen Seins in uns selbst erkennen. Diese Bewusstwerdung ist für mich der viel diskutierte „Sinn des Lebens".

In diesem Licht betrachtet ist auch die Suche nach meinem Traumhaus am Meer nur eine Metapher für die Suche nach mir selbst. Der Innenhof ein Hinweis auf die Tatsache, dass ich mein wahres Zuhause nicht in der Welt der Form, sondern nur in meinem Inneren finden kann. Seit Menschen sesshaft wurden, ist das Haus das Symbol der existenziellen Mitte des Menschen und seines Platzes im Kosmos. Sehr gut erkennt man die Darstellung dieser Mitte in der Architektur der klassischen, arabischen und christlichen Innenhöfe, deren symmetrische Achsen sich in einer Mitte schneiden, wo sich sinnigerweise meistens ein Brunnen, das Symbol des Urquells und der Reinigung und Wiedergeburt befindet. Spannend wird es, wenn wir noch tiefer gehen: Psychoanalytisch betrachtet wird das Haus auch feminin und sexuell verstanden, mit seinem Charakter des Raumes, der Höhlung und der Zuflucht in den Schutz des mütterlichen Schoßes. Das könnte auch erklären, warum ich immer diese tiefe Rührung empfand, wenn ich später das Wiegenlied meiner Mutter hörte. Die ganze Psychologie vom Bauen, Wohnen und Einrichten spiegelt diese Suche nach Geborgenheit, einem Ort in dieser unsicheren Welt, an den wir heimkehren und Frieden finden können.

Kreativität, auf dieser Bewusstseinsebene gelebt, ist dann allerdings nicht mehr auf die Produktion von Kunstgegenständen beschränkt.
Sie steht am Ende der Reise im Dienst der Architektur des Selbst.
Im Außen arbeite ich vielleicht weiter, aber im Verborgenen baue ich am Himmelreich Gottes. Mit diesem etwas abgegriffenen und pathetischen Begriff meine ich nicht den Glauben an ein Jenseits, irgendwo in der Zukunft.
Meine Baustelle ist HIER und JETZT, dort, wo meine Füße den Boden berühren. Leben ist immer hier.
An diesem Punkt wird Kunst zur Lebenskunst. Die Mutter aller Künste.
Ein anderes Wunder war jenes, an das ich nicht mehr geglaubt hatte: die Rückkehr meines guten, alten Freundes Pascal. Nach einem Jahr schickte er mir eine Mail, die mich überrascht und tief berührt hat:

„Mein Bester,
Seit unserer Auseinandersetzung ist eine Menge Wasser die Elbe hinuntergeflossen. Ich hatte wie immer viel um die Ohren, aber ich habe auch viel an uns gedacht. Ich hoffe, du lebst noch. Ehrlich gesagt: Du fehlst mir. Warum hast du nichts mehr von dir hören lassen? Ich denke mir manchmal gar nicht so viel bei dem, was ich tue, was ich rede, was mir so spontan in den Sinn kommt. Das kann man natürlich kritisieren, weil viel zu oberflächlich und so, aber man kann es auch anders sehen.
An meiner Freundschaft zu dir hat sich überhaupt nichts geändert! Es ist doof gelaufen. Daran war alleine ich schuld. Da hast du zu 100 Prozent recht und du kannst mir auch eine scheuern beim nächsten Wiedersehen. Ich hab's verdient.
Aber dann: Abwischen und weiter geht's. Ich werde dir dann ein Küsschen geben und dir ein schönes Lied auf der Mundi spielen.
Eine gute Freundschaft hält einiges aus.
Für mich bist und warst und bleibst du ein wunderbarer Mensch, den ich gerne als meinen Freund bezeichnen würde.
Wir beide werden im Alter noch viel Spaß haben. Ich spüre das. Du doch auch. Deswegen: Ziehe jetzt nicht die Reißleine. Bitte!
‚Gute Freunde sind wie Muscheln – sie hören nicht auf, sich etwas zuzuflüstern.'"
An dieser Stelle hielt ich den Atem an.
„Kennst du diesen Spruch?

In alter Freundschaft
Dein Pascal"[23]

Verrückt: Wie konnte es sein, dass er ein Jahr später exakt dieselbe Metapher verwendete, die ich in meiner Vision auf dem Grund des Glases in der Bar von Bremerhaven gesehen hatte: die Muschel am Ohr als Trägerin eines kostbaren Geheimnisses.
In dieser Mail spürte ich plötzlich, dass er mich verstand.
Auf seine Weise.

Aus heutiger Sicht weiß ich natürlich, dass er nur unsere gegenseitigen Erwartungen zerstört hat, nicht aber jene einmaligen, prickelnden und witzigen Stunden voller Tiefsinn und mundharmonischem Einklang, die ich mit Pascal erleben durfte, dann, wenn wir nicht redeten, nichts wollten, sondern in dem waren, was uns verband, und nicht in dem, was uns trennte. DAS kann uns niemand mehr nehmen.
Ich freute mich an seinem Humor und seiner Leichtigkeit des Seins, die Ebene, auf der sich unsere Seelen berührten, so wie bei unserem ersten Wiedersehen und dem darauf folgenden Brief:

„Mein lieber Christian,
danke fürs Teilhabenlassen. Es freut mich, dass Du Dein Ding gefunden hast und Du eine solche Zufriedenheit ausstrahlst. Ich habe so das Gefühl, dass Du zudem mit deinem Vater Deinen Frieden gemacht hast. Alles wird gut und wir beide werden 100 Jahre alt und noch viel Spaß haben. Die guten Engel sind mit uns, ich spüre das. Der liebe Gott hat seine Freude an uns beiden und er sagt sich bestimmt des Öfteren: ‚Meine Fresse, die beiden habe ich ja wirklich gut hinbekommen, wie schön!‘
Umärmelchen
Pasqualito“[23]

Ja, ich habe in der Tat Frieden mit diesem Patriarchen gefunden. Irgendwo war er ein Held, als Pilot und Hochseeskipper. Einer von der alten Sorte. Sogar auf dem Sterbebett ist ausgerechnet er, mit dem man nie über spirituelle Dinge hat reden können, uns ein Vorbild geworden. Er sagte einfach:
„Scheiße, scheiße, scheiße, es ist gut, ich habe gelebt.“
Was auch wirklich stimmte, daran erinnere ich mich immer mal wieder gerne. Es ist so schlicht, so authentisch, so unheilig und doch so wahr. Wenn man gelebt hat, kann man auch leichter gehen.
In dieser Nacht, als er starb, habe ich in Hamburg anlässlich einer südamerikanischen Outdoor-Party in meinem Hotel Salsa getanzt. Das passte irgendwie. Auch der Tod kann, wenn man ihn zutiefst annimmt, gefei-

ert werden. In dieser Annahme kann eine Explosion geschehen, die den Menschen über sich selbst erhebt.

Unsere kleine, heile Welt

Diese Bezeichnung wird oft mit einem zynischen Unterton für eine selbstgezimmerte Scheinwelt der sogenannten „einfachen Leute“ verwendet, im Sinne von Flucht vor der „Realität“. Für die Spießer und Angepassten, welche das Leben nur vom Fernsehen her kennen. Für die Uncoolen eben. Meistens ausgerechnet von den Leuten, die genau so sind wie diejenigen, die sie verspotten.
Auch wenn ich ein 300-m^2-Loft bewohne und keineswegs das Bild eines Eremiten abgebe, so gehöre ich heute ebenfalls zu den „einfachen Leuten“, denn mein Leben ist in der Tat einfach, im Sinne von heil und ganz, geworden. Wenn dein Glück und deine Erlösung nicht mehr irgendwo in der Zukunft und von äußeren Bedingungen abhängig ist, sondern genau im Hier und Jetzt oder gar nicht, löst sich die innere Spaltung und der damit verbundene Schmerz auf. Dann ist jeder Moment aufregend und neu, auch wenn du äußerlich jeden Tag das Gleiche tust.
Wiederholt stelle ich leicht amüsiert fest, dass Besitzer meiner Bilder, Kunststudenten oder Leser meiner Bücher, die mich nicht kennen, völlig plakative Bilder eines Künstlers haben. Sie sehen mich gerne als den großen Zampano, den man auf Vernissagen mit wahnsinnig wichtigen Leuten und rotem Halstuch sieht. Als den gefeierten Autoren, der von Lesung zu Lesung reist, um seine Werke zu signieren, und aufgrund seiner Bekanntheit wohl einen großen Freundeskreis und internationale Beziehungen haben muss. Dieses Image bedient man natürlich gerne, weil es dem Ego schmeichelt und der Karriere nicht schadet. Oft schmunzele ich in mich hinein und denke: „Wenn die wüssten, wie ich wirklich lebe.“ Denn mein Leben sieht ganz anders aus.

INNEN/HAUS AM ADLISBERG/MORGEN

Da wir seit ein paar Jahren in der Flugschneise des Flughafens Zürich wohnen, beginnt mein Tag regelmäßig um 6.00 Uhr mit meiner täglichen Meditation. Die ersten Flieger streifen meine Bettkante. So wie ich es als alter Meditierer gelernt habe, sage ich andächtig zu mir:
„Tief einatmen und ausatmen, du bist nicht deine Gedanken, die dir ins Ohr flüstern, dass du hier wegziehen solltest. Du bist nicht deine Gefühle, die dich fühlen lassen, dass das eigentlich scheiße ist, jeden Morgen diesen Lärm zu ertragen. Du bist nicht dein Körper, der hier liegt und nicht mehr schlafen kann."
Meistens tritt der Lärm und der damit verbundene Ärger dann nach kurzer Zeit in den Hintergrund und nach einer halben Stunde ist der ganze Spuk vorbei. Dann wohnen wir wieder ganz auf dem Land und hören das vergnügte Zwitschern der Vögel und das Plätschern des Brunnens im Innenhof.

Bald wird Tamaras Auftritt folgen. Ich höre bereits laute Schritte auf der Treppe im Hausteil nebenan. Ich verstehe nicht, warum sie immer Hausschuhe mit Ledersohlen kauft und nicht solche mit Gummisohlen, die den Schritt auf der Betontreppe etwas dämpfen würden.
Aber ich freue mich jeden Tag von Neuem auf ihren Auftritt. Ich weiß nie genau, was sie gleich sagen wird oder ob sie schweigt. Die Auswahl der knappen Bemerkungen ist beschränkt: „Mein Gott" oder „Man hat was mit diesen Künstlern" oder ein lautes kindliches „Ohooh" oder ein gespielt entsetztes „Jetzt hat der wieder die ganze Nacht geschrieben!". Meine ebenso geistreichen Antworten beschränken sich dann auf ein lautes „Oho", denn wir genießen die Freiheit, laut zu reden, weil uns in unserem großen, frei stehenden Haus eh niemand hört. Allerdings gibt es selten Wiederholungen, denn wir versuchen, uns gegenseitig auszutricksen und den anderen zu überraschen.
Dann kommt mein Part. Ich spiele dann mit der elektrischen Automatik meines „Krankenbettes", über das wir immer Witze machen, weil Tamara mir beim Kauf die tröstende Bemerkung machte, dass dieses Bett

wohl mein letztes sein würde. Erotische Worte, die einen Mann auch nicht gerade jünger machen. Wenn dieses Geräusch ertönt, höre ich sie dann immer leise grinsen. Und das will ich hören. Das ist das Schöne an diesen Kinderspielen. Sie haben diesen Duft der Unschuld.
Dann höre ich die Inbetriebnahme der Kaffeemaschine und rieche den köstlichen Duft des heißen Kaffees.
Das ist für den Pascha das Zeichen, dass er sich erhebt und nach unten geht. Tamara wartet dann schon auf meinen Auftritt, weil ich es mir zur Gewohnheit gemacht habe, immer mal wieder eine Comedy-Nummer zum Besten zu geben. Entweder komme ich als Besoffener oder als uralter und sterbenskranker Greis, nackt oder verkleidet. Sie weiß nie genau, welche Nummer an dem neuen Morgen wieder abgeht. Deshalb bin mir der Aufmerksamkeit meines dankbaren Publikums absolut sicher.
Nach diesem Auftritt umarme ich sie mit übertriebenem Pathos, weil ich weiß, dass sie das nicht mag. Dann lässt sie das Geknutsche über sich ergehen, genießt es heimlich und wir setzen uns an meinen schönen, großen Holztisch, den ich mir von meinem Bruder habe machen lassen und dessen Anblick ich heute noch jeden Tag genieße. Dann sage ich oft:
„Den geb ich niemals mehr her."
Und dann Tamara:
„Du sagst doch den Leuten immer, sie sollen loslassen."
Dann witzele ich zurück:
„Loslassen kann ich nur gegen Bezahlung."
Das finden wir dann wahnsinnig lustig.
Auch das ist so eine Vorstellung, dass spirituelle Menschen zu Hause stundenlang philosophieren, einander in die Augen blicken und in indischen Kleidern 20 cm über dem Boden schweben. Falsch. Wir haben einfach die Verantwortung für unser eigenes Leben übernommen. Das funktioniert. Alles andere offensichtlich nicht. Denn wenn ich mich in der Welt der Beziehungen so umschaue, muss ich Gabi Decker und Jens Westerbeck recht geben, wenn sie in ihrem neuen Buch „Lassen Sie mich durch, mein Mann ist Arzt" sagen: „Das ist eigentlich zum Weinen, wenn es nicht so verdammt lustig wäre!", oder mit Sätzen wie „Wenn Frauen

lieber Gucci als Verantwortung tragen“ für wahre Lachsalven sorgen. Tamara als Bücherbörse. Jeden Morgen gibt es am Frühstückstisch die neuesten Bücher aus erster Hand, wie das oben bereits erwähnte, das sie gerade rezensiert. Ein anderes Werk, das ich hier nicht unerwähnt lassen möchte, hieß: „Da geht noch was!“ In dem stellt die Autorin Christine Westermann mit 65 Jahren erschrocken fest: „Mensch, ich bin alt. Und jetzt? Kommt noch was? Geht noch was?“
Diese Frage stellte ich mir dann natürlich auch und musste feststellen: Ja, zwischen Tamara und mir geht noch was. Und ich weiß auch, warum: „Verliebte schauen sich an. Liebende schauen in die gleiche Richtung.“ Auch dieser schöne Satz stammt, frei nach Saint-Exupéry, aus Tamaras Bücherbörse.
Nach dem Frühstück mache ich meinen Rundgang durch den Wald. Vorbei an diesem Kraftplatz, wo meine Waldkiefern stehen, die ich oft umarmt habe, als es mir schlecht ging. Heute grüße ich sie als meinesgleichen. Es ist nicht mehr „Not-wendig“, einen Baum, eine Frau, die Welt zu umarmen. Es ist nicht mehr nötig, das Meer zu sehen, Freunde zu besuchen, alles ist umarmt, gesehen und gesagt worden. Mein Leben ist kein Notstand mehr. Nichts ist mehr von mir getrennt. Hier könnte man an einem milden Herbstabend, wenn die Sonne die letzten kostbaren Strahlen auf dieses Wiesenland schickt, die Asche meines Körpers verstreuen, denn unter Bäumen ist es schöner als in jeder Kathedrale. Dies hier ist unverfälschtes Gotteswerk. Dann kommt die Zielgerade mit Panoramablick auf das Glatttal, die mich zu meiner Eiche und dann zurück in unsere Siedlung führt.
Je nachdem, an was für einer Arbeit ich gerade bin, verbringe ich die Nachmittage in meinem Atelier oder an meinem Schreibtisch, wie heute, wo ich an diesem Buch schreibe. In beiden Räumen sorgen breite Oberlichter dafür, dass mir die Verbindung zum Himmel und den vorbeiziehenden Wolken erhalten bleibt. Oft beliefern mich die weißen Boten vor dem offenen Himmel mit neuen Ideen oder bringen mich wieder in den Fluss, wenn ich in eine mentale Sackgasse gerate.
Jahr für Jahr habe ich besser mit meinem Verstand umzugehen gelernt,

bis er seine Vorrangstellung freiwillig aufgegeben hat und – bis auf zeitweilige Rückfälle, in denen er seine Macht erneut zurückfordert – nicht mehr gegen mich, sondern für mich arbeitet.
Doch meine Freiheit will nicht nur genossen, sondern auch strukturiert und organisiert sein. Inzwischen weiß ich, dass die Strukturierung der Zeit für viele kreative Menschen ein Thema ist. Verständlich, denn auch hier gilt: Freiheit braucht Ordnung und einen klaren Fokus, dass sie nicht in Chaos ausartet. Dafür sorgen einerseits unsere Rituale und andererseits meine unverzichtbare Agenda, in der ich die Termine meiner Seminare, Atelierbesuche, Klärungsgespräche und jene meiner privaten Malschüler festhalte. In dieser alten, inzwischen mehrfach geleimten und genähten „Lederbibel“ der sinnigen Marke „The Bridge“ trage ich auch meine unverzichtbaren A6-Zettel mit mir herum, um jederzeit meine Einfälle, Ideen und Geistesblitze zu notieren, bevor ich sie vergesse.
Als innerer Fokus dient mir unter anderem mein kleiner Hausaltar, den ich auf der Galerie im Bücherregal neben meinem Bett eingerichtet habe. Da stehen sie alle, die Bilder der Kraft: meine große Eiche, die Karte mit rosaroten Lotusblüten, auf deren Rückseite meine Mutter mir schreibt, dass ich ein Wunschkind gewesen sei, daneben eine andere von meinem Vater mit einer alten Mühle und dem schönen Satz „Schön, dass es dich gibt“. Dann natürlich, wie könnte es anders sein, das Habib von außen und eine Innenaufnahme vom Innenhof und dem Brunnen. Links daneben steht eine filigrane Zeichnung des ehrwürdigen Banyan-Baumes, unter dem Buddha die Erleuchtung fand, mit dieser Aufschrift:
„Einfach nur zu sein, ist mehr als genug.“
Dann dürfen natürlich Fotos von Alan, Samarpan und Osho nicht fehlen. Letzterer steht heute nicht mehr alleine da. Ich hatte mir ein sehr erotisches Bild einer halbnackten Frau aufbewahrt, das ich in einem Anflug von Heiligkeit, der mich immer mal wieder überfällt, wegwerfen wollte. Doch in dem Moment, als dieses Foto im Papierkorb verschwand, schrie eine forsche innere Stimme: „Stopp! Jetzt nimmst du diese Frau wieder da raus und stellst sie auf den Altar. Es ist noch niemand in den Himmel

gekommen, weil er hinter dem Rücken des Chefs, wenn er sich gerade mal unbeobachtet fühlt, alles, was Spaß macht, schnöde von sich weist."
Rechts unten dominiert hinter einer schlicht geschnitzten Christusfigur ein Fotoband, auf dessen Umschlag der Kreuzgang der Abtei in Elne, Roussillon, zu sehen ist. Sein Titel „Klöster – Orte der Stille" lässt mich öfter schmunzeln, denn auch unser Haus ist im Grunde ein Kloster. Nur merkt es keiner, und das ist auch gut so.
In diesem weißen Regal befinden sich auch alle meine Lieblingsbücher. Natürlich die ganze Sammlung meiner Osho-Bücher und all die wichtigsten Werke, die mein Leben verändert haben. Es sind wenige. Aber diejenigen, die ich nach einer Generalentrümpelung behalten habe, sind solche aus reinem Gold, Engelsboten, die erstaunlicherweise immer ausgerechnet dann in meinem Leben erschienen sind, wenn ich sie gerade brauchte: mit eines der erstaunlichsten Wunder, das die weise Führung des Lebens veranschaulicht.
Von den wenigen, die ich behielt, sind es nur zwei, in denen ich in den letzten Jahren noch täglich gelesen habe: Man könnte sie als „kurze und kompakte Betriebsanleitung für spirituelles Bewusstsein" bezeichnen. Es sind die beiden großartigen Bücher „Der Gesang des Seins" von H.W.L. Poonja[14] und „Jetzt!" von Eckhart Tolle. Die beiden Juwelen, die ich, neben den Büchern von Osho natürlich, jedem Leser herzlichst empfehlen möchte, sind zu meinen Bibeln geworden. Ihre Worte, ihr Inhalt sind wie das Wasser für die Blumen im Garten meines Bewusstseins. Durch die tägliche Lektüre blühen und gedeihen sie. Erstaunlich: Ich habe nie gedacht, dass Bücher einen solch unmittelbaren, praktischen Nutzen haben könnten. Oft kann es geschehen, dass ich noch während des Lesens in tiefe Versenkung falle und einfach nur dasitze, den Atem beobachte und das reine schlichte Sein im Hier und Jetzt genieße. Deshalb bin ich nun noch lange kein Einsiedler und Misanthrop. Ich ziehe mich auch nicht willentlich von der Gesellschaft und den Menschen zurück. Manchmal wünschte ich mir sogar etwas mehr Geselligkeit. Aber der Weg nach innen ist nun mal kein kollektiver, sondern ein individueller. Ein Weg der Reduktion auf das Wesentliche und der Entrümpelung des

Geistes. Ein Balanceakt zwischen Vergangenheit und Zukunft auf dem schmalen Grat des ewigen Jetzt, wo nicht einmal zwei Gedanken, geschweige denn zwei Menschen nebeneinander Platz hätten.
Marlene Dietrich muss gewusst haben, wovon ich hier spreche, als sie dafür diese schönen Worte fand: „Einsamkeit, die selbst gewollte, ist typisch für viele Künstler und auch für die meisten Menschen, deren Ziel es ist, etwas zu schaffen oder zu entdecken."
Oft erscheint mir das Bild von Schwester Teresita, die 86 Jahre in dem Kloster Monasterio de Buenafuente gelebt hat und in dieser Zeit diesen Ort nur einmal verlassen haben soll, und ich denke manchmal: Im Grunde hat sie nichts verpasst. Dasselbe passiert mir jedes Mal nach den seltenen Besuchen von Arno, meinem Weltenbummlerfreund und Herbalife-Millionär[28], der alle zwei Jahre während eines Boxenstopps auf dem Flughafen Zürich hereinschneit. Er kommt unangemeldet, ist meistens unter seinen Hawaii-Hemden braun gebrannt, immer in Partylaune, alles ist easy, alles paletti. Wenn Arno mir dann vorschwärmt von seinen Reisen, schönen Hotels, Partys, Sonne, Strand und Palmen und dass er oft gleich mit zwei Asiatinnen in seinem Kingsize-Bett läge, dann huscht schon manchmal ein kleiner Anflug von Neid und Zweifel durch meinen Kopf, ob ich nicht doch etwas verpasst haben könnte. Doch meine unzweifelhafte Gewissheit, dass ich mit ihm dennoch nicht tauschen möchte, kehrt dann sehr schnell zurück.
Am Abend zünde ich mir gerne eine Kerze an und schaue fern, um dennoch ein bisschen bei den Leuten zu sein und etwas von der weiten Welt zu sehen. Dann darf es auch gerne etwas oberflächlich sein. Ein bisschen Tratsch und Klatsch als Vorspeise, zum Hauptgang einen Spielfilm, zum Nachtisch eine kleine Talkshow. Jeder holt sich seine Tagesration Unterhaltung: Tamara ihre tägliche Leiche in einem Krimi und ich eine Liebesgeschichte mit schönen Häusern, Landschaften und einem Happy End. Um der Werbung zu entkommen, kehre ich einfach mit meinem Blick zu meiner Kerze zurück, um diesem Wahnsinn nicht schutzlos ausgeliefert zu sein. Aber vor einiger Zeit blieb ich an einem genialen Spot hängen, der mir gefiel, und ich dachte: „Sogar Werbung kann manchmal ganz schön kreativ sein."

Ein Idyllischer Abend an einem See. Zwei Nobelrentner mit weiß melierten Haaren im Profil.
Fragt der eine den anderen, so als würde er jetzt eine tief philosophische Frage stellen:
„Sag mal. Wenn du dein Leben noch einmal leben könntest, würdest du alles noch mal genauso machen?“
Antwortet der andere:
„Nicht ganz. Ich würde von Anfang an meine Brille bei Fielmann kaufen!“
Das kann einen dann schon mal ins Grübeln bringen.
Ach, beinahe hätt’ ich’s vergessen: Einen weiteren Vorteil hat Fernsehen allemal, wenn man nicht mehr so sehr an Konversation interessiert ist. Zwischen der Glotze und einem lebendigen Menschen besteht ein großer Unterschied: Beide erzählen Müll, aber die Glotze kannst du abschalten. So weit wäre es in dieser „Helene Fischer Show 2012“, die ich mir zu Weihnachten angeschaut habe, beinahe gekommen, wenn nicht eine Szene im letzten Moment meine Aufmerksamkeit zurückerobert hätte. Da standen plötzlich etwa zehn attraktive Sängerinnen auf der Bühne, jede alleine in einem vier Meter hohen beleuchteten Bilderrahmen, und sangen den Titel „Ich gehör’ nur mir“. Eine schöne Melodie und ein tiefsinniger Text aus „Elisabeth“[65], einem Drama-Musical von Michael Kunze (Libretto) und Sylvester Levay (Musik).

„Ich will nicht gehorsam, gezähmt und gezogen sein.
Ich will nicht bescheiden, beliebt und betrogen sein.
Ich bin nicht das Eigentum von dir,
denn ich gehör’ nur mir.
Willst du mich bekehren,
dann reiß ich mich los
und flieg’ wie ein Vogel ins Licht.
Und willst du mich finden, dann halt mich nicht fest.
Ich geb’ meine Freiheit nicht her.
Und willst du mich binden, verlass ich dein Nest
und tauch’ wie ein Vogel ins Meer.

Ich warte auf Freunde und suche Geborgenheit.
Ich teile die Freude, ich teile die Traurigkeit.
Doch verlang' nicht mein Leben, das kann ich dir nicht geben,
denn ich gehör' nur mir. Nur mir."

Zuerst war ich begeistert, diese Passage: „Ich gehör' nur mir" hatte mich wach gemacht. Auch die Melodie war wunderschön gesungen, doch plötzlich stutzte ich, denn irgendetwas stimmte nicht an diesem Satz. Dann hörte ich eine innere Stimme zu mir sagen:
„Ich gehöre nur Gott."
Und unmittelbar darauf eine zweite:
„Und auch das nur selten."
Ich identifizierte mich mit tausend Dingen und glaubte, dass alles mir gehörte: mein Wagen, mein Haus, meine Bilder, meine Frau, meine Freunde, meine Gedanken, meine Gefühle – nur um am Ende festzustellen, dass nicht einmal mein Körper, nicht einmal mein Atem mir gehören. All das ist nur ausgeliehen. Ich bin nur Gast hier auf diesem Planeten und darf all das benutzen, um es irgendwann anderen zu überlassen. Diese erschreckende Erkenntnis, die für das Ego den Tod bedeutet, kann allerdings für die Seele eine vollkommene Neugeburt und eine ungeheure Erleichterung sein, aus dem einfachen Grund: Wenn mir nichts gehört, kann ich auch nichts mehr verlieren. Klingt simpel und ist es auch.
Seit mir das klar geworden ist, sehe ich überall nur Gott.
Vor allem sind es die kleinen unscheinbaren Dinge, die mein Herz erfreuen.
Ein Glitzern in einem Tautropfen. Der einsame Gesang einer Amsel morgens früh, zwischen Nacht und Tag. Das Plätschern eines kleinen Bergbaches. Ein heißer Tee nach einem frostigen Spaziergang im Schnee. Der unerwartete Anruf eines verschollen geglaubten Bekannten, die Entschuldigung eines unfreundlichen Beamten, eine Neujahrskarte, ein Dankeschön oder das Lächeln eines Kursteilnehmers.
Im Sommer, wenn all die Topfpflanzen und Blumen in unserem Innenhof blühen und Bienen summen, ein weißer Schmetterling sich im Flug von

dem dunkelgrünen Buchs abhebt, während mein Brunnen plätschert, denke ich tief berührt und dankbar:
„Mein Gott, wie ist das schön!“
Manchmal kann es geschehen – wenn ich Tamara dabei beobachte, wie sie Jahr für Jahr in stiller Genügsamkeit ihrer Arbeit nachgeht, und dann ihr unverwechselbares, reines Lachen höre –, dass ich einfach grundlos glücklich bin. In meinen Augen ist auch sie am Ende der Reise angekommen. Wir sind das, was Kunst, was echte Comedy und Spannung braucht. Ähnlich wie Don Quichotte und Sancho Pansa, Bud Spencer und Terence Hill: ein witziges Gegensatzpaar. Tamara, die Kluge, Besonnene, ich, der zwischen Wirklichkeit und Traum hin und her gerissene, umtriebige Künstler. Ich glaube, unser Schöpfer kann herzhaft über uns lachen. Wir jedenfalls tun es.

Es sind nicht mehr die großen Sprüche der „großen“ Leute. Es kann auch die Weisheit der sogenannten „kleinen“ Leute sein. Das wurde mir wieder einmal bewusst, als Shari, unsere schwarze und religiöse Putzfrau aus Pretoria, während des Putzens sang und dann plötzlich abrupt damit aufhörte und fragte:
„Sorry, darf ich singen? Wisst ihr“, fuhr sie fort, breitete die Arme aus und strahlte, „ich bin so dankbar, dass ich hier bei euch sein darf. Das macht mich so glücklich. Ich bete immer für euch. Ich arbeite aus Liebe. Gott ist Liebe.“
Dann fügte sie mit erhobenem Zeigefinger und ernster Miene hinzu:
„Geld alleine macht nicht glücklich.“
Das war mir dann doch etwas zu fromm und ich wollte sagen:
„Kein Geld aber auch nicht.“
Diese völlig unnötige Belehrung konnte ich jedoch im letzten Augenblick gerade noch herunterschlucken, denn ich spürte, dass sie das nicht mit dem Kopf, sondern mit ihrem Herzen gesagt hatte.
Alle wollen immer etwas Besonderes sein. Präsident oder Präsidentin des Landes oder mindestens James Bond oder Miss World, und wenn das irgendwie nicht klappt, dann ist man etwas Besonderes in die ande-

re Richtung. Man tritt den Linken oder den Grünen bei oder entsagt der Welt und geht ins Kloster. Ob reich oder arm. Jemand oder niemand. So oder so ist man besser als der Rest der Welt.
Das ist ganz und gar nichts Besonderes. Weder originell noch kreativ. Das Außergewöhnlichste in unserer Gesellschaft ist ein Mensch, der absolut gewöhnlich ist. Denn das ist der Tod des Egos. Und das will keiner. Diesen Zustand kannst du jedoch nicht machen, sonst bist du wieder auf einem Egotrip. Dann hätt' ich lieber einen ehrlichen Sünder in der Hölle als einen Himmel voller Scheinheiligen.
Als ich meine wahre Natur erkannte, stellte es sich auf den Kopf.

Jetzt ist meine kleine Welt ganz groß: ein unglaubliches Privileg. Und die sogenannte „große Welt" unwichtig klein. Gut wird böse, Böses gut. Lügen wahr und Wahres faul. Wenn alle lachen, weine ich. Wenn alle weinen, lache ich. Wenn alle Party machen, bleibe ich zu Hause.
Mein Bedürfnis nach Freundschaften und Beziehungen im herkömmlichen Sinne hat sich unbemerkt verflüchtigt. Ich kann mit niemandem darüber reden, was mir widerfahren ist. Darüber kann man nur schweigen.
Wie sagt unser Schwingerkönig Matthias Sempach in seinem Emmentaler-Werbespot[41] so schön:
„We aues perfekt isch, mues me ou gar nüt meh drzue säge." – „Wenn alles perfekt ist, muss man auch gar nichts mehr dazu sagen."
Aber wann, bitte sehr, hast du zum letzten Mal mit jemandem still auf einer Bank gesessen? Dieses: „Wie geht es dir? Was machst du so? Na, alles im Griff?", das ist Konversation, um wahre Kommunikation zu verhindern. Das sind die falschen Fragen, deren Antworten sowieso keinen interessieren, weil jeder in seinem Film gefangen ist.
Wenn du angekommen bist, siehst du dich unweigerlich als Schmetterling unter Raupen.
Ich fühle mich dem jungen Mann sehr verbunden, der einmal in einem Satsang von Samarpan erzählte, dass er Unterwasserrugby deshalb so gerne praktiziere, weil er dann nicht reden müsse. Schallendes Gelächter war ihm sicher.

Deshalb rede ich nicht mehr unaufgefordert und schweige und pflege mehr Sein als Schein, außer in jenen großen Momenten, wenn ich mich – als Lehrer der schönen Künste verkleidet – auf die Reise begebe zu den Leuten, die mich dafür bezahlen, dass ich rede.
Dann allerdings gibt es für mich kein Halten mehr.
Dann habe ich meine Party.

Undercover

AUSSEN/AUF DEM WEG ZUM WAGEN/TAG

Große, weiße Wolken ziehen vor einem strahlend blauen Himmel zielstrebig, wild und klar an unserer Fensterfront vorbei: Ich spüre den „Ruf des Föhnwinds". Auf dem Weg zum Wagen spielen goldene, vom Wind aufgewirbelte Blätter mit meinem Gesicht. Als Herbstkind liebe ich dieses Wetter. Die milden Temperaturen, diese ausgeprägte Fernsicht auf die Berge, alles wirkt wie unter einer Lupe, größer und näher. Diese Klarheit wirkt sich immer auch auf mein Bewusstsein aus. Was wetterfühligen Menschen oft zu schaffen macht, ist für mich wie eine Reinigung der Seele.
Der Föhnwind weht alles vermeintlich Feste und Starre weg, heilt alte Wunden und erinnert mich daran, dass wir Reisende zwischen den Welten sind.
Wir leben zwar in dieser Welt, aber wir sind nicht von dieser Welt. Zusammen mit einem beglückenden Hochgefühl sitze ich in meinem Lieferwagen. Den Laderaum voller Malutensilien, Trommeln und Klamotten, mein Herz erfüllt von Dankbarkeit, denn es ist ein Geschenk des Himmels, Menschen auf dem Weg zu sich selbst zu unterstützen.

INNENRAUM WAGEN/TAG

Auf der Autobahn A8 zwischen München und Rosenheim in Richtung Bad Reichenhall lasse ich mein Leben Revue passieren und stelle fest, dass ich auf dem Höhepunkt meines Lebens als Lehrer meine perfekte Form gefunden habe.

Diese Malworkshops sind „mein Kleintheater", auf dessen Bühne es mir vergönnt ist, ungestört all meine Begabungen, Erfahrungen und Rollen – den Maler, Musiker und Komödianten, Heiler und Guru, Mönch und Lebemann, dieses Alles und gleichzeitig Nichts – in den Dienst der Kreativität und Selbsterkenntnis zu stellen.

Mein Leben hat mich reich beschenkt. Als Lehrer kann ich etwas davon zurückgeben.

Von einem dieser Auftritte möchte ich hier erzählen:

Das Sonnenlicht fällt schon in einem flacheren Winkel auf das oberbayrische Flachland und die österreichischen Alpen.

Ich nasche einige Kekse aus einer Plastiktüte auf dem Beifahrersitz. Wieder einmal übernimmt der Herbst die Szenerie. Er taucht die Wälder um mich herum in eine Symphonie von grau gebrochenen Rot- und Gelbtönen. Ich liebe diese Jahreszeit. Wenn sich Leben und Tod die Hände reichen, habe ich Hochzeit, denn es kommt zusammen, was zusammengehört. Das Schauspiel des Sterbens macht das Leben so unsagbar kostbar. Ich trinke jede Minute, als wäre sie meine letzte, spüre jeden Windstoß an meinem Wagen als Streicheleinheit des Himmels und sehe jedes Blatt als einmaliges Juwel der Mutter Natur.

Dann taucht er vor mir auf: der leicht erhöhte Rastplatz, wo ich jedes Mal, wenn ich hier vorbeifahre, kurz aussteige, weil die Landschaft da so schön bayrisch nach Heimat schmeckt. Vor dem Alpenpanorama liegt in südlicher Richtung zu meinen Füßen, in frei stehende Obstbäume eingebettet, ein kleines, liebliches Idyll im Abendlicht: die Wallfahrtskirche Wilparting, deren Kirchturm dieses für Bayern typische Zwiebeldach trägt. Weit hinten im Osten glitzert der Chiemsee, irgendwo in der nahen Ferne wird das schöne Salzburg liegen, die Geburtsstätte Mozarts,

dessen Musik gerade aus dem CD-Player meines Wagens klingt und die Szene musikalisch untermalt.
Nach einer Stunde erreiche ich Bad Reichenhall im Talkessel der Saalach am Fuße hoch aufragender Berge wie dem Hochstaufen, dem Fuderheuberg und im Süden dem Predigtstuhl.
Die gute alte Kurstadt mit ihren gemütlichen, verschiedenfarbigen Häusern und Villen empfängt mich gewohnt friedlich. Hier in Bayern hat alles seinen Platz. Alles wird besser, Bayern bleibt gut. Ich parke wie immer vor meinem Hotel, dem „Axelmannstein" an der Salzburger Straße. Das Gepäck wird mir auf meine Suite 334 gebracht, welche ich zu Beginn meines Lehrauftrages vor zwei Jahren eigens für mich ausgesucht habe, um es mir gut gehen zu lassen. Um dieses Privileg zu feiern, hier an dieser schönen Akademie unterrichten zu dürfen. Der Salon, den man durch einen quadratischen Flur mit geräumigen Einbauschränken, Garderobe und Bad erreicht, empfängt mich in seiner wohnlich-bayrischen Noblesse. Die Wände sind in einem warmen Gelb gehalten. Rechts an der Wand steht ein kleines, rot-weiß gestreiftes Sofa zwischen zwei Tischchen, auf denen zwei große, grüne Vasenleuchten stehen. Davor ein gläserner Couchtisch in einem goldenen Metallgestell und ein behaglicher Sessel. In der Mitte an der Fensterfront wartet mein schlichter Biedermeier-Schreibtisch mit Stuhl darauf, dass ich auf ihm mein Laptop aufschlage und an diesem Buch weiterschreibe. Die Vorhänge letztlich vereinen alle Farben der Einrichtung in einem üppigen Blumenmuster und geben – geöffnet – den Blick auf eine große breite Terrasse mit mehreren runden Bögen frei. Links in der Mitte thront das große Doppelbett mit einem Berg von Daunenkissen und -decken, in denen ich schon bald in tiefem seligen Schlaf verschwinden werde. Vorher genehmige ich mir allerdings noch ein Fläschchen Prosecco und schaue auf den 1.600 m hohen Predigtstuhl, wie die letzte Seilbahngondel zurückkehrt ins Tal, und lausche der Stille, die immer und überall dieselbe ist.
Am Montagmorgen passiere ich neben der großen Lampert&Kleekamp-Niederlassung mit meinem Wagen das große Tor, das zum Hof der alten Saline führt, in deren geschmackvoll restaurierten Räumlich-

keiten die Kunstakademie residiert. Der ganze Bau ist monumental und in rotem Backstein gehalten. In dem Prospekt, den ich anlässlich eines früheren Besuches mitgenommen hatte, nennt man sie „die schönste Saline der Welt".
Nicht nur oberirdisch beeindruckt der Quellenbau mit seinen sich unentwegt drehenden Wasserrädern, sondern auch unter der Erde. In Marmor gefasste Solequellen ziehen sich durch ein weitverzweigtes Stollensystem, das in einem ausgebauten Gewölbe gipfelt, dem ältesten unverändert erhaltenen Bauwerk Reichenhalls.
Jedes Mal, wenn sich eine volle Umdrehung eines der beiden großen Räder erfüllt, erklingen Glocken wie Mahnmale der Zeit. Dieses magische Geläut – einem Gemisch aus Zimbeln und Klangschalen gleich – war für mich seit Anbeginn ein untrennbarer sinnlicher Bestandteil meiner Gastspiele in Reichenhall. Die regelmäßigen Glockenschläge, die man in der Kunstakademie sehr gut zu hören vermag, haben etwas Feierliches. Ihr geheimnisvoller Klang, der sich heute mit dem sanften melancholischen Licht des Herbstes vermischt, verleiht diesem Platz eine ganz besondere Note. Für mich sind es Glocken der Heimkehr, Zeugen meines stillen Triumphes, angekommen zu sein, Glocken des Dankes an das Leben.

Ich parke meinen Wagen vor dem hohen Portal der Akademie, um dort mein Material auszuladen. Das Betreten der „heiligen Hallen der Kunst" durch das sechs Meter hohe Portal aus schwerem Holz lässt mich nie ganz unberührt. Es erinnert mich jedes Mal an diesen denkwürdigen Tag, als ich damals am ersten Tag als junger Mann die Kunstakademie in Genf betrat.
In der Bad Reichenhaller Kunstakademie wurde mir dieses Mal der große Saal im Erdgeschoss zugeteilt. Seine unglaublichen Maße von ca. 30 Metern Länge, 15 Metern Breite und sage und schreibe 8–10 Metern Höhe vermögen jedes Mal von Neuem, mich in kindliches Staunen zu versetzen.

Einige meiner „Wiederholungstäter“, unter ihnen auch Bruno, der Bauunternehmer, aber auch neue Gesichter haben sich bereits eingefunden und sind dabei, sich in ihren Arbeitsplätzen einzurichten. Besonders einen Mann glaube ich zu kennen. Ich spüre die Erwartungen, Projektionen und die Anspannung der Neuen. Die Freude, aber auch die Angst vor dieser Reise ins Unbekannte. Mich berührt aber auch jedes Mal die Liebe und das Vertrauen, das mir von den „Alten“ entgegengebracht wird. Viele haben alle meine Bücher gelesen, sie wissen, wie ich unterrichte, und kommen gerade wegen meines etwas anderen Lehrstils.
Ich greife mir einen dieser Transportkarren, entlade meinen Wagen vor dem Gebäude, kehre in die Halle zurück und richte mich dann auf dem großen Tisch neben dem Eingang langsam ein. Nach und nach sind alle Angemeldeten anwesend. Ich konsultiere die Teilnehmerliste: zwölf Personen. Die Überraschung des Tages: drei Männer, mein bisheriger Rekord! Ein interessantes Gemisch. Der Workshop ist wie immer ausgebucht.

Alles ist an seinem Ort. Genau in der Mitte des Tisches, wo auch mein Stuhl steht, zünde ich eine große weiße Kerze an, ein Ritual, das bereits Tradition hat und von vielen sehr geschätzt wird. Es kommt jetzt sogar des Öfteren vor, dass diese Kerze plötzlich brennt, wenn ich erneut den Raum betrete, weil offenbar jemand sie bereits angezündet hat. Viele dieser stillen Rituale und Gesten benutze ich bewusst, um nach und nach der Energie im Raum, in mir selbst und in den Anwesenden Richtung, Qualität und Tiefe zu verleihen. Um zehn Uhr ist es so weit. Ich versammle die Leute in einem Halbkreis vor dem riesigen, mindestens sechs Meter breiten Arbeitstisch, der feierlich wie ein Altar vor der hohen Backsteinmauer des großen Saales steht.

INNEN/ATELIER KUNSTAKADEMIE/TAG
„Bitte, kommt alle mal hierher. Wir machen jetzt einen schönen Halbkreis.“
Ich zeige mit einer großen dramatischen Geste, wie ich mir das vorstelle. „Ein großer luftiger Halbkreis, genau hier vor dem Tisch.“

Nun kommen alle mit ihren Stühlen, aber viel zu dicht an den Tisch heran.
„Weiter zurück, noch weiter. Jawohl, wunderbar. Du da ..."
„Gudrun!"
„Okay, Gudrun, bitte noch etwas nach rechts ... und du ... hallo, Ute, ja du, noch etwas mehr nach links. Ein schöner Halbkreis, bitte schön. Seht ihr, da sind wir schon mittendrin: Gestalten heißt ordnen ... es geht um Harmonie, Leute. Ja, du da, zu nahe."
Und zu einer andern Kursteilnehmerin:
„Wie ist dein Name?"
„Frida!"
„Mensch, Frida, bist du nicht zu nahe an diesem Kerl dran? Übrigens: Das ist Bruno, unser Sorbas[66]."
„Ja, schon."
„Also, dann nimm deinen Stuhl etwas weg. Nimm dir deinen Raum. Kreativität braucht Raum. Keine falsche Bescheidenheit, meine Damen und Herren."
Großes, allgemeines Stühlerücken! Nach einer Weile kehrt Ruhe ein in das Gerangel. Alle sitzen jetzt erleichtert mit einem etwas wacheren Blick auf ihren Stühlen in Erwartung dessen, was da wohl als Nächstes auf sie zukommt.
„Seht ihr jetzt den Unterschied, der perfekte Halbkreis. Jetzt ‚klingt' er. Tobias, zufrieden?"
„Perfekt!"
Nach einer Weile unterbricht die noch ungewohnte Stille, sanft und feierlich, das Glockenspiel der Saline.
„Eigentlich sollte er schon hier sein", sage ich in die Runde, ohne zu verraten, wen ich damit meine.
Dann öffnet sich die Türe und Professor Jan Nowak, der Leiter der Akademie, betritt gemächlich und respektvoll den Raum. Er trägt über einem weißen Hemd seinen üblichen grauen Anzug. Zusammen mit seinen grauen Haaren ergibt sich eine einheitliche, elegante Erscheinung, welche allerdings durch sein lässig umgeworfenes, hellgraues Künstler-Foulard etwas aufgelockert wird und ihm etwas Cooles verleiht.

„Heute scheint er pünktlich zu sein, was nicht immer klappt, denn er wohnt nicht hier, sondern in München."
Ich sage es so, dass Nowak es hören kann. Er schmunzelt und begrüßt mich mit einem liebevollen Augenzwinkern. Ich stehe auf, gebe ihm die Hand und trete dann etwas zur Seite, sodass er im Mittelpunkt steht.
„Ja, meine Lieben. Ich begrüße Sie recht herzlich an unserer Schule. Ihr seid hier an einem ganz besonderen Platz ..."
Er dreht sich zu mir hin:
„Ich freue mich, dass Christian Maiwald an der Kunstakademie Bad Reichenhall als Gastdozent im Bereich der Bildenden Kunst tätig ist. Seine Workshops sind unverwechselbar. Sein Unterrichtsstil ist provokant, aber menschlich. Dank seiner vielfältigen Begabungen und seiner reichen Erfahrung lehrt er nicht nur Malerei auf professioneller Ebene. Mit Ernst, Sachverstand und Humor vermittelt er Ihnen ganz nebenbei auch noch das Geheimnis der Lebenskunst. Viele unserer Kursteilnehmer schätzen gerade das an ihm. Auch der Standort der Akademie trägt mit dazu bei, dass bei den Studenten während der Studientage Werke entstehen, die sonst an keinem anderen Ort der Welt so wären. Der große Salzblock in tausend Metern Tiefe unter der Stadt Bad Reichenhall sendet ein kreatives Signal an die Studenten der Kunstakademie. Dadurch werden Kräfte frei, die mit dem Potenzial von Wasser und Salz zu erklären sind. Der Aufenthalt an der Akademie vitalisiert also Ihre Schöpferkraft und Kreativität. Wir haben hier viele gute Maler und Malerinnen hervorgebracht, von denen auch einige bereits wiederum Lehrer sind. Ich wünsche Ihnen also in diesem Sinne viel Erfolg, nutzen Sie diesen Platz und trinken Sie viel Wasser, dann fließt die Energie."
Nowak verabschiedet sich von mir und verlässt den Raum.
Stille.

„Herzlich willkommen auf unserem Narrenschiff."
Irritierte Blicke schwanken zwischen Lachen und Schrecken hin und her.
„Kunst braucht Narren und keine Denker. Deshalb mein Rat: Ihr hängt jetzt am besten all eure Erwartungen, eure Vorstellungen über euch

selbst, über Kunst und das Leben draußen in der Garderobe an einen Haken. Wenn sich also jemand noch irgendwie unwohl fühlt, kann er dies jetzt gerne nachholen. Wir warten dann so lange, bis jeder angekommen ist. Das ist, was wir hier tun, wenn wir in Stille zusammensitzen: ankommen im Hier und Jetzt.
Um ein gutes Bild malen zu können, brauchst du viel mehr als Wissen und Handwerk. Du brauchst Inspiration. Das Wort stammt vom lateinischen ‚inspiratio' und bedeutet ‚Beseelung'. Wir werden in dieser Woche nicht nur eine Menge Techniken lernen, sondern uns zuallererst in Erinnerung rufen, wie wir uns in diesen inspirierten Zustand versetzen und mit unserer Schöpferkraft in Verbindung treten können.
Der Witz bei der Sache ist, dass du dafür überhaupt nichts tun musst, du brauchst kein Buch zu lesen, du musst nicht an dir arbeiten, du musst überhaupt nichts werden, sondern nur der sein, der du bist. Denn die Wahrheit ist wie immer einfach: Du selbst bist diese Schöpferkraft. All die schöpferischen Gesetze der Gestaltung sind bereits in dir vollkommen angelegt. Wenn du willst, kannst du das jederzeit selbst erkennen. Es braucht nichts, außer deiner Bereitschaft, ein bisschen mehr im Jetzt zu sein."

Stille.

„Übrigens, nichts von dem, was ich hier sage, ist neu. Wir erinnern uns einfach nur an das, was funktioniert, und an das, was nicht funktioniert. Diese Fakten anzuwenden, bedeutet Lebenskunst."
Langsam entspannen sich die Gesichter. Das Klima wird lockerer.
„Für mich ist die Leinwand eine wunderbare Metapher für die unbeschränkte schöpferische Freiheit, die du als dein Geburtsrecht vom Leben geschenkt bekommen hast. Die Leinwand urteilt genauso wenig wie das Leben über dich. Darüber, was Kunst und nicht Kunst, richtig und falsch, schön und hässlich ist. Auf der Leinwand bist du vollkommen frei. Lasst uns also mit der Hauptvorstellung beginnen und die richtigen Fragen stellen: Hast du den Mut, dich auf diese ungeheure Freiheit, die

dir die Leinwand bietet, einzulassen, ohne Wissen? Kannst du die Leere und die damit verbundene Angst und Hilflosigkeit ertragen, dass da niemand ist, der dir sagt, was zu tun ist? Auch ich bin angesichts dieser grenzenlosen Freiheit, welche mir meine Kreativität bietet, hilflos; und auch ich weiß nicht, was als Nächstes kommt. Auch ich weiß, dass ich nichts weiß. Der einzige Unterschied, warum ich hier den Lehrer gebe und ihr die Schüler spielt, ist der, dass die Leere für euch ein Problem und für mich die totale Freiheit ist. Denn ich habe die Erfahrung gemacht, dass, wenn ich mich fallen lasse, meine Kontrolle loslasse und mich ganz der Leinwand und diesem Moment hingebe, ich nicht verloren, sondern zum ersten Mal überhaupt aufgehoben bin. Wenn ich mir nicht mehr im Weg stehe und über das Bild nachdenke, übernimmt eine unendlich viel größere und weisere Kraft die Führung. Dann kannst du entspannen, dann bist du im Flow[1] und das Wunder kann geschehen, dass ES malt und du erkennst, wer du wirklich bist."
Ich zeige auf die große Kerze auf dem Tisch.
„Dann geht dir vielleicht ein Licht auf und du erkennst dich in allem."
Stille. Verwirrte Blicke, Räuspern, Stühlerücken.
„Ich weiß, jetzt gibt es kein Zurück. Jetzt muss ich es euch einfach sagen: Der ganze Malkurs ist nur eine Tarnung, um euch anzulocken. Habt ihr das nicht gewusst? Ich musste mir etwas einfallen lassen. Denn wenn ihr vorher schon gewusst hättet, was wir hier wirklich machen, würde ich nämlich mutterseelenalleine hier sitzen und keine Schule hätte mir je einen Lehrauftrag erteilt. Das bleibt natürlich unter uns. Nein, Spaß beiseite. In Wirklichkeit geht es um viel mehr als um ein paar gute Bilder. Es geht um nichts Geringeres als um dein Leben, um die Entfaltung deiner Kreativität, um die Erkenntnis, dass du alles bereits in dir trägst, was du suchst. Wenn du dir dessen bewusst bist, wird alles, was du machst, Kunst sein. Mache immer mal wieder eine kleine Pause, sei still und sieh, dass du bereits frei bist. Außer du denkst darüber nach. – Alles klar?"
Die „Alten" schmunzeln, die „Neuen" scheinen allmählich zu verstehen und merken, dass alles auch nicht so ernst gemeint ist.

In der Mitte auf dem riesigen Tisch flackert das Kerzenlicht und verleiht der Stimmung etwas Feierliches. Ich blicke den Leuten in die Augen. Wir hören das Glockenspiel, und es scheint so, als wäre sein Einsatz geplant, um die Stille im Raum einzuläuten, die sich jetzt langsam auf die Leute überträgt. Ute ist schon zum zweiten Mal hier. Sie lächelt zufrieden und verständnisvoll. Sie kennt das mit der Stille schon und braucht nicht aufgeklärt zu werden, während einige andere eher skeptisch in die Runde blicken und sich wohl fragen, wo sie denn hier gelandet sind.
Wenn ich rede, schweige ich immer mal wieder für einen Moment, was die Leute natürlich verunsichert. Aber gerade das ist der Sinn der Sache. Die Stille entzieht dem Verstand die Kontrolle und eröffnet so ganz natürlich einen kreativen Frei-Raum, in dem alles möglich ist. Die Stimmung lockert sich und oft passieren dann Überraschungen und kleine Wunder, die man niemals planen könnte. Genau das ist Kreativität.
Ich warte, bis ich selbst im Innersten der Stille angekommen bin, auf den Moment, in dem ES aus mir heraus spricht. Meistens merke ich, wie die Leute dann aufmerksam zuhören, weil sie sich im Innersten verstanden, angesprochen und mit mir verbunden fühlen. Dann ist das Wesentlichste – das Vertrauen – schon passiert, der Bann gebrochen und die Zeit gekommen, auf die einzelnen Seminarteilnehmer einzugehen.
Die Leute stellen sich vor und ziehen – wenn sie mögen – aus einem Satz Karten ihren persönlichen Sinnspruch zum Thema „Kreativität und Lebenskunst“, der die Kursteilnehmer mit sich selbst konfrontiert und im Laufe der Woche einen inneren Dialog in Gang setzen soll.
Eine kleine Kostprobe aus dieser Vorstellungsrunde sei hier kurz wiedergeben, da in diesem Workshop die „scheinbaren Zufälle“ außergewöhnlich waren.

INNEN/ATELIER/TAG

„Bruno Zimmermann, Bau- und Abbruchunternehmer“, stellt sich dieser vor. Alle grinsen verschämt, weil der „Abbruchunternehmer“ tatsächlich zu seinem korpulenten Äußeren passt, wie die Faust aufs Auge.
„So sieht er aus, unser Sorbas“, witzele ich über ihn.

„Ja, wegen dem bin ich auch wiedergekommen. Das hat mir gefallen, was du über das Sorbas-Prinzip gesagt hast“, scherzt er.
„Möchtest du uns die Geschichte erzählen?“, frage ich ihn.
„Was, ich?“
„Nein, der da hinter dir!“
„Kann ich schon, wenn du willst. Also ...“, beginnt er trocken.
„... Alexis Sorbas, der Grieche, hatte zusammen mit seinem Freund ... einen Traum, sie reisten gemeinsam auf die Insel, ... um Erz abzubauen. Ihr Plan war es, zu diesem Zweck eine Bahn zu bauen, was bei 40 Grad im Schatten sehr aufwendig und mühsam war. Ein Abenteuer mit geringen Erfolgschancen! Nach einem Jahr Bauzeit, als ihr Werk sich der Fertigstellung näherte und sie ihre Bahn zum ersten Mal in Betrieb nehmen wollten, am Tage der Einweihung also, ging das Ganze den Bach herunter. Die mühsame Arbeit eines ganzen Jahres brach unter Staub und Bersten in sich zusammen und ...“
Ich übernehme kurz wieder die Regie, unterbreche Bruno, der offensichtlich wenig Sinn für dramaturgische Höhepunkte hat, und fahre fort:
„Die Szene, die nun folgt, ist den meisten bekannt und hat Anthony Quinn weltberühmt gemacht.“
Ich gebe Bruno das Zeichen für seinen Einsatz.
„Sorbas – tanzt!“, sagt er mit einem breiten Grinsen, wobei man unschwer erkennen kann, dass sein herbes Gesicht an so große Gefühle nicht gewöhnt war.
„Er muss verrückt sein! Warum ist er nicht außer sich vor Wut? Warum tanzt Sorbas in dem Moment, als er alles verloren hat?“, frage ich in die Runde.
Nach einer Weile gibt sich Tobias, ein Ehemaliger, zu erkennen und sagt betont tiefsinnig:
„Er tanzt, weil er alles gegeben hat.“
Alle verharren eine Weile betroffen und denken nach.
„Bruno, deine Karte?“
Diesmal hält Ute ihm die Karten hin. Ohne die Augen zu schließen, zieht er seinen Spruch, dann prustet er laut aus sich heraus.

„Also, mach schon ... schieß los!"
Alle starren gebannt auf seine Karte, dann liest er vor:
„No Risk, no Fun!"
Haltloses Lachen vermischt sich mit tiefer Verwunderung über diesen Spruch, dessen magischen Zusammenhang mit dem Tanz des Sorbas ganz bestimmt niemand geplant hatte.
So geht das oft in dieser Runde. Es passieren unglaubliche Zufälle, die im Grunde keine sind, sondern zeigen, wie alles auf geheimnisvolle Weise miteinander in Zusammenhang steht, wenn man den Wundern Raum gibt. Das war der erste „Zufall". In diesem Moment wusste ich noch nicht, dass der zweite schon unterwegs war.
Doch vorher ist noch Adelheid dran. Ältere Dame. Altmodisches Brillengestell. Bibliothekarin. Lebensmotto: Hauptsache, es macht keinen Spaß.
Meine Alarmglocken stehen auf Rot: Vorsicht, Zickenalarm!
„Was soll dieser Kinderkram?", meckert sie auch gleich widerborstig.
„Wenn du das nicht möchtest, dann zieht eben jemand anderes seinen Spruch, kein Ding", beschwichtige ich sie, um mir keine unnötigen Probleme aufzuhalsen.
„Okay, wenn's denn sein muss."
Sie zieht unbeteiligt eine Karte aus dem Fächer, den man ihr geduldig hinhält. Während sie widerwillig liest, scheint sie nicht genau zu wissen, ob sie nun total ausrasten oder doch heimlich schmunzeln soll:
„Eigentlich bin ich ganz anders – ich komme nur so selten dazu."
„Großartig!", denke ich.
Alle unterdrücken gewaltsam ihr Lachen, weil man ja nicht gemein sein will. „Was für ein Pechvogel", denke ich. „Die hat jetzt wirklich die Arschkarte gezogen", und ich schäme mich meiner selbst ob so viel Bosheit und Schadenfreude.
Das Kontrastprogramm geht weiter. Nach dem Aschenputtel die schöne, attraktive Leandra Laskari. Mein Gott, ich könnte mich glatt in sie verlieben. Schwarzes langes Haar, dunkle Mandelaugen, rote Lippen, knackige Brüste, kräftiges Becken, mein Typ. Beinahe wäre ich wieder in mein

altes Muster zurückgefallen. Außerdem – das macht es auch nicht gerade leichter – erinnert sie mich an Luiza. Kein Problem. Kleiner Schritt zurück, Navi einschalten und schon bin ich wieder in meiner Mitte. Das Spiel kann weitergehen.
„Leandra, bien venido", heiße ich sie auf Spanisch willkommen.
„Ich bin nicht Spanierin. Ich bin Griechin."
Das war der zweite Zufall. Wieso befindet sich ausgerechnet dann eine Griechin in der Gruppe, wenn ich mit der Figur von Sorbas spiele? Ich hatte noch nie eine Griechin in der Gruppe.
„Tut mir leid. Du hast mich gerade an eine spanische Liebesromanze erinnert, sorry."
Das sind eben Geschichten, die das Leben schreibt.
„Apropos Liebe. Wofür brennt dein griechisches Herz?", flirte ich.
„Mein Herz brennt für die Malerei. Ich habe dein Buch ‚Farb-Klang-Körper 2' gelesen, in dem du über Inspiration schreibst. Mich inspirieren Farben. Ich rieche Farben, ich schmecke Farben und ich möchte mehr über die Harmonie der Farben lernen."
„Seht ihr, das ist das mediterrane Herz. Sinnlich, leidenschaftlich, neugierig! So muss es sein, Leute. Du musst brennen für die Kunst, sonst wird das nichts. Schön, jetzt haben wir schon zwei Griechen. Sorbas und Leandra. Wenn das bloß gut geht."
Während ich das so sage, erinnere ich mich plötzlich, dass ich die Titelmelodie des Films „Alexis Sorbas" von Mikis Theodorakis auf einer meiner CDs mitgenommen habe. Das ist die Idee!
„Sag mal, könnt ihr für uns nicht Sirtaki tanzen?", frage ich, ohne daran zu glauben, dass sie das auch wirklich machen.
Leandra grinst, steht nach einem leichten Zögern auf und begibt sich auf die andere Seite des Halbkreises, greift sich Bruno, der sich ziert und windet, geht mit ihm in die Mitte, während ich ungeduldig meinen Musikkoffer öffne. Ich lege die Scheibe in den bereitgestellten CD-Player. Kurz darauf erfüllt die magische, bilderreiche Klangsphäre der Bouzouki und Gitarre die ganze Halle und die Herzen der Anwesenden und erzählt mehr über Lebensfreude, Mut und Leidenschaft als tausend Worte. Das

sanfte Mittagslicht wirft vereinzelte Strahlen durch die hohen Sprossenfenster. Jetzt klatscht die Runde zum Tanz der beiden. Auch wenn Bruno sich ungeschickt anstellt und Leandra ihm jeden Schritt vortanzen muss, hat das Bild doch etwas rührend Menschliches. Als das Stück zu Ende geht und die beiden auf ihre Stühle zurückkehren und sich ihr Atem langsam beruhigt, sage ich zu Leandra:
„Du brauchst wohl keinen Spruch mehr, oder?“
„Oh doch, da kommst du nicht drum herum, lass sehen!“
Sie steht auf und kommt auf mich zu. Ich zeige zu Tobias, der den Fächer für sie bereithält. Leandra geht tanzend wie ein Kind zu ihm hin, zieht stehend und immer noch etwas außer Atem eine Karte und liest, so als hätte sie den Spruch bewusst ausgesucht, für das, was sich jetzt durch ihr ganzes Wesen mitzuteilen sucht:
„Sorge dich nicht, lebe!“
Alle merken, dass jetzt jeder Kommentar überflüssig wäre.
Bruno und Leandra bedanken und umarmen sich gegenseitig und setzen sich wieder in die Runde. Die Energie ist jetzt noch stärker, die Stille tiefer geworden. Wir hören wiederholt das feierliche Geläut der Saline. Ich bin glücklich, dass die nonverbale Ebene nun auf die Gruppe übergegangen ist und ich in offene, vertrauensvolle Gesichter blicke.
Wenn man sich den ganzen Kunstzirkus, diese Scheinwelt der Eitelkeiten und die teilweise völlig überzogenen Preise einmal wegdenkt, ist Malerei ganz einfach nur ein Handwerk – und obendrein auch noch ein äußerst schmutziges. Kaum ein anderer Künstler schleppt so viel Material mit sich herum wie der Maler oder die Malerin. Ein ganzes Arsenal von Farben, Malmittel, Pinseln, Rollern, Schwämmen, Stiften, Zeichenwerkzeugen, Gefäßen, Papieren, Leinwänden und Unzähligem mehr, alles will von ihm aufbewahrt, geputzt, ersetzt und richtig angewendet werden. Das alleine ist schon eine Kunst, die vom Anfänger oft viel zu sehr vernachlässigt wird. Da sich die Leute ja vor allem für meine Maltechniken interessieren, demonstriere ich am Nachmittag des ersten Tages ausführlich, wie mein Arbeitsplatz aussieht und mit welchem Material ich persönlich arbeite. Dabei lege ich in meiner Demonstration großen

Wert auf Ordnung, Sauberkeit und Effizienz. Nicht, weil ich Schweizer bin, sondern weil ich nach jahrzehntelanger Erfahrung selbst einen Weg finden musste, dass nicht das Material mich beherrscht, sondern umgekehrt. Außerdem muss ich mir vom Morgen bis zum Abend ansehen, wie sich der geplagte Anfänger permanent von vertrockneten Pinseln und Farben, falschen Malmitteln und einem großen Erfahrungsdefizit im Umgang mit all den Dingen total blockieren lässt. Bis zum Abend haben die Kursteilnehmer dann Zeit, ihre Arbeitsplätze entsprechend meinen Empfehlungen einzurichten.
Am Dienstagmorgen öffne ich zehn Minuten vor neun die große, schwere dunkelgrüne Tür zur Halle, welche in dieser Woche zur Bühne der allgemeinen Selbstentfaltung werden soll.
Hier ein Kurzdurchlauf der wichtigsten Szenen:

INNEN/HALLE AKADEMIE/MORGEN
Ich ziehe mich in der Garderobe um, kehre in den Raum zurück, greife eine meiner Djemben[56] und setze mich auf meinen Stuhl. Ich sage kein Wort und beginne dann mit einem immer lauter werdenden Rhythmus, die Leute im wahrsten Sinne des Wortes zusammenzutrommeln. So als wäre es das Selbstverständlichste der Welt, scheinen die Anwesenden die Aufforderung offenbar zu verstehen und bilden langsam, begleitet von meinem Trommelbeat, den Halbkreis mit ihren Stühlen.

Einige schließen die Augen, andere bewegen sich im Rhythmus: Die meisten scheinen es zu genießen.
Nach ungefähr zehn Minuten lasse ich den Rhythmus langsamer und immer leiser und leiser werden, bis er allmählich verstummt und in Stille übergeht. Nach einer Viertelstunde der Einkehr nutze ich das Geläut der Saline, um die Meditation zu beenden:

„Und langsam einatmen, Hände über den Kopf und ausatmen. Hände fallen lassen und Augen öffnen."
„Mensch, das ist ja super mit deiner Trommel", freut sich Leandra.

Anton, meinen fünfundachtzigjährigen Schweizer, frage ich:
„Hat's dir auch gefallen? Du kannst ruhig zu den Rhythmen tanzen, wenn du magst!"
„Dazu bin ich zu alt", wehrt Anton ab.
„Wie war dein Spruch noch mal?"
„Selbst wenn ich in den Himmel komme, will ich mir in der Hölle noch was dazuverdienen."
Schallendes Gelächter.
„Von Rudi Carrell, der ist wirklich gut. Mit achtzig fängt das Leben an, Anton!", muntere ich ihn auf.
Es ist zu meiner großen Freude nun auch schon des Öfteren passiert, dass sich wirklich gute Drummer und Drummerinnen in meinen Kursen befanden und es dann richtig abging. Um für diesen Idealfall gerüstet zu sein, nehme ich deshalb immer gleich mehrere Trommeln mit.
Nun bitte ich die Leute, aufzustehen und mir in meinen Arbeitsbereich zu folgen. Als alle mit erwartungsvollen Blicken, aber wie eine in die Enge getriebene Gruppe von Schafen beisammenstehen, mache ich gleich zu Beginn etwas Grundsätzliches klar:
„So geht das nicht. Nehmt euch den Raum Leute. Macht die Titanic!"[24]
Ich breite meine Arme aus, drehe mich mehrere Male langsam um meine Achse, treibe dabei die Leute auseinander und rufe laut und deutlich:
„Ich, Miriam, nehme mir meinen Raum! ... Das ist die erste peinliche Übung, die wir machen. Du brauchst inneren und äußeren Raum, um kreativ zu sein – um dich wirklich zu entfalten. Doch oft lassen wir uns diesen von unserer Umwelt erheblich einschränken. Schau dabei jedem in die Augen, sprich laut und bestimmt, denn jeder kann dein Feind sein. Überall lauern Gefahren, wenn du mit Malen beginnst und sichtbar wirst. Jeder kann über dich und deine Bilder lachen. Diese Übung kann dir helfen, an deine Kraft zu kommen. Sonst bringt das hier gar nichts. Also, wer beginnt? Anton, jetzt oder nie ..."
Er winkt ausdrücklich ab: „Das sollen die Jüngeren machen."
Linda stellt sich bereitwillig auf.
„Sehr gut, Linda, also breite die Arme aus, genau, sehr schön!"

Sie macht die Titanic, blickt konzentriert in die Runde und jedem in die Augen. Dann sagt sie laut und deutlich:
„Ich, Linda, nehme mir meinen Raum!"
Ich frage die Gruppe:
„War das bestimmt und deutlich genug?"
„Na ja, ein bisschen unsicher", meint jemand.
„Also, möchtest du es nochmals versuchen?"
Dieses Mal macht sie es lauter und bestimmter und dabei kommen ihr die Tränen.
„Linda, was ist?"
„Ich sehe, wie oft ich mich einschränken lasse, das tut weh."
„Genau darum geht es in dieser Übung. Danke, Linda, für deine Offenheit."
Nachdem alle außer Anton und Adelheid diese Übung mit sichtlich positiver Wirkung gemacht haben, ist die Energie noch freier und ausgelassener. Die Leute sind etwas wärmer, frecher und mutiger geworden. Bereit für die Leinwand.
Wir befinden uns immer noch alle in meinem Arbeitsbereich.
„Passt auf, Leute! Nun geht's zur Sache. Nichts von alledem, was ich hier in dieser Woche mit euch mache, ist einfach mal so zur Unterhaltung gedacht, sondern ganz bewusst eingesetzt, um eure schöpferischen Kräfte freizusetzen. Es wäre naiv, wenn ich mich vor euch hinstellen und sagen würde: ‚So, Leute, jetzt seid mal schön entspannt und kreativ.' Was für ein Betrug. Da würde ich mir selbst und euch etwas vormachen. Nein, wenn du kreativ, inspiriert und lebendig sein willst, musst du dich leider, ob es dir passt oder nicht, mit dem konfrontieren, was deine Lebendigkeit verhindert und deine Blockaden verursacht hat. All deine falschen Vorstellungen von Kunst und dir selbst hatten wir schon. Wie steht es nun aber mit den Gefühlen, für die du dich schämst, wie Wut, Hass, Aggression, Geilheit und Lust, mit denen die Gesellschaft gemeinhin so ihre Probleme hat. Was machst du mit dem sogenannten ‚Bösen' in dir? Oder hast du gedacht, das Böse sei nur in deinem Nachbarn? Warum sind diese Wesensanteile für deine Kreativität so wichtig? Frau Perin-

ger-Rosental, als bayrische Unternehmergattin sind Sie doch eine Dame von Welt. Wie gehen Sie mit Ihrer Wut um?", scherze ich provokativ, ohne auf eine Antwort zu warten.

„Lasst uns hier mal etwas Taschenbuch-Psychologie betreiben. Ich meine, jeder kennt mindestens ein Arschloch in seiner näheren Umgebung. Oder? Lässt du dir von jedem auf der Nase herumtanzen oder kannst du dich abgrenzen? Nein sagen, wenn du nein meinst? Denn wenn du kein klares Nein sagen kannst, wirst du auch niemals ein klares Ja sagen können, weil du nicht in deiner Kraft bist.

Ein Gutmensch hat noch nie ein starkes Bild gemalt. Denn schön und gut reicht nicht. Ein Bild muss Kraft haben, es muss lebendig sein. Noch besser: Es muss dich vom Hocker hauen! Es muss Biss haben. Es muss Feuer und Tiefe haben! Dieses gewisse Etwas, das man mit Worten nicht beschreiben kann. Und jetzt kommt's. Das kann es nur, wenn du deine Wut, deine Aggression und Lust nicht unterdrückst, sondern als schöpferisches Potenzial willkommen heißt und rückhaltlos in deinen Malprozess mit einfließen lässt."

Ich mache eine kleine Pause, mustere die Anwesenden, um festzustellen, ob ich die Grenzen des Zumutbaren etwa bereits überschritten habe oder ob meine Bergpredigt auf fruchtbaren Boden fällt.

Mit dem Kopf scheinen alle zu verstehen, doch die Gesichter verraten die Angst vor dem, was gleich kommen wird.

„Okay, worauf wartet ihr noch?", fahre ich fort. „Lassen wir die Sau raus!"

Ein Raunen des Schreckens huscht über die verwirrten Gesichter.

„Die Übung geht so: Du gibst in eine kleine Schale eine größere Menge Schwarz und nimmst einen mittelgroßen Pinsel. Jetzt nimmst du den Pinsel wie einen Dolch in deine Faust und stellst dich mit leicht gespreizten Beinen circa einen Meter ganz locker vor deine Leinwand hin."

Ich mache es vor:

„Während ich von fünf bis eins zähle, atmest du tief und bewusst ein und aus und stellst dir dabei irgendjemanden oder etwas vor, das dich wütend und aggressiv macht. Auf null gebe ich das Kommando ‚los!'.

Dann stichst du mit voller Wucht zu und schreist dabei aus Leibeskräften: ‚Arschloch!'"

Entsetzte Gesichter. Lautstarke Proteste bei den Neuen: „Nein, das mach' ich nicht!" usw. Bei den Wiederholungstätern schadenfrohes und überlegenes Grinsen.

„Ihr seht nachher alle zwanzig Jahre jünger aus. Außerdem – auf der Leinwand verletzt du niemanden, aber höchstens dich selbst, wenn du auf verdrängten Aggressionen hockst. Alle machen das jetzt, okay?"

Adelheid verlässt den Raum, was zu erwarten war. Nach anfänglichem Widerstand und Ekel werden die Schreie lauter und authentischer. Ich feuere die Leute an.

„Gebt dem Bösen Raum und es wird gut!", brülle ich in die Horde der Verrückten.

Die Gesichter lockern sich, die ersten Lacher und Lustschreie beleben den Raum. Die Gruppe legt sich ins Zeug und wiederholt die Übung mit den Flüchen: „Scheiße, Drecksau, hau ab!" usw.

Plötzlich steht die Sekretärin von Professor Nowak mit einem schreckverzerrten Gesicht in der geöffneten Türe und fragt außer Atem:

„Ist alles okay?"

„Alles bestens, machen Sie sich keine Sorgen!", beruhige ich sie.

Alle brüllen vor Lachen, als die verschüchterte Frau mit verdutzter Miene den Ort des Schreckens verlassen hat.

Als ich die schwer atmenden Leute zur Gefechtsbesprechung zusammentreibe, ist es offensichtlich:

„Was ist denn mit dir geschehen? Frida, du siehst zehn Jahre jünger aus."

„Ich fühl' mich auch so."

„Wie heißt noch einmal der Titel von Ute Ehrhardt[67]?"

Wie aus der Pistole geschossen kontern zwei Frauen gleichzeitig:

„Gute Mädchen kommen in den Himmel, böse überall hin."

Ich stimme in das Triumphgeschrei ein: „Jawohlllloooo!"

Den Einstieg in die eigentliche freie Malerei erleichtere ich meistens durch eine Art Ausdruckstanz oder Pantomime vor der Leinwand. Der Zweck dieser Trockenübung ohne Pinsel und Farbe ist der, dass die Maler und Malerinnen ein Gefühl für ihre Intuition entwickeln.

Ich stelle mich dann selbst vor die Leinwand und mache das genau vor. „Was musst du also konkret tun, dass ES malt, ohne eine Idee, einen Plan oder irgendeine Vorstellung im Kopf? Frage deinen Körper. Er schafft die Verbindung mit deiner Energie. Jetzt breitest du wieder die Arme aus und öffnest die Handflächen wie Fühler nach vorne. Dann nimmst du den Raum um dich herum wahr. Während du bewusst atmest, berührst du jetzt die Leinwand mit deinen Händen. Streichle sie, verschmelze mit ihr, dann trittst du wieder zurück. Jetzt lässt du deinen Blick weicher und weiter werden, sodass du nicht nur die Leinwand siehst, sondern den Raum wahrnimmst, der die Leinwand umgibt. An diesem Punkt trittst du in eine andere Bewusstseinsebene ein. Du nimmst dich nicht mehr als Person, sondern als reine Energie wahr, von diesem Moment an ist alles ein kosmisches Spiel.
Um dich nun permanent im Hier und Jetzt und in deinem Körper zu halten, zählst du diesmal selbst von fünf bis eins, und auf ‚los' gibst du mit deinen Händen, deinem Körper und einem entsprechenden Ton dem Impuls, der in diesem Moment gerade am stärksten ist, auf der Leinwand eine Form. Dann machst du das Ganze nochmals, aber diesmal mit Pinsel und Farbe."
Das Großartige an diesen Übungen ist, dass die Leute danach wie ausgewechselt sind und im Grunde das Wesentlichste schon erreicht ist: Die Leute sind lebendiger, mutiger, frecher. Sie machen Witze und trauen sich mehr. Der Rest läuft meistens von ganz alleine.
Am Nachmittag versammle ich die Kursteilnehmer zur Bildbetrachtung: „Seht ihr, was da passiert ist? Ohne eine Vorstellung und einen bestimmten Plan entsteht ein Bild, in dem du bereits Formen, Assoziationen, Geschichten und mögliche Inhalte erkennst. All diese Bilder sind unverkrampft und leben von dieser erfrischenden Absichtslosigkeit. Merke dir eines: Du kannst niemals etwas falsch machen. Das gilt sogar für Schweizer und Deutsche. Folge immerfort der Energie des Moments, höre auf deinen Körper, der dir in dieser Sekunde genau zeigt, was, wann, wie und wo gesetzt werden muss. Sage ja zu jedem Gefühl, das da ist, heiße es willkommen, fühle es! Male es!

Und wenn Wut da ist, weil alles scheiße aussieht, nutze dieses Potenzial, zerstöre alles, was dir auf dem Bild nicht gefällt, die Wut zeigt dir, was du nicht willst, und lässt dich gleichzeitig fühlen, was du willst. Die Wut schafft Freiräume. Deshalb nenne ich sie gerne: die ‚Goldene Wut'.
Dabei wirst du immer lebendiger und erhältst ein Gefühl für deine Authentizität. Alles, was du angeblich falsch gemacht hast, all die sogenannten ‚falschen Stellen', sind die biografischen Schichten, die dem Bild Tiefe und Reife geben. Wie der Ton beim Töpfer sind diese Farbschichten das Gestaltungsmaterial des werdenden Bildes. Der Dreck, aus dem letztlich Gold, das fertige Bild wird.
So, nun braucht ihr mich im Grunde nicht mehr. Es ist alles gesagt. Ich komm' dann am Samstag wieder und schau mir eure Bilder an", beliebe ich dann oft zu scherzen.
Bevor ich nun mit der eigentlichen Ausbildung in Malerei beginne, gebe ich den Leuten genügend Zeit, diesen spontanen Selbstausdruck in Eigenregie zu üben und zu vertiefen. Während ich meine Runden drehe und hie und da mit Rat und Tat zur Seite stehe, entstehen nach und nach die Bilder, Fragen und technischen Probleme, die ich dann aufgreifen und als Ausgangslage für meine regelmäßigen Demonstrationen meiner Maltechniken benutzen kann.
Auch wenn ich mich den unterschiedlichen Interessen und dem Niveau der Gruppe anpasse, so bleibt die Struktur und der Ablauf der Kurse inhaltlich im Wesentlichen gleich.
Bis auf die regelmäßige Runde am Morgen mit Trommelrhythmen und Meditation unterbreche ich nur hier und da die individuelle Arbeit für gemeinsame Bildbetrachtungen, Farbenlehre und Einzelgespräche.
In der Stadt ziehen die Tage vorbei wie die Wolken vor dem klaren blauen Himmel über der Stadt. Inzwischen unterrichte ich an mehreren Kunstschulen und Akademien in Deutschland und in der Schweiz.
Alle Methoden, die ich in meinen Workshops anwende, verfolgen nur ein einziges Ziel: Die Leute aus dem Kopf ins Hier und Jetzt und in ihre Kraft zu bringen. Dazu gehört es zu meinen Hauptaufgaben, die angehenden Künstler und Künstlerinnen von falschen Vorstellungen und

Irrtümern zu befreien, die sie in ihrem Selbstausdruck behindern. Wie an jenem Donnerstagnachmittag, als ich durch die Reihen schreite und Anton in seiner Klause entdecke, wie er mit verbissener Miene an einer Leinwand sitzt, mit der er sich nun schon seit Beginn des Seminars herumquält. Und wie es sich für einen echten Schweizer gehört: Er beißt sich durch.

Ich sage zu ihm:
„Anton, was kann ich für dich tun. So wahnsinnig viel Spaß scheint dir das Ganze offenbar nicht zu machen. Was hast du denn da an der Wand noch für Bilder?"
„Ah die ... Nein, nein, das sind nur Abstreifbilder!"
„Was, wie ... Abstreifbilder?"
„Naja, da gebe ich immer noch Restfarben drauf."
„Was, um Farbe zu sparen? Das ist jetzt nicht dein Ernst, oder? ... Der sparsame Schweizer!"
Langsam werden die benachbarten Kursteilnehmer auf unser Gespräch aufmerksam und gesellen sich zu uns.
„Also kann ich diese Abstreifbilder jetzt sehen?"
„Nein, kommt überhaupt nicht infrage. Da ist nichts drauf!"
Jetzt insistieren auch die anderen:
„Anton, mach' schon, wir wollen die jetzt sehen!"
Ich greife das vorderste in der Reihe ungefragt heraus, kehre es um, und noch im selben Moment, in dem ich die Leinwand auf eine Staffelei stelle, geht ein begeistertes Raunen durch die Halle.
„Das ist ja der Hammer. Anton, super! Warum hast du uns die nicht gezeigt?"
In der Tat, die Bilder waren gut, spontan, kraftvoll. Warum? Er wollte nichts. Er war absichtslos. Sein Kopf war abgeschaltet. Für seinen Kopf war das ja keine Kunst. Es waren nur seine Abstreifbilder. Mit anderen Worten: Er war leer und somit offen für die Führung von oben. Am Schluss hatten wir, immer noch unter Antons Protesten, alle gesehen, und sie waren alle besser als sein verkrampftes Fleißbild. Als alle wieder zurück an ihre Arbeit gingen, sagte Bruno nur trocken:

„Dann male ich eben Abstreifbilder!“
Am Donnerstagabend scheint das Wetter umzuschlagen. Am Gipfel des Predigtstuhls bildet sich ein Kranz aus grauen Wolken.
In meiner noblen Suite im Axelmannstein sitze ich in meinem rot-weiß gestreiften Sofa, vor mir eine kühle Cola. Ich schaue über den Schreibtisch durch die Bögen der Terrasse in das goldgelbe Laub der Herbstbäume. Einen Moment lang ziehe ich mich von meinem Gedanken zurück und nehme ein Bad in der Stille. Etwas später kehre ich erfrischt zurück zu den Szenen dieser Tage.
Ich sehe all diese Menschen, die teilweise von weit her kommen, eine Menge Geld für Hotel, Kurs und Material bezahlen, und kann in jedem diese Sehnsucht nach Selbstausdruck und Selbstbestimmung erkennen. Dann wird mir immer von Neuem bewusst, dass es ein Betrug wäre, wenn ich den Kursteilnehmern einfach ein paar Techniken beibringen, mein Honorar kassieren und von der Bildfläche verschwinden würde. Nein, ich habe die Pflicht, den Leuten die Wahrheit zu sagen. Und die Wahrheit ist, dass die Befreiung unserer Schöpferkraft, der Zugang zum eigenen, kreativen Funken, nicht im Erlernen einiger Techniken und Tricks, nicht im Wissen, sondern im Bewusstsein jedes Einzelnen liegt. Ein guter Lehrer ist sich dieser Verantwortung bewusst. In dieser Gewissheit schlafe ich ein.
Am Freitagmorgen fällt ein leichter Regen. Der Duft des heißen Kaffees beflügelt meine Sinne. In der Frühstückshalle sitzen nur wenige Menschen. Und während ich so dabei bin, mein Butterbrot zu schmieren, steigt aus der Stille einmal mehr dieses grundlose Glück empor und der damit verbundene Antrieb, dieses mit anderen Menschen zu teilen.

AUSSEN/STADT/MORGEN

Unter meinem großen Schirm und hochgeschlossenen Mantel laufe ich mit zügigen Schritten zur Akademie. Doch nicht wie gewohnt durch die Gassen mit den Boutiquen und kleinen Ladenlokalen. Trotz des Regens, oder vielleicht gerade wegen des Regens, mache ich einen kleinen Umweg hinauf zur Burg Gruttenstein, die mitten in grünen Wiesen und

Obstbäumen über der Kurstadt thront. Während ich damit beschäftigt bin, meinen gesunden Menschenverstand gerade ernsthaft infrage zu stellen – denn eigentlich habe ich gar keine Zeit für solche Exkursionen mehr –, halte ich nach besonders schönen Exemplaren von Herbstblättern und Steinen Ausschau. Ich werde sehr schnell fündig und eile mit meiner Beute und schlechtem Gewissen den Weg zur alten Saline hinunter.

Es ist bereits etwas nach neun. Umso mehr freue ich mich, dass die Kerze bereits brennt und sich die Leute unaufgefordert im Halbkreis versammelt haben. Nachdem ich mich umgezogen habe, setze ich mich auf meinen Stuhl in den Halbkreis.

INNEN/AKADEMIE/TAG

Die Sonne dringt bereits wieder etwas durch die Nebelfelder, und die ersten Strahlen, die mein Gesicht erwärmen, entlocken mir ganz spontan die ersten Worte:

„Mit all dem, was ich hier tue und sage, mit allen Rollen, die ich hier spiele, und all den Techniken, die ich euch zeige, verfolge ich nur ein Ziel: euch glücklich zu machen, ob ihr es glaubt oder nicht. Denn, wenn ihr glücklich seid, bin ich es auch. Wir sitzen alle im selben Boot. Jeder will glücklich sein, oder? Aber die wenigsten fragen sich ernsthaft, was dieses kostbare Gut, das wir Glück nennen, in seiner tiefsten Bedeutung eigentlich meint. Doch wir sind hier, um die richtigen Fragen zu stellen: Ist Glück dieses ‚Don't Worry, Be Happy', ein Konsumgut für Denkfaule, welche das Leben zu einem Vergnügungspark degradieren und unermüdlich nach neuen Kicks Ausschau halten?

Ich rede hier von dem Glück, das du empfindest, wenn du vor deinem Bild stehst, die Faust machst und spürst: ‚Jawohl, das ist es! Das bin ich!' Das wirft natürlich ein paar unbequeme Grundfragen auf: Wer bin ich? Denn das Bild ist immer nur so wahr und echt wie derjenige, der es gemalt hat. Oder etwa nicht? Was ist überhaupt ein gutes Bild? Was ist schön und was hässlich? Was soll mein Bild haben, dass es mich vom Hocker haut? Diese Fragen müssen in dir brennen. Dann erkennst du schnell, dass diese Fragen – wenn überhaupt – nur dann zu beantworten sind, wenn du objektive Kriterien besitzt, die über den persönlichen Geschmack, über Trends und Vorlieben für bestimmte Stilrichtungen und Maler hinausgehen. Immer und immer wieder habe ich mir selbst dieselbe Frage gestellt:

Gibt es ein absolutes, allgemeingültiges ästhetisches Kriterium für Kunst? Welches ist der Maßstab, an dem ich mein Bild und die Frage ‚Was ist Kunst und was ist Kitsch?' messen kann?

Was ist mein Vorbild?"

Nach einer längeren allgemeinen Denkpause hebt Sabine, die Ärztin, selbstsicher ihre Hand, so als hätte ich gerade eine dämliche Frage gestellt:

„Die Natur."

Ich bin wenig erstaunt, dass die Antwort von ihr kommt.

„Unsere Frau Doktor weiß offenbar, wovon sie redet."

Nach einer kurzen allgemeinen Verlegenheitspause stehe ich langsam auf und reiche meine Gaben dem erwartungsvollen Halbkreis. Während die Blätter und Steine unter andächtiger Betrachtung die Runde machen, fällt kein Wort. Irgendwann ertönt das Geläut der Saline.

Dann fahre ich fort:

„Ich lehre euch den einfachen Weg: Wenn du wissen willst, was Kunst und Kreativität ist, was ein gutes Bild ist, geh' einfach nach draußen vor deine Tür und schau dem Herrgott auf die Finger. Stürze dich ins Leben. Mach dir die Hände schmutzig. Geh' dorthin, wo es stinkt und brodelt, wo es sprießt und wächst, dort wo geboren und gestorben wird. Lass dich von der Natur berühren, erforsche sie, werde wie sie: wild, ursprünglich, unberechenbar. Sogar Sterne kollidieren, explodieren. Tragische Feuersbrünste zerstören ganze Landstriche und dennoch entsteht neues Leben. Zeige mir in deinem Ab-Bild nicht nur deine helle, sondern auch deine dunkle Seite. Erschaffe und zerstöre und lasse das Ur-Bild zu deiner ewigen Inspirationsquelle werden. In der Natur siehst du all die Farben, Formen, Proportionen und schöpferischen Gesetze, die ein gutes Bild ausmachen. Du erkennst, was Schönheit ist. Oder mit den Worten von Gaudí:

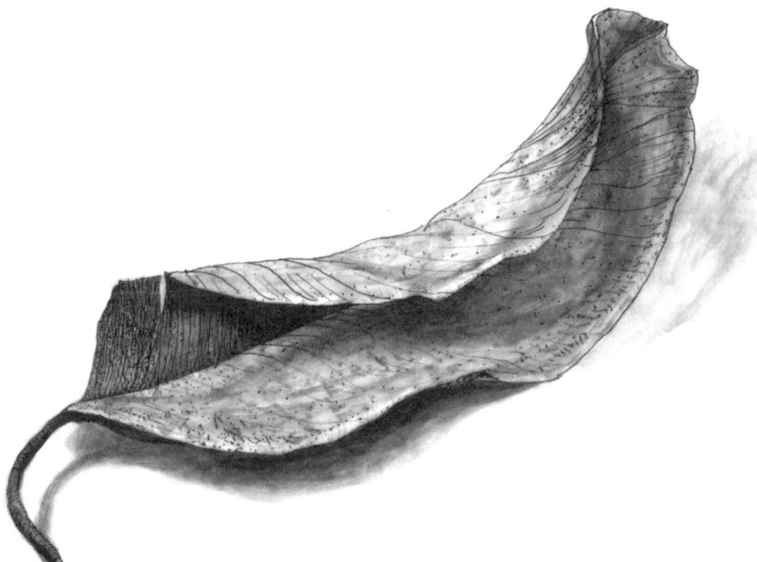

‚Alles hat seinen Ursprung im großartigen Buch der Natur ... Dieser Baum, der da bei meinem Atelier steht ... da seht ihr meinen Lehrmeister!'
Als man den Schweizer Astronauten Claude Nicollier[39] in einem Interview fragte: ‚Ist man im All näher bei Gott?', antwortete dieser:
‚Das kommt darauf an, wie Sie Gott definieren. Vielleicht ist man näher bei Gott, wenn man etwas Schönes sieht. Ich habe Dinge gesehen, die so wunderbar waren, dass ich fast geweint habe.'
Das geht mir oft genauso. Natürlich nicht im All, aber dafür auf meinen Wanderungen durch überwältigende Landschaften. In den Bergen, am Meer. Da hebst du irgendeinen Stein aus dem Sand, und wenn du wirklich schaust, das heißt nicht über den Stein nachdenkst, sondern dich diesem Stein in Liebe öffnest und dich von ihm berühren lässt, siehst du ein in jeder Hinsicht vollendetes Kunstwerk. Das Gleiche passiert, wenn du ein Blatt, einen Ast, einen verwitterten Putz, ein verrostetes Eisen betrachtest.
An jenem Tag, als ich das Geheimnis dieser unvergleichlichen Schönheit in der vollkommenen Harmonie der Gegensätze erkannte, hatte ich richtig Bauchweh, da diese fundamentale Erkenntnis gestalterische und ästhetische Maßstäbe[40] setzt, die ich fortan – all den unzähligen Künstlern, Architekten, Wissenschaftlern und Ingenieuren aller Zeitepochen gleich – für mich selbst als Künstler anwenden, aber auch als Kunstdozent vermitteln konnte. Endlich hatte ich ein Vor-Bild und war nicht mehr alleine, auf mich selbst gestellt. Ich ging ins Freiluftgymnasium, um bei ihr, der Natur, zu lernen. Ich begann noch genauer und bewusster hinzuschauen, noch genauer zu forschen. Und plötzlich entdeckte ich überall die Gesetze der Harmonie- und Farbenlehre, achtete überall auf Proportionen, Kontraste und Spannungsverhältnisse. Ich sah in jedem Zweig den Goldenen Schnitt und wusste, dass ich diese Gesetze intuitiv schon immer als latente Ahnung in mir trug.
Ich möchte euch einen wunderbaren Satz des 1986 verstorbenen indischen Philosophen Krishnamurti vorlesen, den ich für euch mitgebracht habe:

‚Nur jemand, der weiß, was Schönheit ist, blickt einen Baum oder die Sterne oder das funkelnde Wasser eines Flusses mit völliger Hingabe an, denn wenn wir wirklich sehen, befinden wir uns im Zustand der Liebe.'"

Der Regen hat etwas nachgelassen. Während einige der Anwesenden beim Zuhören ganz vergessen haben, dass sie immer noch ein Fundstück in der Hand halten, wirft die Sonne vereinzelte, gebündelte Strahlen durch die hohen Fenster auf ein auffallend starkes Bild, das jetzt meinen Blick auf sich zieht. Die Anwesenden merken das und schauen jetzt auch in die gleiche Richtung.
„Wer hat dieses Bild gemalt?", frage ich in die Runde.
„Ich", meldet sich Leandra etwas verunsichert.
„Das ist wirklich gut. Ich meine das ernst. Gratuliere!"
„Ja, ich weiß, da hat ES gemalt."
Stille.
„Übrigens, Anton, du malst jetzt deine Abstreifbilder. Alles klar?"

INNEN/KUNSTAKADEMIE REICHENHALL/ABEND

Es ist Freitagabend. Der Himmel ist wieder blau wie die Tage zuvor. Nach acht Stunden intensiven Malens versammeln wir uns erneut im Halbkreis und sitzen zum letzten Mal in Stille beisammen. Eigentlich ist alles gesagt; und trotzdem ist es mir ein Bedürfnis, ein paar abschließende Worte zu hinterlassen:
„Unsere gemeinsame Geschichte geht hier zu Ende. Ich gehe mit einem weinenden, aber auch mit einem lachenden Auge. Das eine weint, weil alles einmal vergeht. Das lachende weiß, dass etwas bleibt. Ich hoffe, dass ihr euch in dieser Woche daran erinnert habt, was das ist."
Das Geläut der Saline erklingt wie ein Abschiedslied. Ein großer, tiefer Friede erfüllt die ganze Gruppe. Keiner sagt ein Wort, keiner bewegt sich, keiner will gehen. Alle sitzen lange und still da.
„So ist es immer. Wenn du einfach hier und jetzt in dir selbst ruhst, willst du nirgendwo mehr hingehen, dann ist genau hier, dieser Moment das Paradies."

Bruno wischt sich verstohlen eine Träne aus den Augen und blickt um sich, um sicherzustellen, dass es niemand sieht. Adelheid fällt auf, weil sie auffallend gerade auf ihrem Stuhl sitzt und etwas in ihren Händen hält, das sie mir offenbar geben will. Ihr Ausdruck ist wie ausgewechselt. Sie blickt mich offen und beinahe warmherzig an:
„Das ist für dich."
„Was, ich erhalte ein Geschenk von dir. Hast du mir verziehen?"
„Nein, es ist ein Geschenk von uns allen."
Während die vereinzelten Lacher verstummen, öffne ich das Geschenk und halte jetzt einen schönen Fotoband in meinen Händen.
„Klöster – Orte der Stille, von Werner Richner", lese ich laut vor. Mir stockt der Atem. Auf dem Cover ist der Kreuzgang der Abtei Saint-Fortunat in Charlieu im Burgund und dahinter der Innenhof zu sehen.
„Woher wisst ihr ...?", stottere ich fassungslos.
„Du hast uns doch von deinem Roman erzählt, hast du das schon vergessen?", klärt mich jemand auf.
„Stimmt ... jetzt erinnere ich mich wieder ... Ganz herzlichen Dank, ihr seid unglaublich."
Ich merke, wie mich tiefe Rührung erfüllt, weil ich in dieser stimmigen Geste erkenne, dass der Funke auf die Leute übergesprungen ist. Linda unterbricht die feierliche Stimmung und sagt sichtlich berührt:
„Du hast uns so viel gegeben."
Jetzt erbittet Bruno mit einer scheuen Handbewegung erneut meine Aufmerksamkeit und fragt:
„Erinnerst du dich noch? Ich war doch bei dir in Zürich an so einem Meditationsabend. Wie hast du das genannt? ... Coming Together ... Ja, genau."
In dem Moment, als er das sagt, kann ich mich wieder an ihn erinnern. Bruno, der Bauunternehmer. Warum hat er das die ganze Woche lang verschwiegen?
„Da bist du noch offiziell als spiritueller Lehrer aufgetreten. Machst du das immer noch?"
Ich antworte nicht und schaue ihm lange in die Augen, um zu sehen, ob er nicht selbst darauf kommt. Er stutzt, denkt nach, dann sagt er mit einem mehrdeutigen Lächeln:

„Ah, jetzt verstehe ich. Du arbeitest undercover!“
Mein Schmunzeln bleibt wohl niemandem verborgen.
Aus allen Gesichtern strahlt mir Dankbarkeit und Liebe entgegen und ich weiß, dass diese tiefen Gefühle nicht mir, sondern dem Leben gelten. Ich sage das einzige Wort, das in so einem Moment ausgesprochen werden kann:
„Danke!“
Dann verlasse ich den Raum.
Unter dem Scheibenwischer meines Wagens finde ich ein kleines rosarotes Briefchen, das ich verwundert und neugierig öffne:
„Schön, dass es dich gibt. Marta“, lese ich da.
Beinahe verlegen wie ein kleiner Junge, der gerade die erste Liebesbeteuerung seiner Angebeteten aus der Parallelklasse erfährt, stehe ich alter Esel da auf dem großen Parkplatz mit diesem Briefchen in der Hand, während sich die goldene Platane in meinem wässerigen Blick langsam auflöst.
Als ich schon wieder einige Tage zu Hause war, lag unerwartet ein handgeschriebener Brief von Bruno im Briefkasten:

„Lieber Christian,
ich spüre den mordsmäßigen Drang, jetzt einmal ein paar grundsätzliche Dinge zu sagen, bevor wir uns hier in organisatorischen Einzelheiten und ‚nett war's‘ verlieren und am Ende noch vergessen, dass wir in der Woche ja viel mehr gemacht haben, als ‚nur‘ Bilder zu malen. Und ich erlaube mir, hier deswegen das Wort zu ergreifen, weil ich ja nachgewiesenermaßen an den ersten beiden Tagen voll im Seil hing und Frust schob ohne Ende. Aber eben nicht wegen Dir und dem allen hier, sondern ... Du weißt es ja mittlerweile. Nicht zuletzt allerdings wegen meiner – sozusagen – geistigen Nichtanwesenheit konnte ich beobachten, mit wie viel Einfühlungsvermögen Du jede und jeden Einzelnen hier genau dort abgeholt hast, wo sie sich zu dem Zeitpunkt persönlich und malerisch befanden, und von dort mehr oder weniger humorvoll, aber doch stramm zielorientiert Wege gezeigt und den einen oder die andere auch

kraftvoll dorthin geschubst hast, wo sie offenbar hinwollten. Du hast auf eine Art und Weise unser Potenzial abgerufen, wie ich es so intensiv und freudvoll noch nie erleben durfte. Das war schlicht und einfach klasse … und hat mir letztendlich dann auch geholfen, aus meinem dunkelgrauen Loch herauszukommen und Dich um Hilfe und Leitplanken zu bitten.
Und wenn ich jetzt meine Bilder und die vielen Wahnsinnsbilder der anderen angucke, dann ist es fast vergeudete Zeit und Worte, wenn ich sage: ‚Unglaublich!' Aber es muss gesagt sein, weil es erstens überhaupt nicht selbstverständlich ist und weil Du zweitens in jedem dieser Bilder steckst – und wenn es manchmal auch ‚nur' mit Deinem oftmals provozierenden, aber immer menschfreundlichen und großartigen Antreiben geschah.
Wie man Dich als Maler betrachtet oder gar bewertet, ist das eine und höchst subjektiv. Ich persönlich finde Deine Bilder wunderschön; deswegen kam ich ja auch hierher. Du aber hast Dich hier auch als großartiger und einfühlsamer Coach gezeigt, dem kein vermeintlicher Umweg zu schade war, um jeden Einzelnen hier zu Bestleistungen zu treiben. Das war ganz großes Kino! Dafür ganz, ganz herzlichen Dank, mein lieber Kapitän!

B.Z."

Leandra schrieb eine E-Mail:

„Ihr Lieben,
ich hoffe, Ihr seid alle gut zu Hause angekommen.
Die Woche war intensiv, bereichernd und schön.

Wir haben gelacht, geweint,
geflucht und auch gemalt.

Ein großes Dankeschön unserem:
Meister
Lehrer
Freund
Souffleur
Engel
Bengel
Großgrundbesitzer
Charmeur
Macho
Götterboten
Menschen
Christian

Herzlichst, Leandra"

Man mag Maiwalds Zurschaustellung dieser Briefe als Selbstgefälligkeit bezeichnen. Muss man aber nicht. Diese Briefe hatten ihn schlicht und ergreifend zutiefst berührt, waren sie doch für ihn wie ein Zeichen von oben, dass der Funke übergesprungen war und sich etwas Gemeinsames selbst erkannte. Am Ende des Buches kam Maiwalds Lebensmotto durch seine Kursteilnehmer wieder auf ihn zurück:
Wir sind dies alles und gleichzeitig mehr als all das.
Diese unzähligen „Liebesbriefe", die Maiwald immer wieder von Menschen erhält, zielen weit über seine Person hinaus. Es sind für ihn Liebeserklärungen an das Leben. Deshalb versetzen sie ihn jedes Mal wieder von Neuem in dankbares Staunen darüber, dass das Leben immer sieben Schritte auf uns zukommt, wenn wir einen Schritt auf ES zugehen. Diese Briefe sind Zeugnisse von Menschen wie Ihnen und mir, die plötzlich ihre kreative Kraft entdecken, sich unerwartet ihren Raum nehmen, ihr Leben verändern, Reisen machen, Häuser bauen, Ateliers mieten,

sich scheiden lassen oder ihren eigenen Mal- und Lebensstil finden, nur weil sie endlich spüren, wer sie wirklich sind. Um diese heiligen Momente geht es Maiwald. Diese Momente sind für ihn ein Geschenk des Lebens, das man nicht machen kann: die tiefe Bedeutung von Gnade. Diese kleinen Wunder schenken Vertrauen in das Leben und machen immer wieder Mut, vor allem in Momenten, in denen wir uns selbst begrenzen und klein denken und dabei vergessen, wie groß und reich wir im Grunde sind.

Sein Kleintheater wuchs Maiwald mit der Zeit immer mehr ans Herz. Diese Bühne dient ihm, dem Einzelgänger, auch heute noch als soziales Experimentierfeld, auf dem seine eigenen Wahrheiten und Erkenntnisse einer ständigen Funktionskontrolle ausgesetzt werden. Das hilft ihm, sich daran zu erinnern, dass Wachstum kein Ende kennt.

2013 wurde es still um Maiwald. Er, der sich immer schon gerne hinter seinen Patiomauern bedeckt hielt, verschwand nun ganz von der Bildfläche und lebte im „Mönchsmodus", wie er seine gelegentlichen Rückzüge nannte. Er verließ sein Atelierhaus nur noch für seine Auftritte als Kunstdozent. Den Rest der Zeit arbeitete er an seinem Roman. Nach einem Jahr hatte er seine Hausaufgaben gemacht. Sein Exposé und die Formulierung seiner Botschaft lagen auf dem Tisch und das Werk hatte jetzt mehr „Fleisch auf den Rippen", wie er das oft zu sagen pflegte, wenn er über sein Mühen um Dichte und Tiefe, Spannung und Fluss seines Stoffes sprach.
Stundenlang brütete er über die Form und Inszenierung eines Themas. Wiederholt kam es vor, dass er am Abend selbst nicht mehr wusste, was er eigentlich hatte sagen wollen, bis er um Mitternacht völlig entmutigt ins Bett fiel, in der festen Überzeugung, nie mehr auch nur ein einziges Wort zu schreiben, nur um eine halbe Stunde später durch eine neue Idee in die Vertikale katapultiert zu werden und kurz darauf wieder am PC zu sitzen. Komisch wurde es – und das kam nicht nur einmal vor –, als er nachmittags, immer noch im Pyjama, neben seiner Nespresso-

maschine stand und in Gedanken versunken eine fade, milchige Brühe schlürfte und nicht einmal bemerkte, dass er ganz vergessen hatte, eine Kapsel einzulegen.

Unermüdlich verbesserte und verwarf er Formulierungen, prüfte Worte, Begriffe, Inhalte und Aussagen auf ihre Stimmigkeit, dachte immer wieder über seine Themen nach und vertiefte dabei nicht nur seine Selbsterkenntnis, sondern verbesserte auch seinen Wortschatz und den Umgang mit der deutschen Sprache. Doch das war ein schwacher Trost. Es gab Momente, in denen er die Flinte ins Korn werfen und sich eingestehen wollte: Scheiße, das Ganze ist eine Nummer zu groß für dich. Das ging so weit, dass er nicht nur sein ganzes Projekt im Allgemeinen, sondern auch sich selbst und seine „Mission Impossible" im Besonderen infrage stellte.

Mit diesem Roman setzte Maiwald seine Messlatte noch etwas höher: Er versuchte das Unsagbare in Worte zu fassen. Maiwald wusste, dass sein Verstand beschränkt ist, aber diesmal wollte er wenigstens an seine Grenzen gehen. Das zwang ihn einmal mehr in die Knie und hat ihn etwas versöhnlicher mit sich selbst und eine Spur menschlicher gemacht. Der Tag, an dem das Buch langsam die erwünschte Form annahm, ließ auf sich warten, doch er kam.

Sein Abenteuer begann, wie seine Suche nach sich selbst, mit einem Traum.

Seine Geschichte kann Mut machen, in der Verwirklichung unserer Träume über uns selbst hinauszuwachsen und zu erkennen, wer wir wirklich sind.

Liebe Leserin, lieber Leser, bevor wir zur letzten Szene in diesem Buch kommen, möchte ich mich für dein Interesse an meiner Geschichte recht herzlich bedanken. Ich hoffe, dass es während des Lesens Momen-

te gab, in denen wir uns begegnet sind. Lasst uns tanzen wie Sorbas, das Leben lieben und den Tod nicht fürchten.
Dabei zählt nicht, ob wir all unsere Träume im Außen verwirklicht haben, sondern einzig und alleine, dass wir den Versuch gewagt haben, unserer ureigensten, innersten Bestimmung gemäß frei und schöpferisch zu sein, und irgendwann, irgendwo über unsere inneren oder äußeren Grenzen hinausgewachsen sind. Diese Hingabe an das Leben kann uns niemand nehmen. Das lässt uns vielleicht etwas leichter abtreten von der Bühne des Lebens, dann, wenn unsere Zeit gekommen ist:
Was sonst könnte der Sinn des Lebens sein?

Wie hieß es so schön in der Schweizer Emmentaler-Werbung:[11]
„We aues perfekt isch, mues me ou gar nüt meh drzue säge." – „Wenn alles perfekt ist, muss man auch gar nichts mehr dazu sagen."

Abspann

AUSSEN/ATELIERHAUS/MORGEN
Die Morgensonne sendet schon die ersten Lichtboten um die Ecke unseres Hauses. Langsam verteilen sie sich in bekannter Verlässlichkeit über die Reblaube des Innenhofs vor der hohen Fensterfront. Im Glitzern des Morgentaus wird ein neuer Tag geboren. Ein sanfter melancholischer Frieden liegt über dem Patio. Die einzige Struktur in dieser Stille ist das Ticken der Uhr über einer Türe. Einige Vögel setzen hie und da musikalische Akzente im beruhigenden Plätschern des Brunnens.
Das Plätschern vermittelt ein Urvertrauen in die unversiegbare Quelle allen Lebens. Es erinnert mich an den ewigen Kreislauf von Leben und Tod, von Werden und Vergehen, Anfang und Ende. Geburt und Tod. Liebe und Hass. Glück und Unglück. Das Rad dreht sich immerfort. Doch in der Mitte der Achse, im Zentrum, bleibt alles still. Ist alles EINS. Das Wasser steigt auf vom Meer und fällt als Regen, bildet Flüsse und Seen, plätschert in Brunnen, um immer wieder zurückzukehren.

Auch in meinem Leben hat sich der Kreis geschlossen. Ich kehrte am Ende der Reise wieder an den Ort zurück, wo die Reise begann. In dieses kleine Dorf am Adlisberg. Man muss verloren gehen, um heimkehren zu können.

Sie hatten recht, Mr. Bond: The World is Not Enough.

Alles ist nur Kino. Der Sucher und der Finder sind nur Rollen des einen Selbst. Ich war nie weg, ich ging nie verloren, ich kam nie zurück.

Seit ich mich nicht mehr mit den Projektionen, sondern mit der Leinwand, dem makellosen, unveränderlichen und ewigen Hintergrund identifiziere, spiele ich nach wie vor meine Rollen in diesem Welttheater gut und gerne, aber nicht mehr so ernst.

Auch meinem kleinen Ich sei hier gedankt. Es hat seinen Zweck erfüllt. Manchmal lächle ich ihm im Vorbeigehen sogar zu, aus Sentimentalität vielleicht, aus Mitgefühl gewiss. Ich habe ihm einfach den Platz zugewiesen, der ihm gebührt.

So wie bei uns früher die Alten in einen Speicher zogen, um den Jungen den Bauernhof zu überlassen, so hat sich mein Ego zur Ruhe gesetzt, um mich ab und an von dort aus zu besuchen. Immer mal wieder kehrt es zurück, um mich zu prüfen: getarnt in dem Gewand der alten Sehnsucht nach der großen, romantischen Liebe, dem Traumhaus am Meer und dem Hang zur Sentimentalität, wenn mir bei einer Ballade von Eros Ramazzotti ganz unerwartet eine Träne ins Auge tritt und ich völlig unbegründet das Gefühl habe, alles falsch zu machen. Doch mein Ego hat seine Vorrangstellung über mich verloren. Diese Gedanken, Gefühle und Bilder sind wie Gewitterwolken am Himmel. Sie kommen und gehen.

Immer mehr Herbstblätter färben sich goldgelb und fallen ab. Ich liebe den Herbst. Er ist der Bote der Vergänglichkeit, des Todes und der Wiedergeburt.

Auch dieses kleine Buch in deiner Hand muss jetzt seinen eigenen Weg gehen. Was mir, der Mutter gleich, wie ein Kind ans Herz gewachsen, will losgelassen werden. An Weihnachten 2014, dem Todestag von Udo Jürgens, tippte ich nach Jahren der Arbeit die letzten Korrekturen auf meinem PC.

Eines Tages werde auch ich ein Herbstblatt sein, das fällt, um vielleicht in einem neuen Frühling zurückzukehren. Wer weiß? Ich bin bereit.
Noch einmal erscheinen vor meinen Augen alle Szenen meines erfüllten Lebens. Noch einmal sehe ich das Gesicht meiner Mutter über meinem Bettchen. Sie singt ihr Lied: Guten Abend, gut' Nacht, mit Rosen bedacht, mit Näglein besteckt, schlupf unter die Deck'. Morgen früh, wenn Gott will, wirst du wieder geweckt.
In Montevideo lausche ich dem Meeresrauschen und dem Bandoneon, umarme Luiza, Olivia, Tamara, lache mit Amrit und Pascal, stehe in meinem lichtdurchfluteten Atelier. Ich sitze mit Alan und Samarpan in der Stille, höre die Glocken der Saline von Bad Reichenhall. Alle Menschen, die Lebenden und die Toten, die Guten wie die Bösen, vereinen sich in einem todeslosen, immer ekstatischer werdenden Reigen aus grenzenloser Liebe, Licht und Dankbarkeit.
Ich lausche dem Plätschern des Brunnens, öffne das gemalte Fenster auf der Mauer und schreite hindurch, durch die Pforte der Illusion, ins offene, grenzenlose Meer.

Nach Hause.

Über den Autor:

Alexander Jeanmaire, geb. 1948 in Zürich
Maler und Zeichner, Buchautor und Lehrer
für Kreativität und Lebenskunst.

Kunstdozent an verschiedenen Kunstakademien
in Deutschland und in der Schweiz.

Ausstellungen im In- und europäischen Ausland und in den USA.
Wohnt in Zürich und am Lago Maggiore.

Jeanmaire liebt die Natur, schöne Häuser
und sein finnisches Rauwetterboot.

Vom Autor sind im ars momentum Kunstverlag bis heute erschienen:

Die Kunstbände: „Farb-Klang-Körper I–III"

„Der kreative Funke – Handbuch für Kreativität und Lebenskunst"

Der Bestseller: „99 Tipps für Kreativität und Lebenskunst"

Die DVD „ES malt" über seine Arbeit im Atelier

„Der Prophet" von Kahlil Gibran, mit Bildern von Jeanmaire (vergriffen)

„Patio – Drehbuch einer Heimkehr in drei Akten",
autobiografischer Roman

Wort- und Begriffserklärungen

0. ES oder DAS

Eine Bezeichnung für Gott, Schöpfer, das Ewige, das Göttliche, DAS, was nicht kommt und geht. Die Leere, das Nichts, die Urquelle allen Lebens, innere Quelle, innere Kraft, inneres Zentrum. Das Sein, All-Eins-Sein, das Unmanifeste, die Ganzheit oder Einheit allen Lebens. Meine, deine, unsere wahre Natur. Essenz, Schöpferkraft, die schöpferische Freiheit, der kreative Frei-Raum. Göttliche Energie, göttliche Liebe. Der göttliche Funke, der Heilige Geist. Himmel, Paradies. Wahrheit oder Wirklichkeit jenseits von Geburt und Tod. Reines Bewusstsein, kosmisches Bewusstsein, der tiefere Sinn der Existenz usw.

1. Flow. Im Fluss sein. Drin sein.

Flow ist ein Begriff des Psychologen und Kreativitätsforschers Mihály Csíkszentmihályi, vergleichbar dem „Energy Space" von Michael Barnett. Beides Begriffe, die den Zustand des vollkommenen Einsseins im Hier und Jetzt mit einer Tätigkeit bezeichnen. Ein Glückszustand, in dem ES malt, tanzt, geht, kocht, liebt. Ein Tun durch Nichts-Tun, in dem man sagen kann: Ich bin drin.
Das ist die innere Arbeit oder: im Dienst sein. Im Dienst der Wahrheit sein.

Der Seinsmodus

Die Methode der inneren Arbeit besteht aus dem konstanten Umschalten vom Denk- zum Seinsmodus durch die Verlagerung des Schwerpunkts des Bewusstseins von außen nach innen. Vom Lärm zur Stille. Wenn du über einen Baum nachdenkst, bist du vom Baum getrennt. Wenn du der Baum bist, bist du EINS mit dem Baum und dadurch EINS mit der Existenz, die beides geschaffen hat. Wenn der Betrachter und das Betrachtete, Subjekt und Objekt, Vergangenheit und Zukunft verschwinden, löst sich die Spaltung auf, und was bleibt, ist Leere, Nichts, reines Sein im Hier und Jetzt. DAS, worum ES geht. Der Seinsmodus ist die Essenz der Erleuchtung.

2. No-Mind

Im Buddhismus ein Zustand absoluter Gedankenlosigkeit, der durch Praxis der Gegenwärtigkeit (Eckhart Tolle) und Achtsamkeit im Alltag erreicht werden kann.

3. Erleuchtung

Erleuchtung ist die tief empfundene ewige Einheit mit allem Sein, jenseits der vergänglichen Erscheinungsformen, die dem Zyklus von Werden und Vergehen unterworfen sind. Das Ende der Identifikation mit dem Ego-Verstand.
Andere Worte für Erleuchtung: Erwachen, die Erfahrung der absoluten Wirklichkeit, das Erkennen Gottes, die Erfahrung des All-Einen. Erlösung, die Erkenntnis deiner wahren Natur, Befreiung usw.

4. Das Selbst – das wahre Selbst

Das göttliche Selbst. Das Gegenteil des weltlichen Egos. Der göttliche Kern im Menschen. Das wahre Ich. Das unsterbliche Ich. Meine wahre Natur usw.

5. Ego

Das Gegenteil des Selbst. Der von der Einheit allen Lebens abgespaltene Teil des Selbst. Das sterbliche Ich, welches sein vorherrschendes Gefühl des Mangels bewusst oder unbewusst konstant im Außen zu kompensieren versucht, ohne jemals wirkliches Glück und Frieden zu erlangen.

6. Endlosschleife

Diese vom Egoverstand produzierte, illusorische Endlosschleife von Hoffnung, Erwartung und Ent-Täuschung, Liebe – Hass, Glück – Unglück, Opfer – Täter, Schuld – Unschuld. Diese Spaltung zwischen Ideal und Wirklichkeit, dem, was ist, und dem, was sein sollte.
In der deutschen Umgangssprache wird der Begriff Endlosschleife bisweilen benutzt, um einen Vorgang zu beschreiben, bei dem sich „die Katze in den Schwanz beißt".
Im Osten auch Samsara genannt (Sanskrit = „Beständiges Wandern"). Samsara ist die Bezeichnung für den immerwährenden Zyklus des Seins, den Kreislauf von Werden und Vergehen oder den Kreislauf der Wiedergeburten in den indischen Religionen Hinduismus, Buddhismus und Jainismus.

7. Osho alias Bhagwan Shree Rajneesh

Chandra Mohan Jain (* 11. Dezember 1931 in Kuchwada, Madhya Pradesh, Indien; † 19. Januar 1990 in Pune, Maharashtra, Indien) war ein indischer Philosoph, spiritueller Meister und Begründer der Neo-Sannyas-Bewegung. Er nannte sich Mitte der 1960er bis Anfang der 1970er Jahre Acharya Rajneesh, danach bis Ende 1988 Bhagwan Shree Rajneesh und von 1989 bis zu seinem Tod Osho.

8. Dynamische Meditation nach Osho, „Die Dynamische“

(Wird heute in jedem Osho-Zentrum angeboten)

Wer viel mit dem Kopf arbeitet, wer lernen will, wie er mitten im größten Chaos still und innerlich entspannt und trotzdem dabei total aktiv sein kann, für den gibt es eine geniale Meditationstechnik, die man alleine und auch mit mehreren zusammen machen kann: dynamisch und zugleich still sein.

Osho:

„Warum solltest du ein stilles Wasser sein? Wie ein schaler Teich, ohne Bewegung und abgestanden?

Sei dynamisch. Ich bestehe auf dynamischen Meditationstechniken. ‚Meditation‘ und ‚dynamisch‘ scheinen rein wortmäßig total gegensätzlich zu sein. In der dynamischen Meditation wird jedoch die Verbindung vom Extrovertierten mit dem Introvertierten geschaffen.

Meditation bedeutet, passiv zu sein. Meditation heißt, einfach du selbst zu sein. Und dynamisch zu sein bedeutet, viele Dinge zu tun, aktiv zu sein, beweglich und fließend. Die Worte ‚Dynamische Meditation‘ bergen oberflächlich gesehen einen Widerspruch. In Wahrheit ist es möglich, beides gleichzeitig zu sein: dynamisch und passiv.“

„Die dynamische Meditation ist eine Technik, bei der du ständig wach, bewusst und aufmerksam bist, während du sie tust. Schaue dir selbst zu. Und wenn du dann in der vierten Phase total unbeweglich und wie eingefroren dastehst, dann erreicht die Wachheit ihren Höhepunkt.

Man kann sie alleine machen, aber die Energie wird viel stärker, wenn man sie mit anderen zusammen macht. Sie ist eine individuelle Erfahrung, deshalb solltest du während der ganzen Meditation die anderen um dich herum total vergessen und deine Augen geschlossen halten; am besten trägst du eine Augenbinde. Mache die Dynamische mit nüchternem Magen und trage bequeme, weite Kleidung.

Dies ist eine Meditation, bei der du hellwach und achtsam sein musst. Bleibe Zuschauer, verliere dich nicht. Während du atmest, kann es leicht passieren, dass du das vergisst. Du kannst so sehr mit dem Atem eins werden, dass du den Beobachter vergisst. Aber dann entgeht dir das Wesentliche. Atme so schnell und so tief wie möglich, setze deine ganze Kraft ein, bleibe aber dennoch ein Beobachter. Beobachte, was geschieht – so als ob du ein Zuschauer wärest, und es mit jemandem anderen geschähe, als ob das alles nur im Körper vor sich ginge und das Bewusstsein wäre einfach zentriert und schaute zu.“

Anleitung für die dynamische Meditation nach Osho

Die Dynamische dauert eine Stunde und hat fünf Phasen. Die Augen bleiben während der ganzen Zeit der Meditation geschlossen.

Erste Phase: 10 Minuten

Wild atmen: Atme chaotisch durch die Nase; achte dabei nur auf das Ausatmen. Für das Einatmen sorgt der Körper von selbst. Atme so schnell und so heftig wie du kannst – und dann noch ein bisschen heftiger –, bis du nur noch Atmen bist. Nutze die natürlichen Bewegungen deines Körpers, um mehr Energie zu bekommen. Fühle, wie sie zunimmt, aber erlaube ihr nicht, sich schon in der ersten Phase auszutoben.

Zweite Phase: 10 Minuten

Sich ausdrücken: Explodiere! Lasse alles raus, was herausbrechen will. Werde total verrückt. Schreie, brülle, weine, hüpfe, schüttle dich, tanze, singe, lache, tobe herum. Halte nichts zurück, halte deinen ganzen Körper in Bewegung. Am Anfang kannst du ruhig ein wenig schauspielern, um hineinzukommen. Lass nicht zu, dass dein Kopf sich einmischt. Sei total, sei mit ganzem Herzen dabei.

Dritte Phase: 10 Minuten

Mit erhobenen Armen springen: Springe mit erhobenen Armen auf und ab und rufe dabei das Mantra „Huh! Huh! Huh!" so tief aus dem Bauch heraus wie nur möglich. Jedes Mal, wenn du auf deinen Füßen landest, und zwar mit der ganzen Sohle, lasse diesen Ton in dein Sexzentrum hämmern. Gib alles, was du hast, erschöpfe dich total.

Vierte Phase: 15 Minuten

Still sein, nichts tun: Stopp! Erstarre und bleibe genau in der Position, in der du gerade bist. Versuche nicht, es dem Körper bequem zu machen. Ein Husten, die kleinste Bewegung, und schon wird die Energie zerstreut und alle Mühe war umsonst. Beobachte alles, was mit dir geschieht.

Fünfte Phase: 15 Minuten

(Sich) Feiern: Gehe mit der Musik, tanze, drücke deinen Dank an die Schöpfung aus und nimm dieses Glücksgefühl mit in den Tag.

9. Kundalini-Meditation nach Osho

(Wird heute in jedem Osho-Zentrum angeboten)

Die Kundalini-Meditation wirkt wie eine Energiedusche, die auf sanfte Weise den Arbeitstag mit allen Vorkommnissen vom Körper abschüttelt. Die bekannte Meditationsmethode wirkt auch auf tieferen Ebenen: Es ist möglich, mit ihr innere Verfestigungen – körperlicher und psychischer Art – aufzurütteln.

Anleitung zur Kundalini-Meditation auf CD – Rundum-Erholung nach der Arbeit.
Diese Meditation dauert eine Stunde. Sie besteht aus vier Phasen, die drei ersten werden von Musik begleitet, die letzte nicht.

Die 4 Phasen der Kundalini-Meditation:
1. Phase 15 Minuten – Sich schütteln
Osho:
„Sei locker und lasse deinen ganzen Körper sich schütteln. Spüre die Energie von den Füßen aufsteigen. Lasse alle Spannungen los und werde zum Schütteln. Deine Augen können offen oder geschlossen sein."
„Lasse das Schütteln von selbst geschehen – mache es nicht! Stell dich still hin und fühle es kommen, und wenn dein Körper anfängt, ein wenig zu zittern, dann hilf nach, aber mache es nicht. Genieße es, freue dich darüber, lasse es zu, heiße es willkommen, aber erzwinge es nicht."
„Wenn du es erzwingst, wird eine Übung daraus, eine Gymnastik. Dann wird das Schütteln zwar da sein, aber nur an der Oberfläche, es durchdringt dich nicht. Im Innern bleibst du hart wie ein Stein, wie ein Felsbrocken. Du bleibst der Macher, und der Körper wird dir nur gehorchen. Aber um den Körper geht es nicht; es geht um dich."
„Wenn ich sage ‚schüttle dich', so meine ich, schüttle deine Härte, dein Wesen, das einem Felsblock gleicht. Dein ganzes Sein soll sich bis in die Grundfesten schütteln, damit es flüssig und fließend wird, damit es schmilzt und strömt. Und wenn dein erstarrtes Wesen zu fließen beginnt, geht dein Körper mit. Dann gibt es niemanden, der sich schüttelt, nur noch das Schütteln. Dann macht es niemand, dann geschieht es einfach. Der Macher ist nicht da."
2. Phase 15 Minuten – Tanzen
Tanze, wie es dir Spaß macht, und lass den ganzen Körper sich so bewegen, wie er will. Die Augen können offen oder geschlossen sein.
3. Phase 15 Minuten – Wahrnehmen
Schließe die Augen und sei still. Setze dich hin oder bleibe stehen und schaue unbeteiligt zu, was innen und außen geschieht.
4. Phase 15 Minuten – Still liegen
Lege dich mit geschlossenen Augen hin und sei still.

10. Sannyas- oder Rajneesh-Center

Von Osho legitimierte Zentren oder Kommunen, in denen Gruppen und Meditationen stattfinden und Sannyasins teilweise auch wohnen und leben.

11. Sannyasin

Jünger oder Schüler von Osho

12. Sannyas – Mala

Einweihung durch den Lehrer in Verbindung mit der Verleihung eines neuen Namens und einer Mala (Gebetskette), einer im Hinduismus und Buddhismus gebräuchlichen Gebetskette mit dem Bild des Meisters.

13. Residence People – Inner Circle

Der innere Kreis von Leuten, die permanent in einem Ashram oder Zentrum leben.

14. Advaita – Satsang – Lehrer

Advaita-Vedanta ist die Wesensidentität von Atman, der individuellen Seele, und Brahman, der Weltseele, deshalb die Bezeichnung Advaita-Vedanta, „Vedanta der Nichtzweiheit". Hier besteht der Erkenntnisprozess des Menschen und der Weg zur Erlösung darin, diese Einheit zu erkennen. Dualität tritt demnach nur dort auf, wo Avidya, Unwissenheit, herrscht. Die wahre Erkenntnis, die diese Unwissenheit überwindet, führt zur Advaita-Erfahrung und damit zur Moksha genannten Befreiung oder Erleuchtung. Der traditionelle Advaita-Vedanta geht auf Shankara zurück und wurde unter anderem von Ramana Maharshi gelehrt. Durch Schüler aus dessen Linie fand der Advaita Zugang in die westliche Welt und wird dort durch Lehrer – teils frühere Schüler von Osho – in sogenannten Satsangs wiedergegeben.

Satsang (von Hindi sat = wahr, sanga = Umgang, oder im Kontext: „Gemeinsame Wahrheit") bezeichnet in der indischen Philosophie und in den daraus abgeleiteten spirituellen Lehren ein Zusammensein von Menschen, die durch gemeinsames Hören, Reden, Nachdenken und Versenkung in die Lehre nach der höchsten Einsicht streben. Speziell im Advaita-Vedanta gilt es als notwendig, dass man die als Wahrheit bezeichnete Lehre hört und sie reflektiert.

Insbesondere bezeichnet Satsang ein Zusammentreffen mit einem spirituellen Lehrer („Guru", „Meister"), der als „erleuchtet" oder „erwacht" gilt. Zum Teil verbinden die heute im Westen zahlreich anzutreffenden Lehrer auch traditionelle östliche Lehren mit modernen psychologischen Methoden. Während des Satsangs stellen die Schüler in der Regel Fragen, auf die der Lehrer antwortet. Satsangs können außerdem auch Elemente wie kurze Vorträge des Meisters, gemeinsame Meditation, Rezitation oder Ähnliches enthalten. Der Sinn des Satsangs besteht nicht in erster Linie in der Vermittlung einer „Lehre“ (insofern ist der Begriff „Lehrer“ missverständlich), sondern darin, dass die Schüler durch das unmittelbare Erleben der Präsenz des Lehrers in einer Art Resonanz-Phänomen selbst zur Erfahrung ihrer ursprünglichen Natur gelangen sollen. Die Gemeinschaft mit anderen Suchenden soll dabei zusätzlich unterstützend wirken.

Advaita-Lehrer

Die weltweit schnell wachsende „Satsang-Bewegung“ geht in erster Linie auf den 1997 verstorbenen H. W. L. Poonja zurück, einen Schüler von Ramana Maharshi. Die bekanntesten seiner Schüler sind Andrew Cohen, Gangaji, Isaac Shapiro, Eli Jaxon-Bear, OM C. Parkin, Samarpan und Madhukar.

15. Darshan

Darshan oder Darshana (Sanskrit: Betrachtung, Beobachtung, Zusammentreffen, Philosophie; von drish = sehen) ist ein Begriff aus dem Hinduismus für die Sicht und Vision des Heiligen und Göttlichen.

Osho:

„Darshan ist eine allabendliche Feier. Ein Singen, Tanzen und Verschmelzen mit dem Sein des Meisters. Es ist ein Zustand äußerster Trunkenheit. Derselbe, von dem Jesus sprach, als er sagte: ‚Esst mich, trinkt mich.‘ Du musst mit solcher Hingabe tanzen, dass du verloren gehst und nur der Tanz übrig bleibt. Es kommt der Augenblick, wo du nicht mehr da bist, und das ist der Augenblick, wo du dein inneres Wesen zum ersten Mal erkennst. Der Meister wird zum Spiegel. Hast du ihn einmal gesehen, wirst du in ihm gespiegelt. Darshan heißt buchstäblich ‚sehen‘.“

16. Namasté-Gruß

Hinduistische Grußgeste mit vor dem Herzen zusammengelegten Handinnenflächen und leichter Neigung des Hauptes als Ausdruck der Ehrerbietung. Eine Zusammensetzung von Sanskrit námas = „Verehrung“ und dem enklitischen Pronomen -te = „dir“. Laut Deepak Chopra macht dieser Gruß die folgende Aussage: „Ich ehre in dir den göttlichen Geist, den ich auch in mir selbst ehre – und ich weiß, dass wir somit eins sind.“

17. Tantra

Die Verbindung von Sexualität und Sinnlichkeit mit Spiritualität.

Osho:

„Tantra ist ein Liebesbemühen um die Wirklichkeit. Darum hat Tantra sich so viel mit Sex beschäftigt – er ist eine Liebestechnik. Es geht dabei nicht nur um die Liebe zwischen Mann und Frau, es geht um die Liebe zwischen dir und der Existenz.

Was es braucht, ist ein Verständnis, keine Unterdrückung. Je tiefer das Verständnis, umso höher steigen Menschen auf. Je geringer das Verständnis, umso mehr neigen Menschen dazu, zu unterdrücken. Es gibt niemals erfolgreiche und gesunde Resultate aus Unterdrückung heraus. Sex ist die großartigste Energie im menschlichen Leben. Aber man darf nicht bei ihm stehen bleiben. Sex muss in höheres Bewusstsein verwandelt werden."

18. Synchronizität

Als Synchronizität (altgr. σύν = syn „mit", „gemeinsam" und χρόνος = chronos „Zeit") bezeichnete der Psychologe Carl Gustav Jung zeitlich korrelierende Ereignisse, die nicht über eine Kausalbeziehung verknüpft sind (die also akausal sind), jedoch durch willkürliche Assoziation als miteinander verbunden und aufeinander bezogen wahrgenommen und gedeutet werden. Synchronismus dagegen bezeichnet die Ordnung von Ereignissen gemäß ihrer historischen Gleichzeitigkeit.

19. Begriffe von Eckhart Tolle

Informationen via: http://www.eckharttolle.de/

20. Begriffe von Michael Barnett

Zitiert unter „Alan Greene"

Energy Work = Energiearbeit.

Energiehappenings = Großveranstaltungen mit bis zu zweihundert Personen, die M. B. in ganz Europa durchführte. Kennzeichen: Musik aus großen Boxen wie bei einem Rockkonzert. Bestandteile: Tanz, Begegnungsübungen, Bioenergetik, Energiearbeit in der Gruppe und einzeln. Dynamische und stille Meditationen, Einzelgespräche.

Follow your Energy = Folge deiner Energie

Energy Space = Energieraum

Streamer = (herein- u. hinausströmende) Leute, die sich nur für eine kurze Zeit im Center aufhalten

Tuning-In = Allabendliches Treffen der Schüler mit dem Lehrer Michael Barnett um 19 Uhr, Energiearbeit

21. Texte und Bücher von Michael Barnett

Die wichtigsten Methoden Michael Barnetts sind in einem Manual mit dem Namen „Wings over the water" (Flügel über dem Wasser) zusammengefasst und mit Illustrationen aus der Feder von Alexander Jeanmaire mit diesem gemeinsam herausgegeben. Weitere Informationen via: http://www.wildgoose.net/

22. Texte von Osho

Informationen via OSHO International Foundation. http://www.osho.com

23. Mails von Niko von der Assen

Zitiert unter „Pascal Schönherr"

24. Titanic

US-amerikanisches Spielfilmdrama aus dem Jahr 1997 unter der Regie von James Cameron, das die Geschichte der Jungfernfahrt der RMS Titanic im Jahr 1912 nacherzählt. In die Fakten des Untergangs des Schiffes wurde eine Liebesgeschichte mit fiktiven Personen eingeflochten. Der Verweis im Buch betrifft jene Szene mit den Hauptdarstellern Leonardo DiCaprio als Jack Dawson und Kate Winslet als Rose DeWitt Bukater, in dem das Paar vorne auf dem Bug der Titanic steht und gemeinsam die Arme ausbreitet.

25. Erklärungen zu „Klappe"

Filmklappe: Bevor gefilmt wird und die Schauspieler spielen, wird vom Materialassistenten die Filmklappe geschlagen und auch auf dem Filmmaterial aufgenommen. Auf der Klappe stehen die Namen von Film, Regisseur und Kameramann. Zudem kann man das Datum des Drehtages, die Szenennummer, die Anzahl der Kameraeinstellungen und die Nummer des Versuchs von der Klappe ablesen. Die Klappe ist dazu da, Bild und Ton im Schneideraum zu synchronisieren und die einzelnen Einstellungen eines Films eindeutig zu kennzeichnen, sodass der Cutter weiß, welche Szene aufgenommen wurde und an welche Stelle des Filmes die Szene gehört.

26. Carboneras

Breitengrad: 36°59'56.8212" (N) / Längengrad: -1°53'31.7076" (E). Ehemaliges Fischerdorf in der Provinz Almería, zwischen den Städten Almería und Cartagena an der südöstlichen Küste Spaniens.

27. Dunkle Nacht der Seele

Der christliche Mystiker Johannes vom Kreuz (gest. 1591) beschreibt den ganzen Transformationsprozess, der schließlich zur „Unio mystica“ (Liebesvereinigung mit Gott) führt, als „dunkle Nacht“. Die „Nacht“ resultiert bei ihm aus einem Noch-nicht-erkennen-Können des Göttlichen und es geht darum, sie auszuhalten und zu durchleben, um sich letztendlich mit Gott in Liebe zu vereinigen. Es ist also eine Finsternis, die paradoxerweise erst durch das schon eingefallene und weiterhin erleuchtende „Licht Gottes“ entsteht. Die eigentlich tiefe dunkle Nacht nennt er die „Nacht des Geistes“. In ihr muss der Mensch noch mehr Leid und Läuterung erdulden. Gott entzieht sich hier dem Erkennen vollständig, „erscheint“ als Nichts und Nicht-Wissen, bis er sich in der „Morgendämmerung“ als „die Fülle“ das „Alles“ zu erkennen gibt und eine Liebesvereinigung – Vereinigung aller Gegensätze – stattfindet.

28. Herbalife

Herbalife International Inc. ist ein amerikanisches Unternehmen, das Diätprodukte, Kosmetika und Infomaterialien mittels Netzwerk-Marketing anbietet. Herbalife wurde im Februar 1980 von Mark Hughes gegründet und begann mit dem Vertrieb von Nahrungsergänzungsmitteln in den USA. 1982 erwirtschaftete das Unternehmen einen Umsatz von zwei Millionen Dollar und expandierte nach Kanada. 1986 ging Herbalife an die Börse. Der Gründer Mark Hughes starb im Jahre 2000 im Alter von 44 Jahren. Das Vertriebssystem von Herbalife besteht aus weltweit über 2,2 Mio. selbstständigen Beratern, die in einem Multi-Level-Marketing-System organisiert sind, und soll eines der Unternehmen sein, das die meisten Millionäre hervorgebracht hat.

29. Conquistador

Spanisch und portugiesisch „Eroberer“. Wird als Sammelbegriff für die Soldaten, Entdecker und Abenteurer benutzt, die während des 16. und 17. Jahrhunderts große Teile von Mittel- und Südamerika sowie der Philippinen als spanische Kolonien in Besitz nahmen.

30. Didgeridoo

Traditionelles Musikinstrument der nordaustralischen Aborigines, ursprünglich aus von Termiten ausgehöhlten Eukalyptusstämmen gefertigt. Tieftönendes Blasinstrument zur rhythmischen Begleitung von Gesängen und Tänzen.

31. Crescendo

Vom ital. „anwachsend“ abgeleiteter Begriff aus der musikalischen Dynamiklehre für „lauter werdend“.

32. Cortijo del Viento

(ausgesprochen: „corticho“, span.) Gehöft des Windes

33. Johannes Itten

* 11. November 1888 in Süderen-Linden, Schweiz, † 25. März 1967 in Zürich. Schweizer Maler, Kunsttheoretiker, Kunstpädagoge und Verfasser der nach ihm benannten Farbenlehre. Itten zählt zu der Zürcher Schule der Konkreten.

34. Eduardo Falu

* 7. Juli 1923, † 9. August 2013. Bekannter argentinischer Folkloregitarrist und Komponist.

35. Estancia, Estanciero

Eine Person (Verwalter), die sich um eine Estancia, ein Landgut kümmert. Vor allem in Argentinien gebräuchlich.

36. Pampero

Der Pampero ist ein oft stürmischer Südwestwind in den argentinischen Pampas. Er bringt dabei kalte, trockene Luft aus Patagonien in die Pampas, nach Buenos Aires und bis nach Paraguay und Uruguay. Mit dem Pampero einher gehen häufig beträchtliche Niederschläge und Temperaturabfall.

37. Bücher und DVD von Alexander Jeanmaire im ars momentum Kunstverlag

Zitiert unter „Christian Maiwald“

Kunstbände: Farb-Klang-Körper, Band 1–3

„Der kreative Funke – Handbuch für Kreativität und Lebenskunst“

„99 Tipps für Kreativität und Lebenskunst“

DVD „ES malt“ über die Arbeitsweise im und um das Atelierhaus des Künstlers

38. Trompe-l'Œil-Malerei

Von frz. tromper „täuschen" und l'œil „das Auge". Eine illusionistische Malerei, die mittels perspektivischer Darstellung Dreidimensionalität vortäuscht. Besonders in Wand- und Deckenmalereien erweitern solche Bilder die Optik der Architektur. Sie lassen so Räume größer erscheinen oder erzeugen einen Ausblick auf Fantasielandschaften.

39. Claude Nicollier

* 2. September 1944 in Vevey, Kanton Waadt, ist ein Schweizer Militär-, Linien- sowie NASA-Testpilot und Astronaut. Er war der erste und bis jetzt einzige Schweizer, der den Weltraum besuchte.

40. Ästhetische Maßstäbe für Kunst in der Natur

Stichworte für Ihre Internetrecherche:
Architektur. Callatrava. Palladio.
Der Goldene Schnitt. Harmonie. Harmonielehre.
Patio. Innenhof. Peristyl.
Proportionslehre. Farbenlehre.
Ästhetik. Ästhetik und Wahrnehmung. Ästhetische Theorie.
Schönheit. Platon. Kunstphilosophie.

41. Emmentaler-Werbespot mit dem schweiz. Schwingerkönig Matthias Sempach anschauen unter:

https://www.youtube.com/watch?v=jTgHPoqJEL0

42. Connection

Die offizielle Osho-Sannyas-Zeitung

43. Übersetzung Songtext „Los Hermanos" (Autor: Atahualpa Yupanqui)

im Original gesungen von Mercedes Sosa:

Yo tengo tantos hermanos
Que no los puedo contar
En el valle, la montaña,
En la pampa y en el mar
Cada cual con sus trabajos

Con sus sueños cada cual
Con la esperanza delante,
Con los recuerdos detrás
Yo tengo tantos hermanos
Que no los puedo contar

Gente de mano caliente
Por eso de la amistad
Con un lloro pa' llorarlo
Con un rezo pa' rezar
Con un horizonte abierto
Que siempre está más allá
Y esa fuerza pa' buscarlo
Con tesón y voluntad.

Cuando parece mas cerca
Es cuando se aleja más
Yo tengo tantos hermanos
Que no los puedo contar.
Y así seguimos andando
Curtidos de soledad
Nos perdemos por el mundo
Nos volvemos a encontrar.

Y así nos reconocemos
Por el lejano mirar
Por las coplas que mordemos
Semillas de inmensidad.
Yo tengo tantos hermanos
Que no los puedo contar

Y así seguimos andando
Curtidos de soledad
Y en nosotros nuestros muertos
Pa' que nadie quede atrás.

Yo tengo tantos hermanos
Que no los puedo contar
Y una hermana muy hermosa
Que se llama libertad

44. K. O. Schmidt

* 26. Januar 1904, † 21. Dezember 1977, Pseudonym „Hilarion".
Gehörte neben Norman Vincent Peale und Dr. Joseph Murphy zu den Klassikern und Begründern des neuen positiven Denkens.
Schmidt, der sich auch um den Aufbau der Esperanto-Arbeit in Deutschland verdient gemacht hat, war der Verfasser von über 100 Büchern, mit denen er als Lebensphilosoph und Lebensberater hervortrat. In Nazi-Deutschland verfolgt, wurden seine Bücher und Schriften über Fragen der Willens-Schulung, der Selbst- und Lebensvervollkommnung, der Entspannungs-, Konzentrations- und Meditations-Praxis sowie der praktischen Mystik, des Todes und des „Lebens danach" in viele Sprachen übersetzt und erfreuen noch heute Tausende hilfesuchender Leser in aller Welt.
Seine Erfahrungen um die Unvergänglichkeit des inneren Wesenskerns des Menschen und die Berührung mit dem „Inneren Licht" bestimmten die Richtung seiner schriftstellerischen Arbeit, die um die zentralen Themen der Lebensmeisterung kreiste.

45. NZZ

Neue Zürcher Zeitung

46. Gaucho

Spanisch gaucho, nennt man in Argentinien, Paraguay, Uruguay, Bolivien, Chile und in Brasilien vorwiegend Nachkommen von iberischen Einwanderern und Indigenas, die in den Pampas Viehzucht betrieben. Eines der wichtigsten wirtschaftlichen Erzeugnisse der Gauchos war Rindsleder und später Trockenfleisch. Ihre Hochzeit hatten die Gauchos im 19. Jahrhundert. Die Folklore hat sie romantisch verklärt, vergleichbar mit den nordamerikanischen Cowboys. Vor allem in Argentinien und Uruguay haben sie tragende Bedeutung für das Nationalgefühl.

47. Homerisches Gelächter

Schallendes Gelächter (nach Stellen in den Werken Homers, an denen von dem „unauslöschlichen Gelächter der seligen Götter" die Rede ist).

48. Alhambra

Die Alhambra [aˈlambra], eine bedeutende mittelalterliche Stadtburg (kasbah) auf dem Sabikah-Hügel von Granada in Spanien, gilt als eines der schönsten Beispiele des maurischen Stils der islamischen Kunst. Seit 1984 Weltkulturerbe, zählt die Alhambra zu den meistbesuchten Touristenattraktionen Europas. Die imposante Burganlage misst etwa 740 m in der Länge und bis zu 220 m in der Breite und umfasst Befestigungsanlagen, Paläste und Gärten.

49. Riad

Riad nennt man ein traditionelles marokkanisches Wohnhaus oder einen Palast mit einem Innenhof bzw. einem inneren Garten. So kommt der Begriff auch vom arabischen Wort für Garten, riyāḍ (von dem auch der Name der Stadt Riad abgeleitet ist). Die Gestaltung dieser maurischen Lehmziegelhäuser mit begrünten Innenhöfen in der Küstenregion von Marokko geht auf eine lokale Adaption der Bauweise römischer Villen (Atriumhäuser) zurück. Der Riad wurde mit Beginn des Islams populär. Er bietet der Familie Schutz und Privatsphäre.

50. Martin Buber

Martin Buber (* 8. Februar 1878 in Wien, † 13. Juni 1965 in Jerusalem) war ein österreichisch-israelischer jüdischer Religionsphilosoph.

51. Harald Naegeli, der Sprayer von Zürich

Ging als Sprayer von Zürich in die Annalen ein. Inspiriert durch Sprayer wie Gérard Zlotykamien, dessen Arbeiten er in Paris gesehen hatte, war er Ende der 1970er Jahre selbst illegal künstlerisch tätig geworden. Seine auf Hauswände und Betonmauern gesprühten Graffiti wirkten damals auf viele Menschen überaus provokant. Naegelis Identität blieb lange unentdeckt, denn er agierte im Verborgenen, oft über Nacht. Schließlich wurde er aber doch gefasst; er hatte beim Sprühen seine Brille verloren und war zurückgegangen, um sie zu suchen. Heute ist Naegeli arriviert und seine Kunst im öffentlichen Raum wertgeschätzt, auch Zürich hat Graffito-Arbeiten von ihm konservieren lassen.

52. Das Sternzeichen der Fische

„Fische sind fantasievoll, empfindsam, prophetisch, erspürend. Aber auch mit Ausdauer gesegnet und sehr ehrgeizig. Auch durchaus mit dem Anspruch, eigene Projekte auf einer großen Bühne vorzustellen. Niemals aber können Fische gegen ihren Seelenauftrag handeln, etwas wählen, was nur Broterwerb ist und gegen das eigene Ethos verstößt. Ihre Lebensaufgabe verwirklichen sie mit Hingabe und Herzblut. Wie überhaupt die Essenz des Bhakti-Yoga, die absolute Hingabe an den kosmischen Auftrag, karmische Leitlinie ist. Denn: Mystik, Karma, Dharma, das Wissen um Transzendenz, Magisches, das, was keine Schulweisheit sich träumen lässt, ist zutiefst im Fische-Sternzeichen verankert. Mit dem Wissen über diese Zusammenhänge betrachten sie alle Vorkommnisse und Ereignisse. Zufälle gibt es nicht, nur das, was kosmisch zufällt. Deswegen können sie auch mit Symbolsprachen wie Traumanalyse, Astrologie, mit Zeichen und Wundern hervorragend umgehen. Sie reduzieren das Leben, und damit auch ihre Chancen und Möglichkeiten, nicht auf das rational Abgefederte, sondern setzen auf die Magie der Träume. Und auf kosmische Unterstützung! Das funktioniert!! Weil Fische nicht werten, letztlich für alles Verständnis haben, jeden in seiner Geschichte, seinem Leid annehmen können, sind sie Anlaufpunkt für alle Mühseligen und Beladenen. Das aber sollte dann auch auf den Beruf beschränkt bleiben, sonst wird Beziehung zum therapeutischen Feld und ist schon von Anfang an zum Scheitern verurteilt. Der Lernsatz heißt: Wer immer selbstlos ist, ist bald sein Selbst los. Das zu beherzigen, hilft, gesunden Egoismus zu entwickeln. Was speziell für die Liebesbeziehung wichtig ist, weil Fische andere nicht beizeiten über eventuelle Frustrationen informieren, sondern kompromisslos verschwinden, wenn es ihnen reicht." (Text von BRIGITTE-Astrologin Roswitha Broszath)

53. Aszendent Stier

„Sie gehen bedächtig auf die Welt zu. Sie brauchen Zeit, um sich an neue Situationen anzugleichen, denn Sie lieben die Sicherheit des Gewohnten, Bewährten. Der Boden unter Ihren Füßen muss tragen. Bevor sich seine Verlässlichkeit nicht herausgestellt hat, betreten Sie ihn nicht. Ihre Kraft ist Ihre Geduld. Sie können warten, bis etwas gewachsen ist. Sie haben Verständnis für Wachstumsprozesse überhaupt. Sie sind ein Genießer und lieben Bequemlichkeit, am liebsten sollten Ihnen die Trauben in den Mund wachsen. Sie brauchen keine Raffinesse, um sich wohlzufühlen. Sie lieben das Einfache, Bodenständige." (Auszug aus dem Horoskop „Persönlichkeit" von Dr. Eike Hansen, Astrologin)

54. Elisabeth Haich

* 20. März 1897 in Budapest, † 31. Juli 1994 in Ponte Tresa. Elisabeth Haich war eine ungarische Künstlerin. Zusammen mit Selvarajan Yesudian war sie maßgeblich an der Verbreitung des Yogas in Europa beteiligt.

55. Hatha Yoga – Asanas

Das Hatha Yoga strebt die Erlangung des Gleichgewichts von Körper und Geist an. Es setzt dabei im Unterschied zu anderen Yoga-Formen vor allem auf körperliche Übungen, die Asanas, auf Atemübungen und auf Meditation. „Hatha" beschreibt die Anstrengung, die zur Erlangung der Einheit „Yoga" nötig ist. Gegensätzliche Energien treten dabei in Verbindung – „ha" steht für die Sonne, die wärmende Kraft, „tha" steht für den Mond, die kühlende Stille.

56. Djembe

Die Djembe, eine einfellige Bechertrommel aus Westafrika, deren Korpus aus einem ausgehöhlten Baumstamm besteht, wird mit bloßen Händen angeschlagen und erzeugt damit ein breites Klangspektrum mit gutem Bassfundament, bedingt durch die Form, die wie ein Helmholtz-Resonator wirkt.

57. Advocatus Diaboli

Der lateinische Ausdruck Advocatus Diaboli = Anwalt des Teufels bezeichnet im Bereich der Rhetorik eine Person, die mit ihren Argumenten die Position der Gegenseite vertritt, ohne ihr selbst anzugehören.

Das rhetorische Stilmittel dient dazu, die Argumente der eigenen Position im Hinblick auf mögliche Gegenargumente (des Advocatus Diaboli) zu schärfen. Bei Debatten etwa dient die Einnahme dieser Position auch der gezielten Provokation. In der Pädagogik wird diese Methode angewendet, um den Lernenden Übung darin zu vermitteln, eine Meinung zu vertreten. Ideal ist die Entwicklung eines „inneren" Advocatus Diaboli zum Schutz gegen Verlust der Objektivität durch Fehler wie Selbstüberschätzung, Betriebsblindheit usw., gerade bei argumentationsfokussierten Berufen.

58. Texte von Prof. Dr. Hans-Curt Flemming

Zitiert unter „Amrit"

59. Concierto de Aranjuez

Solokonzert für Gitarre und Orchester von Joaquín Rodrigo (1901–1999), wurde im Frühjahr 1939 in Paris komponiert und am 9. November 1940 in Barcelona uraufgeführt. Es ist das mit Abstand populärste Werk Rodrigos und eines der bekanntesten klassischen Musikstücke des 20. Jahrhunderts.

60. Don Quijote de la Mancha

Roman der Weltliteratur, den Miguel de Cervantes in den Jahren 1605 (Band 1) und 1615 (Band 2) unter dem Titel „El ingenioso hidalgo Don Quixote de la Mancha" veröffentlichte. Zunächst als Ritterromanparodie gefasst, führt Don Quijote einen vergeblichen Kampf gegen die Unbilden des Lebens. Narr oder Visionär – die literarische Figur des Don Quijote entwickelte ein fulminantes Eigenleben in den kulturellen Codes Spaniens und Europas und erfuhr eine umfassende Rezeptionsgeschichte in Literatur, Theater, Film und bildender Kunst.

61. Lawrence von Arabien

Opulentes Leinwandepos des Regisseurs David Lean aus dem Jahr 1962, das auf der Autobiografie „Die sieben Säulen der Weisheit" von Thomas Edward Lawrence basiert. Der Film, ausschließlich mit Männerrollen besetzt, glorifiziert in bildmächtigen Landschaftssequenzen das Wirken des Wüstenhelden Lawrence von Arabien und erhielt 1963 sieben Oscars. Durch den Film, der u. a. in Jordanien und auch in der spanischen Wüste Tabernas gedreht wurde, erlangten die Hauptdarsteller Peter O'Toole und Omar Sharif internationale Berühmtheit.

62. Ennio Morricone

Ennio Morricone (* 10. November 1928 in Trastevere, Rom), italienischer Komponist und Dirigent, komponierte die Filmmusik von über 500 Filmen. Berühmtheit erlangte er für seine musikalische Gestaltung zahlreicher Italo-Western, insbesondere das genreprägende Sergio-Leone-Epos „Spiel mir das Lied vom Tod" von 1968. 2007 erhielt Morricone den Oscar für sein Lebenswerk.

63. Hermann Hesse

* 2. Juli 1877 in Calw, † 9. August 1962 in Montagnola, Schweiz, deutschsprachiger Schriftsteller und Dichter. Bekanntheit erlangte er zu Lebzeiten und späterhin mit Prosawerken wie dem von der fernöstlichen Mythologie geprägten „Siddhartha", dem gesellschaftskritischen Kultbuch der Jugendbewegung „Der Steppenwolf" oder dem von der Philosophie Nietzsches geprägten „Narziss und Goldmund" und mit seinen ethisch-spirituelle Sichtweisen repräsentierenden Gedichten (z. B. Stufen). 1946 erhielt Hesse den Nobelpreis für Literatur und 1954 den Orden „Pour le mérite" für Wissenschaften und Künste.

64. Hape Kerkeling

* 9. Dezember 1964 in Recklinghausen, ist ein deutscher Komiker, Autor und Moderator, der zum einen durch seine komödiantischen TV-Figuren (Horst Schlämmer, Evje van Dampen, Hannilein etc.) und zum anderen durch sein Buch „Ich bin dann mal weg“ über seine Pilgerreise auf dem Jakobsweg große Popularität genießt.

65. Musical „Elisabeth“

Das Drama-Musical von Michael Kunze (Libretto) und Sylvester Levay (Musik) erzählt die Lebensgeschichte der österreichischen Kaiserin Elisabeth als Totentanz. Es wurde 1992 im Theater an der Wien unter der Regie von Harry Kupfer uraufgeführt und dort über viele Jahre hinweg gespielt. Internationale Produktionen und Tourneen durch viele Länder Europas und Asiens folgten. Elisabeth steht nach wie vor auf dem Spielplan.

66. Alexis Sorbas

Ruhmreiche Verfilmung des Romans „Zorba The Greek“ (Autor: Nikos Kazantzakis), gedreht von Michael Cacoyannis 1964 (Filmmusik: Mikis Theodorakis), mit Anthony Quinn in der Hauptrolle des Antihelden Sorbas, der alles wagt und verliert und sich dennoch treu bleibt. Alexis Sorbas zählt zu den erfolgreichsten Filmen aller Zeiten und prägte, nicht nur mit seiner Erfindung des „Sirtaki“-Tanzes, das Bild Griechenlands in der Welt. Der Film erhielt drei Oskars und zahlreiche weitere Auszeichnungen.

67. Ute Ehrhardt

* 1956 in Kassel, lebt in der Schweiz. Die studierte Psychologin avancierte mit ihrem Buch „Gute Mädchen kommen in den Himmel, böse überall hin“ (Frankfurt/M. 1994) zur Bestsellerautorin. In ihrem Buch hinterfragt Ehrhardt die überkommenen weiblichen Rollenklischees und fordert die Frauen zu mehr Selbstbehauptung, Souveränität und Egostärke auf, um erfolgreich sein zu können.

68. Astor Piazzolla

* 11. März 1921 in Mar del Plata, † 4. Juli 1992 in Buenos Aires, argentinischer Bandoneon-Spieler und Komponist, gilt als Begründer des Tango Nuevo, einer Weiterentwicklung des traditionellen Tango Argentino. SOLEDAD ist eine seiner Kompositionen für Violine, Bandoneon, Piano und Bass (Gidon Kremer – Hommage à Piazzolla).

69. Patio = span. Innenhof

Andalusische Patios – Orientalisch anmutende Gartenschätze im Verborgenen

Von Bettina Isabél Rocha.
Erschienen in der „Neuen Zürcher Zeitung" am 31.05.2001.
Mit freundlicher Genehmigung der NZZ.

Wenn die Sonne am höchsten steht und die Hitze unerbittlich scheint, halten die Spanier Siesta. Häufig ziehen sie sich dann in einen ihrer wunderschönen Patios zurück. Denn gerade an diesen paradiesisch anmutenden Orten lässt sich die Mittagszeit während der heißen Sommermonate am besten ertragen. Die Innenhöfe sind von ganz unterschiedlicher Größe und Ausstattung und bilden im traditionellen spanischen Haus den Lebensmittelpunkt. Allseits von Mauern umgeben, findet sich hier, fernab von Straßenlärm und Abgasen, zwischen Pflanzen und plätscherndem Wasser immer ein kühles, schattiges Plätzchen.

Zimmer wie Gärten

Sowohl das griechische Hofhaus, in dem sich die Räume zum pflanzengeschmückten Innenhof öffneten, als auch das Atrium der römischen Villa waren Vorbild für die maurischen Baumeister, die neben einfachen Stadthäusern so berühmte Bauten wie die große Moschee in Córdoba oder die Alhambra, den Königspalast von Granada, schufen. Entstanden in der Spätblüte maurisch-andalusischer Kultur, verbirgt dieses „steinerne Gedicht", das zu den anmutigsten architektonischen Schöpfungen Spaniens zählt, in seinem Inneren gleich mehrere eindrucksvolle Innenhöfe. Hier wurden sogar Zimmer mit Brunnen, Wasserbecken und Pflanzen so gestaltet, als seien sie Gärten. Der andalusische Patio bewahrt dieses Bestreben bis in die Gegenwart, denn er trägt in sich den Duft eines Gartens und die Geschlossenheit eines Salons. Das liegt zweifellos daran, dass sich auf der Iberischen Halbinsel jahrhundertelang Elemente orientalischer und abendländischer Kultur miteinander vermischt und gegenseitig befruchtet haben. Es gibt viele Variationen dieser Kleinode, die – egal ob bescheiden und klein oder herrschaftlich und pompös – eine besondere Ausstrahlung besitzen. Allen gemeinsam ist: Sie verbergen Schönheit und Reichtum im Zentrum des Hauses, wohingegen nach außen Bescheidenheit und Schlichtheit dokumentiert werden.

Wer einen Patio betritt, wird eines gleich gewahr – das gleißende Licht der mediterranen Sonne verliert sich zwischen den schützenden Mauern und den Schatten spendenden

Pflanzen. Ruhe lädt ein zu verweilen. Die kontemplative Stimmung, in welche der Patio den Menschen versetzen kann, ist Quell der Inspiration, vor allen Dingen aber ist er Raum für Gespräch, Lachen und Musik. Nicht nur Wasser und Pflanzen beleben seine architektonische Schlichtheit, sondern auch fantasievolle Bodenmosaike, zumeist aus schwarzen und weißen Kieseln, sowie verschiedenfarbige Azulejos, die Böden und Wände verzieren. Die farbenfrohen, glasierten Kacheln sind mittels eines Verfahrens hergestellt, das ab dem 11. Jahrhundert zusammen mit der arabischen Kultur nach Spanien gelangte. Noch bis ins 16. Jahrhundert hinein hatten die Kacheln eine Reliefoberfläche. Die Aresta – eine Zellenunterteilung – verhinderte, dass sich die verschiedenen Farben beim Brennen vermischten. So entstand, bedingt durch technische Notwendigkeiten, ein geometrisches Muster, welches durch seine stetige Wiederholung, einem musikalischen Rhythmus gleich, seinen Betrachter zu beschwingen vermag.

Immer gehört zum Erscheinungsbild eines Patios, neben dem Duft von Orangenbäumchen und Blumen, auch das wohltuende Geräusch von Wasser. Im maurischen Spanien kultivierte man alles, was mit Wasser zusammenhing. Kann doch der geringste Wasserstrahl einen heißen Ort in eine Oase verwandeln, egal ob er in schmalen, sich verzweigenden Rinnen fließt oder perlend von einem Wasserbecken in das andere fällt. Deshalb wundert es nicht, dass auch der kleinste Patio einen Brunnen besitzt. Die Wasserbassins können reich verziert sein oder einfach durch ihre Schlichtheit bestechen. Dort, wo genügend Platz vorhanden ist, werden unbewegte, spiegelgleiche Wasserflächen geschaffen, die ihre Umgebung nachzeichnen und so den Raum erweitern. Ein ungewöhnlicher Effekt wurde in früheren Zeiten erzielt, indem die Wasserbecken mit glänzendem Quecksilber gefüllt wurden.

Manchmal verschenken die Brunnen kühlendes Nass, indem sie sprühen und spritzen, ein anderes Mal ergießen sich ruhig fließende Wasserstrahlen bogenförmig in schmale Becken. Das ist nicht nur schön für das Auge, sondern erinnert auch an das leise Plätschern herabfallenden Regens. Diese akustische Wahrnehmung greift ein arabisches Sprichwort auf, das den Klang des Wassers, das Klimpern des Geldes in der Tasche und die Stimme eines geliebten Menschen als die drei schönsten und kostbarsten Dinge im Leben preist. Die islamische Geisteswelt misst dem Wasser eine besondere Bedeutung zu, da es für sie nicht nur ein ästhetisches, sondern auch ein religiöses Element ist. Dies findet unter anderem seinen Ausdruck im Koran, der ein Bild des Paradieses „voll sprudelnder Quellen" beschwört und in vielen seiner Verse dem Gläubigen das „ewig fließende Wasser" verspricht. Der Patio, Inbegriff maurischer Kultur, versinnbildlicht das Paradies auf Erden, das ohne einen murmelnden Quell nicht vorstellbar war.

Palmen und Zitrusbäume

Die Kostbarkeit des Wassers rührt aber vor allem von seiner Leben spendenden Kraft, ohne die Pflanzen, das vergänglichste Element eines Patios, nicht bestehen könnten. Sie sind es jedoch, die aufgrund ihrer stetigen Veränderung sein Gesicht immer wieder aufs Neue wandeln. Zumeist gedeihen sie in Gefäßen unterschiedlichster Art: schlichte Tontöpfe ohne jede Verzierung, kunstvolle Keramik mit Glasuren, die im Wechselspiel mit den Azulejos stehen, oder einfache Olivenöl-Dosen, die so mancher selbst gezogenen Duftpelargonie zur Zierde gereichen. Sie stehen auf dem Boden, sind in symmetrischer Weise an den Wänden angeordnet oder Bestandteil einer Blumenampel. Die größten Kübel beherbergen stattliche Pflanzen wie graugrün gefiederte Zwergpalmen oder üppig behangene, gelb leuchtende Zitrusbäumchen, angenehm duftende Oleanderbüsche oder prächtige Hibiskussträucher. Manchmal grüßen wohlriechende Engelstrompeten mit ihren großen, trichterförmigen Blüten den Betrachter, und von ganz besonderem Reiz ist der Zierstrauch Cestrum nocturnum. Er, der des Nachts die Luft eines Patios mit seinem verführerischen Duft erfüllt, wird von den Spaniern treffend als „Galán de Noche" (Nachtgalan) bezeichnet.

Die Palme, für viele eng mit dem Süden Europas verbunden, kam mit Abd ar-Rahman I., dem Gründer des Omaijaden-Reichs, nach Córdoba. Mit ihrer Hilfe wollte er sein Heimweh nach der Wüste lindern, das er in einem Gedicht wehmütig beklagt: Du, o Palme, bist ein Fremdling / So wie ich in diesem Lande, / Bist ein Fremdling hier im Westen / Fern von deiner Heimat Strande. Der imposante Baum, der seit dieser Zeit den Charakter mediterraner Gärten und Patios prägt, wurde von den Mauren zutiefst verehrt. Mit ihm verbanden sie alles, was Kühlung, Schatten, Ruhe und liebliche Vegetation enthielt.

In größeren Patios sind Beete zwischen den Bodenmosaiken oder Fliesen ausgespart, sodass neben mächtigen Palmen und Zypressen auch frei stehende Orangen- oder Lorbeerbäume genügend Platz finden. In ihnen kann sich aber auch das Wurzelwerk von üppigen, an Säulen und Wänden hochrankenden Arten wie der rot blühenden Bougainvillea, dem blauen Jasmin oder der bezaubernden Glyzinie ausbreiten. Gepflasterten Wegen zur Seite stehen duftende Salbei-, Buchs- oder Lorbeerhecken, und manche Skulptur ist umstellt von unzähligen Töpfen, die mit der silbergrau leuchtenden Zinerarie bepflanzt sind. Die schattigen Fleckchen der Patios schließlich werden bewohnt von eleganten Hosta, die aus dem Hintergrund ihren geheimnisvollen Charme versprühen, und Farnen, deren gefiederte Blätter dem Besucher Wind zuzufächeln scheinen. Ihre verschiedenen Grüntöne bilden einen angenehmen Kontrast zu der überschwänglichen Farbenvielfalt der Blumen, die oftmals ein wahres Feuerwerk entfalten.

Mit der Seele erfühlen

Die Art der Bepflanzung, die immer eine enge Verbindung mit der kunstvollen Architektur eingeht, von der sie umgeben ist, verleiht jedem Patio seine persönliche Note. Ob jahrhundertealte Orangenbäume eine Atmosphäre der Ruhe und Einsamkeit vermitteln, betörend duftende Kletterpflanzen die Sinne berauschen oder ob ein murmelnder Springbrunnen verspielt einem mit farbenfrohen Blumentöpfen gefüllten Wasserbecken antwortet: Jeder dieser verborgenen Gartenschätze überrascht auf seine Weise. Tatsächlich wird nur derjenige, der die Patios mit eigenen Augen gesehen und mit der Seele erfüllt hat, wirklich ermessen können, welch geheime Schönheiten diese hohen Mauern verbergen, über die bisweilen ein paar duftende Zweige von Orangenbäumen ragen!

Danksagungen

Bei der Entstehung dieses Romans bedurfte es nicht nur der Gunst des kosmischen Meisterdramaturgen, sondern ebenso jener zahlreichen weltlichen Haupt- und Nebendarsteller, ohne die die Geschichte des Künstlers Christian Maiwald nicht hätte geschrieben werden können. Diesen Mitwirkenden sei an dieser Stelle ein ganz besonderer Dank ausgesprochen.

Allen voran möchte ich **Wolfgang Boesner**, meinem Mäzen und Förderer, von Herzen danken, dass er all die Jahre rückhaltlos an mich glaubte und mich als Mensch und Verleger meiner Bücher tatkräftig unterstützte.

Osho, Michael Barnett, Poonja, Samarpan und Eckhart Tolle, meinen spirituellen Lehrern, Freunden und Lotsen. Ohne die Hilfe dieser großen Männer hätte ich den dunklen, reißenden Fluss der Selbsterkenntnis niemals heil überqueren können.

An vorderster Front der weltlichen Besetzung steht natürlich meine Lebenspartnerin **Tushita Jeanmaire**, die mich immer wieder gnadenlos auf Schwachstellen im Buch aufmerksam machte, an mein Gewissen und meine Handwerkerehre appellierte und auf die Verantwortung des Autors sich selbst und seiner Geschichte gegenüber aufmerksam machte. Ihr alleine ist es zu verdanken, dass ich nicht zu früh das Handtuch geworfen habe. So wurde dieses Buches zu einer der nachhaltigsten Herausforderungen meines Lebens.

Was das Handwerk betrifft, möchte ich weiter danken:
Meinen Lektoren **Ute O. Schmidt und Norbert Knyhala** von den „Schreibweisen“, dass die beiden dafür sorgten, dass mein Erstlingswerk der Belletristik der deutschen Sprache keine Schande macht.

Suzanne Blaser, Lehrerin und Germanistin, die in einer ihrer Mails zur ersten Rohfassung schrieb: „Ganz herzliche Gratulation zu deinem ‚Kind', das heute die Welt erblickt hat. Damit es gut gedeiht, werde ich es in den Sommerferien ‚an meine Brust' nehmen. Und es mit ‚scharfem Auge' bewachen."

Britta Baumann, der Grafikerin und Layouterin meiner Bücher, die mit ihrem Mac, ihrem Sachverstand und einer großen Portion Nerven meinen Ideen und Vorstellungen immer wieder eine druckreife Form verlieh.

In den Nebenrollen möchte ich mich bedanken bei meinem Bruder **Felix Jeanmaire**, der mich immer unterstützte, auch wenn er vielleicht manchmal verständnislos seinen Kopf dabei schüttelte.

Niko von der Assen in der Rolle des Pascal Schönherr, der freundlicherweise einige seiner spontanen Texte aus unserem Mail-Verkehr zur Verfügung stellte und damit das Buch mit Herz und Witz bereicherte.

Rolf Lorenz, Evelyn und Renata für ihre Dankesbriefe am Ende des Buches.

Bevor ich es vergesse, möchte ich den Heerscharen von Maklern und Maklerinnen, nicht ohne schlechtes Gewissen, ein kleines Dankessträußchen dafür überreichen, dass sie mich stundenlang durch die Weiten des Mittelmeerraumes chauffiert haben, ohne je einen Abschluss getätigt zu haben.

Ein großes Dankeschön auch den treuen Leserinnen und Lesern meiner Bücher, meinen KursteilnehmerInnen und KäuferInnen meiner Bilder. Ihr habt mir mit Eurem Wohlwollen, Eurem anhaltenden Interesse und den unzähligen wunderbaren Briefen und Mails Kraft gegeben, dass dieses Buches letztlich Form annahm.

Weitere Bücher von Alexander Jeanmaire, erschienen im ars momentum Verlag.

Khalil Gibran

Der Prophet

Mit Werken von Alexander Jeanmaire

128 S., m. über 30 farb. Abb., 16,5 x 21,5 cm, geb. mit Schutzumschlag, 2. Auflage 2007, ars momentum Kunstverlag, ISBN 978-3-938193-08-2, 26,70 €

Khalil Gibran spricht über Liebe und Freiheit, Abschied und Schmerz. Seine tiefgründigen Überlegungen sind erfüllt von Weisheit und innerer Kraft. Ergänzt werden sie durch mehr als dreißig abstrakte Gemälde von Alexander Jeanmaire, deren assoziativer Charakter den Text unterstreicht. Ein liebevoll gestaltetes Künstlerbuch, das Sie immer wieder zur Hand nehmen werden!

„Leider vergriffen"

Alexander Jeanmaire

Der kreative Funke

Handbuch für Kreativität und Lebenskunst

224 S., ca. 50 s/w Abb., 14,5 x 21,5 cm, 3. Auflage, ars momentum Kunstverlag 2006, ISBN 978-3-938193-00-6, 11,75 €

Alexander Jeanmaire zeigt in seinem Buch, wie der kreative Funke nicht ins Wasser fällt, sondern überspringt – und zündet. Er befreit den Künstler in uns, auch den Lebenskünstler, den kreativen Menschen. Und er spart nicht mit Anregungen und fantasievollen Übungen dazu in seinem „Handbuch für Kreativität und Lebenskunst".

Alexander Jeanmaire

Farb-Klang-Körper 1

168 S., durchgehend illustriert mit 2 Ausschlag-tafeln, 5-farb. mit Duplex, 29 x 29 cm, Broschur, 3. Auflage, ars momentum Kunstverlag 2006, ISBN 978-3-9381930-7-5, 49,00 €

Mit einfühlsamen Texten von Matthias Weigold und Fotografien von Peter Schüpbach lädt uns der Künstler in sein Atelierhaus ein und gewährt intensive Einblicke in seine Arbeit, seine Gefühls- und Gedankenwelt.

Alexander Jeanmaire

Farb-Klang-Körper 2

198 S., mehr als 100 farb. Abb, 29 x 29 cm, Klappenbroschur mit Schutzhülle, ars momentum Kunstverlag 2007, ISBN 978-3-938193-29-7, 49,00 €

Während das erste Buch der Biografie des vielseitigen Künstlers und den spirituellen Aspekten seines Lebens und seiner Arbeit nachforscht, ist das zweite ganz den handwerklichen Aspekten seiner Arbeit und den sinnlichen Momenten seines Lebens gewidmet.

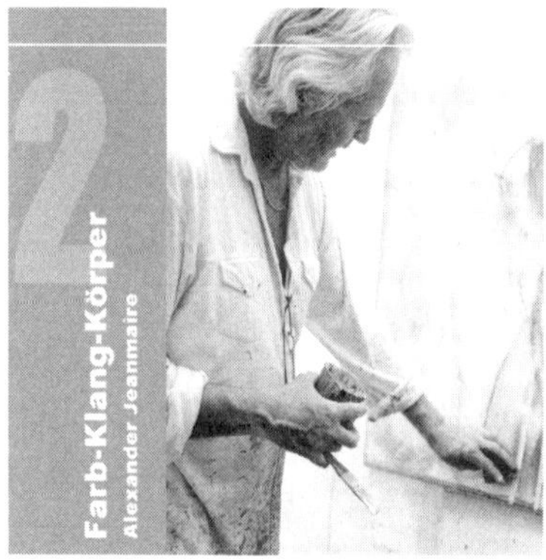

Alexander Jeanmaire

Farb-Klang-Körper 3

196 S., mehr als 100 farb. Abb., 29 x 29 cm, dt., Klappenbroschur mit Schutzhülle, ars momentum Kunstverlag 2010, ISBN 978-3-9381936-3-1, 49,00 €

Im dritten Band der erfolgreichen „Farb-Klang-Körper“-Reihe zeigt Alexander Jeanmaire Bilder seiner erfolgreichen Performances der letzten Jahre. In einfühlsamen Texten vermitteln die Bände intensive Einblicke in das Leben des Künstlers und offenbaren ebenso wie die reichhaltige Fotoauswahl seine Inspirationsquellen. Zahlreiche Abbildungen der Arbeiten Jeanmaires runden die Bücher ab und machen sie zu einer nachhaltigen Dokumentation voller Anregungen.

ars momentum – Atelierbesuche
Alexander Jeanmaire

ES malt

Ca. 40 Min., 16:9, Stereo, dt., PAL, DVD5 Booklet 13 x 18,3 cm, ars momentum Kunstverlag 2006, ISBN 978-3-938193-28-0, 24,80 €

Mit seinen Performances, seiner künstlerischen Idee von Farb-Klang-Körpern und Büchern wie „Der kreative Funke" hat sich der Künstler Alexander Jeanmaire einen Namen gemacht. Während die Kamera die Entstehung eines Gemäldes vom Entwurf bis zur Fertigstellung aus nächster Nähe beobachtet, gibt der Maler offenherzig Einblick in technische Geheimnisse und führt einen intimen Dialog mit dem Werk. Ein spannendes Dokument zeitgenössischer Kunst.

Alexander Jeanmaire

99 Tipps für Kreativität und Lebenskunst

152 S., über 30 farb. Abb., 13 x 18 cm, ars momentum Kunstverlag, 2. Auflage Jan. 2013 ISBN 978-3-938193-44-0, Euro 10.80 €

Alexander Jeanmaire gibt in diesem Bestseller auf gewohnt vergnügliche Weise fundierte Tipps aus seinem reichhaltigen Erfahrungsschatz. Die mit praktischen Übungen und Checklisten angereicherten Empfehlungen helfen, Kreativität von innen heraus zu verstehen und so für sich nutzbar zu machen. Dieses Büchlein, das inzwischen so etwas wie „die Werkstatt-Bibel" seiner Schüler geworden ist, schärft den Blick dafür, wie Schöpferkraft funktioniert, wie man sie behindert oder wie man sie durch sich geschehen lassen kann.